BASTEI
LÜBBE

JANNY WURTS im Taschenbuchprogramm:

DER FLUCH DES NEBELGEISTES
20 342 Band 1
Meister der Schatten
20 349 Band 2
Herr des Lichts
20 355 Band 3
Die Schiffe von Merior
20 361 Band 4
Die Saat der Zwietracht
20 366 Band 5
Die Streitmacht von Vastmark
20 370 Band 6
Das Schiff der Hoffnung

Zyklus des Feuers
20 395 Band 1
Sturmwächter
20 396 Band 2
Schlüsselhüter
20 397 Band 3
Schattentempel

JANNY WURTS

STURM WÄCHTER

Roman

Aus dem Amerikanischen
von Frauke Meier

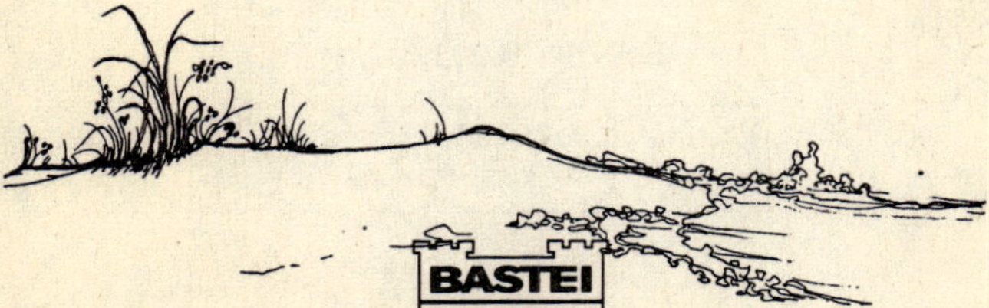

BASTEI
LÜBBE

BASTEI LÜBBE TASCHENBUCH
Band 20 395

1. Auflage: Oktober 2000

Vollständige Taschenbuchausgabe

Bastei Lübbe Taschenbücher
ist ein Imprint der
Verlagsgruppe Lübbe

Deutsche Erstveröffentlichung
Titel der amerikanischen Originalausgabe: Stormwarden

Lektorat: Christine Basmaji / Stefan Bauer
Titelillustration, Landkarte und Zeichnungen:
Janny Wurts / Agentur Schlück
Umschlaggestaltung: QuadroGrafik, Bensberg
Satz: QuadroPrintService, Bensberg
Druck und Verarbeitung:
Brodard & Taupin, La Flèche, Frankreich
Printed in France

ISBN 3-404-20395-X

STURMFALKE!

Gehetzt und verzweifelt stürzte sich Taen auf die Schiffsreling. Kräftige Hände packten sie mit hartem Griff, zerrten sie zurück, während das kleine Mädchen wild um sich schlug. Die Seebrise entriß ihr die Feder, die der Zauberer ihr gegeben hatte, trug sie hoch hinauf, aus der Reichweite ihrer kleinen Hände.

Mit Tränen in den Augen sah Taen, wie Anskieres Feder schimmernd im Wind davonflog und mit einem peitschenden Knall explodierte, um einen braunen Falken mit einer schwarzen Markierung freizugeben. Ein dreifacher, lichter Nimbus umkreiste seine ausgebreiteten Schwingen.

»Der Sturmfalke!« schrie einer der Matrosen. Plötzlich kam Wind auf und jagte kreischend durch die Takelage.

Taen roch die Furcht, die sich auf dem Schiff ausbreitete – und die Blitze in der Luft.

Für meine Eltern

DANKSAGUNG

Mein besonderer Dank gilt jenen Kunstmalern auf dem Gebiet der Fantasy- und Science-Fiction-Illustrationen, deren Ratschlag und Ermutigung viel zu meiner eigenen künstlerischen Karriere beigetragen haben.

Und jenen besonderen Freunden, die mir mein ›Zuhause, fern von Zuhause‹ in New York ermöglicht haben.

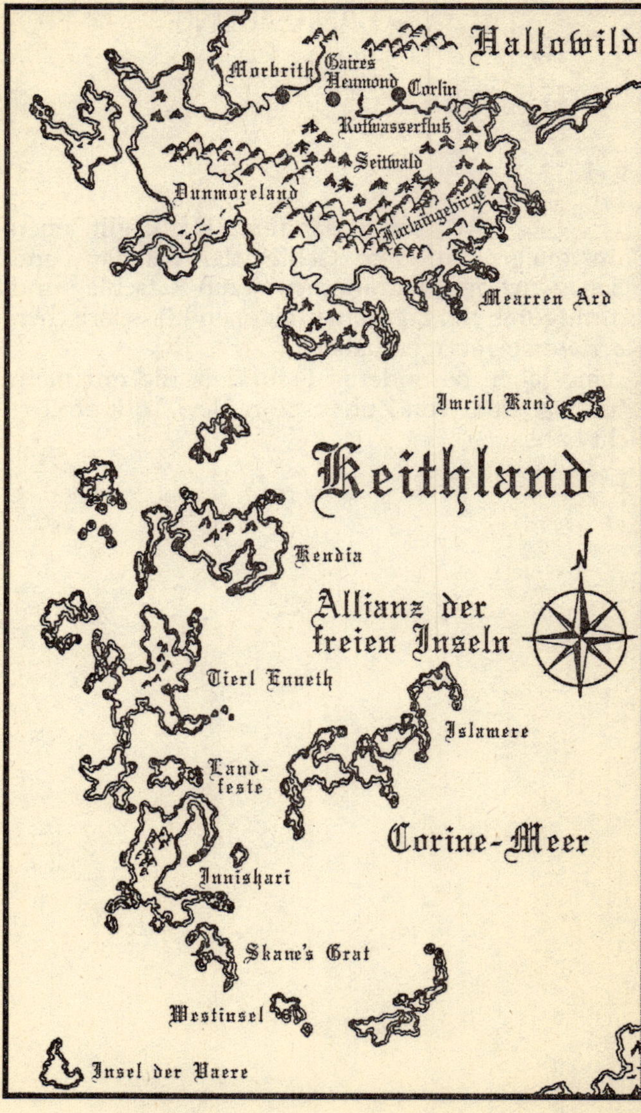
Hallowild
Morbrith
Gaires
Heumond
Corlin
Rotwasserfluß
Seitwald
Dunmoreland
Furlangebirge
Mearren Ard
Imrill Kand
Keithland
Kendia
N
Allianz der freien Inseln
Tierl Enneth
Islamere
Land-
feste
Corine-Meer
Innishari
Skane's Grat
Westinsel
Insel der Vaere

Nordmeer
Bucht des
Verder-
bens
Covers
Warren
Felwaithe
Murieton
Kisburn
Riffhafen
Kontinental
Straße
Turm von
Elrinfaer
Terin-Meer
Elrinfaer
Telshire
Mhored Kara
Deshwald

PROLOG

In den Aufzeichnungen der Vaere steht die Geschichte von der Verbannung der Mharg-Dämonen zu Elrinfaer durch den Zauberer der Winde und Wogen, Anskiere, niedergeschrieben. Ihm stand zu jener Zeit Ivain, der Herr über Feuer und Erde, zur Seite, denn die Fertigkeiten eines einzigen Zauberers konnten niemals ausreichen, einen so übermächtigen Feind zu besiegen. Doch, so sagt die Legende, im Augenblick größter Gefahr, als die Bedrohung durch die Mharg-Dämonen größer war denn je zuvor, hatte Ivain aus reiner Mißgunst seinen Gefährten verraten.

Aber Anskiere überlebte, und die Mharg-Dämonen wurden gebannt. Noch immer halten die großen Siegel, geschaffen aus Anskieres eigener Macht. Und wenn auch weder Anskiere noch Ivain jemals über den Zwist sprachen, der sich auf einer einsamen Insel im Nordmeer zwischen ihnen entwickelt hatte, so machtvoll waren doch die Worte, die Anskiere an den Verräter richtete; machtvoll genug, daß Seeleute, die die felsige Bucht besucht haben, noch immer berichten, die Winde würden sie bis zum heutigen Tage ständig wiederholen.

Dein Angriff gegen mich soll verziehen, doch niemals vergessen sein. Dies ist der Bann, mit dem ich dich belege: sollte ich dich rufen, Ivain, so wirst du antworten und eine Pflicht erfüllen, die ich dir auferlegen werde. So soll es sein, bis zum Ende deiner Tage, und solltest du sterben, wird mein Bann auf deinen ältesten Sohn und auf seine Söhne nach ihm übergehen, bis die Schuld gesühnt ist.

Nicht weit entfernt, an einer Klippe, liegt ein Stein mit einer Inschrift, von der es heißt, sie wäre Ivains Antwort gewesen.

Rufe mich, Zauberer, und erfahre Leid. Sei gewiß, ich werde nichts zurücklassen, das dir von Nutzen sein könnte, selbst dann nicht, wenn meine Nachfahren mein Erbe antreten werden.

Kapitel 1

HÜTER DER STÜRME

Dicht gedrängt standen die Fischer vor der Tür des kleinen Häuschens. Der Seewind zerrte an ihren Hosen aus selbstgewebtem Stoff, legte sie in derbe Falten, als wären sie nur stümperhaft genäht. Ein Mann, größer, häßlicher und sonnengegerbter als die anderen, klopfte schließlich energisch an die Tür und trat sogleich finsteren Blickes einen Schritt zurück.

Die Tür wurde geöffnet. Matt und bleiern schien das Licht der untergehenden Sonne auf die Gestalt, die aus dem Schatten hervortrat.

»Anskiri?« Schroff erklang die Stimme des Fischers, mit einem aggressiven Unterton, dazu angetan, seine Verlegenheit zu überspielen.

»Ich bin Anskiere«, korrigierte eine sanfte Stimme den fremdartigen Klang des Namens. »Ist etwas vorgefallen?« Mit der Würde eines Mannes von großer Macht trat der Hüter der Stürme zu Imrill Kand über die Schwelle, eine schmale, aufrechte Gestalt mit klaren Zügen und gestrengen grauen Augen. Die Seebrise spielte in seinem weißen Haar, das offen über seine in schlichtes Wolltuch gehüllten Schultern fiel.

»Ihr werdet bei Adins Anlegeplatz erwartet, Zauberer.«

»Dann ist also etwas vorgefallen, nicht wahr?« Anskieres helle Augen wanderten rasch über die Männer, die sich ihm entgegenstellten, doch keiner antwortete ihm, keiner begegnete seinem Blick. Der

Wind strich über die verwitterten Gesichter der Fischer, und ihre Bootsstiefel scharrten über Kieselsteine und Sumpfgras. Ihre großen von der Seilerei vernarbten Hände versteckten sich in den Taschen ihrer Öljacken.

Der Sturmwächter ließ den Blick sinken. Vorsichtig darauf bedacht, sich langsam zu bewegen, ohne bedrohlich zu erscheinen, legte er eine schmale, doch kräftige Hand auf den Türrahmen. »Ich komme. Laßt mir nur eine Minute, das Feuer zu löschen.«

Anskiere trat zurück ins Haus. Hinter seinem Rücken kam leises Gemurmel auf. Jemand spuckte aus. Doch sollte der Zauberer es bemerkt haben, so ließ er es sich nicht anmerken. Das ferne Seufzen der Wogen beherrschte den Zeitraum seiner Abwesenheit. Bei seiner Rückkehr verhüllte die Kapuze eines grauen, schwarz umsäumten Umhangs sein silbernes Haar, und in der Hand trug er einen verschnürten Beutel aus gefärbtem Leder. Irgendwie mußte er geahnt haben, daß er von diesem Gang nicht zurückkehren würde, denn nie zuvor seit seiner Ankunft vor fünf Wintern hatte man ihn in Imrill Kand mit Umhang oder Beutel gesehen.

Durch einen Riß in der Wolkendecke ergoß sich Sonnenlicht über die flache Küstenlandschaft. Anskiere hielt inne. Seine Augen wanderten über den felsigen Flecken, den er zu seinem Zuhause erwählt hatte, und blieben schließlich starren Blickes am Horizont jenseits des Ozeans hängen. Die Fischer traten unbehaglich von einem Fuß auf den anderen, dennoch verging lange Zeit, ehe Anskiere die See wieder aus seiner Aufmerksamkeit entließ und die Tür seiner Hütte hinter sich verriegelte.

»Ich bin soweit.«

Er ging mit ihnen. Scharf kontrastierten seine landgewohnten Bewegungen mit dem fließenden Schritt der Fischer. Während des ganzen langen Weges sprach er kein Wort und blickte sich nicht einmal um.

Der Hüter der Stürme und seine Eskorte konnten Adins Anlegestelle, die sich wie ein Möwennest an die Klippe kauerte, die den Hafen überragte, schon lange vor ihrer Ankunft sehen. Über dem wohlvertrauten Durcheinander aus Hütten, Salzfässern und trocknenden Fischernetzen ragte die schwarze Kreuzschraffur fremder Takelage auf; fünf Kriegsschiffe waren vor Anker gegangen, ein sechstes lief gerade den Kai an. Die Straßen der Stadt, die zu dieser Stunde sonst menschenleer zu sein pflegten, brodelten vor geschäftiger Aktivität. Hier und dort hatten sich dunkle Trauben bewaffneter Soldaten versammelt.

Am Rand der Klippe blieb Anskiere stehen und zog seine Kapuze zurück.

»Soldaten des Königs?« Eine Böe fuhr raschelnd durch das Gras zu seinen Füßen, möglicherweise von ihm selbst herbeigerufen, um von einem ersten Aufwallen seines Zorns zu künden. Dennoch blieb seine Stimme sanftmütig. »Habt ihr mich deswegen gerufen?«

Der häßliche Mann ballte die Hände zu Fäusten. »Anskiere, fragt nicht!« Stur und ungeduldig deutete er den Pfad hinab.

Der Zauberer rührte sich nicht.

»Mordan, er hat ein Recht, es zu erfahren.« Die hastig hervorgestoßenen Worte des anderen Sprechers klangen furchtsam und zögerlich. »Fünf Jahre hat er uns als Sturmwächter gedient, und wir haben nicht ein Leben an die See verloren. Er verdient wenigstens eine Antwort.«

Mordan preßte die Lippen zusammen und wandte den Blick von dem Zauberer ab. »Wir können Euch nicht schützen!«

»Ich habe nicht um Schutz gebeten.« Anskiere blickte sich nach dem um, der sich für ihn eingesetzt hatte, und stellte fest, daß er ihn kannte, auch wenn der Knabe nun schon beinahe ein Mann war. »Erzähl es mir, Emien!«

Bei der Erwähnung seines Namens zuckte der junge Mann erschrocken zusammen.

»Emien, warum hat der König seine Schiffe und Soldaten nach Imrill Kand entsandt?«

Zitternd sog Emien Luft in seine Lungen und starrte auf seine Hände, die schon jetzt von den vielen Stunden, in denen er Seile gezwirnt hatte, gezeichnet waren. »In der Fischertonne wartet ein Konstabler seiner Majestät mit einem vom König selbst versiegelten Haftbefehl auf Euch, Sturmwächter.«

Nachdenklich blickte Anskiere zum Himmel auf. »Und?«

»Oh gesegnete Feuer von Kordane!« Tränen umrahmten Emiens blasphemischen Ausruf. »Hüter, sie sagen, Ihr seid ein Mörder. Sie sagen, ein Sturm sei von See her aufgezogen und hätte Städte, Boote und Vieh an der Küste von Tierl Enneth zerstört. Sie sagen das sei Euer Werk.« Der Bursche stockte. »Hüter, es heißt, Ihr hättet lachend zugesehen, wie die Menschen um Hilfe riefen und ertranken. Und sie haben einen Stab mitgebracht, der das Wappen trägt, das auch Ihr getragen habt, als Ihr hier angekommen seid.«

»Ein Falke, umgeben von einem dreifachen Kreis«, sagte Anskiere milde. »Ich kenne es gut. Danke, Emien.«

Der Knabe trat zurück, von dem Dank des Zauberers bis ins Innerste erschüttert. Die Strafe für bösen Zauber lautete auf Tod durch das Feuer. »Dann ist es wahr?«

»Wir alle haben Feinde.« Sicheren Schrittes betrat Anksiere scheinbar ungerührt den Pfad, während rund um ihn herum eine unheimliche Windstille eintrat.

Über dem Marktplatz schwebte eine Dunstwolke aufgewirbelten Staubes, losgetreten von unzähligen Füßen. Die ganze Stadt hatte sich versammelt, um der Anklage gegen ihren Sturmwächter beizuwohnen. Schweigsam bewegte sich eine Einheit der königlichen Garde über die Straßen abseits der Rattengasse. Lanzenreiter verstopften die Wege zwischen den Marktständen, und vor der Taverne namens Fischertonne fand sich ein Podest, gefertigt aus Schiffsplanken und Pökelfässern, auf dem eine lange Reihe brokatgeschmückter Bediensteter seiner Majestät Aufstellung genommen hatte.

»Wir haben ihn!« brüllte Mordan in dem allgemeinen Durcheinander.

»Schweig.« Anskiere bedachte ihn mit einem Blick, so finster wie ein Wirbelsturm. »Ich werde freiwillig gehen oder überhaupt nicht.«

»So geht denn.« Unbehaglich trat Mordan zurück. Anskiere schob sich an ihm vorbei. Obwohl sein grauer Umhang sich wie eine Gischtkrone mitten in ruhiger See von all dem rotbraunen Tuch rund um ihn herum abhob, nahm niemand von ihm Notiz, bis er direkt vor dem Podest stand. Dann aber bildete sich eine Lücke in der Menschenmenge, und als er seinen Beutel ablegte, war er allein in einem staubigen Rund.

»Wenn es Euch nach mir verlangt, hier bin ich. Ich bin Anskiere.« Seine fahlgrauen, kalten Augen ruhten unverwandt auf den Würdenträgern auf dem Podest.

Das leise Murmeln der Städter verklang als sich ein wohlgenährter Mann in scharlachroter Kleidung vorbeugte, sein runzeliges Schweinsgesicht zierte ein berechnender Zug. »Ich bin der Konstabler des Königs.« Er legte eine theatralische Pause ein. »Ihr, Anshiri, seid des Mordes angeklagt.« Der zähe westliche Akzent verstümmelte den Namen. »Mehr als viertausend Tote wurden zu Tierl Enneth gezählt.«

Ein Aufstöhnen erklang aus den Reihen der Städter, verstummte jedoch sogleich, als der Konstabler seufzend die mit Ringen geschmückten Finger unter sein Kinn schob. »Habt Ihr irgend etwas dazu zu sagen?«

Anskiere erhob die Hände, in deren Macht es lag, den Zorn der Winde und Wogen zu beschwören. Hypnotisiert wie ein Kaninchen vor einer Schlange betrachteten ihn die Menschen. Doch weder Wind noch Woge antworteten der Geste des Zauberers. Lediglich die grauen Ärmel rutschten zurück und offenbarten schmale, venendurchzogene Unterarme, als Anskiere mit einer Stimme, so sanft wie ein Sommerregen, das Wort ergriff.

»Ich bin schuldig, Eminenz.«

Verblüfft blieben die Zuschauer wie erstarrt stehen, unfähig zu glauben, daß der Hüter der Stürme, der ihre Fischerflotte vor den Unbilden der See geschützt hatte, seine Macht so demütig hingeben sollte. Anskiere selbst stand noch immer reglos mit ausgebreiteten Armen vor dem Podest. Er sah nicht wie ein Mörder aus. Alle Menschen in Imrill Kand hatten ihm vertraut, ihn verehrt und geliebt, doch nun sahen sie sich mit einem schaurigen Verrat konfrontiert.

Der Konstabler nickte. »Ergreift ihn.«

Auf sein Kommando rückten Soldaten an und packten die beklagten Schultern im eisernen Griff ihrer Panzerhandschuhe. Drei schwarzgewandete Zauberer erhoben sich auf dem Podest. Einer band die dargebotenen Handgelenke mit magischen Fesseln, die anderen errichteten ein Netz aus Bannzaubern, um Anskieres Macht über Wind, Wogen und Wetter zu bändigen. Nun, da sie sich sicher fühlten im Angesicht seiner Hilflosigkeit, brach langsam und schleppend der Zorn unter den Menschen hervor, und als sie auf das Podest zustürmten, formierten sich die Lanzenreiter und stellten sich in einer Reihe den aggressiv vorgereckten Fäusten entgegen. Anskiere setzte nur einmal mit sanfter Stimme zu Sprechen an, doch sogleich versetzte einer der Soldaten ihm einen heftigen Hieb. Die Kapuze fiel herab und gab sein silbernes Haar frei. Als er den Kopf hob, rann Blut aus seinem Mundwinkel.

»Tötet den Mörder!« rief jemand in der Menge, und der Pöbel schloß sich ihm johlend an. Getreten, geschlagen und gestoßen, bis er stolperte, wurde Anskiere über den Platz gezerrt. Wie ein Insektenschwarm umgaben ihn die Soldaten der königlichen Garde, führten ihn durch die Menge zum Kai und schließlich an Bord ihres Schiffes. Bald darauf verschwand sein silberner Schopf in der Arrestzelle, tief im Inneren des Schiffes.

Wild stampften die Menschen auf, schrieen durcheinander und wirbelten Staubwolken vom Boden auf. Am Schatten eines feuchten Fischernetzes bückte sich Emien und ergriff die Schultern eines kleinen Mädchens, das weinend im Schmutz kauerte. »Taen, bitte.«

Das Kind warf sein schwarzes Haar zurück. Tränen zeichneten ihre Wangen. »Warum haben sie ihn mitgenommen? Warum?«

»Er hat Menschen getötet. Taen, steh auf. Weinen hilft nun auch nicht mehr.« Emien packte die Hand seiner Schwester und wollte sie auf die Füße ziehen. »Du wirst noch zu Tode getrampelt, wenn du länger hierbleibst.«

Taen schüttelte den Kopf. »Der Sturmwächter hat Leben *gerettet*.« Fest umfaßte sie das Handgelenk ihres Bruders, ehe sie sich ungeschickt auf die Beine stellte. Mit dem verdrehten Fußgelenk, das völlig zerschmettert war, humpelte sie erbärmlich. »Der fette Mann hat gelogen.«

Emien runzelte die Stirn, schmerzlich getroffen von ihrer kindlichen Naivität. »Hat denn Anskiere auch gelogen? Er sagte doch, er hätte Menschen getötet. Konntest du die Makrelen zählen, die gestern im Frachtraum der *Dacsen* waren? So viele Menschen sind gestorben, Taen.«

Mit bebenden Lippen verweigerte sich das Kind einer Entgegnung.

Seufzend hob ihr Bruder sie auf seine Arme und drängte sich mit ihr durch die Menschenansammlung, die noch immer den Marktplatz bevölkerte. Taen würde gewiß nicht akzeptieren, daß der Zauberer sich einer bösen Tat schuldig gemacht hatte. Anskiere hatte den schlimmsten Sturm seit Menschengedenken aufgehalten, um einen Heiler vom Festland zu holen, als bei einem Unfall mit der Ladewinde ihr Fußgelenk zerschmettert worden war. Seit jener Zeit vergötterte ihn das Mädchen. Oft, während ihrer Genesung, hatte der Sturmwächter sie besucht und still und aufrecht an ihrem Krankenlager gewacht. Taen hatte stets seine Hand gehalten. Voller Unbehagen erinnerte Emien sich der verlegenen Dankesworte seines Onkels und der langen, mühsamen Wanderungen über die Insel, schwerbeladen mit Fisch und Feuerholz, das sie kaum erübrigen konnten. Aber seine Mutter hatte darauf bestanden, obgleich der Hüter der Stürme um nichts gebeten hatte.

Ein scharfer Tritt traf Emien schmerzhaft an der Kniescheibe. Ohne noch weiter an vergangene Tage zu denken, keuchte er auf, fiel auf die Knie und schrie blaß vor Schmerz: »Taen!«

Trotz seines Widerstandes befreite sich seine Schwester aus seinem Griff und hastete davon, mitten hinein in die Menschenmenge. Emien fluchte. Wenn Taen nur wollte, so war sie flink und wendig wie ein Kaninchen. Zornig jagte er ihr nach, doch das dichte Gedränge machte all seine Mühen zunichte. Ein Fischerweib beschimpfte ihn. Trotz seiner Sonnenbräune errötend, ließ Emien sich auf ein kleines Faß niedersinken und rieb sich das schmerzende Bein. Sollte sich das Gör seinen Heimweg doch allein suchen.

Dann aber brach die Nacht herein, und sie war noch immer nicht zurückgekehrt. Viel zu spät erinnerte sich Emien des dunklen Schiffes, das am Nachmittag vom Kai abgelegt hatte, um jenseits der Landspitze vor Anker zu gehen.

»Ich werde sie finden«, versprach er, gepeinigt von den Tränen seiner Mutter. Dann nahm er einen Beutel mit Schiffszwieback aus dem Vorratsschrank und trat hinaus auf das von Pfützen durchzogene Pflaster der Rattengasse.

Schmal hing die Mondsichel über der See jenseits des Hafens, und als Emien die Leinen der Schaluppe *Dacsen*, des Fischerbootes seines Cousins, löste, verkrampften sich seine Eingeweide vor tiefempfundener Furcht.

»Taen, ich bringe dich um«, fluchte er bitter, ehe er weinend am Tau zerrte. Träge glitt das rindengefärbte Segeltuch den Mast empor, und plötzlich wünschte sich Emien, er könnte den Sturmwächter töten, um ihn dafür zu strafen, das Vertrauen jenes unschuldigen Kindes erschlichen zu haben.

In der sanften Dünung vor dem Barriereriff schaukelte das schwarze Schiff *Krähe* sanft auf den Wogen. Öllampen schwankten in der Enge ihrer Heckkabine und warfen unebenmäßige Schatten über den Lockenkopf und die fetten Schultern des Konstablers, der am Kartentisch platzgenommen hatte. Er hatte seine scharlachroten Gewänder gegen einen seidenen Morgenmantel ausgetauscht und stank nach Alkohol.

»Ihr habt den Gardefeldwebel enttäuscht«, sagte er. »Er hatte erwartet, daß die Bewohner für Euch eintreten würden, und er hätte gern ein paar Köpfe rollen lassen. Es war ein wirklich kluger Zug von Euch, Euch schuldig zu bekennen, Anshiri. Bei den gesegneten Feuern! Nun mußte er doch tatsächlich Euch vor den Städtern schützen.« Der Konstabler knallte seinen geleerten Becher auf den Kartentisch und strich sich über den Bauch. »Der Feldwebel hat Euch dafür verwünscht.«

Ein fahlweißer Fleck bewegte sich in der Finsternis nahe dem Schott, begleitet vom Rasseln verzauberter Ketten. »Aber ich bin schuldig, Eminenz.« Ein trockener, ironischer Tonfall begleitete

Anskieres Worte. »Hätte ich nicht das Leben Eurer Herrin gerettet, so wäre Tierl Enneth nicht durch ihr Wirken untergegangen.»

Der fette Mann kicherte. »Tathagres hatte ihre wahre Freude an Eurer Vorstellung. Es war wirklich erheiternd, zuzuhören, wie Ihr Euch an ihrer Stelle schuldig bekanntet, nur um eine Insel voller stinkender Fischer zu schützen. Oder seid Ihr wahrhaftig doch darauf erpicht, diesem beschissenen Möwenfelsen zu entfliehen?«

Anskiere hielt den Kopf gesenkt, und der Schein der Öllampe hinterließ tiefdunkle Schatten unter seinen Augen und verlieh seiner Haut einen gelblichen Ton, der an alte, vergilbte Tünche gemahnte.

»Ach, ich vergaß.« Der Konstabler rülpste. »Ihr liebt den Gestank des Fischs ebenso wie die Armut, und, ja, dieser Junge, dessen Schwester das verdrehte Bein hat. Sagt mir, war er ein guter Junge?«

»So unschuldig wie Ihr verdorben.» Noch immer klang Anskieres Stimme sanft, doch in seinem Blick lag eine deutliche Warnung. »Warum erwähnt Ihr den Knaben?«

Der Konstabler lächelte und bellte nach neuem Wein. Dann leckte er sich die feuchten Lippen, die Hände noch immer entspannt auf dem Bauch. »Ach, es war rührend, Anshiri. Die Wache auf dem Vorderdeck hat den Jungen erwischt, als er die Ankerkette hinaufklettern wollte. Er hat behauptet, seine Schwester wäre fortgelaufen, weil sie Euch so sehr lieben würde. Deshalb sei er in seinem stinkenden kleinen Boot gekommen, um sie nach Hause zu holen. Er war wütend. Ich glaube, er haßt Euch.«

Anskieres Rückfrage unterbrach des Konstablers zufriedenes Kichern.

»Was? Das Mädchen?« Er blinzelte kurz, ehe er

sich wieder beruhigte. »Natürlich haben wir sie gesucht, aber wir haben sie nicht gefunden. Vielleicht ist sie über Bord gegangen.« Die Planken ächzten unter seinem Gewicht, als er sich vorbeugte. Wieder verzogen sich seine Züge zu einem schmierigen Lächeln, während er seinen Gefangenen aus zusammengekniffenen Augen anstarrte. »Ihr habt gelogen, Anshiri. Ihr habt behauptet, Tathagres hätte kein Mittel, Euch ihren Willen aufzuzwingen, aber ich glaube, nun hat sie es doch.«

Taen erwachte, als plötzlich der Aufschrei ihres Bruders durch das Schiff hallte.

»Nein!« Klar und deutlich drang das Wort zu ihrem Versteck in der Kombüse des Schiffes. »Ich bitte Euch! Ohne die *Dacsen* werden meine Mutter und meine Cousins verhungern müssen.«

Ein Matrose beantwortete Emiens Protest in gedehnter Sprechweise. »Der Käpt'n sagt, wir soll'n sie treiben lassen, Junge.« Gelächter folgte seinen Worten.

Taen erzitterte. Die kühlen Ränder der Kochtöpfe strichen über ihren Rücken, als sie das Gesicht an die Planken preßte, um durch einen Riß im Holz hinauszuspähen. Mittschiffs flackerten Fackeln, tauchten die nackten Schultern der Matrosen in ihren warmen Schein. In ihrer Mitte glänzte eine schwarze Rüstung. Taen sah ihren Bruder, der unentrinnbar im harten Griff eines Lanzenreiters zappelte. Der Knabe wehrte sich heftig, als ein Entermesser in der Hand eines Seemanns aufblitzte. Ein Tau gab unter der Schneide nach, und das leise Flattern der Segel der *Dacsen* verhallte langsam, als der Wind sie aus dem dunklen Schatten des Schiffes hinaustrieb.

»Das ist ungerecht!« Zorn gesellte sich zu Emiens Verzweiflung. »Ich habe nichts Böses getan.«

Der Lanzenreiter schüttelte ihn. Im Topfschrank zuckte Taen zusammen, und ihre Finger krallten sich in den Stoff ihres Unterhemdes.

»Der Käpt'n mag es nicht, wenn Treibgut an seinem Schiff hängt.« Der Matrose schob sein Messer zurück in die Scheide und deutete mit einem Kopfnicken auf das offenstehende Lukengitter. »Und er mag es nicht, wenn Landratten sein Deck verschandeln. Du gehst jetzt nach unten.«

Hilflos mußte Taen mitansehen, wie die Lanzenreiter ihren Bruder fortschleppten. Die Matrosen drängten sich um die Luke und grinsten angesichts der Verwünschungen des Jungen. Das Deck selbst aber war verlassen. Zögernd biß sich Taen auf die Lippe. Zuvor hatte sie gesehen, wie der Konstabler Anskiere durch einen nun unbewachten Kajütgang geführt hatte. Plötzlich voller Entschlossenheit, kroch das Mädchen aus dem Schlupfwinkel heraus, in dem es Zuflucht gefunden hatte. Sie schlich aus der Kombüse hinaus, und das Plätschern der Wellen am Rumpf des Schiffes verbarg das Scharren ihres lahmen Fußes. Zitternd hielt sie am Großmast inne. Fackeln bewegten sich über Deck, und ein Matrose gab eine schmutzige Bemerkung von sich, die von bellendem Gelächter beantwortet wurde. Das Donnern der gischtschäumenden Brandung am Riff zu Steuerbord wurde von dem hohlen Aufschrei splitternder Planken begleitet.

Blinzelnd unterdrückte Taen ihre Tränen. Die *Dacsen* war aufgelaufen. Aus feuchten Augen beobachtete sie, wie sich die Matrosen an der Reling auf dem Vorderdeck versammelten, um zuzusehen, wie die See die kleine Schaluppe zertrümmerte. Mit einer Beherrschung, die ihrem Alter keineswegs angemessen war, nutzte Taen die Gelegenheit, während die Männer ihr den Rücken zukehrten. Rasch überquerte sie das Deck, bis sie in den Schatten des düsteren Achterdecks erneut den Blicken entschwand.

Lautlos hob sich der Riegel in ihren Händen. Jenseits der Tür lag ein schmaler Gang, der nur von dem fahlen Licht erhellt wurde, das aus der offenen Tür der Maatskabine fiel. Taen hörte Stimmen, die im Inneren miteinander stritten. Sie blickte hinein und sah, wie sich die beiden Zauberer, die Anskieres Macht gebannt hatten, über die Koje des Maats beugten. Strahlend hell hob sich ein Stab von der groben Wolldecke ab, dessen Spitze mit verschlungenen Einlegearbeiten aus Messing verziert war, während der Fuß durch ein Gegengewicht ausbalanciert wurde. Neben ihm lag Anskieres lederner Beutel.

»Narr!« Der Zauberer in der roten Robe deutete mit einem dürren, gekrümmten Finger auf den Mann in Uniform. »Ihr mögt etwas von Seefahrt verstehen, doch Ihr wißt nichts über die Magie. Anskieres Stab ist ungefährlich.«

Der Kapitän setzte zu einer Entgegnung an, doch flink wie eine Katze hielt ihn der schwarzgewandete Zauberer am Ärmel fest. »Glaubt ihm nur, Kapitän. Dieser Stab wurde von Tathagres selbst unschädlich gemacht. Wie sonst hätte sie die See rufen und Tierl Enneth vernichten können? Ihr glaubt doch nicht, daß diese Macht die ihre gewesen wäre, oder?«

»Nein, um alles in der Welt.« Mit sichtlichem Unbehagen versuchte der Kapitän verärgert, seinen Ärmel zu befreien. »Dennoch wird es zweifellos zu einer Meuterei kommen, wenn es Euch nicht gelingt, meine Mannschaft davon zu überzeugen, daß Anskiere keine Vergeltung wird üben können.«

»Das wird nicht so schwierig sein.« Der Zauberer im roten Gewand ergriff den Beutel, und Taen zuckte an der Tür angesichts seines Lächelns erschreckt zusammen. »Ein Zauberer, dem sein Stab fehlt, zeigt sich nur selten schutzlos, da wird auch Anskiere keine Ausnahme sein.« Der Zauberer löste den Knoten der Verschnürung, stülpte den Beutel um und entließ raschelnd seinen Inhalt.

Taen stellte sich auf die Zehenspitzen, um einen Blick auf das zu erhaschen, was nun zwischen den Männern lag.

»Federn!« Verächtlich streckte der Kapitän die Hand aus, nur um sich sogleich im festen Griff knochiger Finger gefangen zu sehen.

»Nicht anfassen! Oder wollt Ihr uns alle vernichten?» Nur widerwillig ließ der Zauberer den Kapitän wieder frei. »Jede dieser Federn ist ein Wetterzauber, den Anskiere für den Notfall vorbereitet hat. Vor Euch liegt genug Energie, Imrill Kand im Meer zu versenken, Kapitän.«

Der dunkle Zauberer zog eine schmale, braune Feder aus dem Haufen hervor. Taen identifizierte sie als die Schwingenfeder eines Sturmtauchers. Mit versteinertem Blick beobachtete sie, wie der Zauberer sie fliegen ließ.

Als aber die Feder strudelförmig zu Boden schwebte, erschien sie dem Auge nurmehr verschwommen, umgeben von einem Nimbus blauvioletten Lichtes. Aus dem Zentrum dieses Schimmers entstand die geschmeidige Gestalt des Vogels selbst, der die Schwingen zum Flug ausgebreitet hatte. Feuchte, salzige Winde erhoben sich aus dem Nichts, erschütterten die Lampen an ihren Haken. Wirr tanzten die Schatten durch den Raum.

Der rote Zauberer griff nach seinem Gürtel. Ein Dolch blitzte in seiner Faust auf. Wie eine Schlange schlug er zu. Der Vogel wurde mitten in der Luft getroffen und fiel zu Boden. Erschlafft stürzte er auf die Planken. Blut spritzte in hellroten Tropfen auf das geölte Holz. Noch einmal erzitterte der Vogel, dann starb er und mit ihm starb der Wind.

Übelkeit ergriff von Taen Besitz. Der rote Zauberer wischte die Klinge an seinem Ärmel ab, während der dunkle Zauberer eine andere Feder von der Koje nahm. Nicht lange, und der Saum seiner Robe war übersät von unzähligen scharlachroten Flecken. Ein Stapel geflügelter Kadaver wuchs zu seinen Füßen heran, und das Blut floß im Rhythmus der schwankenden Planken hin und her. Beim Tod jedes Vogels huschte der Duft eines Frühlingsregens oder ein Hauch sommerlichen Sonnenscheins durch die Luft, und mehr als nur einmal machte sich die rauhe Kälte herbstlicher Sturmböen bemerkbar. Schließlich, über alle Maßen erschüttert, stolperte Taen an der Tür vorbei. Voll und ganz mit ihrem blutigen Werk beschäftigt, nahmen die Männer keinerlei Notiz von ihr.

Jenseits der Tür zum Kartenraum hörte Taen das laute Schnarchen des Konstablers. Die Lampe war heruntergebrannt, und ihre Augen gewöhnten sich nur langsam an die Finsternis in dem Raum. Hinter dem Kartentisch und dem zusammengesackten Leib des Konstablers saß Anskiere, den Kopf auf die verschränkten Arme gestützt. Magische Fesseln schimmerten wie Kohlen unter Strähnen wirr herabhängenden Haares, und seine Robe war schmutzig und zerknittert.

Taen trat durch die Tür. Auf das leise Scharren

ihres lahmen Beines hin, hob Anskiere den Kopf, öffnete Augen, so matt wie Schiefer, und sah sie im Türrahmen stehen. Er winkte, und das Klirren der Ketten übertönte ihr unbeholfenes Stolpern, als sie auf ihn zustürmte und sich in seine Arme warf.

»Die Soldaten haben Emien mitgenommen, und die *Dacsen* ist auf dem Riff zerschmettert.« Ihr Flüstern erstickte unter einem Schluchzen, das ihr die Kehle zuschnüren wollte.

»Ich weiß, Kleines.« Anskiere hielt ihren kummergeschüttelten Leib fest in seinen Armen.

Aufgeregt verkrallte sich Taen in seinem Ärmel. »Hüter, die Zauberer töten Eure Vögel. Ich habe es gesehen.«

»Ruhig, Kind. Den, der am wichtigsten ist, haben sie nicht bekommen.« Anskiere wischte eine Träne von ihrem Kinn. »Kann ich ihn deiner Fürsorge anvertrauen?«

Taen nickte. Voller Ernst sah sie zu, wie der Sturmwächter den Saum seiner Kapuze aufriß. Dann zog er eine braun-schwarz-gestreifte Feder hervor und legte sie in ihre Handfläche.

Das Mädchen drehte die Feder zwischen den Fingern. Sie war schmal, scharf geschnitten wie eine Messerklinge, und die Farbe war ihr fremd. Anskiere berührte sie sacht an der Schulter. Widerstrebend blickte sie auf.

»Taen, hör mir gut zu. Geh wieder hinauf auf Deck und übergib die Feder dem Wind.«

Das Mädchen nickte. »Dem Wind«, wiederholte sie, ehe sie furchtsam zusammenzuckte, als das Geräusch schwerer Schritte hinter der Tür erklang. Flink wie eine Ratte verschwand sie im Schatten des Kartentisches. Über ihrem Kopf schnarchte der Konstabler in tiefem Schlaf.

Männer betraten den Raum; der Kapitän und

beide Zauberer. Blutverschmierte Hände ergriffen Anskiere und zerrten ihn hoch, so daß Taen nur noch seine Füße sehen konnte.

»Wo ist er?« Schrill erklang die Stimme des roten Zauberers.

Anskieres Antwort fiel in eisigen Stille. »Drück dich präzise aus, Hearvin.« Jemand versetzte ihm einen Hieb.

Der schwarze Zauberer trat vor. Seine Robe hinterließ rote Spuren auf den Planken. »Du hattest einen Sturmfalken in deiner Sammlung, richtig? Er war nicht in dem Beutel.«

»Ihr werdet ihn nicht finden.«

»Werden wir nicht?« Der schwarze Zauberer lachte, und der Klang jagte Taen einen kalten Schauer über den Rücken. Fest drückte sie die Feder an ihre Brust.

»Durchsucht ihn.«

Gewänder zerrissen, und Anskiere taumelte. Taen kauerte sich an die Stiefel des Konstablers, als die Zauberer Anskieres Mantel und Robe in Fetzen rissen. Neben dem Tisch fiel zerfetzter Wollstoff zu Boden, bedeckt von blutigen Fingerabdrücken.

»Er hat sie nicht«, sagte der Kapitän besorgt. »Was soll ich nun der Mannschaft sagen?«

Zornig drehte sich der rote Zauberer zu ihm um. »Ihr seid ein Narr. Nichts werdet ihr den Männern sagen.« Taen hörte das Quietschen der Angeln, als er die Tür des Kartenraumes aufriß. »Laßt den Sturmwächter bewachen, und haltet ihn von dem Knaben fern.«

Polternde Schritte donnerten den Gang hinunter, begleitet von dem Klirren der Fesseln von Anskiere. Taen schauderte unter der Nachwirkung des Schreckens, und gleich neben ihr zuckte der Konstabler im Schlaf wie ein Hund. Der Geruch von Schweiß und verschüttetem Wein, gepaart mit der Macht all der Eindrücke, die sie nun verarbeiten mußte, machte Taen schwindelig. Benommen verließ sie ihr Versteck im Schatten des Tisches und stürzte zur Tür. Die Feder so fest umklammert, daß die Knöchel weiß hervortraten, wandte sie sich nach Steuerbord. Unbeholfen humpelnd betrat sie den Kajütgang, der sie zum Achterdeck führen würde.

Oben lungerte ein Matrose herum, einen Ellbogen lässig über den Kompaß gelegt. Taen sah seine Silhouette vor den Speichen des Steuerrades und zuckte gerade in dem Augenblick zurück, in dem der Matrose sie entdeckte.

»Du!« Er streckte die Hände nach ihr aus, verfehlte sie jedoch. Er riß sich die Hände am Holz der Luke auf, und Taen huschte an ihm vorbei zur Reling.

»Bei den heiligen Feuern!« fluchte der Matrose. Direkt hinter sich hörte Taen ein Rascheln, als der Mann sich aufmachte, ihr erneut nachzusetzen.

Fackeln bewegten sich mittschiffs. Aus den Augenwinkeln erkannte Taen die schwarzen Umrisse des Helmes einer der Lanzenreiter über der Treppe. Gehetzt und verzweifelt stürzte Taen sich auf die Schiffsreling. Kräftige Hände packten sie mit hartem Griff und zerrten sie zurück. Wild schlug das kleine Mädchen um sich, und die Seebrise entriß ihr die Feder, die der Zauberer ihr gegeben hatte, trug sie hoch hinauf, fort aus der Reichweite ihrer kleinen Hände.

Taen wurde durchgeschüttelt, bis ihre Zähne aufeinanderklapperten. Aus tränenverhangenen Augen sah sie, wie Anskieres Feder auf dem Wind davontrieb, schimmerte und mit einem peitschenden Knall explodierte, um einen braunen Falken mit einer schwarzen Markierung freizugeben. Vor dem Sternenhimmel violett und blau, umkreiste ein dreifacher, lichter Nimbus seine ausgebreiteten Schwingen. Taen roch Blitze in der Luft. Der Mann über ihr fluchte, und unter ihr, auf dem Mitteldeck, versammelten sich die Besatzungsmitglieder.

»Der Sturmfalke!« schrie einer der Matrosen. Seine Kameraden brüllten Verwünschungen, deren eine jede Anskieres Namen trug, als der Vogel über ihre Köpfe hinwegflog. Plötzlich kam Wind auf und jagte kreischend durch die Takelage. Halb erloschen unter der hereinwehenden Gischt, verströmten die Fackeln schwarze Rauchfahnen.

Durch den Stoff des Ärmels ihres Peinigers gedämpft, hörte Taen, wie jemand nach einem Bogen verlangte, doch der Falke verschwand in der Nacht, bevor die Waffe beschafft werden konnte. Zornig trat der Feldwebel auf das Mädchen zu, das noch immer hilflos im Griff des Matrosen hing.

»Ist das das Gör, nach dem der Junge gesucht hat? Der werde ich die Flausen mit Gewalt austreiben. Sie hat uns eine Menge Ärger eingebracht.«

Doch die Stimme des schwarzen Zauberers durchdrang das Durcheinander wie ein Peitschenhieb. *»Laß das Kind los!«*

Plötzlich kehrte Stille ein; der Wind hatte sich gelegt, und nur das klagende Murmeln der Dünung war noch zu hören. Hastig wichen die Männer vor dem Zauberer zurück, als dieser sich dem Feldwebel näherte, der Taen ergriffen hatte.

»Der Schaden ist bereits angerichtet.« Die Stimme des Zauberers klang brüchig wie eine Muschelschale. »Der Sturmfalke fliegt. Das Mädchen, so hörte ich, bedeutet Anskiere viel. Übergib sie nur mir, und er wird schon bald gezwungen sein, seinen Vogel zurückzurufen.«

Wie ein Sack mit Lebensmitteln wurde Taen an den Zauberer weitergereicht. Die Berührung seiner knochigen Hände, die noch immer über und über mit Blut beschmiert waren, gab ihrem Magen endgültig den Rest.

»Bei den Feuern!« Der Feldwebel lachte. »So nehmt sie mit meinem Segen.«

»Geh und berichte Tathagres, was geschehen ist«, sagte der Zauberer; die Heiterkeit des Soldaten erstarb abrupt.

Unter Deck drehte ein Wachposten einen Schlüssel in einem schweren Vorhängeschloß. Mit knirschenden, rostigen Angeln öffnete sich eine Tür in eine tiefe Finsternis, angefüllt mit dem säuerlichen Geruch rottenden Segeltuches. Ungeduldige Verwünschungen ausstoßend, schob sich der schwarze Zauberer hinein. Nervös hob der Bootsmann, der ihm auf dem Fuße folgte, die Laterne ein wenig höher; Licht flackerte über den Ballen zusammengewickelter Segel und den hageren Umrissen eines Mannes, der an einem Eisenring neben dem Schott festgekettet war. Ein Matrosenkittel ersetzte die zerstörte Robe des Gefangenen, und das Glitzern der verzauberten Fesseln verbarg sich unter den übermäßig weiten Ärmelstulpen.

Mit verächtlichem Blick betrachtete der schwarze Zauberer Anskiere. »Ich habe dir ein Geschenk gebracht.» Er warf seinen Umhang zurück und stellte Taen ruckartig wieder auf ihre Füße.

Das Mädchen stolperte auf Anskiere zu und klammerte sich an sein Hemd. Sanft legte der Sturmwächter die Arme um den zitternden Leib des Mädchens.

Der schwarze Zauberer lächelte. »Sturmwächter,

ich denke, nun hast du verloren.« Voller falscher Liebenswürdigkeit setzte er hinzu: »Vor nicht langer Zeit hast du behauptet, du wolltest lieber für die Morde von Tierl Enneth brennen, als dich auf einen Handel mit Tathagres einzulassen. Nun, vielleicht überlegst du dir das um des Kindes willen noch einmal.«

Anskiere sagte nichts.

Alsbald kündete ein gemurmelter Fluch, begleitet von dem Scharren fremder Füße von weiterem Besuch. Zwei Matrosen brachten Emien herbei, der, obgleich gefesselt, sich heftig gegen deren Griff zur Wehr setzte. Der schwarze Zauberer trat zurück, um nicht getroffen zu werden. Nun, da er freien Blick in das Segellager erhielt, erkannte der Bursche seine Schwester und den Sturmwächter, der sie schützend im Arm hielt.

»Taen!« Verzweiflung vermengte sich in seinem Aufschrei mit hilflosem Zorn. »Taen, warum bist du hierhergekommen?«

Als das Mädchen ihm nicht antworten wollte, spuckte der Bruder vor den Füßen des Sturmwächters aus. Einer der Matrosen lachte hämisch.

»Findest du Haß amüsant?« erkundigte sich eine Stimme aus der Dunkelheit hinter ihm.

Der Matrose, der eben noch gelacht hatte, keuchte auf und verfiel angsterfüllten Blickes in Schweigen.

»Oder bin ich gar zu spät gekommen, den Spaß zu verstehen?« Begleitet von dem schwachen Funkeln eines Amethysten trat eine schlanke Frau in das Licht. Silberblondes Haar umrahmte federnd ein Antlitz von außergewöhnlicher Schönheit; unter Brauen von leicht maskuliner Form schmückten dichte, lange Wimpern ihre violetten Augen, die den Juwelen an ihrem Kragen und den Säumen ihres Umhangs glichen.

Der schwarze Zauberer verbeugte sich. »Tathagres.«

Die Frau schob sich an der Laterne des Bootsmannes vorbei und legte die feingliedrige Hand auf das Schott. Mit strahlendem Blick betrachtete sie den Hüter der Stürme und das Mädchen in seinen Armen.

»Ihr seid besiegt, Anskiere von Elrinfaer.« Ihre Aussprache vor absolut perfekt.

Der Sturmwächter drückte Taen an seine Brust. »Seid nicht so sicher.«

»Nicht? Ihr werdet tun, was der König von Euch verlangt.« Tathagres griff nach dem Heft des Dolches, der an einem Gürtel um ihre Taille hing, welche einer Marmorstatue zur Ehre gereicht hätte. »Sturmwächter, ruft Euren Falken zurück.«

Anskiere antwortete höflich und voller Ernst. »Meine derzeitige Macht gestattet es mir nicht, den Vogel zu rufen.« Er löste seine Hände von Taens Hemd, und die baumwollenen Ärmel rutschten zurück und gaben den Blick auf die magische Glut seiner Fesseln frei. »Wagt Ihr es, mich zu befreien? Dann werde ich ihn zurückrufen.«

Tathagres Finger spannten sich um das Heft des Dolches, und die Haut ihres Nackens und ihrer Wangen wurde merklich fahler. »Ihr maßt Euch weit zu viel an. Denkt Ihr denn wirklich, Euer Sturmfalke würde mir Kummer bereiten? Er ist unbedeutend, und Ihr um so mehr. Wenn Euch am Leben dieses kleinen Mädchens aber etwas liegt, so werdet Ihr nach Riffhafen gehen und gemäß der königlichen Antwort das Wetter des Kielmark kontrollieren.«

Anskiere bewegte sich. Vorsichtig bedeckte er Taens Kopf mit seinen Handflächen. Wie Tinte fiel ihr schwarzes Haar über seine Hände, während er sprach: »Ist das eine Drohung?«

»Habt Ihr schon einmal ein Kind schreien gehört?« entgegnete Tathagres. »Genau das wird geschehen, das verspreche ich.«

Hinter ihr versuchte Emien erneut verzweifelt, sich zu befreien; die Matrosen schlugen ihn, bis er sich fügte. Tathagres jedoch verhielt sich, als hätte diese Störung gar nicht stattgefunden. »Interessiert Euch dies nicht einmal genug, daß Ihr nach dem Grund fragt?«

Doch Anskiere interessierte sich weit weniger für die königlichen Interessen in bezug auf den Kielmark, der ein Reich der Gesetzlosen regierte, als für das Mädchen unter seinen Händen.

Verärgert angesichts seines Schweigens, richtete Tathagres sich auf, die Arme vor der Brust verschränkt. »Der König bietet Euch Gnade für Tierl Enneth.«

Ungerührt sagte Anskiere. »Vorausgesetzt, ich befreie die Frostwargs.« Und, auf Tathagres aufgeschreckten Atemzug hin: »Der Konstabler konnte nicht widerstehen, mir zu erzählen, daß der König ihre Freilassung wünscht, um die Allianz der Freien Inseln zu zerstören. Was hat er Euch für Eure Hilfe geboten? Reichtum oder die Macht des Kielmark?«

Tathagres' Blick wurde starr. Röte überzog ihre Wangen, dennoch erklang ihre Antwort im Ton reinen Triumphgefühls. »Doch nicht so etwas Unbedeutendes, Wolkengebieter. Ich habe um die Schlüssel zum Turm von Elrinfaer nachgesucht.«

Bei diesen Worten blickte Anskiere auf, so still wie die Ruhe vor einem schrecklichen Sturm, und seine Finger spannten sich um Taens Ohren. »Seid gewarnt, Tathagres. Der König wird nie über meine Taten gebieten, selbst dann nicht, wenn Kinder deshalb leiden müssen.«

Das war mehr, als Emien vertragen konnte.

Wieder versuchte er, sich loszureißen, das schmale Gesicht schreckverzerrt. »Die Feuer von Kordane sollen dich verbrennen, Zauberer.«

Tathagres begegnete dem Ausbruch des Jungen mit desinteressiertem Blick. »Schweig.«

Emien verstummte, als hätte ihm jemand eine Ohrfeige versetzt. Mürrisch blickte er vor sich hin, als Tathagres den Kopf wandte. Wie Rauhreif glitzerte ihr Haar über der juwelengeschmückten Kehle, an der der sichtbare Pulsschlag einen vagen Eindruck ihrer Verwundbarkeit vermittelte. Nicht ahnend, daß seine Gefühle zu ihrer Waffe geworden waren, trieb Emien der machtvolle Wunsch, sie zu beschützen. Er schluckte, und langsam entspannten sich seine Hände im Griff der Matrosen. Tathagres lächelte.

»Bursche«, sagte sie mit rauher Stimme, »sollte euer Sturmwächter sich dem königlichen Befehl verweigern, wirst du mir dann helfen, seinen Willen zu brechen?«

Es war Anskieres Schuld, daß Taen sich selbst in diese Gefahr gebracht hatte; Anskieres Schuld, daß die Schaluppe verloren war. Für einen Sohn vieler Generationen von Fischern, war dies ein Vergehen, für das es kein Pardon geben konnte. Er spuckte in seine Handfläche und hob die Faust an seine Stirn. »Ich schwöre es.« Leidenschaftlicher Haß prägte seine Stimme, als er Tathagres Blick begegnete. »Unglück und der Fluch der See sollen mich treffen, sollte ich diesen Eid brechen.«

»So soll es sein.« Tathagres winkte den Matrosen zu, die den Jungen immer noch festhielten. »Er hat geschworen, mir zu dienen, also laßt ihn frei.«

Die Hände der Männer lösten sich. Emien erschauderte kurz und rieb sich die geröteten Arme, den Blick starr auf seine Herrin gerichtet.

»Ich glaube«, sagte er zögernd. »Ich glaube, Ihr seid die schönste Dame, die ich je gesehen habe.«

Und da erkannte Taen, warum sich die Loyalität ihres Bruders so gewandelt hatte. »Du beschämst deinen Vater!« schrie sie, doch Anskieres sanfte Berührung beruhigte sie wieder.

Emien reckte zornig das Kinn vor. »Er wird dich umbringen, Schwester.«

Doch Taen wandte das Gesicht ab, preßte sich an des Sturmwächters Schulter und rührte sich nicht mehr. Der Bootsmann zerrte sie schließlich schreiend aus den Armen des Zauberers.

»Überlaßt sie meiner Obhut«, rief Emien laut, um ihr Gebrüll zu übertönen. »Ich werde dafür sorgen, daß sie versteht.«

Doch Tathagres winkte nur dem Bootsmann zu und sagte: »Schließ das Mädchen im Frachtraum ein.«

Da er glaubte, sie wollte seine Loyalität prüfen, protestierte Emien nicht, obgleich der tapfere Schwur, den er geleistet hatte, nun wie eine schwere Bürde auf ihm lastete. Er wartete, bis Tathagres und ihr Gefolge die Segelkammer verlassen hatten. Als die Fackel an ihm vorbeigetragen wurde, warf das Licht einen schaurig verzerrten Schatten seines Profils auf das Schott. Emien wandte den Blick ab. Das Brennen seiner wunden Haut erinnerte ihn an die Ketten, die noch immer Anskieres Handgelenke fesselten, und es dürstete ihn nach der schlichten Ehrfurcht, die er als Kind gegenüber dem Sturmwächter empfunden hatte. Beschämt verweilte er in der Erwartung, einen scharfen Tadel für den Verrat an seiner Erziehung in Imrill Kand erleiden zu müssen.

Doch Anskiere verzichtete auf jegliche Maßregelung. Auch erbat er nichts. Als er schließlich sprach, schwang in seinen Worten ein ebenso trauriges, wie schreckliches Verständnis mit.

»Die Wasser dieser Welt sind tief. Wähle deinen Kurs mit Bedacht, Sohn des Marl.«

Und Emien erkannte, daß er schon jetzt Schwäche gezeigt hatte. »Mörder«, flüsterte er. »Schwestermörder.« Gepeinigt von Emotionen, die er sich selbst nicht erklären konnte, warf er die Tür hinter sich ins Schloß, und Dunkelheit kehrte ein.

Kapitel 2

RIFFHAFEN

Der Wind, der im Sommer stets von Westen zu wehen pflegte, legte sich, bis die Segel schlaff von den Segelstangen hingen. Die Krähe wälzte sich über ölige Wogen, und die Leinen donnerten gegen Masten und Segeltuch, bis Emien sich verzweifelt wünschte, er wäre taub geboren worden. Die Matrosen fluchten, während der Kapitän immer stiller und mürrischer wurde und Tathagres' Zauberer mit größtem Mißtrauen beobachtete. Niemand erwähnte den Sturmfalken. Niemand wagte es, von ihm zu sprechen. Dennoch waren überall auf den Masten Bogenschützen postiert, die Ausschau nach dem Vogel halten sollten.

An der Trinkwassertonne schöpfte sich Emien etwas Wasser, doch der bittere Geschmack vermochte den Knoten in seinen Eingeweiden nicht zu lösen. Sein ganzes Leben hatte er an der See verbracht; in der drückenden, widernatürlichen Ruhe erkannte er deutlich die Vorzeichen eines verheerenden Sturmes. Unbehaglich blinzelnd blickte er zum Horizont, konnte jedoch kein Luftflimmern erkennen. Der Ozean lag so still wie geschmolzenes Blei. Tag für Tag ging die Sonne auf und glühte wie eine gleißendhelle Lampe vom Himmel herab, als hätte jener seine Wolken gänzlich vergessen, und die mit Werg abgedichteten Fugen zwischen den Planken rissen nach und nach immer weiter auf.

»An die Arbeit!« Der Ruf des Maats weckte die Matrosen, die sich faul in die wenigen schattigen

Ecken verkrochen hatten. »Laßt die Wachen antreten, die Segel einzuholen. Der Kapitän ruft zu den Rudern.«

Emien kletterte voller Sorge gemeinsam mit den Matrosen in die Takelage. Unverschlossene Ruderöffnungen konnten auf offener See verhängnisvoll sein. Plötzlich aufkommender Wind mochte Wogen hervortreiben, die hoch genug waren, Wasser ins Schiff dringen zu lassen. Dennoch schien das Risiko erträglicher, als die Aussicht, weiter reglos auf die Gnade jenes Sturmes zu warten, den Anskiere, so glaubte jeder Mann an Bord, entfesseln würde. Und wenngleich Emien Tathagres seit jener Nacht, in der er in ihre Dienste getreten war, nicht mehr gesehen hatte, war doch ihr Unwille überall auf der Galeere zu spüren.

Doch sogar unter den kraftvollen Schlägen der Ruderer vergingen noch drei weitere Tage, bis der Ausguck endlich Land sichtete. Als der Ausruf von oben erklang, trat Emien gemeinsam mit anderen Matrosen an die Reling, unfähig, seine Neugier zu unterdrücken. Sein ganzes Leben lang hatte er Geschichten über jene Piratenfestung gehört, nun würde er sie zum ersten Mal selbst sehen können.

Schwarz wie Kohle erhob sich Riffhafen über der See. Die Schieferdächer einer Stadt lugten zwischen zerklüfteten Felsvorsprüngen hervor, und über ihnen ragten einer zerbeulten Krone gleich die Zinnen der Festung des Kielmark empor. Emien erschauderte. Kein Mann hatte jemals siegreich gegen den Kielmark bestanden. Wenn all die Legenden wahr waren, so lagen unter dem Kiel der Galeere die Gebeine unzähliger Schiffe, die von seiner Flotte versenkt worden waren. Hier würde selbst Tathagres gezwungen sein, Vorsicht walten zu lassen.

Mit gehißter weißer Flagge zum Zeichen der Neutralität lief die Krähe in den Hafen ein. Nicht länger flatterten die königlichen Insignien am Besanmast. Auf Deck arbeiteten geschäftige Matrosen schweigend, wohlwissend, welche Strafe ihnen drohte, sollten sie trödeln.

Emien half den Matrosen, das Beiboot zu Wasser zu lassen, das Anskiere an Land bringen sollte. Jenseits der Reling zauberte der Sonnenschein Reflexionen auf eine Wasseroberfläche, die so ruhig wie ein Spiegel war. Emien leckte sich den Schweiß von den Lippen, während gleichzeitig ein sonderbares Frösteln seinen Leib erfaßte. Nie zuvor hatte er solch ein Wetter erlebt, niemals während vierzehn Jahren der Fischerei. Je eher der Sturmwächter von Bord war, desto besser für das Schiff.

Mit dumpfem Schlag prallte das Boot auf der Wasseroberfläche auf. Kleine Wellen lösten sich unter seinem Kiel. Emien verzurrte die erschlaffte Leine und sah sich gerade in dem Augenblick nach dem Kajütgang um, in dem Anskiere an Deck gebracht wurde. Zwei Zauberer bewachten ihn, und die Fesseln schimmerten noch immer an seinen Handgelenken, doch das war alles, was den Eindruck seiner Gefangenschaft aufrechterhielt. Emien keuchte. Anskiere hatte neue Gewänder aus blauem, goldverziertem Samt erhalten. Er trug sowohl Stab als auch Robe, und sein silbriges Haar fiel ihm ordentlich gekämmt über die Schultern.

Überrascht angesichts dieses edlen Staates, hegte Emien neuerlichen Groll. »Sie behandeln ihn besser als er es verdient.«

Neben ihm spuckte ein Soldat kopfschüttelnd aus. »Nein, sie verdammen ihn. Anskiere hat eben diese Robe getragen, als Tier Enneth vernichtet wurde.«

Durch ein Blinzeln versuchte Emien, den Schweiß aus seinen Wimpern zu schütteln. »Er sieht aus wie der Sohn eines Königs.«

Nun grinste der Soldat. »Hast du das denn nicht gewußt? Er ist der Sohn eines Königs.«

Nicht recht sicher, ob der Mann Scherze mit ihm trieb, verfiel Emien finsteren Blickes in Schweigen. Sollte seine einfache Erziehung in Imrill Kand die Männer amüsieren, so würde er eines Tages Mittel und Wege finden, ihnen das Lachen zu verleiden. Mit bitterer Entschlossenheit griff er nach der Reling, während Anskiere über die seitliche Luke hinab in das Boot stieg. Beide Zauberer gingen mit ihm. Mit ihren schwarzen Kapuzen erinnerten sie an Aasgeier, als sie im Heck des Bootes Platz nahmen.

Emien löste die Leine, als er plötzlich eine Hand auf seiner Schulter spürte. Neben ihm rief Tathagres: »Sturmwächter!«

Erschrocken wandte sich Emien mit gerunzelter Stirn um. Ihr Geruch umhüllte ihn, und in seinen Ohren klimperte es leise, als sie sich an ihm vorbei über die Reling beugte.

»Anskiere, vergeßt die Wünsche des Königs nicht.« Warnend umschloß sie Emiens Handgelenk mit den Fingern.

Unten ließen die Ruderer ihre Riemen zu Wasser, und das Boot setzte sich in der gläsernen Stille langsam in Bewegung. Nun endlich blickte Anskiere auf.

Tathagres Griff verstärkte sich noch mehr, und ihre Nägel gruben sich tief in Emiens Fleisch. »Solltet Ihr in Versuchung geraten, so denkt an jene, die Ihr in meiner Obhut zurückgelassen habt.«

Anskieres Blick verlagerte sich etwas, um auch Emien zu erfassen. Dann verweilte er. Trotz Tathagres Anwesenheit brach der Junge in Schweiß aus.

Kälteschauder rasten über seine Haut, denn dieser forschende Blick schien seine Seele aus dem Gleichgewicht bringen zu wollen.

»Frau«, sagte der Hüter der Stürme, »sollte es Euch gelingen, Euch Einlaß nach Elrinfaer zu verschaffen, so werdet Ihr dem Untergang geweiht sein.«

Tathagres warf ihr Haar zurück, Schmuck und Amethyste blitzten im Sonnenschein. »Eure Drohungen bedeuten mir nichts. Wenn ich Zugang zu Eurer Macht erhalte, Wolkengebieter, so wird der Untergang Euer sein.«

Anskiere strich mit schmalen Fingern über seinen Stab. »Euer Plan weist Fehler auf. Elrinfaer birgt nicht die Grundlagen meiner Macht, noch hat es das je getan. Danach müßt Ihr an einem anderen Ort suchen.«

»Wenn die Schlüssel zu Elrinfaer mich nicht zum Ziel bringen, so werde ich das tun«, entgegnete Tathagres. Dann ließ sie Emien los und wandte sich brüsk dem Kapitän zu. »Liefert den Sturmwächter dem Kielmark aus. Wir werden weitersegeln, sobald er an Land ist.«

Die Ruderer legten sich in die Riemen, und das Beiboot glitt aus dem Schatten der *Krähe* heraus. Wasser kräuselte sich unter seinem Bug. Emien aber verweilte nicht, der Abreise Anskieres beizuwohnen. Er verließ seinen Platz an der Reling und verbeugte sich vor Tathagres.

»Herrin, nun, da der Sturmwächter fort ist, würdet Ihr mir erlauben, meine Schwester aus dem Frachtraum zu befreien?«

»Das Mädchen ist eine Geisel und von großem Wert.« Abschätzig studierte Tathagres das Gesicht des Jungen. Dann plötzlich lächelte sie. »Du darfst sie besuchen. Aber du wartest, bis das Boot zurück und die *Krähe* wieder auf der Reise ist.«

Sprachlos vor Dankbarkeit verbeugte sich Emien erneut. Als er sich wieder aufrichtete, war Tathagres fort, und die lauten Befehle des Kapitäns scheuchten die Matrosen von der Reling weg. Trotz der Geschäftigkeit an Bord verging die Zeit, bis das Beiboot zurückgekehrt war, unsäglich langsam. Emien lief zwischen Reling und Lukengitter auf und ab, innerlich zerfressen vor Ungeduld. Kaum machten sich die Matrosen an der Gangspill zu schaffen, da stürzte er schon zum Lagerraum.

Blinzelnd stand er in der Finsternis, und das Klimpern der Kette in der Ankerklüse hallte schmerzhaft in seinen Ohren, als der Anker sich vom Meeresgrund löste.

»Taen?«

Licht flackerte über seinem Kopf. Ein Gardist stieg mit einer Laterne zu ihm herab. Vage erkannte Emien die dunklen Umrisse der zu Ballen gebundenen Fracht und die Reflexion des Lichtes in einem Wassertopf. Eine Ratte starrte ihn mit leuchtenden Augen an, ehe sie hastig von dem Sauerteiggebäck abließ und davonflitzte.

Emien schauderte. »Taen?« Der Anblick des zurückgelassenen Essens rief ein beunruhigendes Gefühl in der Magengrube hervor. Ihre schlichte, bürgerliche Erziehung hatte das Mädchen gewiß nicht gelehrt, Lebensmittel zu verschwenden. Nichts rührte sich in den schattigen Winkeln des Lagerraums. Emien drehte sich zu dem Wachmann um.

»Sie ist nicht hier.«

»Unmöglich.« Schnaufend trat der Mann von der untersten Sprosse herab und hob die Lampe hoch über seinen Kopf, um sie an einem Deckenbalken zu befestigen. Mit einem letzten lauten Klirren kam der Anker zur Ruhe, und die Echos verhallten.

»Sie hat nichts gegessen.« Laut erklang Emiens Stimme in der plötzlichen Stille.

»Nicht?« Der Wachmann betrachtete seufzend das Brot. »Vermutlich versteckt sie sich. Aber sie kann nicht weit sein. Ihre Hände waren gefesselt.«

»Jetzt nicht mehr.« Emien bückte sich und zog einen zerfetzten Leinenstreifen von dem scharfen Draht ab, der die Ballen zusammenhielt. Blut befleckte die Stoffasern.

Der Wachmann fuchtelte ungeduldig mit den Händen durch die Luft. »Dann such sie!«

Emien stolperte in die Finsternis. Seine Nase protestierte gegen den Geruch der Bilge, den modrigen Gestank der Feuchtigkeit und den scharfen Dunst der Schnapsfässer, während er sich bemühte, nicht an die Ratten zu denken. »Taen?«

Nur Stille und das Klappern der Ruder, die über ihren Köpfen zu Wasser gelassen wurden, antwortete seinem Ruf. Und obgleich er den Frachtraum mit verzweifelter Sorgfalt durchsuchte, konnte er keine Spur von seiner Schwester entdecken. Schließlich zog sich der Wachmann widerstrebend zurück, um Tathagres zu informieren.

Soldaten wurden herbeigeschickt, die Suche zu unterstützen. Eine ganze Stunde lang hallte der Frachtraum von den Flüchen der Männer und dem Quieken aufgeschreckter Ratten wider. Doch sie fanden nichts. Zutiefst betrübt wischte sich Emien mit der schmutzigen Hand über die Stirn und setzte sich auf einen Sack Gerste. Hilflose Wut ergriff Besitz von ihm. Sollte Taen etwas zustoßen, so würde der Sturmwächter bitter dafür bezahlen müssen.

»Das Mädchen kann nicht entkommen sein«,

sagte Tathagres klar und deutlich vernehmbar am oberen Ende der Stiege. »Wenn sie sich versteckt, werden Hunger und Durst sie früher oder später wieder hervorlocken. Bis dahin wird sie sich mit der Gesellschaft des Ungeziefers abfinden müssen.«

Jenseits der Läden und Häuser, die sich um den Kai von Riffhafen drängten, zog sich eine Treppe durch die felsige, von Gestrüpp bewachsenen Küstenlandschaft. Die Mauern der Festung des Kielmark krönten die Klippen, schwarz und ebenmäßig erhoben sie sich über den verdrehten Ästen der Mandelbäume. Während die Krähe aus dem äußeren Hafenbecken gerudert wurde, stieg Anskiere die Stufen hinauf.

Man hatte ihm die Fesseln abgenommen, und der güldene Saum seiner Robe warf in der Mittagssonne einen tiefen Schatten um seine Füße. Seinen einstigen magischen Stab nutzte er als Gehstock. Die Metallspitze klirrte grell auf den Stufen, die so alt waren, daß sich bereits allerlei Gräser durch die rissigen Marmorplatten gedrängt hatten. Die Sommersonne hatte die Halme gebleicht, bis sie an alte Knochen erinnerten; und wie Knochen knirschten sie unter den Stiefelsohlen der beiden Zauberer, die zu seiner Eskorte bestimmt worden waren.

»Ihr werdet den Kielmark sofort um eine Audienz bitten«, erinnerte der Zauberer zur Linken des Sturmwächters.

Anskiere schwieg. Abgesehen vom Zirpen der Grillen schien die Anhöhe vollkommen verlassen, und die Stadt unter ihnen lag in tiefem Schlummer. Dennoch ließ sich keiner der Männer durch die Stille täuschen. Die Garde des Kielmark war für ihre Wachsamkeit weithin bekannt. Gewiß hatten die Gardisten die Zauberer bereits bemerkt, als das Beiboot sich der Küste genähert hatte; und da sie Fremde waren, wurden sie zweifellos beobachtet.

Anskiere hielt auf dem Absatz vor dem Tor inne, den Stab in seine Armbeuge geklemmt. Vollkommen ruhig hing der Umhang über seinem Unterarm in der windstillen Luft herab.

»Nun?« Der Zauberer zu seiner Rechten winkte ungeduldig. »Geh weiter.«

Doch Anskiere ließ sich nicht hetzen. In diesem Augenblick schienen die Felsen neben der Treppe unter dem Ansturm plötzlicher Geschäftigkeit zu explodieren. Gleich darauf fanden sich die drei Männer umkreist von Bewaffneten wieder, deren Speere sich feindselig auf sie richteten.

»Nennt Euer Begehr«, sagte der größte Soldat brüsk. Kaum mehr als eine lederne Rüstung kleidete seinen sonnengebräunten Leib, und er trug kein Wappen. Lediglich der gut gepflegte Stahl der Schnallen an seiner Rüstung, die scharfe Speerspitze und der forsche Ton kündeten von Disziplin und Autorität.

Anskiere antwortete mit ruhiger Stimme. »Eure Waffen werden nicht gebraucht. Ich bitte lediglich um eine Unterredung mit dem Kielmark.«

Mit unfreundlichem Blick studierte der Gardehauptmann den Sturmhüter, doch zumindest senkte er nun seinen Speer. »Mit welchem Recht verlangt Ihr nach einer Audienz, Fremde? Der Kielmark mag keine Eindringlinge, warum also sollte er Euch die Ehre erweisen?«

Noch ehe Anskiere etwas entgegnen konnte, schob sich einer der Zauberer in den Vordergrund. Sogleich deuteten unzählige Speerspitzen auf seine Brust.

»Vorsichtig«, warnte ihn der Hauptmann. »Euer Leben ist hier nicht viel wert.«

Aschgrau unter seiner Kapuze, legte der Zauberer einen Finger auf die Speerspitze, die seiner Kehle am nächsten war. »Seid achtsam. Wißt Ihr denn, wen ihr bedroht? Eure Spielzeuge deuten auf Anskiere von Elrinfaer, einst Hüter der Stürme zu Tierl Enneth.«

Pfeifend sog der Hauptmann Luft in seine Lungen. Schweiß überzog plötzlich seine Hände, und das bärtige Gesicht nahm einen fahlen Teint an.

Anskiere lächelte kläglich. »Für mich ist Eure Waffe kein Spielzeug. Ich blute ebenso leicht wie jeder andere Mensch.«

Der Hauptmann zog seinen Speer zurück und rammte ihn geräuschvoll auf den steinernen Boden. »Seid Ihr …« Er verdrehte den Kopf, um die goldenen Borten zu begutachten, welche die blaue Robe an Ärmelstulpen und Saum zierten, und seine wachsamen Augen zogen sich zu schmalen Schlitzen zusammen.

»Ich bin Anskiere, einst von Elrinfaer, und ich bin gekommen, mit Eurem Gebieter zu sprechen. Werdet Ihr ihm das ausrichten?«

Ohne ein weiteres Wort machte der Hauptmann auf dem Absatz kehrt. Eingekesselt von mißtrauischen Bewaffneten, ergingen sich die beiden schwarzgekleideten Zauberer in erleichterten Seufzern. Wie es schien, hatte Anskiere die Absicht, sich freiwillig dem Kielmark zu stellen. Trotz der gefangenen Kinder aus Imrill Kand und dem Bann über seiner Macht, blieb der Sturmwächter unberechenbar und gefährlich. Die Kraft, die er auch nun noch besaß, mochte durchaus reichen, ihre Aufgabe außerordentlich schwierig zu gestalten.

Nervös warteten die Zauberer in der Mittagshitze, während die Metallschleife am oberen Ende des Stabes Schattenlinien auf das Gesicht des Sturmwächters warf. Sie sahen zu, wie er den Horizont anstarrte, und allein seine Ruhe reichte aus, ihnen Unbehagen zu bereiten.

»Das Wetter scheint ihn nicht zu kümmern«, wisperte einer der Zauberer in der Sprache ihrer Berufung. »Es ist beinahe, als wäre er ein Teil davon.«

»Unmöglich.« Der andere Zauberer tupfte seine Schläfen mit dem Ärmel ab. »Mit einem entmachteten Stab, von großen Bannen belegt, kann er gar nichts bewirken.»

»Der Sturmfalke ...«

»Unsinn. Er ist nie zurückgekehrt.«

Ein Speer blitzte in den nervösen Händen eines Gardisten auf und beendete ihre Unterhaltung abrupt. Die nachfolgende Spannung legte sich nicht, bis der Hauptmann schließlich wieder zurückkam.

Hastig, leichenblaß und schwitzend, trat er aus dem Torhaus heraus.

»Legt die Waffen nieder.«

Eifrig gehorchten die Männer seinem Befehl, während der Hauptmann sich Anskiere zuwandte. »Der Kielmark will Euch sofort sehen.«

Sturmwächter und Eskorte nahmen ihren Aufstieg über die Treppe wieder auf, begleitet von dem Klatschen der Sandalen an den Füßen der Soldaten, die sie geleiteten.

Der Hauptmann entschuldigte sich für diese Maßnahme. »Die Männer müssen uns begleiten. Niemand hat sich dem Kielmark je bewaffnet genähert, doch für Euch will er eine Ausnahme machen.«

Anskiere hielt unter dem steinernen Rundbogen des Torhauses inne. »Ich bin bereit, meinen Stab zu übergeben, wenn der Kielmark es wünscht«, sagte er, doch auch sein Angebot vermochte den Hauptmann nicht zu beruhigen.

Statt dessen reagierte er mit noch größerer Wachsamkeit. »So ein Narr ist er nicht.«

Jeder erfahrene Mann wußte, daß die Berührung durch den Stab eines Zauberers zum Tode führte. Die Röte stieg dem Hauptmann ins Gesicht, als er sich der knappen Worte des Kielmark erinnerte: »Ein Zauberer in Riffhafen ist eine ebenso große Gefahr für meine Interessen wie einer, der direkt vor mir steht, doch mit einem Unterschied: Hier kann ich seine Hände sehen. Bring ihn sofort herein.«

Der Kielmark wartete unter der Gewölbedecke einer gewaltigen Halle, in der die Kostbarkeit der Robe Anskieres nicht länger deplaziert wirkte, war der Raum doch mit dem Diebesgut aus unzähligen geplünderten Schiffe zu allen Seiten reich geschmückt. Gold, Perlen, Perlmutteinlagen und Juwelen zierten alles in diesem Saal, von den Wandteppichen bis hin zu Möbelstücken aus seltenen Gehölzen. Der Sturmwächter und die Eskorte näherten sich dem Podest des Kielmark über einen nicht minder wertvollen, riesigen Teppich.

Von einem einzigen Mann abgesehen, war der Raum verlassen. Der Kielmark hatte beschlossen, sie allein zu empfangen. Dennoch ließen sich Tathagres Zauberer nicht täuschen. Ihren scharfen Blicken entging nichts. Inmitten all des zur Schau gestellten Reichtums erkannten sie einen Geist, der unentrinnbar der Gewalt verpflichtet war; die große Halle des Kielmark war strategisch auf jeglichen Angriff vorbereitet, und all der Glanz diente nur dazu, jeden Mann zu blenden, der dumm genug war, den Herrscher von Riffhafen herauszufordern.

Von seinem mit Leopardenfellen ausgekleideten Sessel aus begegnete der Kielmark den forschenden Blicken seiner Besucher mit eisiger Distanz. Von dem Klopfen eines einzelnen nervösen Fingers abgesehen, schien ihn die Tatsache, daß Anskieres Name in Verbindung mit dem Tod von viertausend Menschen stand, geradezu zu langweilen. Gesetzlose kamen nach Riffhafen, zu dienen oder hier zu sterben, denn der König der Renegaten duldete keinerlei Untreue, und seine Strafe folgte so schnell wie unbarmherzig.

Und, sonderbar, der Herrscher inmitten all dieser strahlenden Pracht war selbst jene Note, die nicht klingen wollte, das Teilchen im Mosaik, das sich nicht in das Gesamtbild fügte. Als die Zauberer nähertraten, erkannten sie diesen Umstand und wurden noch vorsichtiger. Unter all den glänzenden Rubinen trug der Kielmark die gleiche schlichte Lederrüstung wie seine Männer. Damit aber endeten die Ähnlichkeiten, denn er war von erstaunlich muskulöser Gestalt, und in seinen Augen spiegelte sich eine Intelligenz wider, die keinem mildernden Einfluß der Güte unterlag. Blau und strahlend lugten sie unter dem Schopf dunklen Haares hervor wie die eines Wolfes. Dieser Mann war so hart wie eine stählerne Waffe und sich seiner todbringenden Wirkung wohl bewußt.

Die Zauberer sahen sich nach Anskiere um und stellten fest, daß er noch immer vollkommen gelassen war. Unbeeindruckt von der Spannung rund um ihn herum, blieb er vor dem Podest stehen und wartete, daß der Kielmark zu ihm sprechen würde.

»Was führt Euch hierher?« Diese Frage glich einer Herausforderung.

Ruhig entgegnete der Sturmwächter: »Ich bitte um Asyl.«

»*Asyl!*«

Die gewaltigen Fäuste des Kielmark schlossen sich um die Armlehnen, und seine Augen zogen sich zu schmalen Schlitzen zusammen. »Asyl«, wiederholte er, und sein Blick glitt über die blaue Robe und den güldenen Zierrat, welche dieses Ansinnen wie Hohn erscheinen ließen. »Also präsentiert Ihr Euch hier als ein Bittsteller, und dennoch verbeugt Ihr Euch nicht.«

Die Zauberer bemühten sich sehr, ihre zunehmende Besorgnis zu verbergen. Das Gespräch verlief nicht, wie Tathagres es geplant hatte. Und schon unterstrich Anskiere auf subtile Weise sein Begehr. Er hob den schweren Stab von seiner Schulter, legte ihn flach auf die Stufe des Podests und trat wieder zurück, die Hände entspannt an der Körperseite.

»Ich verbeuge mich nicht.»

Eisige Stille begegnete seinen Worten. Schockiert angesichts des symbolischen Verzicht eines Zauberers auf seine Macht, stockte den Soldaten der Atem. Davon abgesehen löste der Stab weiter nichts als einen berechnenden Ausdruck im geröteten Gesicht des Kielmark aus. Forschend betrachtete er die beiden Zauberer und erkannte die Diskrepanz in ihrem totalen Mangel an Reaktion. Angespannt sagte er: »Hüter, Eure Begleiter scheinen wegen Eurer Geste sonderbar unbeeindruckt.«

Anskiere zuckte die Schulter. »Jene dort?«

Die Abwertung, die aus seinem Achselzucken sprach, bereitete den Zauberern sichtlichen Verdruß.

»Sie gehören nicht zu mir, Eminenz«, sagte Anskiere leise.

Nun plötzlich beugte sich der Kielmark mit hochgezogenen Brauen vor. »Gehören nicht zu Euch? Warum sind sie dann hier?«

Anskiere hielt seinem Blick unbeeindruckt stand. »Laßt sie für sich selbst sprechen.«

»Ach«, entfuhr es dem Kielmark. Mit einer Miene größten Interesses lehnte er sich zurück und strich sich mit den Fingern durch den Bart. Beinahe unhörbar fragte er: »Was habt Ihr uns zu sagen, Zauberer?«

Der Sturmhüter machte sich nicht die Mühe, ihm zu antworten, und auch die beiden Zauberer zogen es vor zu schweigen. Für einige Zeit rührte sich in dem Saal nichts außer den Fliegen, die im hereindringenden Sonnenlicht kreisten.

»Was ist in Tierl Enneth geschehen?« fragte der Kielmark. Seine Haltung drückte Wachsamkeit aus, und sein Ton klang gefährlich brüsk.

Anskiere blieb vollkommen ruhig, wenngleich seine Haltung plötzlich eine Spur abwehrend erschien. Obwohl Moral bei der Beurteilung seiner Antwort in Riffhafen keine Rolle spielte, wählte er seine Worte mit äußerster Sorgfalt. »Ich wurde verraten.»

Der Kielmark blinzelte wie eine Katze. »Das ist alles? Sonst nichts?« Als er keine Antwort erhielt, setzte er noch einmal nach. »Seid Ihr dafür verantwortlich?«

Anskiere senkte den Kopf, und seine langen Finger verkrampften sich an seiner Seite. »Ja.«

Murmeln erklang aus den Reihen der Bewaffneten, verstummte jedoch auf einen einzigen finsteren Blick des Kielmark hin sogleich. Tathagres Zauberer traten unruhig von einem Fuß auf den anderen, wenig erfreut über den Verlauf dieses Gespräches. Anskieres Bitte um Asyl hatte der Unterhaltung eine Wendung gegeben, deren

Ergebnis vollkommen unvorhersehbar war, doch mit all den Speeren im Rücken wagten sie nicht, einzugreifen.

Auf seinem Stuhl nahm der Kielmark eine bequeme Haltung ein, und die Muskeln unter seiner braunen Haut entspannten sich. »Ich akzeptiere Euer Eingeständnis», sagte er, ehe er ganz plötzlich eine Entscheidung fällte. »Ihr seid willkommen und sollt allen Schutz genießen, den Riffhafen zu bieten hat, wenn Ihr im Gegenzug über unser Wetter wacht.«

Anskiere blickte auf. »Beides ist begrenzt.» Er verzichtete darauf, zu erklären, wie sehr seine Macht beschränkt war, als er hinzufügte: »Ich werde tun, was ich kann.«

Rubine blitzten am Hals des Kielmark auf, als er nickte. »Ich verstehe. So mögt Ihr nun Euren Stab zurücknehmen. Was, schlagt Ihr vor, soll mit den beiden Zauberern geschehen, die mit Euch gekommen sind?«

»Nichts, Eminenz.« Anskiere nahm seinen Stab an sich und richtete sich mit einer Miene schlichten Amüsements wieder auf. »Für diese zeichne allein ich verantwortlich.«

Einer der Zauberer stieß ein verblüfftes Zischen aus, der andere wirbelte um die eigene Achse, empört angesichts der kühnen Dreistigkeit Anskieres. Und auf dem Podest belohnte der Kielmark ihre Erschütterung mit bellendem Gelächter. »So, die Hyänen haben also ihren Jagdtrieb noch nicht vergessen«, stellte er fest. Innerhalb einer Sekunde aber wurde er wieder vollkommen ernst, und seine starken Finger strichen angespannt über das Leopardenfell. »Ich werde ihr Schicksal in Eure Hände legen, Sturmwächter, doch mit einer Einschränkung. Ich mißtraue den Absichten eines jeden, der keine Gerechtigkeit fordert, seien es nun Zauberer oder Sterbliche. Ich will, daß diese beiden Riffhafen innerhalb von drei Tagen verlassen.«

Beruhigt ergingen sich die beiden Zauberer in blasierter Zufriedenheit. Der Kielmark hatte Anskiere sauber in die Enge getrieben; nun, da seine Macht gebannt und die Leben zweier Kinder in Gefahr waren, würde er sein Versprechen niemals halten können. Gierig wie Spürhunde, die eine frische Witterung aufgenommen hatten, warteten die Zauberer darauf, daß Anskiere seine Hilflosigkeit eingestehen und die Gnade des Kielmark erflehen würde.

Doch zu ihrer Überraschung führte Anskiere nun die Verbeugung aus, die er dem Kielmark zuvor verweigert hatte. »Euer Lordschaft, Ihr habt mein Wort.« Kein Makel war seiner Versicherung zu entnehmen, und doch trugen seine Worte den schaurigen Odem eines Mannes, der soeben einen Pakt mit dem Tod selbst geschlossen hatte.

Überzeugt, diese Lüge würde Anskiere ruinieren, traten die beiden Zauberer in Erwartung ihrer baldigen Befreiung zurück. Der Kielmark jedoch winkte seinen Soldaten, woraufhin diese ihre Waffen erhoben und den hastigen Rückzug im Keim erstickten.

»Wartet.«

Ohne sich von seinem Stuhl zu erheben, streckte sich der Kielmark und ergriff ein Schwert, das hinter ihm an einem Haken an der Wand gehangen hatte. Der Säbelkorb glitzerte im Sonnenschein, als er Anskiere die Waffe darbot. »Das mag Euch noch von Nutzen sein.«

Das aufgeschreckte Zucken eines der Zauberer bewies ihm sogleich, wie richtig seine impulsive Tat gewesen war, und als Anskiere den Arm ausstreckte, um nach der Waffe zu greifen, rutschte sein Ärmel hoch und offenbarte die blaugrauen Male, die die Fesseln hinterlassen hatten, welche noch vor kurzer Zeit seine Handgelenke umspannt hatten.

Erschüttert angesichts dieses unübersehbaren Beweises der Mißhandlung, zog der Kielmark sanft an dem Schwert, als Anskieres Finger sich um das Heft schlossen. Leise, beinahe im Flüsterton, sagte er: »Tretet näher.«

Anskiere erklomm die Stufen.

Der Kielmark beugte sich nah zu ihm heran, so daß kein anderer seine Worte mitanhören konnte. »Ich sehe, ich habe richtig geurteilt, alter Freund.« Mit einem Nicken deutete er auf die Zauberer, die starr vor Wut dem Verlauf der Ereignisse folgten. »Können Sie Euch vernichten?«

Tief atmete der Sturmwächter durch. Am Stahl der Waffe, die sie noch immer gemeinsam hielten, erkannte der Kielmark ein zartes, angespanntes Zittern, das Anskieres Robe bis zu diesem Zeitpunkt verborgen hatte. Dennoch zeigte sich der Blick des Sturmwächters unbesorgt, als er schließlich antwortete: »Ich glaube nicht.«

»Eure Probleme überschreiten meinen Horizont. Mir bleibt keine andere Wahl, als Euch zu vertrauen.« Das mächtige Handgelenk des Kielmarks drehte sich mit der Waffe. Weit deutlicher vernehmbar sagte er: »Dann könnt Ihr uns also von dieser verfluchten Hitze befreien?«

Anskiere lächelte. »Das würde gewaltsame Maßnahmen notwendig machen, Eminenz.»

Scheinbar beunruhigt, traten die Zauberer vor dem Podest von einem Fuß auf den anderen.

»Bei Koridans Feuern«, fluchte der Kielmark. Dann aber lachte er. »Eure Marionetten scheinen nicht sehr erfreut zu sein. So wendet Gewalt an,

Wolkengebieter. Meinen Segen habt Ihr. Später werden wir uns noch einmal unterhalten.« Und er löste seinen Griff um die Waffe und entließ die Besucher mit einer ausholenden Armbewegung.

Nur von den Zauberern begleitet, verließ Anskiere ohne weitere Verzögerung die Festung des Kielmark. Kaum aber hatten sie das Torhaus passiert, da fiel jegliche Hast von ihm ab. Er blieb auf dem Absatz am oberen Ende der Treppe stehen und musterte aufmerksam den Hafen. Hitzeflimmern vernebelte den Blick. Unter ihnen erwachte die Stadt zu neuem Leben; er hörte das Klappern der Läden, als die Händler ihre Geschäfte wieder öffneten. Die See war so glatt wie blankpoliertes Metall, und in der Luft hing ein Geruch wie von einem Ofen. Anskieres Finger schlossen sich fester um seinen Stab.

Die beiden Zauberer beobachteten den ruhelosen Sturmwächter nicht minder ungeduldig. Offenbar fand Anskiere nicht, wonach er so angestrengt Ausschau hielt; und obgleich der Kielmark ihm Zuflucht in Riffhafen gewährt hatte, verzichtete er auf den kühlen Schatten und die dargebotenen Erfrischungen in einer Taverne. Ohne auf seinen samtenen Staat zu achten, schritt er auf einer Art Ziegenpfad durch das Gestrüpp.

Wie Schatten folgten ihm die beiden Zauberer. Nach den Gesetzen des Asyls durften sie keine Gewalt anwenden, um ihn aufzuhalten, es sei denn, die Gesetze des Kielmark selbst verlangten nach Schutz. Das Schwert gab ihrem Zorn den letzten Schliff.

Anskieres bereitwillige Akzeptanz, den Stahl eines Sterblichen entgegenzunehmen, deutete auf eine selbstbewußte Geisteshaltung hin, die sie nicht länger zu ignorieren wagten.

Die Hänge waren nur mühsam begehbar. Der größere Zauberer stolperte über einen lockeren Stein. Gestrüpp verfing sich in seiner Kleidung. »Bei allen Feuern!« fluchte er, während er nach seinem Kollegen griff, um nicht den Halt zu verlieren. So unbeholfen das Manöver auch erschien, erfolgte es doch zu einem Zeitpunkt, in dem Anskiere gerade außer Hörweite geriet. Leise sprach der Zauberer zu seinem Kameraden: »Tathagres hat ihn falsch eingeschätzt.«

Mit gerunzelter Stirn überdachte der andere Zauberer seine Worte. »Vielleicht. Andererseits scheint Anskiere die Einsamkeit zu suchen. Wenn das der Fall ist, dann haben wir ihn in der Hand. Die Gunst des Kielmark wird ihm in den Bergen kaum helfen können.«

»Ist Euch denn das entgangen?« Zornig fuchtelte der erste Zauberer in der Luft herum. Nur mühsam gelang es ihm, weiterhin leise zu sprechen. »Der Kielmark kannte ihn. Und um Asyl statt um Hilfe zu bitten, war schon ein meisterhafter Streich. Ohne Zweifel hat Anskiere Gründe dafür.« Brüsk wandte er sich ab und stapfte weiter voran.

Sein Kollege beeilte sich, schrittzuhalten. »Darüber habe ich auch schon nachgedacht.« Ein Dornenzweig verfing sich in seinem Ärmel. Zornig riß er sich los. Schweiß troff von seinen Brauen, und seine weichen Stiefel waren ihm auf diesem Weg keine große Hilfe.

Doch der Sturmwächter verlangsamte seine Schritte nicht. Weit vor seinen Begleitern erklomm er einen engen Paß. Trotz des schwierigen Geländes bewegte er sich mit selbstverständlicher Leichtigkeit.

Die Zauberer folgten ihm, unfähig, seine Absichten zu erraten.

»Vielleicht ist das eine Finte.«

»Ihr müßt ein Narr sein, so etwas anzunehmen. Und Tathagres ist eine Närrin, so sie wahrhaftig wünscht, die Siegel am Turm zu Elrinfaer zu brechen. Ich glaube nicht, daß der Sturmhüter gelogen hat, als er gesagt hat, das Fundament seiner Macht läge an einem anderen Ort.«

Mitten im Schritt hielt der zweite Zauberer inne; Kieselsteine lösten sich unter seinen Sohlen und rollten den Hang hinab. Winzige Staubfahnen wirbelten unter ihrem Aufprall auf. »Was bedeutet Elrinfaer für Euch?« fragte er.

Der erste Zauberer zuckte die Schultern. »Ein Haufen Granit, weiter nichts. Aber wenn die Frostwargs nicht planmäßig befreit werden, so werden die Freien Inseln nicht besiegt werden können.« Schweratmend bedachte er seinen Kollegen mit finsterem Blick. »Hearvin war schlecht informiert. *Nie* hat Anskiere von Elrinfaer sich einer List bedient. Er führt uns nicht hinters Licht. Der Sturmfalke wird zurückkehren, glaubt mir, und dann werden wir ganz schöne Schwierigkeiten bekommen.«

Der andere Zauberer überdachte dies und blickte dann zu dem Sturmwächter hinauf, dessen Gestalt sich auf dem Gipfel der Anhöhe scharf gegen den Himmel abzeichnete, während er erneut auf die See hinausstarrte.

Der Zauberer seufzte. »Nun gut«, sagte er. »Wir werden uns trennen. Ihr folgt Anskiere. Findet heraus, was er vorhat und überwacht ihn sorgfältig.«

»Und was werdet Ihr tun?«

»Ich werde zur Höhle der Frostwargs gehen. Sollte Anskiere sich unserer Kontrolle entziehen, so kann ich die Banne, die ihn hemmen, wieder aufbauen. Seine eigene Befreiung aber soll die Frostwargs zu neuem Leben erwecken. Sie werden voller Zorn aus ihrem Schlaf erwachen und Riffhafen verwüsten, und Anskiere allein wird dafür büßen müssen.« Ein Lächeln huschte über das Gesicht des Zauberers und gab den Blick auf seine abgebrochenen Zähne frei. »Nach Tierl Enneth ist wohl kaum anzunehmen, daß der Kielmark ihm vergeben würde.«

Auch der andere Zauberer lächelte. »Anskiere ist so arglos. Eher würde er höchstpersönlich die Frostwargs befreien, als das Leben eines Verbündeten zu opfern.« Noch immer lächelnd verließ er seinen Kollegen, um dem Sturmwächter zu folgen.

Oberhalb der Festung wurde der Aufstieg immer steiler, und der Ziegenpfad verlor sich bald in einem durcheinander zerklüfteter Schieferfelsen. Anskiere mühte sich immer weiter hinauf. Verwittertes Gestein löste sich unter den Sohlen seiner Stiefel und stürzte in flachem Bogen den Hang hinab.

Geplagt von seiner schweißgetränkten Robe, stolperte der Zauberer hinter dem Hüter der Stürme den Berg hinauf, beständig von den herabprasselnden Kieselsteinen gepeinigt. Er verfluchte das Land, die erstickende Hitze und den Magier, den er bewachen mußte, folgte ihm jedoch mit dem Eifer eines Wahnsinnigen. Als Anskiere schließlich den Gipfel erreicht hatte, war er kaum mehr einen halben Schritt hinter ihm und doch nicht klüger als zuvor. Anskieres Absichten waren ihm noch immer unbegreiflich, obgleich der Zauberer allerlei Möglichkeiten erwogen hatte, bis sein Kopf von den angestrengten Überlegungen zu schmerzen begann.

Hoch oben auf dem Kamm der Klippe hielt der Sturmwächter inne, stützte sich auf seinen Stab und ließ mit ausdrucksloser Miene seinen suchenden Blick über den weit entfernten Horizont schweifen. Neben ihm tat es ihm der Zauberer gleich, konnte jedoch nichts entdecken, was eine so gespannte Aufmerksamkeit hätte rechtfertigen können. Der Nachmittag war erfüllt von ermüdender Hitze, deren Flimmern die Hänge unter ihnen vor den Augen erzittern ließ. Eine Möwe flatterte über einen fahlen, sandigen Boden, und die Bäume und Gräser in der Bucht waren vollkommen still, nicht der kleinste Windhauch vermochte sie zu erschüttern. Leer spannte sich das fahle Himmelsgewölbe über ein Meer, an dessen Küste wie ein Ekzem das Festland der Kontinentalstraße aufragte, die den Schlüssel zur Macht des Kielmark darstellte; jedes Schiff, das diese Meeresenge auf der Handelsroute zu den östlichen Königreichen passieren wollte, mußte Riffhafen Tribut entrichten. Doch nun, in der erdrückenden Stille, rührte sich kein einziges Schiff in der Straße.

Dem Zauberer schien es, als würde die Lebenskraft der Erde selbst sich hinter der allumfassenden Ruhe des Sturmwächters verbergen. Der Gedanke war vollkommen irrational. Verärgert über sich selbst, sagte der Zauberer: »Ihr könnt Euer Versprechen gegenüber dem Kielmark nicht halten.«

Vollkommen reglos starrte Anskiere auf die Kontinentalstraße hinaus.

»Nun?« setzte der Zauberer in scharfem Ton nach. »Haltet Ihr Euch tatsächlich für fähig, über das Wetter zu wachen?«

Nur kurz betrachtete Anskiere seinen Widersacher, und sein Ton war frei von Groll. »Nein.«

»Was, Wolkengebieter, habt Ihr dann gewonnen, außer der Feindschaft des letzten bewohnten Gebietes, das bereit war, Euch aufzunehmen?«

Anskiere starrte auf den Ozean hinaus, als suchte er etwas, das er verloren hatte. Er sprach kein Wort, und dieser stille Mangel an Reaktion beunruhigte seinen Begleiter mehr als alles andere zuvor. Der Zauberer dürstete danach, seine rauhen Hände auf sein Gegenüber zu legen und die Stille zu zerreißen, die ihn gleich einem Mantel umhüllte. In bösartigem Tonfall sagte er: »Welche Weisen werden die Barden über Euch ersinnen, nun, da das Blut von Tierl Enneth an Euren Händen klebt?»

»Welcher Barde wäre noch frei zu singen, sollte die Allianz der Freien Inseln fallen?« Anskiere wandte den Blick von der See ab und konzentrierte sich auf den Zauberer. »Hört meine Worte«, sagte er milde. »Nicht ein Mal habe ich versprochen, die Frostwargs zu befreien.«

Tathagres Gefolgsmann errötete unter dem ruhigen, bohrenden Blick. »Hütet Euch. Das kleine Mädchen wird für Euren Verrat bezahlen.«

Anskiere lachte. »Verrat? An wem? Tathagres?«

»An dem Kielmark, Wolkengebieter. Und an Eurem eigenen Herrscher, dem König von Kisburn.«

Anskiere winkte ungeduldig ab. »Ich bin kein Vasall des Königs von Kisburn, der wie ein Hund seinem Herrn folgt. Überdies werden seine eigenen Absichten ihn ganz ohne mein Zutun zu Fall bringen.«

»Und wie steht es mit dem Kielmark?« Der Zauberer streckte die Hand aus und zupfte eine Seeschwalbenfeder aus einer Felsspalte hervor. »Verweigert Ihr Euch meinem König und befreit die

Frostwargs nicht mit eigenen Händen, so wird die Wiederherstellung Eurer Macht sie wecken und zum Aufruhr treiben. Wollt Ihr das Wetter beeinflussen, so werdet Ihr Riffhafen zerstören. Euer Versprechen wird Euch nun den Tod bringen.«

»So wie Eure Drohung.« Aufrecht wie ein Speer stand Anskiere vor ihm. Das ersterbende Sonnenlicht drang durch das verwobene Metall an der Spitze seines Stabes, ohne durch die Resonanz geheimnisvoller Mächte verändert zu sein. Trotzdem wirkte er vollkommen selbstsicher, als er fragte: »Werdet Ihr es wagen, dies alles Eurer Herrin zu erzählen?«

»Ob ich es wage?« Der schwarze Zauberer versteifte sich, und die Feder zerfiel in seinen Fingern wie eine zerdrückte Blüte. »Tathagres ist das Werkzeug des Königs von Kisburn. So wie Ihr es seid.« Dann ließ er die Feder los, und sie schwebte gebrochen zu Boden.

Anskiere fing sie im Sturz auf, drehte sie zwischen den Fingern und glättete langsam und vorsichtig ihre Fasern. Ohne ein weiteres Wort, machte er sich an den Abstieg über den Hang in Richtung Küste.

Es ging viel zu schnell. Verärgert folgte ihm der Zauberer. Wenn Anskiere sich nicht belehren lassen wollte, so mußte sein Wille gebrochen werden, ganz gleich, welche unerfreuliche Methode dazu notwendig wäre. Er hetzte einen Damm hinab und ruderte mit den Armen, als der Boden unter seinen Füßen nachgab. Im Prasseln der Gesteinsbrocken sagte er: »Ihr habt Zeit bis zum Morgengrauen. Danach bleibt mir keine andere Wahl, als Tathagres zu informieren. Vielleicht werdet Ihr Euer Tun noch einmal überdenken, wenn das Kind erst unter Qualen schreit.«

Unter Anskieres Haut zeichneten sich die Fingerknöchel weiß ab, während die Hand den Stab umspannt hielt. Dies aber war der einzige Hinweis darauf, daß er die Worte überhaupt gehört hatte.

Kapitel 3

STURM

Verschleiert vom warmem Nebel senkte sich die Nacht über Riffhafen, und die rote Mondsichel über der Kontinentalstraße spiegelte sich in einem Meer, frei von Wogen oder Strömungen. Hoch oben, auf einer spitzen Klippe über der Bucht, wartete Anskiere neben einem Steinhaufen, den Stab an seine Schulter gelehnt. Seit Sonnenuntergang hielt er dort Wache. Ganz in der Nähe hockte der schwarze Zauberer zwischen Dünengräsern und hielt seinerseits verärgert Wache über den Sturmwächter. Die Hitze war noch immer drückend, und das umgebende Land schien vergiftet, erstickt von einer Stille, die selbst das sommerliche Zirpen der Grillen zum Schweigen gebracht hatte. Nicht einmal Mücken gab es hier.

Der Zauberer tupfte sich das schweißnasse Gesicht ab, gepeinigt von dem unheimlichen Gefühl, daß die geringste Bewegung ausreichen würde, der unnatürlichen Stille Gewalt anzutun. Steif bewegte er sich dennoch, um seine verkrampften Glieder zu entspannen. Grashalme bohrten sich durch seine Robe und stachen schmerzhaft in sein Fleisch. Sein ganzer Körper flehte um Ruhe und die Mahlzeiten, die er ihm verweigert hatte. Doch Anskiere verweilte noch immer auf den Felsen, und der Zauberer hatte keine andere Wahl, als bei ihm zu bleiben.

Weit nach Mitternacht versank der Mond am Horizont. Die Sterne am Himmel zogen unendlich langsam ihre Bahnen, bis der fahle Schein der Dämmerung schließlich über die Berge hereinzog.

Müde regte sich der Zauberer. Während der Tag um ihn herum langsam heller wurde, schüttelte er den Morgentau von seiner Robe. »Sturmwächter«, sagte er, »nennt mir nun Eure Entscheidung. Werdet Ihr Euch dem königlichen Befehl beugen, oder soll das Fischermädchen um Euretwillen leiden müssen?«

Anskiere hob den Kopf und studierte seinen Widersacher eingehend. »Ich habe meine Wahl schon in der Nacht getroffen, in der ich Imrill Kand verlassen habe.« Er lächelte, und eine kaum wahrnehmbare Brise zupfte an seinem Haar.

Wind. Das Wetter änderte sich. Der Zauberer fühlte einen kühlen Lufthauch auf seiner Haut, und sein Magen verkrampfte sich erwartungsvoll. Eine neuerliche Brise zerrte an seinen Beinkleidern. Unbehagen hielt ihn umfangen. Ihm war, als würde sich jemand von hinten an ihn heranschleichen, doch kaum wirbelte er um die eigene Achse, da wurde ihm bewußt, wie Anskiere ihn manipuliert hatte.

Tief am nordwestlichen Horizont rollte ein schwarzer Wolkenberg heran, schob sich langsam über die zerklüftete Landschaft rund um die Stadt Riffhafen; die ganze Nacht über hatte Anskiere seine Aufmerksamkeit gen Osten gerichtet, eine List, die so einfach war, daß sie fast nicht zu überbieten war. Nie war der Zauberer auf den Gedanken gekommen, sich der anderen Seite zuzuwenden. Entsetzt angesichts seines eigenen Fehlers, leckte er sich nun über die aschfahlen Lippen und bemühte sich, nicht überzureagieren.

»Der Sturmfalke«, sagte er in anklagendem Ton. »Aber wie ist das möglich? Auf welche Weise konnte der Vogel zur Rückkehr getrieben werden? Eure Macht war schon vor seiner Befreiung gebunden, und Tathagres hat Euch alles abgenommen, was Ihr aus Imrill Kand mitgenommen hattet, selbst Eure Kleider.«

Eine heftige Böe fuhr von Norden hernieder und drückte das Dünengras an den Boden. Anskieres Umhang flatterte wie eine Fahne im Wind. Er erhob seinen Stab, und plötzlich traf den Zauberer die Erkenntnis wie ein Schlag. Der Stab selbst war das Objekt, das den Falken zur Heimkehr bewogen hatte, nur ein Provisorium, das Anskiere rasch gebaut hatte, bevor er gefangengenommen worden war; und ein Risiko, das kein vernunftbegabtes Wesen zu rechtfertigen imstande wäre. Eine so gewaltige Macht mit einem Objekt zu verbinden, das in feindliche Hände geraten konnte, war einfach unvorstellbar und doch hatte Anskiere diesen Schritt gewagt.

Der Wind schüttelte die Bäume in der Bucht und entriß ihren Kronen die welken Blätter. Dem Zauberer blieben nur Sekunden, zu handeln, und er stürzte sich auf den Sturmwächter, doch Anskiere wich zurück; Stahl klirrte, als er das Schwert aus der Scheide zog und den Angriff mit der Waffe des Kielmark abwehrte.

Der Zauberer parierte den Schlag und entkam mit einem zerrissenen Ärmel. Blut rann über sein Handgelenk, Strafe für die instinktive Abwehrreaktion gegen eine Klinge, die auf sein Herz gezielt hatte.

»Die Feuer sollen Euch verzehren!« brüllte er. »Denkt Ihr denn, der Stahl könnte Euch retten?« Und zitternd vor Zorn wegen der Kränkung für eine Kühnheit, die weit mehr als den Gebrauch der Waffen Sterblicher umfaßte, hob der Zauberer beide

Arme und begann, einen Bann zu wirken, der Anskiere auf die Knie zwingen sollte.

Licht spannte einen Bogen zwischen seinen Fingern, als seine Magie Gestalt annahm. Doch, das Schwert noch immer in der Hand, beachtete Anskiere den Bann kaum. Sein Blick unter dem wirren Haar war so starr wie ein Felsen. Plötzlich aber stieß er einen Pfiff aus und hob seinen Stab in die Luft.

Der Zauberer war noch immer mit seinem unfertigen Bann beschäftigt, als er aus dem Augenwinkel einen schwarz-gelben Schatten bemerkte, der, eingehüllt in einen Nimbus blauvioletten Lichtes, die Luft wie ein Krummsäbel zerteilte. Er wirbelte herum und sah den Sturmfalken herbeifliegen. Wind zerrte heftig an seinem Gefieder, während er auf sein Ziel, den Stab Anskieres, herniederstürzte. Rasch änderte der Zauberer seine Taktik. Er griff nach seinem Messer und gab seinem Bann mit einem einzigen Wort eine neue Richtung. Das Licht, das er herbeibeschworen hatte, schlug einen Bogen und verband sich mit der Klinge in seiner Hand. In diesem Augenblick warf er den Dolch nach dem Falken.

Anskiere schrie. Sein Schwert fiel zu Boden, klirrte auf dem felsigen Grund, als die Klinge vor der zarten Brust des Vogels aufblitzte. Der Falke stieß einen schrillen Schrei aus, und der Zauberer lachte triumphierend. In verzweifeltem Überlebenskampf flog der Vogel auf, die Klauen weit von sich gestreckt, und plötzlich wandelte sich der Nimbus der Macht, der ihn umgab, zu der dreifachen, strahlendhellen Aura eines Schutzbannes.

Sternenförmig pulsierte das Licht unter dem Aufprall des Messers. Energie heulte im Chor mit dem Wind. Das Gelächter des Zauberers wurde schrill, wandelte sich schließlich zu einem Aufschrei reinsten Entsetzens. So unglaublich es auch sein mochte, trug der Vogel doch all die Magie in sich, die Anskiere einst seinem Stab hatte angedeihen lassen. Das war eine unfaßbare Narretei, um so unvorstellbarer war es angesichts der zurückliegenden Ereignisse, daß ein Meister der Magie eine solche Macht an ein Wesen binden sollte, das in fremde Gewalt geraten konnte. Doch Anskiere hatte genau das getan.

Von seiner eigenen fehlerhaften Berechnung geschlagen, sah der Zauberer, wie sein verzaubertes Messer verkohlt zu Boden stürzte. Noch ehe er Gegenmaßnahmen ergreifen konnte, jagte die gewaltige Energie, die sein Angriff freigesetzt hatte, durch das magische Band, das ihn mit seiner Waffe verkettete, und schleuderte ihn leblos zu Boden.

Anskiere hielt den Stab fest, als der Vogel sich auf ihm niederließ. Seine Aura wandelte sich knisternd, legte sich wieder um ihr angestammtes Zentrum inmitten des verschlungenen Metalls. Trotz der Vergeudung konnte er die Kraft nicht bändigen. Wenn auch die Resonanz seiner eigenen Beschwörung ihn schützte, war der Sturmwächter doch nicht imstande, auf die Energien einzuwirken. Zwar war einer seiner Feinde nun tot, doch der Zauberer, der übriggeblieben war, beherrschte noch immer seine Macht.

Anskiere lockte den Falken auf seinen Unterarm. Er mußte seine Wettersinne wiederherstellen, und er mußte es schnell tun – denn unentwirrbar mit der Anwesenheit des Falken verbunden – war dies noch immer der schlimmste Sturm, der je die nordöstlichen Breitengrade heimgesucht hatte. Schon jetzt war der Himmel aufgewühlt, geschwärzt von finsteren Wolken. Die See tobte, Gischt spritzte auf, und gewaltige Wogen donnerten gegen die Küste und trugen ganze Fontänen von Spritzwasser an Land. Sturm und Flut würden mit unbändiger Gewalt über Riffhafen hereinbrechen. Während er sich auf seinen Stab stützte, um das Gleichgewicht zu halten, hoffte Anskiere verzweifelt, daß der Kielmark die Warnung verstanden hatte, die er ihm zu übermitteln versucht hatte; jedes Schiff außerhalb geschützter Gewässer würde von dem gnadenlosen Zorn der Natur zerschmettert werden. Doch solange Tathagres zweiter Zauberer nicht gefunden und getötet war, konnte Anskiere nichts tun, um ihnen zu Hilfe zu eilen; und dieser Zauberer war zweifellos am übelsten aller möglichen Orte zu finden. Anskiere rammte seinen Stab in die Erde und dirigierte seine Schritte zur Höhle der Frostwargs.

Der Sturm schlug mit geballter Macht zu. Das Tageslicht verbarg sich hinter schwarzen tiefhängenden Wolken. Regen vermengte sich mit Hagel, der wie feindliches Bogenfeuer auf Riffhafen niederging. In den Straßen der Stadt erstickte der Wind die Flammen der Laternen, und die Menschen kauerten sich um tropfende, verrußte Schlote und zitterten, während der Wind die Schieferschindeln von ihren Dächern riß.

Der Sturm wütete über das Festland, kreischte über die Felsen vor der Höhle, in der die Frostwargs eingesperrt waren. So schmal der Eingang war, so steil führte der dahinterliegende Tunnel in die Tiefe, ehe er in einer Schleife endete; an den Wänden des Tunnels sang der Wind sein Klagelied.

Weit unten, noch unterhalb des Meeresbodens, öffnete sich der Gang zu einer steinernen Höhle. Selbst an diesem Ort wirkten noch die Winde des Sturmes, zerrten an der Robe des verbliebenen Zauberers und rissen an der Flamme seiner hocherhobenen Fackel, bis zischend Wachstropfen von ihr herabfielen.

Sogar unter der Erde fühlte er die Rückkehr des Sturmfalken. Ebenso wußte er, daß sein Kamerad tot war, denn die Magie, in der Anskieres Macht gebunden war, hatte ihre Wahrnehmungen teilweise miteinander verbunden. Statt sich aber mit Klagen aufzuhalten, arbeitete der überlebende Zauberer mit der Perfektion einer Spinne in ihrem Netz an seiner Vergeltung. Er hob die Fackel noch höher, und endlich fand er, wonach er gesucht hatte.

Knapp ein Jahrhundert war vergangen, seit Ivain, der Feuergebieter, seine Macht über Flamme und Erde genutzt hatte, um ein Gefängnis für die Frostwargs zu schaffen. In dem flackernden Fackelschein sah der Zauberer des Königs eine kreisförmige Grube im Boden der Höhle. Vorsichtig tastete er sich an ihren Rand heran. Das Licht reichte nicht bis zum Boden. Unter ihm breitete sich eine Dunkelheit aus, vollkommen genug, um einem Sterblichen die Sinne zu rauben. Ein Mann, der zu lange in diese Tiefe starrte, würde benommen und schwindelig kopfüber in seinen Tod stürzen. Der Zauberer blickte nicht hinab. Statt dessen schleuderte er seine Fackel in eine Nische, und die Zugluft löschte die Flamme. Der Zauberer kümmerte sich nicht darum. Starr vor angespannter Konzentration rief er seine Macht herbei, und bald erhob sich ein schwacher Lichtschimmer zwischen seinen Fingern.

Er bückte sich, verankerte das Licht mit einem

Wort seiner Kunst am Rand des Abgrundes. Reflexionen huschten über die Schweißtropfen auf seiner Stirn, als er zurücktrat und den Zauber mit einer Geste auslöste.

Der Funke trieb über das Loch, beschrieb eine schmale, violette Linie über der Tiefe. Der Zauberer umrundete die Grube, fing den Zauber auf der anderen Seite ab und löschte ihn, so daß nur noch die Glut seiner Reise wie eine nadelfeine Spur über dem Abgrund hing. Im Uhrzeigersinn ging der Zauberer weiter. Ein neuer Zauber blitzte in seinen Händen auf. Sogleich überquerte eine weitere lichte Linie die Grube. Geduldig ging der Zauberer weiter, formte eine dritte, dann eine vierte Linie, bis die Öffnung zu dem Gefängnis der Frostwargs unter einem Netz aus Licht verborgen lag. Ruhelos seufzte die Luftströmung in der Höhle, als der Zauberer zurücktrat und seine Arbeit zufrieden in Augenschein nahm.

Weit unter dem sternförmigen Auge seines Zaubers schliefen die Frostwargs. Einst, so wußte der Zauberer, waren die Kreaturen durch die Länder gestreift und hatten vom ersten Frost im Herbst bis zum Beginn des Frühjahres Wälder und Wiesen verwüstet. Zur Sommerzeit jedoch hatten sie sich tief in der Erde verkrochen, wo sie zu schlafen pflegten, bis die Kälte zurückkehrte und das Laub der Bäume gelb verfärbte. In den Archiven von Landfeste hatte der Zauberer Berichte über zerstörte Äcker und entvölkerte Städte gelesen; von Hearvin, seinem Lehrer, hatte er von all den Geheimnissen um die Gefangenschaft der Frostwargs erfahren. Der Aufbau ihres Kerkers war so einfach, daß es schlicht zum Lachen war.

Der Temperaturwechsel war der Schlüssel zum Erwachen der Frostwargs. Bei warmer Witterung lagen sie in komatösem Schlaf. Ivain, der sowohl die Erde als auch das Feuer beherrschte, hatte lediglich einen Schacht in die Erde gebohrt, der tief genug war, die winterliche Kälte abzuhalten. Dort unten blieb die Temperatur unberührt von den jahreszeitlichen Wechseln, und die Kreaturen hatten sich in all den Jahren in ihrem irdenen Grab nicht einmal gerührt.

Der Zauberer glättete seine Robe und gratulierte sich selbst zu seiner Gewitztheit. Während er am Rand der Grube verharrte, ließ er sein Bewußtsein hinabsinken, um Kontakt mit dem Schrecken aufzunehmen, der dort in der Tiefe schlummerte. Ihre Träume waren rastlos. Sich der Tatsache wohlbewußt, daß sie um ihre saisonalen Zerstörungen gebracht worden waren, strahlten die Frostwargs eine wahrhaft leidenschaftliche, bösartige Gewaltbereitschaft aus. Ihre achtbeinigen Körper zuckten voller Unruhe, und die schmalen Zungen strichen über die hornartigen Kiefer in der Erinnerung an den Geschmack von Blut und aufgerissener Erde. Aufgewühlt von den unbewußten Begierden der Kreaturen erschauderte der Zauberer erwartungsvoll. Denn nun hatte bereits der Lauf der Zeit den Rhythmus ihres Schlummers aus dem Gleichgewicht gebracht. Die geringste Veränderung der Lufttemperaturen würde ihre fragilen Träume unterbrechen. Kälte allein würde ausreichen, ihren Schlaf zu unterbrechen und einen Ausbruch unbeherrschbaren Zorns herbeiführen.

Vorsichtig löste sich der Zauberer aus dem Kontakt. Mit der Finesse eines Mannes, der sich an eine widerstrebende Geliebten heranmachen will, näherte er sich nun dem Netzwerk der Banne, die Anskieres Macht im Zaum hielten. Vor seinem geistigen Auge flammten sie auf, ein Gewebe spiralförmiger Energien, versiegelt unter einer Struktur, die Anskiere nicht aufzubrechen imstande war. Nun aber hatte der Tod eines ihrer Schöpfer die Symmetrie zerstört. Lücken klafften in dem Gewebe. Zerfetzte Fasern wiesen einen Weg zu den fragilsten Punkten in dem Netzwerk der Banne, und der Zauberer machte sich auf, sie zu reparieren.

Er schuf ein neues Muster, ein neues Gleichgewicht und verknüpfte es mit dem Netz, das er über der Grube gewoben hatte. Das Prinzip war einfach: sollte Anskiere versuchen, den Vorteil auszunutzen, den er durch den Mord an Tathagres Wächter gewonnen hatte, so würde sich seine Aggression auf das Netz übertragen und von dort aus in Form von Kälte in die Grube absinken. Die brillante Einfachheit seines Planes entlockte dem Zauberer ein Lächeln.

»Versuch nur, davonzukommen«, höhnte er, wobei er tief im Innersten wünschte, sein Gegner könnte ihn hören. »Versuch es einfach. All deine Mühen werden niemanden befreien außer den Frostwargs.« Und sein Lächeln wich einem Gelächter, so laut, daß die Grotte unter den Echos zu beben schien. Zufrieden mit der Falle, die er errichtet hatte, suchte der Zauberer zwischen den Felsen nach seiner Fackel. Kaum hatte er sie wieder entzündet, machte er sich schon an den Aufstieg.

Das Gewicht durchnäßten Samtes lag schwer wie ein Kettenhemd auf Anskieres Schultern, während er über die Klippe schritt, in der Ivain die Frostwargs eingekerkert hatte. Längst schon hatte er den Umhang abgeworfen. Verknotet mit den Fetzen des Innenfutters, glühte sein Stab auf seinem Rücken.

Der Sturmfalke beschrieb über seinem Kopf seine Kreise, gefangen in der Magie seines Heimes, selbst in dieser Zeit, da der Sturm noch immer mit seiner Flugbahn verkettet war. Anskiere quälte sich über regennasse Felsen, gepeinigt von den Winden, die er einst mit eigener Hand kontrolliert hatte; der sensitive Instinkt, der ihn zuvor befähigt hatte, das Wetter in Harmonie mit seinem Willen zu bringen, war nicht mehr vorhanden. Da er die Feindseligkeit der Elemente nicht gewohnt war, fühlte sich Anskiere wie ein Künstler, der inmitten der Arbeiten zu seinem Meisterwerk erblindet war. Dennoch hätte diese mißliche Lage wohl weit weniger geschmerzt, hätten seine Feinde nicht die Kinder gefangengenommen.

Ein Brecher donnerte gegen das Riff. Spritzwasser peinigte Anskiere wie Nadelstiche. Längst war seine Haut taub geworden. Zitternd überquerte er den schmalen Kamm, unfähig festzustellen, wann der Sturm seinen Höhepunkt erreicht haben würde, nicht einmal imstande, einzuschätzen, wo sich die Flutmarke befinden mochte. Die Wogen aber wuchsen noch immer. Schaum reichte beinahe bis zu seinen Füßen, und unzählige Salzwassertropfen schlugen schmerzhaft auf seine Augen. Ohne Zweifel war der Kamm ein gefährlicher Ort.

Ivain hatte das Gefängnis der Frostwargs oberhalb der Riffe eingerichtet, die die Flut in eine brodelnde Masse gischtschäumenden Wassers zu verwandeln pflegte. Die sich hoch auftürmenden Wellen drohten Anskiere wie Treibgut von seinem Pfad zu spülen. Immer wieder war er gezwungen, zurückzuweichen, doch jedesmal, wenn das Wasser sich wieder zurückzog, setzte er beharrlich seinen Weg fort. Er hatte keine andere Wahl, als diesen Kamm so schnell wie möglich zu überqueren, bevor der Sturm ihn endgültig unpassierbar machen würde.

Doch er kam nur quälend langsam voran. Der Vormittag war beinahe vorüber, als Anskiere sich schließlich an den letzten Aufstieg zum Eingang der Höhle begab. Geplagt von der Überzeugung, daß sein Feind diese Verzögerung bereits zu seinem Nachteil ausgenutzt hatte, erklomm Anskiere die letzte Klippe. Dort, nur eine Armlänge vom Eingang der Höhle entfernt, hörte er das Steigen der Flut hinter seinem Rücken.

Anskiere stürzte voran und klammerte sich fest. Wie der Rachen des Todes donnerte ein Brecher an seine Schultern und schleuderte ihn gewaltsam gegen den Felsen. Wasser drückte ihm die Luft aus den Lungen und zerrte mit brutaler Gewalt an seinen Gliedern. Ergrimmt hielt er sich fest. Er riß sich die Haut seiner Handflächen an den Felsen auf. Langsam rutschte er seewärts. Die Brandung würde ihn umbringen, ihn wieder und wieder auf die Korallen schleudern, bis er nur noch aus Fetzen bestand. Tathagres hätte ihre Freude, und Taen …

Bedrängt von der unausweichlichen Notwendigkeit zu überleben, verzog Anskiere das Gesicht. Und angetrieben von dem Röhren einer weiteren, gewaltigen Woge, raffte er sich wieder auf. Mit einer Anstrengung, die jeder Sehne in seinem Leib das Äußerste abverlangte, mühte sich Anskiere durch das ablaufende Wasser, bis er sich schließlich keuchend und zerzaust über den Rand des Höhleneingangs rollte.

Kieselsteine rissen seine Haut auf. Der Stab schlug mit metallischem Klirren gegen die Wände und verhakte sich in einer Spalte. Von der Schlinge festgehalten, stürzte Anskiere in eine seichte Vertiefung. Dort blieb er bäuchlings liegen und blinzelte gegen das Salzwasser in seinen Augen an. Für einen Augenblick war er damit zufrieden, sich schlicht nicht mehr zu rühren. Dann aber ließ die Kälte ihn erzittern. Zerschlagen, verschrammt und von unzähligen Zerrungen gepeinigt, quälte sich der Sturmwächter auf die Beine. Draußen peitschte der Sturm über die Klippen und schnitt ihm den Rückweg ab; und wenn seine Einschätzung richtig war, so wartete in der Tiefe ein Feind, der fest entschlossen war, ihn zu vernichten.

Anskiere schüttelte das Wasser aus seinem Haar und spuckte aus, um den Geschmack des Meersalzes von seiner Zunge zu vertreiben. Dann griff er nach seinem Stab. Nur widerstrebend lösten sich die nassen Knoten unter seinen Fingern, als er sich darum bemühte, das Holz aus der Schlinge zu befreien. Das Seewasser hatte die Wunden an seinen Handgelenken aufs neue gereizt, doch auch dieser Schmerz verblaßte gegenüber der Erinnerung an Taens kleine Faust, die sich angstvoll in sein Hemd verkrallt hatte. Zutiefst besorgt machte er sich an den Abstieg, wobei er eine Spur aus Wassertropfen auf dem steinernen Boden hinterließ. Jetzt war er froh, daß die Aggression des toten Zauberers die Schutzbanne seines Stabes aktiviert hatte, denn ihre helle Strahlung lag nun wie ein Leuchtfeuer über seinem Weg.

Der Pfad verlief zunächst recht ebenmäßig. Weiter unten, so erinnerte sich Anskiere, wand sich der Tunnel in scharfen Winkeln durch verschlackte Felsritzen, unter denen das Gefängnis der Frostwargs lag, so schwarz und verworren wie der Charakter seines Schöpfers.

Ivain hatte seinerzeit den Fels mit einem magischen Feuer geschmolzen, doch der dabei freigesetzte ätzende Gestank, an den sich Anskiere erinnerte, war längst den modrigen Ausdünstungen der Erde, der Wurzeln und der stets feuchten Granitfelsen gewichen. Von dem Echo seiner eigenen Schritte abgesehen, herrschte in der Höhle absolute Stille. Fledermäuse suchten sich üblicherweise andere Schlafplätze als die gewölbte Decke in dieser Höhle. Alle Tiere mieden diesen Ort, gingen instinktiv dem Bösen aus dem Weg, das in der Tiefe lauerte. Der Sturmwächter umrundete eine Biegung, und der Boden unter seinen Füßen wurde schwerer begehbar. Weiter unten erwartete ihn eine Reihe unebenmäßiger Stufen, eingefaßt in Kristalle, die sich wie Schwerter zu beiden Seiten auftürmten. Hier, inmitten der blendenden Lichtreflexionen, vermochte ein Fehltritt einen unaufmerksamen Wanderer zum Krüppel zu machen. Anskiere schritt vorsichtig voran, von den menschlichen Gebeinen, die mit der bezaubernden Schönheit der Höhle kontrastierten, wenig überrascht. Der Ivain, den er gekannt hatte, war stets sorglos, ja, gar geringschätzig mit dem Leben umgegangen. Nervös bahnte sich der Sturmwächter seinen Weg, mit allen Sinnen auf mögliche Gefahren lauernd. Das Getöse des Sturmes blieb langsam hinter ihm zurück, gedämpft von dem massiven Gestein; weit über ihm reflektierte eine Achatader Licht in blutigem Rot.

Der Sturmwächter sah die Reflexion und erstarrte. Eingehüllt in das eisige Glitzern seines Stabes, musterte er den roten Schimmer eingehender, und er erkannte, daß das Flackern heller wurde und allmählich einen orangefarbenen Ton annahm. Flammenschein mußte der Ursprung dieser Lichtspiegelung sein. Offenbar erklomm jemand den Schacht von unten mit einer Fackel, und es war ziemlich unwahrscheinlich, daß irgend jemand

Interesse an den Frostwargs haben konnte, außer dem Gefolgsmann Tathagres'.

Eingeengt von den rasiermesserscharfen Kanten tausender Kristalle, befand sich Anskiere für eine Konfrontation in einer ungünstigen Position. Es war ihm unmöglich, das Schimmern des Stabes in der umgebenden Finsternis zu dämmen, und inzwischen mochte der feindliche Zauberer anhand des Lichtes bereits wissen, daß er nicht allein in dem Schacht war. Ehe sein Gegner ihn überrumpeln konnte, beschloß Anskiere, sich bis zu der kleinen Fläche einige hundert Schritte höher zurückzuziehen, an der der Gang eine Biegung beschrieb. Gepeinigt von dem Gedanken an die Tränen eines kleinen Kindes, hastete er zurück hinauf und fühlte kaum die Schnitte der Kristallkanten in seiner Wade oder das Blut, das über den Rand seiner Stiefel quoll.

»Warum so eilig?« sagte eine Stimme unter ihm. »Inzwischen wird die Flut den Eingang versiegelt haben.«

Anskiere stürzte die letzten Kristallstufen hinauf und hastete keuchend um die Biegung in den oberen Teil des Tunnels. Jenseits der Strahlung seines Stabes herrschte tiefe Finsternis. Noch hatte der Zauberer unter ihm die Biegung nicht umrundet; möglicherweise erkannte er nun erst die Bannzauber; ein Glücksfall, den Anskiere zwar herbeisehnte, auf den er jedoch nicht zu hoffen wagte. Er setzte sich auf einen Felsvorsprung, gerade jenseits der Stelle, an der der Tunnel sich verjüngte. Die begrenzte Aura des Stabes tauchte ihn in gleißendhelles Licht. Ivain, so erinnerte sich Anskiere, hätte unter ähnlichen Umständen gewiß gelächelt.

Langsam wurde das ferne orangefarbene Licht

heller, bis das unstete Flackern einer offenen Flamme erkennbar wurde. Flammenschein tanzte durch den Tunnel, gefangen in einem Feenwald aus Kristall.

»Bei allen Feuern«, fluchte der Zauberer. Endlich hatte er die Banne entdeckt. Während er vorsichtig seine nächsten Schritte tat, sagte er: »So also habt Ihr Omer umgebracht.« Dann hielt er inne und fluchte gute eineinhalb Minuten vor sich hin.

Nun hätte Ivain möglicherweise haltlos gekichert. In seiner Position an der Mündung des Tunnels empfand Anskiere jedoch wenig Befriedigung angesichts der mißlichen Lage seines Widersachers. Durch den soliden Felsen blockiert, konnte der Zauberer den Sturmwächter nicht aus dem Schacht hervorzwingen, ohne sich dem direkten Kontakt mit dem Stab auszusetzen, dessen Aura für jeden, der auf seine Energien nicht eingestelltwar, augenblicklich tödlich wirken mußte.

»Ihr könnt nicht gewinnen«, sagte der Zauberer. Unter einem Gitterwerk flackernder Reflexionen hob er die Fackel höher. »Der Stab wird sich schließlich selbst verzehren.«

Anskiere ersparte sich die Erwähnung der offensichtlichen Tatsache, daß die Energien des Stabes weit vor dem Zeitpunkt, da sie sich erschöpfen würden, in sichere Bahnen gelenkt werden konnten, würde nur seine eigene Macht wieder freigegeben. Seines Schutzes gewiß, wartete er darauf, daß sein Feind ihm offenbarte, welche Falle er in der Höhle für ihn aufgebaut hatte.

Der Zauberer blieb stehen und zog seine Kapuze zurück, wobei ein Gesicht, so glatt wie ein polierter Schädel, zum Vorschein kam. »Das Mädchen wird für Eure Taten büßen müssen.»

»Dann könnt Ihr wohl durch die Felsen Kontakt

zu Tathagres aufnehmen?« sagte Anskiere milde, doch seine Stimme erklang nicht in ihrem gewohnten Tonfall.

»Die Feuer mögen Euch verzehren!« Der Zauberer vollführte eine zornige Geste. »Dieser Bann wird mich nicht ewig aufhalten können. Aber ich übe mich nur ungern in Geduld. Vielleicht können wir die Dinge etwas beschleunigen.«

Anskiere antwortete nicht.

Der Zauberer rammte seine Fackel auf einen spitzen Kristall und starrte mit einer Miene des Bedauerns nach oben. »Ich denke, es wird Zeit, daß Ihr eine Lektion erhaltet, Wolkengebieter.«

Er hob die Hand, und Licht erblühte zwischen seinen Fingern, tausendfach von den Kristallen reflektiert. Die Höhle erglühte, plötzlich von einem Linienmuster in der Luft hell erleuchtet. Direkt vor sich sah Anskiere jenen Zauber in geometrischem Glanz, der seine Macht umfangen hielt. Und sein geschultes Auge erkannte sogleich die schwächenden Lücken, die der Tod eines der Zauberer in der Struktur hinterlassen hatte.

Diese Vorstellung war nichts anderes als eine offenkundige Einladung zu einem Angriff seinerseits; und ebenso war es eine gut vorbereitete Falle. Einmal zuckte Anskieres Hand am Holz seines Stabes. Ohne seine Wettersinne, ohne Magie, konnte er die Gefahren nicht erfassen, die ein Vorstoß auslösen mochte. Langsam erhob er sich, beladen mit der Bürde der Verantwortung für die Kinder aus Imrill Kand, deren Loyalität dazu geführt hatte, daß sie nun an seinem Los teilhaben mußten. Gebannt konnte er sie nicht retten. Befreit hatte er eine Chance, wenngleich nur eine kleine, der Gefahr entgegenzuwirken, die seine Aggression freisetzen mochte. Wie Hohn breitete sich noch immer das geschädigte Muster vor seinen Augen aus. Einer der Zauberer hatte ihn bereits unterschätzt; ihm blieb keine andere Wahl als zu hoffen, daß der zweite den gleichen Fehler begehen würde. »Oh Vaere«, murmelte er, »gebt, daß ich nicht irre.«

»Wollt Ihr nicht um Eure Macht betteln?« drängte der Zauberer. Gezielt nutzte er seine selbstsichere Arroganz, seinen Gegner zu reizen.

Anskiere konzentrierte sich und führte schließlich mit vollkommener Ruhe sein Bewußtsein in den Zauber, der sich wie ein Netz über die Finsternis spannte. In dem Augenblick, bevor sich sein Geist mit den magischen Strängen vereinte, vermeinte er, Gelächter zu hören. Doch ob dieses Geräusch von dem Zauberer stammte, oder einer viel älteren Erinnerung an Ivain entsprungen war, vermochte er nicht zu sagen. Energien schlängelten sich durch seine Wahrnehmungsfähigkeit; ergrimmter Widerstand machte all seine Mühen zunichte, jene Kräfte auszuloten, die sich seiner Kontrolle entgegenstellten. Dennoch zögerte Anskiere nicht. Die Energien, die ihn bannten, waren brüchig. Auf der Basis dieses Wissens, konzentrierte er sein Bewußtsein auf einen winzigen Punkt und drang in die Lücke. Eine heftige Hitzewelle begegnete seinem Vorstoß. Die Falle war zugeschnappt. Anskiere blieb nur, die Absichten des Zauberers so schnell wie möglich aufzudecken und zu versuchen, seinen Feind durch rasches Handeln aus dem Gleichgewicht zu bringen. Da die Gefahr direkt mit den Schwachstellen des Zaubers verkettet war, erfaßte Anskiere die Ganzheit des Musters und jagte seine Gedanken wie heiße Nadeln durch jeden Makel, den er finden konnte, ehe er sich rasch wieder zurückzog.

Als er sich wieder des kalten Lichtes seines

Stabes bewußt war, erzitterte er, erschüttert von dem Gefühl, eine unfaßbare Katastrophe ausgelöst zu haben. Sekunden später, als ein hochtönendes, schrilles Wehklagen sich aus den Tiefen des Tunnels erhob, wußte er um den Ursprung seines Unbehagens. Die Drohung des toten Zauberers war kein leeres Gerede gewesen.

»Bei allen Feuern«, sagte der Sturmwächter leise. »Gemeinsam haben wir die Frostwargs geweckt.« Und in einem Augenblick, da Ivain schallend gelacht hätte, empfand er nur eine schaurige Ruhe.

Unter ihm löste sich sein Feind aus einer Position angespannter Konzentration, und das Muster des Bannes verblaßte. Obgleich der Erfolg seines Planes ihn mit Zufriedenheit erfüllte, ängstigte ihn die Tatsache, daß Anskiere keinerlei Reaktion zeigte. Nur ein Wahnsinniger würde verweilen, um sich den Frostwargs entgegenzustellen. Der Zauberer verbarg sein Unbehagen hinter einer Maske des Hohns. »Narr! Nun habt Ihr nichts vollbracht, als am Ende Tathagres' Ansinnen zu erfüllen.«

Ein erneutes Aufheulen erklang aus der Tiefe und hallte schaurig durch die Höhle. Dann hörte man ein leises Klicken von Klauen auf Stein. Anskiere setzte sich auf den Felsen. »Das sehe ich selbst.«

Das Rasseln hornbewehrter Rückenpanzer hallte den Schacht hinauf; die Frostwargs hasteten begierig der Freiheit entgegen. Anskiere erinnerte sich, mit welch erschreckender Geschwindigkeit sie imstande waren, sich zu bewegen, und er sah, wie das Antlitz seines Gegners blaß wurde, sich Triumph zu Entsetzen wandelte. Der einzige Ausweg für den Zauberer wurde noch immer von der Aura des aktiven Stabes blockiert.

Der Zauberer ergriff seine Fackel. »Ich werde

Euch nicht befreien. Ihr müßt fliehen. Euch bleibt keine Alternative.«

Ruhig brannte der Stab in Anskieres Hand, doch der Sturmwächter rührte sich nicht.

Das Scharren der Frostwargs kam näher. Ihre wilden Pfiffe wurden lauter, steigerten sich zu einem schrillen Crescendo fremdartiger Harmonien. Ein Kristall zersprang in tausend Stücke.

Ohne sich weiter um die scharfen Kanten unter seinen Füßen zu kümmern, stürzte der Zauberer auf Anskiere zu. »Flieht! Erinnert Ihr Euch denn nicht? Kein Bann kann einen Frostwarg aufhalten.«

»Das habe ich nicht vergessen.« Reglos stand Anskiere in dem Tunnel.

Der Zauberer stutzte. Sprachlos öffnete er den Mund, und seine Hände zuckten in einer flehentlichen Geste, um deren Aussichtslosigkeit er tief im Inneren wohl wußte. Offensichtlich beabsichtigte der Sturmwächter, sich den Frostwargs zu stellen und zu sterben.

Von wilder Furcht erfaßt, brüllte der Zauberer über das Kreischen der Klauen hinweg: »Ihr habt verloren, Wolkengebieter! Die Frostwargs sind frei, und kein Feuergebieter ist Euch geblieben, sie unter Kontrolle zu bringen. Die Freien Inseln werden untergehen, und Riffhafen mit ihnen.« Er spuckte aus. »Ihr seid ein Selbstmörder, laßt Euch von den Tränen eines Kindes und den hochtrabenden Prinzipien eines Muttersöhnchens entmannen. Wäret Ihr Eurer Lehre wert, so würdet Ihr Euch nicht einfach zum Sterben niederlegen.«

»Tue ich das denn?« konterte Anskiere.

Ein lautes Klirren unterstrich seine Worte. Von einer harten Schale geschützt, strömten die Frostwargs um die untere Biegung des Schachtes. Im Licht der Fackel rasten die schwarzgelb gesprenkelten Leiber über den von Kristallen bedeckten Boden, und die Kristalle zerfielen wie Glas. Der Zauberer blickte hinab und sah unzählige, glühende purpurrote Augen, verhornte Kiefer und glänzende Fänge. Hurtig wie Tausendfüßer hasteten die Frostwargs durch die Höhle, und ihre gebogenen Schwänze rasselten schaurig hinter ihren Leibern.

Der Zauberer keuchte auf, ließ seine Fackel fallen, wirbelte herum und suchte sein Heil in der Flucht. Wie eine Klinge bohrte sich ein Kristall in seine Wade. Er stürzte. Entsetzen überwältigte ihn, und er schrie laut auf. Über ihm, in dem höhergelegenen Teil des Schachtes, fühlte Anskiere, wie sich die Barriere über seiner Macht plötzlich auflöste.

Sein Geist vibrierte, nicht länger war er taub gegen die Energien, die von seinem Stab ausgesandt wurden. Und wiedererwachte Wettersinne fluteten seine innere Wahrnehmung mit Informationen, die maßgebend für die Herrschaft über den Sturm waren, der draußen noch immer wütete. Wieder frei, riß Anskiere die Kontrolle an sich. Ohne weiter auf den sterbenden Zauberer zu achten, löschte er die Aura seines Stabes und rannte. Nur Sekunden blieben ihm, bis die Frostwargs des Leichnams müde sein würden und seinen Geruch witterten.

Tageslicht schimmerte über ihm. Zu weit entfernt; Anskiere wußte, er konnte den Ausgang der Höhle nicht mehr rechtzeitig erreichen. Er blieb stehen. Aus seinem Ärmel zog er die kleine Feder hervor, die Tathagres Zauberer benutzt hatten, ihn zu verhöhnen. Blau glomm der Federkiel in seiner Hand, als er sie in die Luft schleuderte.

»Flieg.« Mit diesem einen Wort bürdete er ihr seinen Willen auf.

Schimmernd erhob sich die Feder in die Lüfte.

Aus ihrer Mitte wuchs eine lebendige Seeschwalbe, zerbrechlich und weiß wie Porzellan in der umgebenden Finsternis. Auf weit ausgebreiteten Schwingen schnellte der Vogel auf den Höhleneingang zu. In dem Augenblick, in dem er die Höhle verließ, versenkte Anskiere seine Wahrnehmung in dem zürnenden Auge des Sturmes. Und das Unwetter antwortete. Winde kreischten wie ein Hexenchor hinab in den Schacht. Anskiere schrie, wohlwissend um die Pfiffe der Frostwargs in seinem Rücken. Seine Kleider zerrissen, zerfielen zu Fetzen. Haar schlug in sein Gesicht. Flach an der Wand des Tunnels atmete Anskiere tief durch und rief den Regen.

Wasser ergoß sich kaskadenförmig in die Höhle wie ein zorniger,, wütender Strom. Es schlug gegen die Felsen, bedeckt von den geifernden Fängen der Gischt. Anskiere sprach, wirkte Magie, selbst dann noch, als das Wasser ihn blendete. Die Temperatur fiel auf seinen Befehl. Rasselnd fiel das gefrorene Spritzwasser in Form winziger Eisklumpen zu Boden. Anskiere aber sprach wieder, und die Temperatur sank noch tiefer. Wasserfälle gefroren, erstarrten mitten im Fluß, und der Strom, der sich über seine Knie ergoß, kristallisierte binnen Sekundenbruchteilen, hielt seine Stiefel in eisernem Griff. Doch der Sturmwächter ließ nicht nach. Wieder und wieder zwang er die Temperatur tiefer herab, bis selbst die Steine unter der Einwirkung des Frostes zu klirren begannen. Ivains Tunnel erstickte unter einer glasigen, undurchdringlichen Bastion, gegen die die Krallen der Frostwargs nutzlos waren. Versiegelt unter einer Masse soliden Eises, knirschten sie aufheulend mit ihren hornigen Kieferknochen.

Über ihnen, eingebunden in die Auswirkungen

seiner eigenen Schutzmaßnahme, hörte Anskiere ihre wütenden Schreie, und da, wo Ivain unter Selbstvorwürfen geflucht hätte, lächelte er. Als das Eis seine Glieder umschloß, aktivierte er seine letzten Energien.

Jenseits der von Eis verschlossenen Höhle erhob sich der Sturmfalke mit weit gespreizten Schwingen explosionsartig in die Lüfte. Rasch stieg er auf dem Wind auf, beschrieb einen weiten Bogen und wandte sich gen Osten in Richtung der Kontinentalstraße, denn der Stab war nicht länger seine Heimat. Hinter ihm flatterte eine Seeschwalbe, die einen Schutzbann für ein ganz bestimmtes kleines Mädchen mit sich trug. Und endlich, eingeschlossen in eine Gruft aus Eis, aktivierte Anskiere den Bann, mit dem er einst zu der Zeit des Verrats Ivain belegt hatte. Diese Tat war ein Akt der Verzweiflung, denn Anskiere wußte besser als jeder andere, daß seine einzige Hoffnung auf Rettung in den Fähigkeiten eines Feuergebieters begründet lag. Und über dem Knistern des Frostes und den grauenhaften Schreien der Frostwargs glaubte er für einen Augenblick, er höre jemanden sprechen.

»Wahrhaftig, nun habe ich triumphiert«, höhnte eine wohlvertraute Stimme, und das nachfolgende Gelächter schien ewig zu dauern …

Erschöpft von Wind und Regen pochte ein Gardehauptmann an die Tür zu den Privatgemächern des Kielmark. Die Tür wurde geöffnet, und er trat tropfnaß salutierend ein.

In Gesellschaft seines Stabes erhob sich der Kielmark von dem Tisch, der über und über mit Karten bedeckt war. Nasses Haar klebte an seinen

Wangen, und die Haut beider Hände war wundgerieben von dem Festzurren der Haltetaue unter dem Ansturm des Windes.

»Nun?« fragte er scharf.

»Der Sturm läßt nach.« Müde lehnte sich der Hauptmann an die Mauer. »Die Windstärke ist um vierzig Knoten innerhalb einer Stunde gesunken, und die Turmwache meldet Sicht auf die Kontinentalstraße.«

»Bei Kor.« Schwer ließ sich der Kielmark auf seinen Stuhl fallen, erstaunlich in sich gekehrt für einen Herrscher, der gerade sechs verankerte Schiffe verloren hatte und dessen Reich ein noch unbekanntes Ausmaß an Zerstörung hinnehmen mußte. »Der Wolkengebieter hat Wort gehalten.«

Erleichtert angesichts seiner offensichtlichen Unbekümmertheit, brachen die Männer in aufgeregtes Geplapper aus.

Die gewaltige Faust des Kielmark krachte auf die Karten nieder. »Bei allen Feuern! Sind wir denn so leicht zu beeindrucken wie unschuldige Jungfern? Ich will, daß die ganze Insel bis zum Einbruch der Nacht durchkämmt und eine Liste der Verluste, der Verwundeten und Toten angefertigt wird, und zwar ausführlich, bis hin zum letzten ersoffenen Huhn. Ist das klar?«

Als der Hauptmann der Tür zustrebte, verfolgte ihn die Stimme des Kielmark. »Ich will niemanden von Euch sehen, bis der Bericht fertig ist. Und schickt mir eine Einheit zu dem Lagerhaus am Südhafen. Ich werde es leeren und als Notunterkunft herrichten lassen. Schickt die Obdachlosen dorthin.«

Trotz der strengen Anordnungen des Kielmark verging kaum eine Stunde, bis ein Reiter mit donnernden Hufen an den Docks eintraf, um eine

Botschaft zu überbringen. Vom Lagerhaus herbeigerufen, hörte sich der Herrscher von Riffhafen die Botschaft an, ehe er den Boten nach einem Augenblick des Schweigens mit einem wüsten Mangel an Höflichkeit davonschickte. Der Rest des Nachmittags verlief ohne weitere Zwischenfälle. Bei Sonnenuntergang hatte jeder Hauptmann seinen Bericht abgeliefert und war für diesen Tag mit der wohlverdienten Belohnung aus dem Dienst entlassen worden. Erst als der letzte von ihnen gegangen war, widmete sich der Kielmark erneut der Botschaft. Er sattelte ein Pferd und ritt durch das Zwielicht über den Dünen zu den nördlichen Ländereien der Insel.

Die schweren Wolken waren inzwischen aufgebrochen. Ein Stern kontrastierte mit dem Kobaltblau des Himmels, und eine zürnende, noch immer sturmgepeitschte Brandung schlug befrachtet mit Treibgut gegen die Küste. Der Kielmark zügelte sein Roß unter den Klippen am Ufer. Wind fegte durch sein Haar, seinen Umhang und die steife Mähne des Pferdes. Allein und schweigend schaute der Herrscher von Riffhafen das Phänomen, das ihm der Bote beschrieben hatte, und er erkannte, daß jedes Wort wahr war.

Vor ihm erhob sich mitten im Hochsommer eine von Eis umhüllte Klippe. Stürmische Winde heulten über die Gipfel, die unter den gefrorenen Wasserkaskaden silbrig schimmerten. Nichts rührte sich.

Der Kielmark erschauderte, von einer plötzlichen Eingebung erschüttert. Verbitterung schnürte ihm die Kehle zu. Seit dem Tode Ivains, des Feuergebieters, gab es keinen mehr, der Anskieres Befreiung bewirken konnte. »Alter Freund«, sagte er zu der Luft über der Klippe. »Du hast uns gerettet. Hättest du nicht auch dich retten können?«

Er stieg wieder auf sein Pferd und wartete, doch er erhielt keine Antwort. Doch als er lange nach Einbruch der Dunkelheit sein Pferd wendete, um sich auf den Rückweg zu begeben, zerzauste der Wind sein Haar, wie ein Bruder es tun mochte.

Kapitel 4

RUFE

Weit im Norden von Riffhafen, in dem Schreibzimmer der Festung von Morbrith, erschauderte ein Schreiberlehrling unvermittelt. Obwohl sommerliches Sonnenlicht heiß über den Tisch fiel, an dem er sich über ein Pergament und einige geöffnete Bücher beugte, fror Jaric. Plump wie ein Stock fühlte sich die Feder in seinen plötzlich tauben Fingern an. Der Bursche preßte seine tintenverschmierten Hände eng an seinen Leib und dachte sehnsüchtig an die Wolldecken in den zederngefaßten Truhen.

»Jaric!« Meister Iveg erhob sich von seinem Schreibtisch und durchquerte mit steifen Beinen die Bibliothek. Gebeugt stand er vor Jaric, und sein Schatten fiel über das Pergament, das der Knabe bearbeitet hatte. »Träumst du wieder, Junge?«

Der Ton seines Lehrherrn war nicht unfreundlich, dennoch zuckte Jaric zusammen, und sein schmaler Leib erzitterte unter einem erneuten Frösteln. Sogleich löste ein Ausdruck der Besorgnis die zuvor noch schroffe Haltung des Meisters ab.

»Jaric? Bei Kor, wenn du das Kupferstück, das ich dir gegeben habe, für Alkohol oder Frauen ausgegeben hast, dann werde ich dich brandmarken lassen.«

Hätte er sich ein wenig besser gefühlt, so hätte Jaric nun gelächelt. Wein ohne Wasser schläferte ihn stets ein; und selbst das übelste Flittchen in Stals Taverne behandelte ihn mit mütterlicher Sorge.

Zwar war er schon beinahe siebzehn, doch er hatte den Körperbau eines kränklichen Kindes.

Meister Iveg beugte sich über seinen Schüler und blinzelte ihn aus kurzsichtigen Augen an. Schließlich schnalzte er mit der Zunge. »Bist du womöglich krank?«

Plötzlich wurde Jaric von Schwindel erfaßt. »Vielleicht.« Vernebelten Blickes versuchte er die letzte Zeile zu lesen, die er geschrieben hatte. Tinte war von seiner Feder auf das Pergament getropft. Der Fleck ärgerte ihn. Für ihn, der keinerlei athletische Talente aufzuweisen hatte, war sauberes Schrifttum die einzige Leidenschaft.

Iveg seufzte. Als Meisterarchivar an einem geschäftigen Hofe war er wenig erfreut angesichts der Aussicht, auf seinen besten und fleißigsten Schüler auch nur eine einzige Stunde verzichten zu müssen. Doch dem Knaben ging es ganz offensichtlich nicht gut. Iveg, der längst schon vor der zarten Konstitution des Jungen resigniert hatte, schob ein Buch von Jarics tintenverschmierten Fingern fort und sagte: »Geh hinaus. Setz dich eine Weile in die Sonne. Vielleicht werden eine Pause und ein bißchen frische Luft dir guttun.«

Gehorsam erhob sich Jaric. Sorgsam darauf bedacht, nicht zu stolpern, hielt er sich, unübersehbar unsicher auf den Beinen, am Türrahmen fest. Wohlwissend, daß der Bursche es ihm übelnehmen würde, würde er ihn verhätscheln, blieb Iveg neben dem Schreibtisch stehen, doch sein weiches Hundegesicht verzog sich zu einem Ausdruck größter Besorgnis. »Wenn du willst, schicke ich nach einem Heiler.«

Jaric schüttelte den Kopf.

»Nicht nötig. Ich fühle mich nur ein wenig schwach, das ist alles.« Und hastig zog er sich in die

Vorhalle zurück, fürchtete er doch, daß seine Beine ihm den Dienst versagten, würde er noch länger zögern.

Unerwartet laut hallten seine Schritte auf dem Steinboden. Die Teppiche waren zur Seite gerollt worden, und eine Dienstmagd kniete geschäftig neben einem Kübel voller Seifenwasser am Boden. Als Jaric sich näherte, blickte sie auf.

»Wirst du dich übergeben?« Sie deutete auf den frisch gewischten Boden. Tropfen des Seifenwassers aus ihrer Bürste klatschten gegen Jarics Schienbeine. »Dann geh woanders hin, wenn's dir nichts ausmacht.«

Jaric beäugte schweigend das dralle Fleisch, das unter ihrer Bluse erbebte. So benommen er auch sein mochte, ging es seinem Magen dennoch gut. Spott gewohnt, schob er sich an ihr vorbei und hinterließ unebenmäßige Fußabdrücke auf dem ganzen Korridor.

»Kor!« fluchte die Frau hinter ihm her. »Du hast meinen frisch gewischten Boden mit deinen stinkenden Füßen verdreckt, du He'd.«

Mit gepeinigter Miene ergriff Jaric den Riegel der Seitentür. Die Kränkungen der Frau vermochten ihn nicht zu provozieren. Er war weise genug zu wissen, daß sie es nicht böse meinte. Die Tatsache, daß er klein und ungeschickt im Umgang mit Waffen und Werkzeugen war, machte gewiß keinen schlechteren Schüler aus ihm; wenn manche Frauen auch der Meinung waren, seine dunklen Augen und die zarten Hände sollten mit mehr mannhaften Attributen ausgestattet sein, weigerte er sich doch, allein deswegen den Schatten der Verbitterung ob seiner Unzulänglichkeiten über die Gaben zu legen, die ihm geblieben waren. Nichtsdestotrotz hätte er die Tür gern lautstark hinter sich zugeschlagen, doch selbst diese kleine Entgegnung erwies sich als zu anstrengend.

Erschüttert von plötzlicher Benommenheit, schaffte Jaric es kaum, dem schweren, eisenbeschlagenen Türblatt auszuweichen, als es von selbst wieder ins Schloß fiel. Mühsam stolperte er die Stufen hinab in den hellen Sonnenschein. Behaglich versteckte sich der Kräutergarten des Apothekers in einem Innenhof zwischen den äußeren Befestigungsanlagen und dem Westflügel der Festung. Jaric kam oft hierher, wenn ihn Sorgen plagten. Das Schwindelgefühl, unter dem er an diesem Tag litt, verwandelte die Kiespfade in gleißendhelle Lichtstreifen, und die nahen, hohen Mauern krümmten sich sonderbar vor seinen Augen. Er fühlte sich auf eine unerklärliche Weise bedroht. Der schwere Duft der Mohnblumen drohte ihn zu ersticken. Beinahe orientierungslos ließ sich Jaric keuchend auf die unterste Stufe sinken. Wie Feuer brannten die sonnengewärmten Steine auf seinem Leib, und doch hörte er nicht auf zu zittern. Er runzelte die Stirn. Strähniges, mausbraunes Haar legte sich über seine Handgelenke, als er den Kopf auf die Hände stützte. Was war nur mit ihm los?

Ein Kribbeln breitete sich auf seinen Wangen aus. Der Salbeistrauch zu seinen Füßen raschelte, als striche eine Brise durch sein Geäst. Dann vernebelte sich sein Blick, und er glitt in tiefe, schauderhafte Finsternis.

Voller Furcht, er könnte das Bewußtsein gänzlich verlieren, rieb sich Jaric die Arme, ohne zu merken, daß seine Fingernägel schmerzhaft über seine Haut kratzten. Obgleich er der Mittagshitze eines heißen Sommertages ausgesetzt war, fühlte er die Kälte wie eine eisige Faust in seiner Brust. Er konnte nicht atmen. Gefangen in einem Morast bestürzender

Verwirrung, fühlte er einen Zwang in sich entstehen, der sich seinem Willen aufzuerlegen drohte. Verzweifelt und voller Furcht wehrte er sich.

»Gnade!« Das Flehen klang wie einschrilles Krächzen. Jaric, der spürte, daß die Macht, gegen die er kämpfte, nicht aus ihm selbst stammte, versuchte es noch einmal. »*Laß mich in Ruhe. Ich bin unschuldig.*«

Doch ihm wurde keine Gnade zuteil. Die fremde Macht nahm an Intensität zu und löschte seine Identität aus wie eine Flamme, die in heißem Wachs erstickt. Worte erstarben auf seiner Zunge. Er fühlte, wie er fiel, doch nicht in den vertrauten Duft der Salbeiblätter, sondern in einen eisigen, endlosen Raum. Eine andere Realität erstand mit grausamer Schärfe vor seinen Blicken. Als würde er durch ein Fernglas schauen, sah Jaric ein Vorgebirge unter dem Ansturm einer donnernden Brandung. Ein zitternder, rothaariger Mann kauerte sich an einen Felsen. Sein Gesicht war verzerrt von dem Haß auf einen anderen Mann, eine Gestalt mit silbernem Haar und zerfetzten, blutbefleckten Gewändern. Wäre Jaric imstande gewesen, sich zu rühren, er hätte gezittert wie Espenlaub. Doch die Vision hielt ihn lähmend umfangen, als der zweite Fremde den Kopf hob. Seine Züge waren so zerschlagen wie der Rest seiner Gestalt, dennoch sprach er mit beinahe unmenschlicher Ruhe. Und seine Worte trafen Jaric mit dem Zorn der Winde und erschütterten seinen Geist so vollkommen wie der Tod selbst.

Dein Angriff gegen mich soll verziehen, doch niemals vergessen sein. Dies ist der Bann, mit dem ich dich belege: sollte ich dich rufen, Ivain, so wirst du antworten und eine Pflicht erfüllen, die ich dir auferlegen werde. So soll es sein, bis zum Ende deiner

Tage, und solltest du sterben, wird mein Bann auf deinen ältesten Sohn und auf seine Söhne nach ihm übergehen, bis die Schuld gesühnt ist.

»Nein!« schrie Jaric.

Doch, so unermüdlich wie die Elemente, belegte ihn die Macht des Fremden mit einem vibrierenden Netz aus Energie. Voller Entsetzen erkannte Jaric, daß dieser andere Wille ihn verschlingen würde, würde er ihm nachgeben. Sein ganzes Dasein würde verändert werden. Für die Welt außerhalb des Studierzimmers Meister Ivegs nur unzulänglich gerüstet, nahm er Zuflucht in der Tiefe seines eigenen Geistes, dort, wo ihn kein Licht, kein Klang und kein Gefühl mehr erreichen konnte. Ausgebreitet über die Stufen vor dem Kräutergarten des Apothekers lag Jaric da, als wäre er tot.

In der Nacht, in der die *Krähe* auf die Kriegsflotte des Königs von Kisburn traf, lagen die Schiffe in einer Flaute etwa fünfzig Meilen von Islamere, der östlichsten Inselgruppe der Allianz, entfernt. Tathagres gewährte der Mannschaft endlich ein wenig Erholung von der eiligen Fahrt, zu der sie das Schiff seit der Abreise aus Riffhafen angetrieben hatte, und die Besatzung der *Krähe* nahm die Gelegenheit zum Ausruhen dankbar wahr. Den getrockneten Schweiß noch auf der Haut, schliefen die Ruderer gleich neben den wegen der Hitze unversiegelten Ruderöffnungen erschöpft ein. Der Steuermann döste am Kompaßhaus. Das Schiff trieb mit verzurrtem Ruder unter schlaffen Segeln über die ruhige See, und der Kiel vermochte kaum die ebenmäßige Wasseroberfläche zu kräuseln.

Zusammengerollt in seiner Koje auf dem

Vorderdeck, fixierte Emien mit starrem Blick die Hängematten seiner Mannschaftskameraden. Jeden Morgen suchte er den Lagerraum auf, doch Taen beantwortete keinen seiner Rufe; zwei Tage ohne Wasser und Nahrung hätten sie längst aus ihrem Versteck hervortreiben sollen. Kläglich erinnerte sich Emien seines Versprechens, sie sicher wieder nach Hause zu bringen. Gewiß konnte er seiner Mutter und seinen Cousins das Silber schicken, das er verdient hatte, um die Zerstörung der *Dacsen* zu bezahlen, doch nicht einmal Tathagres' größter Amethyst wäre Wiedergutmachung genug für den Verlust einer Schwester. Ruhelos wälzte sich Emien auf seinem Lager. Obwohl ihm der Zauberer Hearvin gerade erst verboten hatte, den Lagerraum zu betreten, beschloß er, es noch einmal zu versuchen. Ohne die Anwesenheit der Wachen konnte er Taen gewiß aus ihrem Versteck hervorlocken.

Wütend erhob sich Emien. Er würde sie belügen, ja, ihr sogar Anskieres Befreiung versprechen, um sie herauszulocken. Wenn er sie erst gefunden hatte, würde er ihr schon alles begreiflich machen können; sie würde den Sturmwächter vergessen.

Geräuschlos glitt Emien barfuß an den Reihen der schlafenden Matrosen in ihren Hängematten vorbei. Die Laternen zwischen Bug und Heck hinterließen ein Gittermuster aus Licht und Schatten auf Deck. Jenseits der Reling verteilten sich die Lichter der Flotte wie Glühwürmchen unter einem Himmel, so konturlos und schwarz wie eine tiefe Grube. Doch Emien registrierte nicht einmal, daß überhaupt keine Sterne am Himmel zu sehen waren. Voll und ganz darauf konzentriert, nicht entdeckt zu werden, schlich er die Kajütstreppe hinab. Der wachhabende Matrose lungerte neben der Gangspill zu Backbord und säuberte seine Fingernägel mit einem Fischmesser. Er löste keinen Alarm aus, als der Knabe an der Kombüse vorbeikroch und sich durch die Luke herabgleiten ließ, die zum Ruderdeck herabführte.

Emien stieg die Leiter hinunter, und das lautstarke Schnarchen der Sklaven verbarg seine Schritte. Betäubt von den Ausdünstungen gefangener Menschen, lauschte der Bursche auf einen Alarmruf. Doch der diensthabende Offizier hatte ihm den Rücken zugekehrt, und das Lampenöl war beinahe leer; die Lampe glomm nurmehr so schwach vor sich hin, daß ihr Licht kaum das Glas durchdringen konnte. Emien tastete sich im Dunkeln voran und fand schließlich den Riegel, der die untere Luke sicherte. Er spuckte auf das Metall, vorsichtig darauf bedacht, den Riegel möglichst geräuschlos zu bewegen, ehe er an dem Bolzen ziehen konnte. Die Angeln rochen nach Schmierfett. Schwitzend hob Emien das Gitter an, die Augen fest geschlossen. Doch die Luke ließ sich ohne den kleinsten Ton öffnen. Feuchte, säuerliche Luft wehte aus dem Frachtraum herauf.

Die Segel flatterten an den Masten; kurz erbebte die *Krähe,* und Gischt schäumte unter ihrem Bug auf, als Emien sich auf die Leiter schwang. Ihm blieb keine Gelegenheit, wahrzunehmen, daß die schreckliche Ruhe vorüber war.

Ein Kratzen, gefolgt von hektischen Geräuschen, erklang über seinem Kopf. Emien erstarrte, als etwas Weißes von den Balken des Ruderdecks herabsauste. Mit angehaltenem Atem hielt er inne. Doch der Verursacher seines Schreckens war nur ein Vogel. Federn strichen über seine Wange. Erschrocken zuckte Emien zurück und prallte gegen die Leiter.

Obgleich es in dem Frachtraum so finster wie in

einer Höhle war, konnte er die Kreatur deutlich erkennen. Umrahmt von einem schwachen Schimmer blau-weißen Lichts, schwebte sie auf schmalen Schwingen dahin. Emien fühlte, wie das Blut in seinen Adern aufwallte. Dieser Vogel war zweifellos ein Gesandter Anskieres. Gewiß war er gekommen, Taen zu holen. Der Knabe schlang einen Arm über eine Sprosse. Nicht länger um Heimlichkeit bemüht, riß er den Dolch aus seinem Gürtel, klemmte sich die Klinge zwischen die Zähne und schwang sich hinunter.

In diesem Augenblick erhob sich der Wind über der See wie ein erzürntes Aufheulen. Jemand schrie über ihm. Die Segel schlugen um, donnerten dann so heftig zurück nach Steuerbord, daß die Deckplanken erzitterten. Mit viel zu vielen Segeln legte sich die *Krähe* auf die Seite. Emien wurde rückwärts gegen die Leiter geschleudert. Der Sturz rettete ihn, denn ein Faß geriet aus dem Gleichgewicht und stürzte genau an der Stelle auf die Planken, an der er eben noch gestanden hatte. Heftig prallte es gegen die Holzbohlen zwischen den Rippen des Schiffsrumpfes.

Emien hörte das beängstigende Splittern des Holzes. Wasser sprudelte durch den Riß herein. Auf Deck kreischte eine neuerliche Brise durch die Takelage. Die Focksegel blähten sich, schlugen wild umher, und übermäßig gespannte Leinen surrten kläglich, als die Krähe kehrtmachte. Gnadenlos wurden die Ruderöffnungen unter die Wasseroberfläche gedrückt. Von der Last der gewaltigen Segel zusätzlich bedrängt, begann die Galeere, Wasser zu schlucken.

Emien ergriff die Leiter und zog das Messer zwischen seinen Zähnen hervor. »Taen!« Sein Ruf ging beinahe unter in den schrecklichen Schreien der

Ruderer, die hilflos an ihre Bänke gekettet waren. Emien hörte den beginnenden Aufruhr. Wasser flutete in den Kielraum. Jenseits des Schattens aufgestapelter Fracht sah er, wie sich die Seeschwalbe flatternd auf dem Rand eines Fasses niederließ.

Das Schiff schlingerte. Furcht ergriff von Emien Besitz. Wenn die Neigung noch weiter zunahm, würde sich der Ballast verschieben. Eisenbeschlagene Balken umstürzen und den Inhalt des Frachtraumes vollkommen zerschmettern. Verzweifelt brüllte Emien erneut.

»Taen!«

Etwas krachte auf Deck, dann folgte wie ein Peitschenschlag das Geräusch zerreißenden Segeltuchs. Emien fluchte leise, doch erleichtert. Ein Tau war gerissen. Wenigstens ein Segel hielt der mörderischen Last des Windes, der das Schiff in seinen Klauen hielt, nicht länger stand. Emien klammerte sich an die Leiter, als das Ruder schwerfällig der neuen Lastverteilung antwortete. Wasser plätscherte. Langsam begann die *Krähe*, sich wieder aufzurichten.

Emien starrte in das Dunkel des Frachtraumes. Noch immer hockte die Seeschwalbe auf dem Faß und kämpfte mit weit gespreizten Schwingen um ihr Gleichgewicht, als das Schiff sich aufrichtete. Wie geisterhaftes Licht umgab der Schimmer die zarten Federn. Sorgsam maß Emien die Distanz und zielte mit dem Messer nach dem Vogel.

Plötzlich erstrahlte die Aura des Vogels in einem scharfen Nimbus der Macht. Emien spannte sich zum Wurf. Die Seeschwalbe legte den Kopf schief und betrachtete ihn aus einem leuchtenden, starren Auge. Auf einmal schien der Vogel alles in sich zu bergen, was er geliebt und in Imrill Kand zurückgelassen hatte. Gebannt von dem Gefühl, einen bitterlichen Verlust zu erleiden, zögerte der Bursche. Er vergaß seinen Haß gegen Anskiere. Der Impuls zu töten schwand vor einer Schönheit, rein genug, sein innerstes Wesen zu rühren.

Emiens Hand zitterte. Plötzlich schien die Waffe unerträglich schwer. Er sehnte sich danach, die Klinge fortzuwerfen und dem Vogel in ein Schicksal zu folgen, das seinen Geist wie eine fröhliche Melodie erfüllte. Doch die Erinnerung an den Eid, den er Tathagres geleistet hatte, hinterließ ein Echo, das die Harmonie zerstörte.

Von den Wogen der aufgewühlten See geschüttelt, drehte sich die *Krähe* in den Wind. Eisiges Wasser schwappte über Emiens Füße. Der Junge fühlte sich zerrissen, er bemerkte die Schreie und den Tumult an Deck, den der Sturm verursachte nicht; unfähig, eine Entscheidung zu treffen, wurde sein Geist von dem Versprechen des Lebens und Lachens gepeinigt, und Tränen strömten über seine Wangen. Er sah das Licht der Laterne nicht, die von oben in die Luke gehalten wurde. Auch bemerkte er den Zauberer nicht, der in einer Robe, rot wie frisches Blut im Flammenschein, die Leiter herabstieg.

»Bursche!« Hearvins Stimme klang scharf vor Zorn. »Bursche!«

Emien rührte sich nicht. Schatten huschten über sein Gesicht. Vollkommen versunken in den Anblick der Seeschwalbe, öffnete er seine Finger, und das Messer fiel klirrend zu Boden. »Taen?« Gedankenverloren trat Emien vor.

Hearvin sprang von der Leiter und packte den Jungen am Handgelenk. »Narr! Bist du denn wahnsinnig?«

Er riß Emien zurück. Tolpatschig stolperte der Knabe. Hearvin drehte ihn gewaltsam um, und das Licht der Laterne fiel auf die schimmernden

Tränenspuren auf einem in widernatürlicher Gelassenheit erstarrten Gesicht. Der Zauberer erkannte die Ursache sogleich. Anskiere hatte sich seiner wiedererlangten Macht bedient und versucht, einen Bann zu formen, der die Kinder zu ihm rufen sollte. Brutal krallten sich Hearvins Finger in den Ärmel des Jungen. Das Mädchen wurde noch immer vermißt, und der Knabe hatte sich offensichtlich empfänglich für diesen Anschlag gezeigt; Tathagres würde gewiß nicht zufrieden sein.

»Bei den Feuer Kors!« Hearvin hängte die Laterne an einen Haken und führte einige rasche Gesten vor den Augen des Knaben aus. Ein Symbol glühte kurz in der Luft auf. Der Zauberer murmelte eine Gegenbeschwörung; die Figur flammte scharlachrot auf und verschwand. Emien blinzelte. Er schauderte, und sein friedvoller Gesichtsausdruck wich einer Miene des Entsetzens, als sich die Illusion, die ihn gerufen hatte, in einem Alptraum sturmgepeitschter Finsternis auflöste. Gepeinigt atmete er tief ein und schrie auf.

Hearvin schüttelte ihn. »Vergiß Imrill Kand! Vergiß deine Familie! Deine Loyalität gebührt Tathagres, und sie hat dich gerufen.«

Das Kreischen des Windes legte sich über seine Worte. Schwerfällig schlingerte die *Krähe* in ein Wellental, und mehr Wasser drang in den Frachtraum. Emien stolperte und riß sich von Hearvin los. Das Deck kippte. Stahl rasselte über ihren Köpfen, als die verängstigten Ruderer verzweifelt versuchten, sich von ihren Ketten zu befreien. Ihre Panik, so dachte Emien benommen, mochte die Matrosen durchaus davon abhalten, die Ruderöffnungen zu versiegeln. Die Krähe war in Gefahr zu sinken. Sonderbarerweise berührte ihn diese Tatsache überhaupt nicht.

Hearvin nahm die Laterne vom Haken. Dunkelheit senkte sich über den Frachtraum, der von dem Plätschern des im Rumpf eingeschlossenen Wasser dröhnte. »Ich habe dir verboten, herzukommen.« Er begann, die Leiter hinaufzusteigen. »Warum hast du es trotzdem getan?«

Störrisch schweigend folgte Emien ihm. Kurz bevor er die Luke erreichte, blickte er sich noch einmal um, doch er konnte sich nicht erinnern, was ihn veranlaßt hatte, seine Koje auf dem Vorderdeck zu verlassen. Hearvin erkannte zufrieden die Verwirrung auf seinen Zügen. Der Bann, den er gewirkt hatte, war erfolgreich; Anskieres Einmischung würde Emien von nun an nicht mehr beeinflussen können.

Die Seeschwalbe, die auf dem Rand eines Rumfasses im tiefen Bauch des Frachtraumes hockte, entging der Aufmerksamkeit des Zauberers. Der Bann, den er benutzt hatte, Emien vor Anskiere abzuschirmen, blendete auch den Jungen gegen die Anwesenheit des Vogels, denn der Schimmer seiner Aura war für feindlich gesonnene Augen nicht zu sehen. Das Kind aber, daß noch immer von dem Bann Anskieres geschützt wurde, würde nicht gesucht werden, ehe es nicht an einem sicheren Ort wäre.

Die *Krähe* stürzte über eine sich auftürmende Woge, und das Ruder klapperte wie ein Haufen alter Knochen, als der Steuermann sich verzweifelt mühte, den Bug am Wind zu halten. Wenngleich Tathagres das Leben zu Lande gewohnt war, stand sie nun doch unerschrocken festen Fußes auf dem Achterdeck, und ihr Haar flatterte in wirren Strähnen im Wind. Der nasse Samt ihrer Kleider klebte an ihrem Leib und akzentuierte beinahe schamlos ihre Weiblichkeit; doch der Kapitän, der sich ihr entgegenstellte, verspürte nur wenig Interesse, ganz gleich wie anregend ihre Rundungen auch sein mochten. Sein Protest aber erstarb unter ihrem zornigen Blick, und er riß tonlos den Mund auf.

Tathagres lachte. Der Fluch, den sie ausstieß, strafte ihr zierliches, zartes Äußeres Lüge, ebenso wie der Befehl, der der Verwünschung folgte: »Von mir aus bring sie alle um, aber sorge dafür, daß diese verdammten Ruderöffnungen geschlossen werden.« Ihre violetten Augen zogen sich zu bösartigen Schlitzen zusammen. »Sie sind Sklaven. Wenn sie ertrinken, sind sie nicht schlimmer dran als jetzt. Aber wenn du nicht schnell handelst, so werden wir alle ersaufen.»

Eine heftige Brise erfaßte das Besansegel, während die Männer noch immer versuchten, es einzuholen. Der Kapitän verlor das Gleichgewicht. Unsicher tastete er nach einer Stütze, wobei er beinahe gegen Tathagres getaumelt wäre. Nun verlegte er sich darauf, um Mäßigung zu betteln.

»Gnädige Frau ...«

Die Frau hüllte sich in Schweigen, doch auch ohne offene Drohungen, fühlte der Kapitän, wie seine Knie zu zittern begannen. »Ich sorge dafür, daß es erledigt wird.« sagte er rasch, obgleich er doch viel lieber etwas anderes entgegnet hätte. Auf seinem eigenen Schiff zum Befehlsempfänger degradiert, hastete er zu der Kajütstreppe, wo er beinahe mit Hearvin zusammengestoßen wäre, der in diesem Augenblick gemeinsam mit dem Jungen an Deck kam.

Tathagres konzentrierte ihren Unwillen auf den Zauberer. »Im Namen des Großen Untergangs«, rief sie wütend aus. »Du schuldest mir eine Erklärung, Hearvin. Du hast behauptet, Anskieres Macht sei gezähmt. Wie in Kors Namen konnte uns dann dieser Sturmfalke zum Ziel seines Fluges machen?«

Eine weitere Woge krachte breitseits in die *Krähe*. Der Steuermann zerrte verzweifelt am Ruder, und Tathagres wurde gegen die Reling geschleudert. Der Stoß trieb ihr die Atemluft aus den Lungen. Als Hearvin direkt neben ihr landete, bemerkte sie, daß Emien sich im Griff des Zauberers sonderbar passiv verhielt. Sogleich setzte sie zu einem Kommentar an, doch Hearvin unterbrach sie.

»Das habe ich in der Tat gesagt. Zu diesem Zeitpunkt kannte ich keine Möglichkeit, den Sturmfalken auf irgendeine Spur außerhalb des direkten Machtbereiches Anskieres zu setzen.« Unbeeindruckt betrachtete er die Frau. »Ich habe Euch aber ebenso zur Vorsicht gemahnt, was Ihr unklugerweise ignoriert habt. Meine beiden Kollegen sind tot.«

Tathagres warf den Kopf zurück und wurde von einem Sprühregen erfaßt, als die *Krähe* schlingerte und das aufspritzende Wasser die Leereling traf. Träge erholte sich die Galeere. Ein Offizier brüllte aufgeregte Anordnungen; die Matrosen ließen vom Besanmast ab und kappten die Falltaue. Doch nicht einmal dieses Pandämonium oder die heftige Schräglage vermochten die Besessenheit Tathagres zu mildern.

»Anskiere? Hat er sich mir widersetzt?«

Hearvins Lippen zuckten. »Er ist entkommen. Zu welchem Preis, wage ich nicht einmal zu vermuten. Aber soviel kann ich Euch versichern: Die Frostwargs sind wach, aber nicht frei, und der Sturmfalke kreist über Kisburns Flotte. Eure Pläne sind zunichte.«

»Das sind sie nicht!« Tathagres ließ die Reling los, als die Galeere sich wieder aufgerichtet hatte. »Niemals. Wir haben den Jungen.« Sie schickte zwei Matrosen aus, die Beiboote der *Krähe* zum Wassern vorzubereiten, um auf direktem Wege nach Riffhafen zu segeln und Anskiere zu stellen.

Hearvin beobachtete sie, bis der Regen in Strömen niederging und die Hecklaterne erstickte. Mit ihrem Temperament wohlvertraut, hatte er es vermieden, ihr zu erzählen, daß sie den Knaben beinahe verloren hätte. Auch erwähnte er die Tatsache nicht, daß die Boote seiner Ansicht nach niemals die Insel des Kielmark erreichen würden. Die *Krähe* schlingerte zitternd über die immer größer werden Wogen, und der Wind heulte gleich einer dämonischen Weise um ihre Masten. Hearvin hörte seine Gewalt, und er ließ sich nicht täuschen. Anders als seine Kameraden unterschätzte er keineswegs die Gefahr, die Anskieres Sturmfalke auszulösen imstande war. Mochten auch die Freien Inseln den Sturmwächter für die Zerstörung Tierl Enneths verwünschen; Anskieres Loyalität würde nie nachlassen. Kisburns Kriegsschiffe würden zerschmettert wie Spielzeuge.

Der Sturm wurde schlimmer. Hochaufgetürmt jagten die Wogen Gischt über die Planken der Galeere und fegten Werkzeuge wie Menschen ohne Unterschied über Bord. Aus den Bemühungen, die Beiboote zu Wasser zu lassen, wurde schon bald ein reiner Überlebenskampf. Bis zum Ruderdeck geflutet, rollte die *Krähe* unbeholfen über die Wogen, ohne auf die Mühen des Steuermanns zu reagieren. So eifrig die Mannschaft auch arbeitete, die Galeere war verloren. Mit heiserer Stimme ordnete der

Kapitän an, die Boote zu Wasser zu lassen, doch keiner seiner Männer würde an Bord gehen dürfen, ehe nicht die Offiziere des Königs abgelegt hätten. Matt und erschöpft ließ der Kapitän den Steuermann allein am Ruder zurück und machte sich auf die Suche nach Tathagres.

Bis zur Hüfte im schäumenden Wasser auf dem Mitteldeck, arbeiteten die besten Matrosen der *Krähe* an dem Beiboot. Die See saugte an ihnen, stieß sie umher, und die Masten beschrieben trunkene Kreise vor dem dunklen Himmel. Tathagres und ihren Zauberer fand der Kapitän an die Reling neben der Kajütstreppe geklammert. Gerade, als sich das Boot in Bewegung setzte, endlich von ihrem Stapelschlitten freikam, berührte er ihre Schulter. Tathagres bedachte ihn mit einem sengenden, bösartigen Blick.

Der Kapitän war zu sehr unter Druck, sich noch einschüchtern zu lassen. »Geht an Bord. Wenn die Matrosen durchdrehen, kann ich nicht mehr für Eure Sicherheit garantieren.«

Eine Brise erschütterte die Takelage, und einer der Männer verlor den Halt und stürzte in einem Durcheinander aus Tauen leeseits. Tathagres' Antwort ging in dem Ausruf eines Matrosen und dem donnernden Aufprall eines herabstürzenden Segels unter. Sie machte keinerlei Anstalten, zu der Pinasse zu gehen.

Hearvin packte ihren Arm. »Geht, schnell.«

Tathagres sträubte sich. »Wo ist der Konstabler?«

Wütend brüllte der Kapitän eine Warnung: »Ihr verspielt Eure letzte Chance.« Mit diesen Worten zeigte er nach vorne.

Die See bäumte sich über dem Bug der Galeere auf. Für einen Augenblick stieg der Bugspriet auf, streckte sich wie ein glitzernder Speer dem von

Sprühwasser vernebelten Himmel entgegen. Eine gewaltige Kaskade aufspritzender Gischt ging auf das Deck der Pinasse nieder. Die Seeleute bemühten sich nach Kräften, sie zu halten, doch die See zerfaserte ihren Griff wie eine unfertige Häkelarbeit. Das Boot schlug gegen die Reling. Holz zersplitterte. Schon die nächste Woge konnte das Boot fortreißen, ohne daß ihre Passagiere Gelegenheit gehabt hätten, an Bord zu gehen.

»Geht!« Hearvin stieß Tathagres und den Jungen die Kajütstreppe hinunter. Ihnen auf den Fersen brüllte er: »Für den Konstabler ist es längst zu spät.«

Die See brodelte auf, um sie in Empfang zu nehmen. Bis zur Brust von den wütenden Fluten umspülte, stolperte Tathagres. Ein Matrose fing sie auf. Das Deck kippte; er verlor das Gleichgewicht und stieß sie derb in eines anderen Mannes Arme. Tathagres wurde hochgehoben und grob auf die Planken der Pinasse geschleudert.

Die nächste Woge prallte auf das Schiff. Ein Geysir aus Spritzwasser tobte über sie hinweg. Von den nackten Füßen der Matrosen getreten, die in das Boot hineinstolperten, hatte Tathagres keine Chance, sich wieder auf die Beine zu kämpfen. Die Pinasse drehte sich. Wasser zischte unter ihrem Kiel, und ein Windstoß zerriß die Rufe der Seeleute in unverständliche Bruchstücke. Dann, mit einem Ruck, der Tathagres gegen die Ruderbank drückte, kam die Pinasse frei.

»Ich habe den Jungen«, rief Hearvin.

Ein Seemann glitt aus, stürzte und klammerte sich verzweifelt am Dollbord fest. Das Boot schlingerte unter seinem Gewicht, drohte, zu kentern. Ein anderer Seemann schlug die Finger des ersteren mit einem Ruderblatt zu Brei. Rasch verloren sich seine Schreie hinter dem Boot, als das Boot wie ein Blatt im Wind über die sturmgepeitschten Wogen hüpfte. Mühsam bändigten die Matrosen sie. Spritzwasser ging auf sie hernieder und brannte in ihren Augen, während sie sich über die Ruder beugten. Sollte die Pinasse auch nur ein einziges Mal aus dem Gleichgewicht geraten, so würden all ihre Passagiere ertrinken.

Tathagres stützte sich mit den Händen an den Planken ab und verlangte brüsk zu erfahren, in welche Richtung sie sich bewegten. Hearvin erklärte ihr, daß der Sturm das Boot gen Südwesten trieb, auf Innishari und die unteren Gebiete der Allianz zu. Riffhafen lag in der entgegengesetzten Richtung, und ehe nicht das Wetter sich beruhigte, gab es für die Pinasse keinen besseren Kurs. Mit eiserner Sachlichkeit nahm Tathagres diesen Rückschlag zur Kenntnis. Ungerührt zog sie Bilanz über ihre Besitztümer, angefangen mit dem Knaben, der mit seltsam hölzerner Miene im Heck des Bootes hockte.

Tathagres studierte ihn eingehend. Der Sohn eines Fischers, dessen zurückliegende Taten stets impulsiv, ja, sogar heftig und naßforsch gewesen waren, würde niemals teilnahmslos zusehen, wenn sein Schiff durch die schwere See in Gefahr geriet.

»Emien«, sagte sie scharf.

Der Bursche reagierte, als stünde er unter Drogen. Tathagres legte finsteren Blickes die Stirn in Falten. »Hearvin.« Deutlich klang der maßregelnde Ton in ihrer Stimme durch. »Du hast den Burschen mit einem Hemmzauber belegt. Warum?«

Der Zauberer bewegte sich im Rhythmus des Bootes, die Kapuze weit in die Stirn gezogen, so daß seine Züge in tiefem Schatten lagen. »Anderenfalls hättet Ihr ihn an Anskiere verloren. Die Rückkehr des Sturmfalken hat es mir unmöglich gemacht, Euch hinzuzuziehen.«

»Was?« Tathagres erstarrte beinahe. Mit der Faust schlug sie auf die Bank, und das Klimpern ihres Goldes kontrastierte mit dem Rauschen des Sturms. »Willst du mir erzählen, Anskiere hätte einen Ruf an Bord der *Krähe* entsendet, und du hast es nicht für nötig gehalten, mich zu informieren? Bei den Feuern Koridans! *Auspeitschen möchte ich dich.* Dank deiner Fehleinschätzung wird dieses närrische kleine Mädchen vermutlich mit dem Leben davonkommen.» Wütend starrte sie auf die gischtschäumende See hinaus. »Jetzt können wir sie nicht mehr zurückholen, das ist sicher.«

Hearvin schwieg. Seinem Gesicht war nicht anzusehen, was er dachte, als Tathagres sich zu ihm umwandte.

»Ist das ein bleibender Bann?« Sie wartete auf Hearvins Bestätigung. »Dann gib ihn wieder frei. Er soll wissen daß der Sturmfalke des Wolkengebieters für den Tod seiner Schwester verantwortlich ist. Wenn er fragt, so überzeuge ihn davon, daß Taen im Frachtraum der Galeere umgekommen ist.«

Gehorsam vollführte Hearvin vor dem Burschen eine magische Geste. Ein Symbol glomm rötlich, vorübergehend umrahmt von dem finsteren Wasser einer sich auftürmenden Woge, und verblaßte wieder, als der Zauberer mit den Fingern schnippte. Erschrocken blinzelte Emien. Seine nichtssagende, orientierungslose Miene verschwand sogleich, und er begann, sich verzweifelt einen Überblick über die Passagiere des Bootes zu verschaffen.

Tathagres wartete auf den rechten Augenblick. Mit zusammengekniffenen Augen, die einem Raubtier glichen, beobachtete sie jede Nuance in dem Mienenspiel des Jungen, als ihm bewußt wurde, daß seine Schwester nicht auf dem Schiff war.

Er sagte kein Wort, doch sein ganzer Leib erbebte unter glühendem Zorn.

Vorausschauend überlegte Tathagres, wie sie sich diese Reaktion zunutze machen könnte; und das Seewasser, das ihre Beine umspülte, brachte sie auf eine Idee. Rasch ergriff sie einen Kübel und warf ihn dem Burschen zu. »Du mußt Wasser schöpfen«, drängte sie ihn milde. »Dein und mein Leben hängen davon ab, dieses Boot seetüchtig zu halten.«

Mit einem Griff, der seine Knöchel weiß hervortreten ließ, umfaßte Emien die Henkel. Ein harter Glanz schlug sich schon jetzt auf seine Augen nieder. Er wollte leben, das erkannte Tathagres deutlich, und sei es nur, um seine Schwester zu rächen. Still lächelte sie in die Finsternis. Der Junge war hart wie Stahl und voll glühenden Zorns. Unter ihrer Führung würde er sich zu einer prachtvollen Waffe entwickeln. Von diesem Gedanken besänftigt, lehnte sich Tathagres gegen eine Ruderbank und schloß die Augen.

Von den Überlebenden war Emien der einzige, der in der Ferne hinter dem Boot verzweifelt nach dem Schiff Ausschau hielt, das sie zurückgelassen hatten. Die *Krähe* lag in ihren letzten Zügen. Hin und her geworfen wie Treibgut, bekam sie mehr und mehr Schlagseite, und die Leichen der Sklaven glitten durch die Ruderöffnungen hinaus in die offene See. Während Emien den Untergang des Schiffes beobachtete, befeuchtete allein der Regen seine Wangen.

Einst hätte er um die Schwester geweint, die er verloren hatte. Nun aber wurde sein Kummer von einem Haß überlagert, rein genug, seine Seele zu verbrennen. Würde er überleben, so sollte Anskiere sterben. Mechanisch schwang Emien weiter den Schöpfeimer.

Langsam sank die zurückgelassene Galeere hinab in ihr Grab auf dem Meeresboden. Kein lebendiger Mensch war mehr da, zu beobachten, wie, begleitet von einem Schwall Luftblasen aus dem Frachtraum, ein Rumfaß wie ein Korken zur Wasseroberfläche hinaufstieg. Unsicher ließ sich eine Seeschwalbe mit weit gespreizten Schwingen, umgeben von der schimmernden Magie eines Zauberers, auf dem Rand nieder. Wenngleich der Sturm das umgebende Gewässer in einen brodelnden Hexenkessel verwandelte, trieb das Faß doch sanft und friedlich dahin, getragen von einer Ruhe, die nur ein Magier zu beherrschen vermochte. Im Inneren schlief trocken und sicher Taen, während Anskieres Bann sie unversehrt durch die sturmgepeitschten Wrackteile der Flotte von Kisburn gen Westen aufs offene Meer hinaus führte.

Kapitel 5

IVAINS ERBE

In der drückenden Hitze des Abends lag Jaric reglos auf seinem Lager im Speicher über der Schmiede der Festung von Morbrith. Wenngleich mehr als nur ein Heiler ihn bereits mit allerlei Kräutermedizin behandelt hatte, hatte er doch sein Bewußtsein nicht wiedererlangt, seit er zwei Tage zuvor im Kräutergarten des Apothekers ohnmächtig geworden war. Völlig leblos lag er unter seiner Decke und reagierte nicht auf das aufflackernde Licht unter der Gaube über seinem Kopf; er rührte sich auch nicht, als Füße in festen Stiefeln über die Sprossen trampelten, die zu dem Speicher hinaufführten. Weit jenseits der Reichweite physischer Reize, wußte der Schüler des Schreibers nicht, daß seine Erkrankung ihm die Aufmerksamkeit des Meisterheilers und sonderbarerweise auch des Grafen von Morbrith selbst eingetragen hatte.

Ein livrierter Diener hob eine Laterne über die Pritsche, und das Licht fiel auf ein eingefallenes, von scharfen Kanten gezeichnetes Profil. Das Flackern der Flammen hob die blutleeren Lippen des Jungen hervor und umspielte die Finger auf der Decke, die so fragil wie zarte, von der Flut angespülte Muschelschalen erschienen.

»Sieht aus, als wäre er tot«, sagte der Graf. Smaragde blitzten auf, als er sich bückte und nach Jarics Handgelenk griff. Der Arm war eiskalt und so schmal wie der einer Jungfrau in der vernarbten

Hand des Mannes. Von Mitgefühl für den Jungen ergriffen, schluckte der Graf heftig. Aufgewachsen unter der Obhut der Schmiedegilde, hatte Jaric sich für das Handwerk als zu zart erwiesen; so war er gezwungen gewesen, die Kosten für seine Erziehung von dem Lohn eines Schreiberlehrlings zu bezahlen. Der Graf strich über die Haut des Jungen. Voller Schrecken entdeckte er einige Blasen. Er drehte die Hand des Burschen ins Licht und wandte sich an den Meisterheiler. »Habt Ihr das gesehen?«

Der Heiler schnalzte mit der Zunge. »Schwerer Sonnenbrand«, sagte er ruppig. »Der Junge hat mehrere Stunden ungeschützt in der Sonne gelegen, bis ihn jemand gefunden hat. Auf der anderen Seite seines Gesichts sind noch mehr Brandwunden. Davon abgesehen scheint er unverletzt. Ich habe keine Blutergüsse oder Wunden entdecken können, und falls er krank ist, so passen seine Symptome zu keiner mir bekannten Erkrankung. Mein Graf, ich sage Euch, er ist von einem Bann geschlagen.«

Der Graf legte Jarics Arm sanft auf die Decke zurück. Er hockte sich auf seine Fersen und dachte an Kerain, den Sohn des Schmieds, der für den Mord an seiner Braut gehängt worden war. Doch vor Gericht hatte er unter Eid geschworen, daß er nichts anderes getan hätte, als das Mädchen davon abzuhalten, ihr neugeborenes Kind zu töten. Der junge Mann hatte behauptet, er habe ihr das Kind unter dem erhobenen Messer weggerissen, woraufhin sie die Klinge sogleich gegen sich selbst gewandt hätte. Unbehagen erfaßte den Grafen bei diesen Gedanken. Zum Schafott verurteilt, hatte Kerain seinen letzten Wunsch kundgetan; er hatte das verwaiste Kind als das seine anerkannt. In den Archiven der Festung wurde der Junge als

Kerainson Jaric, Mündel der Schmiedegilde, geführt. Sechzehn Jahre später betrachtete der Graf die zarten Züge eben jenes Knaben, doch nun konnte kein Zweifel mehr daran bestehen, daß er nicht der Sohn des stämmigen, schwarzhaarigen Kerain war. Sollte Jaric aber der Bastard eines Zauberers sein, so würde dies erklären, warum seine Mutter ihn hatte töten wollen; das Kind eines Zauberers erbte stets auch die Feinde seines Erzeugers, und allzu oft wurden die Menschen in seiner Umgebung von schrecklichem Unglück heimgesucht.

Der Graf tupfte sich den Schweiß von der Stirn. Hätte er während der Verhandlung die Wahrheit geahnt, so hätte er Kerain verschont und statt seiner das Kind dem Scharfrichter übergeben. Doch waren derartige Gedanken nun ohne Sinn. Die Zeit ließ sich nicht zurückdrehen. Die Alternativen, die die Gegenwart zu bieten hatte, waren jedoch wenig erfreulich. Bekümmert traf der Graf seine Entscheidung.

»Ich will, daß der Bursche in den heiligen Turm hinter dem Schrein Koridans gebracht wird.«

Erschrocken keuchte der Heiler hörbar. »Das ist nicht klug.«

Der Turm lag außerhalb der Mauern auf der anderen Seite eines Geländes, auf dem derzeit das sommerliche Volksfest stattfand. Die überfüllten Gassen jenseits der Festungstore waren gewiß nicht der richtige Ort, einen kranken Jungen nach Einbruch der Dunkelheit zu transportieren.

»Jarics Zustand ist äußerst kritisch, Euer Gnaden.«

Zornig richtete der Graf sich auf. »Ihr werdet den Jungen fortbringen, und zwar schnell und ohne unnötiges Getue. Ich werde Gardisten zu Eurer Unterstützung schicken. Habt Ihr mich verstanden?«

»Vollkommen.« Unübersehbar bekümmert verbeugte sich der Heiler. »Doch Ihr riskiert das Leben dieses Jungen.«

Von Sorgen geplagt, die er für sich zu behalten gedachte, schwieg der Graf. Welcher Heiler sollte auch verstehen, daß es besser wäre, wenn dieser Junge stürbe? Denn sollte sich herausstellen, daß Jaric nicht der Sohn Kerains war, so mochten die Konsequenzen einer solchen Entdeckung ganz Morbrith in Gefahr bringen.

Jaric fühlte die Hände nicht, die seinen mit einer Decke verhüllten Leib aus dem Bett über der Schmiede hoben. Gereizt vor Sorge, überwachte der Meisterheiler die Gardisten, die den Jungen die Leiter hinuntertrugen. Unten warteten noch weitere Soldaten. Obgleich die Türen offenstanden, war die rauchgeschwängerte Hitze aus dem Schmiedefeuer kaum zu ertragen. Dennoch fühlte sich Jaric unter den Händen der Männer kühl an, und seine geweiteten Pupillen glänzten tiefschwarz im Schein der Lampen.

»Kor!« fluchte einer der Gardisten. »Er ist kalt wie ein Fisch. Seid Ihr sicher, daß er nicht tot ist?« Von seinen Kameraden mißtrauisch beäugt, legte er den Jungen auf der Trage ab.

»Wenn er tot wäre, müßte keiner von uns auf seinen Schlaf verzichten«, schnappte der Heiler. Dann packte er seinen Medizinbeutel und ging mit steifen Schritten hinaus. Langsamer folgten ihm die Soldaten mit dem Jungen.

»Das verdammte Volksfest ist kein geeigneter Ort für einen Jungen auf einer Trage«, murrte der führende Gardist. Seine Klage war keineswegs ungerechtfertigt. Die Nomaden, die sich jeweils zur

Sommersonnenwende um die Festung von Morbrith versammelten, entstammten ausgesprochen launischen Sippschaften; wenn auch die Händler bei Tage regen Tauschhandel mit ihnen trieben, wagte sich doch kein Stadtbewohner nach Einbruch der Dunkelheit noch aus den Festungsmauern hinaus. Mit einem hilflosen Knaben über den Festplatz zu laufen, kam einer Einladung zu Mord und Totschlag gleich; andererseits wagte kein Mann aus Morbrith, sich dem Befehl des Grafen zu widersetzen.

In der schattigen Sicherheit des Torhauses überprüften die Gardisten ein letztes Mal ihre Waffen. Das Tal jenseits der Mauern glich mit all den Wagen, den bunten Lichtern und den Marktständen des Volksfestes einem Flickenteppich. Rufe und Gelächter, begleitet von den kreischenden Klängen der Fideln, hallten heiser durch die Nacht. Die Gardisten formierten sich. Den Heiler und den jungen Burschen geschützt in ihrer Mitte, machten sich die mit Kettenhemden ausgestatteten Männer auf den Weg.

Von dem Augenblick an, da sich die Tore hinter ihnen schlossen, umhüllte die Menge die kleine Gruppe Soldaten wie die Gischt einer brechenden Woge. Mühsam hielten die Gardisten ihre Formation aufrecht, wohlwissend, wie wenig abschreckend ihre Waffen wirken würden, sollte es zu einem Kampf kommen. Jaric hingegen rührte sich nicht einmal, während er hin und her gestoßen und von bunt geschminkten Clanmännern betastet wurde, die furchtbar nach Schweiß und Schnaps stanken. Er nahm Lärm und Mühsal ebensowenig wahr wie den Staub, der unter den Stiefeln der Soldaten des Grafen aufwirbelte, während sie sich einen Weg durch das Gedränge der Zecher bahnten.

Als die Männer schließlich das andere Ende des Festgeländes erreicht hatten, waren sie müde und erschöpft von der mühseligen Auseinandersetzung mit Clanangehörigen, die nicht nur betrunken, sondern auch flink mit dem Messer zur Hand waren.

Als Lärm und Lichter allmählich hinter ihnen zurückfielen, gestattete der Heiler eine kurze Pause an einem Fluß am Rande eines Trockengebietes. Die Männer legten die Trage auf den steinernen Stützpfeilern einer Brücke ab. Im windgepeitschten Flammenschein der Laternen sahen die Augen des Jungen so glasig aus wie die eines Toten. Einer der Gardisten brach in ängstliches Flüstern aus, während ein zweiter sein Schaudern verbarg, indem er den Schmutz von seiner Tunika schlug.

»Er sieht wirklich so aus, als wäre er tot.«

Der Heiler hörte die Worte. Unwillig zog er sich den Hut bis über die Ohren, so daß sein Haar borstenförmig unter dem Rand hervorlugte, und deutete zu der Festwiese. »Wollt ihr zurückgehen? Nein? Gut, dann ist er am Leben. Und nun ist Schluß mit dem Gerede.«

Zögernd gingen die Männer weiter. Der Pfad zu dem heiligen Turm schlängelte sich durch einen Pinienhain hindurch, der im Licht der Sterne fahlgrau erschien. Der Heiler griff nach Jarics Handgelenken und hob sie von der Decke. Der Puls des Jungen war unregelmäßig und viel zu schnell. Rachsüchtig hoffte der Heiler, daß Jaric, sollte er sterben müssen, sein Leben in Anwesenheit des Grafen aushauchen würde, während er die Männer zu einem schnelleren Schritt antrieb.

Immer steiler stieg das Land an. Wasserrinnen, durchzogen von Wurzelwerk und lockerem Schiefergestein, bildeten tückische Fallen. Die Laterne schaukelte im Wind und schickte verwirrende Schatten über das Gelände, das immer schwerer begehbar wurde. Die Gardisten stolperten und fluchten, bis die Strapaze ihnen den Atem raubte. Noch steiler ging es bergan. Jaric wurde auf seiner Trage hin und her geschleudert. Äste und Gestein hinterließen Spuren auf seinem schmalen Leib. Die Pfosten, die sein Gewicht trugen, stemmten sich gegen das Gestrüpp und irgendwo rasselten stählerne Waffen. Nachtvögel flatterten beinahe vor den Füßen der Gardisten aufgeschreckt davon, als sich die Männer durch eine schmale Felsenschlucht plagten.

Endlich sahen sie Lichter vor sich, und der spitze Dorn des heiligen Turmes hob sich als Silhouette vor dem sternenübersäten Himmelsrund ab. Begierig, sich in die Sicherheit hinter den steinernen Mauern von Koridans Schrein zu flüchten, beschleunigten die Männer ihre Schritte.

Kurz bevor sie die Tore erreicht hatten, verstellte ihnen eine Gestalt auf einem Roß den Weg.

Fest davon überzeugt, einen Gesetzlosen vor sich zu haben, schrak der Heiler zurück und prallte gegen eine Haltestange der Trage, während die Soldaten hastig nach ihren Waffen griffen.

»Laßt ab, sofort!« befahl der Graf von Morbrith, und seine Stimme mischte sich mit dem dissonanten Klirren des Stahls. »Bei den Feuern.«

Zornig glitt er aus dem Sattel. Sonderbar geräuschlos scheute sein Pferd zurück; Hufe und Beißstange waren mit Flanelltuch umwickelt, und das Tier roch nach Schweiß. Der Graf hatte keine Eskorte bei sich, und sein Umhang, seine Tunika und auch das Zaumzeug des Pferdes waren frei von jeglichen Rangeszeichen. Welches Ziel auch immer ihn hierhergeführt hatte, er hatte dafür gesorgt, kein Aufsehen zu erregen.

»Wie geht es dem Jungen?«

Verstimmt entgegnete der Heiler: »Er lebt, aber vermutlich nicht mehr lange.« Seine Äußerung fand keinerlei Beachtung.

Der Graf nahm die schweißgetränkten Zügel vom Hals des Pferdes, ohne eine Erklärung für seine Anwesenheit abzugeben. Statt dessen wandte er sich sogleich mit neuen Befehlen an seine Gardisten. »Ihr bleibt hier. Sorgt dafür, daß niemand den Schrein betritt.» Dann wurde sein Tonfall freundlicher. »Ihr habt Eure Aufgabe gut erfüllt. Ihr dürft Euch den Wein in meiner Satteltasche teilen, aber ihr müßt leise sein. Ich will nicht, daß die Priester erwachen, ehe ich zurückgekehrt bin.«

Nun warf der Graf die Zügel seinem Gardehauptmann zu, ehe er sich über die Trage beugte, Jaric auf seine Arme hob und auf das Tor zu ging. Der Heiler folgte ihm, fest entschlossen, seinen Patienten zu beschützen; während seiner dreißig Jahre dauernden Praxis hatte er von dem Grafen von Morbrith nie ein so gefühlloses Verhalten erlebt.

Der Graf hielt inne und stellte sich dem Heiler in den Weg. »Eure Dienste werden nun nicht länger benötigt«, sagte er eisig.

Zorn verspannte die Muskulatur des Heilers. »Ihr seid Euch über das Risiko nicht im klaren. Wollt Ihr denn einen Mord billigen? Ich werde nur hierbleiben, wenn Ihr schwört, daß dem Jungen kein Leid geschehen wird.«

In einem harten autoritären Ton entgegnete der Graf: »Ich werde gar nichts schwören. Betrachtet Euch als entschuldigt, oder ich lasse Euch von der Garde fesseln wie einen Schwerverbrecher.«

»Ihr müßt verrückt geworden sein.« Verzweifelt suchte der Heiler nach Worten, ehe er schließlich ermattet den Kopf schüttelte. »Vollkommen verrückt.«

Der Graf enthielt sich weiterer Worte. Gewiß nicht daran interessiert, noch länger unter dem anklagenden Blick des Heilers zu verweilen, wirbelte er auf dem Absatz herum und trug Kerainson Jaric hinaus aus dem Lichtkegel der Laterne.

Der Heiler sah ihnen nach, erfüllt von einem Gefühl grausiger Vorahnung. Die Hast, die Geheimnistuerei und das schroffe Verhalten des Grafen waren Gründe genug, um das Wohl Jarics besorgt zu sein. Der Junge hatte außer der Schmiedegilde keinerlei Familie; wer würde um seinetwillen schon Fragen stellen, sollte er nicht zurückkehren? Von seinem gerechtem Zorn angespornt, beschloß der Heiler, dem Grafen zu folgen.

Der Graf war in Richtung des heiligen Turmes weitergegangen, doch Dunkelheit, felsiger Untergrund und die Notwendigkeit, keinerlei Geräusch zu verursachen, ließen den Heiler nur langsam vorankommen. Als seine Augen sich endlich an die Finsternis gewöhnt hatten, hatte sein Opfer längst die Seitentür des Turmes erreicht. Doch der Graf war nicht länger allein. Der Heiler sah eine hochgewachsene Gestalt in Grau neben ihm. Im Schatten unter ihrer Kapuze glommen lidlose, orangefarbene Augen, zu groß, menschlich zu sein, mit Pupillen, so schmal wie die einer Schlange.

Der Heiler keuchte. Schweiß rann über seinen Rücken, und sein Hut schien sich plötzlich schmerzhaft über seiner Stirn zu spannen. Die Kreatur, die er dort erblickt hatte, mußte dämonischer Natur sein, ein llondischer Empath; allein seine Anwesenheit auf dem Boden des Schreins kam einem Bruch der Naturgesetze gleich. Mühevoll und erfolglos versuchte der Heiler, seine

Furcht zu bezwingen. Es war klar, der Graf beabsichtigte Jarics Gebrechen durch einen Kontakt zum Geist jenes verfluchten Wesens zu untersuchen. Eine solche Tat jedoch schien undenkbar, eine Ketzerei jenseits aller Gnade aufrechter Menschen. Ohne sich die Zeitzu nehmen, um die Konsequenzen zu überdenken, rannte der Heiler weiter, die Hände zu einer Geste geformt, um Böses abzuwehren. »Ich kann dies nicht billigen«, rief er.

Vor ihm erstarrten die beiden Gestalten, als sie seiner gewahr wurden. Der Llondel wich erschrocken pfeifend in den Torbogen des Turmes zurück. Seine Augen schimmerten in der Dunkelheit wie glühende Kohlen.

»Narr! Schweigt still.« Der Graf lehnte den bewußtlosen Jungen an seine Schulter und betrachtete den Heiler mit einer Miene äußersten Zorns. »Weckt die Priester, und ich werde dafür sorgen, daß Ihr mit mir brennt. Wenn ein Mitglied meines Haushalts von einem Zauberer mit einem Bann geschlagen wird, so will ich wissen, wer dafür verantwortlich ist und warum, ganz gleich, welche Methoden dafür erforderlich sind. Ich werde nicht ganz Morbrith um eines einzigen Jungen willen in Gefahr bringen.«

»Das ist unverantwortlich.« Furchtsam bedachte der Heiler die Macht der Llondelei und die Anzahl der Sterblichen, die durch eben diese Macht dem Wahnsinn anheimgefallen waren. »Denkt Ihr denn gar nicht an Eure Gardisten? Sie befinden sich innerhalb der Reichweite der Bilder des Llondels, und Ihr habt sie ohne Warnung zurückgelassen.«

Der Graf stand stocksteif vor ihm, während der Wind Jarics Haar gegen seinen Hals wehte. »Ihr irrt«, sagte er schließlich. »Der Wein enthält eine Droge. Die Soldaten werden bis zur Morgendämmerung friedlich schlafen. Ihr aber solltet uns entweder Gesellschaft leisten oder zurückkehren und Euch ebenfalls an dem Umtrunk beteiligen.«

Der Heiler gab nicht auf. »Und was ist mit den Priestern des Schreins?«

»Das war ein weniger einfaches Arrangement«, seufzte der Graf. »Aber ich kann Euch versprechen, daß auch sie nicht unter den Vorgängen dieser Nacht werden leiden müssen.«

Der Llondel blickte sich um. Ein unfreundliches Lodern flackerte in seinen orangefarbenen Augen. Mit runzligen, sechsfingrigen Händen ahmte er die frühere Geste des Heilers nach, ehe er dem Grafen folgte. Der Heiler richtete seinen Hut und sah zu, wie der dunkle Umhang der Kreatur mit der Finsternis verschmolz. Trotz all seiner Besorgnis war er nun nicht mehr imstande, weiterzugehen.

Der Graf wartete inmitten des komplizierten Mosaiks im Vorzimmer des heiligen Turmes. Der Llondel indes trat mit sonderbar fließenden, graziösen Bewegungen in die Türöffnung.

»Es tut mir leid«, sagte der Graf, wohlwissend, daß das Wesen, an das er sich wandte, zwar seine Emotionen, nicht aber seine Worte verstehen konnte. »Nur wenige von meiner Art verstehen.«

Der Llondel trällerte eine schrille Septime, berührte des Grafen Schulter, trällerte noch einmal und streckte dann die langen Arme nach dem Jungen aus.

Mit schmerzenden Muskeln, einen dankbaren Seufzer auf den Lippen, übergab der Graf Jarics schlaffen Leib der Kreatur. In Augenblicken wie diesem fragte er sich immer wieder, warum die Gesetze Kordanes alle Dämonen gleich behandelten. Die meisten waren gefährlich, sicher; auch die Llondelei bildeten keine Ausnahme. Aber ihre empathische Empfindsamkeit machte sie zu freundlichen, ja, gar zurückhaltenden Wesen. Nur, wenn sie sich bedroht fühlten, spannen sie schädigende Bilder. Wohlwissend, wie unbehaglich der Llondel sich im Inneren der steinernen Wände fühlte, begann der Graf von Morbrith, die Treppe hinaufzusteigen. Trotz ihrer Abneigung gegen Mauern war die Kreatur jedoch ohne Zögern seinem Ruf gefolgt, als der Graf ihr von der mißlichen Lage in bezug auf den Jungen berichtet hatte.

»*Zauberer*«, dachte der Graf, und er erkannte die geistige Berührung durch den Llondel, noch während das Konzept Gestalt annahm; die Kreatur mußte seine innersten Gedanken aufgefangen haben. Das Wesen blieb auf den Stufen stehen und schob Jarics schlaffen Körper in die Armbeuge. Dann ahmte es erneut die Geste des Heilers nach, böse Mächte abzuwehren. »*Wichtig*«, übermittelte es dringlich, ehe es seine unzusammenhängenden Kommunikationsversuche zu einem einzigen, eindringlichen Bild formte.

Und der Graf empfing es mit nachdenklich gerunzelter Stirn, denn das Konzept, das der Dämon ihm vorstellte, verwies auf eine böse Macht, *die eine Gefahr für den Verursacher* der Qualen Jarics darstellte und abgewehrt werden mußte. Verärgert seufzte der Graf. Gewiß hatte sich der Llondel geirrt.

»*Nein.*« Orangefarbene Augen funkelten in der Finsternis. »*Nicht geirrt.*« Frustriert von den Worten, die Bilder niemals wirklich ersetzen konnten, stampfte der Llondel zutiefst gekränkt mit einem krallenbewehrten Fuß auf die Stufe.

»Es tut mir leid.« Der Graf mußte unbedingt

erfahren, was die Ursache für Jarics Pein war. Auf dem Treppenabsatz stieß er eine Tür weit auf. »Menschen fällt es schwer, Dinge zu glauben, die sie nicht sehen können. Wirst du es uns zeigen?«

Licht durchflutete den Raum jenseits der Schwelle und riß ein graues, fremdartiges Antlitz aus der Dunkelheit. Die Kreatur zögerte. Halbmondförmige Nüstern erzitterten, und die knochendürren Finger spannten sich um den in eine Decke gehüllten Knaben.

»Wir brauchen deine Hilfe«, versuchte der Graf ihn schmeichelnd zu überreden.

Der Llondel antwortete mit einem säuerlichen Tschirpen. Er ging weiter, doch, so erkannte der Graf unzweifelhaft, nicht um Morbriths willen. Als der Dämon die Schwelle überquerte, sah er erneut die Vision eines Zauberers in großer Gefahr; dieses Mal aber enthielt er sich eines Kommentars. Er verriegelte die Tür, und gleich darauf erklang aus dem Schatten eine verdrossene Stimme.

»Ihr habt eine Ewigkeit gebraucht, herzufinden.«

»Ich weiß.« Der Graf bückte sich und verstopfte den Spalt unter der Tür mit einem Filzstreifen. »Ich mußte auf die Garde warten. Würdet Ihr denn gern das Sommerfest mit einer Trage durchqueren?«

Ein Grunzen antwortete. Der Graf richtete sich auf und betrachtete die runzlige Miene des Meistersehers von Morbrith im Licht der Fackel, die in einem eisernen Halter gleich neben ihm flackerte.

Der alte Mann starrte ihn finsteren Blickes an, das Kinn unter dem Nest ungepflegter Barthaare mürrisch vorgereckt. Seine Lippen hatten sich zu einem Ausdruck tiefster Abscheu verzogen. »Lieber das, als in meinem Alter noch in einen Sattel steigen. Ihr würdet das mit siebzig gewiß nicht tun. Mir tut jeder Knochen im Leib weh.«

Doch seine flinken Bewegungen straften seine Worte Lügen, als er sich erhob und das einzige Fenster des Raumes schloß. Der Llondel setzte sich in der Mitte des Zimmers auf den Boden und hielt Jaric in seinem Schoß. Dann richtete er seinen Blick auf den Grafen und deutete auf die Fackel.

»*Lösche das Licht*«, sandte er.

Der Herrscher von Morbrith nahm die Fackel und stieß sie in den Wasserkübel unter dem Halter. Begleitet vom Zischen des Wasserdampfes, senkte sich Dunkelheit über den Raum. Der Graf setzte sich neben den Seher und wartete, während die letzten Funken zu Boden fielen und erloschen, bis die tiefschwarze Finsternis nurmehr von zwei rotgoldenen Lichtquellen, den Augen des Llondels, durchbrochen wurde.

Von plötzlichem Unbehagen ergriffen, preßte der Graf seine feuchten Handflächen an die Ärmel. »Du wirst uns den Verursacher der Qualen des Jungen offenbaren«, sagte er zu dem Llondel. »Keinem Menschen wird hier ein Leid geschehen.«

Die Augen verschwanden unter dem Rand der Kapuze, als der Llondel den Kopf senkte. Kein Bild beantwortete des Grafen Aufforderung, kein Geräusch, von den schwachen, keuchenden Atemgeräuschen des Sehers abgesehen, durchbrach die Stille. Doch als sich der Graf mühte, in der Dunkelheit etwas zu erkennen, erschien ein gelbes Funkeln in der Luft. Es flackerte heller, nahm allmählich die Umrisse einer lebendigen Flamme an, ehe es sich zu einem geisterhaften Feuerrad ausdehnte, von dem doch kein Licht auf die Gegenstände seiner Umgebung fiel. Die Erscheinung jagte einen Schauder der Furcht über des Grafen Rückgrat. Der Llondel jedoch schien mit dem Jungen verschwunden zu sein.

Während das Grauen seine Eingeweide umfangen hielt, erkannte der Mann, daß er direkt in die Alptraumwelt blickte, die Jaric gefangenhielt, und plötzliche sehnte er sich danach, den Raum zu verlassen, draußen dem sommerlichen Chor der Grillen zu lauschen. Doch Tür und Fenster waren fest verriegelt, jede Ritze mit Filz abgedichtet. Die Bilder des Llondel erstickten des Grafen Drang und leiteten seine Wahrnehmungsfähigkeit durch das wirbelnde Herz der Flammen mitten hinein in den Geist des Knaben …

… Nebel, Wind, der eisige Ansturm aufspritzenden Wassers. Nur wenige Meter unterhalb der Klippe, auf der Jaric kauerte, die Arme fest um die Knie geschlungen, donnerte die Brandung gegen die Felsen. Durchnäßt und halb erfroren, kümmerte ihn sein körperlicher Zustand nicht, und die Elemente hämmerten mit grausamer Gewalt auf seinen ungeschützten Leib ein. Hände, so starr wie Elfenbeinschnitzereien, verbargen sein Antlitz auch dann noch, als er fühlte, daß er nicht länger allein war. Der Zauberer aus seiner vorangegangenen Vision trat aus dem Nebel und blieb vor ihm an der Felskante stehen. Doch Jaric blickte nicht auf.

»Ich rufe dich, Sohn des Feuergebieters.« Der Zauberer starrte auf den Jungen hinab. Wind zerzauste sein silbernes Haar, sein Stab erglühte unter der gleißenden Aura der Macht, und die Luft knisterte in der Resonanz jener schrecklichen Kräfte, die der Zauberer kontrollierte.

Doch Jaric rührte sich nicht. Würde er die Anwesenheit des Zauberers anerkennen, so mochte er für alle Zeiten die Kontrolle über sein eigenes Schicksal verlieren. Sein Wille würde zerschmettert, in alle Winde gestreut wie die Asche der Toten, und er würde alles verlieren, was ihm lieb und teuer war.

»Im Namen Anskieres wirst du gerufen«, sagte der Zauberer, wobei er den Stab über die erstarrte Gestalt des Jungen schwang.

Jaric fühlte, wie sich die Energien um ihn herum verschoben, sich gleichsam zu einem Speer formten, um in sein Innerstes einzudringen. Furcht lähmte seine Glieder. Seine Gedanken rasten, und irgend etwas, nein, *irgend jemand*, quälte ihn mit der Erkenntnis, daß er sterben mußte, würde er sich dem Schicksal verweigern, das der Zauberer ihm bestimmt hatte. Unvorsichtig wie Motten vor der Kerzenflamme, beschloß auch er, sich dieser Wahrnehmung zu verweigern und etwas stellte sich ihm entgegen. Zwei Augen mit geschlitzten Pupillen tauchten wie aus dem Nichts vor ihm auf, brannten wie glühende Kohlen auf seiner Retina.

Jaric schrie auf. *Seine Augen waren geschlossen*. Und doch, so heiß wie Kors Feuer, hielt ihn der dämonische Blick gefangen. Sein Geist wurde von einem Alptraum beherrscht, einer Vision der Scham und Schuld und der furchterregenden Gewißheit, daß seine Verweigerung am Ende seine ganze Rasse zum Untergang verdammen würde. »Laß mich in Ruhe!« brüllte Jaric. Doch die Augen verschmolzen rauchend zu einem Bild Meister Ivegs, angekettet auf einem brennenden Scheiterhaufen aus Büchern, umgeben von den Silhouetten tanzender Dämonen. Ihre Gestalten waren so schwarz wie Tinte, die sich in tiefe Finsternis ergoß. Dann plötzlich fand sich Jaric in den Straßen der Festung von Morbrith wieder, eine Fackel in den schwitzenden Händen; und die bleichen Gebeine der Toten krachten unter jedem seiner Schritte. Gleich darauf erschienen in den schattigen Augenhöhlen eines Schädels erneut die dämonischen, rotglühenden Augen, die ihn anklagend fixierten.

»Du allein kannst das verhindern.«

Abwehrend schrie er laut auf, doch sein eigenes Herz wandte sich gegen ihn. Niemals könnte er zulassen, daß Morbrith zerstört würde.

Die Vision des Dämonen löste sich auf und ließ ihn allein zurück.

Niedergeschlagen auf seinen Knien, sah Jaric endlich auf und schaute das verwitterte Antlitz jenes Magiers, der ihn gerufen hatte. Ihm war keine Kraft geblieben, sich noch länger zu widersetzen. Bar jeglicher Leidenschaft, starrte er in Züge, vor Sorge so finster wie ein Sturm über der See. Gerade in diesem Augenblick ging der Stab in einem glühenden Lichtbogen hernieder.

Unter einem Aufblitzen gewaltiger Energien traf er auf. Sturmwinde kreischten. Die See kochte, erhob sich zu brodelnden Wogen, die donnernd über die Klippe hereinbrachen. Schaumgekrönte Wassermassen rissen Jaric von seinem Sockel.

Voller Furcht schrie Jaric auf, als er sich wieder und wieder überschlug. Dann stürzte die Finsternis ihn in einen neuen Traum. Eis krachte und summte in seinen Ohren, überlagert von den Klagerufen der eingeschlossenen Kreaturen, die es nach Blutvergießen und Tod gelüstete. Jaric zitterte, erschüttert von dem Wissen, daß jene Klagerufe noch Jahrhunderte nachhallen würden, wenn diese Wesen nicht aufgehalten würden. Sonnenlicht flutete plötzlich sein Gesicht. Blinzelnd erkannte er eine Klippe, bewaffnet mit gewaltigen Prismen aus purem Eis. Mächtige Wogen brachen sich unter ihm an der Klippe, diamanten glitzerte das aufspritzende Wasser, und der Wind sang sein Lied in Moll.

Hier mußte sich eine Tragödie ereignet haben, dessen war Jaric gewiß, und er litt unendliche Trauer. Tränen rannen über seine Wangen. Dann endete auch diese Szene, abgelöst von dem stechenden Drängen der magischen Banne Anskieres. Richtungsweisend verschmolzen sie mit seinem Geist; er wußte, er mußte gen Südosten reisen. Und der Ruf des Zauberers wurde stärker, entwickelte sich zu einem Zwang, gegen den es keine Gegenwehr gab.

Dann fiel Jaric in endlose Finsternis, nur durchbrochen von dem fernen Echo fremder Stimmen. Benommen versuchte er, sich zu orientieren. Schatten schienen seine Augen zu umhüllen, und seine Glieder waren schwer wie Blei. Von der Rückkehr seiner Sinneswahrnehmungen überrumpelt, rührte sich Jaric in den Armen des Llondels, seufzte und hob mühsam den Kopf. Ein älterer Mann mit wirrem Haar nahm eine frisch entzündete Fackel aus einem Halter an der Wand. Jaric erkannte in ihm den Meisterseher von Morbrith, doch das Zimmer war ihm vollkommen fremd und gewiß nicht Teil des Schlosses. Die Wände waren sonderbar glatt und mit geometrischen Gravuren verziert. Verwundert blinzelte Jaric, und die Stimme, die in seinen Ohren dröhnte, fing allmählich an, erkennbare Worte zu formulieren.

»... muß der Sohn von Ivain, dem Feuergebieter, sein«, sagte der Seher in einem Tonfall böser Vorahnungen. Keines Zauberers Name wurde mehr gefürchtet, vielleicht mit Ausnahme Anskieres, der ganz Tierl Enneth vernichtet hatte; und Anskiere selbst war es, der den Knaben zur Knechtschaft gerufen hatte.

»Bei den gesegneten Feuern von Kor!« Heftig zuckte der Graf vor. Beide Hände zu Fäusten geballt, überkreuzte er die Unterarme in einer Geste zur Abwehr bösen Zaubers.

Jaric fühlte, wie sich ein Arm um ihn spannte. Er sah auf und erschrak angesichts der Kreatur, die ihn hielt, ganz offensichtlich ein Dämon mit furchterregenden, glühenden Augen. Ein furchtsames Stöhnen entstieg seiner Kehle. *Dies war das Wesen, das ihm die Bilder gesandt und ihn der Macht Anskieres unterworfen hatte.*

Sogleich wandte er sich flehentlich an den Grafen. »Habt Gnade, Mylord, ich bitte Euch, sagt dem Dämon, er möge mich freigeben.«

Doch der Graf verhielt sich, als hätte Jaric keinen Ton von sich gegeben. Mit eiserner Miene starrte er den Llondel im flackernden Fackelschein an. Als er sprach, waren seine Worte allein für den Dämon bestimmt. »Es tut mir leid, aber ich kann nicht zulassen, daß der Junge am Leben bleibt.«

Der Llondel zischte. Vor Furcht gelähmt, sah Jaric, wie der Graf seinen Dolch zog. Der Seher schrie auf und ließ die Fackel fallen. Flackernd fiel sie zu Boden. Inmitten wild wirbelnder Schatten blitzte die Klinge vor Jarics Augen auf, gleich darauf von dem Leib des Llondels verdeckt. Die Kreatur rollte sich über den Boden und zog Jaric mit sich. Der Knabe hörte einen dumpfen Aufprall, fühlte ein Zittern, als Stahl sich in Fleisch bohrte, doch er empfand keinen Schmerz. Der Llondel hatte den Stoß, der für ihn bestimmt gewesen war, knapp unterhalb seiner Schulter abgefangen.

Der Graf fluchte wütend. Jaric keuchte, als sich der Druck des gesunden Armes des Dämons um ihn verstärkte. Kleidung, die den Geruch von Gras verströmte, lag über seinem Gesicht. Verzweifelt wehrte er sich, konnte sich jedoch nicht befreien. Der Llondel hob ihn einfach hoch, öffnete die Tür und zerrte ihn hinaus auf den Treppenabsatz. Unter Schock, überdies von dem blutgetränkten Stoff beinahe erstickt, versuchte Jaric erneut, dem Dämon zu entkommen. Der Llondel aber packte ihn und zerrte ihn mit stahlhartem Griff zur Treppe. Jaric geriet in Panik. Mit aller Kraft wehrte er sich nun, und konnte sich gerade weit genug von seinem Peiniger lösen, um einen Blick zurückzuwerfen.

Der Graf war ihnen nicht gefolgt. Die Arme bis zu den Ellbogen blutverschmiert, kauerte er über dem erschlafften Leib eines Knaben mit glanzlosem Haar. Voller Entsetzen erkannte Jaric, daß dies sein Körper war. Der Griff des Messers ragte aus den Decken hervor, die Klinge hatte sein Herz durchbohrt.

Jaric schrie, und der Llondel riß ihn mit sich, jagte ihn in wilder Hast die Stufen hinunter. Der steinerne Boden schmerzte unter seinen nackten Füßen. Die Treppe fühlte sich hart an, war real, so real, wie es der Leichnam in dem Raum nicht sein konnte.

»*Bild*«, versicherte ihm der Dämon, als er seine Sorge fühlte. Dann stieß er ihn mit seiner gespornten Handfläche ungeduldig zwischen die Schulterblätter, um ihn noch schneller die Treppe hinunterzutreiben. »*Ich zeige deiner Art, was geschehen wird, sollten sie dich töten.*«

Jaric stolperte und konnte sich eben noch am Geländer festhalten. »Was geht es dich an?» Seine Stimme überschlug sich vor Überanstrengung und Qual. Schon jetzt fühlte er, wie Anskieres Bann an seinem Geist zerrte, ihn gleich einem hartnäckigen Kopfschmerz trieb, sich nach Südosten zu wenden.

Unbeeindruckt erteilte der Llondel ihm eine Antwort. »*Ich handle im Sinne des Zauberers.*« Stahl glänzte unterhalb der herabhängenden Kapuze seines Umhangs; der Dolch des Grafen steckte noch immer im Rücken des Dämons. Jaric fühlte, wie sich seine Nackenhaare aufrichteten. Gewiß mußte die Kreatur Schmerz leiden. Ein Mensch hatte sie verwundet, und doch blieb sie vollkommen ruhig, es spiegelte sich lediglich eine unangenehme Kälte im Blick ihrer leuchtenden Augen.

»Du bist verletzt.« Von Abscheu gepeinigt, deutete Jaric auf die Waffe. »Warum willst du für einen Zauberer leiden, der ganz Tierl Enneth zerstört hat?«

Der Dämon stieß ein erzürntes Zischen aus. Dann packte er den Knaben am Handgelenk, zerrte ihn vom Treppengeländer fort und zog ihn mit sich die Stufen hinunter. »*Narr*», entgegnete er auf telepathischem Wege. »*Tierl Enneth ist durch die Hand Tathagres' gefallen. Und nun, wahnsinnig wie sie ist, versucht sie, überdies die Brut der Mharg zu befreien.*«

Doch die Furcht, die traumatischen Erfahrungen und die schmerzhaften Banne Anskieres hatten Jaric seiner rationalen Denkfähigkeit beraubt. Halb blind vor Tränen stolperte er durch den Vorraum und krachte mit solcher Wucht gegen die Tür, daß ihm die Luft wegblieb. Gleich darauf hatte der Llondel ihn wieder eingeholt. Die Dornen seiner Hände kratzten auf dem Metall, als er den Riegel zurückschob. Die Tür schwang auf, und Jaric stürzte Hals über Kopf in die nächtliche Finsternis. Er fiel, überschlug sich wieder und wieder, gepeitscht von allerlei Unkraut und taufeuchten Gräsern. Und der Llondel gönnte ihm trotzdem keine Pause, sondern jagte ein neues Bild in seinen Geist. Flach auf dem Rücken sah Jaric, wie die funkelnden Sterne hinter einer deutlich erkennbaren Szenerie außerhalb der Tore zu Koridans Schrein verschwanden. Sechs der Gardisten des Grafen lagen in tiefem

Schlaf im Gestrüpp. In ihrer Mitte, fertig gesattelt und aufgezäumt, graste ein Pferd, an dessen Seite eine Scheide mit einem Schwert baumelte.

»*Geh jetzt*«, wies ihn der Llondel an. »*Nimm das Tier und flieh, denn sonst werden die deiner Art dir dein Leben nehmen.*«

Durch die Magie Anskieres und die mörderischen Absichten des Grafen in die Enge getrieben, blieb Jaric keine Wahl, wenngleich Pferde ihn ängstigten und ein Schwert in seiner Hand nur nutzloser Ballast war. Trotzdem, die Kehle vor Kummer wie zugeschnürt, stemmte er sich auf die Füße und rannte.

Der Llondel blickte ihm mit glühenden Augen nach. Als er sich davon überzeugt hatte, daß der Junge nicht umkehren würde, griff er nach seiner verletzten Schulter und sank langsam zu Boden. Dort blieb er reglos liegen. Warmes Blut strömte hervor, färbte das Mosaik in einer immer größer werden Lache dunkelrot ein. Wohlwissend, daß diese Wunde tödlich war, entzog sich der Llondel einer Konversation mit den Seinen. Statt dessen klammerte er sich an den Rest seines Bewußtseins und nutzte seine letzte Kraft, Gedanken zu formen; und in der Wahrnehmung der Menschen in dem Zimmer über ihm erblühten Bilder wie opiumgetränkte Träume.

Im unheilvollen Flackern der Fackel betrachtete der Graf das Blut, von dem er glaubte, es würde von Jarics Handgelenk tropfen. Gefangen in der Vision des Llondels, erlag er dem Gefühl, daß das Messer, welches er gerade erst zum Mord genutzt hatte, auch die Bande natürlicher Entwicklungen durchtrennt hätte. Nur Chaos blieb. Gewalt hallte mit dem dissonanten Mißklang einer gerissenen Harfensaite durch die Luft, und die Flecken auf seinen Händen wurden dunkler, trockneten und zerfielen zu Staub. Das Gesicht einer Frau tauchte aus dem Nichts aus, umrahmt von üppigem Haar in eisgrauer Farbe. Sie war unbeschreiblich schön, doch jenseits ihrer amethystfarbenen Augen glitzerte eine unmenschliche Gier nach Macht, und der Graf fühlte, wie sich sein Magen in Erkenntnis des Bösen verkrampfte. Das Bild veränderte sich, zeigte die Frau auf ihren Knien, während der Besitzer einer juwelenbesetzten Krone ihr einen Kubus aus schwarzem Stein übergab, der die Schlüssel zur Magie eines Zauberers enthielt. Ein Lächeln huschte über ihre Lippen; und die llondische Zukunftsvision ertrank in einem furchterregende Alptraum.

Die Frau erhob sich, unbehelligt, da Jaric durch einen Dolchstoß ums Leben gekommen war, und Heere marschierten. Städte gingen in Flammen, und auf der ausgedorrten Erde abgestorbener Felder rotteten aufgedunsene Leichen. Die Frau lachte, und der Kubus in ihrer Hand schmolz, glühte strahlendweiß auf und verwandelte sich in ein Rad aus Feuer. Die Schutzbanne eines Zauberers zerplatzten in einer glühendheißen Explosion fremdartiger Energien, und Winde erhoben sich, trieben irrsinnige Wogen über eine verwüstete Küstenlandschaft. Nicht weit entfernt erbebte ein Turm aus Granit, ehe er gänzlich zerfiel. Dämonen krochen hervor, schrecklicher als alle, von denen der Graf je gehört hatte, bewehrt mit Fängen und Klauen. Auf membranartigen Schwingen erhoben sich die von schillernden Schuppen gezierten Kreaturen zum Himmel. Wo immer sie aber vorbeiflogen, verdarb ihr Atem lebendiges Fleisch, trocknete die Früchte an den Bäumen und ließ kahle Blattadern zurück, die wie Spinnweben im Wind zitterten. Die Erde verrottete. Kein Frühjahr brachte neues Leben hervor. Die Ozeane spülten tote Fische an, und in den Straßen der Feste von Morbrith hing der Gestank menschlicher Überreste.

»Nein!« Beinahe physischer Schmerz entriß der Kehle des Grafen einen heftigen Schrei, doch er konnte die Bilder nicht aufhalten. Er sah eine Waldlichtung, überwuchert von Ranken, wie sie oft auf Grabstätten zu wachsen pflegten. Dort hielt eine schwarzhaarige Fischerstochter ein silbriges Objekt in der Hand, das einen Bann enthielt, die Dämonen aufzuhalten. Doch sie wurde ermordet, durchbohrt vom Schwert eines Bruders, und die Soldaten richteten die Macht der Magie gegen ihre eigene Art. Die weißhaarige Frau flüsterte ein Loblied, und ihre Stimme klang wie das Krächzen der Raben über einem Festmahl toten Fleisches.

Nunmehr weinend erblickte der Graf einen Landstrich, bedeckt von Schollen schmutziggrauen Eises. Eine zerlumpte Gruppe Überlebender entzündete aufgestapeltes Brennholz, während andere Männer den entstehenden Schlamm mit Schwertern und Schaufeln durchwühlten, in der Hoffnung, jenen Wettermagier befreien zu können, von dem es hieß, er sei in dem Eis gefangen, denn die Legende besagte, daß er allein die Macht besaß, den Schrecken zu beenden, der das Land umfangen hielt. Doch dort, wo einst der Zauberer gewesen war, entdeckten sie nur Gebeine, eingehüllt in ein Bündel alter Lumpen. Erschöpft von ihrer Arbeit, verließen die Männer den Ort voller Gram; und durch eine Ritze im Eis erklang ein zittriges Pfeifen und hallte einsam über die See. Die weißhaarige

Frau aber lachte. Und der Graf sah, wie seine ganze Zivilisation in einen finsteren Abgrund stürzte, nur weil ein Knabe aus Morbrith im Hochsommer in einem heiligen Turm ermordet worden war.

»Nein! Koridan, nein!« Mit vor Gebrüll rauher Kehle öffnete der Graf die Augen. Tageslicht drang strahlend hell durch das Fenster. Zitternd kauerte der Seher im Sonnenschein, das weiße Haar vollkommen zerzaust. Doch kein blutüberströmter Leichnam verschandelte den Boden.

Der Graf barg das Gesicht in den Händen. *Er hatte den Tod des Jungen nur geträumt.* Dennoch hinterließen die Bilder des Llondels eine tiefe, lauernde Vorahnung der Gefahr. Tief in Gedanken versunken, bemerkte der Graf die edlen blauen Roben der Männer nicht einmal, die sich an der Tür versammelt hatten, bis der Erzpriester schließlich das Wort an ihn richtete.

»Mylord, es ist unausweichlich, wir werden Euch wegen Ketzerei vor Gericht stellen müssen.«

Der Graf fluchte matt und lehnte sich mit dem Rücken an die Wand, ohne sich gleich zu einer Antwort aufzuraffen. Der Seher betrachtete ihn mit einem Ausdruck nackter Angst, sagte jedoch nichts.

Der Priester hielt sein Schweigen irrtümlich für Reue. »Vielleicht wird man Euch für das Verbrechen nicht auf den Scheiterhaufen stellen. Eure Männer sagen, der Dolch, der den Llondel getötet hat, sei Euer Lordschaft Eigentum. Wenn Ihr beweisen könnt, daß Ihr ihm den tödlichen Hieb versetzt habt, so mag der Richter mehr Nachsicht mit Euch haben.«

In einem Tonfall vergeltungssüchtiger Zufriedenheit erklang von der Tür die Stimme des Heilers. »Jaric ist entkommen. Er hat Euer Pferd gestohlen.«

»Verfolgt ihn nicht«, sagte der Graf hastig. In seine ruhelosen Überlegungen vertieft, starrte er zu Boden. Jaric durfte nicht aufgehalten werden, also fügte er heiser hinzu: »Das Pferd war ein Geschenk.«

Der Graf wehrte sich nicht, als die Priester ihn auf die Füße zerrten und ihm Handketten anlegten. Seine eigene Notlage erschien ihm unwichtig, angesichts der Warnung, die der Llondel ihm mit seinen Bildern noch im Sterben hatte zukommen lassen, denn offenbar lag das Schicksal Morbriths in den Händen eines kleinen, kränklichen Lehrlings, dessen einzige Gabe die Schreiberei war.

»Möge Kor ihn schützen«, murmelte der Seher, und die Priester erlagen erneut einem Irrtum und senkten die Köpfe, um sich in ein Gebet für jenen Mann zu vertiefen, den sie gefangengenommen hatten.

Kapitel 6

GAIRES HEUMOND

Das Unwetter, das Anskieres Sturmfalke ausgelöst hatte, wütete über die südwestlichen Breitengrade, bis es schließlich erschöpft war. Der Falke ließ einen Himmel voller Zirruswolken und eine vom Regen gereinigte Luft zurück. Emien erwachte an einem kalten Morgen in dem Boot. Zerschlagen nach dem tagelangen Kampf gegen die Elemente, erhob er sich mühsam von den Planken. Bilgenwasser tropfte von seinen Ärmeln, als er sich streckte und die salzverkrusteten Lider rieb. Das Boot wälzte sich durch ein Wellental, das Ruder peitschte hin und her, und die Ruderer lagen erschöpft ausgestreckt auf ihren Bänken; nur die beiden anderen Passagiere des Bootes schienen sonderbar unberührt von derlei Erschöpfungserscheinungen. Hearvin und Tathagres hockten in ein Gespräch vertieft dicht am Heck des Bootes.

Emien griff nach dem Dollbord. Obgleich ein erfahrener Fischer, waren seine Hände vom Rudern doch mit Blasen übersät; die Haut, die so lange dem Salzwasser ausgesetzt gewesen war, war wund und entzündet. Doch, besessen von seinem Streben nach Vergeltung, bemerkte der Bursche den Schmerz nicht einmal. Von all den Menschen an Bord haßte allein Tathagres Anskiere ebenso sehr, wie er es tat. Sie hatte dem Sturmhüter den Tod versprochen, und aus diesem Grund hatte der Junge einen Eid geschworen, den kein Sohn eines Fischers jemals brechen würde. So müde und hungrig er auch sein mochte, galt sein erster Gedanke doch auch jetzt seiner Herrin.

Vorsichtig balancierte Emien auf den schwankenden Planken. Der Flüssigkeitsverlust machte ihn schwindelig, und das Schlingern des Bootes erlaubte keine Fortbewegung ohne Stütze. Wenig zufrieden mit der Fahrt des Bootes, musterte Emien die Segel, die sie wieder gesetzt hatten, nachdem der Sturm sich gelegt hatte, mit kritischem Blick. Das Großsegel mußte gelockert werden, wogegen das Focksegel den Bug niederdrückte, weil das Fall nicht stramm genug gespannt war. Instinktiv begann Emien, die Leinen zu richten.

Laute Stimmen drangen klar und deutlich vom Heck zu ihm herüber. Hearvin und Tathagres stritten miteinander, und Emien hielt inne, um zu lauschen.

»... habt Euer Ziel nicht erreicht«, sagte Hearvin frei heraus. Er saß da, wie er es stets zu tun pflegte, aufrecht wie eine Holzfigur.

Tathagres Antwort war nicht zu verstehen, doch ihre Geste drückte deutliche Verärgerung aus.

»Was habt Ihr denn erreicht?« Hearvin schlug mit der Hand auf den feuchten Stoff seines Mantels. »Euer Herrscher erwartet von Euch die Befreiung der Frostwargs und einen Sturmwächter in Riffhafen, der die Macht des Kielmark untergraben soll. Bis jetzt habt Ihr aber nur zwei tote Zauberer, eine zerstörte Kriegsflotte und einen jungen Burschen geliefert, und selbst den hättet Ihr verloren, hätte ich nicht eingegriffen.«

Geistesabwesend wandte sich Emien dem Großsegel zu. Zwar verfälschte der Wind die Entgegnung Tathagres, doch in ihrer Miene spiegelte sich anmaßender Zorn.

Hearvin versteifte sich, nun weit weniger gelassen. »Und ich sage, Ihr habt schon genug angerichtet.«

Dieses Mal hob sich Tathagres' Stimme deutlich von dem Zischen aufspritzenden Wassers ab. »Wollt Ihr mich herausfordern? Wie könnt Ihr es wagen! Ihr fürchtet den Sturmwächter, soviel steht fest. Und Ihr sprecht von dem Kielmark, als wäre er mehr als nur ein gewöhnlicher Sterblicher, was zur Genüge beweist, daß Euer Urteilsvermögen so getrübt ist wie das eines vagabundierenden Taschenspielers. Ich bin wirklich enttäuscht von Euch. Kisburn hat mir weit mehr versprochen.«

Hearvin hob ruckartig eine Faust und vollführte eine Geste, als wollte er sich mit Hilfe seiner Magie rächen. Um seine Herrin besorgt, vertäute Emien hastig die Leine, die er in der Hand hielt und eilte dann zum Heck. Tathagres indessen begegnete der Drohung des Zauberers mit einem verächtlichen Lachen.

Ruckartig bekam sich Hearvin wieder unter Kontrolle. »Ich warne Euch, gnädige Frau. Ihr solltet mich nicht ebenso unterschätzen wie Anskiere.« Gezwungen, sich festzuhalten, als das Heck des Schiffes über ein Woge rollte, unterbrach sich der Zauberer.

Das Boot schlingerte. Emien stolperte und prallte lärmend gegen die Ruderbank. Erschrocken wirbelte Hearvin um die eigene Achse. Der Wind packte seine Kapuze und gab den Blick auf gerötete Wangen und eine zornige Miene frei. Tathagres hingegen schien die Störung gelegen zu kommen. Sie neigte den Kopf zur Seite und bedachte den Fischersohn aus Imrill Kand mit einem süßen Lächeln.

»Hat man dich Navigieren gelehrt, Junge?« Sie strich sich eine wirre Strähne aus der Stirn und lächelte ihn mädchenhaft an. »Kennst du dich gut genug aus, das Boot an Land zu segeln?«

Aus der Nähe erkannte Emien, welche Spuren Anskieres Sturm an der von ihm erwählten Herrin hinterlassen hatte. Ihre zarte Haut war rissig von der Einwirkung des Salzwassers und der Sonnenstrahlen. Müdigkeit hatte dunkle Ringe unter ihren Augen zurückgelassen. Emien schluckte krampfhaft, überwältigt von dem Drang, ihre Schönheit vor weiterer Zerstörung zu bewahren. Von seiner eigenen Röte und den verkrampften Muskeln peinlich berührt, antwortete er in selbstbewußtem Ton.

»Herrin, Ihr könnt unbesorgt sein. Ich habe während der letzten Nacht, als der Polarstern am Himmel stand, Sichtungen vorgenommen. Bei gutem Wind können wir die Inseln von Innishari innerhalb von vierzehn Tagen erreichen. Wenn Kor uns Regen schenkt, um unsere Wasservorräte aufzufüllen, so werde ich Euch sicher dorthin bringen.«

Tathagres spielte mit ihren schmalen Fingern mit dem Reif an ihrem Handgelenk und bedachte Hearvin mit einem rachedurstigen Blick. »Dann sollten wir uns auf den Weg machen. In Innishari können wir uns auf einem Handelsschiff nach Riffhafen einschiffen. Oder habt Ihr noch weitere Einwände? Nur heraus damit. Ich bin sicher, Emien würde die Unterhaltung mit Freude verfolgen.«

Wie eine Katze, die mit ihrem hilflosen Opfer spielt, starrte sie ihn herausfordernd an, doch der Zauberer ging nicht darauf ein.

Offensichtlich entschlossen, den Streit nicht fortzusetzen, zog er sich die Kapuze wieder über den Kopf. Nur Emien erkannte die Wachsamkeit und den Zorn in den Augen des Zauberers, ehe sie wieder im Schatten verschwanden. Der Bursche mißtraute Hearvins Absichten, doch er war schlau genug zu schweigen. Er würde Tathagres am besten dienen können, solange der Zauberer keinen Verdacht schöpfte; und als ein Mensch der Tat widmete er sich sogleich der Aufgabe, das Boot nach Innishari zu segeln.

Die Verantwortung, die auf seinen Schultern lag, wog schwer. Die nächsten Tage würden mühsam genug werden, die Härte auch der erfahrensten Männer an Bord auf die Probe zu stellen. Tathagres zarte Gestalt machte sie sehr verwundbar. Ohne Nahrung würde sie die erste sein, deren Kraft erlahmen mußte.

Sorgenvoll überdachte Emien seine Prioritäten. Mit festgezurrter Ruderpinne hielt das Boot zwar einigermaßen ihren Kurs, doch kämen sie besser voran, wenn das Ruder bemannt sein würde. Ausgestattet mit dem Selbstvertrauen, das er bei der Fischerei an Bord der *Dacsen* erworben hatte, löste der Bursche das Tau. Er hatte kaum die Knoten aufgeknüpft, als er merkte, daß Tathagres ihn mit einem hochmütigen Zug um die Lippen beobachtete.

»Ist meine Herrin nicht zufrieden?« fragte Emien mit gerunzelter Stirn.

Tathagres stützte sich an das Dollbord, wohlwissend, daß der blaue Himmel hinter ihr ihre weibliche Gestalt besonders betonen mußte. »Ich habe dir die Verantwortung für das Boot übertragen. Und steht ein Kapitän etwa Wache wie ein gewöhnlicher Matrose?» Mit untrüglichem Gespür für den richtigen Augenblick, hob sie den Kopf und betrachtete den Jungen aus Imrill Kand mit ihren violetten Augen.

Emien, der sie wie gebannt angestarrt hatte, errötete. Beschämt von seinem eigenen, jugendlichen Verlangen, überdies verletzt durch den verächtlichen Blick jener Frau, die dieses Gefühl erst hervorgerufen hatte, fiel ihm die Antwort schwer. »Ist es das, was Ihr wünscht?» Er ließ das Tau los, erfüllt von einem Unbehagen, das in Worte zu fassen er nicht wagte. »Wenn ich die Matrosen auf Wache schicke, so werde ich ein Logbuch brauchen, um die Position des Schiffes zu bestimmen.« Er erwähnte nicht einmal, daß er nicht schreiben konnte.

Tathagres befreite ihn sogleich von seiner Sorge. »Dann wird Hearvin dein Sekretär sein.«

Mit nervösem Blick betrachtete Emien den Zauberer, doch Hearvin widersprach nicht; so blieb dem Burschen nur diese eine Möglichkeit, wollte er nicht wider seinen eigenen Stolz handeln. Unbehaglich leckte er sich die trockenen Lippen und sah seiner Herrin in die Augen.

»Nun?« fragte Tathagres ohne Umschweife.

Von seinen widersprüchlichen Empfindungen geradezu blockiert, konnte Emien ihr nichts entgegnen. Er machte auf dem Absatz kehrt und arbeitete sich zum Bug des Bootes vor, ohne das zufriedene Lächeln zu bemerken, das Tathagres' Lippen umspielte, als sein Widerstreben sich in Zorn verwandelte. Mit den Zehen stieß er den nächstliegenden Seemann an, und die Wut verlieh ihm eine Autorität, die seinem Alter keineswegs angemessen war.

»Du! Übernimm das Ruder und steuere gen Südwesten.«

Zu überrascht, um zu protestieren, mühte sich der Matrose auf die Beine. Emien aber fühlte, wie die Macht warm durch seinen Körper strömte, süßer als Wein und weitaus berauschender. Nie wieder würde er als unwissender Fischer vor

Höhergestellten kriechen. Bald schon würde auch er ein hoher Herr sein. Tathagres würde rasch erkennen, welch gute Wahl sie getroffen hatte, ihn in ihre Dienste aufzunehmen.

Breitbeinig stemmte sich Emien gegen die Bewegungen des Schiffes, die Augenbrauen zu einer finsteren Miene zusammengezogen. »Du wirst bis zum Mittag Wache halten. Dann werde ich einen Mann schicken, dich abzulösen.«

Befehlsgewohnt und diszipliniert, gehorchte der Matrose. Und erfaßt von einer verwegenen Kühnheit, beschloß der Bursche, die Grenzen seiner neugewonnenen Position zu erkunden. Er ging zurück zum Heck und verbeugte sich respektvoll vor Tathagres.

»Herrin, um der Sicherheit des Schiffes willen, erbitte ich die Juwelen, die Euren Mantel schließen.«

Mit berechnendem Blick starrte Tathagres ihn an. Schweiß benetzte seine Schläfen. Dennoch wich er nicht zurück, sondern blieb standhaft, bis Tathagres schließlich die beiden goldenen Broschen löste. Sie übergab sie dem Jungen, ohne eine Erklärung zu verlangen.

Diese Vorgänge waren dem Seemann am Ruder nicht verborgen geblieben. Als der Bursche sich ein letztes Mal verbeugte, betrachtete er Emien mit neuem Respekt. Langsam wuchs das Selbstvertrauen des Jungen. Zum ersten Mal seit dem Unfall, bei dem sein Vater zu Tode gekommen war, fühlte er sich als Mann. In Imrill Kand hatten die Menschen ihn einen Stümper genannt, ein Kind ohne gesunden Menschenverstand, das nur furchtbar langsam zu lernen imstande war. Nun aber wußte er es besser. Das Kinn überheblich vorgereckt, bedeckte Emien die Broschen mit seiner rissigen Handfläche und suchte sich einen Platz, an dem er arbeiten und gleichzeitig den Mann am Ruder im Auge behalten konnte.

Hearvin sah zu, wie der Junge mit geschickten Fingern begann, die Schmuckstücke zu Köder und Haken zu verarbeiten, um mit ihrer Hilfe Fische zu fangen. »Nun, wenigstens werden wir nicht verhungern, aber wir werden unsere Mahlzeiten teuer bezahlen müssen«, kommentierte der Zauberer seine Arbeit. Dann lehnte er sich an das Dollbord und betrachtete Tathagres mit ironischer Miene. »Der Bursche lernt bemerkenswert schnell. Vielleicht zu schnell.«

Tathagres schwieg. Ihre ganze Aufmerksamkeit schien dem Schimmern des Goldes in Emiens Händen zu gelten. Die Gedanken, die sich in ihren amethystfarbenen Augen spiegelten, aber kündeten von einer hungrigen Gier, die dem Zauberer größtes Unbehagen bereitete.

Kurz nach der Mittagsstunde am Tag nach seiner Flucht aus dem heiligen Turm, ritt Jaric in den kleinen Ort Gaires Heumond. Nase und Kehle waren von Staub verkrustet, seine Beine auf der Innenseite vom Sattel wundgerieben, die Fußgelenke blaugeschlagen von den Steigbügeln, die an viel zu langen Gurten unter ihm baumelten. Jaric hatte sich nicht die Mühe gemacht, die Lederriemen zu kürzen. Obgleich seine Flucht ihn durch unzählige Siedlungen geführt hatte, hatte er es nicht gewagt, eine Pause zu machen, nicht einmal, um das Pferd zu tränken, solange die Orte der Herrschaft des Grafen unterstanden.

Gaires Heumond aber lag außerhalb der Grenzen von Morbrith. Die Gegend war einst jenen Sippschaften heilig gewesen, die sich zu diesem

Sommerfest versammelt hatten, doch nun erinnerte nur noch der Name an weniger zivilisierte Zeiten. Jaric dirigierte sein Pferd über eine von verschlafenen Häuschen mit ordentlichen Strohdächern gesäumte Straße. Das Pferd stolperte vor Erschöpfung. Schweiß triefte über die Lumpen, die dazu dienten, das Klimpern der Gebißstange zu dämpfen. Heftig blähte sich der Leib des Tieres, dem jeder Atemzug schwerfiel, und das ungewohnt tiefe Geräusch seiner Schritte veranlaßte Jaric zu der unerfreulichen Vermutung, daß dem Roß mindestens ein Hufeisen fehlte. Wenn er keinen Schmied auftreiben konnte, riskierte er, daß das Tier zu lahmen beginnen würde. Der Gedanke, zu Fuß weiterzureisen, ängstigte ihn mehr als die mögliche Vergeltung Morbriths. Ohne Pferd wäre er hilflos.

Jaric ritt um eine Kurve. Vor ihm teilte eine ausgedehnte Kreuzung Gaires Heumond in vier Teile auf; hier befand sich auch die Quelle, an der die Sippschaften einst ihre Rituale abgehalten hatten. Doch die traditionell ringförmig angelegten Schieferplatten waren längst zu Ziegeln verarbeitet worden. Pflastersteine waren an ihre Stelle getreten, und das abfließende Wasser sammelte sich in einer Reihe schlammiger Pfützen, in denen zahme Enten auf Nahrungssuche gingen und ein Knabe mit einem Stock über eine Sau wachte. Beide starrten dem fremden Reiter entgegen, der sich dem großen Platz näherte.

Das Pferd fühlte die Nähe von Wasser und hob den Kopf. Jaric ließ es laufen. Kinder strömten aus den Häusern, rannten neben seinem Reittier über die Straße, und ihr aufgeregtes Geplapper bereitete ihm Kopfschmerzen. In einem Hauseingang hielt eine Frau mit einem Kübel inne und deutete mit dem Finger auf ihn. Als das Pferd ermattet über den

Platz trottete, schien es Jaric, als wären alle Einwohner von Gaires Heumond angetreten, ihn zu beobachten.

Er war zu müde, sich Gedanken darüber zu machen. Unrat spritzte unter den Hufen des Pferdes auf, als es durch eine Pfütze trottete. Die Sau erhob sich grunzend aus ihrer Suhle, als Jaric die Zügel losließ und seinem Roß gestattete, das Maul in einem Wassertrog zu versenken.

»Der reitet ja barfuß!« rief der Schweinehirt aus, und die anderen Kinder begannen zu kichern.

Jaric seufzte. Die Kinder erschienen ihm so beneidenswert sorglos. Zu jeder anderen Zeit hätte ihr Gelächter ihn erfreut; nun aber zerrte Anskieres Bann wie eine offene Wunde an seiner Brust, und er fühlte wirklich keine Neigung zu lächeln. Jenseits des Brunnens befand sich ein großes, wuchtiges Gebäude mit einem Schindeldach, an dessen First ein Schild mit Ketten befestigt war. Verblaßte Lettern verkündeten, daß es sich bei diesem Haus um eine Taverne handelte, doch der Hinweis war im Grunde unnötig. Gaires Heumond hatte außer kleinen Bauernkaten wenig zu bieten. Jaric wußte aus den Berichten in den Archiven, daß die Bewohner regelmäßig nach Morbrith reisten, um sich mit allerlei Gütern zu versorgen. Er konnte sich nicht erinnern, ob ein Schmied zu der Dorfgemeinschaft zählte, also blieb ihm nur, zu fragen.

Das Pferd schnaubte laut und trank sogleich weiter. Von dem Geräusch angelockt, kam ein runzeliger Mann in staubiger Arbeitskleidung aus dem Flügel des Hauses hervor, in dem die Ställe untergebracht waren. Sein Haar war weiß, die Wangen sonnenverbrannt. Mit sehnigen Armen stützte er sich auf den Rand des Trogs und betrachtete Jaric mißtrauisch.

»Die ganze Nacht durchgeritten, was?« Seine Stimme klang rauh, gepaart mit einer Nuance, so sonderbar und drollig wie die Stadt selbst. »Was führt Euch nach Gaires Heumond?«

Jaric errötete. Eine zerlumpte Frau kam aus den Ställen hervor und gesellte sich zu dem Alten. Sie war knorrig wie Eichenrinde und starrte Jaric aus Augen an, denen der Graue Star jegliche Pigmentierung geraubt hatte. Gewiß war sie blind, und doch blickte sie ihn an, als könnte sie ihn sehen. Böse Vorahnungen ließen Jaric erzittern. Wohlwissend, daß die ganze Stadt lauschte, antwortete er schließlich in der kultivierten Sprache, die er bei Hofe gelernt hatte.

Seine Stimme klang heiser, ganz so, als hätte er verlernt, sie zu gebrauchen. »Sicher werdet Ihr mich für kindisch halten. Ich habe mit meinem Cousin gewettet, daß ich fünfzig Meilen im Nachthemd zurücklegen kann, und doch imstande bin, meine Ehre ohne Waffen zu verteidigen. Die Wette haben wir in trunkener Alberei abgeschlossen. Wundert es Euch da, daß ich, nun da ich nüchtern bin, beschlossen habe, diesen Ritt bei Nacht hinter mich zu bringen?»

Neugierig rückten die Kinder näher. Die zerlumpte Frau fixierte ihn aus Augen, die an Fischlaich erinnerten, und der Mann bedachte seine zarten Hände und die wunden Knie mit anzüglichem Blick. Schließlich verzog er das Gesicht zu einer verächtlichen Miene.

»Euer Pferd braucht ein neues Hufeisen«, sagte er vorsichtig. »Soll ich mich darum kümmern?«

Jaric nickte. Seine Kehle war wie zugeschnürt. Die Menschen hatten ihm seine Lüge nicht abgenommen, doch wie es schien, war keiner der Anwesenden daran interessiert, sie aufzudecken.

Erleichtert glitt er aus dem Sattel, doch zu seinem größten Unbehagen gaben seine Knie nach, kaum daß seine Füße die Erde berührt hatten. Der Schmerz in seinen überlasteten Muskeln entlockte ihm ein gepeinigtes Ächzen.

Die Bettlerin ergriff mit knorrigen Fingern seine Schulter und stützte ihn. Ihre Hände fühlten sich eiskalt an. Über die Kälte erschrocken, zuckte Jaric zurück. Durch die Wogen der Benommenheit sah er, daß sie verhutzelt und winzig war. Ihre Kleider waren nicht aus Lumpen, sondern aus den verknoteten Lederstreifen, wie sie die Sippschaften der Berge zu tragen pflegten. Nicht jeder Bewohner von Gaires Heumond war tatsächlich zivilisiert; mit Schrecken erkannte Jaric, was ihm in seiner Müdigkeit zuvor entgangen war: Diese Frau konnte nur die Herrin des Brunnens sein. Schon als junges Mädchen rituell geblendet und allein ihrer hellseherischen Gabe überlassen, würde sie den Schrein bis zu ihrem Tode hüten, obgleich sich dieser Ort seit ihrer Jugend gewiß sehr verändert hatte. Sie roch nach Stall. Nichtsdestotrotz verdiente sie Respekt.

Der Junge atmete tief ein, um ihr seinen Dank auszudrücken.

Ein schauriger Schrei, so mysteriös wie der Brunnen selbst, übertönte seine Worte. Ein kalter Schauer lief seinem Rücken hinunter. Dunkelheit hielt ihn umfangen, und Schwindel legte sich über seine Sinne.

»Feuer!« sagte die Frau mit klarer Stimme. »Ich sehe dich, als ein Mann, umgeben von lebendigem Feuer. Die Raben der Zwietracht sind dir auf den Fersen.«

Sie fügte noch einiges in der Sprache der Sippschaften hinzu, doch Jaric hörte keine ihrer Warnungen. Verloren in der wogenden Flut der Benommenheit, brach er zusammen, und für diese alte Dame war selbst sein geringes Gewicht zuviel. Sie stolperte und rempelte den Stallmeister an, welcher den Jungen mit seinen Armen auffing.

Erschüttert von dem Aufwallen uralter Mächte, blickte der Stallmeister die blinde Priesterin mit unsicherer Miene an. Jahrelang war sie senil und hilflos gewesen, kaum mehr als eine Bettlerin, die auf dem Heuboden zu nächtigen pflegte. »Was soll ich mit dem Jungen machen?»

Die Frau blinzelte, als sie wieder in die Nebel ihres fortgeschrittenen Alters zurückfiel, dennoch war ihre Antwort klar und deutlich. »Tu alles für ihn, was notwendig ist. Das gilt auch für sein Pferd. Du wirst Silber in seinen Satteltaschen finden. Nimm, was dir zusteht und bring ihn wieder auf den Weg. Er darf nicht aufgehalten werden.« Nun verfiel sie in unverständliches Gemurmel. Die Kinder, die geblieben waren, um die Vorgänge zu verfolgen, verteilten sich und rannten davon.

An der Quelle alleingelassen, ließ der Stallmeister schließlich den Wallach mit herabbaumelnden Zügeln zurück. Das Tier war bis zur Erschöpfung geritten worden; es würde gewiß nicht davonlaufen, während er den jungen Herrn ins Haus zur Frau des Wirtes bringen würde.

Hustend kam Jaric wieder zu sich, als der scharfe Geschmack von Pflaumenschnaps sich auf seiner Zunge ausbreitete. Er schluckte. Brennend lief die Flüssigkeit über die Schleimhäute seiner Kehle, und er öffnete mühsam die Augen. Eine füllige Frau in mittleren Jahren beugte sich über ihn. Als sie die Karaffe ein zweites Mal an seine Lippen führte, schüttelte er den Kopf, unfähig einen Ton von sich zu geben.

»Was ist los. Vertragt Ihr denn keinen anständigen Schnaps?« Die Frau stellte die Karaffe neben ihrem Ellbogen auf einem Tresen ab. Aus reiner Gewohnheit wischte sie sich die Hände an den Kleidern ab, und ihr Verhalten wurde sanfter, beeinflußt von der Zartheit Jarics, die all ihre mütterliche Sorge zum Leben erweckte. »Ihr werdet nie groß und stark werden, wenn Ihr nicht lernt, mit einem ordentlichen Schnaps umzugehen.«

Seufzend wünschte sich Jaric, sie hätte recht. In dem Schreibzimmer war seine zarte Konstitution nie von Nachteil gewesen. Allein auf der Straße konnte er sich kaum der Erkenntnis verschließen, daß er nicht einmal stark genug war, die Härten seiner eigenen Kultur zu überstehen. Zum ersten Mal in seinem Leben beschämte ihn dieser Gedanke, und es gelang ihm nicht, der Frau in die Augen zu sehen.

»Trinkt den Rest, wenn Ihr könnt«, drängte sie ihn sacht. »Ich schicke meine Tochter Kencie mit einem Mahl zu Euch.«

Mit einer Selbstbeherrschung, wie sie nur die jahrelange Erfahrung einer Gastwirtin mit sich bringen konnte, verschwand sie durch die Küchentür. Voller Unruhe betrachtete Jaric seine Umgebung. Er saß in einem Lehnstuhl aus Holz, der neben dem riesigen steinernen Kamin wie eine Miniatur wirkte. Kein Holzscheit brannte im Herd, doch die Talgkerze auf dem Tisch beleuchtete die Deckenbalken, die geweißten Wände, die Tresen und Bänke, die vom langen Gebrauch blank poliert waren. Von dem Mann abgesehen, der gleich neben dem Faß seiner Schnitzerei nachging, war der Gastraum leer. Angesichts des vollkommenen Desinteresses jenes älteren Mannes, schien es beinahe, als wäre er taub.

Alsbald erschien Kencie mit einer Platte voller Essen. Hochaufgeschossen, blond und beinahe so alt wie Jaric, stellte sie ihre Last auf dem Tisch ab und starrte den Jungen neugierig an. Verblüfft wegen der Ähnlichkeit des Mädchens mit seiner Mutter, fixierte Jaric sie ebenfalls.

»Hört auf zu gaffen und eßt.« Kencie rieb sich die Finger, die noch immer feucht vom Waschwasser waren, an ihrer Schürze ab. Auf ihren Wangen zeigten sich schwache Grübchen, gepaart mit einer Miene der Mißbilligung. »Ihr seht aus, als hättet Ihr es nötig. Eure Handgelenke sind so schmal, Ihr könnt bestimmt nicht einmal eine Forke heben.«

Jaric ergriff eine Semmel und biß hinein, als könnte er so den Geschmack der Verbitterung in seinem Inneren lindern. So sehr er den Hohn der Frauen von Morbrith gewohnt war, schmerzte ihn Kencies Kommentar dennoch; nicht einmal einem Fremden gegenüber, der Gast in ihrer Herberge war, ließ sie mit ihren brüsken Worten den geringsten Respekt erkennen. Jaric kostete den Eintopf, und trotz Kencies Anwesenheit gelang es ihm nicht, das Zittern seiner Hand zu unterdrücken.

In der Hoffnung, ihre verächtliche Haltung brechen zu können, sagte er: »Das Essen ist wirklich gut.« Doch die Erschöpfung machte es ihm beinahe unmöglich, etwas zu sich zu nehmen.

Kencie zuckte die Schultern. »Ihr seht halbtot aus. Ich werde Euch einpacken, was Ihr nicht herunterbringt, dann könnt Ihr den Rest in Euren Satteltaschen mitnehmen.« Nun zog sie die Nase kraus und lächelte. »Wenigstens können sie nicht auch noch von mir verlangen, daß ich Eure Stiefel poliere.«

Die Neckerei schien beinahe freundlich, doch als

sie den Boden hinter dem Tresen fegte, erwischte Jaric sie, wie sie ihn anstarrte, wann immer sie sich unbeobachtet glaubte, und einmal sah er aus dem Augenwinkel, wie sie die überkreuzten Fäuste zum Zeichen der Abwehr böser Zauber erhob. Fraglos hatte die Prophezeiung der weisen Frau ihn gebrandmarkt; die Bewohner von Gaires Heumond behandelten ihn gut, weil sie ihn so schnell wie nur möglich loswerden wollten. Kummer schnürte ihm die Kehle zu. Wie sollte er nur ohne die Mauern Morbriths und die Zuflucht der Schreibstube zurechtkommen? Kencies Hänseleien ließen Anskieres Bann so trübe und hoffnungslos erscheinen wie eine Verbannung. Von neuem Schrecken erfüllt, fühlte Jaric, wie sich seine Eingeweide verkrampften.

Er legte den Löffel ab, aus Angst, er könnte ihn fallenlassen, oder Kencie würde seine Schwäche bemerken und erneut über ihn lachen. Müde legte er seine Hände in den Schoß, um ihr Zittern zu verbergen. »Mehr kann ich nicht essen«, sagte er verzweifelt.

Kencie lehnte ihren Besen an die Theke. »Dann kommt mit mir. Mutter will, daß ich Euch nach vorn bringe.«

Stolpernd kam Jaric auf die Beine. »Ihr seid wirklich freundlich.«

»Nein, Ihr zahlt doch.« Kencie zog eine Kerze aus der Schürzentasche hervor und entzündete sie am Docht derer, die bereits auf dem Tisch brannte. »Mutter sagt, Ihr hättet nur Silber bei Euch. Sie sagt, sie berechnet Euch nur die Hälfte, weil die Herrin für Euch eingetreten ist. Aber Ihr könnt nicht länger als eine Nacht bleiben.«

Erleichtert zu erfahren, daß die Satteltaschen des Grafen zumindest ein wenig Geld enthielten, humpelte Jaric steifen Schrittes auf die Treppe zu. Die Dorfbewohner hätten sich keine Sorgen machen müssen. Gepeinigt durch die Magie des Zauberers bezweifelte er sehr, daß er auch nur eine Stunde länger als notwendig würde verweilen können.

Traumlos verschlief Jaric den Nachmittag. Vollbekleidet und schmutzig von der Reise lag er in exakt der Haltung auf dem Bett, in der er hineingefallen war, als Kencie die Tür zu dem Zimmer von außen geschlossen hatte. Er rührte sich nicht, nicht einmal, als bei Sonnenuntergang die Frau des Wirts heißes Wasser brachte, damit er sich waschen konnte. Sie ließ die dampfende Schüssel auf ihrem Ständer neben dem Fenster zurück und verließ leise den Raum, fest davon überzeugt, daß der Junge bis zum Morgen durchschlafen würde. Wäre er wirklich allein gewesen, so hätte er das vermutlich auch getan, doch der Ruf des Zauberers, der an ihm zerrte, schien ihm auch seine Schwäche und Erschöpfung nicht zugestehen zu wollen. Ruhelosigkeit riß ihn plötzlich aus dem Schlaf.

Es war dunkel im Zimmer. Jenseits der Fensterscheiben hing der Mond, gelblich schimmernd wie altes Elfenbein, über den Gipfeln der Berge am Himmel. Obwohl bis zur Morgendämmerung noch eine ganze Stunde blieb, hielt Jaric es im Bett nicht länger aus. Der magische Bann hinterließ schmerzhafte Spannungsknoten in seiner Muskulatur, und seine Haut prickelte, so als könnte die Luft selbst ihn häuten, sollte er noch länger verweilen.

Jaric erhob sich und tastete blind nach Kerze und Feuerstein. Dann stieß er seine Hände in die Waschschüssel. Wasser schwappte über den Rand, doch auch die Kühle des Wassers an seinen Fingern vermochte das Unbehagen nicht zu lindern, das mit jeder Minute immer noch stärker wurde. Jaric hielt es gerade lang genug aus, sein Gesicht zu waschen, ehe er auf die Tür zustürzte.

Die Bewegung verschaffte ihm eine Atempause. Vor Erleichterung zitternd hetzte Jaric über den Korridor. Er mußte sein Pferd finden und seine Rechnung begleichen, ehe Ungewißheit und die grausamen Auswirkungen des Bannes ihn überwältigen würden.

Der Gastraum war verlassen. Draußen beugte sich Kencie mit einem Joch und zwei Kübeln über den Brunnen, um Wasser für die Küche zu schöpfen. Als die Tür zur Wirtschaft geöffnet wurde, blickte sie auf, überrascht, Jaric auf den Stufen zu erblicken.

»Ihr wollt gehen?» Sie legte ihre Last ab und trat auf ihn zu, sorgsam darauf bedacht, die Pfützen zu umgehen, die am Boden silbrig schimmerten. »Ihr seid früh dran. Der Stallmeister ist noch nicht aufgestanden.«

Verärgert, da sie ihn offenbar für hilflos hielt, entgegnete Jaric: »Ich kann mein Pferd allein satteln.«

Kencie zuckte die Schultern. Nur vage war ihr Gesicht als verschwommenes Oval im frühmorgendlichen Nebel zu erkennen. »Um so besser. Wenn Ihr wartet, werde ich Eure Satteltaschen holen. Der Rest von Eurem Zaumzeug liegt im Stall, gleich hinter der Leiter zum Heuboden.«

Doch Jaric konnte nicht stillhalten. Der Zwang, dem er unterlag, würde um keinen Preis nachgeben, ganz gewiß nicht aus Gründen schlichter Höflichkeit, und noch während Kencie ihre Kübel wieder aufnahm, hastete der Junge schon zu den Ställen.

In der Dunkelheit tastete er sich voran, bis er auf

einem Gerüst einen einzelnen Sattel samt Zaumzeug entdeckte. Von dem Geräusch aufgeschreckt, hob der schwarze Wallach des Grafen den Kopf, und die weiße Blesse oberhalb seiner Nüstern leuchtete schwach in der Finsternis der Ställe. Jaric zerrte das Zaumzeug in den Stall, und das feuchte Stroh unter seinen Fußsohlen erinnerte ihn daran, daß er noch immer keine Stiefel trug. Als er nach dem Halfter des Pferdes griff, zitterten seine Finger vor Nervosität.

Der Wallach scheute. Lederriemen schnellten brennend über die Handflächen des Jungen, und das Klappern des Eisenringes am Halfter schreckte die Tauben auf dem Heuboden auf. Von der Notwendigkeit getrieben, versuchte Jaric einen Singsang, den er seit seiner Kindheit in den Schmieden gehört hatte; und da, wo all seine Bemühungen früher versagt hatten, reagierte dieses Tier. Die Augen hörten auf zu rollen, angespannte Muskeln entspannten sich wieder, und der hocherhobene Kopf sank herab, die Nüstern zu einem sanften, neugierigen Schnauben gebläht.

Jaric schob das Zaumzeug mit ungeübten, tolpatschigen Bewegungen über den breiten Schädel, doch das Pferd schien seine Ungeschicklichkeit nicht zu stören. Der Sattel, an dem Scheide und Schwert befestigt waren, erwies sich als zu schwer für den Jungen. Kaum konnte er ihn bis auf Schulterhöhe heben, also mußte er auf den Futtertrog klettern, um den Rücken des Wallachs zu erreichen. Kencie kehrte zurück, als er die Gurte festzurrte und von dem Trog heruntersprang. Ohne zu merken, daß er nun nicht länger zitterte, führte Jaric das Pferd aus dem Stall. Kencie befestigte die Satteltaschen und beendete die Stille mit ihrem aufgeregten Geplapper.

»Mutter hat Euch ein Silberstück für Kost und Logis berechnet. Der Stallmeister verlangt ein halbes Silberstück für Hafer und das neue Hufeisen. In der linken Tasche sind noch fünf Silberstücke. Das Essen habe ich zusammen mit Eurem Mantel in die rechte Tasche gelegt.« Sie trat zurück und erkannte, daß Jaric den Hinterhuf seines Rosses begutachtete. »Ist das Eisen zu Eurer Zufriedenheit?«

Jaric ließ die Fessel des Tieres los und richtete sich wieder auf. »Es wird genügen.« Seine Worte konnten seinen Zorn nur unzureichend verbergen. Die Arbeit war schlampig verrichtet worden. Schon im zarten Alter von vier Jahren hatte ihm sein Vormund seine Regeln eingebleut; ohne aber die Kraft zu haben, den Hammer zu schwingen, konnte der Bursche nichts tun, als die Ungeschicklichkeit des Stallmeisters zu bedauern. Also ergriff er die Zügel und führte das Pferd vom Stall fort, wobei er sorgsam darauf achtete, nicht mit den Zehen unter die stahlbewehrten Hufe zu geraten.

Es war an der Zeit, aufzusteigen und loszureiten. Kencie trieb sich unentschlossen in der Nähe herum, als das Pferd durch die Pfützen nahe dem Brunnen trottete. Während das Tier trank, setzte Jaric seinen Fuß in den Steigbügel.

»Wartet«, platzte Kencie heraus, wirbelte um die eigene Achse und rannte zurück in die Taverne.

Jaric hielt inne, und sogleich begann der magische Bann, sich um ihrer Bitte willen schmerzhaft bemerkbar zu machen. Er bereitete sich vor, ihm Widerstand entgegenzusetzen, doch Kencie blieb kaum einen Augenblick fort.

Schon trat sie wieder zur Eingangstür heraus, in den Armen ein Paar Stiefel. Das edle, doppelt genähte Leder war von gutem Schnitt, verziert mit Korallen, Perlen und Fell.

»Hier.« Kencie schob Jaric die Stiefel in die Arme. »Sie sind Euer. Ihr Besitzer ist am Fieber gestorben, während er in unserer Taverne zu Gast war. Aber edle Gewänder kleiden niemanden in Gaires Heumond. Und außerdem könnt Ihr nicht weiter barfuß reisen.«

Jaric errötete, peinlich berührt angesichts der Durchsichtigkeit seiner Lüge, hinter der sich so schmerzhafte Not verbarg. Beschämt durch Kencies Großzügigkeit, bückte er sich rasch, um ihre Gabe anzuprobieren, ehe sie ihn für undankbar halten konnte.

Die Stiefel waren geradezu lächerlich groß. Weit flatterten die Stulpen um seine dünnen Waden. Jaric biß sich auf die Lippe und richtete sich auf. »Ich werde bei jedem Schritt an Euch denken.» Er lächelte voller Ernst und erwies Kencie eine Höflichkeit, wie sie sich für die Hofdamen von Morbrith geziemte. »Möge es um Euer Haus und Eure Gäste immer wohlbestellt sein.«

Hastig eilte er zu seinem Roß; das Tier scheute und zerstörte die Grazie seiner höflichen Geste. Kencie fing die Zügel ab und beruhigte den Wallach, bis Jaric im Sattel saß. Als er die Zügel an sich nahm, blickte sie auf, sah in seine gefühlvollen, dunklen Augen und die Miene, in der sich klägliche Furcht spiegelte.

»Ihr seid so zart«, sagte sie sanft, nur um ihre Worte sogleich zu bereuen.

Jaric versteifte sich. Kencie hatte ihm die Stiefel aus reinem Mitleid gegeben. Zorn wütete in seinem Inneren. Er hatte um nichts gebeten. Die Anonymität der Gelehrtenposition in einem Archiv hatte ihn einst vollkommen zufriedengestellt. Doch ein Schlag des Schicksals, eines Magiers Bann und einer Priesterin Prophezeiung hatten all sein

Selbstwertgefühl geraubt und ihn zu einem Objekt des Mitleids gemacht; nun war er ebenso sehr von der Großmut anderer abhängig wie ein Bettler.

Die Lippen fest zusammengepreßt, entriß er Kencie schweigend die Zügel. Mit einem Tritt seiner Fersen schickte er den Wallach in donnerndem Lauf hinaus aus Gaires Heumond auf die Straße in Richtung Süden.

Hinter ihm rieb Kencie ihre aufgerissenen Finger an der Schürze ab und trauerte um den Hieb, den sie seinem Stolz erteilt hatte. Sonderbar, so dachte sie; wäre Jaric nicht so furchtbar dürr gewesen, so hätte sie vermutlich seinen Mut bewundert. Der Hufschlag verhallte allmählich in der Ferne, und Kencie nahm mit stoischer Ruhe ihre vernachlässigte Arbeit wieder auf. Doch als sie zur Taverne ging, schlurfte die alte Priesterin, die Herrin des Brunnens, aus der Scheune heraus und stellte sich ihr in den Weg.

Durch einen Riß in den Häuten, aus denen ihre Kleider bestanden, kratzte sich die alte Frau am Bauch, ehe sie ihre blinden Augen auf die Straße richtete, auf der Jaric mit seinem Pferd vor wenigen Minuten verschwunden war.

»Weißt du das?« Die alte Vettel packte Kencies Ärmel. »Der Junge wird keine zwanzig Schritte in diesem Paar Stiefel laufen.«

Dem Mädchen stockte der Atem. Rüde schob sie die Priesterin zur Seite und flüchtete in die Küche; und nicht einmal ihre Mutter vermochte sie dazu zu bewegen, ihr zu erzählen, warum sie so furchtbar blaß war.

Der Wallach des Grafen fiel in munteres Galopp, und die Dächer von Gaires Heumond verschwanden rasch hinter den Gipfeln der Hügelkette. Fruchtbares Bauernland wich dornigem Gestrüpp, und auch die Hitze von Jarics Zorn zog sich zurück, schuf Raum für ein Gefühl der Einsamkeit. Vor ihm wand sich die Straße durch ein weitläufiges, nebelverhangenes und verlassenes Tal. Eingerahmt in schwarze Schatten unter einem weißen Himmel, umgab ihn das weite Land mit Einöde. Alles, was er je geschätzt hatte, lag nun hinter ihm. Der Junge faßte die Zügel kürzer, um den Wallach zu langsamerer Gangart zu veranlassen, doch das Tier erwies sich als unerwartet feurig; es legte die Ohren an und stemmte sich stur gegen die Gebißstange. Jaric fühlte, wie seine Schritte größer wurden, bis die Mähne an seine Hände schlug und die Erde unter den Hufen dahinflog.

Der verängstigte Junge zerrte fluchend an den Zügeln, bis seine Schultern schmerzten. In der Nacht, in der er das Pferd gestohlen hatte, war es zuvor schon hart geritten worden. Nun, da der Wallach ausgeruht und gefüttert war, war das Tier zu stark für ihn; bevor es nicht wenigstens einen Teil seiner neugewonnenen Energie verbraucht hatte, durfte Jaric nicht hoffen, es beherrschen zu können. Mit kummervollen Tränen in den Augen klammerte er sich an die Mähne und betete, daß das Untier die Straße nicht verlassen möge.

Wie eine Uhrenkette rollte sich die Wegstrecke im Rhythmus des galoppierenden Pferdes ab. Die Hufe schlugen mit reinem, harten Klang auf und lösten kleine Staubwolken vom Boden. Wie eine derbe Liebkosung fuhr der Wind durch Mähne und Schweif und durch Jarics feines Haar. Unter seinen schmerzenden, wunden Knien fühlte der Junge die kraftvollen Bewegungen der Schultermuskulatur; das Tier erfreute sich an seiner eigenen Energie, und so wurde der Lauf durch den kühlen Morgen weniger zur Gefahr, sondern vielmehr zu einer Feier seiner eigenen Art. Jaric entdeckte Harmonie in der schlichten Freude des Tieres; seine Furcht wich einer Woge wilder Heiterkeit. Langsam löste er den starren Griff um die Zügel, und das Pferd reckte den Kopf vor und rannte noch schneller.

Als die Sonne sich langsam über den Horizont schob, waren Jarics Wangen vor Aufregung gerötet. Er fühlte sich im Sattel wohler denn je zuvor, und der Wallach wurde Schritt für Schritt ein wenig langsamer, als fühlte er die Veränderung seines Reiters. Mit einem kurzen Kopfschütteln fiel er in Trab zurück. Von plötzlicher Enttäuschung erfaßt, verlor Jaric den Mut.

Er zügelte sein Roß, bis es im Schritt weiterging. Die unveränderte Tatsache, daß sein Körper der Kraft eines feurigen Pferdes nicht standhalten konnte, lag wie ein Schatten über dem kurzen Glücksgefühl. Die Aufregung, von der er gekostet hatte, verstärkte nun sein Elend nur noch mehr. Von tiefem Kummer erfüllt, wußte er, daß das Archiv von Morbrith seiner Zerbrechlichkeit nicht länger Schutz bieten konnte, so wenig wie seiner Unschuld. Zum ersten Mal in seinem Leben fühlte er sich durch seine physischen Grenzen wie ein Gefangener, und die Trauer über diese Erkenntnis brandmarkte seine Seele.

Kapitel 7

KREUZWEGE

Während die Sonne höherstieg, begann die Straße sich zu füllen. Am Vormittag ritt Jaric durch Staubwolken, aufgewühlt von den Viehherden, die zum Markt getrieben wurden. Umgeben von Schafen und Kühen, wieder und wieder von eiligen Postreitern aus dem Weg gescheucht, mühte er sich, sein widerspenstiges Roß zu beruhigen. Der Wallach tänzelte nervös, die Ohren gespitzt und die Nackenmuskulatur gespannt wie Draht unter dem schweißfeuchten Fell. Jarics Schultern und Rücken schmerzten ohne Unterlaß. Lange vor der Mittagsstunde jagten die Gelenke seiner Ellbogen und Hände den Schmerz überanstrengter Sehnen durch seinen Leib. Doch so erschöpft er auch war, der Ruf des Zauberers gönnte ihm keine Pause; er mußte weiterreiten, womöglich bis er zusammenbrach.

Nach einer Weile mündete die staubige Trasse aus Gaires Heumond auf eine gepflasterte Straße, die parallel zum Rotwasserfluß nach Corlin führte. Hier beherrschten Gespanne den Weg; das Rumpeln unzähliger Wagen und die unermüdlichen Rufe der Fahrer machten Jaric schwindelig. Augen und Nase schmerzten unter dem Einfluß des Staubes. Die Zügel rieben die Haut seiner Hände wund, bis er sich gar davor fürchtete, aus dem Sattel zu steigen. Sollte sein Roß in all dem Tumult scheuen, so würde er es gewiß nicht mehr halten können; auch konnte er nicht nach den Lebensmitteln greifen, die Kencie in seiner Satteltasche verstaut hatte. Jämmerlich hing er an der Mähne des Wallachs und hoffte verzweifelt, noch genug Silber in dem Geldbeutel des Grafen zu finden, um in Corlin für ein Bad und ein Bett bezahlen zu können.

Der Nachmittag zog dahin. Die Fuhrmänner rissen Zoten und lärmten ausgelassen in Erwartung jener Frauen, für die sie mit ihrer Heuer bezahlen würden, sobald sie die Tavernen erreichten. Mit neugewonnenem Mut blickte Jaric voraus. Zierlich wie Federstriche auf Pergament erhoben sich am östlichen Horizont die Türme von Corlin. Unter ihnen lag ein Tal, in dem eine Flußfähre über den Rotwasserfluß führte; auf der anderen Seite glänzte die Straße wie eine Zierborte im Kontrast zu den dunklen Ausläufern des Seitwaldes. Jaric erblickte zahllose Packtiere und Wagen in der Nähe des Ufers. Mindestens vier Gespanne warteten bereits auf die Barkasse. Er fragte sich, ob es ihm gelingen würde, den Fluß noch vor Sonnenuntergang zu überqueren. Bei Einbruch der Dunkelheit würden die Wachen von Corlin die Tore verschließen, um die Stadt vor den Banden der Gesetzlosen zu schützen, die die Handelsstraßen unsicher zu machen pflegten. Allein und unerfahren im Umgang mit Waffen, wäre Jaric leichte Beute für diese Räuber. Besorgt trieb er sein Pferd zum Traben an.

Diese Gangart verstärkte seinen beklagenswerten Zustand noch weiter. Benommen vor Ermattung, die Gedanken nahe der nebelhaften Grenzen des Deliriums, bemerkte er zunächst nicht einmal, wie Anskieres Bann erneut an ihm zerrte. Er erklomm den Hügel, von dem aus die Straße einen Bogen nach Norden beschrieb, um im Tal auf die Fähre zu treffen, als er von dem irrationalen Drang erfaßt wurde, sich einem Fußweg zuzuwenden, der zu seiner Rechten abzweigte. Er wehrte sich. Die Sicherheit dieser vielbenutzten Straße zu verlassen, hieß, Unheil vorsätzlich herbeizuführen. Jaric dirigierte den Wallach eisern in Richtung Fähre und rammte ihm die Fersen in die Flanken. Das Pferd begann zu galoppieren.

Doch nicht einmal sein Überleben vermochte den Bann zu mildern, der zu seinem Schicksal geworden war. In dem Augenblick, da er den Fußweg passiert hatte, stieg ein Strudel der Gewalten unter den Hufen des Wallachs auf. Wind erhob sich, und ein rauschendes Gefängnis aus reiner Luft wirbelte um Roß und Reiter, machte jeden weiteren Schritt unmöglich. Das Tier bäumte sich voller Furcht auf. Von der hin und her peitschenden Mähne der Sicht beraubt, kämpfte der Junge darum, nicht abgeworfen zu werden.

Energie flammte durch Jarics Geist. Er schrie auf, als der Anblick von Fähre und Straße schwand, und ersetzt wurde durch eine Vision von eisigen Klippen, umtost von dem unentwegten Donnern stürmischer Wogen; die Luft roch nach feuchten Dünengräsern, und am Himmel ertönten schaurig die Schreie der Möwen. Verwoben mit der Melancholie dieses Ortes, fühlte Jaric, daß der Ruf, der ihn leitete, nur dann nachlassen würde, wenn er diese Küste erreicht hätte; daß die Blutschuld Ivains ausgerechnet auf seine kümmerlichen Schultern gefallen war, vermochte daran nichts zu ändern. Anskieres Befehl würde Bestand haben, gleich ob das Leiden des Jungen den Zorn der Feuer Koridans hervorrufen oder sein Leben verwirkt sein sollte. Jaric würde ihm folgen oder hilflos wie ein Blatt auf den herbstlichen Sturmwinden getrieben werden.

Das Gewebe des Traumes brach auf, und Jaric blieb zitternd im Sattel zurück. Unter ihm bebte sein Roß, vor Furcht wie gelähmt. Mechanisch streichelte der Bursche seinen Nacken, während der Geruch der See allmählich dem beißenden Hauch des Staubes wich. Die Abzweigung schlängelte sich wie ein gebleichter Stoffstrang durch die Wiesen, die den Rotwasserfluß begrenzten, ehe sie sich in den düsteren Ausläufern des Seitwaldes verlor. Für einen Augenblick weigerte sich Jaric, die Richtung einzuschlagen. Schon fegte eine Böe warnend durch das Gras unter dem Bauch des Wallachs. Anskieres Macht war stets zugegen. Der Junge seufzte. Geschlagen und resigniert ergriff er die Zügel und zog den Kopf des Tieres gen Südosten, fort von der Fähre und der Sicherheit der Stadt. Auf Jarics Zügen aber spiegelte sich das matte Gefühl vollkommener Hoffnungslosigkeit, denn der Bann führte ihn so unausweichlich in den Untergang wie der Bauer ein Kalb zur Schlachtbank.

Das Pferd beruhigte sich, als die Straße hinter ihnen lag. Jaric bemühte sich, nicht zu den Türmen von Corlin zurückzublicken. Von der tiefstehenden Sonne rot verfärbt, sahen die Grashalme aus, als wären ihre Spitzen in Blut getaucht worden. Allzu schnell endete die Wiesenlandschaft, und der Weg führte ihn in den Seitwald hinein.

Streifenförmig durchbrach das Licht der untergehenden Sonne die Finsternis des Waldes. Eichen und Buchen, so alt wie die Zeit selbst, wuchsen auf einem Teppich zarter Farne. Moosbewachsene Stämme erhoben sich zu beiden Seiten so massiv wie die Pfeiler in einer Palasthalle, und das Laub glühte im Gegenlicht wie die Lapions eines Sommerfestes. Dennoch ritt Jaric starr voran, betäubt von tiefer Furcht. Der Seitwald war landauf, landab als das Heim der Gesetzlosen bekannt; nur ein Lebensmüder würde über die verschlungenen Pfade dieses Waldes ohne Fackel und ohne eine Armee tapferer Gefolgsleute reiten. Das ausgedehnte Gehölz schien Jaric zu verschlingen, und selbst der Hufschlag seines Pferdes wurde von den modrigen Haufen rottenden Laubes erstickt.

Im fahlrosa Schimmer der Abenddämmerung trat ein Waidmann, gekleidet in gefärbtes Leder, aus einem Dickicht hervor. Ebenholzschwarzes Haar, durchzogen mit weißen Strähnen, fiel unordentlich über die Schultern des Mannes. An seiner Hüfte baumelte eine wohlgefüllte Jagdtasche, und die Vogelschlingen, die an seinem Gürtel befestigt waren, schwangen sanft hin und her, als er innehielt, um den Knaben auf dem Pferd zu betrachten.

»Junge«, rief der Waidmann ihn vorsichtig an. »Besser, du kehrst um und schlägst dein Lager an der Fähre auf, wenn du bereit bist, den Rat eines Fremden anzunehmen. Wenn du aber unbedingt durch diesen Wald reisen willst, dann warte zumindest, bis du dich jemandem anschließen kannst, der eine bewaffnete Eskorte mit sich führt. Jenen, die allein reisen, ergeht es schlecht an diesem Ort.«

Jaric machte sich nicht die Mühe, ihm zu antworten. Gepeinigt von der Erinnerung an Kencies Mitleid, beschloß er, gar nicht erst anzuhalten und seine Notlage zu erklären. Als er aber vorbeiritt, zuckte der Waidmann lediglich mit den Schultern und verschwand erneut im Unterholz. Jaric umfaßte die Zügel mit festem Griff und widerstand dem dringenden Bedürfnis, ihn zurückzurufen.

Immer tiefer führte der Pfad in den Wald hinein. Die Schatten wurden länger, bis der Abendstern wie ein strahlender Juwel durch das Laub hindurchschimmerte. Jaric passierte eine Reihe ungeschützter Lichtungen, von denen eine friedlicher als die andere erschien. Doch all der Liebreiz reiner Natur vermochte die Unruhe des Jungen nicht zu lindern. Und im dämmrigen Zwielicht überwältigten ihn schließlich die Gesetzlosen des Seitwaldes.

Vorgewarnt durch ein verstohlenes Rascheln im Gebüsch, griff er nach dem Schwert des Grafen. Die Waffe wog schwer, und Jaric benötigte beide Hände, sie anzuheben. Doch noch ehe er sie aus der Scheide zerren konnte, stürzte ein Mann aus dem Gestrüpp hervor, die mit Kettenhandschuhen bewehrten Hände vorgestreckt, nach den Zügeln zu greifen. Der Wallach scheute und brach seitwärts durch die Farne aus. Gegen den Hals des Tieres geschleudert, riß Jaric endlich das Schwert aus der Scheide. Dann rammte er in dem verzweifelten Versuch, seinen Angreifern zu entkommen, dem Pferd die Fersen in die Flanken. Der Mann aber sprang unter wütendem Gebrüll zur Seite.

Mit flatternden Zügeln donnerte der Wallach über die Lichtung. Über die scharfe Klinge des Schwertes hinweg sah Jaric, wie weitere Gesetzlose hinter den Bäumen hervortraten. Viele von ihnen trugen Keulen mit sich, und sie blockierten seinen Fluchtweg. Von ihrem Ansturm aufgeschreckt, brach das Tier erneut aus. Seine eisenbeschlagenen Hufe donnerten durch einen Hain junger Setzlinge. Zweige peitschten zurück und schlugen auf die Klinge. Jaric kämpfte mühsam um sein Gleichgewicht im Sattel. Plötzlich verhakten sich die Zügel an einem toten Ast. Solchermaßen gewaltsam aufgehalten, landete der Wallach stolpernd auf dem Gesäß. Jaric hörte ein angestrengtes Keuchen aus menschlicher Kehle. Kräftige Finger ergriffen seinen Kragen. Er schwang das Schwert. Stahl krachte auf das eisenbeschlagene Holz eines Knüppels, und der Aufprall erschütterte Jaric so sehr, daß sich seine Finger um das Heft der Waffe lösten.

Die Waffe fiel, schlitzte sich durch das Unterholz und bohrte sich tief in die Erde. Der Räuber zerrte den Jungen vom Pferd. Jaric stürzte, schmerzhaft kratzten die Ringe am Wams seines Angreifers über seine Wange. Mit dumpfem Aufprall landete er im Farnkraut, und die zerfetzten Wedel über ihm umrahmten ein vernarbtes Gesicht und die erhobene Silhouette eines Knüppels.

»Nein! Bitte! Habt Erbarmen!« Jaric hob den Arm, um den Schlag abzuwehren. Begleitet von raschem Hufgetrappel, erklang Gelächter. Der Knüppel stürzte herab und traf. Knochen brachen wie Äste. Jaric schrie vor Schmerzen. Mit einem grausamen Pfeifen sauste der Knüppel erneut durch die Luft. Jaric rollte sich herum und wurde von der Waffe am Kopf gestreift. Sein Schädel schien zu explodieren, und er fiel in tiefe Finsternis.

Der Mond stand hoch am Himmel, als der Waidmann die Lichtung erreichte, auf der er die letzte seiner Schlingen kontrollieren wollte. Von der ungewöhnlichen Stille vorgewarnt, hielt er inne. Dort, wo Nachtvögel zwitschern sollten, hörte er nun nur das Zirpen der Grillen, und neben dem Pfad entdeckte er Farnwedel, zerdrückt, zerfetzt und ihren Wurzeln entrissen. Weitaus besser mit dem Wald vertraut, als die meisten seiner Mitmenschen, bückte sich der Waidmann, um den Boden zu untersuchen. Dort entdeckte er die Geschichte eines Verbrechens; weiches Moos war von den Hufen eines verängstigten Pferdes zertrampelt worden. Auch der Räuber hatte Spuren hinterlassen; der Waidmann fand Fußabdrücke eines Männerstiefels. Von tiefem Zorn erfaßt, ballte er seine Hände zu Fäusten. Eilends folgte er den Spuren durch die zerstörte Vegetation, und schließlich fand er das Opfer des Räubers. Ein Knabe lag mit dem Gesicht nach unten ausgebreitet in einem Laubbett, und seine nackten Beine waren mit frischen Blutspuren marmoriert.

Vermutlich war das Kind tot. Derartige Tragödien ereigneten sich im Seitwald immer wieder. Der Waidmann seufzte, bekümmert angesichts einer Brutalität, die sich eine so kleine, hilflose Gestalt zum Opfer erwählt hatte.

»Ich habe dich gewarnt, Bursche, weißt du noch?« sagte der Mann laut, und um ihn herum verstummte das Zirpen der Grillen.

Doch als er die schlaffe Gestalt berührte, erkannte der Waidmann, daß das Kind noch am Leben und etliche Jahre älter war, als er zunächst angenommen hatte. Vorsichtig untersuchte er die Wunden des Jungen. Ein Arm hatte einen sauberen Bruch erlitten; eine dunkle, blutgefüllte Schwellung und eine klaffende Wunde zeugten von einem harten Schlag auf den Kopf. Diese Wunde erforderte dringend einen heilenden Umschlag. Vorsichtig hüllte der Waidmann den Jungen in seinen Marderfellmantel. Dann, während er noch auf die Sorglosigkeit der Jugend schimpfte, zog er sein Messer und schnitt eine Schiene aus einem gerade gewachsenen Schößling. Sollte dieser Junge überleben, so gelobte er bei den Feuern Kors, so würde er ihn lehren, sich selbst zu verteidigen.

Ein zarter Vorhang aus Nebel und Regen hüllte die Nacht in tintenschwarze Finsternis. Wasser tropfte von den Bänken des Beibootes, und die Segel flatterten unordentlich in dem unsteten Wind. Nach fünf Stunden am Ruder vollkommen durchnäßt, atmete Emien tief durch. Der warme, erdige Geruch, den er einen Augenblick zuvor wahrgenommen hatte, war nun schon so stark, daß jeder Irrtum ausgeschlossen war. Siebzehn Tage waren vergangen, seit Tathagres ihm das Kommando über das Beiboot übertragen hatte, und nach einem zweiten Sturm und zwei Ruhephasen, lag nun eine unbekannte Insel voraus.

Der Wind drehte südwärts. Emien korrigierte den Kurs. Rasselnd erschlaffte das Großsegel. Sie hätten sich keinen schlechteren Zeitpunkt erwählen können, Land zu finden, dachte er wütend. Seit dieses Wetter herangebrochen war, hatten die Ruderwachen das Boot allein mit Hilfe des Kompasses steuern müssen, denn ihre Sicht war auf wenige Meter eingeschränkt gewesen; seit Tagen hatte sich nicht ein Stern am Himmel gezeigt. Seinen Berechnungen zufolge mußten die Inseln von Innishari noch neun Meilen von ihnen entfernt sein. Doch die starke Strömung mochte das Boot vom Kurs abgebracht haben, und hier, wo sich kleine Inseln wie Perlen über die Corinesee verteilten und Riffe unterhalb der Wasseroberfläche unzählige Strudel verursachten, war die Kenntnis der genauen Position unverzichtbar.

Die Brise ließ nach. Wieder drang Emien der säuerliche Geruch der Vegetation und des Sandes in die Nase. Die Küste war bereits gefährlich nahe. In der Dunkelheit aber konnte er nichts erkennen, nicht einmal die weißen Schaumkronen der Gischt auf der Bugwelle des Bootes; der Versuch, das Boot an Land zu bringen, mochte sie alle auf die rasiermesserscharfen Auswüchse einer Korallenbank schleudern. Gleich darauf hörte er über das gequälte Knirschen der Takelung hinweg das Donnern der Brandung vor dem Bug.

Eine Gänsehaut überzog seine Arme. Möglicherweise hatte er schon jetzt zu lange mit seiner Entscheidung gezögert. Das Boot war bereits fast an der Küste. Emien biß sich auf die Lippe, gepeinigt von der Last der Verantwortung. Ausgezehrt von den zurückliegenden Mühen, würden die Matrosen nicht schnell genug auf die Beine kommen, wenn sie sich selbst überlassen blieben. Nun blieb ihm kein Spielraum für Fehler; und Emien wußte, er könnte Tathagres' Verachtung niemals ertragen, sollte es ihm nicht gelingen, das Boot sicher an Land zu steuern.

Er löste das Tau, das seine Hose in der Taille gürtete, und jagte es zischend auf den Rücken des nächstliegenden Seemannes nieder. »Alle Mann aufwachen! Zweite Wache, die Ruder bemannen!«

Die Insassen des Bootes traten in Aktion. Emien packte den Mann, den er geschlagen hatte, und stieß ihn in Richtung des Achterschotts. »Übernimm das Ruder. Leg sie in den Wind und halte den Kurs!«

Während das Boot herumschwang, kämpfte sich Emien zum Bug und schrie unermüdlich Befehle, die Segel einzuholen.

»Bursche!« rief Tathagres herrisch aus der Finsternis. »Was ist los?«

Emien antwortete knapp. »Land. Viel zu nah und auf gefährlichem Kurs. Wir müssen vor Anker gehen, oder wir werden unser Leben aufs Spiel setzen. Das Boot kann in der Nacht nicht sicher an einer fremden Küste landen.«

Das Donnern der Brecher war beeindruckend. Nun konnte selbst ein unerfahrener Zuhörer die saugenden Geräusche der Verwirbelungen über verborgenen Felsen erkennen. Als er sich über das Tauwerk beugte, das den Anker sicherte, fühlte Emien, wie der Bug aufstieg, herumgestoßen von der Dünung über einer Untiefe, die sich zu einer gewaltigen Woge aufbaute, sogleich gefolgt von einer brechenden Welle.

Verzweifelt ob der Erkenntnis, schrie der Junge: »Die Ruder raus!« Ihnen blieben nur Sekunden. Seine Schwielen rissen auf, als er wild an den Knoten zerrte. Schlagartig gab das Tau nach. »Pullt! Wacht endlich auf, ihr Bastarde! Oder, bei Kor, wir werden sinken!«

Emien fiel auf die Knie und packte die Ankerkette mit beiden Händen, als die Ruder rumpelnd angelegt wurden und sich zackig in die See gruben. Ein Ruck ging durch die Pinasse, ausgelöst von der Gewalt aufgewühlter Wogen. Emien brüllte einen Befehl. Der Steuermann legte das Boot in Richtung Steuerbord. Wasser schwappte auf die Ruderbank, und ein Sprühregen ging auf das Dollbord nieder, als das Boot kehrtmachte. Es stand kurz vorm Kentern.

Und doch blieb Emien standhaft. Trotz seiner fieberhaften Aufregung zwang er sich zur Ruhe. Auf einem Untergrund aus Felsen oder Korallen konnte der Anker nicht halten, wenn er ihm nicht einen weitläufigen Spielraum einräumte. So nahe, wie sich das Boot dem Ufer nun befand, würde sie auf Grund laufen, noch ehe die Leine sich gespannt hätte; die Brecher würden ihre Planken binnen Sekunden zertrümmern. Doch mit dem steten Hauch von Erde in der Luft, erwies sich das Warten als Tortur. Emien ergriff die Kette. Verrostete

Glieder rissen ihm die Hände auf, während die Ruderer ihren Rhythmus einander anglichen und das Knarren der Lederriemen an den Dollen in einen gleichmäßigen Schlag überging. Mühsam arbeitete das Boot sich voran. Emien lauschte angestrengt, während über ihm Fall und Segel im Wind flatterten. Langsam fiel das Murmeln der Brandung hinter ihnen zurück. Nun kam es auf den richtigen Augenblick an; sollte der Anker nicht auf Anhieb greifen, so mußten die Ruderer genug Durchhaltevermögen beweisen, das Boot noch einmal freizupullen.

Emien knirschte mit den Zähnen. Die Männer waren müde, sonnenverbrannt und ausgezehrt. Die Erschöpfung würde sie schon bald übermannen, und das überladene Boot konnte allzu leicht unkontrollierbar werden. Er flüsterte ein Stoßgebet an die Geister der Tiefe und ließ den Anker fallen. Die Glieder der Ankerkette klirrten, dissonant wie Totenglocken. Emien ließ das Tau durch seine Hände gleiten. Ohne auf die Reibungshitze zu achten, zählte er die Knoten, die seine Handflächen passierten. Zwei Faden, drei, vier; bei fünf Faden erschlaffte das Tau. Der Anker hatte den Boden erreicht.

»Rückwärts pullen!« Emien ließ Leine nach, berechnete eilends Tiefe, Strömung und Bodenbeschaffenheit und befestigte das Tau dann mit einer Klampe. Beanspruchte Fasern ächzten, als das Boot, eingeschränkt durch das Haltetau, herumschwang. Doch Emien wußte wohl, daß die Gefahr noch nicht vorüber war; ob der Haken halten würde, ohne nachzulassen, war ohne einen sichtbaren Streifen Land unmöglich zu bestimmen.

Müde befahl Emien, die Ruder einzuholen. Er entließ den Steuermann und die Männer in der

Takelung, und gestattete dem verbliebenen Rest der Mannschaft eine Pause auf den Ruderbänken. Dann setzte er sich neben das festgezurrte Ruder, um Ankerwache zu halten. Während der langen Stunden bis zur Morgendämmerung wartete er in nebelverhangener Finsternis, lauschte den Wogen, konzentriert auf die Beschaffenheit der Dünung, die um den Rumpf des Bootes tanzte. Gefühl und Gehör sollten ihm Warnung genug sein, sollte das Boot auf die Untiefen zutreiben, die nur wenige Meter von ihrem Steuerruder entfernt lagen.

Irgendwann hörte es auf zu regnen. Bei Sonnenaufgang lichtete sich der Nebel und strömte in rosaroten und güldenen Schwaden über einen perlmuttfarbenen Himmel. Am Heck zusammengerollt, zog Emien seinen Mantel enger um seinen Leib. Ein Kälteschauer lief über seinen Rücken, als das Tageslicht heller wurde und die Konturen der Landmasse offenbarte, der sie in der Nacht so knapp hatten ausweichen können. Wie ein biblisches Ungeheuer erhob sich die Insel aus dem Meer, umgeben von Riffen und terrassenförmigen Felsvorsprüngen, beschattet von hochaufragenden Felsenklippen, die am Himmelsdach zu kratzen schienen. Wasserfälle stürzten über das Gestein, das von Eisschollen überzogen war, auf denen ganze Möwenschwärme ruhten. In der Tiefe, dort wo die halbmondförmige Bucht die aufziehende Flut begrüßte, verflog jeglicher Eindruck natürlichen Reizes sogleich. Die See zwischen dem Boot und der Küste schäumte über den zerklüfteten Ausläufern eines Riffs. Emien durchwühlte die Seemannskiste im Heck auf der Suche nach einem Fernrohr. Dann betrachtete er die brodelnden

Brecher, entsetzt angesichts der Erkenntnis, wie knapp das Boot in der Dunkelheit einer Katastrophe entgangen war. So sehr er auch suchte, er fand keinen sicheren Weg an Land.

Er wandte sich um und richtete sein Fernrohr auf den Horizont über dem offenen Meer. Der Nebel hatte sich aufgelöst, und die hügeligen, bläulich schimmernden Umrisse der umgebenden Inseln waren im Südwesten sichtbar geworden. Emien überprüfte seine Atlanten, legte das Fernrohr ab und erhob sich, um Tathagres zu Rate zu ziehen.

Er entdeckte sie am Großmast. Ihr Haar war von Wasser und Wind zerzaust, und unter dem zerknitterten Stoff der Bluse über ihren Schultern war die zarte Haut, die er einst bewundert hatte, von der Sonne verbrannt und entzündet. Selbst geschlossen wirkten ihre Augen müde, umrahmt von dunklen Ringen der Erschöpfung. Emien zögerte, er wollte sie nicht stören. Schon einen Augenblick später war er dankbar für jegliche Tapferkeit, die er aufzubringen imstande war.

Tathagres richtete das Wort an ihn, ohne sich zu rühren. »Bursche? Wenn du mir etwas zu sagen hast, dann sprich.«

Emien zuckte zusammen, zu erschreckt, ihren spöttischen Tonfall wahrzunehmen. »Herrin, wir ankern vor der Nordostküste von Skanes Grat. Innishari liegt siebzehn Meilen nördlich von unserer Position, und der Wind steht ungünstig für uns.«

Flatternd öffneten sich Tathagres Lider. Violette Augen zogen sich zu einem Ausdruck des Zorns zusammen. Sie sagte nichts, doch ihr Schweigen traf den Jungen wie ein eiskalter Atemhauch.

Emien versteifte sich, die Finger um die Messingkette des Fernrohres gespannt. Nun nicht länger der einfache Fischerjunge, der einst aus Imrill Kand gekommen war, wich er nicht, noch zeigte er seine Unsicherheit. »Herrin, ich würde Euch nicht ohne Grund damit belästigen. Unsere Vorräte sind erschöpft, doch so dringend die Männer auch Wasser brauchen mögen, zögere ich doch, eine Landung auf dieser Insel zu erwägen. Wenn Ihr mich zum Heck begleiten würdet, so könntet Ihr selbst sehen, welches Risiko wir eingehen müßten.«

Er streckte die Hand aus und half ihr, aufzustehen. Wetter und Hunger hatten Tathagres nichts von ihrer Grazie genommen. Sie bewegte sich wie ein Panther, und die schmalen Linien ihrer Muskeln und Knochen betonten ihren schlanken Leib um so mehr. Peinlich berührt wegen der Erkenntnis, daß er sich einem Schauder der Begierde nicht erwehren konnte, ließ Emien sie vorangehen. Auch die Matrosen folgten jeder ihrer Bewegungen mit Blicken, die an hungrige Wölfe erinnerte. Der Bursche fühlte, wie die Eifersucht heiß in seinem Inneren wütete. In diesem Augenblick wünschte er sich, Tathagres würde ihm befehlen, nach Innishari zu segeln, ohne die Vorräte aufgefüllt zu haben. Sollten die Matrosen doch rudern, bis sie in der Hitze vertrockneten, dachte Emien, ohne sich darüber bewußt zu sein, daß er noch vor einer knappen Woche niemals gewagt hätte, seine Herrin so besitzergreifend zu betrachten.

Mit einer Hand auf das Stag abgestützt, blieb Tathagres am Heck stehen. Mit fremdartiger, mitleidloser Intensität starrte sie hinaus zu der Küste von Skanes Grat. Emien stellte sich neben sie. Gefangen von den aufgewühlten Wogen über den Riffen, vergaß er bald seinen Zorn auf die Matrosen. Der Wind hatte von Norden her aufgefrischt, und das Sonnenlicht zauberte Reflexe wie Pailletten auf

Spitzengewebe auf die Wasseroberfläche. Und doch bedeutete all diese Schönheit einem Seemann mörderische Gefahr; eingebettet in Wind und Felsen war eine sichere Landung an dieser Bucht unmöglich. Emien wußte, daß ihm keine Wahl blieb, als fortzusegeln und einen besseren Hafen zu suchen. Die Last dieser Erkenntnis wog schwer auf seinen Schultern. Nun erfüllte ihn der Gedanke mit Abscheu, den Ruderern noch weitere Härten aufzubürden; das Risiko, auch nur einen Mann zu verlieren, bedeutete nun kein Opfer mehr, sondern eine unverzeihliche Vergeudung menschlichen Lebens.

Von seinem Gewissen geplagt, starrte Emien auf seine Hände, als könnte ihm die verbrannte, aufgerissene Haut eine Antwort auf sein Dilemma als Kapitän dieses Schiffes liefern. »Herrin«, setzte er an. Tathagres wandte ihm ihr Antlitz zu, und er blickte auf, ohne wirklich glauben zu können, was er sah.

Seine Herrin trug eine Miene der Freude zur Schau. In ihren Augen stand ein herausforderndes Glitzern, wie keine Leidenschaft es jemals hätte hervorbringen können. »Du wirst das Boot sofort an diese Küste steuern«, befahl sie gestreng.

Emiens Unterkiefer sank herab. Furcht schnürte ihm die Kehle zu.

»Du hast gehört, was ich gesagt habe.« Tathagres beugte sich vor und sprach direkt an seinem Ohr, und wenn sie auch kein Parfüm trug, zerrte ihre Nähe dennoch an seinen Nerven. »Bist du fähig, das Kommando zu tragen, oder wirst du weich wie ein Kindermädchen um des Lebens dieses Abschaums willen, der unter dir dient?«

Emien biß die Zähne zusammen. Tathagres verhöhnte ihn; selbst nach Anskieres Sturm betrachtete sie seinen Umgang mit dem Boot lediglich als einen Zeitvertreib zu ihrem Amüsement. Nun war sie, wie eine Katze, die es müde war, mit ihrer Beute zu spielen, darauf aus, den Stolz zu zerstören, den er auf Kosten des Lebens seiner Schwester erworben hatte. Der Preis für diesen Scherz war zu bitter, darüber nachzudenken.

Erhitzt von tödlichem Zorn holte Emien Luft. »Herrin«, sagte er knapp, »Ihr sollt Euren Willen haben.« Verzehrt von einer Bitterkeit, die weder Bedauern noch Mitleid gestattete, löste er das verknotete Tau um seine Taille. Ohne zu ahnen, daß ein anderer seine Taten mit noch schärferem Blick beobachtete als seine Herrin, schritt er zur Tat.

Zusammengekauert wie ein gewaltiger Aasvogel hockte Hearvin mit zurückgeschlagener Kapuze im Bug, den kahlen Kopf dem Tageslicht ausgesetzt. Schweigend, mit zusammengepreßten Lippen, beobachtete er, wie Emien die Matrosen mit Peitschenschlägen an die Ruderbänken trieb. Wind verwirbelte die Geräusche und verlieh dem Aufprall des Taus auf dem Fleisch der Männer einen Hauch des Irrealen, fern und unwirklich wie die bewegten Bilder, die der Zauberer vor langer Zeit während Koridans Großen Festes zu Landfeste geschaut hatte. Um den Gehorsam der Matrosen zu erzwingen, veranlaßte der Bursche sie, ihn mehr zu fürchten als den Tod durch Ertrinken; das Ergebnis dieses Vorganges war von großer Grausamkeit gezeichnet. Hearvin beobachtete ihn mit versteinertem Blick, bis Tathagres, die Wangen vor widernatürlicher Ausgelassenheit gerötet, sich zu ihm gesellte.

»Ihr zwingt den Jungen zu versagen«, klagte der Zauberer emotionslos.

Am Mast schlug Emien auf einen widerspenstigen Matrosen ein. Wind zerzauste sein schwarzes Haar wie die Mähne eines Pferdes, wehte es von einem Gesicht mit wild rollenden Augen und gebleckten Zähnen fort. All seine enttäuschten Leidenschaften kanalisierte er nun in einen Strom der Gewalt, und die Wirkung führte zum Erfolg. Fluchend und von wahnsinnigem Zorn erfüllt, schüchterte er den Mann ein, bis dieser sich ergab. Tathagres aber beobachtete die Unterwerfung des Matrosen mit großer Zufriedenheit.

»Warum?« fragte Hearvin leise. »Keine noch so große Grausamkeit kann dieses Boot durch die Riffe bringen. Der Junge hat Euch seine Loyalität bereits erwiesen. Was wollt Ihr gewinnen, wenn Ihr ihn nun brecht?«

Vorsichtig löste Tathagres einen gesplitterten Daumennagel mit den Zähnen. »Wenn er mich nun enttäuscht, wird er sich dann nicht besonders bemühen, meine Gunst zurückzuerlangen?» Sie lächelte, ließ die Hand sinken und wurde plötzlich wieder ernst. »Seine Loyalität genügt mir nicht. Für das, was ich vorhabe, brauche ich auch seine Seele. Dann erst werde ich die Waffe haben, Anskiere in die Knie zu zwingen.«

Sollte Hearvin ihr geantwortet haben, so gingen seine Worte in dem Rumpeln unter, als die Männer ihre Ruder durch die Dollen schoben.

Emien ließ den Männern kaum Zeit, die Ruder anzulegen. »Pullt!« Um seinem Befehl Nachdruck zu verleihen, versetzte er dem nächstbesten Rücken einen weiteren Hieb, ehe er zum Bug rannte. Hearvin mußte ausweichen, als der Junge sich daran machte, die Ankerleine zu lösen. Aus der Nähe roch der Bursche nach Schweiß. Fiebrige Hitze stieg von seinem Körper auf. Die Leine kam frei. Emien zerrte kraftvoll an ihr, fügte sein ganzes Gewicht den Anstrengungen der Ruderer hinzu.

Das Boot setzte sich in Bewegung. Kettenglieder klirrten, und der Anker durchbrach die Wasseroberfläche. Emien bückte sich, um ihn zu sichern, während er über die Schulter hinweg lautstark Befehle erteilte. Die Ruderer an Steuerbord kehrten ihren Schlag um, und das Boot beschrieb eine Wendung. Graziös wie der Knicks einer Maid neigte sich der Bug, bis er auf die gefährliche Küste von Skanes Grat deutete.

»Vorwärts, pullt!« Emien stürzte zurück ins Heck und löste das Steuerrad aus der Vertäuung. Breitbeinig gegen die Schwankungen des Decks abgestützt, zerrte er am Ruder, bis er den Bug auf die Stelle ausgerichtet hatte, die er ausgewählt hatte. Vor ihnen lag ein verwirbeltes, dunkles Dreieck aufgewühlter Fluten, begrenzt von Felsen. Wie ein Floß über Stromschnellen, würde Emien das Boot durch diese Lücke steuern müssen. Wenig erfreut verzog er das Gesicht angesichts der vor ihm liegenden Schwierigkeiten. Die Männer mußten schneller rudern, als die Strömung das Schiff packen konnte, wollte er nicht die Gewalt über das Steuer verlieren; wären sie zu schnell, so würde sich der Bug schon im nächsten Wellental in die Fluten bohren. Die Felsen kamen rasch näher. Hoch türmten sich die Wogen auf, brachen und umspülten den Bug mit weißer Gischt, als sich das Boot dem Riff näherte. Vibrationen zerrten an Emiens Händen, als das Ruder auf den Haltebolzen erbebte. Die Geräusche menschlicher Anstrengungen gingen bald im Donnern der Brandung unter. Von Spritzwasser durchnäßt, wischte sich Emien hastig die Haare aus dem Gesicht und korrigierte mühsam den Kurs. Wie ein geöffneter Schlund lauerte die Lücke zwischen den Riffen vor dem Bug.

»Ruder einholen!« Sein Ruf klang so kläglich wie

der eines verirrten Kindes, doch irgendwie nahmen die Männer ihn wahr.

Eine Woge krachte backbord gegen den Rumpf. Das Boot wich vom Kurs ab, und Emien zerrte mit aller Kraft am Steuerrad. So sehr seine Muskeln in Schultern und Armen auch vor Überanstrengung schmerzten, er schaffte dennoch, es wieder auf Kurs zu bringen. Aus salzverätzten Augen sah er, wie ein Seemann zu seinem Ruder griff.

Zu spät erklang sein Aufschrei. Schon erhob sich ein Felsen über ihnen, ein gewaltiger Pfeiler aus entenmuschelbesetztem Granit. Das Ruder prallte gegen das Gestein, verhakte sich in der Dolle und zerschmetterte den Brustkorb des Mannes. Sein Schrei schnitt durch das Zischen der Brandung. Das Boot drehte sich seitwärts und prallte gegen den Felsen. Planken splitterten; jämmerlich kreischend barst das Dollbord. Emien ließ das Steuer los. Er stürzte sich auf die Bänke, packte Tathagres gerade einen Augenblick, bevor eine Sturzwelle wie eine Lawine über der Ruderbank niederging. Wasser schleuderte sie beide über Bord. Im allerletzten Moment, bevor die See sich über ihnen schließen konnte, verkrallte er die Hand in Tathagres Gewand. Dann wurde er in die Tiefe gerissen. Dunkles, zorniges Gewässer wogte über seinem Kopf.

Emien bemühte sich angestrengt, zu schwimmen. Immer wieder wurde er herumgewirbelt und wand er sich heftig in dem Versuch, dem eisigen Griff der Strömung zu entkommen. Obwohl Tathagres Schläge ihn zusätzlich behinderten, ließ er nicht von ihrer Kleidung ab. Es war ihm nicht gelungen, Taen zu retten; nun, da das Boot gekentert und alles außer seinem Treueschwur verloren war, war der Junge fest entschlossen, seine Herrin sicher ans Ufer zu bringen.

Ein Wasserwirbel zerrte ihn weiter in die Tiefe. Der Druck legte sich knisternd auf seine Ohren, und seine Lungen schmerzten furchtbar. Von Atemnot getrieben, kämpfte Emien noch heftiger, und plötzlich stieß seine Schulter auf verdichteten Sand. Der Boden stieg unter ihm an. Erleichtert, daß die Strömung ihn auf die Küste zugetrieben hatte, befreite sich der Junge von dem Seetang, der sich um seinen Leib gewickelt hatte. Dann packte er Tathagres Haar. Sie hatte aufgehört sich zu wehren. Voller Furcht, sie könnte bereits das Bewußtsein verloren haben, drehte Emien sich um, grub die Füße in den Meeresboden und stieß sich zur Oberfläche ab.

Etwas Scharfes bohrte sich in sein Handgelenk. Von dem unerwarteten Schmerz überrascht, ließ Emien los. Ohne Vorwarnung zerrte Tathagres heftig an der Hand, die noch immer ihr Gewand hielt, und zwang den Jungen, sie freizugeben. Emien durchbrach die Wasseroberfläche, benommen und begierig zu atmen. Gischtschäumendes Wasser schlug an seine Wange. In dem Sekundenbruchteil, bevor die nächste Woge über ihn hinwegrollte, erblickte er eine rotverfärbte, klaffende Wunde im Muskelfleisch seines Unterarms. Die Verletzung ließ keinen Zweifel zu: *Tathagres hatte ihr Messer benutzt, um sich von ihm zu befreien.*

Verblüfft vergaß er zu schwimmen. Der Brecher, der ihn auf die Küste zutrieb, türmte sich auf und brach. Schon packte die Strömung seinen Leib und zerrte ihn wie eine Stoffpuppe über die scharfen Kanten eines Korallenriffs. Kleider und Haut wurden ihm in Fetzen vom Leib gerissen. Halberstickt, blutig und zerschlagen, wie es schlimmer kaum denkbar war, fühlte Emien, wie die Turbulenzen nachließen; die Woge verebbte. Mit seiner gesunden Hand tastete er instinktiv nach dem Grund. Sogleich wühlten sich seine Finger durch Seegräser und Muschelschalen. Dann gelang es ihm, einen Felsen zu packen, an dem er sich festklammerte, bis der gefräßige Sog der Strömung nachließ.

Emien löste sich von dem Felsen und schwamm mit kraftvollen Bewegungen weiter. Endlich durchbrach sein Kopf die Wasseroberfläche, doch blieb ihm nur Zeit für einen hastigen Atemzug, ehe die nächste Woge ihn mit sich riß. Er wurde herumgewirbelt, doch dieses Mal traf sein Knie auf Grund, noch bevor die Woge abebbte. Mühsam plagte er sich voran, und schließlich gelang es ihm, sich auf seichten Boden zu schleppen. Um ihn herum bildete das Wasser eine von Gischt gekrönte wogende Masse, die langsam mit kehligem Glucksen seewärts floß. Keuchend krabbelte Emien die Küste hinauf, ehe er auf dem feuchten Sand von Skanes Grat zusammenbrach. Schmerzhaft pulsierte seine Kehle. Blut bildete ein Muster auf seiner Wange, der Schulter und dem Arm. Das Glitzern der nassen Muschelschalen und des Glimmers stach in seine Augen, und er schloß die Lider. Von der süßen Luft in seinen Lungen ermattet, blieb er bäuchlings liegen, und das Donnern der Brandung überlagerte das Geräusch näherkommender Schritte.

Er merkte nicht einmal, daß Tathagres bei ihm war, bis er schließlich die Augen wieder öffnete. Sie beugte sich über ihn, und ihr Haar ringelte sich um ihren Hals. Wasser tropfte von ihrer Tunika auf sein Gesicht, während sie den reichverzierten Dolch in den Fingern hielt, den Emien oft in der Scheide an ihrem Gürtel gesehen hatte. Ihre Miene schien vollkommen neutral.

Als sie aber sprach, erklangen ihre Worte scharf vor Zorn. »Bursche, ich werde dich nun nicht noch einmal warnen. Ganz gleich aus welchem Grund: Du wirst nie wieder Hand an mich legen, wenn ich es dir nicht ausdrücklich befohlen habe. Solltest du dir aber eine weitere Taktlosigkeit dieser Art zuschulden kommen lassen, wird deine Strafe weit schlimmer als eine kleine Schnittwunde sein. *Ist das klar?*»

Emien hustete. Der Geschmack des Blutes auf seinen Lippen verursachte ihm Übelkeit. Sein Arm pulsierte, und jeder Quadratzentimeter abgeschürfter Haut schmerzte so heftig wie ein Peitschenhieb. Dennoch waren seine physischen Wunden bedeutungslos, verglichen mit der weit tieferen Verletzung, die seine Seele davongetragen hatte. Noch immer erschlafft auf dem Sand ausgestreckt, wie er zuvor gefallen war, murmelte er eine Entschuldigung. Als Tathagres auf dem Absatz kehrtmachte und davonging, mischten sich Tränen mit dem Meerwasser auf seinem Gesicht. Einst als Kind, hatte er versehentlich ein Fischernetz beschädigt; sein Vater war über Bord gegangen, um seinen Fehler zu korrigieren, hatte sich in den Maschen verfangen und war ertrunken. Damals war Emien zu jung gewesen, um zu verstehen, was geschehen war. Nun, da er alt genug war, verantwortlich gegenüber den Menschen zu handeln, die er liebte, hatte er erst seine Schwester enttäuscht und nun eine Zurückweisung erfahren, für die es keinen Trost geben konnte. Reglos blieb Emien in der Bucht von Skanes Grat liegen und weinte das letzte Mal in seinem Leben. Von nun an sollten seine Tränen aus den Augen anderer fließen, versprach er sich im Stillen; und die übermäßig zarte Gefühlswelt, die ihn stets so verwundbar gemacht hatte, verhärtete sich zu aggressivem Eigennutz, von dem er sich niemals würde lösen können.

Der Zauberer Hearvin beobachtete die Szene von einem Felsvorsprung über der Bucht. Seine nasse Robe flatterte in der steifen Brise, und seine Augen waren zu schmalen Schlitzen zusammengezogen, während er den Jungen aus Imrill Kand finsteren Blickes musterte.

»Ihr habt Euch geirrt«, sagte er leise, und obgleich Tathagres nicht in seiner Nähe war, hörte sie ihn doch. »Ich fürchte, dieses Mal habt Ihr den Jungen zu sehr verletzt. Wer wird nun den Preis dafür bezahlen?«

Hearvin wartete, doch Tathagres enthielt sich einer Antwort. Und da auch er vom Kampf gegen die Fluten erschöpft war und bitterlich fror, war er sorglos genug, die Angelegenheit nicht weiter zu verfolgen.

Kapitel 8

SKANES GRAT

Von den sieben Matrosen die sich nach dem Untergang der *Krähe* in das Beiboot hatten retten können, erreichten nur vier die Bucht von Skanes Grat lebend. Gefolgt von Hearvin und Tathagres zogen sich die Überlebenden in ein kleines Tal mit einem tiefen See klaren Wassers zurück, erfrischten sich an dem Naß und gönnten ihren Leibern Erholung von der Erschöpfung, die diese Tortur ihnen auferlegt hatte.

Emien war nicht bei ihnen. Er suchte sich statt dessen einen Platz flußabwärts, an dem Weiden mit langen, von Kätzchen besetzten Ranken die Ufer des Baches überragten, der seicht auf einem Bett aus runden Steinen dahinfloß. Emien kniete nieder und trank ausgiebig. Das Wasser schmeckte besser, als das aus den brackigen Brunnen in Imrill Kand, doch auch dieser Vorzug vermochte ihn nicht aufzuheitern. Eingehüllt von den klagenden Rufen der Sumpfdrosseln, badete er ohne Eile, wusch sich die Salzkruste aus Haaren und Kleidern und verband seinen verletzten Unterarm mit Stoffstreifen, die er aus seinem Hemd gerissen hatte. Er war hundemüde. Seine Augen brannten wegen des Schlafmangel, und doch fühlte er keinerlei Neigung, sich auszuruhen. Tathagres feindselige Haltung hatte sein Selbstvertrauen untergraben, er war verwirrt, und seine Gedanken rasten wie ein Rudel wilder Hunde in einem Durcheinander unterschiedlicher Fährten durch sein Gehirn. Emien mangelte es an

Verständnis, er fühlte lediglich Verbitterung und Sehnsucht nach dem harten Leben in Imrill Kand. Taens Tod aber machte eine Rückkehr für alle Zeiten unmöglich.

Gepeinigt von den sorgsam gehüteten Erinnerungen an Strände, an denen er als Kind Muscheln gesammelt hatte, wickelte Emien den letzten Stoffstreifen um seinen Arm und zog den Knoten mit den Zähnen fest. Die Wunde war nicht tief, sie schmerzte aber heftig. Eine unebenmäßige Linie aus Blut färbte schon bald den dreilagigen Verband aus Leinen. Die Farbe erinnerte Emien an die Wundmale, die seine Peitschenhiebe auf den Rücken der Matrosen hinterlassen hatten. In Imrill Kand hatte jegliche Art der Gewalt seinen Widerwillen erregt; und doch hatte er an Bord des Bootes kein Mitgefühl empfunden. Selbst jetzt spürte er kein Bedauern. Er hatte die Seeleute nicht geschlagen, um sie zu quälen, sondern um den bedingungslosen Gehorsam zu erzwingen, der für eine sichere Schiffsführung notwendig war.

Von Kummer erfüllt, lehnte sich Emien mit dem Rücken an den Stamm der nächststehenden Weide. Nervös schweigend hüpften die Drosseln über seinem Kopf auf höhergelegene Äste, während er sich den bandagierten Arm rieb. Emien konnte nicht gewußt haben, daß Tathagres fähig war, ohne Schwierigkeiten aus eigener Kraft die gefährlichen Küstengewässer von Skanes Grat zu durchschwimmen. Unter der Last der Verantwortung hatte er weiter nichts getan, als eine Grenze ihrer Intimsphäre zu übersehen. Das aber konnte kein Vergehen sein. Sein Wunsch, sie zu schützen, war richtig gewesen, geprägt von Gerechtigkeit, von Menschlichkeit, was auf ihre Reaktion keineswegs zutraf.

Ein Eichelhäher schimpfte am gegenüberliegenden Ufer. Gedankenverloren strich Emien mit dem Finger über seine Wunde. Tathagres hatte nicht beabsichtigt, ihm einen dauerhaften Schaden zuzufügen; der Schnitt war nicht tief und verlief parallel zu den Muskelfasern, wo er die Bewegungsfreiheit nur geringfügig einschränken konnte. Sie hatte behauptet, ihn gewarnt zu haben, ebenso, wie er seine Peitsche gegen Trödelei eingesetzt hatte; aber seine Matrosen waren nicht faul. Emien versteifte sich, als ein Schauder plötzlicher Erkenntnis ihn übermannte. Was, wenn Tathagres, genau wie er selbst, ihn lediglich verwundet hatte, um ihn nach ihren Vorstellungen zu formen?

Ruckartig sprang Emien auf. Die Sumpfdrosseln flogen aufgeschreckt davon und verschwanden in einem Wirbel brauner Federn. In ihrer Abwesenheit erschien das Plätschern des Baches lauter; doch Emien hörte nur Worte aus seiner Erinnerung, die Worte, die Anskiere gesprochen hatte, als er Taen das letzte Mal lebend gesehen hatte.

»Die Wasser der Welt sind tief. Wähle deinen Kurs sorgfältig, Sohn von Marl.« Der Sturmwächter hatte so voller Selbstvertrauen gesprochen, als hätte er bereits gewußt, welch rauhes Los dem Jungen, dem seine Worte galten, bevorstand. Sein Rat erzürnte Emien wegen seiner gönnerhaften Blasiertheit, und er fühlte große Wut in sich aufsteigen. Mit einem erbosten Tritt beförderte er einen Stein in hohem Bogen in den Bach. Mit einem Plätschern durchschlug er die Wasseroberfläche und jagte die Fische in den Schutz schattigerer Bereiche. Doch der Bursche erblickte nur das Gesicht jenes Zauberers, der ihn in Rage versetzt hatte. Nah an seinen Schultern baumelten die Weidenranken, umgaben ihn wie Maschen schicksalhafter Verflechtungen, die er nie gewollt hatte. Einer Panik nahe, wirbelte Emien auf dem Absatz herum und stürzte durch das Gebüsch zurück zur Bucht.

Im Licht des Nachmittags erschien der Strand wie ein schneeweißer Halbmond, verziert mit dem kristallinen Funkeln der Muschelschalen. Besänftigt vom Anblick des Meeres, hätte Emien beinahe vergessen können, welche peinigende Wendung sein Leben genommen hatte. Er schritt an der Flutmarke entlang und suchte nach glatten, faustgroßen Steinen, die er für die Hasenjagd benutzen wollte. Die Wiesen auf Skanes Grat waren ungewöhnlich saftig. Angesichts des Kots im Gras vermutete der Bursche, daß die Tiere dieser Insel zahlreich und wohlgenährt waren; einfache Beute, wenn er nur ein gutes Versteck für seine Jagd erwählte. Und in Imrill Kand war die Hasenjagd mit Kieselsteinen seine bevorzugte Flucht vor jenen Arbeiten gewesen, die er nun als das undankbares Los der Armut erkannt hatte. Er hatte recht getan, fortzugehen; nun brauchte er nur genug Zeit, seine zerstörten Träume neu anzuordnen.

Tathagres selbst hatte ihn gelehrt, seinen Treueschwur, den er auf Deck der *Krähe* abgelegt hatte, in Frage zu stellen. Hier, auf Skanes Grat, mochte er ihrem Willen unterworfen sein; aber auf den Freien Inseln lebten weit mehr Menschen als in Imrill Kand, und das Reich, dem sie angehörten, war groß. Emien beschloß, von seiner Herrin zu lernen, bis er einen Weg fand, selbst zuzuschlagen. Mit ihr oder ohne sie, er würde den Preis für den Tod seiner Schwester von Anskiere einfordern.

Emien bückte sich und hob einen gesprenkelten Stein auf. Er warf ihn von einer Hand in die andere und prüfte Balance und Gewicht. Sein Eid setzte seinem Streben keine Grenzen. Nichts konnte ihn davon abhalten, Tathagres Spielereien für seine eigenen Zwecke zu nutzen. Er ließ den Stein in seine Tasche gleiten und vergaß im gleichen Augenblick, daß er die Stadt, in der er geboren worden war, jemals vermißt hatte.

Die Klippen von Skanes Grat glänzten wie gehämmerte Bronze in der Abenddämmerung, und lange Schatten verzweigter Äste senkten sich über den Waldboden, über den Emien eilends rannte. Plötzlich stolperte er über einen Wasserlauf. Kieselsteine spritzten unter seinen Füßen empor und fielen geräuschlos ins Moos. Einen Augenblick kämpfte der Junge um sein Gleichgewicht, ehe er, eifrig darauf erpicht, Tathagres noch vor Einbruch der Dunkelheit zu finden, weiterhastete. Er hatte sich länger in der Hügellandschaft aufgehalten, als vorgesehen, doch zumindest war die Zeit nicht ergebnislos verlaufen; zwei Hasen hingen an seinem Gürtel, jeder von ihnen das Opfer eines makellos gezielten Steinwurfes. Emien betastete den einzelnen Stein in seiner Tasche, der von der Jagd übriggeblieben war, und bedauerte still, daß die Dämmerung zu früh hereingebrochen war, um auch ihn noch zu nutzen. Zwei Kaninchen würden kaum reichen, sieben Menschen zu sättigen; doch selbst diese würden niemandem helfen, sollte es ihm nicht gelingen, die Niederungen zu erreichen, ehe die Dunkelheit jede weitere Suche unmöglich machen würde.

Das Zwielicht im Wald wurde stärker. An die offene See vor den Toren Imrill Kands gewöhnt, fühlte sich Emien zwischen den Bäumen recht unbehaglich. Silberbuchen ragten rund um ihn herum gen Himmel empor und krallten ihre Wurzeln wie gierige Finger in den dichten Teppich rottenden Laubes. Zweige verfingen sich in seiner Kleidung, und das Laub verdeckte den Blick auf den Himmel. Nicht ein Stern war erkennbar, der den Jungen hätte leiten können, und vom Tageslicht war kaum etwas geblieben. Schaudernd erkannte Emien, daß er durchaus gezwungen sein mochte, die Nacht allein in der Wildnis zu verbringen. Im Gegensatz dazu schien selbst Tathagres hochmütige Gesellschaft noch weitaus angenehmer.

Doch alsbald erblickte er zwischen den Zweigen den fernen Schein eines Lagerfeuers. Leblos schlugen die Kaninchen gegen seine Oberschenkel, als er seine Schritte beschleunigte. Sein Ärmel verfing sich an einer Dornenranke, doch der Junge lief einfach weiter, angezogen von dem vertrauten Geruch brennenden Holzes und dem überaus angenehmen Gedanken an frisches Fleisch.

Doch als sich Emien dem Lager näherte, bemerkte er, wie ungewöhnlich still die Grillen waren. Jenseits des leisen Plätscherns eines Baches vernahm er deutlich Tathagres' wutentbrannte Stimme. Mit ihrer Erregbarkeit wohlvertraut, kauerte sich der Bursche in das Gestrüpp, um dem Gespräch zu lauschen.

Tathagres sprach, und ihr Tonfall jagte ihm eisige Schauer über den Leib. »Euer Herrscher hat Euch in meine Dienste gestellt. Ihr werdet tun, was ich verlange, Narr. Habt Ihr etwa geglaubt, ich würde mit leeren Händen nach Kisburn zurückkehren?«

Ihr Zorn richtete sich gegen Hearvin. Überzeugt, daß das hartnäckige Schweigen des Zauberers nur Schlechtes für Tathagres bedeuten konnte, kroch der Junge näher heran. Er verbarg sich hinter dichtem Gebüsch und starrte angestrengt zwischen den

Blättern hindurch. Hearvin kehrte ihm den Rücken zu, nur eine von einer Kapuze verhüllte Silhouette im Feuerschein. Wenngleich keinerlei Emotion in seiner Antwort mitschwang, fühlte Emien doch die ihr innewohnende Drohung, subtil, kaum wahrnehmbar, gleich dem Nachhall einer Harfensaite. Schon jetzt übertraf diese Auseinandersetzung den Streit, den er an Bord des Bootes mitangehört hatte, bei weitem.

»Der König hat mich nicht geschickt.« Hearvins Ärmel flatterte um das knochige Handgelenk, als er seine Worte mit einer Geste bekräftigte. »Seine Hoheit von Kisburn hat seine beiden höchsten Zauberer in Eure Dienste entsandt, und Ihr habt sie durch Eure Ignoranz beide in den Tod geschickt. Einer von ihnen war mein Schüler, ein langsamer Geist, gewiß, doch sterben mußte er erbärmlich, allein um der Gier willen. Wie wollt Ihr das rechtfertigen?«

Tathagres trat auf ihn zu, angespannt wie ein Leopard. Gold glitzerte an ihrem Hals. »Ich habe sie in den Tod geschickt? Welch dreiste Beschuldigung für einen Lakaien! Kisburn will, daß die Frostwargs befreit werden. Ich will die Schlüssel von Elrinfaer. Sagt mir, was ist Euer Begehr? Oder wollt Ihr behaupten, Ihr wäret allein aus wohltätigen Zwecken hier? Ich glaube nicht, daß Ihr nicht ebenfalls ein Abkommen mit dem König getroffen habt.«

Hearvin machte sich nicht die Mühe, ihr zu widersprechen. Seine Haltung schien gelassen, und doch ahnte Emien brennenden Zorn hinter der Maske gleichmütiger Selbstgefälligkeit.

»Ich kam wegen Tierl Enneth«, sagte der Zauberer überraschenderweise, und dieses Mal klang seine Stimme weniger ruhig.

Tathagres unterbrach ihn. »Wie amüsant. Würdet Ihr Euch präziser ausdrücken?«

»Das ist nicht notwendig.« Hearvin bewegte sich, und Emien, auf eine Gewalttat gefaßt, zuckte zusammen, doch der Zauberer verschränkte lediglich die Hände hinter dem Rücken. »Wozu um Offensichtliches streiten? Ich habe genug gesehen. Ihr wünscht die Schlüssel zur Macht Anskieres für Eure eigenen, verdrehten Ziele. Des Königs Wunsch kam Euch schlicht gelegen, und so wurden seine Mittel zu Eurem Spielzeug. Von Beginn an wart Ihr nicht fähig, über die Menschen zu gebieten, die in Eure Dienste gestellt wurden. Ich habe Kisburn nichts versprochen, dennoch habe ich meine Gründe, den königlichen Namen zu schützen. Ihr werdet nicht nach Riffhafen zurückkehren. Den Kielmark zu unterwerfen, werden sich andere Wege finden. Und ich untersage Euch, die Schlüssel von Elrinfaer an Euch zu bringen.« Dann senkte er die Stimme, bis Emien Mühe hatte, ihn zu verstehen. »Kehr um, Merya. Ich habe gesehen, wessen du fähig bist, und es war nicht viel.«

Der Name war es, der Tathagres innehalten ließ. Die Röte wich aus ihren Wangen, und ihre Augen weiteten sich erschrocken. Doch dieser Bruch in ihrer sonst so harten Haltung, hielt kaum eine Sekunde vor. Der starre Blick, mit dem sie Hearvin gleich darauf bedachte, jagte Schauder über Emiens Rückgrat. Nie würde sie die Autorität jenes Zauberers anerkennen, soviel konnte er deutlich sehen. Und als ihm bewußt wurde, daß sein Schicksal mit dem ihren direkt verbunden war, fühlte Emien sich bedroht, und seine Finger schlossen sich um die kühle, runde Oberfläche seines letzten Wurfsteines.

»Ihr sprecht wie ein großer Mann«, sagte Tathagres zu Hearvin. »Sagt mir, könnt Ihr auch handeln?«

Sie versuchte ihn zu reizen, doch auch dem Zauberer war Arglist nicht fremd. Er schob die

Kapuze zurück auf seine Schultern, und der Flammenschein spielte auf seinem Haupt, verlieh ihm den Anschein altersbedingter Schwäche.

»Seid gewarnt, Frau. Ich bin bereit, Euch zu trotzen, und sollte das notwendig werden, so werdet Ihr es bereuen.«

Tathagres wurde sogleich wieder ernst. »Ihr wollt Euch einmischen? Seid Ihr denn von den Vaere ausgebildet? Falls nicht, so sind Eure Drohungen nur verschwendeter Atem. Ich werde nach Riffhafen zurückkehren, und wenn Ihr mich davon abhalten wollt, so begebt Ihr Euch in Gefahr.«

Hearvin senkte den Kopf, seine Haltung aber erschien sonderbar starr. »Ihr werdet aufgehalten werden.«

Weißes Licht flammte zu Füßen des Zauberers auf. Furchtsam angesichts der Magie, krümmte sich Emien hinter den Busch. In Imrill Kand hatte Anskiere stets gewußt, wenn Fremde seiner Arbeit heimlich zusahen. Hearvin aber schien nichts zu merken, und Tathagres war viel zu beschäftigt, begierig wie ein Falke über der auserwählten Beute. Sie hob die Hände und berührte die goldene Kette an ihrem Hals.

»Ich bedauere das«, sagte sie, doch in ihrer Miene zeigte sich keinerlei Reue. »Ihr hättet mit mir zusammenarbeiten und reich belohnt werden können.« Sie reckte das Kinn vor und sprach ein Wort, um ihre Abwehr zu aktivieren. Funken sprühten um ihre angespannten Hände, verfingen sich wie Eiskristalle in ihrem Haar.

Reglos verharrte Hearvin. Aus seinem Versteck im Dickicht sah Emien, wie ein zweiter Bann zwischen den Fingern des Zauberers in hartem Rot erglühte wie ein nadelspitzer Lichtstrahl. Da Hearvin die Hände noch immer hinter dem Rücken verschränkt hielt, konnte Tathagres nichts von dieser zusätzlichen Gefahr wissen. Emien aber wagte nicht, sie zu warnen; in diesem Wettstreit würde Hearvin gewiß keine Rücksicht auf sein Leben nehmen. Erfüllt von kläglicher Furcht, kroch der Junge tiefer in das Gebüsch hinein. Selbst um seiner Herrin willen, war er nicht einmal imstande, einen Warnruf auszustoßen.

Tathagres löste die Hände von ihrer Halskette, und ein lichter, goldener Nebel erzitterte in der Luft über ihren Handflächen. Selbstsicher und aufrecht wie eine Quarzfigur schleuderte sie die Energie dem Zauberer entgegen, der sich ihr widersetzt hatte.

Mit einem qualvollen Kreischen traf Licht auf Licht. Geblendet von dem Blitz, barg Emien sein Gesicht in den Händen. Töne erschütterten die Nachtluft, als würde gehärteter Stahl auf unzerbrechliches Glas treffen. In all dem Lärm hörte Emien Tathagres überraschten Aufschrei, und er zwang sich, hinzusehen. In einem gleißendhellen Licht von unerträglicher Brillanz erkannte er, daß Hearvin seinen zweiten Bann aktiviert hatte; Tathagres zappelte wie eine Fliege in einem Netz schimmernder Stränge. Sie griff nach ihrem Halsband. Aber Hearvin konterte mit einer raschen Handbewegung. Der Bann verwandelte sich in einen Strudel, symmetrisch wie die Matrix eines Kristalls. Auf diese Weise gefangen versuchte Tathagres erneut einen Gegenschlag, doch die Energie, die sie herbeirief, richtete sich gegen sie selbst, und ein gequälter Schrei entglitt ihrer Kehle. Emien geriet in Panik.

Beherrscht von unsäglicher Furcht, zog er den Stein aus der Tasche und schleuderte ihn nach dem Zauberer.

Sein Wurf traf genau ins Ziel. Hearvin schwankte und brach ganz langsam zusammen. Blut befleckte seine Schläfe. Die Magie, die Tathagres umfangen gehalten hatte, löste sich in einer Rauchwolke auf. Doch Emien sah nichts davon. Zauberei spaltete seine Wahrnehmung, leuchtete für einen Augenblick gleißend hell wie ein Blitz in ihm auf und schleuderte ihn dann in tiefe Bewußtlosigkeit.

Den scharfen Geschmack von Asche auf der Zunge, erwachte Emien langsam. Wasser tropfte seinen Hals hinunter, und irgend jemand schüttelte ihn hartnäckig.

»Emien?«

Sanfte Finger strichen über seine Wange. Als er sich schließlich rührte, erkannte der Junge verschwommen, daß Tathagres sich über ihn beugte, die Hände noch feucht vom Wasser aus dem Bach.

»Emien?«

Unter anderen Umständen hätte sich Emien gewiß über ihren Tonfall gefreut. Nun aber plagten ihn Kopfschmerzen und Schwindelgefühl so sehr, daß er kaum in der Lage war, die Augen zu öffnen. Selbst das Sprechen überstieg seine Kräfte.

»Junge, das hast du gut gemacht«, sagte Tathagres freundlicher als er es sich je hätte vorstellen können. »Hattest du Hearvin nicht überwältigt, so wäre ich sicher nicht so leicht davon gekommen.«

Emien blinzelte. Einen Augenblick lang fragte er sich, ob Tathagres dem rotglühenden Zauber ohne Hilfe überhaupt hätte entgehen können. Mit der präzisen Klarheit einer Tuschzeichnung kehrte die Erinnerung zurück; Emien erinnerte sich des Konfliktes, des Steins und Blutes auf Hearvins Gesicht. Im Geiste fühlte er noch das weiche Fell der Kaninchen, als er sie, noch immer warm, aus dem Gras wieder aufsammelte. Dieses Mal aber war seine Beute menschlich gewesen; Übelkeit riß an seinen Eingeweiden, und er kämpfte gegen den Drang an, sich zu übergeben.

Tathagres hielt ihn in den Armen, sanft berührte sie seine Stirn. Als wüßte sie von seinen Qualen, ergriff sie erneut das Wort. Sorge spiegelte sich in ihren violetten Augen. »Du hast recht getan Emien. Der Eid, den du geschworen hast, ließ dir keine andere Wahl.« Ihre Finger verweilten auf seiner Wange. »Du wirst mich nach Riffhafen begleiten. Wenn wir mit Anskiere fertig sind, werden wir nach Kisburn zurückzukehren. Unser Herrscher soll erfahren, wie mutig du mich verteidigt hast. Er ist ein guter König. Du wirst reich belohnt werden.«

Hin und her gerissen von der Wärme Ihre Worte und den quälenden Gewissensbissen, verspannte sich Emien unter ihren Händen. Aufgewachsen in bitterer Armut, hatte er gelernt, das Leben zu schätzen. Entsetzt, erkennen zu müssen, mit welcher Leichtigkeit er einem Menschen mit böser Absicht hatte verletzen können, betrachtete er forschend die zarten Züge Tathagres. Sie hielt seinem Blick stand. Emien studierte ihre amethystfarbenen Augen, tief und mit Schatten und so unberechenbar wie das Wetter. *Wie ähnlich wir uns doch sind,* erkannte er mit Schrecken. Unter Schmerzen atmete er ein und fand schließlich mit einigen Schwierigkeiten die Sprache wieder.

»Hearvin«, flüsterte er. »Was ist geschehen?«

»Er ist tot.« Tathagres bewegte sich, setzte sich neben Emien auf das Laub. Entspannt ruhten ihre feingliedrigen Hände in ihrem Schoß. »Du hast ihn getötet, und er hat nicht leiden müssen. Bei den heiligen Feuern Kors, was für ein Glück, daß du einen

Stein nach ihm geworfen hast. Hättest du statt dessen ein Messer oder irgendein anderes Objekt, das als Waffe angefertigt wurde, gewählt, so hätte der Schutzbann, der dich nur gestreift hat, gewiß deinen Tod bedeutet. Einen Steinwurf konnte er höchstens durch die Wurfrichtung zurückverfolgen. Hearvin hat nicht mit einem Angriff gerechnet. Er ist sofort gestorben.«

Emien wandte sich ab, nicht gewillt, sich lobpreisen zu lassen. Mochte Tathagres auch beabsichtigen, ihm Gutes zu tun, so riefen ihre Worte doch nur neuerliche Reue hervor. Er hatte getötet. Weder Logik noch die Umstände, die dazu geführt hatten, konnten diese Tatsache aus der Welt schaffen; für diese Tat konnte es keine Gnade geben. Die Erinnerung erfüllte ihn mit Abscheu. Keuchend kämpfte der Knabe mit dem verzweifelten Bedürfnis zu weinen. Doch keine Träne floß, nur ein Anfall schrecklicher Übelkeit rumorte in seinem Leib.

Fest packte Tathagres ihn an der Schulter. Emien fühlte die Wärme der Magie in ihrer Berührung. Sein Schluchzen ließ nach, verebbte allmählich, und ein kurioser, traumartiger Friede strömte durch seine aufgewühlten Nerven. Doch nicht einmal magische Benommenheit vermochte sein Bedürfnis zu stillen, sich den Konsequenzen seiner Tat zu stellen. In einem trockenen, kraftlosen Tonfall sagte er: »Das war Mord«, und das Wort schmerzte in seiner Kehle.

Seufzend beugte sich Tathagres zu ihm herab. Weißes Haar strich über sein Antlitz, während ihre Augen, lieblich wie Juwelen und zum ersten Mal bar jeglicher Bösartigkeit, auf ihn herabblickten. »Nach der Charta der Allianz hast du tatsächlich einen Mord begangen. Aber du stehst in meinen Diensten, und ich unterstehe niemandem außer dem König. Nach dem Gesetz der Krone war Hearvin ein Verräter. Niemals wird man dich vor Gericht stellen, das schwöre ich. Und die Matrosen werden schweigen. Wir werden sie an eine Galeere verkaufen und mit dem Silber eine Passage nach Riffhafen bezahlen.» Sie unterbrach sich und strich mit den Fingerspitzen über Emiens Stirn. Mattigkeit senkte sich mit der Berührung über ihn, und seine Lider sanken herab.

»Schlaf jetzt.« Tathagres Stimme war sanft, leise, verklang in weiter Ferne wie Regentropfen auf dem Laub hoher Bäume. Der Knabe sank in Schlummer.

»Morgen früh werden wir mit unserem Vergeltungsschlag gegen Anskiere beginnen.«

Emien schlief. Träume stiegen in seinem Geist auf und zerplatzten wieder wie Seifenblasen; er sah Sonne und Himmel, sah die sanften Steigungen, die sich in sattem Grün an der Küste von Imrill Kand erhoben. Seine Hände waren kleiner, jünger, weniger vernarbt, und er kämpfte mit der Kraft eines Kindes darum, das Geflecht eines tropfnassen, braunen Fischernetzes zu halten.

»Nein! Emien, nicht so!« Aufgestiegen aus seinen Erinnerungen, tadelte ihn die Stimme seines Vaters, schroff und verärgert und doch erfüllt von tiefer Liebe. Aber wie an jenem Tag in seinem zehnten Sommer, kam die Warnung auch in seinem Traum zu spät. Das Netz fiel über Bord.

Das Kind erschrak, zog die Hände zurück, doch nicht schnell genug. Eine Schlinge zog sich um sein Handgelenk, spannte sich und zerrte seinen Arm über das Dollbord. Rauhes Holz riß ihm die Haut vom Ellbogen. Emien schrie vor Schmerzen. Aus dem Gleichgewicht geraten, stürzte er voran, versuchte ungeschickt, das Durcheinander der Gewichte zu packen, ehe sie über Bord stürzen und in der See versinken konnten. Das Zerren an seinem Arm wurde stärker. Mühsam stemmte sich Emien dem Zug entgegen und versuchte angsterfüllt, sich zu befreien. Doch die Schlinge zog sich immer weiter zu und zerrte ihn unerbittlich mit dem Netz in die See. Er glitt auf den Planken aus, schlug mit dem Leib gegen die Ruderbank. Weinend vor Furcht und Schmerz, sah er, wie sein Vater sich über ihn beugte und einmal mit dem Fischermesser ausholte, das er stets am Gürtel zu tragen pflegte. Die Schlinge gab nach und versank in der Tiefe des Meeres.

Benommen drängte sich Emien an die Brust seines Vaters, und obgleich die starken Hände des Mannes ihn geborgen hielten, konnte er nicht aufhören zu weinen.

»Mein Sohn«, sagte sein Vater besänftigend, unfaßbar nahe und warm; seine Liebe war nurmehr eine Illusion, geboren aus einem unruhigen Schlaf. Und während der Knabe sich ruhelos hin und her bewegte, ging der Traum weiter, grausam in all seiner Deutlichkeit; denn Emien sehnte sich danach, diesen Augenblick aus seinem Gedächtnis zu streichen. Die Last, die jener Moment seinem Herzen auferlegte, war ihm unerträglich.

Vertraute Finger strichen durch sein Haar. »Es ist nicht so schlimm, Kind. Du bist zu jung, die Arbeit Evertts zu tun, das weiß ich wohl. Wenn er wieder gesund ist, werden wir das Netz ersetzen. Nun trockne deine Tränen. Es reicht, wenn das Wetter mich in Wasser badet, da mußt du nicht auch noch dein Teil beitragen, nicht wahr? Ich fürchte, ein Gewitter zieht auf.«

Emien blickte auf, sah die Wolken, die sich

schwarz über den Horizont zum Luv schoben. Alt genug, zu wissen, daß der Verlust eines Netzes durchaus kein geringfügiges Unglück darstellte, wischte er sich schniefend das Kinn an dem schmutzigen Ärmel seiner Tunika ab. Krankheit hielt Evertt nun schon beinahe zwei Wochen an der Küste, und ihre Ersparnisse waren fast verbraucht. Seine Mutter und seine kleine Schwester würden womöglich hungern müssen, bis sein Vater einen guten Fang einbringen konnte. Und nun, in der Gefahr eines aufkommenden Sturmes, mußten sie die Segel der Schaluppe einholen. Schon jetzt schlug das lockere Segeltuch heftig gegen die Leinen. Heldenmütig unternahm Emien einen angestrengten Versuch, sich zusammenzureißen.

Sein Vater drückte lächelnd seine Schulter. »Guter Junge. Kannst du das Ruder übernehmen? Ich werde nicht lange mit den Segeln beschäftigt sein.«

Emien stolperte zum Heck und rieb sich das wunde Handgelenk, das noch immer von der Mißhandlung durch die Schlinge schmerzte. Er hockte sich auf die breite Ruderbank im Heck, während sein Vater das große Fall löste. Segelstange und Takelage ratterten in der Höhe. Das Großsegel bauschte sich auf, bereit, gerefft zu werden, und der Knabe schlang seine kleinen Hände um die Ruderpinne. Von Norden kam Wind auf, strich böig über sein Haar und durch seine Kleider. Segeltuch spannte sich, und die Schaluppe krängte sich gefährlich. Gischt spritzte über der Reling auf, zerfasert wie ausgefranste Seide. Emien versuchte, das Schiff zu steuern, doch das Ruder wollte einfach nicht reagieren.

»Fang sie ab!« brüllte sein Vater ungehalten, denn das Boot gierte auf unsicheren Kurs.

Mit all seiner Kraft stemmte sich der Knabe gegen den hölzernen Schaft. Er kämpfte, bis seine Muskeln schmerzten, doch das Ruder widersetzte sich, gefangen in den Schlingen eines Netzes, das gerade erst über Bord gegangen war. Mit dem verklemmten Ruder taumelte die Schaluppe haltlos über die See, während die Segel im Wind donnernd hin und her schlugen. Von den anschwellenden Wogen erfaßt, bockte sie unter dem von Wolken verdunkelten Himmel.

Emiens Vater ließ von seiner Arbeit ab. Von neuerlichen Böen erfaßt, peitschte das häufig geflickte Segeltuch mit einer Gewalt durch die Luft, der kein Mann etwas würde entgegensetzen können; nun, da die Falle zu reißen drohten, blieb ihnen kaum mehr eine Wahl.

Jämmerlich im Heck zusammengekauert, sah Emien zu, wie sein Vater einen Augenblick quälender Unentschlossenheit durchlitt. Grüner Junge der er war, wußte er doch, worum es ging: würden sie die Segel gewaltsam lösen, so bliebe das Boot ohne Ruder auf Gedeih und Verderb der Gewalt des Sturmes überlassen. Eine einzige ungünstige Woge mochte reichen, und alles wäre verloren. Doch wenn das Ruder erst befreit würde, konnten sie die Segel gefahrlos wieder unter Kontrolle bringen. Selbst das Netz war vielleicht noch zu retten. Emien sah, wie sein Vater Wogen, Wind und Wetterbedingungen mit erfahrenen Blicken untersuchte. Dann griff er nach der Rettungsleine und knotete sie um seine Taille. Der ältere, träumende Junge wünschte sich, zu schreien, diesen Augenblick der Zeit samt seiner unglückseligen Folgen einzufrieren. Sein Vater würde herabtauchen, nur, um zu ertrinken, gefangen in den Schlingen des Netzes, während die unsteten Winde dieses Sturmes die Schaluppe wieder und wieder und wieder herumschleudern würden.

Doch der Alptraum kannte keine Gnade. Mit grausamer Deutlichkeit sah Emien seinen Vater über das Dollbord springen, wohlwissend, daß er nie wieder auftauchen würde. Der Junge schrie, zerrte an dem unbrauchbaren Ruder, bis die Haut an seinen Händen aufriß. Blinde, bestialische Panik legte sich über seinen Verstand, während Blitz und Donner des Sturmes über den Ozean hinwegfegten. Regen peitschte in Strömen hernieder. Wind heulte durch die Takelage und verwandelte schaumgekrönte Wogen in wilde Strudel. Durchgerüttelt von den Elementen, gefangen in den sturmgepeitschten Maschen endlosen Schreckens, verlor Emien den Sinn für die Kontinuität. Unter seinen Händen verwandelten sich die groben, handgefertigten Balken der Schaluppe in die schlanken Linien des Beiboots der *Krähe*. Emien beugte sich über die Ruderbank, tief gruben sich seine Fingernägel in das nicht mehr vorhandene Fichtenholz. In Spritzwasser gebadet, streckte er sich, um nach einem Rumfaß zu greifen, daß eben in einem Wellental seiner Reichweite entschwand.

Er leckte sich die salzigen Lippen und schrie: »Taen!«

Irgendwie stand das Schicksal seiner Schwester mit diesem Faß in Zusammenhang, doch Emiens innerer Drang war nicht stark genug, ihn dazu zu bewegen, das Boot im Stich zu lassen und ihr zu folgen. Verzweifelt packte er ein Ruder und lehnte sich weit hinaus, versuchte, das Faß einzuhaken und in das Boot zu ziehen. Dann aber tauchte aus dem Nebel eine schneeweiße Seeschwalbe auf. Eingehüllt von der grellen Aura der Kunst eines Zauberers, stieß der Vogel auf sein Gesicht nieder.

Blendendes Licht explodierte auf Emiens Netzhaut. Dann ergriff jemand seine Schultern und schüttelte ihn heftig. Die Helligkeit schwand, verborgen hinter tiefer Finsternis.

»Emien?«

Erschrocken erwachte der Junge. Für einen Moment vollkommen desorientiert, blinzelte er. Tathagres beugte sich über ihn, das weiße Haar umrahmt von dem perlenden Schimmer der Morgendämmerung.

»Du mußt aufwachen«, drängte ihn seine Herrin. »Wir werden bei Tagesanbruch abreisen.«

Unbeholfen stützte sich Emien auf einen Ellbogen. »Ich habe geträumt.« Er unterbrach sich, um das Zittern in seiner Stimme unter Kontrolle zu bekommen. »Ich sah meine Schwester Taen. Sie wurde in einem Rumfaß abgetrieben, nachdem die *Krähe* gesunken ist. Anskiere hatte einen Bann über sie gelegt. Kann das möglich sein, Herrin? Sollte sie noch am Leben sein, dann werde ich ...«

»Nein«, unterbrach ihn Tathagres. »Du hast nichts anderes als die Bilder eines Alptraumes gesehen.«

Sie ließ den Knaben los und wandte das Gesicht ab. »Steh sofort auf, Emien. Wenn wir die Höhenzüge von Skanes Grat noch vor Einbruch der Dunkelheit überqueren wollen, so müssen wir frühzeitig aufbrechen. Und ich hätte nichts gegen ein Abendessen und ein Bett in einer Taverne einzuwenden.«

Mit steifen Gliedern mühte sich Emien auf die Beine, viel zu sehr in Gedanken versunken, das berechnende Glitzern in den Augen seiner Herrin zu bemerken. Schließlich bannte er jegliche

Erinnerung an den Traum aus seinem Gedächtnis und vergaß in seinem Kummer sein Erbe als Inselbewohner, vergaß, daß jeder Traum, jede Vision, die er in seinem Leben erfahren hatte, mehr Wahrheit bergen mochte als irgendein Wort von Tathagres.

Weit im Süden von Skanes Grat, deutlich jenseits der entferntesten Inseln unter der Charta der Allianz, näherte sich das Faß, das Taen seit dem Untergang der königlichen Kriegsflotte Schutz geboten hatte, endlich seiner Bestimmung. Sanft glitt es dahin, unberührt von der Brandung, die sich unter weißen Schaumkronen an der Küste einer Insel brach, die auf keiner Seekarte verzeichnet war. Von Anskieres Magie sicher an allen Untiefen vorbeigeleitet, strandete das Faß. Die Seeschwalbe, die auf seinem Rand thronte, streckte die schlanken Schwingen aus, und eine sanfte Welle erhob sich unter ihren Schwanzfedern, trug das Faß weiter der Küste entgegen, und als das Wasser glucksend wieder über den feuchten Sand abfloß, hatte sie ihre Last sicher dem festen Erdboden übergeben.

Niemand kam, den Schützling des Sturmwächters bei seiner Ankunft zu begrüßen. Sanft rauschte der Wind durch das dichtgewachsene Dünengras und die Äste der Zedern, deren majestätischer Wuchs nie den Schmerz einer Axtklinge oder irgendeinen anderen Mißbrauch durch Menschenhand hatte hinnehmen müssen. Die Seeschwalbe hüpfte auf den Strand, den Kopf auf die Seite gelegt. Dann begann sie an den Muscheln zu picken, die die Leisten des Fasses verkrusteten. Im Inneren rührte sich Taen und erwachte langsam aus ihrem magischen Schlaf.

Stück für Stück entließ der Bann des Sturmwächters sie aus seiner Macht. Wie die schützende Umarmung einer Mutter schwand allmählich die Wärme, die sie umfangen gehalten hatte. Von dem Licht geweckt, das durch das Spundloch im Deckel des Fasses hereindrang, streckte sich Taen. Obgleich sie sich durchaus erinnerte, sich in dem Faß versteckt zu haben, während Tathagres sie im Frachtraum der *Krähe* gefangengehalten hatte, empfand sie keine Furcht. Das Donnern der Brandung wurde durch die Faßdauben gedämpft, und die solide Ruhe des Landes erfüllte sie mit einem Gefühl der Sicherheit.

Taen kauerte sich in Hockstellung zusammen. Durch das Spundloch konnte sie einen wolkenbefleckten Himmelsstreifen erkennen, und der Geruch von Treibgut und Zedern drang zu ihr herein. Obwohl sie intensiv allen Geräuschen lauschte, konnte sie nichts außer dem Rauschen der Wellen und den schrillen Schreien der Strandschwalben hören; soweit sie es beurteilen konnte, war die Bucht außerhalb des Fasses verlassen. Das Mädchen schlug mit den Fäusten gegen den Deckel des Fasses. Knirschend gaben die Muscheln nach, lösten sich aus den Fugen. Sonnenlicht drang durch einen Spalt herein, und das verwitterte Holz lockerte sich und brach auseinander.

Blinzelnd richtete sich Taen im hellen Sonnenschein auf und klammerte sich an den Rand des Fasses. Von den Schimmelflecken auf ihrem Unterhemd abgesehen, hatte die lange Seereise ihr nur wenig zuleide getan. Anskiere hatte sie aus Tathagres Händen befreit, dessen war sie sicher; die Akzeptanz, die sie seiner Führung entgegenbrachte, ging weit über kindliches Vertrauen hinaus. Auf eine Weise, die die Menschen in Imrill Kand stets beunruhigt hatte, hatte sie oft Dinge wahrgenommen, von denen kein Kind hätte wissen dürfen. Sie war übersinnlich, so hatten ihre Angehörigen oft im Flüsterton geklagt. Der Spott der anderen hatte sie schnell gelehrt, Schweigen hochzuschätzen. Geehrt durch die Erkenntnis, daß der Sturmwächter sich ihres Schicksals nicht grundlos angenommen hatte, stützte sich Taen mit den Ellbogen auf die unebenmäßigen Enden der Dauben und blickte sich um.

Im Schatten des Fasses pickte eine Seeschwalbe im Sand. Mit ihr endete jeglicher Eindruck der Normalität. Die Insel war wunderschön wie ein erträumtes Paradies, gleichsam unheimlich in ihrer Perfektion. Tageslicht fiel in transzendenter Reinheit auf die Bucht, die überall juwelengleich funkelte. Taen richtete den Blick auf die Reihen der Zedern, die sich wie Speerspitzen gen Himmel reckten, und fühlte, wie ein Schauder des Unbehagens über ihren Leib lief. Sie war an einer Nordostküste gestrandet. Aufgewachsen unter der Tyrannei der launischen See, wußte sie um die Gewalt der Stürme, die aus dieser Himmelsrichtung heranjagten. Doch falls die Bäume an dieser Küste je die Grausamkeit eines Wintersturmes hatten über sich ergehen lassen müssen, so hatten sie doch keinerlei Schaden gelitten. Ihr symmetrischer Wuchs war makellos. Der Ort, an dem sie standen, schien von einer Präsenz besessen, älter als die Ursprünge menschlichen Lebens, brütend, still und auf unheimliche Weise empfindungsfähig.

Taens Finger spannten sich um die Dauben. Sie war in ein Gebiet eingedrungen, beherrscht von Mächten, die die Anwesenheit Sterblicher übelnehmen würden; dies verriet ihr dieselbe Intuition, die ihr Anskieres Unschuld an jenem Tage gezeigt hatte, da Imrill Kand ihn verraten hatte. So wenig wie damals erstickte sie diese Gabe nun mit Logik, so wie es ihr Bruder zweifellos getan hätte. Obgleich das Betreten dieser Insel einer Herausforderung an ihre unbekannten Wächter gleichkam, schwang Taen ihr gesundes Bein über den Rand des Fasses und sprang herab. Der Sturmwächter hatte diesen Ort gewählt. Von seiner Weisheit überzeugt, empfand Taen keine Furcht.

Ihre Bewegung erschreckte die Seeschwalbe, die sich aufgeregt in die Lüfte erhob. Licht erglühte auf ihren Flügelspitzen, blauweiß und blendend zugleich. Die Energie, die ihre Gestalt gebunden hatte, löste sich auf, klagend wie die Aura eines Toten, als der Vogel aufflog. In der Höhe machten die Strandschwalben kehrt und tauchten schutzsuchend in die nächste Deckung herab.

Taen landete und stolperte auf Knien in den warmen Sand. Eine Feder schwebte in der Luft, dort, wo die Seeschwalbe verschwunden war. Traurig, daß der Vogel fort war, fing Taen die Feder auf, als sie zu Boden fiel. Jemand mußte sie einst zerdrückt haben; der zarte Schaft war an unzähligen Stellen seiner schneeweißen Oberfläche geknickt. Die Resonanz dieser Gewalt brannte sich in Taens Wahrnehmung; gepeinigt von dem plötzlichen Drang zu weinen, barg sie ihr Gesicht in den Händen. Imrill Kand lag unzählige Wegstunden entfernt. All ihrer kindlichen Sicherheit beraubt, sehnte sich Taen danach, von dem Schicksal erlöst zu werden, das Anskiere ihr auferlegt hatte. Doch Tränen waren nur eine nutzlose Schwäche. Not gewohnt, besann sich Taen auf die geistige Kraft, die ihr gegen Tathagres Drohungen und den Schrecken der Gefangenschaft in dem ekelerregenden Frachtraum der *Krähe* beigestanden hatte.

In Imrill Kand hatte sie sich stets unzulänglich gefühlt, nur ein ungeschicktes Kind mit einem lahmen Bein, unfähig auf einem Fischerboot zu arbeiten. Solchermaßen gezwungen, an Land zurückzubleiben, hatte sie sich stets über ihren Platz zwischen Schwangeren, Kranken und Alten geärgert. Hier konnte sie zumindest all den Witwen in den muffigen Wollkleidern entgehen, die sie so oft wegen ihrer sorglosen Näharbeit oder den mädchenhaften Faxen getadelt hatten; hier mußte sie nicht still und aufrecht auf einem harten Holzstuhl sitzen und ganze Quadratmeilen öder Netze flicken. Nun mußte sie nicht länger aushalten, während die Plauderei derÄlteren jene Sorgen verschleiern sollte, die Taen wohl fühlte, nicht aber zu erwähnen wagte. Gestärkt durch einen inneren Frieden, den Taen nur in der Einsamkeit finden konnte, nahm das Mädchen die Hände vom Gesicht und stellte fest, daß ihre innere Wahrnehmung geirrt hatte. Sie war nicht länger allein.

Kapitel 9

DIE VAERE

Taen blinzelte, unfähig ihren eigenen Augen zu trauen. Auf dem Strand direkt vor ihr lief ein Mann, kaum größer als das Bein eines ausgewachsenen Menschen. Er war gekleidet in eine rehbraune Tunika und dunkelbraune Hosen, deren Säume ordentlich unter den Stulpen seiner Rehlederstiefel verschwanden, und seine Bewegungen so flüssig wie Quecksilber. Abrupt blieb er vor Taen stehen. Perlen, Federn und klingelnde Messingglöckchen baumelten an Riemen, die in seineÄrmel eingearbeitet waren; ihr Klingeln erinnerte das Mädchen an ein Glockenspiel an den Traufen der Häuser von Imrill Kand, das den Bewohnern Glück bringen und ungünstige Winde vertreiben sollte.

Der kleine Mann baute sich vor ihr auf. Unter schwarzen Augen prangte ein Bart auf einem verhutzelten Gesicht, als er die Arme verschränkte und sie mit einem Blick musterte, dessen Intensität ihr um so mehr Unbehagen bereitete, da ihr innerer Sinn nichts von seiner Existenz wahrzunehmen imstande war, obgleich sie stets spüren konnte, wenn sich jemand in ihrer Nähe aufhielt.

»Wer bist du?« verlangte Taen zu erfahren, wobei ihre Stimme eher gereizt denn kühn erklang.

Das fremde Wesen versteifte sich wobei die Glöckchen leise klimperten und ignorierte die Frage des Mädchens. »Du hast dies Land betreten. Das ist nicht gut. Kein Sterblicher darf ungestraft diesen Boden betreten.«

»Was?« Taen warf den Kopf zurück, und eine schwarze Strähne fiel über ihre Stirn. »Anskiere hat mich hierher gesandt.«

»Gewiß doch. Anskiere ist der einzige Sterbliche in ganz Keithland, der dieser Großtat mächtig ist. Aber das ändert nichts.« Heftig trommelte der kleine Mann mit den Fingern auf seinen Unterarm. Taen bemerkte, wie sonderbar reglos die Federn waren, obgleich von See her ein frischer Wind herbeiwehte.

Sie verbarg ihre Unsicherheit hinter einer schroffen Fassade. »Was soll das bedeuten? Ich weiß nicht, in welchem Land ich bin, so wenig wie ich einen Ort namens Keithland kenne.«

»Jene Länder, die von Menschen bewohnt werden, sind von deinen Vorfahren Keithland genannt worden.« Plötzlich lächelte der kleine Mann mit einer Miene grimmiger Ironie. »Du bist auf der Insel der Vaere gestrandet.«

Taen zog die Füße unter ihr Unterkleid und setzte sich keuchend auf. Hätte sie es gewagt, sie hätte geflucht wie ein Fischersweib. Glaubte sie den Geschichten der Matrosen, so waren die Vaere gefährlich, unheimlich und stets zu üblen Streichen aufgelegt; doch nur wenige Menschen glaubten, daß sie außerhalb der Legenden wirklich existierten. Konfrontiert mit einem Wesen, das nicht die Spur von Menschlichkeit an sich hatte, beschloß Taen, ihm Glauben zu schenken. Wenn die Geschichten nicht gänzlich erfunden waren, so waren die Vaere Wächter einer verbotenen Weisheit und Banner der Dämonen; die unglückseligen Sterblichen, die ihnen begegnet waren, verschwanden stets spurlos, wenn sie nicht unnatürlich gealtert und manchmal gar mit Wahnsinn geschlagen zurückkehrten. Trotz all ihres gefährlichen Wissens hieß es, selbst die Vaere hätten eine Schwachstelle; derjenige, der sie fand, konnte ihren Untergang herbeiführen.

Mit sturer Beharrlichkeit rieb sich Taen den Schweiß von den Handflächen. »Der Sturmwächter hat mich nicht ohne Grund hierhergebracht.»

Der Vaere verschwand. Erstaunt stellte Taen sich auf ihre Füße und starrte die verlassene Stelle an, an der sich gerade einen Augenblick zuvor die sonderbare Kreatur aufgehalten hatte.

»Ist das so?« entgegnete eine Stimme hinter ihr.

Taen wirbelte um die eigene Achse und entdeckte den Vaere, der es sich nun auf dem Rand ihres Fasses bequem gemacht hatte.

Leise klingelten seine Glocken, als er heruntersprang. »Dann gab es also einen Grund? Nun gut, dann werden wir herausfinden, welchen.«

»Herausfinden?« Verärgert wegen des schrägen Benehmens des Vaere, scharrte Taen mit dem Fuß im Sand. »Aber ich weiß nicht wie. Anskiere hat ihn mir nicht genannt.«

Der Vaere lachte, und seine Glocken spielten eine kleine Melodie. »Nichtsdestotrotz werden wir ihn finden. Aber du mußt mich begleiten.«

Taen wich zurück, nicht gewillt, die Bucht zu verlassen. Sie wußte wenig über die Zauberei der Vaere, doch sie wußte, daß sie sie ängstigten. Der Gedanke, dieser absonderlichen Kreatur zu einem unbekannten Ziel zu folgen, behagte ihr ganz und gar nicht.

Sofort spürte der Vaere ihr Zögern. »Ich kann dir nicht gestatten, hier zu verweilen. Komm als mein Gast mit mir, oder sei meine Gefangene, was ist dir lieber?«

Taen schluckte und fühlte, wie trocken ihr Mund plötzlich war. »Ich werde mitkommen.«

Unter dem fröhlichen Klimpern der Glöckchen klatschte der Vaere in die Hände. »Du bist ein wirklich außergewöhnliches Kind. Wenn Anskiere dich geschickt hat, so hat er vielleicht die richtige Entscheidung getroffen.«

Doch Taen hatte nie zuvor so wenig Vertrauen in die Führung des Sturmwächters gehabt wie zu diesem Zeitpunkt. Als sie schließlich in das bedrohlich erscheinende Dunkel des Zedernwaldes blickte, hätte sie es sich am liebsten anders überlegt.

»Nein, das darfst du nicht.» Mit einem dissonanten Klimpern stampfte der Vaere mit dem Fuß auf, und Taen hörte ein zorniges Heulen. Energie durchflutete die Luft um sie herum; ihre Haut prickelte, brannte dann, als würde sie wieder und wieder von Hornissen gestochen. Mit einem erschreckten Schmerzensschrei auf den Lippen stolperte sie voran, und die Qualen ließen sofort nach.

»Zögere nicht«, riet der Vaere eindringlich. Tadelnd schüttelte er den Finger vor ihrem Gesicht, während er mit der anderen Hand seinen Bart zwirbelte. »Du mußt an deiner Entscheidung festhalten, denn die Schutzbanne, die über diesen Ort wachen, sind von unversöhnlicher Natur.«

Der Vaere ging voraus. Einer Panik furchtbar nahe, folgte ihm Taen über das steile Antlitz einer Düne. Während sie über den lockeren Sand rutschte, der unter ihrem Gewicht nachgab, erkannte sie, daß der Vaere keinerlei Fußabdrücke hinterließ, doch ihr blieb keine Gelegenheit, sich über diesen Umstand Gedanken zu machen. Die Kreatur verschwand, kaum daß sie die Kuppe erreicht hatte.

Taen hastete hinterher und fand ihren Führer am Rand des Waldes wieder. Flink wie ein Reh huschte er zwischen den Bäumen hindurch. Linkisch bemühte sich Taen, mit ihm mitzuhalten. Sie hastete den Hang hinunter und stürzte zwischen den Zedern auf der anderen Seite hindurch. Der Wald war ein finsteres Durcheinander aus Stämmen und Zweigen, unberührt von jeglichen Pfaden. Tote Zweige griffen nach ihr, und eine Dornenranke verfing sich in ihrem Unterkleid, während sich der Vaere ohne das leiseste Rascheln durch dasselbe Unterholz bewegte, und nur ein schwaches Klimpern kündete von seiner Anwesenheit. Taen folgte ihm weiter. Ihr Orientierungssinn ließ sie gänzlich im Stich. Schweiß klebte ihr Haar an ihren Nacken, und ihr lahmes Bein schmerzte ohne Unterlaß. Dennoch ging der Vaere immer weiter. Das Geräusch seiner Glöckchen zog das Mädchen an wie die legendären Seegeister, deren Gesänge, so sagte man, unglückselige Matrosen in ihr Verderben lockten.

Sie lief und lief durch einen Wald, so dicht, daß er das Tageslicht vergessen machte. Endlich sah Taen Licht durch die Zweige auf ihrem Weg. Keuchend blieb sie am Rand einer von hochaufragenden, majestätischen alten Eichen gesäumten Lichtung stehen. Gras wuchs zu ihren Füßen, frisch wie die jungen Austriebe des Frühlings, und zierliche Blüten lugten überall zwischen den Halmen hervor. Kein Sonnenschein traf die Lichtung, nur ein ebenmäßiges, silbriges Glimmen wie das Zwielicht eines Mittsommerabends.

Vor ihr lag der Kern der Mysterien der Vaere, neben denen ihre eigene Sterblichkeit so unbedeutend und schattenhaft wie ein Traum erschien. Zeit hatte an diesem Ort keine Bedeutung, und die Gesetze der Natur schienen einer anderen Macht unterworfen. Kein Frost würde je die Blüten an diesem Ort zerstören; noch hatte der Winter während unzähliger Jahrhunderte die Glieder der immergrünen Gewächse mit seinem Schnee belastet. Taen schreckte zurück und verharrte zitternd am Rand der Lichtung. Vorzutreten bedeutete, sich der Magie der Vaere anzuvertrauen, und kein Sterblicher, der solches tat, konnte sich den Konsequenzen entziehen.

Der kleine Mann tauchte wieder auf. Nun saß er auf einem niedrigen Stein im Gras. Ein sanfter Lichtschimmer umgab seine schlanke Gestalt. Seine Perlen klimperten so süß wie das Läuten von Ziegenglocken im Wind, das Taen aus Imrill Kand in Erinnerung geblieben war, als er in seine Tasche griff und eine geschnitzte Rosenholzpfeife hervorzog. Er entzündete keine Flamme, doch als er an dem Mundstück zog, kräuselte sich Rauch in trägen Mustern um seine Wangen. Er schlug die Beine übereinander, blies eine Reihe wogender Ringe in die Luft und betrachtete Taen mit einem scharfen Blick aus seinen schwarzen Augen. Alle Dringlichkeit schien nun von ihm abgefallen.

»Einst hielt ein Prinz aus Elrinfaer an eben jener Stelle inne, an der du nun stehst.« Der Tonfall des Vaere war nicht unfreundlich. Er blies eine Rauchwolke in die Luft und fuhr fort. »Der Junge war von einem mächtigen Magier hergebracht worden, der versprach, er verfüge über die potentielle Gabe, das Wetter zu beherrschen.«

»Anskiere«, sagte Taen leise.

Der Vaere nickte, sog kräftig an seiner Pfeife und entließ in rascher Folge drei weitere Rauchringe in die Luft. »Ja, Anskiere. Kind, viele suchen, doch nur wenige deiner Art finden diesen Ort. Noch weniger erhalten die Ausbildung, die nur die Vaere bieten können. Keiner aber verläßt diesen Ort, ohne dafür zu bezahlen. Wissen, wie jede Form der Macht, bringt Veränderung mit sich. Wenn Anskiere dich geschickt hat, so tat er das in diesem Wissen. Du tätest gut daran, dich ebenso freiwillig zu entscheiden, wie er es tat, obgleich er sowohl Krone als auch Erbe hat hingeben müssen,und er hatte nicht mehr als Sicherheit wie das Vertrauen, das er seinem Mentor entgegenbrachte.«

Taen biß sich auf die Lippe, unsicher, was sie ihm entgegnen sollte. Und in dem Augenblick ihres Zögerns verschwand der Vaere, und nur die verwehenden Rauchringe legten Zeugnis darüber ab, daß er je dort gewesen war.

Taen verkrallte die Hände in dem weichen Stoff ihres Unterkleides. Die vormals ungestüme Courage, die sie veranlaßt hatte, Anskiere zu folgen, schwand und ließ sie vollkommen verlassen zurück.

Doch es konnte kein Zurück geben. Sie dachte an ihren Bruder, erinnerte sich, wie Emien einem Unglück mit Wut und Haß begegnet war; erinnerte sich, wie leicht Tathagres den Zorn ihres Bruders für ihre eigenen Zwecke zu nutzen verstanden hatte. Taen fragte sich, ob der Sturmwächter ihre Loyalität in einer ähnlichen Weise mißbrauchen würde. Wenn sie der Führung des Zauberers folgte, so mochte sich diese Entscheidung später einmal gegen ihre eigene Familie wenden. Und doch konnte sie sich keine Alternative vorstellen. Belastet mit tiefer Sorge und dem Gefühl eines schwerwiegenden Verlustes, entschloß sich das Mädchen, dem Weg des Vaere zu folgen. Sie trat auf die Lichtung, ohne zu ahnen, daß die Mächte, die über diesen Platz wachten, ihren inneren Kampf aufmerksam verfolgt hatten.

Nichts geschah. Ein wenig erleichtert, bewegte sich Taen mit zunehmendem Selbstvertrauen. Erschöpft von den Schmerzen in ihrem kranken

Bein, setzte sie sich auf denselben Stein, auf dem schon der Vaere gesessen hatte, und wartete.

Stille umgab sie wie eine Mauer; der Wald beheimatete keine Tiere, und die Blätter blieben reglos in der zwielichten Pracht des Gehölzes. Schwer lag der Duft der Blumen in der Luft, und das Licht veränderte sich nicht und verwischte jegliche Vorstellung von Zeit. Bald sank der Kopf des Mädchens müde herab, doch ein Instinkt warnte sie davor, an diesem Ort einzuschlafen. Mühsam kämpfte sie darum, die Augen offenzuhalten, aber bald überwältigte sie die Müdigkeit. Eingelullt von dem Gefühl des Wohlbefindens streckte sie sich auf dem weichen Boden aus.

Gefangen von der Magie der Vaere fiel sie in einen traumlosen Schlaf, wie es schon viele andere Sterbliche vor ihr getan hatten. Alsbald befiel eine fremdartige Vibration die Lichtung. Ein kreisrunder Spalt tat sich in der Wiese auf, auf der sie schlief. Blaues Licht drang durch die Ritzen, gleißendhell vor der dunklen Rinde der Eichen. Langsam senkte sich die Erdplattform, auf der Taen lag, durch die Kraft hydraulischer Maschinen, und entführte das Mädchen tief unter die Erde. Eine Reihe von Robotern bettete ihre schlaffe Gestalt in die silbrige, eiförmige Schale einer Überlebenskapsel, die einst zur Ausrüstung eines interstellaren Forschungsschiffes gehört hatte. Als ihr Körper im Inneren der Kapsel versiegelt ruhte, glitt der Aufzug wieder in die Höhe und schloß die Lücke in der saftigen Wiese. Kein noch so kleiner Hinweis deutete nun noch darauf hin, daß eine hochentwickelte Technologie verborgen unter der Oberfläche dieser Insel ruhte.

Wie Insekten aus Metall vervollständigten geschäftige Servomechanismen die Verkabelung der Kapsel, in deren Inneren das Mädchen im Einklang mit den Vaere träumen sollte. Obgleich ihr Aufenthalt sich über Jahre erstrecken mochte, würde sie nie die Natur jener Daseinsform entdecken, die sie analysierte, sie hegte und unterrichtete. Denn jene elektronische Intelligenz, die sich Vaere nannte, offenbarte sich niemals einem Menschen. Noch immer gab es viele Lebensformen, die darauf drängten, Vergeltung an den Abkömmlingen der Mannschaft jenes Sternenschiffes namens *Corinne Dane* zu üben. Die Vaere trafen jede nur mögliche Vorsichtsmaßnahme, um zu verhindern, daß jene, die Dämonen genannt wurden, herausfanden, wie enorm anfällig die ursprüngliche Macht war, welche über das Überleben der Menschheit wachte. Die Hoffnung ihrer sternengeborenen Vorfahren durfte nicht verloren sein, die Hoffnung, daß eines Tages diese Schiffbrüchigen wieder mit ihrer eigenen Art vereint werden würden.

Mit der Kräuterkunde wohlvertraut, behandelte Telemark, der Waidmann, Jarics Wunden mit sanften Händen und einem Heilwissen, über das nur wenige verfügten. Dennoch hatte der Junge auch am vierten Tag nach dem Angriff der Räuber im Seitwald das Bewußtsein nicht wiedererlangt. Blaß hob sich sein Gesicht von der groben Wolle ab, während er sich, von Alpträumen geplagt, schwitzend auf seinem Lager hin und her warf.

Besorgt aufgrund des mangelnden Heilungserfolges, bereitete Telemark einen Breiumschlag mit Frauenfarnwedeln in einem Kessel zu und ließ ihn auf dem Herd ziehen. Würde der Junge nicht bald wieder zu sich kommen, so würde er nicht überleben. Der Waidmann löste den Verband über der Schnittwunde an Jarics Kopf. Vorsichtig untersuchte er die Verletzung nun zum dritten Mal, und er fand eine Entzündung und eine Schwellung, doch keinen Bruch; die Wunde selbst verheilte bereits. Später würde das Haar des Jungen die Narbe verbergen.

Frustriert seufzte Telemark, während er saubere Binden in den Topf auf dem Feuer warf. Zischend stieg Dampf aus dem Kessel empor, angefüllt mit dem Geruch der Farnwedel. Sie sollten als starke Medizin wirken, und doch der Erfolg war fraglich. Sollte der Schlag eine Schwellung im Schädelinneren verursacht haben, so würde eine bessere Durchblutung jenes Bereiches kaum etwas Gutes bewirken können. Zudem drängte die Zeit.

Telemark nahm den Topf vom Herd und stellte ihn auf eine Bank, um den Brei abkühlen zu lassen. Mit blassen, wettergegerbten Augen betrachtete er den Jungen, wobei er sich erneut fragte, welch dringender Grund einen so hilflosen Burschen zu dem Versuch getrieben haben mochte, den Seitwald allein zu durchqueren. Die Gesetzlosen, die sich dort herumtrieben, waren so zahllos, daß keiner der Edelleute aus Corlin es wagte, dort auf die Jagd zu gehen. Telemark selbst zog die Isolation vor; belohnt wurde er durch das besonders zahlreiche Wild, das er erlegen konnte. Doch dieses Kind, das sich selbst in seinen Fieberphantasien als Kerainson Jaric bezeichnet hatte, war das Leben außerhalb sicherer Mauern offensichtlich nicht gewohnt. Seine schmale Statur war zierlicher als die eines verhätschelten Mädchens. Dennoch hatte er mehr Courage als Männer, die zweimal so groß waren wie er.

Mit einem bedauernden Kopfschütteln prüfte Telemark die Temperatur des Umschlags und zog hastig die verbrühten Finger zurück. Er griff nach einem Leintuch, um seine Hand zu trocknen, und blickte gerade rechtzeitig auf, um zu sehen, wie Jaric sich auf seinem Lager bewegte. Sofort erhob sich der Waidmann. Der Junge hob einen Arm an seine Stirn, und Telemark konnte gerade noch das schmale Handgelenk ergreifen, bevor er die ungeschützte Kopfwunde berühren konnte.

»Ganz ruhig, mein Junge, ruhig. Du hast da eine schlimme Beule am Kopf, und es wird den Heilungsprozeß bestimmt nicht beschleunigen, wenn du sie berührst.«

Jaric protestierte. Zitternd öffneten sich seine Lider, und Telemark murmelte ein Dankgebet. Mit der freien Hand nahm der Waidmann die Öllampe vom Haken und stellte sie auf den kleinen Tisch neben dem Bett. Schwerfällig zogen sich die Pupillen des Jungen unter dem Einfluß des Lichts zusammen. Wieder wehrte er sich gegen Telemarks Griff, schmerzgeplagt, erschöpft und verloren im Delirium. Aber wenigstens war er bei Bewußtsein, und das war gewiß eine Verbesserung seines Zustandes. Ob er nun bei klarem Verstand war oder nicht, er würde zumindest ein wenig Brühe aufnehmen können und die Chancen standen gut, daß er bald auch wieder bei Sinnen sein würde.

Einst hatte Telemark den Söldnern des Herzogs von Corlin als Heiler gedient; er hatte genug Kopfwunden gesehen, zu wissen, daß die Heilung oft quälend langsam vonstatten ging. Ein Mensch mochte dabei durchaus vorübergehend von Sinnestäuschungen geplagt werden, und Kor wußte, daß dieser Junge einen wirklich üblen Schlag erlitten hatte. Das Herz von neuer Hoffnung erfüllt, wrang der Waidmann den frischen Verband aus und legte ihn mit geschulter Hand über die Wunde des

Jungen. Währenddessen lag Jaric nur reglos da und starrte ins Leere. Telemark mußte noch viele Tage auf eine weitere Verbesserung seines Zustandes warten.

Doch die Jahre im Wald hatten ihn Geduld gelehrt. Wo ein anderer längst den Mut verloren und den Burschen den Geweihten Koridans in Corlin übergeben hätte, sorgte der Waidmann weiterhin standhaft allein für den Jungen. Wenn Jaric erst wieder bei Kräften wäre, so würde er ihn verlassen, davon war Telemark überzeugt; und was auch immer es war, das ihn allein in den Seitwald getrieben hatte, es mußte von großer Bedeutung für ihn sein.

In der kleinen Siedlung am Hafen von Skanes Grat waren die Menschen nicht an Fremde gewöhnt, um so weniger an solche, die sonnenverbrannt und barfuß in der Abenddämmerung den Dorfplatz betraten. Nachdem sie aber eine Nacht geruht, gebadet und ein anständiges Mahl in einer Taverne verzehrt hatten, hörten die Dorfbewohner auf zu tuscheln, wenn Emien ihnen den Rücken zukehrte. Tathagres kümmerte sich am nächsten Morgen um eine Schiffspassage, um die Insel zu verlassen. Eine Handelsbrigg auf dem Weg zu den Häfen jenseits der Kontinentalstraße lag hinter den Wellenbrechern vor Anker. Da das Schiff so oder so gezwungen war, seinen Tribut an den Kielmark zu entrichten, bedeuteten Passagiere gen Riffhafen für den Kapitän keine Abweichung von seinem vorgesehenen Kurs. Dennoch betrachtete er jeden mit Mißtrauen, der beabsichtigte, diese Feste der Renegaden aufzusuchen. Tathagres Bitte traf auf sturen Widerstand.

»Das sind Piraten, jeder von ihnen. Sie schaden uns ehrlichen Handelsleuten nur«, erklärte der Kapitän.

Schnell überwältigte ein Schmiergeld seinen Widerwillen, wenngleich Emien seinen Preis als geradezu lächerlich übertrieben erachtete; zwölf Münzgewichte Gold würden reichen, eine preisgekrönte Stute aus Dunmore zu importieren. Wollten sie jedoch nicht auf ein anderes Schiff warten, so blieb ihnen keine Wahl, als die Brigg zu nehmen.

Als die Flut ablief, wurde der Anker gelichtet. Sollte Emien Bedauern für die vier Matrosen empfunden haben, die sie an den Hafenmeister verkauft hatten, um Gold für die Überfahrt zu bekommen, so dachte er nicht weiter darüber nach. Das vertraute Schlingern eines Schiffsdecks unter seinen Füßen belebte seinen Geist, und noch bevor die Klippen von Skanes Grat am Horizont verschwanden, bat er den Kapitän um Arbeit. Die Brigg war unterbesetzt, und er besaß nichts außer den Kleidern an seinem Leib, und selbst die waren übel zerlumpt; wenn erst der Winter käme, so würde er nur ungern von Tathagres Silber abhängig sein, um sich einen Mantel und ein Paar guter Stiefel zu kaufen.

Vier Wochen Arbeit in der Takelage der Brigg kräftigten seinen ausgezehrten Leib, und der gesunde Erschöpfungsschlaf half, seine angespannten Nerven langsam zu beruhigen. Der Junge, der stets am glücklichsten war, wenn er sich mit den schlichten Aufgaben eines Matrosen befaßte, grübelte nur wenig. Als schließlich die schwarzen Festungsmauern von Riffhafen im Nordosten in Sicht kamen, wünschte er sich, die Reise wäre nicht so schnell zu Ende gegangen.

Der Maat bellte Anordnungen, die Segel aufzurollen. Emien schwang sich durch die Takelage, doch sein Herz war von einem sonderbaren Widerwillen erfüllt. Als der Anker sich seinen Weg durch die blauen Fluten im Hafenbecken bahnte, fühlte sich der Junge, als würde all seine Zufriedenheit mit ihm herabsinken. Als er diese Küste das letzte Mal gesehen hatte, war Taen noch am Leben gewesen und sein Gewissen frei von der Bürde des Mordes. Nun wurde sein Wunsch, Rache an Anskiere zu üben, durch eine unersättliche Gier nach Macht erschwert.

Der Maat brüllte, und die Matrosen ließen ein Ruderboot zu Wasser. Ein Offizier wartete, um die Kassette mit dem Tribut für den Kielmark an Land zu bringen. Überzeugt, daß Tathagres ihn jederzeit rufen würde, schwang sich Emien vom Besanmast in die Takelage und kletterte die Leinen herab.

Doch das Boot fuhr ohne ein Wort von ihr ab. Verwirrt suchte Emien seine Herrin. Emien fürchtete sie würde ihn fortschicken, ohne seine Frage zu beantworten, als er an ihre Kabinentür klopfte. Aber sie begrüßte ihn freundlich und trug ihm, nach einem einzigen Blick in sein Gesicht, ihre Absichten freimütig vor, ohne auf seine Frage zu warten.

»Geh zum Kapitän. Quittiere den Dienst, und laß dich auszahlen. Danach meldest du dich wieder bei mir. Wir werden nach Sonnenuntergang an Land gehen, denn ich hege kein Interesse, mir Schwierigkeiten mit dem Kielmark einzuhandeln. Wenn wir gegen Anskiere Erfolg haben wollen, so müssen wir unser Vorgehen sorgfältig planen.«

Als Emien zurückkehrte, stand die Sonne bereits tief im Westen. Mit allerlei Beschwerden anderer Art befaßt, hatte sich der Kapitän mit den Details seiner Entlassung wenig beeilt, und der Zahlmeister der Brigg war erst bereit gewesen, sich um ihn zu kümmern, nachdem Wasserfässer und Vorräte wieder aufgefüllt waren. Das Silber in seiner Tasche aber gab dem Jungen das Gefühl, nicht gar so verwundbar zu sein, sollte seine Herrin verärgert wegen der Verzögerung sein.

Atemlos erreichte Emien ihre Kabine. Tathagres ließ ihn ein. Konzentration spiegelte sich auf ihren Zügen. Ihre Kleider hatte sie gegen Tunika und Hose in Schwarz ausgetauscht. Von der goldenen Kette abgesehen, trug sie keinerlei Schmuck mehr, und ihr helles Haar verbarg sich unter einem Tuch, das sie am Hals verknotet hatte.

»Hier sind Kleider für dich.» Geistesabwesend deutete sie Richtung Koje. »Schau, ob sie dir passen.«

Emien schlüpfte an ihr vorbei, und die Enge in der Kabine war ihm in atemberaubender Weise bewußt. Durch seine unfreiwillige Reaktion unter Druck geraten, zwang er sich, sich auf die Dinge zu konzentrieren, die auf der Koje ausgebreitet lagen. Dort fand er zwei Mäntel, eine Tunika und eine Hose. Die Kleidungsstücke schienen zu passen. Wenig geneigt, sich in Tathagres Anwesenheit zu entkleiden, blickte Emien sich zu ihr um, doch ihre Miene beraubte ihn jeglicher Möglichkeit zu protestieren. Schweigend kehrte er ihr den Rücken zu und zog sich das zerlumpte Hemd über den Kopf.

»Die Kleider passen«, verkündete er nach einer Weile. Mit einem Ausdruck jungenhafter Verlegenheit wandte er sich um, doch seine Herrin schenkte ihm keinerlei Beachtung. Sie saß an dem zierlichen Schreibtisch der Kabine, die Hände im Schoß gefaltet.

Unsicher trat Emien einen Schritt auf sie zu. »Tathagres? Die Tunika paßt mir gut.«

Aber seine Herrin blieb teilnahmslos wie eine steinerne Statue. Beunruhigt trat der Junge näher.

Er blickte ihr über die Schulter und erkannte, daß all ihre Aufmerksamkeit der Magie gehörte. Seine Nackenhaare richteten sich auf, und seine Hände ballten sich unwillkürlich zu Fäusten. Auf dem Tisch lag etwas, das zunächst wie eine Feder aussah. Bei näherem Hinsehen jedoch wurde dieses Bild durch ein anderes überlagert. Über der zerkratzten Schreibtischoberfläche erblickte Emien das Bild einer Klippe, eingefangen in prismenförmigen Eisschichten. Möwen flogen über sie hinweg, und ihre Schreie hoben sich hohl und klagend vom Donnern der Brecher ab, die gewaltige Spritzwasserfontänen über die zerklüfteten Felsen dieses Küstenstreifens jagten.

Keuchend schrak Emien zurück, wobei er sich den Ellbogen schmerzhaft am Schott stieß. Der dumpfe Schlag weckte Tathagres, doch noch immer gefangen in ihren eigenen Gedanken, blieb sie still sitzen, während Emien sich den Arm rieb. Als sie sprach, schienen ihre Worte einer anderen Person zu gelten.

»Was hat er getan?« Verwundert schüttelte sie den Kopf. Dann richtete sie ihren Blick auf Emien, als würde sie seiner nun zum ersten Mal gewahr. »Ich nehme an, wir werden es herausfinden, wenn wir an Land sind. Passen dir die Kleider?«

Der Knabe nickte mit deutlichem Unbehagen. Tathagres Unsicherheit war ein überaus seltener Anblick, doch auch wenn ihr Selbstbewußtsein einen Schlag hatte hinnehmen müssen, so erholte sie sich doch ausgesprochen schnell.

»Junge, wie es scheint, hat Anskiere ein Siegel aus Eis über der Höhle errichtet, in der die Frostwargs gefangen sind. Alle Versuche, seinen Aufenthaltsort herauszufinden, enden an derselben Barriere. Ich bin sicher, daß er Riffhafen nicht verlassen haben kann. Dennoch mag es schwieriger werden, ihn zu finden, als ich angenommen hatte. Wir müssen sehr vorsichtig sein.» Sie verschränkte die Finger mit solcher Spannung ineinander, daß ihre Knöchel weiß hervortraten. »Sollten wir dem Kielmark in die Hände fallen, so mußt du standhaft schweigen. Der Mann mag über große Macht verfügen, doch mich wird er nicht aufhalten können. Wenn du nichts verrätst, so wird auch dir nichts geschehen.«

Tathagres sah auf, und die Gefühlslosigkeit in ihren violetten Augen erschütterte Emien bis ins Mark. »Solltest du aber mein Vertrauen enttäuschen, so wirst du dir wünschen, deine Mutter hätte nie gelebt, um dich zu gebären.«

»Wenn Anskiere davonkäme, würde ich mich ebenso schrecklich fühlen«, entgegnete der Junge heißblütig.

»Das ist gut.« Tathagres streckte sich auf ihrem Stuhl wie eine Katze und lächelte. »Dann stimmen wir perfekt überein. Wir werden uns bei Einbruch der Nacht an dem Beiboot auf Steuerbord treffen. Der Kapitän hat zugestimmt, uns das Beiboot der Brigg zu überlassen.«

Wohlvertraut mit der pingeligen Natur des Kapitäns, wagte Emien nicht, darüber nachzudenken, wie Tathagres ihn dazu hatte überreden können. Als er die Kabinentür öffnete, bedauerte er, nicht Zeuge dieser Vereinbarung gewesen zu sein; zweifellos hätten die Kameraden auf dem Vorderdeck ihr letztes Hemd gegeben, um so etwas in Erfahrung zu bringen.

Tathagres lachte und beantwortete in jener unheimlichen Weise, die Emien stets aufs neue verunsicherte, seine Gedanken, als hätte er sie laut ausgesprochen. »Ich habe das Boot beim Kartenspiel gewonnen, Junge, aber Kor hätte meine Spielweise gewiß nicht gutgeheißen. Wenn wir den königlichen Hof erreichen, werde ich es dir beibringen, wenn du daran denkst, mich danach zu fragen.«

Doch ihr freundliches Angebot versetzte den Knaben in Verlegenheit, und er eilte davon, ohne ihr zu antworten.

In dem Glauben, noch immer auf der Lichtung zwischen den Eichenbäumen zu liegen, erwachte Taen. Ohne zu ahnen, daß Maschinen sie in Gewahrsam genommen hatten, und unfähig zu erkennen, daß alles, was sie seither erlebt hatte, nur ein Traum war, gesteuert von fortschrittlichster Technologie, setzte sie sich auf. Auf dem Stein neben ihrem Ellbogen stand der Vaere und betrachtete sie schweigend. Pfeifenrauch umrahmte sein verhutzeltes Gesicht in gekräuselten Fahnen.

Taen streckte sich wenig wohlgestimmt. Sie hatte sich ohne offensichtlichen Grund beinahe zu Tode gesorgt, und die Erinnerung an ihr gerade erst vergangenes Unbehagen nagte noch an ihr. »Es ist nichts passiert«, klagte sie der Kreatur an ihrer Seite.

»Verzeihung?« Der Vaere versteifte sich, begleitet von dem dissonanten Klirren seiner Perlen und Glöckchen. »Es ist eine Menge passiert. Du wurdest beurteilt, und meine Art hat entschieden, was mit deiner Zukunft zu geschehen hat. Sei achtsam, Sterbliche, du bist unwissend.»

Verärgert über die Überlegenheit des Vaere, reckte Taen ihr Kinn in einer Weise vor, die ihrem Bruder nur allzu bekannt erschienen wäre. »Ich habe einen Namen.«

»Aber kaum Manieren«, konterte der Vaere.

»Mich nennt man Tamlin. Ich habe Anskiere ausgebildet und vor ihm jenen, den ihr Ivain, den Feuergebieter, nennt. Du wurdest hergeschickt, weil du die seltene Gabe großer Empathie besitzt; du teilst die Regungen und Gefühle deiner Art.«

Taen holte Luft, um ihn zu unterbrechen, doch Tamlin hieß sie mit einem Wink schweigen. »Du mußt lernen, zuzuhören, Kind. Dort draußen gibt es Dämonen, die dir nach dem Leben trachten werden, denn deine Gabe gefährdet ihre Geheimnisse. Ohne ausreichenden Schutz, könntest du von Angehörigen deiner eigenen Art gesteinigt werden, wenn nicht gar Schlimmeres; und da es dir an Kontrolle über deine Gabe fehlt, leidest du seit deiner Geburt unter dem Schmerz anderer Sterblicher, die sich in deiner Nähe aufhalten. Die Vaere werden das ändern.«

Tamlin sprang von dem Stein herab und gestikulierte ausholend mit seiner Pfeife. »Dies sind schlimme Zeiten. Gewisse Dämonen haben Sterbliche für ihre Zwecke eingebunden, um Leid und Zerstörung über die Menschheit zu bringen. Hast du von Tierl Enneth gehört?«

Taen biß sich auf die Lippe, als sie erkannte, daß der Vaere indirekt auf Tathagres anspielte, deren obsessiver Drang, sich Anskieres Macht anzueignen, keine andere Erklärung zuließ.

»Genau«, sagte Tamlin. »Seit dem Tod Ivains, des Feuergebieters, ist Anskiere der einzige Verteidiger, der der Menschheit geblieben ist.« Der Vaere hielt inne und kaute nachdenklich an seiner Pfeife. »Mehr denn je ist nun ein Weg vonnöten, den Geist der Menschen zu erfassen. Du wirst diese Verbindung herstellen, Taen.«

Das Mädchen zog schaudernd die Knie an ihr Kinn. Die mächtigsten Magier von Keithland waren von den Vaere ausgebildet worden, doch nichts in ihrer Kindheit zu Imrill Kand hatte sie auf Tamlins Pläne vorbereitet. Als ein Krüppel und ein Kind, dem die Probleme der Erwachsenen bereits in einem ungewöhnlich zarten Alter vertraut gewesen waren, fühlte sie sich klein und hilflos, kaum mehr als eine unbedeutende Nummer in dem ewigen Kampf zwischen Dämonen und Menschen.

Tamlin bließ einen großen Rauchring in die Luft, und seine Glöckchen klangen so zart wie Regentropfen auf Glas. »Für einen so jungen Menschen hast du ein großes Herz», sagte er freundlich. »Und wenn du auch einen schweren Preis für deine Ausbildung wirst bezahlen müssen, so wird doch dein Bein gesund sein. Wenn du von hier fortgehst, wird dein Körper ganze sieben Jahre gealtert sein, obwohl in deiner Abwesenheit viel weniger Zeit vergehen wird. Niemals wieder wirst du humpeln, und du wirst Macht über die Träume und das Streben der Menschen erhalten. Durch dich mag die nächste Generation in Frieden leben.»

Und obwohl die Worte des Vaere sie hoffen ließen und ihr Anlaß zu ehrlicher Freude lieferten, senkte Taen den Kopf und weinte zum ersten Mal, seit sie ihr Heim in Imrill Kand verlassen hatte. Wenn Tathagres sich mit den Dämonen verbündet hatte, so ging nun auch Emien den Pfad des Bösen; sollte er nicht zur Vernunft kommen, so würde er seiner Schwester eines Tages als Feind gegenüberstehen.

Kapitel 10

DAS GEFÄNGNIS DER FROSTWARGS

Die Wolken des Nachmittags zogen gegen Abend ab. Bei Einbruch der Dunkelheit, als die Matrosen das Boot zu Wasser ließen, ragte Riffhafen wie eine Ebenholzskulptur vor dem blauen Himmel auf. An dem Treffpunkt an Steuerbord studierte Emien die Aussicht mit dem geschulten Auge eines Fischers, um sich einen Eindruck über die Wetterbedingungen zu schaffen. Die Veränderung erfreute ihn wenig. Ein klarer Himmel konnte einer heimlichen Landung an der Nordküste kaum dienlich sein.

Ausgewählt wegen ihrer Fähigkeit, sich geräuschlos zu bewegen und ihre Waffen mit todbringender Gewandtheit zu führen, waren die Wachen des Kielmark stets bereit zu töten. Emien zog seinen Mantel enger um die Schultern. Er mißtraute der ungestümen Heiterkeit, die sich im Angesicht größter Gefahr in Tathagres Miene zu spiegeln pflegte. Nach dem Unglück auf Skanes Grat zögerte der Junge, einen anderen Kurs vorzuschlagen. Zweifellos war die Frau imstande, ihn direkt zur Vordertür der Festung treiben, sollte er im falschen Augenblick zur Vorsicht raten. Verglichen mit seiner Herrin, stellten die Wachen gewiß das leichter kalkulierbare Risiko dar.

»Bist du bereit, Junge?«

Aus seinen Überlegungen gerissen, schrak Emien auf. Tathagres stand neben ihm mit einer Miene, die von schlechter Laune zeugte. Sie hob eine Hand, die ohne ihren Schmuck ungewohnt nackt erschien, und deutete auf das Boot unter ihnen. »Sie sind äußerst bestrebt, uns loszuwerden.«

Ohne auf seine Unterstützung zu warten, schwang sie sich über die Reling. Auf der Hut vor ihrem Temperament, folgte Emien ihr die Leiter hinab in das Boot.

Er sprach kein Wort, bis sie sich auf die Bank am Heck des Bootes gesetzt hatte. »Wenn der Kielmark Wachen an der Nordwestküste aufgestellt hat, dann werden sie uns sehen, wenn wir an Land gehen.« Der Knabe deutete auf die letzten Wolken, die fahl wie gezupfte Wolle über die Insel hinwegtrieben. »Der Mond geht auf, und dieser Kahn ist mit gebleichten Segeln ausgestattet. Man wird uns so deutlich sehen können wie Silber in einem Kohlehaufen.«

»Warum rudern wir dann nicht?» Tathagres sprach in verletzendem Tonfall. »Oder traust du mir nicht zu, mit den Wachen fertigzuwerden?«

Emien öffnete die Truhe für die Taue, ohne ihr zu antworten. Für einen Kübel wie dieses Boot mußte der Kielmark gar keine Wachen an der Nordwestküste aufgestellt haben. Wenigstens vier starke Männer wären nötig, es zu rudern, anderenfalls waren ihre Ruder nichts weiter als nutzlose Stöcke, und für ein Boot, schwer wie Alteisen, war auch seine Takelage überaus plump. Angesichts seiner Form vermutete Emien, daß das Boot zu allem Übel mit einer einfachen Ruderpinne gestraft sein würde. Die Überfahrt nach Riffhafen würde qualvoll genug werden, auch ohne Tathagres beißenden Spott.

Emien zerrte ein rattenzerfressenes Segel aus der Truhe hervor und stellte fest, daß fünf Legel ausgerissen waren. Nun fluchte er ernsthaft, denn mit unzureichend gespannten Segeln würde sich das Boot nur schwerfällig bewegen. Bilgenwasser schwappte über seine Stiefel und kündete von mindestens einem Leck im Rumpf. Voller Zorn stapfte Emien nach vorn, auf der Suche nach dem Klüverfall. Wenn Tathagres auch nur eine Münze bei dem Kartenspiel verloren hatte, so hatte der Kapitän das bessere Geschäft gemacht.

Tathagres lehnte sich an die Ruderbank und sah zu, wie der Junge mit dem Tauwerk kämpfte. »Wenn wir erst an der Küste sind, kannst du das Boot versenken, wenn du willst. Wir werden es nicht noch einmal brauchen.«

»Bestimmt?« Das Fall in der Hand, lachte Emien. Wenigstens teilweise war seine Stimmung wiederhergestellt. »Dann soll sie auf Felsen laufen, auf große Felsen. Direkt durch diese wurmstichigen Balken sollen sie sich bohren.« Er verschwieg allerdings, daß bei einem Landungsversuch in stockfinsterer Nacht die Felsen ihr Werk weit vor dem gewünschten Zeitpunkt würden vervollständigen können. Zumindest wußte er seit Skanes Grat, daß Tathagres schwimmen konnte.

Von Norden wehte eine steife Brise, und die Segel krachten und flatterten im Wind, als Emien die letzten Leinen befestigte. Später würde der klare Himmel für Windstille sorgen. Eifrig darauf bedacht, die Küste zu erreichen, solange die Bedingungen noch gut waren, legte der Junge sofort ab. Er holte das Großsegel an, und das Boot löste sich mit tief geneigter Leeseite von der Brigg. Gurgelnd stiegen hinter ihr Blasen im Kielwasser auf.

Die Überfahrt nach Riffhafen begann mit ebenmäßiger Fahrt, während die Reffe im Wind klapperten und hier und da ein Tau knarrte, wenn

Emien die Segel justierte. In ihre eigenen Gedanken versunken, erging sich Tathagres in Schweigen. Emien, der voll und ganz mit den Launen des Bootes beschäftigt war, machte keinerlei Anstalten, sie auszufragen. Er behielt den Kurs bei, geführt von dem kalten Schimmer des Polarsterns, bis ein höher wandernder Mond die Wogen in Tintenblau und Silber tauchte und die Inselfestung, schwarz und gezahnt vor dem Horizont, vor dem Bug aufragte.

Als das Boot näherkam, erkannte Emien, teilweise vom Nebel verhüllt, das Glitzern von Eis. Brecher krachten unter dem Eis an die Küste, und ihr donnernder Aufprall kündete von Riffen unter der Meeresoberfläche; Gischt stob auf, verschmolz, zischend wie ein Hexenkessel, zu Schaum, und machte jeden Versuch einer Landung an dieser Stelle unmöglich. Trotzdem wagte Emien nach den Erfahrungen auf Skanes Grat nicht, Tathagres zu widersprechen. Grimmig hielt er den Kurs, die Ruderpinne in schweißnassen Händen, bis der Bugspriet sich durch die Wogen schob, die im Mondlicht wie feine Spitze aufleuchteten.

»Wir werden dort an Land gehen.« In dem Donnern der Brandung war Tathagres Stimme kaum wahrnehmbar.

Emien folgte mit den Augen der Richtung, in die sie deutete. Ein schmaler halbmondförmiger Sandstrand schimmerte östlich der Klippen. Wenngleich eingezwängt in gefahrvolle Strömungen, schien die Bucht selbst doch ungehindert anzulaufen zu sein. Anständig geführt, mochte das Boot sich seinen Weg dorthin bahnen, doch der Zeitpunkt war kritisch. Emien zerrte an den Leinen, stieß das Ruder herab und legte das Boot auf die Seite. Wind schlug nach dem Kurswechsel heftig in die Segel. Ohne sich um die Leine zu kümmern, die brennend durch seine Handflächen sauste, ließ er den Klüver los. Das Boot schlingerte. Dann hob eine Woge das Heck, und das Boot krängte sich küstwärts mit der ganzen Eleganz eines von einem Katapult abgefeuerten Steines.

Etwas bewegte sich über ihm. Emien blickte auf. Ein Speer flog am Mast vorbei und krachte nur Zentimeter von seinem Knie entfernt splitternd in das Holz der Bank.

Emien sprang auf.

»Halte den Kurs!« Tathagres beugte sich über das Dollbord. Mit der Haltung einer Galionsfigur vor den barocken Wirbeln aufschäumender Gischt, hob sie die Hand an das goldene Band um ihre Kehle und beschwor ihre Magie. Ein strahlendes Liniennetz schoß aus ihren Fingern hervor.

Furcht jagte kalte Schauer durch Emiens Magengrube. Wenn er auch wußte, daß Tathagres ihre Zauberei nur zu ihrem Schutz einsetzte, fühlte er sich doch unendlich unbehaglich. Ihr Können erzwang nur um so mehr die Erkenntnis seiner eigenen Unwissenheit. Beschämt und wütend zugleich hielt Emien das Boot gegen den Anprall der Wogen und das Flattern des lockeren Großsegels auf Kurs. Die Segel donnerten über seinem Kopf. Betäubt von dem Krach des nassen Segeltuches, zerrte der Knabe das Ruder gerade in dem Augenblick zurück, als eine Woge den Bug gen Himmel hob. Gischt spritzte auf, von der Reling in einzelne Tropfenschleier zerteilt. Dann lief das Boot mit einem Knirschen, das jede Planke im Rumpf erschütterte auf Grund. Emien ließ die Ruderpinne los und sprang in dem Moment über Bord, als ein zweiter Speer über seinen Kopf hinwegflog, gezielt und abgeschossen mit todbringender Präzision.

Hüfttief in den Fluten, warf sich der Junge gegen den Rumpf des Bootes. Zischend ging der Speer nieder. Tathagres brüllte, und ein roter Blitz zuckte durch die Luft. Kurz vor seinem Ziel explodierte die Waffe unter einem grellen Funkenregen. Dann legte sich das Boot im Sog des abfließenden Wassers auf die Seite. Die nächste Woge würde sie trotz Emiens Bemühungen zerschmettern. Rasch rief er seiner Herrin eine Warnung zu.

Tathagres sammelte sich und sprang leichtfüßig wie eine Katze von dem Dollbord. Ohne die geringste Unsicherheit landete sie in der Brandung, kaum einen Moment, bevor das Boot dem Griff des Jungen endgültig entglitt. Heiser knirschte der Sand auf den Planken. Dann schlug das Boot um, und die nächste Woge ergoß sich in einer Kaskade über die Ruderbank zu Steuerbord. Emien sah zu, wie die Wogen dröhnend herandonnerten und das Boot in eine Menge gesplitterten Holzes verwandelten.

Neben ihm zog Tathagres, übelgelaunt und ausgesprochen gefährlich, das Tuch von ihrem Haar. »An die Küste!« Grob drückte sie Emien das Tuch in die Hände.

Der Junge zuckte zusammen, als wäre er eben aus einem Alptraum erwacht. Als er kurz in ihre Augen blickte, sah er aus den Augenwinkeln rotglühende Runen in dem goldenen Band schimmern, das ihren Hals zierte. Dann wandte Tathagres sich ab, eilig darauf bedacht, die Küste zu erreichen. Emien stürzte hinter ihr her, die Hände krampfhaft in das Tuch geklammert, von dem scharfer Ozongeruch aufstieg. Hinter ihm zermalmten die Wogen die Planken des Bootes wie Knochen. Schaudernd biß er sich auf die Lippe. Nun bot ihm die See keine Fluchtmöglichkeit mehr. Seiner eigenen Verwundbarkeit nur allzu bewußt, plagte sich Emien über die Untiefen auf eine Küste zu, die von feindseligen Soldaten bewacht wurde, und er verwünschte die Tatsache, daß er kein Schwert und keinerlei Übung im Umgang mit Waffen besaß.

Tathagres schritt voran, als wäre das Wasser unter ihren Füßen tatsächlich ein edler, ebenmäßiger Seidenteppich. Allein durch ihre Zauberei geschützt, brachte sie den Speeren nur Verachtung entgegen, als sie innehielt, um auf Emien zu warten. Schon ihre arrogante Aura des Selbstvertrauens stellte eine Herausforderung dar, der gewiß kein Angreifer widerstehen konnte, und doch fiel kein einziger Speer.

Atemlos schloß Emien zu ihr auf. Die gewaltige Größe der gefrorenen Klippen gleich neben ihm überwältigte ihn. Dennoch unterdrückte er sein Unbehagen, als Tathagres sich zu ihm beugte und in sein Ohr sprach. »Bleib hinter mir, ganz gleich, was auch geschieht. Du darfst nicht vortreten, ehe ich nicht mit den Wachen fertig bin. Wenn du mir nicht gehorchst, so handelst du auf eigene Gefahr, denn wenn du dich herumtreibst, dann kann ich dich nicht schützen. Niemand, der sich mir in den Weg stellt, wird überleben. Habe ich mich klar ausgedrückt?«

Frierend und stumm nickte Emien. Von undefinierbaren Vorahnungen erfüllt, sah er zu, wie seine Herrin festen Schrittes auf die Küste zustrebte. Ungehindert erreichte sie trockenen Sandboden, warf ihren Mantel ab und ließ ihn ungeachtet zu ihren Füßen liegen. Ihr Haar fiel offen über ihre Schultern, leuchtete im Mondschein wie Perlmutt, und ihre Haut glühte vor dem Hintergrund tiefer Schatten auf der Insel. Mit morbider Faszination beobachtete Emien, wie seine Herrin den Kopf hob und das goldene Band an ihrer Kehle mit beiden Händen berührte.

Nebel stieg auf, durchschimmernd wie der Rauch brennender Holzspäne. Wie feinster Gazestoff legte er sich im Mondschein um sie herum, bis es schien, als wäre sie nicht in schwarze Wolle gekleidet, sondern in ein Tuch aus dem Märchenland, schimmernd und anschmiegsam und ohne jede Substanz. Die elfenbeinfarbenen Rundungen ihrer Schultern, Brüste und Hüften erweckten die Aufmerksamkeit der verborgenen Wachen und hielten sie hilflos in ihren Bann geschlagen. Emien fühlte sich, als würde ihm eine gewaltige Last die Brust zermalmen. Das Atmen fiel ihm schwer. Wenn dieser Zauber auch nicht dazu gewirkt war, ihn zu vernichten, glühte, schwitzte und schmerzte dennoch sein ganzer Körper. Während das kalte Wasser seine Füße taub werden ließ, schaute er die Vision der Begierde, die seine Herrin gewoben hatte, um die Wachen ihrem Untergang zu weihen, und selbst als sein Leib sich nur noch danach sehnte, sie zu besitzen, schrie sein Geist weiterhin um Gnade; Tathagres Grausamkeit kannte keine Grenzen. In ihren Händen wurde die Bewunderung eines Mannes für eine Frau zu einer mörderischen Waffe, ein schreckliches Werkzeug ihrer Macht. Als der erste Soldat aus seiner Nische zwischen den Felsen stolperte, ballte Emien die Hände zu Fäusten. Tränen rannen über seine Wangen, und er sah hilflos zu, wie ein zweiter Mann Hals über Kopf auf den Sandboden unter den Klippen stürzte.

Der Leib des Wachmanns zuckte krampfhaft auf dem Sand, ehe er schließlich ruhig liegenblieb, grotesk und so reglos wie eine Statue im Mondschein. Nichts außer der unermüdlichen Brandung bewegte sich in der Bucht. Emien erwachte aus seiner Erstarrung. Zitternd, als hielte der Frost des Winters seine Gebeine umfangen, tat er einen Schritt voran und fiel in dem salzigen Wasser auf die Knie.

Doch Tathagres war noch nicht fertig mit ihrer Zauberei. Sie hob die Arme, fahl wie Knochen vor den ansteigenden Dünen, und flüsterte eine Beschwörung, zu leise, um sie auf natürlichem Wege mitanhören zu können. Doch ihre Worte bohrten sich, durch sein Sehnen zugespitzt, wie Nadeln in seine Ohren; Einsamkeit schmerzte wie eine Wunde in seinem Inneren, wartete darauf, daß die Frau an der Küste ihn von seinem Leid erlöste. Doch die Weise, die Tathagres sang, war nicht ihm gewidmet. Von ihrer Zurückweisung gepeinigt, schrie Emien laut auf. Salz lag auf seiner Zunge. Allein die bittere Erkenntnis seiner eigenen Unzulänglichkeit ließ ihn noch zögern. In seinen Ohren wandelte sich ihre Musik zu einem Mißklang, und nichts gab ihm die Möglichkeit, sie in eine Harmonie zu fügen. Der Schmerz dieses Wissens war mehr, als seine Seele zu ertragen imstande war.

Wie ein wildes Tier kauerte Emien in der Brandung, ohne zu bemerken, daß ein dritter Soldat aus dem Gestrüpp hervorgekrochen war, die Finger um das Heft eines gezogenen Schwertes gespannt, die Augen nurmehr dunkle Höhlen der Begierde.

Tathagres krümmte sich, breitete die Arme zu einem Willkommensgruß aus. Durch ihre Bewegung aufmerksam geworden, blickte Emien auf und sah einen Fremden, der sich ihr mit dem Vertrauen eines Liebhabers näherte. Die Muskeln des Mannes bebten unter seiner ledernen Tunika, und sein Atem ging stoßweise. Er streckte den Arm aus und berührte ihre bloße Schulter, und die Verzückung in seinen Zügen vergiftete Emiens Geist mit Eifersucht.

Tathagres senkte den Kopf, murmelte etwas am Kehlkopf des Soldaten. Seine Finger bewegten sich, lösten sich von dem Schwert. Es fiel zu Boden und prallte klirrend gegen einen Stein. Der Mann schenkte seiner Waffe keinerlei Beachtung mehr; alle Disziplin war vergessen, und er lächelte, als Tathagres in seine Arme sank und die Hände mit fiebriger Leidenschaft in dem Haar vergrub, das über seine Schultern fiel. Der Mann flüsterte heisere Worte. Seine Arme spannten sich um ihre schmalen Schultern. Getrieben von einer Begierde, der sich kein Sterblicher verschließen konnte, suchten seine Lippen die ihren, und er küßte sie lang und leidenschaftlich. Um ihn herum erbebte sogar die Luft, als ihre Magie sich um sein Herz legte.

Wie wahnsinnig vor Schmerz, schlug Emien mit den Fäusten auf seine Oberschenkel. Er weinte, als würde sein Herz zerreißen. Längst nahm er die Wogen nicht mehr wahr, die hinter ihm brachen und seine Stiefel mit Schaum umspülten. Von Tränen geblendet sah er nichts, als der Arm des Soldaten sich zitternd löste. Erst, als die Knie des Mannes nachgaben, erkannte Emien die Schlinge, die Tathagres ausgelegt hatte, um die Wachen des Kielmark zu zerstören. Ihr Opfer schwankte und stürzte auf den Sand. Arme und Beine ausgebreitet, lag er tot im Mondenschein; die steigende Flut leckte an seinen gespreizten Fingern. Entsetzen befreite Emien aus den Fängen der Begierde. Zitternd sah er zu, wie Tathagres das Schwert an sich nahm, und ihr Lachen erschütterte ihn bis ins Innerste seines Wesens.

Die Luft knisterte. Für einen Augenblick stoben Funken auf, als der Bann sich auflöste. Emien würgte und übergab sich. Bis zu den Unterarmen stieß er die Hände in das eiskalte Wasser, hustete vor Übelkeit, bis Tathagres neben ihm war.

Als er sein Gleichgewicht nicht sofort wiederfand, zupfte sie hartnäckig an seinem Mantel. »Ich habe dir ein Geschenk gebracht.«

Emien hob den Kopf und erblickte das Schwert des toten Soldaten, das wie eine Nadel, umrahmt von Licht, über ihrer ausgestreckten Hand ruhte. Obwohl er sich zuvor nach einer eigenen Klinge gesehnt hatte, entsetzte ihn ihr Angebot, gab es ihm doch das Gefühl, seine Menschlichkeit verloren zu haben. Dennoch nahm er die Waffe mit emotionsloser Sachlichkeit entgegen. Tathagres Tricks hatten die Wachen in der Bucht ausgeschaltet; sollte aber jemand dem Kielmark Bericht erstattet haben, als das Boot in Sicht gekommen war, so war ihrer beider Sicherheit nicht gewährleistet.

Tathagres reagierte so aufgebracht, als hätte sie seine Gedanken gehört. »Du stellst dich an wie ein schwangeres Nymphchen. Geh an die Küste. Wir haben eine Aufgabe zu erledigen.«

Von ihrer Verachtung tief getroffen, sprang Emien auf. Die Hände krampfhaft um das Heft des Schwertes gespannt, stapfte er durch das Wasser. Vor ihm trat Tathagres ungerührt über den Leib des toten Soldaten hinweg. Unfähig zu derartiger Abgebrühtheit, blickte Emien herab. Leblose Augen starrten gen Himmel, als erspähten sie dort den Grund für den erlittenen Verrat; hilflos ausgestreckt lagen seine Hände am Boden die Vergeltung für seinen ehrlosen Tod war ihm verwehrt. Emien bedauerte, daß er gezögert hatte. Den Schmerz des Soldaten zu erkennen und nicht zu handeln, hieß,

Mitschuld an dem unmenschlichen Verbrechen auf sich geladen zu haben.

Beschämt wegen seiner Feigheit, ging er weiter, ohne dem Leichnam Scheide und Gürtel abzunehmen. Den nackten Stahl in Händen, hastete er über den Strand, und für einen Augenblick des Leichtsinns sehnte er sich danach, die Waffe bis ans Heft in den Rücken seiner Herrin zu stoßen. Nur die Furcht hielt ihn ab. Doch für den Tod des Soldaten konnte es keine Entschuldigung geben, und nicht einmal der Haß auf Anskiere vermochte sein gemartertes Gewissen zu entlasten. Von neuer Schuld gepeinigt, eilte der Knabe in den Schatten der Böschung.

Über ihm erhob sich die vereiste Klippe, reckte sich terrassenförmig dem dunklen Himmel entgegen. Tathagres blieb stehen und starrte hinauf.

»Warte«, befahl sie, ehe sie ihre Hände an das goldene Band um ihren Hals legte.

Emien lehnte sich an das rauhe Felsgestein. Eingehüllt in nasse Wolle, legte er das Schwert in Griffweite neben sich und blies sich in die klammen Hände, während Tathagres ihre Magie aussandte wie ein Netz. Schwaches, violettes Licht umrahmte ihre Gestalt, breitete sich zu einem Strahlenkranz aus, bis es nicht mehr wahrnehmbar war. Emien fühlte ein heißes Prickeln auf seinem Leib. Aus einer Höhle flatterte ein aufgeschreckter Nachtvogel empor. Seine melancholischen Rufe verhallten in der Finsternis, und die Wärme der Magie schwand mit ihm. Kälte wie im tiefsten Winter strahlte von dem Eis aus. Frierend, doch nicht allein wegen der Kälte, konzentrierte sich Emien auf die Geräusche der Nacht, lauschte auf das vielsagende Klirren von Metall, welches das Eintreffen einer Patrouille verkünden mochte.

Sollten die Soldaten des Kielmark ihnen jetzt entgegentreten, so machten die Klippen jede Chance zur Flucht zunichte.

Aber die Soldaten kamen nicht. Alsbald rührte sich Tathagres wieder. Sie hob den Kopf. Die Magie, die sie ausgesandt hatte, zerriß mit einem leisen Schnappen, und für eine Sekunde trug der Wind den beißenden Geruch von Schwefel zu dem wartenden Knaben hinüber.

Tathagres wandte sich von der Klippe ab. Ihre Brauen waren in einem Ausdruck von Frustration zusammengezogen, und die Geste, mit der sie nach oben deutete, kündete von ihrem lebhaften Zorn. »Der Sturmwächter ist hier, er ist dort drin, und er sitzt zweifellos in der Falle.« Sie kaute an ihrer Unterlippe, verärgert wegen dieser Entdeckung. »Junge, hol meinen Mantel aus der Bucht. Ich muß mehr erfahren, aber hier kann ich keine tiefe Trance riskieren. Dieser Ort ist zu leicht zugänglich und überschaubar. Wir müssen höher hinaufklettern.«

Mürrisch schweigend nahm Emien sein Schwert an sich; wenigstens hatte sich seine Herrin ausnahmsweise für einen kurzen Augenblick vorsichtig gezeigt. Wie tot hing der Mond über ihnen. Schatten breiteten sich neben Emiens Stiefeln aus, als er zurück zum Meer ging. Das abfließende Wasser der letzten Ebbe hatte tiefe Rillen in den Sand gegraben. Tathagres Mantel lag noch immer am Rand der Flutmarke. Klug genug, den Soldaten des Kielmark keine unnötigen Hinweise zu hinterlassen, holte Emien das Kleidungsstück und zerrte den Saum über die Fußspuren, die er auf seinem Weg verursacht hatte. Zwar lag der tote Soldat weithin sichtbar am Strand, gleichsam ein Warnschrei für jeden näherkommenden Kameraden, doch der Junge war nicht imstande, die Leiche zu berühren. Diese Schwäche reizte ihn noch mehr. Bestimmt würden bald Wachmänner hier eintreffen, und Tathagres war so von sich überzeugt, daß sie nachlässig genug war, einen Fehler zu begehen.

Trotzdem erwähnte er seine Unruhe mit keinem Wort, als er Tathagres ihren Mantel überreichte. Mit einem kurzen Nicken zog sie ihn über ihre Schultern und verbarg ihr Haar unter der Kapuze. Dann, ohne auch nur zu fragen, ob Emien ihr folgen würde, begann sie, die Klippe hinaufzusteigen.

Der Junge folgte ihr auf dem Fuße, doch das Herz in seiner Brust schien hart und kalt wie Eis. Das Schwert lastete schwer auf seinem Arm, zwang ihn, mit der freien Hand nachzuhelfen, um nicht das Gleichgewicht zu verlieren. Kälte schnitt in sein Fleisch, bitter wie Gift, und seine Stiefel glitten treulos über den Fels, als wäre der offensichtlich feste Boden lediglich eine Illusion, geboren aus der Macht, die das Eis geschaffen hatte, feindselig gegen Eindringlinge und gefährlich zu erklimmen. Grimmig kletterte Emien aufwärts. Die Erinnerung an Taen in den Armen des Sturmwächters nahm ihm jegliche Furcht vor einem Sturz; und drei tote Soldaten in der Bucht ließen alles andere nichtig erscheinen. Noch mochte er sich so bedeutungslos fühlen; doch eines Tages, so gelobte er im Stillen, würde sein Schicksal nicht mehr den Launen eines Zauberers ausgeliefert sein.

Die schwarze Wolle von Tathagres Mantel versteckte ihre Züge vor seinen Blicken. Emien konnte das grausame, zufriedene Lächeln nicht sehen, das um ihre perfekten Lippen spielte. Konzentriert auf die Gefahren des Aufstiegs und vom steten Rauschen der Wogen betäubt, kam er nicht auf den Gedanken, daß sein Zorn ihren Absichten entgegenkommen würde, aufbrausend und flüchtig wie Zunder in ihren Händen. Als Tathagres schließlich unter einem Felsüberhang innehielt, zeigte ihre Miene einen Ausdruck der Sorge, ja, sogar des Wohlwollens.

»Wir werden hier rasten«, erklärte sie. »Die Trance, die notwenig ist, den Spuren des Sturmwächters zu folgen, kann mehrere Stunden dauern. Denkst du, du wirst so lange wach bleiben können?«

»Wenn ich einschlafe, werde ich erfrieren.« Müde und von dem Ort wenig begeistert, zog Emien sich neben ihr über die Felsenkante. Das Terrain war schroff, windgepeitscht und eingerahmt in einen Bogengang gefrorener Wasserkaskaden. Jeder, der sich unter ihnen aufhielt, konnte sie ohne Schwierigkeiten entdecken. Dennoch enthielt sich der Junge jeglicher Klage, denn hier, wo Kälte wie ein Pesthauch von den kahlen Gebeinen der Felsen abstrahlte, würde er endlich von Anskieres Schicksal erfahren.

Tathagres setzte sich mit überkreuzten Beinen auf den eisverkrusteten Felsensims. Den Rücken an einen Felsvorsprung gelehnt, berührte sie mit den Fingerspitzen das Halsband und schloß die Augen. Dieses Mal sah Emien kein Licht aufflammen. Nur ein schwaches Wimmern begleitete ihre Magie, und ein Muster wie eine Gravurarbeit flackerte über das güldene Band um ihre Kehle. Rot glänzten die Schriftzeichen auf der polierten Oberfläche. Von Neugier getrieben, rückte der Junge näher heran.

Vorsichtig darauf bedacht, ihre Konzentration nicht zu stören, beugte er sich über sie und studierte den Schmuck, der Tathagres Magie beherrschte. Als durchgehender Ring geschmiedet, war das Metall so dick wie sein Zeigefinger und ohne jede Verzierung, soweit es nicht benutzt wurde. Doch nun, da

Tathagres ihre Macht nutzte, um Anskieres Magie zu verfolgen, strahlten lichte Runen unter der goldenen Oberfläche. Emien konnte nicht lesen, doch er hatte genug Ladelisten gesehen, die Arbeit eines Schreibers zu erkennen; die Schrift auf diesem Band zeigte keine von Menschenhand geschaffenen Zeichen. Von düsteren Ahnungen erschüttert, zog sich Emien wieder zurück.

Einst, in Imrill Kand, hatte ein schwerer Sturm ein Stück Treibgut nahe dem Kai an Land gespült. Emien war dabeigewesen, als das Kind, das es gefunden hatte, sich die Finger bis auf die Knochen verbrannt hatte, bei dem Versuch, es aufzuheben. Dieses Objekt hatte ähnliche Zeichen getragen wie Tathagres Goldkette. Anskiere hatte das Artefakt zerstört, kaum daß er ihn gesehen hatte, weil, so hatte er behauptet, der Gegenstand Runen der Macht aufwies, die kein Sterblicher kennen sollte. Keiner der Bewohner von Imrill Kand hatte die Weisheit des Zauberers in Frage gestellt; ganz offensichtlich war dieses Objekt von Dämonenhand gefertigt. Und obgleich Emien jeglichen Glauben an Anskieres Wirken nun weit von sich wies, schien es ihm in diesem Augenblick durchaus möglich, daß Tathagres Magie durch die Werke der Verdammten Kordanes gespeist wurde.

Beunruhigt setzte er sich auf eine Felsplatte, legte die Klinge auf seine Knie und betrachtete seine Herrin. Ihre zornig-violetten Augen waren geschlossen. Mondlicht umgab ihre Gestalt mit einem silbrigen Schein und ließ sie so lieblich erscheinen wie die Ikone, die Emien in einem Schrein nahe Kordanes Brücke gesehen hatte. Von der glatten Haut ihrer Wangen und ihrer Stirn bis zu den zarten Handgelenken, die in ihrem Schoß ruhten, wirkte ihre Erscheinung wie ein Bild des

Friedens und der Perfektion. Von einem unerwarteten Rausch der Begierde außer Atem gebracht, hielt Emien das Heft des Schwertes krampfhaft in seiner Faust. Gewiß lag Anskiere falsch. Nicht alle Dämonen waren böse. Gefährlich, sicher; und in seiner Unwissenheit hatte das Kind aus Imrill Kand ihre überragende Macht berührt und war zu Schaden gekommen. Tathagres aber kontrollierte ähnliche Mächte so mühelos wie ihren Atem.

Emien stützte das Kinn auf die Hände und biß wegen der Kälte die Zähne zusammen. Ein Feind Anskieres war ein Verbündeter auf seinem Weg, eine Kraft, die seiner Rache für Taens Tod zusätzlichen Schwung verleihen würde. Warum sollte er sich darum sorgen, zu wissen, aus welcher Quelle Tathagres Macht entsprang? Doch die düstere Stimmung, die seine Entdeckung begleitet hatte, wollte nicht verfliegen.

Finster starrte Emien auf die See hinaus und konnte doch den Horizont nicht erkennen. Die Erinnerung an die todbringende Umarmung des Soldaten kehrte zurück und peinigte ihn. Wind zerrte an seiner Kleidung, begleitet von der Kälte des bevorstehenden Herbstes, und der Hauch des Eises stach ihm bis ins Mark jedes einzelnen Knochens. Unzufrieden mit der Gewißheit, selbst nur sterblich zu sein, träumte Emien gierig von Macht. Lange und eingehend verharrten seine Gedanken bei Tathagres Halsband, während der Mond am Himmel seinem Untergang entgegenstrebte. Wenn er nur irgendwie ein solches Artefakt in seinen Besitz bringen könnte, so wäre er für alle Zeiten sicher vor den Machenschaften von Menschen und Zauberern.

Bei Sonnenaufgang bildete sich Nebel. Wie Geister trieben die Schwaden über die Eisklippen und hinterließen Tautröpfchen auf Emiens Mantel, seinen Brauen und dem Schwert; in der Tiefe donnerte die Brandung, und ihr Echo hallte schaurig verstärkt von den Felsen wieder. Als die ersten Möwen über Riffhafen aufflogen, löste sich Tathagres langsam aus ihrer Trance. In dem Zwielicht, mit dem die Nacht dem Tage wich, sah Emien, wie ihre Augenlider sich zitternd öffneten. Sie streckte sich ohne die geringste Spur der Steifheit, auf dem Gesicht einen geheimnisvollen Ausdruck der Selbstzufriedenheit.

Frierend und verstimmt wartete der Junge darauf, daß sie etwas sagen würde. Nun endlich, nach sieben ermüdenden Wochen und einer unangenehmen Nachtwache, würde er erfahren, was dem Sturmwächter widerfahren war, der Taens Loyalität verdreht und dessen Unwetter ihr Leben gefordert hatte. Verbittert strich Emien mit dem Daumen über die Klinge auf seinen Knien. Als Tathagres ihn schließlich anblickte, machte die Ungeduld es ihm schwer, sich zurückzuhalten und sie nicht direkt aufzufordern, ihm die Ergebnisse ihrer Suche in den Eisklippen mitzuteilen.

Seine Anspannung schien sie zu amüsieren, was Emien nur noch mehr verärgerte. Weiß traten seine Fingerknöchel an dem ziselierten Stahl des Heftes hervor, während er sie wütend schweigend finsteren Blickes musterte. wie eine kokette Hofdame warf Tathagres ihr feines Haar zurück und lachte.

In einem Augenblick heftigen Zorns wäre Emien beinahe aufgesprungen, doch dann erkannte er, daß ihre Launenhaftigkeit nicht ihm, sondern Anskiere galt. Unfähig, sein eigenes böses Lächeln zu unterbinden, lehnte er sich zurück.

»Anskiere ist ein Narr«, sagte Tathagres leise. Jenseits ihrer Schultern kreiste der Nebel wie Rauchschwaden über den felsigen Rücken der Klippen, und für eine Sekunde bohrte sich gedämpfter Sonnenschein hindurch und zauberte goldene Lichtpunkte auf das Eis. Blasser als gewöhnlich und offensichtlich frierend, ordnete Tathagres den Mantel über ihren Schultern. »Als die Frostwargs erwachten, hat der Sturmwächter sie hinter einer Mauer aus Eis eingesperrt. Aber er konnte sich nicht mehr befreien. Das Eis hält auch ihn gefangen.«

Emien erhob das Schwert zu einem triumphierenden Salut. »Dann ist der Sturmwächter also tot.«

Tathagres legte den Kopf auf die Seite, den spekulativen Blick auf den Nebel gerichtet. Mit traumähnlicher Gelassenheit erklang ihre Entgegnung. »Er lebt, doch er ist gelähmt. Seine Trance ist so tief, daß ihn nur eine Haaresbreite vom Tod trennt. Er kann nicht ewig in diesem Zustand verharren, aber er glaubt, daß er gerettet werden wird.«

Die schwarzen Brauen zu einem Stirnrunzeln zusammengezogen, ließ Emien das Schwert sinken und begann, vehement zu protestieren, doch Tathagres unterbrach ihn heftig. Mörderische Absichten spiegelten sich in ihren geweiteten, violetten Augen. Ihre Miene schien die Atemluft in seinen Lungen gefrieren zu lassen, und Emien mußte die Zähne zusammenbeißen, wollte er nicht zittern wie ein verängstigtes Kind.

»Der Sturmwächter hat seinen Fluch über Ivain, den Feuergebieter, aktiviert.« Tathagres Tonfall kündete von einem scharfen, ungläubigen Zorn. »Er vertraut darauf, daß seine Magie und ein mageres Bürschlein ihn von der Bösartigkeit der Frostwargs bewahren.« Wieder lachte sie, doch ihre

Heiterkeit klang gezwungen, so als wäre ein geheimer Plan vereitelt worden.

Von einer plötzlichen Eingebung getrieben, sagte Emien rasch: »Ihr könnt ihn nicht berühren.« Glühender Groll begleitete den Gedanken.

»Ich kann ihn nicht berühren, das ist wahr.« Mit einem Ausdruck gefährlicher Verzückung beugte Tathagres sich vor. »Ich muß ihn auch gar nicht berühren. Sein Schicksal ist längst besiegelt, ohne daß ich etwas dazu tun mußte. Schau, ich werde es dir zeigen.«

Sie streckte die Hand aus und griff nach dem Schwert. Widerstrebend, doch ebenso entschlossen, an ihren Erkenntnissen teilzuhaben, übergab ihr Emien die Waffe. Gebückt stützte er sich auf eine Hand, während Tathagres die Schwertspitze an den Boden führte und ein Dreieck in das Eis zwischen ihren Beinen kratzte.

Sie beließ die Schwertspitze an dem der Hypotenuse entgegengesetzten Winkel und führte das abgenutzte Heft an das Goldband über ihrem Kragen.

»Ivains Nachfahre ist ein vertrottelter Schwächling.« Ein spöttischer Zug spielte um ihre Lippen. »Sieh ihn dir selbst an.«

Plötzlich flammten die Linien im Eis unter violettem Licht auf, gefolgt von einer sengenden Hitze, als die Magie zuschlug. Dampfschwaden stiegen auf und vermengte sich mit dem Nebel. Emien spannte sich. So sehr er der Zauberei mißtraute, so wenig konnte er sich von dem Geschehen losreißen. Vor seinen Augen schmolz das Eis, und auf seiner Oberfläche entstand ein Bild von einem weit entfernten Ort. In dem einzigen Raum eines ordentlichen Häuschens saß ein Knabe auf einem Weidenstuhl. Sein Körper verschwand beinahe unter den wollenen Decken, obwohl sich warmes Sonnenlicht durch das offene Fenster in das Zimmer ergoß. Unter einem Wirrwarr glanzloser Haare kündeten seine Züge von schlechter Gesundheit, und die Finger, die auf seinen Knien ruhten, waren so zart wie junge Zweige im Frühjahr. Er schien zu schlafen. Bei näherem Hinsehen jedoch erkannte Emien, daß die Augen des Jungen offen, sein Blick aber starr war, als wäre er vollkommen von Sinnen. Doch während Emien ihn beobachtete, kam Bewegung in die braunen Augen, und für einen Sekundenbruchteil schienen sie ihn direkt anzustarren.

Von einer schrecklichen Vorahnung erfaßt, zuckte Emien zurück. »Bei den Feuern von Kordane! Wer ist er?«

Mit einem scharfen Knirschen zog Tathagres die Klinge fort. Das Bild löste sich in einem Funkenregen auf. Mit sonderbar wachsamer Miene betrachtete sie Emien. »Wer? Er wird Kerainson Jaric genannt, und er ist der Nachfahre von Ivain, dem Feuergebieter. Aber er wird nicht überleben, um Anskiere zu retten, nicht einmal, wenn er über eine Konstitution verfügen würde, die stark genug wäre, seines Vaters Kunst zu erlernen. Allein der Initiationsprozeß selbst, der Zyklus des Feuers, bringt Wahnsinn hervor; Ivain ist daran gescheitert. Sein Nachfahre aber ist so oder so schon krank, ein Schwachsinniger, hast du das nicht gesehen? Die Vaere würden ihn niemals als Schüler akzeptieren, und ohne die Fähigkeiten seines Vaters ist Anskiere dem Untergang geweiht.«

Tief atmete Emien die frische Luft. So harmlos Kerainson Jaric auch erschien, etwas an seiner Erscheinung warnte Emiens Instinkt vor einer unbestimmten Gefahr. Als Fischer geboren und aufgewachsen, hatte Emien gelernt, seine Gefühle nicht zu ignorieren, gleich wie unlogisch sie erscheinen mochten. Nun aber erschien sein Inselaberglaube im Angesicht der welterfahrenen Spitzfindigkeit Tathagres' lächerlich zu sein.

Verlegen wegen seiner Vorahnungen, nahm Emien das Schwert aus Tathagres Händen entgegen, und ein nicht minder schweres Gewicht schien sich auf sein Herz zu senken. Endlich war es ihm gelungen, Tathagres' reizbare Stimmung richtig zu interpretieren. So lange die Frostwargs gefangen und Anskiere außerhalb ihrer Reichweite war, konnte sie die Schlüssel von Elrinfaer nicht von ihrem König fordern. Dieser Rückschlag erboste sie. Gemessen an ihrem Groll, nahm Emien an, daß die Macht ihres Halsbandes den Kräften noch immer nicht ebenbürtig war, welche die Frostwargs in diese Bastion aus Eis einschlossen. Selbst wenn er dabei sein Leben gelassen hätte, hätte Anskiere sie in diesem Machtkampf doch besiegt.

Nicht gewillt, seinen leidenschaftlichen Wunsch nach Vergeltung aufzugeben, suchte Emien in den Zügen seiner Herrin nach Anzeichen der Niederlage; sollte sie nach allem, was er erlitten hatte, aufgeben wollen, so würde er sie schlagen, auch wenn ihn diese Impertinenz das Leben kosten sollte. Doch in den violetten Augen, die seinem Blick begegneten, brannte noch immer wilde Entschlossenheit.

»Dein Sturmwächter wird gewiß für das Unwetter bezahlen, sollte er lange genug am Leben bleiben.« Ein unbeschreiblich grausamer Zug spielte um Tathagres Lippen. »Das Eis kann ihn nicht auf ewig schützen, das verspreche ich dir.«

Plötzlich versteifte sich Tathagres. Emien hörte das Stampfen und Schnauben eines Pferdes, irgendwo in der Tiefe. Aufgeschreckt starrte er in den dünner werdenden Nebel, die Hände um das Heft des Schwertes geklammert. Gedämpftes Sonnenlicht fiel auf die Bucht, und in den Klippen hing noch immer der Dunst, doch auch er würde sich schon bald lichten. Innerhalb von Sekunden würde der Felsvorsprung von der Patrouille entdeckt werden, die sich von unten näherte. Emien betete, daß die Leichen der ermordeten Soldaten nicht gefunden werden würden.

In diesem Augenblick stieß ein Mann einen Entsetzensschrei aus. Zaumzeug klirrte, und Hufe donnerten über den nassen Sand. Ein anderer Mann meldete sich von der Klippe über ihnen. Seinem Ruf folgte sogleich der Lärm einer bewaffneten Truppe zu Pferde.

Emien leckte sich über die trockenen Lippen. »Wir sind umzingelt«, flüsterte er aufgeregt. Mit erhobenem Schwert kauerte er sich hinter die Kante aus Eis, bereit, ihre Stellung so gut zu verteidigen, wie er nur konnte.

Doch Tathagres ergriff sein Handgelenk und zerrte ihn gewaltsam zu sich. »Nein. Bleib bei mir.« Wie Klauen bohrten sich ihre Fingernägel in seinen Unterarm. »Ich werde die Macht der Magie Anskieres anzapfen und dazu benutzen, uns hier herauszubringen. Wenn sie keine Bogenschützen haben, sind wir in Sicherheit.«

Zitternd, hilflos und wieder einmal durch Tathagres' überwältigende Macht erniedrigt, bemühte sich Emien, seine Furcht zu verbergen. Schweiß lief über seinen Rücken. Verzweifelt dem Stolz verhaftet, der ihm noch geblieben war, blieb er unter Tathagres Griff starr stehen, während sie die freie Hand an ihre Kehle führte und mit einer Anrufung begann. Die letzten Nebelschwaden trieben von dem Eis fort. Deutlich sichtbar versammelten sich am Strand bewaffnete Männer um den Leichnam jenes Soldaten, den Tathagres zu Tode geküßt hatte. Gerade, als Emien ihre Zahl einzuschätzen versuchte, blickte der Mann in ihrer Mitte auf und starrte ihm direkt in die Augen.

Kapitel 11

GEGENSCHLAG

Dort!« brüllte der Kielmark. Er hob seinen muskulösen Arm und deutete auf die Eindringlinge. Schwarzgewandet wie aasfressende Krähen standen eine Frau und ein Knabe mit einem Schwert auf einem Felsvorsprung, etwa siebzig Meter oberhalb der Bucht. Wer sie waren und was sie nach Riffhafen geführt haben mochte, war nicht von Bedeutung. Drei Soldaten waren tot, wahrscheinlich vergiftet; für dieses Verbrechen würden sie keine Gnade erfahren.

Die blauen Augen zu zornigen Schlitzen zusammengezogen, kommandierte der Herr über Riffhafen seine Soldaten. »Du!« Er deutete auf einen Reiter am Rand der Truppe. »Reite zum östlichen Lager und bring mir Bogenschützen.« Der Angesprochene riß sein Pferd herum, rammte ihm die Sporen in den Leib und galoppierte davon. Der Kielmark rief mit lauter Stimme über das Donnern der Hufe hinweg: »Ihr anderen werdet die Klippe abriegeln. Schneidet ihnen jeden Fluchtweg ab. Wenn die Bogenschützen eintreffen, werdet ihr vorrücken und den Jungen und die Frau lebend fangen.«

Lebhaft lösten die Männer ihre Reihen auf, wohlwissend, daß ihre Vorstellung später bis ins letzte kritische Detail analysiert werden mochte. Doch dieses Mal hatte der Kielmark andere Sorgen. Angespannt wie ein Löwe im Käfig, schritt er an der Flutmarke entlang und bückte sich hier und dort, um die zerschmetterten Fragmente dessen zu begutachten, was einmal ein Boot gewesen war. Der Kiel und ein paar wenige Spiere waren noch intakt genug, um die Größe des Bootes einzuschätzen. Der Kielmark pflanzte seinen Fuß auf die Überreste, die Daumen hinter seinen Schwertgurt verhakt, und betrachtete die Leichen, die ausgebreitet in der Bucht lagen. Einen Augenblick später spuckte er in den Sand und fluchte mit einer Vehemenz, wie nur wenige Menschen sie je erlebt und überlebt hatten.

Das Boot, ein alter, plumper Kahn, erklärte zumindest, warum die Nachtwache seine dringlichste Anweisung mißachtet und nicht sogleich bei Sichtkontakt von der Annäherung der Fremden berichtet hatte. Vermutlich hatten sich die drei Männer vor ihrer Pflicht gedrückt, weil sie geglaubt hatten, daß ein so schwerfälliges Gefährt nicht minder harmlose Passagiere befördern würde. Dieser Fehler hatte sie das Leben gekostet. Auch das war eine Form einfacher Gerechtigkeit, wie der Kielmark feststellen mußte, während er voller Zorn mit dem Heft seines Schwertes spielte. Zwar blieb ihm nun die Unannehmlichkeit erspart, drei Männer wegen Befehlsverweigerung zu hängen, doch war er immer noch mit den Konsequenzen ihrer Nachlässigkeit konfrontiert.

Die Frau und der Junge verharrten auf dem Felsvorsprung, gestellt von seinen äußerst tüchtigen Soldaten. Der Fuß der Klippe war von einem glitzernden Halbkreis aus Waffen und Männern auf Pferden umgeben, die bereit waren, jeden Versuch einer Flucht im Ansatz zu ersticken. Die Aufstellung war perfekt, jeder Mann wachsam auf Posten, den Speer zu sofortiger Reaktion bereit in Händen. Dennoch kratzte sich der Kielmark außerordentlich unruhig an seinem bärtigen Kinn. Mochten andere

Kommandanten auch zu hochmütig sein, sechzig Bewaffnete gegen eine unbewaffnete Frau und einen Knaben aufzustellen, so handelte der König der Renegaten doch, ohne eine Sekunde zu zögern. Er ließ seine besten Männer aufmarschieren, gerade weil die Eindringlinge einen so harmlosen Eindruck hinterließen.

Geduldig wie ein Präriewolf, studierte der Kielmark die beiden Fremden, die in sein Reich eingedrungen waren. Der Bursche wußte offensichtlich nicht mit einem Schwert umzugehen, denn er hielt die Waffe wie einen gewöhnlichen Stock. Der Kielmark entließ ihn als verängstigt und durchschnittlich aus seiner Aufmerksamkeit und konzentrierte seinen eisigen Blick auf die silberhaarige Frau, die neben dem Jungen stand. Ein weniger umsichtiger Mann hätte vermutlich wertvolle Minuten darauf verschwendet, ihre berückend schöne Gestalt zu bewundern. Der Herr von Riffhafen jedoch suchte lediglich nach Anzeichen von Wankelmut, die ihm einen Vorteil würden verschaffen können; und der vollkommene Mangel an Besorgnis in den Zügen der Frau erschütterte ihn im Gegenzug mehr als alles andere. Jeder, der sich sechzig bewaffneten Männern gegenübersah, sollte sich zumindest beunruhigt zeigen, doch die einzige Spannung, die er an der Frau entdecken konnte, betraf die Hand, die sie um ihre Kehle gespannt hielt.

Die Erkenntnis traf den Kielmark von einem Augenblick zum nächsten. Eine derartige Arroganz konnte nur auf die Macht eines Zauberers hindeuten; sollte die Frau die Soldaten in der vergangenen Nacht jedoch durch Magie getötet haben, so mochte sich auch eine ganze Truppe Bewaffneter durchaus als unterlegen erweisen. Besorgt um die Männer unter seinem Kommando, lief der Kielmark über die Bucht. Wer immer diese Frau sein mochte, sie war wegen Anskiere hier, doch sie war nicht als seine Verbündete gekommen; ein Freund des Sturmwächters würde niemals einen Mord begehen.

»Zurück!« brüllte der Kielmark, während er mit dem Arm wild gestikulierte. »Zieht euch von dem Eis zurück.«

Mit einem Ausdrück dümmlicher Verblüffung blickte sich der Hauptmann der Truppe um. Wütend brüllte der Kielmark erneut, dieses Mal in einem Tonfall, aggressiv genug, seinen Untergebenen jeden Hauch des Ungehorsams auszutreiben. »*Zieht euch zurück!*«

Blaß vor Schrecken bellte der Hauptmann einen Befehl. Die Formation brach auf und initiierte einen ordentlichen Rückzug. Und der Kielmark fluchte und betrachtete erneut die Frau, die mächtige Faust frustriert um das Heft des Schwertes gespannt.

Das Klirren der Waffen und Kettenhemden hallte von dem Eis wider, begleitet von dem raschen Donnern der Hufe. Reiter näherten sich, die Bogenschützen, nach denen der Kielmark zuvor geschickt hatte. Er wirbelte herum, um ihnen entgegenzutreten, und pflanzte seine massive Gestalt direkt vor ihnen auf. Um ihn nicht niederzureiten, mußte der führende Reiter sein galoppierendes Roß so brutal zügeln, daß es in den Hinterläufen einknickte. Das Tier stolperte über den steilen Hang der Düne. Sand rieselte auf die ledernen Hosen des Kielmark, als es kaum einen Meter von ihm entfernt zum Stehen kam. Der Kielmark sprang vor und riß den Bogen von der Scheide am Sattel. Dann griff er nach einem Pfeil, während die zwei anderen Reiter aus dem östlichen Lager mit donnernden Hufen neben ihm zum Stillstand kamen. Ohne sich Zeit für eine Erklärung zu nehmen, drängte sich der Kielmark zwischen ihnen hindurch, spannte den Bogen und richtete ihn auf die Frau auf dem Felsvorsprung. Er zielte nach dem Dreieck ungeschützten Fleisches zwischen ihrem wollenen, schwarzen Kragen und dem feinen, silbernen Haar.

Sein Ziel machte keine Anstalten, sich irgendwie zu schützen. Ihre Lippen öffneten sich mit einem Ausdruck des Amüsements, und sie lachte lauthals über den angelegten Pfeil, der sie bedrohen sollte. Eine Brise zupfte an ihrem Mantelsaum. Der Kielmark ließ die Sehne los. Zischend flog der Pfeil gen Himmel, beschrieb einen makellosen Bogen im Licht der Morgensonne. Das Lächeln der Frau verschwand. Sie hob die Hand. Der Pfeil verließ seinen Kurs, stürzte auf den Felsen, ohne irgendwelchen Schaden anzurichten, und prallte zu Splittern zertrümmert von dem Gestein ab.

»Zauberei!« brüllte der Hauptmann. »Sie ist eine Hexe!« In der traditionellen Geste zur Abwehr des Bösen, erhob er die überkreuzten Arme genau in dem Augenblick, da die Frau beide Hände an den Goldreif heranführte, der ihren Hals zierte.

Ihre Tat brachte die Elemente in Aufruhr. Plötzlich heulte die Luft über den Köpfen der Männer, als wäre ein Drache dem Reich der Legende entsprungen und atmete ein Stück des Himmels in sich hinein. Mit einem Geräusch wie von reißendem Stoff verschwanden Frau und Knabe, als hätten sie nie existiert, verschwanden an einen anderen Ort, getragen von den Mächten, die die Frau der Magie Anskieres abgerungen hatte. Kielmark stieß die wüstesten Flüche aus, während er den Bogen ablegte.

Kaum einen Augenblick, nachdem die Frau die Mächte angezapft hatte, die ihre Flucht hatten stützen sollen, trat ein Gegenschlag ein, dessen Gewalt alles aus dem Gleichgewicht brachte.

Wind heulten über die See, jagte klagend über Klippen, über Dünen und die Bucht. Der Sturm wirbelte über die Eisklippen, riß Männer und Pferde zu Boden und entwurzelte Bäume, als wären es winzige Schößlinge. Auf die Knie gezwungen, barg der Kielmark das Gesicht in Händen, um sich vor dem heranwirbelden Sand zu schützen. Irgendwo zu seiner Rechten stürzte ein Pferd, und ein verwundeter Soldat schrie vor Schmerzen; doch all die Geräusche wirkten sonderbar laut, und schon eine Sekunde später ahnte der Kielmark den Grund dafür. Von dem Wind zu enormer Größe getrieben, jagten die Brecher auf die Küste zu. Gischt spritzte wie Regenschwaden auf. Eiskaltes Spritzwasser traf die Wange des Kielmark und legte Kunde davon ab, daß seine Küste von einer Macht verwüstet wurde, die nur ein Wettermagier aufzuhalten imstande war. Jeder Mann, der unterhalb der Klippe seinem Dienstbefehl gefolgt war, war nun in Gefahr zu ertrinken.

Entschlossen, derartigen Verlusten vorzubeugen, riß sich der Kielmark die Schärpe vom Leib, die seine Tunika hielt, und legte sie über das Gesicht, um sich vor dem Sand zu schützen. Der Wind zerrte an dem Stoff, entwand ihn seinen Fingern, als er versuchte, ihn zu verknoten. Zu stur um aufzugeben, bemühte er sich weiter. Schließlich, geschützt durch die provisorische Augenbinde, stemmte er sich gegen den Wind und gewann langsam an Boden.

Das Wetter machte jede Bewegung zur Qual. Gepeinigt von dem heranwirbelnden Sand und vom Zorn der Elemente betäubt, mußte sich der Kielmark jeden Schritt hart erkämpfen. Nie in der

Geschichte waren die Küsten von Riffhafen von einem derart gewaltigen Sturm heimgesucht worden. Wohlwissend, daß die ganze Insel in Mitleidenschaft gezogen sein mochte, mühte sich der Kielmark, von glühendem Zorn besessen, voran. Er fluchte. Es würde Überlebende geben; doch die unvermeidliche Vergeudung von Menschenleben und Material erzürnte ihn unsäglich.

Während er gegen den Wind ankämpfte, prallte er gegen den Unterarm eines anderen Mannes. Durch den Umstand, wenigstens einen seiner Soldaten lebend gefunden zu haben, ermutigt, führte er die Finger des Mannes an seinen Gürtel. Der Wind kreischte wie ein Folteropfer in seinen Ohren und machte es unmöglich, dem Mann Mut zuzusprechen. Der Kielmark ließ ihm einen Augenblick Zeit, sicher auf die Beine zu kommen, ehe er sich voranplagte und nach anderen suchte. Bald hatte er eine kleine Gruppe Überlebender um sich versammelt. Die Stärkeren vereinten ihre Kräfte mit den seinen, und langsam obsiegten die Männer über den Sturm und zogen sich zurück, fort von der tobenden See und hinein in den Schutz der Dünen.

Selbst dort kreischte der stürmische Wind, zerrte an ihren Schultern, scharf und schmerzhaft wie ein Peitschenhieb. Die Beine weit gespreizt, rang der Kielmark um Atem und zerrte sich das Tuch vom Gesicht. Sechs seiner besten Soldaten kauerten im Windschatten der Felsen, zerschlagen, blutend und halbtot vor Erschöpfung. Einer der Bogenschützen zu Pferde war auf seinen Köcher gefallen, als er aus dem Sattel geworfen wurde; der zerbrochene Schaft eines Pfeiles ragte nun aus einer häßlichen Wunde an seiner Hüfte hervor. Beinahe siebzig der besten Männer von Riffhafen kämpften um ihr Leben, und das alles allein wegen der Machenschaften einer

Frau und der Nachlässigkeit des diensthabenden Wachhauptmanns. Und nun war ganz Riffhafen in Gefahr. Die großen Hände des Kielmark ballten sich zu Fäusten, und seine Lippen verzogen sich zu einem Ausdruck, der den Männern um ihn herum eine Gänsehaut verursachte. Trotzdem blieben seine Stimme und seine Handlungen kontrolliert wie das Verhalten eines Wolfes, der von einem Rudel Mastiffs gejagt wird.

Er berührte den Mann, der ihm am nächsten stand, am Arm, und selbst mit Gebrüll gelang es ihm kaum, sich in dem Lärm verständlich zu machen. »Hol die anderen! Bildet eine Kette. Und sorgt dafür, daß die Verwundeten sicher auf erhöhtem Terrain untergebracht sind.«

Der Mann nickte und machte sich mutig ans Werk. Besorgt um den Rest der Insel, verließ der Kielmark den Schutz der Düne, ohne weiter zu zögern. Von den Elementen heimgesucht, krabbelte er über Felsen und dorniges Gestrüpp auf höhergelegenes Gebiet. Dort erst wurde das Ausmaß der Zerstörung, die die Zauberei der Frau über Riffhafen gebracht hatte, schrecklich offensichtlich. Wind wehte aus allen Himmelsrichtungen herbei. Nun war der Kielmark gewiß, daß Anskieres Macht mißbraucht worden war, um das magische Verschwinden der Frau zu unterstützen. Große Luftmassen waren mit der Frau an einen anderen Ort verschwunden, und der starke Druckabfall hatte dazu geführt, daß ein Sturm, schlimmer als das schrecklichste Unwetter, folgen mußte. So weit das Auge reichte, lagen dunkle Gewitterwolken über dem Horizont. Die Geschwindigkeit, mit der das Unwetter sich näherte, war geradezu unglaublich. Während eines ganzen Lebens, in denen er unzählige Geschichten gehört hatte, war dem

Kielmark nur einmal ein Wetter wie dieses zu Ohren gekommen, und diese Geschichte hatte ein gichtiger alter Seebär erzählt, der behauptet hatte, den Untergang Tierl Enneths überlebt zu haben. Die Vorstellung, Riffhafen könnte ein ähnlicher Schrecken bevorstehen, war unerträglich.

Der Kielmark kämpfte die von Verzweiflung genährte Trägheit nieder. Wie ein Bulle preschte er durch die Dornenbüsche, ehe er zufällig über ein Pferd ohne Reiter stolperte. Rasch ergriff er die Zügel und sprang in den Sattel, ohne daß sein Fuß die Steigbügel auch nur berührt hätte. Dann schlug er dem Tier die Zügel wieder und wieder in die Flanke, bis seine weiße Haut von roten Flecken überzogen zitterte. Von Schmerz und Furcht getrieben, galoppierte das Tier wie von Sinnen. Der Kielmark aber brüllte wie ein Wahnsinniger und trieb das Pferd noch weiter an.

Von einigen wenigen, soliden Bauten abgesehen, lebte die Bevölkerung von Riffhafen größtenteils in höhergelegenen Gegenden. Nun aber hatten viele Familien, die durch Anskieres früheres Unwetter ihr Obdach verloren hatten, Unterschlupf in den Lagerhäusern am Hafen gesucht; wenn der Meeresspiegel ansteigen sollte, so würden sie sterben. Im Wettrennen mit dem näherkommenden Sturm, trieb der Kielmark das Tier jenseits aller Vernunft an, als heulten die Verdammten Kors in seinem Rücken. Er würde früh genug vor Ort sein, die seinen zu retten, das schwor er bei seinem Leben. Und er gelobte außerdem, daß, für jeden Toten und jeden Verwundeten unter den Eisklippen, der nächste Mann, das nächste Kind oder die nächste Frau, die es wagte, im Namen Anskieres von Elrinfaer Riffhafen zu betreten, dem Scharfrichter übergeben würde.

Die Klinge der Axt sauste zischend durch die Luft und landete sauber in die Mitte des alten Buchenstumpfes neben der Hüttentür. Durch die Strapazen war ihm warm geworden, und so lehnte sich Telemark, der Waidmann, an den Holzstapel und gönnte sich eine Pause, um die Haare aus seinem Gesicht zu streichen. Die erste Kälte des Herbstes lag bereits in der Luft, und auf dem Boden vor der Hütte breitete sich, seiner alten Gewohnheit folgend, ein unordentliches Durcheinander aus Holzscheiten aus, die vor dem nächsten Winter zu Feuerholz gespalten werden mußten. Doch anders als in anderen Jahren war der Stapel Feuerholz im Inneren der Hütte bereits hüfthoch; mit einem kranken Knaben unter seinem Dach, wollte Telemark nicht riskieren, zu wenig Vorrat für den Winter zu haben. Mit dem geschulten Instinkt eines Waldbewohners wußte er, daß die vor ihm liegende Jahreszeit hart werden würde, selbst für die Länder nördlich des Furlaingebirges. Die Schneefälle würden ausdauernd und ergiebig werden und das Holz knapp; doch die Kälte würde ihm um so mehr Pelze einbringen. Er durfte mit einer guten Jagdsaison rechnen.

Telemark griff erneut nach der Axt und erstarrte mit der Faust an der Griffstange. Der Fasan in dem Dickicht im Süden hatte aufgehört zu rufen. An die natürlichen Geräusche des Waldes gewöhnt, lauschte der Waidmann, während sein Blick auf der Suche nach einem Falken über den Himmel wanderte. Lärmend erhob sich der Fasan in die Lüfte, ein sonderbares Verhalten für ein Tier, dessen beste Verteidigungsstrategie in Tarnung und Stillhalten bestand. In diesem Augenblick vernahm Telemark das Geräusch, das den Vogel aufgeschreckt hatte.

Hoch oben jagte ein scharfer Wind auf die

Lichtung zu, beugte die Baumwipfel wie reife Weizenhalme und zerrte einen Wirbelsturm aus Zweigen, Blättern und toten Ästen mit sich. Dieser Wind ähnelte keiner Wetterkonstellation, die Telemark je erlebt hatte, und als sich schließlich seine Nackenhaare aufrichteten, ließ er die Axt fallen und rannte zur Tür.

Der machtvolle Wind überwältigte ihn, bevor er seine Hütte erreicht hatte, schlug ihn mit der Gewalt einer Streitaxt nieder. Von der brutalen Kraft zwischen den Schultern erwischt, stolperte Telemark, stürzte und überschlug sich, bis er hart gegen die steinerne Stufe prallte. Zerschlagen, furchterfüllt und halb benommen, bemühte er sich stöhnend, auf die Beine zu kommen, während er von einem bösartigen Schauer herumfliegender Zweige und Blätter geprügelt wurde. Und über seinem Kopf donnerte der Wind direkt gegen seine Tür. Lederne Türangeln rissen wie Papier, und der Riegel barst unter einer Fontäne aufwirbelnder Funken. Entsetzt angesichts der Erkenntnis, wußte Telemark nun, daß sein Zuhause von den Mächten der Zauberei heimgesucht wurde.

Geplagt von der Sorge um Jaric, klammerte sich der Waidmann an den Türrahmen und zog sich mühsam über die Schwelle. Dort bot sich ihm ein Anblick, der ihm das Herz zerreißen wollte. Wind wütete wie der Fluch eines Dämons in dem begrenzten Raum im Inneren der Hütte. Gläser mit seltenen Kräutern stürzten aus den Regalen, viele Jahreszeiten sorgsamer Arbeit waren innerhalb eines Augenblicks zerstört. Werkzeuge flogen von ihren Haken, und die polierten Kupfertöpfe aus dem Vorratsschrank polterten über den Boden und zertrümmerten alles, was ihnen im Weg lag. Von Natur aus akribisch, zuckte Telemark nur kurz, ehe er sich über die offensichtliche Zerstörung hinaus dem Knaben zuwandte. Vor dem Ofen lag ein umgestürzter Weidenstuhl, dessen Kissen sich gefährlich nahe an den Flammen befanden. Gleich daneben streckte Jaric alle Viere von sich, und die Decke, die ihn zuvor gewärmt hatte, flatterte wie eine riesige Fledermaus neben ihm über den Boden.

Telemark mußte sich am Türpfosten festhalten, um das Gleichgewicht zu halten. Gesplittertes Holz bohrte sich in seine Handflächen, als der Wind an seinem Körper rüttelte, doch die Gewalt des ersten Angriffs schien langsam nachzulassen. Und noch während der Waidmann seine Chance erkannte, nahm die Magie, die sich gegen ihn stellte, weiter ab und erstarb schließlich abrupt. Von Tischen und Regalbrettern geschleudert, lagen all die Dinge, die er während langer Jahre der Einsamkeit erworben hatte, zerschmettert in den Ecken des Raumes. Eine Pfanne beschrieb auf dem Boden einen trunkenen Tanz, und das metallische Klirren erschien in der plötzlichen Stille wie ein Schrei. Zitternd vor Entsetzen, versetzte Telemark der Pfanne einen Tritt. Dann sackte er zurück an die nunmehr trügerische Sicherheit seiner Mauern und blinzelte gegen die Zornestränen in seinen Augen an.

Er kannte die Welt jenseits des Waldes und als Telemark nun sein geschändetes Heim betrachtete, wußte er, daß die Zerstörung das Resultat einer magischen Rückwirkung war. Irgendwo standen zwei Zauberer in einem Konflikt, und eine Störung im Gleichgewicht zwischen ihren Energien hatte die Vernichtung in seinem Haus erwirkt, weil der Knabe, dem er Obdach bot, irgendwie mit den Ereignissen in Verbindung stand. Gepeinigt von den unausweichlichen Konsequenzen, verkrallte Telemark die Finger in den Ärmeln: für Jaric konnte es hier keine sichere Zuflucht geben. Wer auch immer der Junge neben dem Herd war, er hatte Feinde, deren Fähigkeiten kein Waidmann gewachsen war, auch dann nicht, wenn er mit den Söldnern im Heer des Herzogs gedient hatte. Schwer lastete die Entscheidung auf seinem Herzen, dennoch wagte er es nicht, den Jungen noch länger bei sich zu behalten; wo Zauberer beteiligt waren, war die Gefahr zu groß, um sie allein zu tragen.

Draußen rief der Fasan, der in sein Dickicht zurückgekehrt war. Überzeugt, daß die unmittelbare Gefahr vorüber war, schritt Telemark über den Boden, der mit Unrat übersät war, und blieb neben Jaric stehen. Obgleich in tiefer Bewußtlosigkeit, schien der Junge physisch unversehrt; nur die Zeit konnte zeigen, ob auch in anderer Hinsicht alles in Ordnung war. Mit dem gleichen bitteren Gesichtsausdruck, der sich stets in seine Züge geschlichen hatte, wenn der Herzog ihm befohlen hatte, Singvögel für seinen Tiergarten zu fangen, sammelte Telemark den Knaben vom Boden auf.

Mit unsicheren Händen legte er Jaric auf die Pritsche in der Ecke des Raumes, ehe er ruhelos ans Fenster trat. Von dem Durcheinander angewehter Zweige vor der Hütte abgesehen, schien der Wald unverändert, und seine grüne Tiefe war ein Balsam für das Auge nach dem jämmerlichen Zustand im Inneren der Hütte. Noch waren die Schatten recht kurz; wenn er sich beeilte, konnte er es bis zum Sonnenuntergang schaffen. Die Stadttore wurden pünktlich bei Einbruch der Dunkelheit geschlossen. So sehr sich der Waidmann auch um Jaric sorgte, würde es seinem Seelenfrieden doch nur helfen können, wenn er den Jungen so schnell wie möglich den Geweihten Kors in Corlin übergab. Ohne sich weiter um die Zerstörung in seinem Heim zu kümmern, gürtete Telemark sein Schwert, schlang sich Bogen und Köcher über die breiten Schultern und wickelte seinen Schützling in eine Decke. Dann hob er Jaric auf seine Arme, suchte sich durch den Unrat einen Weg zur Tür und ging in Richtung Corlin.

Die Senke, durch die der Pfad zur Hauptstraße führte, schien für die Mittagszeit sonderbar finster zu sein. Mit gerunzelter Stirn zögerte Telemark kurz und verlagerte das Gewicht Jarics ein wenig höher auf seine Schultern. Irgend etwas stimmte nicht. Der Himmel über ihnen war wolkenlos, doch das Licht, das zwischen den Blättern der Eichenbäume hindurchschimmerte, war seltsam düster. Die Bäume selbst standen vollkommen still, nicht einmal Eichhörnchen rührten sich an diesem Ort, an dem es Eicheln in einem Überfluß gab wie Kieselsteine in einer Bucht.

Alle Sinne geschärft, hielt Telemark am Rande eines Dickichts inne. Zu seiner Linken, hinter dichtgewachsenem Strauchwerk, hörte er Schritte, so verstohlen und leise, daß sie selbst einem wilden Tier hätten entgehen können. Er legte Jaric auf dem Boden ab und bespannte mit sicheren Fingern rasch seinen Bogen. Dann zog er sein Schwert und rammte es mit der Spitze voran ins Moos. Das Heft kampfbereit in der Hand, wartete er.

Hinter den Bäumen verbarg sich kein Fußweg. Ein Mensch würde mehr Lärm veranstalten, würde vermutlich Vögel aufschrecken und die Eichhörnchen zu eiliger Flucht treiben; und kein menschliches Wirken vermochte das unheimlich gedämpfte Licht zu erklären. Noch während Telemark nach der Ursache fahndete, wurde es noch finsterer, als würde sich Dunkelheit wie ein Tuch über die Luft legen. Kalt fühlte sich die vertraute Form des Bogens in seiner Handfläche an, als er einen Pfeil anlegte und die Waffe spannte. Wieder wartete er reglos, die Muskeln an seinen Armen so ruhig wie altes, knotiges Holz, und er hielt den Pfeil vollkommen sicher auf das Gebüsch gerichtet, als würde er ein scheues Reh jagen. Mit absoluter Gewißheit aber wußte er, daß er nicht auf der Jagd nach einem Tier war.

Als die Schatten um ihn herum tiefer wurden, hörte er ein leises Geräusch, kaum mehr als das Knistern eines herabfallenden Blattes. Und vor ihm glühte ein Augenpaar, rötlich wie brennende Kohlen und nicht minder tödlich. Minimal bewegte er seinen Bogen, richtete ihn auf sein Ziel, und doch wußte er, daß sein Verderben bevorstand, denn die Kreatur, die ihm hier entgegentrat, war dämonischer Art, ein llondischer Empath, dessen Abwehr kein Sterblicher überleben konnte.

Ehe Telemark die Sehne loslassen konnte, blitzte ein Gedankenbild in seinem Geist auf. Worte drängten sich mit der glühenden Hitze höllischer Qualen in sein Bewußtsein. »*Sterblicher, lege die Waffe nieder.*«

Zitternd leistete der Waidmann Widerstand. Kalter Schweiß lief über seine Stirn, und sein Haar klebte feucht an seinen Schläfen. Um des Jungen zu seinen Füßen willen, löste er die verkrampften Finger von der Sehne. Der Bogen sang ein Lied reiner Sorge, geboren aus dem llondischen Einfluß. Der Pfeil sauste zischend ins Gestrüpp. In diesem Augenblick schnitt der schrille Zornespfiff des Dämons in sein Gehör. Telemark sah, wie sein Pfeil zwischen den Zweigen hindurchflog und sein Ziel deutlich verfehlte. Llondische Augen schauten ihn scharlachrot klagend an. Und der Zorn des Wesens wandelte sich zu einem unerträglichen Bild, geformt, seinen Angreifer zu verletzten.

Telemark schrie. Er sah das Grün des Seitwaldes

ausdörren, die vertrauten Bäume aus dem Erdreich gerissen. Geschwärzte Stümpfe reckten sich wie anklagende Finger dem Himmel entgegen, und in dem Tal jenseits des Rotwasserflusses stand Corlin in Flammen; alles nur wegen eines Pfeiles, leichtsinnig abgefeuert auf eine Kreatur, die keinerlei böse Absichten hegte.

Hier endete die Vision. Plötzlich wieder frei, kam der Waidmann zu Sinnen, in den Ohren noch immer den Nachhall seines eigenen Entsetzensschreies. Zitternd richtete er sich auf und sah die von einem Umhang verhüllte Gestalt des Llondel vor sich in der Finsternis. Unheilvoll glühende Augen betrachteten ihn, und Telemark, weit weniger gelassen, starrte zurück.

»Was willst du?« fragte er heiser und riskierte einen kurzen Blick auf Jaric. Der Junge schien unversehrt. Doch dort, wo sein Schwert im Boden gesteckt hatte, war nurmehr ein Loch zu sehen. Der Llondel ging kein Risiko ein.

»*Nie darfst du den Feuerträger zu den Blaukutten bringen*«, vermittelte der Dämon auf telepathischem Wege.

»Was?« Telemark breitete die Hände aus, die Finger gespreizt, die Handflächen nach oben gerichtet, um zu zeigen, daß er nicht verstanden hatte.

Der Llondel deutete mit einem Finger, grau und dürr wie ein flechtenverkrusteter Zweig, auf Jaric. »*Niemals darfst du ihn fortbringen*«, und ein Bild entwurzelter Bäume und der Geruch von Feuer begleiteten seine Worte.

Der Waidmann wich zurück, unfähig sich einer Furcht zu erwehren, wie sie ein Singvogel spüren mochte, wenn sich die Schlinge um seinen Hals legte. Was sollte er mit einem Jungen anfangen, der im Banne von Zauberern stand, außer ihn den

Geweihten in Kordanes heiliger Stätte zu übergeben? Jaric zu behalten, hieß, seinen Tod zu riskieren; dennoch war der Wunsch des Llondels klar und deutlich. Telemark fühlte etwas wie ein Streicheln, offensichtlich ein Versuch, ihn zu ermutigen, doch kein Mann würde es wagen, einem Dämon zu trauen.

Von dem schmerzlichen Gefühl der Hilflosigkeit beinahe erdrückt, schüttelte Telemark den Kopf. »Es tut mir leid«, sagte er mit fester Stimme. »Ich kann ihn nicht bei mir behalten. Er braucht eine bessere Versorgung und mehr Schutz, als ich ihm bieten kann.«

Der Llondel stieß einen schrillen Pfiff aus. Plötzlich bewegte er sich und zog das verschwundene Schwert zwischen den Falten seines Umhangs hervor. Mit dem Heft voran bot er dem Waidmann die Waffe dar, wobei er ein Zischen von sich gab, das von großem Kummer zeugte. *»Dann geh.«*

Telemark zögerte, er war verunsichert über die Absichten der Kreatur und befürchtete, er würde erneut gequält werden, wenn er tatsächlich nach der Waffe greifen würde.

Unduldsam stupste ihm der Dämon das Heft an die Brust. *»Menschennarr«*, sandte er, *»nimm.«*

Sorgsam darauf bedacht, keine bedrohlichen Bewegungen zu machen, führte der Waidmann die Hand an das Schwert. Doch in dem Augenblick, da seine Haut das Heft berührte, schnitten sich dämonische Bilder wie die Klinge einer Axt in sein Bewußtsein und raubten ihm alles, was einer eigenen Identität auch nur annähernd ähnlich gewesen wäre.

Telemark sah den Wald durch fremde Augen, doch die Bäume, der Himmel und der feuchte, düstere Geruch der Vegetation waren nicht wie das, was er kannte. Der Wald war ein Ort der finsteren, violetten Schatten. Lange belaubte Ranken bogen sich über seinem Kopf, gesprenkelt mit rötlichem Licht, und sonderbare Tiere pfiffen im Dickicht. Dennoch war die Vision unzweideutig; Telemark wußte, daß er die Heimat des Llondels sehen konnte, ein Ort, der auf unvorstellbare Weise aus Keithland verschwunden war.

Plötzlich wurde der fremdartige Wald von einem gleißend hellen, schmerzenden Licht gepeitscht. Schrille Geräusche zerfetzten das Bild der Bäume, und Telemarks Augen wurden versengt von dem Glühen der Feuer Kordanes, die einst vor dem Großen Untergang geleuchtet hatten. Doch für den Llondel verhieß die Feuer nicht Rettung, sondern Gefangenschaft, Exil und Leid. Erschüttert von den Bildern des Dämons, sah Telemark, wie das Feuer sich wie erhitzter Stahl über die samtenen Tiefen des Himmels spannte und dann erdwärts stürzte, um nie wieder aufzuerstehen.

Dunkelheit senkte sich über seinen Blick. Von Pein erfaßt, atmete er Luft, die in seinen Lungen schmerzte, trocken, dünn und kalt, verglichen mit der in seinem heimatlichen Wald. Eins mit der ersten Llondelei von Keithland, kroch er durch die Überreste einer Maschine, die zerschmettert im Schnee auf einem Hang lag. Das Bild verschwamm, zeigte ihm vernebelt die llondische Geschichte über viele Generationen. Gefesselt von dem Ansturm unverständlicher Wirklichkeiten, kostete Telemark Wahnsinn, Hoffnungslosigkeit und das Sehnen nach dem zwielichten Schatten einer Heimatwelt, die verloren schien. Sein Herz schmerzte unter einer Trauer, wie sie den Menschen unbekannt war. Tränen rannen über seine Wangen. Gerade, als es schien, daß der Dämon ihn in diesem Kreislauf reiner Verzweiflung zerstören würde, veränderte sich das Bild.

Ein Mann erschien, nur eine Silhouette in der Dunkelheit. Gebunden an die Absichten des Llondels erblickte Telemark silbernes Haar und die traurigen Züge des Sturmwächters von Elrinfaer; doch des Zauberers Hände waren gefesselt, seine Macht gelähmt, und aus diesem Grund senkte sich Finsternis über die Welt, eine Finsternis, die nie wieder weichen sollte. Von dem Gefühl unsäglichen Verlustes gequält, schrie der Waidmann auf, und sein Schrei rief Feuer herbei.

Überflutet von einem rotgoldenen Meer aus Flammen, schlug Telemark die Hände vor das Gesicht, doch die Hitze verzehrte seine Finger, ohne das Bild auszulöschen. Die Feuerbrunst wütete und vereinigte sich zu einem Rad aus reinem Licht. Im Zentrum stand ein Mann, dessen Haar wirr über in Lumpen gehüllte Schultern fiel. Mit einem Gefühl ehrfürchtigen Schreckens erkannte Telemark die zarten dunklen Augen von Kerainson Jaric; und das Bild des Llondels schwand.

Wieder frei, öffnete Telemark seine Augen, in denen Tränen standen, und erkannte, daß er in einem Holzstuhl in seiner eigenen Hütte saß. Schwert und Bogen lagen zu seinen Füßen. Zitternd und halb benommen, kaum fähig, zu glauben, was ihm widerfahren war, blickte er sich um und erkannte, daß seine Habe aufgeräumt worden war. Jedes Teil lag wieder an seinem Platz; selbst die zertrümmerten Kräutergläser standen, das Glas auf wundersame Weise unversehrt, wieder auf ihren Regalbrettern. Von den verkohlten Überresten des

Riegels abgesehen, hätten die Rückwirkung ebenso wie das Auftauchen des Llondels ebensogut einem Traum entsprungen sein können …

Noch immer kaum bei Sinnen, versuchte Telemark aufzustehen, und als er sich bewegte, rührte sich auch Jaric auf seinem Lager in der Ecke. Der Waidmann durchquerte den Raum gerade schnell genug, zu sehen, wie sich die braunen Augen öffneten, und zum ersten Mal seit seiner Verwundung schienen sie klar zu blicken. Mit einer Mischung aus Angst, Ehrfurcht und Sorge starrte Telemark auf das Bett herab, denn so unverständlich wie ein großer Teil der Visionen des Llondels gewesen war, war ein Teil seiner Botschaft doch klar und deutlich: solange der Sturmwächter von Elrinfaer gefangen war, repräsentierte dieser Junge die letzte Hoffnung der Llondelei, das Exil zu beenden, das seinen Anfang mit dem Großen Untergang genommen hatte. Nie würden die Dämonen zulassen, daß Jaric den Priestern in die Hände fiel.

Von dem Mysterium des Feuerbildes gepeinigt, beobachtete Telemark aufmerksam, aber unsicher, was er nun erwarten sollte, wie der Junge wieder zu Sinnen kam. Tatsächlich erschien die erste Reaktion Jarics jedoch vollkommen normal.

Konfrontiert mit der fremden Umgebung in der Hütte, verkrallten sich seine Hände im Bettuch, und seine fahlen Brauen krümmten sich in einem Ausdruck der Verwirrung, als suchte er nach dem beruhigenden Anblick vertrauter Objekte. Rasch ergriff Telemark die Hand des Jungen.

»Ganz ruhig«, sagte er sanft. »Du hattest eine harte Zeit, seit ich dich hergebracht habe. Kannst du mir sagen, wie du dich fühlst?«

Die Worte halfen nicht, ihn zu beruhigen. Jarics Stirnrunzeln wurde nur noch heftiger, und er schien um Worte zu ringen. Schließlich, mit dünner, furchtsamer Stimme, gestand er: »Ich weiß nicht mehr, wer ich bin.«

Kapitel 12

PROTEGÉ

Telemark drückte besänftigend Jarics Hand, während er sich überlegte, daß die Nebenwirkungen einer Kopfverletzung sich gelegentlich als segensreich erweisen konnten. Dieser Junge war in den Seitwald geritten, gehetzt von Mächten, die kein Sterblicher bereitwillig würde ertragen können; er würde gewiß leichter wieder zu Kräften kommen, wenn er sich nicht an seine unmittelbare Vergangenheit erinnerte.

»Nur keine Aufregung.« Der Waidmann zupfte das Bettuch aus den angespannten Fingern des Jungen. »Du hast einen schlimmen Schlag auf den Kopf bekommen, aber Zeit und Ruhe werden alles wieder in Ordnung bringen, auch dein Gedächtnis.«

Jaric verdrehte den Kopf auf dem Kissen. »Aber ich erinnere mich nicht einmal an meinen Namen.« Wieder wanderte sein Blick durch das Häuschen, als suchte er nach etwas, das er verloren hatte. »Wie bin ich hierher gelangt?«

Telemark seufzte. »Dein Name, der Name, den du im Fieber genannt hast, ist Kerainson Jaric. Und ich habe dich im Seitwald vom Boden aufgesammelt, nachdem du von Räubern überfallen worden bist. Sie haben dir alles genommen, selbst deine Kleider, womit uns keine anderen Hinweise auf deine Vergangenheit geblieben sind. Da seither niemand nach dir gesucht zu haben scheint, schlage ich vor, du verbringst den Winter bei mir und erholst dich. Hier wirst du so sicher sein wie an jedem anderen Ort, und ich könnte ein wenig Hilfe bei den Fallen gebrauchen.«

Jaric biß sich auf die Lippe. Mit geweiteten Augen versuchte er die Reihen der Schlingen zu erfassen, die an Haken an der gegenüberliegenden Wand hingen. »Aber ich weiß doch gar nichts», sagte er leise, und seine Stimme klang, als hätte er dieses Geständnis seinem Herzen nur mühsam abgerungen. Die Qualen, die sich in seinen Zügen spiegelten, rührten den Waidmann zu tiefem Mitgefühl.

Telemark nahm das Gesicht des Jungen in seine Hände. »Sei unbesorgt. Ich werde dich lehren. Und in der Zeit, die uns übrigbleibt, wirst du lernen, ein Schwert zu führen. Auf diese Weise werden die Gesetzlosen dir nicht noch einmal den Schädel einschlagen, wenn du dich erinnerst, wer du bist.«

Jarics Miene entspannte sich. Ermutigt durch seine Reaktion, blinzelte Telemark ihm zu und wurde zum ersten Mal mit einem Lächeln belohnt.

Für Telemark wurden die folgenden Tage zu einer Zeit der Entdeckungen und Offenbarungen, nach den vielen Wochen der Sorge um einen komatösen Invaliden. Wenngleich geschwächt und seiner selbst nicht sicher, verschrieb sich Jaric einem Leben, erfüllt von fieberhafter Entschlossenheit. Der Anblick des Jungen, der die Bänder eines alten Schneeschuhs reparierte, vermittelte dem Waidmann das Gefühl, daß Jaric in stetiger Furcht vor Unzulänglichkeit lebte. Die derben Lederriemen schnitten in die zarte Haut seiner Finger ein, doch Jaric blieb hartnäckig, bis sein Gesicht vor Erschöpfung verhärmt erschien. Trotzdem war er noch immer nicht bereit aufzugeben, ehe die Arbeit vollzogen war.

Telemark legte den Packriemen, den er gerade flickte, über die Stuhllehne und ging quer durch seine Hütte zu dem Jungen. »Nicht nötig, die ganze Arbeit heute zu erledigen.« Er strich mit den Fingern über das Gewebe und ertastete die feste Struktur einer sorgfältig ausgeführten Arbeit. »Das hast du gut gemacht.«

Jaric blickte auf. Unsicherheit verdunkelte seine Augen. Er sagte nichts, doch deutlicher als alle Worte offenbarte seine Miene, wie wenig er diesem Lob vertraute. Der Junge würde den Schneeschuh reparieren, auch wenn das Leder seine Haut wund rieb, davon war Telemark nun überzeugt. Mit einem leisen, resignierten Seufzer ließ er seinen Patienten in Ruhe.

Stunden später, als Jaric den letzten Riemen verknotete, erkannte Telemark überrascht das süße Lächeln der Zufriedenheit, welches das Antlitz des Jungen erhellte. Und da ahnte der Waidmann, daß diese Leistung für Jaric, der über keine Vergangenheit mehr verfügte, einen großen Sieg darstellen mußte.

Blind gegenüber der Tatsache, daß sie in einer Kapsel tief unter der Insel der Vaere ruhte, träumte Taen, sie säße mit überkreuzten Beinen im unveränderlichen Zwielicht der Lichtung. Tamlin stand ihr gegenüber, die Pfeife zwischen die Zähne geklemmt. Sein rotbrauner Backenbart umrahmte einen nachdenklichen Gesichtsausdruck.

»Ich denke, du bist bereit«, sagte er sanft, und zum ersten Mal, seit Taen sich erinnerte, blieben seine Federn und Glöckchen still.

Spitzbübisch grinsend reckte sie ihr Kinn vor. »Wollt Ihr damit sagen, Ihr seid es müde, zuzuhören, wenn ich Euch erzähle, wie oft der alte Fischer von der Schankmagd im Hafen träumt?« Unter der Anleitung des Vaere hatte sie gelernt, ihre Fähigkeiten mit größerem Geschick anzuwenden, und in der jüngsten Zeit hatte Tamlin ihr zur Übung aufgetragen, endlose ermüdende Stunden den Gedanken eines verschrobenen Fischers zu folgen, der nördlich der Insel kreuzte und seine Taue prüfte. Sie wurde besser, und das zunehmende Vertrauen in ihr Können gab ihr ausreichend Spielraum zu lästern.

Doch Leichtfertigkeit beeindruckte den Vaere überhaupt nicht. »Wie viele Paare Socken besitzt der Bursche, kannst du mir das sagen?« Tamlin biß auf seine Pfeife und saugte kräftig an ihr, während er sein Mündel mit gerunzelter Stirn betrachtete.

Tamlin zog angewidert die Nase kraus. »Socken?« Mit einem resignierten Seufzer schloß sie die Augen und sandte ihren Geist hinaus; ihr Bewußtsein breitete sich wie ein Netz über der ruhigen Oberfläche der See aus. Zuerst aber fühlte sie gar nichts.

»Du überrennst das Ziel«, sagte Tamlin scharf. »Wenn du deinen Ärger auf mich beibehältst, wirst du die Hinweise nicht erkennen können, selbst wenn es dir gelingt, den alten Mann ausfindig zu machen. Vielleicht bist du doch noch nicht bereit.«

Wenngleich Taen nicht die geringste Ahnung hatte, wozu sie bereit sein sollte, unterdrückte sie ihren Zorn und konzentrierte sich darauf, ihren Geist zu reinigen. Stück für Stück wich ihr Selbstgefühl zurück, ersetzt durch eine passive Wartehaltung, so zeitlos wie die Magie der Lichtung. Bald, wie das Flackern des ersten Sterns in der Dämmerung, fühlte sie, wie das Bewußtsein des alten Mannes ihre Wahrnehmung berührte.

Gebückt über ein stinkendes Faß mit Fischen, die Gedanken von den immer gleichen Tagträumen über den ausladenden Busen jenes Schankmädchens erfüllt, interessierte sein Bewußtsein Taen etwa so sehr wie das Stopfen von Löchern in uraltem Wolltuch. Dennoch blieb sie standhaft, schlängelte sich durch die oberflächlichen Gedanken des Mannes hindurch auf der Suche nach seiner Fußbekleidung.

Die Information, die sie schließlich erhielt, überraschte sie so sehr, daß sie schallend lachte. Sie öffnete die Augen und bedachte Tamlin mit zornigem Blick, worauf dieser unverfrorenerweise sogleich verschwand, doch inzwischen hatte sich Taen an seine Extravaganzen gewöhnt.

»Ihr habt es gewußt«, klagte sie die Stelle an, an der er einen Augenblick zuvor gestanden hatte.

Ein Rauchkringel erschien, schwebte wabernd in der Luft, und im nächsten Moment materialisierte sich Tamlin unter ihm, die Stirn in tadelnde Falten gelegt. »Gewußt? Was?«

Taen zwirbelte eine Haarsträhne zwischen ihren Fingern. »Von den Socken«, sagte sie grinsend. »Der alte Kauz hat überhaupt keine. Er geht barfuß.«

»Ganz richtig.« Mit klimpernden Glöckchen verschränkte Tamlin die Arme vor der Brust. »Aber das ist keine Entschuldigung für deine Sorglosigkeit.« Und dann ließ er sie mit dem Bild des alten Fischers zurück, der sich mit Fingern, die noch immer schleimig von den Köderfischen waren, an seinem ergrauten Schädel kratzte und sich wunderte, warum die Brüste der Schankmaid ihn plötzlich an Socken erinnerten.

»Du mußt mehr üben«, sagte Tamlin, und sein gestrenger Tonfall beendete Taens Amüsement sogleich. Die Röte, die ihr Lachen ausgelöst hatte, schwand langsam wieder aus ihren Wangen, und ein ernster Ausdruck trat in ihre blauen Augen.

»Nicht der Fischer«, flehte sie.

Tamlin schritt auf und ab, und seine Glöckchen bimmelten gleichsam zur Untermalung seiner Ungeduld. »Nein. Darüber bist du hinausgewachsen. Ich denke, du solltest dich nun an etwas Schwierigeres wagen.« Er brach ab und betrachtete sie nachdenklich. »Deine Fähigkeiten auf kurzer Distanz sind zufriedenstellend. Es ist Zeit, weitere Entfernungen zu überwinden. Nahe Verwandte sind zumeist die einfachsten Personen, um damit anzufangen. Was empfindest du, wenn ich dich bitte, die Gedanken deines engsten Familienkreises zu erfassen?«

Taen blickte auf. Aufregung lag in ihren Zügen. Zwar hatte sie sich mit Leib und Seele der Ausbildung verschrieben, die der Vaere ihr zukommen ließ, doch die Befriedigung über ihre Erfolge im Verlauf der Zeit war stets durch die Sorge um ihre Mutter getrübt gewesen, die sie in Imrill Kand zurückgelassen hatte. Und Emien war furchtbar besorgt und von verzweifelter Angst um sie erfüllt gewesen, als sie ihn zum letzten Mal gesehen hatte.

»Deine Fähigkeiten sind stark genug«, sagte Tamlin. »Aber es ist nicht ungefährlich. Ich überlasse dir die Wahl.«

Doch die Chance, sich jenen zu nähern, die sie liebte, ja, ihnen vielleicht gar mitteilen zu können, daß sie wohlauf war, begeisterte Taen über alle Grenzen der Vorsicht hinaus. »Ich will es versuchen«, sagte sie mit fester Stimme.

Tamlin schob die Pfeife zwischen seinen Zähnen hin und her, saugte an ihr und dachte über ihre Antwort nach. Dann nickte er, blies einen

Rauchkringel in die Luft und verschwand, offensichtlich zufrieden mit seiner Schülerin.

Zitternd vor Erwartung setzte Taen sich in das Gras. Seit sie gelernt hatte, daß ihre Gabe kontrollierbar war, hatte sie sich danach gesehnt, Kontakt zu ihrem Zuhause herzustellen. Nun, da sie die Erlaubnis hatte, fühlte sie sich sonderbar furchtsam. Was, wenn sie feststellen würde, daß dort nicht alles in Ordnung war? Doch gegen das einsame Sehnen ihres Herzens war jede Furcht machtlos. Stolz auf ihre Position als eine Erwählte der Vaere, schloß sie die Augen und begann mit den grundlegenden Übungen, um ihren Geist auf seine Aufgabe vorzubereiten.

Als sie sich Imrill Kand ins Gedächtnis rief, erinnerte sich Taen zuerst an den beißenden Geruch des Torfes. Selbst im Sommer brannten die Feuer in den Räucherhäusern, in denen die Heringe für die langen Monate präpariert wurden, während derer die Boote zum Schutz vor den Winterstürmen im Hafen bleiben mußten. Von dieser Erinnerung geleitet, fühlte Taen, wie sich die Dunkelheit in ihrem Geist veränderte und der Realität eines anderen Ortes Platz machte. Obgleich die tiefen Schatten des Abends über der Insel lagen, wußte sie sofort, daß ihr Traumsinn sie nach Hause gebracht hatte.

Auf ihrer Gabe schwebend wie ein Falke auf einer Luftströmung, kauerte Taen über Imrill Kand und erkannte mit Schrecken die herbstliche Kälte der Luft. Eingebettet in die Magie der Vaere, hatte sie vergessen, daß die Jahreszeiten während ihrer Abwesenheit fortschreiten mußten, und die Erkenntnis verstörte sie. Eines Tages würde sie zurückkehren, vielleicht; doch alles, was sie gekannt hatte, würde verändert sein. Und wie ein kleines Mädchen, gefangen in einem Alptraum, flüchtete sie auf der Suche nach Schutz und Geborgenheit zu dem Haus abseits der Rattengasse.

Ihre Mutter schlummerte in einem hölzernen Schaukelstuhl neben dem Herd, beherbergt von jenem Bruder, der sie nach dem Tod ihres Gatten bei sich aufgenommen hatte. Geliebte, von der Arbeit gezeichnete Hände lagen gefaltet auf ihrer Schürze, und eine wohlvertraute Locke hatte sich aus den Nadeln gelöst, die ihre Frisur hielten; Taen erblickte neue Linien um die Augen, die so oder so von dem harten und verlustreichen Leben zerfurcht waren. Doch die Frauen von Imrill Kand waren Entbehrungen gewohnt; Leri Marls Witwe hatte ihre persönlichen Tragödien erduldet, ohne sich der Verzweiflung zu überlassen.

Von plötzlicher Unsicherheit wegen ihrer Beherrschung erfüllt, tastete sich Taen vor, suchte vorsichtig Kontakt zum Geist ihrer Mutter. Doch so zart diese erste Berührung auch war, sie wurde wahrgenommen. Zitternd öffneten sich die Lider der Frau, Augen, blau, doch schon verblaßt, zeigten erste Spuren des Grauen Stars. Ihre runzligen Lippen teilten sich zu einem wohlwollenden Lächeln, das sich sofort zu einem Lachen wandelte.

»Taen?« Ihre Mutter blinzelte und vergoß einen Strom Freudentränen. Sich ihrer Abstammung auf der Insel sicher, kam sie nicht auf den Gedanken zu zweifeln, wenn die Hellsichtigkeit über sie kam; und nie hatte ihr eine Vision mehr Freude bereitet, als jene, die vom Wohlergehen ihrer Tochter kündete. »Du bist also in Sicherheit, den Feuern sei Dank dafür.« Sie unterbrach sich, lächelte wieder, ohne sich um die Tränen auf ihren Wangen zu kümmern. »Hast du Emien gesehen? Ich bin besorgt um deinen Bruder. Er war immer schon ungestüm und hat sich allzu leicht über Dinge ereifert, die er doch nicht ändern konnte. Ich fürchte, er trägt keine Liebe für den Sturmwächter in sich, Kind. Und das erfüllt mich mit Sorge, denn Anskiere war zu euch beiden wie ein Vater.«

Taen zögerte. Es widerstrebte ihr, das wenige weiterzugeben, das sie über Emien wußte. Zu ihrer Erleichterung hielt ihre Mutter ihr Schweigen für Ungeduld. »Geh nur, Kind. Suche deinen Bruder. Sag ihm, daß er vermißt wird und daß wir die *Dacsen* zu Hause brauchen.«

Doch die Schaluppe war gesunken, auf Grund gesetzt auf den Befehl eines Gefolgsmannes des Königs, der nun längst tot war. Wenn schon die Wrackteile nicht angespült worden waren, so konnte auch Taen es nicht über sich bringen, von dem Geschehen zu berichten. Unter der Bürde ihres eigenen Verantwortungsgefühls zog sie sich von ihrer Mutter zurück und machte sich auf die Suche nach ihrem Bruder, als würde allein das reichen, den Verrat an seinem Heim und die Sorgen zu rechtfertigen, die das Wissen um sein Los über jene bringen würde, die ihn aufgezogen hatten.

Dunkelheit umhüllte sie. Erdrückt von den Empfindungen von Ferne und Kälte kämpfte Taen darum, die Kontrolle über ihre Gabe zurückzuerlangen. Anders als bei dem alten Fischer erwies sich Emiens Geist als hart und strahlend, ein grimmiger Tumult emotionaler Konflikte; das Muster aber war dem ihren ähnlicher als jedes andere. Ganz gleich, wie sehr sich ihr Bruder von ihr entfernt hatte, Taen war fest entschlossen, ihn zu finden. Sie konzentrierte sich auf die Erinnerung an sein Gesicht, sein schwarzes Haar, das ihm ungebändigt über die Stirn fiel, Augen, beschattet und argwöhnisch seit dem Tag, an dem ein Unfall das Leben des Vaters gefordert hatte. Und plötzlich explodierte Licht um sie herum, als hätte dieser Gedanke eine Verbindung zwischen ihnen herbeigeführt.

Eingehüllt in die Macht ihrer Gabe fand sich Taen über einer von Fackeln beleuchteten Arkade eines Palasthofes wieder. Zwei Männer umkreisten sich auf den Pflastermustern unter dem Bogengang, bis auf die Hüften entkleidet und mit Übungswaffen in den Händen. Mit einigen schnellen Schwerthieben drang der größere Mann vor. Seine Klinge schlug gegen die seines Gegners. Der kleinere Bursche kämpfte mit leisem Grunzen um sein Gleichgewicht.

»Achte auf die Beinarbeit, Junge«, sagte der größere Mann, und mit Schrecken erkannte Taen ihren Bruder in seinem Partner.

Über den Tadel verärgert und sich der Anwesenheit seiner Schwester keineswegs bewußt, ging Emien zum Gegenstoß über. Durch ihren Traumsinn mit ihm verbunden, teilte Taen die erbitterte Zufriedenheit ihres Bruders, als er einen Hieb nach dem anderen gegen die Waffe seines Lehrmeisters ausführte. Der Kampf wurde schneller. Flammenschein flackerte über schweißglänzende Schultern, als die Kämpfer graziös wie Tänzer im Rhythmus von Parade und Gegenstoß über den Hof jagten. Dieser Kampf diente der Übung, um die Fertigkeiten der Kämpfer zu verfeinern. Verschmolzen mit des Bruders Geist erkannte Taen jedoch, daß Emien um weit größere Einsätze rang, als könnte das Ergebnis dieses einfachen Übungskampfes reichen, seine ganze Zukunft zu vergiften. Umfangen von dem schwarzen Netz des Zornes, focht er, als wäre sein Lehrmeister ein Feind.

Stahl klirrte mit zornigem Klang aufeinander. Beide Männer rangen keuchend um Atem. Vom grimmigen Spiel des Lichts auf den Klingen begleitet, drangen beide vor, suchten nach einer Lücke in der Deckung des Gegners. Und benebelt von dem Rausch des Hasses, den ihr Bruder empfand, hätte Taen beinahe die erhobene Hand übersehen, mit der sein Lehrmeister das Ende des Kräftemessens verkündete. Für einen winzigen schaurigen Augenblick schien es, als würde Emien nicht aufhören. Dann senkte er die Waffe und rieb sich mit dem Handrücken über die schweißnasse Stirn.

Sein Lehrmeister betrachtete ihn aufmerksam, ehe er die Übungswaffen einsammelte. »Ihr seid schon recht gut. Mit ein bißchen Mühe habt Ihr das Potential, wirklich gut zu werden. Nun aber ruht Euch aus. Wir werden uns morgen wiedersehen.«

Emien sah seinem Lehrmeister mit zusammengekniffenen Augen nach. In seinen Ohren war dies Lob nur eine Aneinanderreihung belangloser Worte. Noch immer blind für die Anwesenheit seiner Schwester überquerte er den Hof und nahm sein Hemd und die Tunika von einer Bank. Die Kleidungsstücke aus weichem scharlachroten Material waren mit schwarzen und goldenen Stickereien gesäumt. Ärmelstulpen und Kragen zierte Spitze, die von juwelenbesetzten Haken gehalten wurde. Erstaunt über diesen Luxus, zitterte Taen, als der Schweiß den Leib ihres Bruders auskühlen ließ. Seit sie an Bord der *Krähe* auseinandergegangen waren, hatte er es weit gebracht. Und irgendwo, irgendwann in dieser neuen Position, hatte er eine Gier nach Macht entwickelt, die keine Schwertübung zu lindern imstande war.

Schockiert über seine Fremdartigkeit tat Taen nichts weiter, als ihm zu folgen, als er den Palast betrat. Er schritt über eine Reihe reichdekorierter Korridore und trat schließlich in ein mit edlen Teppichen ausgelegtes Vorzimmer ein. Zwei bewaffnete Männer bewachten die Tür auf der anderen Seite. Emien nickte ihnen grüßend zu, ging hinein und blinzelte im hellen Lichtschein der Kerzen.

Die Raumausstattung kündete von einem Reichtum, wie Taen ihn sich an einem einzigen Ort niemals hätte träumen lassen; doch nach drei Wochen am Hofe König Kisburns bemerkte Emien das kostbare Holz, die gemusterten Stoffe und die beeindruckenden Wollgobeline an den Wänden neben den Fenstern kaum mehr. Mit Tunika und Hemd über dem Arm blieb er stehen, peinlich berührt angesichts der Erkenntnis, daß er nicht allein im Raum war.

Ein edel gekleideter Mann stand neben dem Herd und unterhielt sich angeregt mit einer Frau in amethystbesetztem Hermelinfell. Zarter Golddraht bändigte ihr schneeweißes Haar, und die Ketten an ihren schmalen Handgelenken klangen so süß wie Tamlins Glöckchen als sie den Kopf hob und die Anwesenheit des Jungen zur Kenntnis nahm. Der Mann jedoch stockte und schwieg schließlich. Zorn ließ seine schlaffen Wangen erbeben.

Emien verbeugte sich so selbstverständlich, als hätte er sein ganzes Leben bei Hofe zugebracht. Die einfache Grazie seiner Bewegung verursachte Taen Unbehagen, und schlimmer noch die Tatsache, daß das Gesicht des fremden Mannes von sonderbaren Schatten umhüllt schien, so als würde sich sein Antlitz nicht mit Licht vertragen.

Falls Emien irgend etwas Außergewöhnliches an dem Mann wahrnahm, so hatte er wohl beschlossen, sich nicht darum zu kümmern. »Tathagres, Mylord Sholl, ich bitte um Nachsicht. Hätte ich geahnt, daß die Ratssitzung so früh zu Ende ist, so hätte ich einen anderen Weg gewählt.«

Tathagres winkte ihn ungeduldig vorbei. Sich ihrer Schönheit schmerzhaft bewußt, schritt Emien auf die Suite zu, die ihm als Unterkunft diente. Dort warf er die edle Tunika achtlos über einen Polsterstuhl, rief nach einem Diener und verlangte mürrisch nach Badewasser. Entsetzt wegen der Leichtigkeit, mit der er seine Kindheit in Imrill Kand hinter sich gelassen hatte, sah Taen zu, wie Emien die Diener für ihre Unbeholfenheit tadelte, ehe er sie wütend davonjagte. Verärgert über diese Begegnung beendete er seine Waschungen allein, schenkte sich Wein ein und streckte sich erschöpft auf der kostbaren Decke auf seinem Bett aus.

Er schlief nicht sofort ein, sondern lag still da und starrte mit geweiteten Augen in die Flamme der einzelnen Kerze, die noch auf seinem Nachttisch brannte. Taen fühlte, wie schwer er zur Ruhe kam. Bekümmert wegen der unseligen Veränderungen, die das Leben bei Hofe über ihren Bruder gebracht hatte, beschloß sie, ihre Gabe zu nutzen und ihm Behagen zu spenden. Taen sammelte ihre Macht und breitete eine Decke des Friedens über Emiens Gedanken. Sie führte ihn zurück zu seinen Anfängen in Imrill Kand. Eingebettet in den Geruch des Torfes und das Seufzen des Seewindes über dem Dach jenes Dachbodens, auf dem er während seiner Kindheit geschlafen hatte, entspannte sich Emien. Von der Sanftheit ihrer Gabe entwaffnet, schlief er ein.

Blind gegenüber der Tatsache, daß seine Gedanken von einer anderen Person beeinflußt wurden, glaubte er im Traum, er stünde mit seiner Schwester auf einem grasbewachsenen Hang oberhalb der Stadt. Eine sommerliche Brise wehte ihr schwarzes Haar über ihre Wangen, und die graue Wolle ihres Unterrocks spielte um ihre Beine, während die kleinen braunen Ziegen zu grasen aufhörten und um Getreide bettelnd die Nase an ihrer Hand rieben. Taen strich mit den Fingern durch ihr derbes Fell, ein Lächeln schlichter Freude auf den Lippen. Während er sie beobachtete, hätte Emien beinahe ihre Lahmheit und die unschuldige Verwundbarkeit vergessen, die dazu geführt hatten, daß sie Anskieres Lügen glaubte; doch nun war sie tot, ertrunken in einem Sturm wie sein Vater. Nie wieder würde sie mit den Ziegen auf den Wiesen von Imrill Kand spielen.

Obgleich die Erinnerung an sie voller Tragik war, wollte sie in seinem Traum nicht aufhören zu lächeln. Durch das Fenster ihrer Gabe beobachtete sie ihren Bruder mit Augen von reinstem Blau und sagte: »Aber Emien, ich bin am Leben.«

Emien warf sich auf dem Bett herum, suchte, sich aus dieser Pein zu befreien, die er nun als Alptraum erkannte. Taen war tot; die Rückkehr nach Imrill Kand war ihm für immer verwehrt. Fiebrig schwitzend bekämpfte er die Vision seiner Schwester und hielt beharrlich an seinem Haß gegen Anskiere fest. Doch der Traum wollte ihn nicht freilassen. Es gelang ihm nicht, aufzuwachen.

»Emien, nein.« Taens Stimme bohrte sich in seine Isolation. »Ich habe den Sturm überlebt, in dem die *Krähe* gesunken ist. Der Sturmwächter hat mich beschützt. Ich bin jetzt bei dir, kannst du das nicht sehen? Oh, warum mußtest du auch Tathagres Lügen Glauben schenken? Weißt du denn nicht, daß sie dich nur mißbraucht?«

Doch ihre Worte schufen keine Linderung. Die Wärme, die Taen ihm hatte geben wollen, brachte Emien nichts als weiteren Schmerz, vergiftet von seiner eigenen Schuld. Denn sollte der Sturmwächter seine Schwester geschützt haben, so wäre jede

Tat, die er im Namen der Vergeltung begangen hatte, nurmehr böse jenseits aller Vorstellung und Gnade.

Vor Trübsal schluchzend warf er sich auf dem Bett herum. »Du bist tot», klagte er das Bild seiner Schwester an, und als es nicht weichen wollte, verzerrte sich seine Stimme scheußlich vor Zorn. »Laß mich in Ruhe!«

»Aber warum?« Taen studierte seine Züge, und plötzlich füllten sich ihre strahlenden Augen mit Tränen. »Was konnte dich nur treiben, dich gegen den Sturmwächter zu wenden, der dich einst geschützt hat? Hast du etwa dem Konstabler geglaubt, daß er das Volk von Tierl Enneth ermordet hat? Emien, Anskiere war unschuldig. *Ich kann es dir zeigen.*«

Von seinem Vertrauen in sie überzeugt, sammelte Taen ihre Kräfte und reihte Traumbilder aneinander, um ihrem Bruder zu beweisen, daß ihre Gabe sie befähigte, ohne jeden Zweifel zu wissen, daß Anskiere nicht am Ertrinken all der hilflosen Menschen schuld war. Sie berührte den Geist ihres Bruders mit Wahrheit, ohne auch nur zu ahnen, daß ihre Botschaft ihm nichts anderes als neue Schuld brachte.

Emiens Stimme klang in einem grellen Schrei totaler Abwehr auf. »Nein!« Verdammt jenseits aller Gnade durch die Vision, die sie wob, schlug er zurück, setzte die vergifteten Fetzen seines eigenen verdrehten Verstandes gegen seine Schwester ein, in dem verzweifelten Bemühen, die Würde zurückzuerlangen, die er verloren hatte, als er Tathagres als seine Herrin anerkannt hatte.

Die Traumverbindung schlug um. Gefangen in dem Durcheinander der Gefühle ihres Bruders, fühlte Taen, wie sie Hals über Kopf in einen bewölkten Himmel geschleudert wurde, unter sich die sturmgepeitschte See. Für den geschlagenen, emotional zerrissenen Geist ihres Bruders schien dieses Unwetter weit mehr als der natürliche Wettstreit der Elemente.

Ein Sturm hatte das Leben seines Vaters gefordert. Zerschmettert von gischtschäumenden Wogen war die *Krähe* untergegangen, und über dem wahnsinnigen Heulen des Windes hörte Emien noch einmal die Schreie ertrinkender Sklaven und die Klagerufe seiner verlorenen Schwester; und mit der Ruderpinne des Bootes in zerschundenen Händen beobachtete er erneut hilflos, wie die See die Anzahl der Überlebenden mit leidenschaftsloser Grausamkeit dezimierte. Bald war kaum noch eine Handvoll übrig. Und stets lauerte die See in seinem Rücken wie ein unermüdlicher, unersättlicher Feind. Durch ihre Macht und die Energien des Zauberers, der sie befehligte, gedemütigt, weinte Emien weil er so verzweifelt wegen seiner Hilfslosigkeit war.

Von dem Drang zur Vergeltung angetrieben, rannte er über eine felsige Bucht auf der Insel von Riffhafen. Durch die Traumverbindung mitgezerrt, fühlte Taen, wie die eisige Luft in seinen Lungen schmerzte. Klippen streckten sich wie massive Mauern dem Himmel entgegen, hochaufragende Gesteinsschichten, eingehüllt in schimmerndes Eis. Die rauhe Kälte der Magie eines Zauberers rötete Emiens Haut, doch er fühlte kein Unbehagen; jenseits dieser Bastion aus Eis verbarg sich sein Feind, und seine Rachgier kannte keine Pause. Er würde Anskieres Schutzbanne durchstoßen, selbst wenn er sich bei dem Versuch beide Hände brechen sollte, und mit einem neuerlichen Aufflackern schauerlichen Entsetzens erkannte Taen, daß diese gläsern glänzende Festung aus Eis den Sturmwächter gefangenhielt, jenen Magier, der sie einst vor Schaden geschützt hatte.

Sie versuchte, sich zu befreien, die Kontrolle über den Traum aus der wahnsinnigen Umklammerung ihres Bruders zu entwinden. Sie mußte mehr über das Schicksal des Sturmwächters erfahren. Doch Emiens Haß war zu stark, um Widerstand zu leisten, und schon ihre Anwesenheit allein bedrohte seine Existenz. Als Taen einen Vorstoß wagte, das Gewebe der Vision zu manipulieren, zog ihr Bruder das Schwert aus der Scheide und hob die Klinge hoch über seinen Kopf, die Spitze zum tödlichen Hieb gesenkt.

»Nein!« Taen stürzte, lag mit ausgestreckten Gliedmaßen auf dem Eis, unfähig zu glauben, daß er tatsächlich zustoßen würde. »Willst du deine eigene Schwester ermorden?«

Doch die Worte vermochten ihn nicht abzuhalten. Emien schien sie nicht einmal wahrzunehmen, und da erkannte Taen mit Schrecken, daß der Zorn, der ihn trieb, sich ausschließlich gegen den Sturmwächter von Elrinfaer wandte. Emien würde zuschlagen und nie erfahren, daß sie vor ihm gestanden hatte.

Gerade in dem Augenblick, da sich die Spannung in seinen Unterarmen zum Stoß verstärkte, erklang ein Aufschrei von der Bucht herüber. Hufe donnerten wie Kriegstrommeln über den Sand. Emien wirbelte herum und sah, wie sich ihm eine berittene Patrouille des Kielmark in gestrecktem Galopp näherte. Stahl kreischte durch die Luft, als er sich bleich und voller Furcht um sich selbst drehte. Doch noch bevor er sich zur Abwehr bereitfinden konnte, schloß sich eine Gewalt wie weißglühendes Magma über ihm, und er fühlte, wie ihn die Macht von Tathagres' Halsband an einen anderen Ort zerrte.

Die Traumverbindung riß Taen mit ihm mit. Obwohl der Strudel fremdartiger Energien ihre Sinne zu überwältigen imstande war, hörte sie doch den Entsetzensschrei ihres Bruders, denn die Erinnerung an den Transport aus Riffhafen zum Palast König Kisburns kehrte nun in seinen Alpträumen zu ihm zurück. Dem festen Boden unter den Eisklippen entrissen, fühlte er sich erneut gleichsam schwebend an einem Ort, in dem allein Dunkelheit regierte. Die Luft, die er atmete, enthielt den metallischen Hauch eines Schmiedefeuers, und die Hitze legte sich betäubend über sein Selbstgefühl. Wie ein Fackelschein vor einem Hintergrund tiefster Finsternis nahm Emien Wesenheiten wahr, deren Gestalt keine Spur von Menschlichkeit aufwies. Während die Energien des Transports ihn hilflos gefangenhielten, starrten lauernd die schwarzhäutigen und rotäugigen Fratzen der Verdammten Kors von ihren hohen Podesten auf ihn herab.

Gefangen im Rahmen seiner Visionen, erkannte auch Taen die Dämonen. Machtlos, unfähig einzugreifen, hörte sie, wie sie sich berieten, wie sie das Gift in ihres Bruders Seele erwogen. Und mit einem Entsetzen, weit größer als das Emiens, sah das Mädchen, wie sich einer der Dämonen erhob, auf den Jungen zeigte und ihres Bruders Namen für den eines Auserwählten erklärte.

Abscheu schüttelte sie. Unter einem blitzartigen Ausbruch negativer Energien löste sich die Traumverbindung und schleuderte Taen in einer Explosion abwehrender Emotionen weit fort, bis sie schaudernd auf der Lichtung auf der Insel der Vaere wieder erwachte. Geschützt in dem Gehölz umklammerte sie ihre Knie mit den Armen, doch nun erschien ihr der Ort keineswegs mehr sicher.

Mit gehetztem Blick sah Taen sich um. Und obwohl die Verbindung zu Emien aufgelöst war, fühlte sie die Resonanz der Schreie ihres Bruders, als er auf den seidenen Laken seines Bettes im königlichen Palast aus einem Alptraum erwachte.

Nie, nicht einmal in ihren schaurigsten Phantasien, hätte sie gedacht, daß ihr Bruder in solch großer Gefahr schwebte, obgleich sie wußte, daß Furcht und Zorn ihn schon manches Mal hatten grausam werden lassen. Bekümmert zögerte sie, ihr neues Wissen mit dem Vaere zu teilen. Trotz seiner raschen Auffassungsgabe, gab sich Tamlin allzu oft ungerührt angesichts der Ereignisse außerhalb des geschützten Gebietes der Insel. Wenn aber Emien geholfen werden konnte, so erforderte dies die Fürsorge und das Mitgefühl eines Menschen, der sein kompliziertes Wesen verstand; eines Menschen, der, wie seine Familie, wußte, daß er nie imstande war, sich selbst jenen Fehler zu vergeben, der das Netz gefordert und so die Kette unausweichlicher Ereignisse eingeleitet hatte, die schließlich im Tode des Vaters gegipfelt hatten.

Allein mit ihrem Dilemma, gefangen auf der Insel der Vaere, wußte Taen daß es in ganz Keithland nur eine einzige Person gab, die imstande sein mochte, das Vertrauen ihres Bruders zu erringen. Ohne Tamlin um Erlaubnis zu bitten, sammelte sie die ermatteten Überreste ihres Traumsinnes und sandte ihre Wahrnehmung auf die Suche nach Anskiere von Elrinfaer.

Fragil wie ein einzelner Seidenfaden überbrückte ihre Suche die Leere. Wenngleich der Geist des Sturmwächters ihr größtenteils verborgen geblieben war, erinnerte sich Taen doch an jede Nuance seiner Präsenz. Sie suchte nach dem steten Rhythmus der Brandung vor ihrem Zuhause; nach dem wilden, schrillen Gesang der ersten Nordwinde des Herbstes und der ruhenden Macht der Gezeiten zur Sonnenwende; Anskiere war all das und mehr, unveränderlich wie die Erneuerung, die sich jedes Jahr unter dem ersten sanften Frühlingsregen einstellte. Im Vertrauen darauf, daß der Sturmwächter sie erkennen würde, verstärkte Taen ihren Ruf, und bald entdeckte sie einen schwachen Schimmer von Tageslicht. Nunmehr eilends erpicht darauf, ihr Ziel zu erreichen, stürzte sich Taen in diese Öffnung, in eine weit entfernte Realität.

Das schwere Donnern der Brandung und das Seufzen des Windes über sturmgepeitschten Höhenlagen begrüßte sie zuerst. Einen Augenblick später schwand die Finsternis, die sie umgab, und ihr Traumsinn schmerzte unter dem blendenden Sonnenlicht, das von den steilen, undurchdringlichen Wänden eben jener Eisklippen reflektiert wurde, die ihr bereits in Emiens Traum begegnet waren. Der Anblick erschreckte sie. Gepeinigt von den wehklagenden Schreien der Möwen, fühlte sich Taen durch all die unerträgliche Sorge entmutigt. Nicht bereit, sich mit dem Gedanken abzufinden, daß ihre Suche hier, in dieser verlassenen Wildnis enden sollte, blickte sich Taen in der trostlosen Umgebung um. Mit der Sorgfalt, die Tamlin sie gelehrt hatte, konzentrierte Taen ihren Traumsinn und sondierte die Umgebung nach Spuren von Leben oder irgendeinem Hinweis, der ihr die Anwesenheit des Sturmwächters offenbaren würde.

Beinahe ohne Verzögerung strömte die Resonanz der Macht Anskieres durch das Tor, das sie in ihrem Geist geöffnet hatte. Konstant und machtvoll wie eine Sturmflut erklangen in den Empfindungen Taens die Gesänge jener schützenden Energien, die er an diesem Ort gewirkt hatte. Solchermaßen seiner Anwesenheit gewiß, konzentrierte sich das Mädchen, um den Bannen mit Hilfe ihres Traumsinnes bis zu ihrem Ursprung zu folgen.

Finsternis umgab sie, endlos wie die Nacht und scheinbar so stark wie eine Mauer. Unfähig, sich zu orientieren, keuchte Taen. Sie tauchte noch tiefer ein, mühte sich, die erstickende Dunkelheit abzuschütteln und zum Bewußtsein des Sturmwächters vorzudringen. Doch ihre dürftigen Fähigkeiten waren an diesem Ort überfordert; die Schatten wollten sich nicht lichten. Herumgewirbelt wie eine Motte in einem plötzlich Luftzug, taumelte Taen, während sie sich bemühte, sich wieder zurechtzufinden, doch die Banne hemmten sie und machten jeden Fortschritt unmöglich.

Taen hielt stand. Kälte biß in ihren Leib, schnitt tief in ihre Glieder, bis es schien, als würden hier sogar ihre Gedanken selbst erfrieren. Ihr Traumsinn kämpfte unter der plötzlichen Last von Erde und Eis über ihrem Kopf. Taen hielt noch immer aus, bestrebt, den verborgenen Ursprung des Bannzaubers auszuloten, doch es war nicht Anskiere, was sie fand. Von weiter Ferne, hoch und kaum mehr wahrnehmbar, erfaßte sie das pfeifende Echo eines Schreis. Seltsame Kreaturen waren in der Tiefe gefangen. Die schaurigen Harmonien ihrer Klagen ließen Taen noch mehr frösteln als die schreckliche Kälte, denn diese Klänge fluteten ihren Traumsinn mit einem Gefühl der Leidenschaft und der Mordlust, zu überwältigend jemals beschwichtigt zu werden. Von Anskieres Bannen festgehalten, konnten die Kreaturen, die sie erfühlte, sich nicht aus ihrem Gefängnis befreien; hier aber, inmitten des Wirbels seiner Macht, an dem Ort, da sie der leibhaften Präsenz des Sturmwächters hätte begegnen sollen, fand Taen nur Schweigen und die undurchdringliche Ruhe aller Zeitalter.

Entmutigt, zog sie sich schließlich zurück und kehrte in ihren eigenen Körper zurück. Doch nach diesem Aufenthalt schien der Hain der Vaere sonderbar unbehaglich, seine Stille nur eine Beschränkung ihrer Wahrnehmung. Bekümmert angesichts des Schicksals ihres Bruders, gleichermaßen gepeinigt von dem Verlust und der Einsamkeit, die die Abwesenheit des Sturmwächters begleiteten, senkte Taen ihr Haupt und weinte. Das Gesicht in ihren überkreuzten Armen geborgen, die Schultern vor endloser Trauer bebend, bemerkte sie das leise Läuten der Glöckchen nicht, als Tamlin an ihrer Seite erschien.

Er nahm auf einem Felsen neben ihren Füßen Platz, die Stirn in tiefe Falten gelegt. »Ich habe dich vor den Gefahren gewarnt, Kind.» Er unterbrach sich, um an seiner Pfeife zu ziehen. Blauer Rauch stieg auf und heftete sich, unberührt von der kleinsten Spur einer Brise, an die Luftströmungen rund um seinen Haarschopf. »Nun, warum erzählst du mir nicht, was dich so bekümmert?«

Verlegen wegen der Tränen auf ihren Wangen, hob Taen den Kopf. Sie trocknete ihr Gesicht mit dem Ärmel, während Tamlin, die Daumen in die Taschen verhakt, Perlen und Glöckchen sonderbar still, im silbrigen Zwielicht der Lichtung wartete. Langsam und mit großer Sorgfalt beschrieb Taen, was sie über ihren Bruder erfahren hatte. Ihre Sätze waren unbeholfen und stockend, doch Tamlin hörte ihr aufmerksam zu. Die Lippen, die ein Bart umwucherte, hatte er konzentriert zusammengepreßt und saugte heftig an seiner Pfeife. Dann und wann schaute er in Taens Geist, um direkten Zugriff auf ein Detail zu erlangen, das sie ausgelassen hatte.

Als sie von Anskieres Notlage berichtete, rannen erneut Tränen über ihre Wangen, doch sie bemerkte sie kaum. Tamlins Augen blickten stechend. Vergessen hing die Pfeife zwischen seinen Zähnen. Dennoch sprach er kein Wort, bis sie schließlich zauderte und in Schweigen verfiel, als sie ihre Geschichte erzählt hatte.

»Du bringst mir traurige Kunde, Lauscherin der Träume.« Tamlin seufzte. Er strich sich mit seinen plumpen Fingern durch den Bart und drehte dann nachdenklich die Pfeife zwischen den Handflächen. Schließlich regte er sich wieder und studierte voller Bedauern das verweinte Gesicht seines Schützlings.

»Die Dämonen von Keithland werden allmählich übermäßig dreist, denke ich. Die Menschheit darf nicht schutzlos zurückbleiben. Wenn der Sturmwächter von Elrinfaer nicht länger eingreifen kann, so wird deine Ausbildung und Gabe zu einer Angelegenheit von ungeheurer Bedeutung.« Tamlin unterbrach sich, als lastete ein unerträgliches Dilemma auf seinen Schultern. »Nachdem ich zu dieser Sache Rat gehalten habe, müssen die Freien Inseln vor der drohenden Gefahr gewarnt werden. Denn wenn ich die Angelegenheit richtig einschätze, so bereiten die Dämonen einen Angriff gegen Landfeste vor. Dort gibt es in Kordanes Schrein Aufzeichnungen, die niemals die menschliche Obhut verlassen dürfen.«

Obgleich er es wußte, fügte er nicht hinzu, daß ein großer Anteil der Bürde, die Menschheit zu schützen, auf die schmalen Schultern des Mädchens fallen mochte, das vor ihm stand. Schon bald würde die Not es erforderlich machen, daß sie sich der höchsten Prüfung ihrer Fähigkeiten unterzog.

Kapitel 13

ZYKLUS DER TRÄUME

Lichter flackerten wie ein Schwarm Glühwürmchen über die Konsole der unterirdischen Anlage, in der die Vaere wohnten. Wenn auch manche der Schaltpulte dunkel blieben, funktionierten die Datenspeicher und Prozessoren, die einst dem Forschungsschiff Corinne Dane gedient hatten, noch immer uneingeschränkt. Konfrontiert mit der Verantwortung für das Überleben der Menschheit, hatte der Computer selbst sich in einer Weise fortentwickelt, wie es sich seine Erbauer niemals hätten vorstellen können.

Der Vaere benutzte die komplizierten mathematischen Funktionen, die einst der stellaren Navigation gedient hatten, um Wahrscheinlichkeitsberechnungen anzustellen. Taens Begegnung mit ihrem Bruder enthielt Hinweise auf einen dämonischen Plan gegen die Menschheit. Der Vaere benötigte jedoch noch mehr Daten. Aber nun, da der Feuergebieter tot und die Clanpriesterinnen in Ungnade gefallen waren, fehlte es an erschöpfenden Informationsquellen. Anskiere war weise genug, die Bedeutung von Taens Traum zu ahnen. Dennoch schuf ihr Unvermögen, ihn inmitten seines eigenen Bannes zu finden, neue Komplikationen; nicht einmal der Vaere selbst vermochte diese Schutzbanne zu durchdringen.

Nur ein Objekt hochentwickelter mathematischer Sachlichkeit, ging der Vaere systematisch die Alternativen durch und simulierte schließlich durch mathematische Berechnung die aus ihnen resultierenden Konsequenzen. Die Ergebnisse trugen hartnäckig negative Vorzeichen. Wäre der Vaere menschlich gewesen, so hätte er nun frustriert geflucht. Als Maschine aber, verbuchte er lediglich die Fakten und suchte nach einem anderen Weg. Der Sturmwärter von Elrinfaer konnte gerufen werden, doch nicht ohne erhebliche Risiken.

In einem Meeresgraben nahe der Polarkappe lagen die Sathid, die Kristalle, auf denen Anskieres Macht beruhte. Der Vaere konnte eine Schallinterferenz herbeiführen und die Kristalle wecken; Anskiere würde sofort wissen, daß er gebraucht wurde. Aber wenn, wie Taens Traum vermuten ließ, er auf irgendeine Art in Gefangenschaft geraten war, so würden die Kristalle seine Schwäche erkennen; dann mochten sie sich gegen ihn erheben. Die Sathid waren Symbionten von fremden Sternen, die imstande waren, die psychischen Fähigkeiten ihres Wirts zu mehren. Wenn sie an ein intelligentes Wesen gebunden waren, eigneten sie sich Empfindungsvermögen an, gepaart mit einem unersättlichen Drang zur Dominanz. Lebhaft leuchteten die Lichter auf der Konsole auf, als der Vaere eine weitere Möglichkeit prüfte. *Sollten die Sathid rebellieren, wie viel von Anskieres Macht konnte dann umgeleitet werden, ohne daß sie die Kontrolle übernahmen?* Allein die Daten der Vergangenheit boten eine Basis für diese Analyse.

Der Computer nahm Zugriff auf seine Datenbank, und der Vaere ließ das Profil von Anskieres Reaktionen bei seiner ersten Verbindung mit den Sathid durch den Prozessor laufen. Ohne übermäßige Schwierigkeiten hatte er den ersten, die Macht über den Wind, unterworfen. Die graphische

Darstellung seines physischen und psychischen Streßpegels wies stetig aber gleichmäßig steigende Linien auf, die bald wieder zu ihrem Normalzustand zurückkehrten. Die zweite Graphik hingegen war anders. Dekaden später prüfte der Vaere einen Machtkampf, dessen Ergebnis in keiner Weise garantiert werden konnte. Unter steter Kontrolle lieferte diese Doppelbindung eine exponentielle Verstärkung der Macht. Versagen aber schuf unausweichlich ein Monstrum, besessen von außerirdischen Neigungen; Anskiere hatte sich für die Prüfung eines Sturmwächters entschieden, obwohl er wußte, daß er entweder obsiegen oder auf der Stelle von dem Vaere getötet werden würde, der ihn ausgebildet hatte.

Sein Streßpegel stieg in steilen, zerrissenen Linien an, ragte wieder und wieder in den kritischen Bereich, als sich ein zweiter Sathid zu dem ersten gesellte. Beide Matrizen kämpften nun gemeinsam gegen den Willen des Zauberers. Unter größten Qualen hatte Anskiere standgehalten und schließlich beide Sathid niedergerungen.

Der Vaere jonglierte mit elektronischer Genauigkeit mit den Fakten. Sollten die Sathid sich erheben, während Anskiere in Schwierigkeiten war, so waren seine Chancen auch bei der optimistischsten Betrachtung nur dürftig; und sollte er zu Riffhafen Banne errichtet haben, um die Frostwargs einzusperren, so würde er gewiß versagen.

Durch all diese unbekannten Begleitumstände blockiert, ließ der Vaere die Idee fallen, Kontakt zu Anskiere aufzunehmen. Nun, da kein Feuergebieter da war, die Frostwargs unter Kontrolle zu halten, konnte er nicht auf den Sturmwächter zurückgreifen. Nachdem alle anderen Alternativen ausgeschöpft waren, zog der Vaere auch den Einsatz

Taens in Betracht, deren empathische Fähigkeiten vielversprechend, deren Ausbildung jedoch noch weit von ihrer Vervollkommnung entfernt war. In Verbindung mit der Matrix eines Sathid, würde die Sensitivität des Mädchens so weit verstärkt, daß es jedem menschlichen Geist in Keithland Informationen würde entlocken können. So würde jedes Detail des dämonischen Planes auf der Stelle verfügbar werden. Das Mädchen war jung, unerprobt und bisher kaum imstande, ihre Gabe zu kontrollieren. Aber sie war auch außergewöhnlich tapfer.

Widerstrebend ließ der Vaere eine dritte Serie von Wahrscheinlichkeitsberechnungen durchlaufen. War das Mädchen ohne die Jahre der Ausbildung und Vorbereitung durch ihren Mentor widerstandsfähig genug, den Prozeß der Bindung aus eigener Kraft zu meistern? Ihr Persönlichkeitsprofil war bisher nur oberflächlich; noch hatte der Vaere ihre Streßtoleranz nicht ergründen können. Doch die Extrapolation auf Basis ihres bisherigen Werdeganges förderte ein Bild zutage, das zumindest eine kleine Chance auf Erfolg in sich barg.

Nie zuvor in der Geschichte Keithlands waren die Vaere gezwungen gewesen, eine so kritische Entscheidung auf der Grundlage derart mangelnder Daten zu treffen. Es stand allzu viel auf dem Spiel; sollte es Taen nicht gelingen, den Härten einer Sathidverbindung standzuhalten, sollte sie auch nur ein einziges Mal die Kontrolle über die Matrix verlieren, so durfte ihr nicht gestattet sein, weiterzuleben. Dennoch lieferte die Logik keine bessere Alternative.

Die Lichter auf den Schalttafeln flackerten rot, als der Vaere die verschiedenen Wahrscheinlichkeiten Sequenz um Sequenz berechnete. Wollten sie den Plan der Dämonen vereiteln, so mußte Taen die

Matrix des Sathid beherrschen und so das volle Potential ihrer Gabe entfalten. Darauf programmiert, die Menschheit zu schützen, konnte der Vaere lediglich dafür sorgen, daß die Erfolgsaussichten dieser Zereißprobe so groß wie nur möglich ausfielen.

Traumlos ruhte das Mädchen in ihrer Kapsel, während der Vaere seine umfassende Analyse zu Ende führte. Einen Tag später, nachdem jede Alternative begutachtet war, schloß der Vaere, daß Taens Selbstvertrauen ernsthaften Schaden leiden würde, sollte sie in letzter Minute noch Anweisungen erhalten. Das Wissen um den Bindungsprozeß konnte ihr nicht helfen.

Der Vaere prüfte ihre Lebenszeichen und untersuchte ein letztes Mal ihren Gesundheitszustand. Anders als Anskiere und Ivain mußte dieses Kind die Glut des Bindungsprozesses unwissend und unvorbereitet überstehen. Sollte sie überleben und die Oberhand gewinnen, so würde sie physisch verändert sein, denn der Sathid benötigte für seine Entwicklung sieben Jahre. Doch mit Hilfe einer Verbindung zwischen dem Antrieb des Schiffes und der Kapsel des Mädchens würde der Vaere eine Zeitanomalie schaffen; sie würde im Alter von siebzehn Jahren der Kapsel entsteigen, doch in der Geschichte Keithlands wären nur wenige Tage vergangen. Waren die Parameter für die Zeithülle erst gesetzt, so würde das Mädchen physisch von der Realität Keithlands isoliert sein. Von da an hätte der Vaere nicht länger die Möglichkeit, zu ihrem Schutz einzugreifen.

Friedlich lag Taen in ihrer Kapsel, und ihr ebenholzschwarzes Haar, ihre roten Lippen und die blasse Haut erinnerten an eine schlafende Schönheit aus einem Märchen der alten Erde. Sie fühlte keinen Schmerz, als sich die Nadel in ihr Fleisch bohrte. Der Vaere injizierte eine Lösung in ihre Vene, in der eine fremdartige Wesenheit schwamm; war der Sathid erst weit genug entwickelt, anzugreifen, würde er zuschlagen, wenn Taen am verwundbarsten war. Schon bald würde das Mädchen ihre psychische Nemesis bekämpfen müssen.

Rasch nahm der Sathid von Taens Leib Besitz. Angeregt durch die Wärme und die Nähe des Lebens selbst, entwickelte er sich, tastete instinktiv wie ein neugeborenes Kind nach dem Bewußtsein seines neuen Wirts. Geprägt von Taens Charakter, begann der Sathid, ein Muster zu entwickeln, das es ihm erlaubte, mit ihrem Geist zu verschmelzen. Die Gabe des Einfühlungsvermögens öffnete sich wie ein Tor und gab den Weg zu ihrem innersten Selbst frei. Angeführt von den Bedürfnissen des Sathid, für den die Sondierung unausweichlich war, begann Taen von ihrer Vergangenheit zu träumen.

Zeit war für die Matrix nicht von Bedeutung. Vom Augenblick ihrer Geburt bis zu ihrem ersten gesprochenen Wort, erfuhr der Sathid die Erinnerungen des Mädchens, analysierte selbst die unbedeutendsten Details. Im Verlauf dieser Erinnerungen lernte er zu laufen, zu sprechen und logisch zu denken. Ein gestohlenes Törtchen in der Gasse hinter der Bäckerei lehrte es Falschheit und ihre erste Lüge die List und Gerissenheit. Taen aber träumte weiter, zunächst ohne zu ahnen, daß sich ein fremdes Wesen ihres Bewußtseins bemächtigt hatte.

Zurückgetragen ins das Alter von zwei Jahren, saß sie auf dem Schoß ihrer Mutter und spielte mit Muschelschalen, während die Böen eines nachmittäglichen Sturmes an den Fensterscheiben rüttelten und Regen zischend den Rauchfang herabrann. Taen fühlte sich nicht wohl in der fremden Umgebung des Hauses ihres Cousins, also konzentrierte sie sich voll und ganz auf ihr Spiel. Aber auf seinem Bett wälzte sich Onkel Evertt im Fieber. Ihre Mutter pflegte ihn, während Emien und ihr Vater mit der Schaluppe zum Fischen hinausgefahren waren.

Donner grollte über ihren Köpfen und erschütterte den Boden mit seiner geballten Gewalt. Das Mädchen kauerte sich an die Brust der Mutter, die kleinen Fäuste fest um die Muschelschalen geschlossen. Entsetzen erfaßte sie, als ihr plötzlich das Atmen schwerfiel. Taen würgte, lief rot an und bemühte sich krampfhaft, nicht zu weinen. Sie hatte versprochen, ruhig zu sein und Onkel Evertt schlafen zu lassen. Doch die Luft fühlte sich in ihren Lungen so zäh wie Sirup an. Ein scharfer, zerreißender Schmerz erfaßte ihre Brust. Taen fühlte sich schwindelig. Tränen rannen still über ihre Wangen und benetzten den Kragen ihres wollenen Unterkleides. Aufgeschreckt von dem Zittern im Leib ihrer Tochter, hob ihre Mutter sie hoch.

»Kind, was in Kors Namen hast du denn?« Besorgt betrachtete sie das Gesicht ihrer Tochter.

Doch Taen fand keine Worte, zu erklären, was ihr Geist sah: daß ihr Vater um sein Leben kämpfte, verfangen in einem Netz unter dem dunklen Kiel der Schaluppe. Zu jung, seinen Tod zu verstehen, legte sie den Kopf an die Schulter ihrer Mutter und weinte. Und der Sathid, der den Mißklang in ihrem Leben fühlte, tastete sich weiter voran.

Drei Tage später brachten die Stadtbewohner Emien nach Hause. Taen hörte das Scharren der Stiefel auf der steinernen Schwelle der Küchentür.

Männer sprachen gedämpft im Nebenraum, und plötzlich schrie ihre Mutter gepeinigt auf. Ihre Stoffpuppe vergessen in den Armen, blickte Taen erschrocken zur Tür hinaus. Sie sah Emien, umgeben von Fremden und noch immer in seine Ölhaut gekleidet. Seewasser tropfte von der Kleidung ihres Bruders, und er starrte zu Boden, während die Männer sprachen.

»Wir haben ihn treibend jenseits des Riffes entdeckt«, sagte ein großer Mann zu ihrer Mutter. »Die Schaluppe ist in dem Sturm beschädigt worden, aber sie kann repariert werden. Der Schiffszimmermann bietet dir umsonst seine Dienste an.«

Taen sah, wie sich ihre Mutter auf ihrem Stuhl aufrichtete. »Und Marl? Was ist mit Marl geschehen?«

Unbehaglich zuckte der Fremde die Schultern. »Kann ich nicht sagen, Frau. Die alten Haie haben sich an seinen Überresten gütlich getan. Dein Junge weiß mehr, aber er will nicht reden.»

»Emien?« Marls Witwe richtete ihre tränenfeuchten Augen auf ihren Sohn und streckte die Arme weit aus, um ihn an sich zu drücken. Doch der Junge zuckte zurück und weigerte sich, ihrem Blick zu begegnen. Wohl ahnend, daß irgend etwas nicht in Ordnung war, verschwand Taen jenseits der Tür außer Sichtweite. Sie flüchtete aus dem Haus, das voller Fremder war, und suchte in einem Schuppen hinter dem alten Ziegenstall Zuflucht, wo sie ihren Kummer in der Dunkelheit hinter den duftenden Heustapeln verbergen konnte. Still blieb sie dort liegen. Traurig und einsam lauschte sie und hoffte, in dem Klimpern der Windspiele und den klagenden Rufen der Tauben den ungestümen Klang der Stimme ihres Vaters zu hören, der nach Hause zurückkehrte. Doch sie vernahm nur die Rufe der

Jungen, die ausgeschickt worden waren, sie zu suchen. Sie wollte nicht antworten, ganz gleich, wie besorgt sie auch schienen. Weit nach Sonnenuntergang, als ein kalter Wind vom Hafen herbeiwehte und das verblaßte Schild der Taverne wie der Schaukelstuhl eines Greises über den verlassenen Straßen der Stadt knarrte, kehrte Taen nach Hause zurück.

Die fremden Männer waren fort. Doch der Kummer ihrer Mutter prägte sich tief in Taens jungen Geist, fütterte ihn mit Alpträumen von zerstörten Hoffnungen, und in dieser Nacht begann ihr Onkel Evertt zu brüllen. Der Sathid beobachtete fasziniert weiter, während sie sich hinter der Leinentruhe versteckte, die Ohren mit einer dicken Winterdecke verhüllt. Doch selbst durch die Wolle hindurch konnte das Mädchen das ruhelose Klatschen des Gürtels ihres Onkels und Emiens Schmerzensschreie hören. Durch das Fenster ihrer Gabe überwältigt von Gewalt, Wut und Mißverständnissen, preßte sie die Decke noch fester vor ihr Gesicht; doch die Schreie schienen kein Ende nehmen zu wollen. Strafe aber machte Emien lediglich widerspenstig. Wochen vergingen. Nie sprach er über den Sturm. Nur Taen, deren besondere Wahrnehmungsgabe ihr erlaubte, den Geist ihres Bruders zu erkennen, wußte, daß der Verlust ihres Vaters nicht sein Fehler war. Sie war zu jung, ihr Wissen darzulegen. Und da Emien ebenfalls ein empfindsames Kind war, wurde der Schaden, den er erlitt, bald schon von dauerhafter Natur. Nichts würde jemals das Mißtrauen lindern können, das Emien gegenüber seinem Onkel empfand.

Evertt schien das nicht zu kümmern. Mit dem sturen Fatalismus der Inselbewohner schulterte er die zusätzliche Bürde, die Familie seines Bruders zu ernähren. Gemeinsam mit ihren Cousins lernte nun auch Taen, still zu sein, wenn ihr Onkel von den Docks zurückkehrte, und sich von ihm fernzuhalten, wann immer das Wetter die Fischerflotte zwang, im Hafen zu bleiben. Evertt war immer schon ein brütender, eigenbrötlerischer Mann gewesen; doch nach Marls Tod sprach er kaum mehr und lächelte noch weniger als zuvor. Jedes der Kinder war unablässig bemüht, ihm zu gefallen, doch nichts, was Emien tat, war jemals auch nur akzeptabel.

Emien hielt sich fern von den Dorfjungen. Taen wurde durch ihre seltene Gabe die einzige Person in Imrill Kand, die seine Isolation durchbrechen konnte, bis Anskiere in ihren Ort kam.

Der Sturmwächter wußte den Jungen zu nehmen. Da, wo die Dorfbewohner Widerspenstigkeit sahen, blickte der Zauberer tiefer und erkannte Einsamkeit und Not. Er erfreute sich an Emiens Gegenwart. Und nach einer Weile begann der Junge, dem Sturmwächter auf Schritt und Tritt zu folgen.

Von der Eingebung des Sathid beeinflußt, träumte Taen von dem Jahr, in dem sie ihren siebten Geburtstag hatte. Zwar war sie noch immer zu klein, ihren Bruder auf seinen Ausflügen mit dem Zauberer zu begleiten, doch sie erinnerte sich, wie Anskiere die wilden Sturmtaucher von der offenen See herbeigerufen oder die Wolkenschicht aufgelöst hatte, um den Sonnenschein herbeizubringen. Emien lernte wieder zu lachen, wenngleich niemals in der Anwesenheit seines Onkels. Sein Selbstvertrauen wuchs in Anskieres Schatten, bis es ihm schließlich möglich wurde, von dem Sturm und dem Unfall zu berichten, der das Leben ihres Vaters gefordert hatte. Die Stadt vergab ihm. Dennoch erlangte Emien niemals sein volles Selbstvertrauen zurück.

An einem stürmischen Tag im Frühling wurde sie acht Jahre alt. Taen rannte hinunter zu den Docks, um auf die Fischerflotte zu warten. Als stiller Beobachter nahm der Sathid das Muster ihres Traumes auf, als sie sich atemlos ihren Weg durch die Gassen jenseits des Marktplatzes bahnte. Wind zerrte an ihrem Mäntelchen, rüttelte an den lockeren Brettern der Fischstände und fegte gebrochenes Astwerk und Abfälle über die regengepeitschten Pflastersteine. Heute würde ihr Bruder nach beinahe dreiwöchiger Abwesenheit nach Hause zurückkehren.

Taen verlangsamte ihre Schritte, als sie die Küste erreichte. Mit der vollen Gewalt des Sturmes peitschten die Winde über den Meeresspiegel, zerfransten die Schaumkronen der Wellen und trugen Wolken von Spritzwasser mit sich. Hungrig schlugen die Wogen gegen den Wellenbrecher, donnerten mit gewaltiger Kraft an die Docks; die alten, geteerten Pfeiler schwankten unter der Macht der Erschütterung.

Angstvoll betrachtete Taen die nassen Planken. Seit dem Morgen hatte sich das Wetter verschlechtert. Begierig, die Flotte zu entdecken, blinzelte sie gegen das Spritzwasser an und starrte aufmerksam zum Hafen hinaus. Einige kleinere Boote schwankten und hüpften an ihren Anlegeplätzen, und der grünliche Kupferton ihrer Rumpffarbe lugte dann und wann hervor. Begraben unter zerfetzten Wolkengebilden, entzog sich der Horizont ihren Blicken. Taen konnte keine Spur der zurückkehrenden Flotte erkennen, also fand sie sich damit ab, warten zu müssen, und setzte sich in den Windschatten einer Ladewinde.

Ein schwerer Packkorb hing noch immer in der Schlinge. Leinen knarrten, als der Wind den Korb hin und her schleuderte. Verdrossen über die Geräusche und bis auf die Haut durchnäßt, kauerte sich Taen unter ihrem Mantel zusammen und konzentrierte sich auf den Horizont, an dem sich nach einer Weile endlich das dunkelrote Dreieck des ersten Segels aus der Finsternis schälte. Der Rest der Flotte folgte. Eifrig bemüht, die *Dacsen* zu erkennen, sobald sie in Sichtweite kam, entging Taen das Durcheinander ausgefranster Stränge an dem Seil über ihrem Kopf, genau dort, wo das Tau, das den Korb hielt, über die Rolle verlief.

Eine Strähne riß mit einem peitschenden Knall. Aufgeschreckt blickte Taen auf und sah den Korb bedrohlich in der Schlinge hin und her schwingen. Doch die Kälte hatte ihre Muskeln verkrampft, und ihr Körper antwortete nur schwerfällig, als sie versuchte, aufzustehen. Noch ehe sie aus der Gefahrenzone entrinnen konnte, verlagerte sich der Korb erneut. Wieder riß ein Strang. Eisengefaßtes Holz löste sich aus seiner Vertäuung und stürzte hinab, zerschmetterte Taens schmales Fußgelenk.

Die Matrix des Sathid beobachtete leidenschaftslos, wie die zurückkehrenden Fischer sie auffanden, kaum noch bei Bewußtsein in den nassen Stoff ihres Mantels gehüllt. Mit vorsichtigen Bewegungen hoben sie den Korb und sagten wenig zu dem Bruder, der seine Schwester nach Hause trug. Einer der jüngeren Cousins wurde ausgesandt, den Sturmwächter herbeizurufen.

Doch als Anskiere eintraf, verfügte er nicht über die Magie, Taens zerschmettertes Bein zu heilen. Dies erklärte er in einem Tonfall tiefsten Bedauerns, während der Sturm über Imrill Kand hinwegjagte und der Wind kreischend wie die Verdammten

Kors an den Schindeln der Dächer zerrte. Emien sah zu, wie der Sturmwächter seinen grauen Umhang über seine Schultern zog. Ohne sich die Zeit zu nehmen, mit dem Jungen zu sprechen, trat der Zauberer in die Nacht hinaus, und ein Schwall frischen Regens wehte über die Schwelle herein. Innerhalb einer Stunde hatte er den Sturm weit genug gemildert, ein Boot auf das Festland zu schicken, um einen Heiler herbeizuholen. Doch Emien hatte die Tatsache nie vergessen, daß seine Anwesenheit einfach ignoriert worden war.

Taens Gesundung verlief schleppend. Der Sathid lernte Geduld und Ausdauer während der Tage, an denen sie die Schmerzen ihres heilenden Beines bettlägerig ertragen mußte. Der Sturmwächter brachte Stunden damit zu, sie zu besuchen, und seine Wanderungen mit Emien, die sie in die Berge unternommen hatten, wurden immer seltener. Zuerst blies Emien in der Küche Trübsal, bis seine Mutter ihn schließlich für seine Untätigkeit schalt. Auf einen Schlag der Schwester und des Zauberers beraubt, die seine einzigen Freunde gewesen waren, verbrachte er die Nachmittage allein auf den Hangwiesen und weigerte sich, sich neue Freunde zu suchen. Sich seines Grolls wohlbewußt, doch nicht imstande, ihn zu trösten, ertrug Taen ihren eigenen Kummer schweigend; als Krüppel würde sie dem harten Leben in Imrill Kand nicht genug gewachsen sein, jemals allein für ihren Lebensunterhalt zu sorgen. Die Flotte würde für alle Zeit ohne sie segeln.

Nur langsam und über Monate hinweg erholte sie sich. Wenn sie träumte, verstärkte der Sathid seinen Zugriff auf ihren Geist. Langsam, versuchsweise, sortierte er, was er erfahren hatte, und entdeckte in der ersten giftigen Saat der Zwietracht zwischen

Taen und ihrem Bruder jene Schwachstelle, die er in ihrem Charakter gesucht hatte. Das Mädchen nahm Emiens Unzulänglichkeiten wohl wahr, doch unter dem Fluch ihrer Gabe war ihr auch gegeben, ihn zu verstehen. Der Sicherheit unter der Liebe des Vaters beraubt, würde sie dem Knaben stets vergeben, obgleich seine makelbehaftete Persönlichkeit ihr Kummer bereitete und ihr emotionales Gleichgewicht zerstörte. Hier sah der Sathid ein Potential für das Kräftemessen.

Die Matrix suchte weitere Details. Mit größter Vorsicht untersuchte der Sathid jeden Aspekt der Beziehung zwischen Taen und ihrem Bruder, und so erkannte er die Entfremdung, die durch Taens Loyalität gegenüber Anskiere entstanden war. Der Sathid erwog seine Möglichkeiten. Und während Taen erneut den Schmerz erleben mußte, den ihres Bruders Zurückweisung zu Imrill Kand erzeugt hatte, erlangte er seine Reife. Bald war die Matrix untrennbar mit dem Geist des Mädchens verknüpft. Die psychische Kraft des Sathids verband sich mit der empathischen Gabe Taens und verstärkte ihre Fähigkeiten so bis zu übernormalen Ausmaßen.

Es kam der Tag, da der Sathid die Wahrnehmungsfähigkeit des Mädchens bis über die Grenzen ihres eigenen Unbewußten hinaustrieb. Über der Kapsel, die ihren Körper barg, zitterte eine Nadel in einem Meßgerät, das auf dem Steuerpult Auskunft über ihre Lebenszeichen lieferte. Der Vaere erkannte die Abweichung und beobachtete aufmerksam den weiteren verlauf. Der Sathid suchte nach einer tiefen Basis, seinen Drang nach der Vormacht zu verankern. Taen würde ihren Bruder noch einmal an Kisburns Hof sehen; doch nun, da die psychische Kraft des Sathid mit ihrer Gabe verknüpft war, würde sie mehr über seinen Charakter erfahren, als sie je auch nur hätte ahnen wollen …

Emien rannte schnell den Korridor hinunter, der von den Räumen des Königs abzweigte, ohne zu ahnen, daß seine Bewegungen von seiner Schwester und einer fremdartigen Matrix beobachtet wurden. »Warte!« rief er einem blonden Pagenjungen nach, der vor ihm davonrannte. »Du hast es versprochen.«

Doch der Knabe, kaum zwölf Jahre alt und erst seit kurzer Zeit am königlichen Hofe, zögerte nur einen winzigen Augenblick, ehe er durch das Tor schlüpfte, das zu dem privaten Obstgarten Kisburns führte.

Emien fluchte atemlos. Wenngleich die Anstrengung nicht so recht zu seiner edlen Samttunika und dem feinen Seidenhemd passen wollte, legte er noch einen Schritt zu und folgte dem Jungen. Er erwischte das schwere Türblatt noch bevor es zufallen konnte und rannte die Stufen hinunter. Kälte drang durch seine dünnen Ärmel. Unter seinen Stiefeln knirschten abgestorbene, in der winterlichen Kälte steifgefrorene Grashalme, als er an der Statue auf dem reichverzierten Brunnen vorbeistürmte; Eis und abgestorbenes Laub bedeckten das Becken. Erneut fluchte Emien, verärgert ob der Tatsache, daß er seinen Mantel nicht bei sich hatte, doch der Knabe, den er verfolgte, mußte in seiner königlichen Livree ebenso sehr frieren.

»Halt!« rief Emien. »Stehst du immer so nachlässig zu deinem Wort?«

Doch der Page gab nicht auf. Jenseits der kahlen Äste des Obstgartens erhaschte Emien einen Blick auf kastanienbraunen Brokatstoff. Mit zornigem

Blick sprang er über eine Steinmauer und hetzte hinterher. Zweige schlugen ihm ins Gesicht, als er sich durch das Geäst schob, und sein Atem wurde sichtbar in der kalten Luft, doch langsam kam er dem Kind näher, das wie ein verängstigtes Kaninchen durch den am dichtesten bewachsenen Bereich des Obstgartens flitzte. Kaum einen Schritt hinter ihm, streckte Emien die Hand aus und schloß die Faust um das hellblonde Haar.

Mit einem Schrei stürzte der Page über eine Wurzel. Aus dem Gleichgewicht gebracht, stolperte Emien. Beide Jungen prallten gegen den unversöhnlich harten Stamm eines Birnbaumes.

Von Rinde und den scharfen Enden unzähliger Zweige zerkratzt, blickte Emien wütend auf den Pagen herab, wegen dem er beinahe sein bestes Hemd zerrissen hätte. »Du bist eine Nervensäge«, sagte er in scharfem Ton.

Der Page reckte das Kinn vor. Zwar fürchtete er den älteren Jungen, doch er war entschlossen, sich nicht feige zu zeigen. Schweratmend und erschöpft von der Flucht, lehnte er sich an den Baum und schwieg.

»Wann geht Tathagres zu ihrer Audienz beim König?« verlangte Emien zu erfahren. »Die Listen wurden heute morgen geschrieben. Gewiß hast du sie inzwischen gesehen. Hast du etwa geglaubt, ich hätte dir mein Silber nur gegeben, damit du dich amüsieren kannst?« Er packte den Knaben am Kragen und verdrehte den Stoff, so daß er sich beängstigend um den Hals des Kindes spannte. »Wir hatten eine Vereinbarung. Wagst du es tatsächlich, sie zu mißachten?«

Mit blutleerer Miene schüttelte der Page den Kopf.

Emien löste seinen Griff und wischte sich die Hände an der Tunika ab. »Das dachte ich mir«, entgegnete er übellaunig. »Bei den Feuern! Du stellst dich an, als würdest du ein Staatsgeheimnis verraten. Also los. Wann bekommt Tathagres ihre Audienz?«

Der kleinere Junge schluckte und wischte sich mit der Hand über die Nase. »Morgen«, sagte er kläglich. »Mußtet Ihr meine Tunika kaputtmachen?«

»Mußtest du in den Garten des Königs rennen?« äffte Emien seinen Tonfall nach. Dann wühlte er in seinen Taschen und warf dem Knaben zwei Kupferstücke vor die Füße. »Gib das der Magd, und wenn sie sich beklagt, dann sagst du ihr, daß du Glück hattest, so leicht davongekommen zu sein.«

Mit sichtlichem Widerstreben betrachtete der Page das Geld. Obwohl seine Haut vor Kälte schon blau angelaufen war, wartete er zitternd unter den Bäumen, bis Emien gegangen war. Dann stampfte er die Münzen in einem Anfall hilfloser Wut wieder und wieder in den Boden, ehe er zum Palast zurückkehrte.

In der unterirdischen Kapsel auf der Insel der Vaere empfand Taen die Demütigung des Kindes, als wäre sie selbst gedemütigt worden. Zum ersten Mal, seit dieser Traum begann, erkannte sie die Verstärkung, die ihre Gabe als Lauscherin der Träume erfahren hatte. Noch blind gegenüber der Gefahr, probierte sie ihre neuen Fähigkeiten aus und erkannte, daß sie aus Emiens Bewußtsein in die Geister aller Menschen in seiner Umgebung springen konnte. Diese Erfahrung beflügelte sie, und wie ein junger Vogel, der zum ersten Mal seine Flügel gebraucht, beschloß sie, ihren Bruder zu begleiten, als er sich anschickte, die Audienz des Königs mit der Hexe Tathagres auszuspionieren. Der Sathid wehrte sich nicht. Ihre Reaktion auf Emiens

Vergehen folgte genau dem Muster, das er einzurichten suchte.

Der Sathid und Taen warteten bei Emien, als dieser sich in die Finsternis eines verborgenen Ganges jenseits des Audienzzimmers kauerte. Über seine eigene Kühnheit amüsiert, preßte er ein Auge an das kleine Guckloch, daß sich in dem Muster des Wandschmucks verbarg. Dreimal hatte er die Raumwache beim Übungskampf geschlagen, und der Zutritt zu diesem Gang war seine Siegprämie gewesen. Dem Wachmann fehlte es an Vorstellungsgabe; mit der Kraft des Sathid verbunden, fiel es Taen leicht, die Gefühle des Mannes zu erfassen.

Obgleich erleichtert, nicht das Geld für sein nächstes Gelage eingebüßt zu haben, hatte sich der Wachmann nur widerstrebend mit Emiens Plan einverstanden erklärt. Sollte der Junge entdeckt werden, so drohte ihm eine Verurteilung wegen Verrats, doch auch Wetten jeder Art waren den Wachen verboten, und der Junge konnte ihn einen ganzen Monatslohn kosten, sollte sein Hauptmann von der Angelegenheit erfahren. Wie viele andere am Hofe Kisburns, hatte auch dieser Wachmann kein Vertrauen in die möglichen Skrupel Emiens. Tathagres jungen Knappen umgab eine Aura gefährlichen Ehrgeizes, und sein heikles Temperament war gewiß kein Geheimnis. Er entwickelte sich ausgesprochen rasch zu der Art von Mensch, dessen Unmut niemand gern erregen wollte.

Während der Wachmann auf seinem Posten schwitzte, studierte Emien die Personen in dem Ratszimmer. Nur drei Berater des Königs waren anwesend. Wie üblich, saß Lord Sholl zur Rechten des Thrones, den kahlen Kopf hinter vorgehaltener

Hand geneigt, während er in das königliche Ohr flüsterte. Zur Linken des Thrones stand der Große Hofzauberer, eine Position, die unter den drei Magiern jeweils derjenige innehatte, dem die Gunst des Herrschers zufiel. Tathagres war noch nicht eingetroffen. Als Knabe, der die Armut der Fischer kennengelernt hatte, war Emien vom Anblick des Königs gefesselt.

Seine Hoheit von Kisburn war schlank, gebeugt und kaum dreiunddreißig Jahre alt. Er hatte ein Gesicht, das an eine Maus erinnerte, verschlagene Augen, denen nur ausgesprochen wenig entging, und einen geschliffenen, nervösen Geist. Seine Machtgier kannte keine Grenzen. Obwohl er, eingehüllt in die schwere Amtstracht, aussah, wie ein kränklicher Gelehrter, war er besessen von der Idee, neue Gebiete zu erobern. Er regierte mit ebenso flinker wie harter Hand, und wenn Andersdenkende bei Hofe auch behaupten mochten, er höre ein wenig zu bereitwillig auf Lord Sholl, so neigte seine Hoheit, der Neunte Herrscher von Kisburn nie zu närrischen Entscheidungen. Voller Neid, aber dennoch fasziniert beobachtete Emien, wie der König ablehnend den Kopf schüttelte. Lord Sholl richtete sich auf seinem Stuhl auf, und seine Lippen bebten vor Ärger. Für einen Augenblick schien es, als wollte er erneut das Wort ergreifen. Doch der König winkte nur ungeduldig ab und ließ das Thema einfach fallen, gerade in dem Augenblick, da die Tür sich öffnete, um Tathagres einzulassen. Erwartungsvoll blickte der König auf.

Von der eigenen Vorfreude hingerissen, rückte Emien noch näher an das Guckloch heran. Heute wollte seine Herrin den langen Monaten des Wartens ein Ende setzen. Wenn der König mit ihrem Vorschlag einverstanden war, so würden sie mit einem Heer nach Riffhafen zurückkehren und angreifen, und endlich würde auch Anskiere besiegt werden. Taen, die heimliche Beobachterin, mußte ihre Abscheu unterdrücken. Gelang es ihr nicht, sich vollkommen passiv zu verhalten, so würde ihr Bruder ihre Präsenz entdecken und sich gegen sie zur Wehr setzen.

Verwegen schritt Tathagres über die Schwelle, unbelastet durch ihre übliche höfische Kleidung. Emien war überrascht, sie in der schweren, ledernen Reitkleidung eines Mannes zu sehen, angetan mit Stiefeln, Tunika, Kniehosen und einem Umhang aus gefärbter Wolle, der in scharlachroten Falten über ihre Schultern fiel. Von Lord Sholl abgesehen, betrachteten die Berater des Königs sie mißbilligend, als sie sich vor dem Podest verbeugte.

Tathagres öffnete die Brosche an ihrer Kehle und warf sich den Umhang mit einer selbstbewußten, anmaßenden Geste über den Arm, die kaum zu übersehen war. Emien kam nicht umhin, ihre Taktik zu bewundern. An diesem Hof, der von Korruption und Intrigen beherrscht wurde, griff Tathagres nicht auf weibliche Schliche zurück; mit unbeugsamer Direktheit brachte sie weiter nichts in das Audienzzimmer, als die unmißverständliche Zurschaustellung ihrer eigenen Macht. Und obwohl die Sitte verlangte, daß der König zuerst sprach, vermittelte ihre Haltung den Eindruck, als erwarte sie, daß er um ihre Informationen bettelte.

Gespannt beugte sich der König vor, die Finger im Schoß gefaltet. »Seid Ihr gekommen, mir von Eurem Plan in bezug auf Riffhafen zu berichten? Falls nicht, so faßt Euch kurz. Meine Geduld ist bereits überstrapaziert, was Euch betrifft.«

Hinter dem Rücken des Königs ergingen sich zwei der Berater in verstohlenem Getuschel. Nun, da die Kriegsflotte durch Anskieres Sturm zu einem großen Teil vernichtet war, waren die meisten bei Hofe nicht an weiteren Geschäften mit Tathagres interessiert; Schiffszimmerer arbeiteten Tag und Nacht, um die zerstörten Schiffe zu ersetzen, dennoch war durch die angerichtete Zerstörung mindestens ein Jahr verloren. Allein Lord Sholl unterstützte Tathagres, und zum Ärger vieler anderer am Hof genoß er noch immer die Gunst des Königs.

Die Hexe verhielt sich, als wäre dieser Fehlschlag nie geschehen. »Wenn ich den Sieg über Riffhafen erringe, so gilt unser Handel. Ist der Kielmark erst geschlagen, so steht der Passage durch die Kontinentalstraße nichts mehr entgegen und die Freien Inseln müßten einer Invasion ungeschützt entgegensehen. Dann werdet Ihr mir die Schlüssel zum Turm von Elrinfaer übergeben, sind wir uns soweit einig?«

Einer der Berater erstarrte sich angesichts ihres unverfrorenen Tonfalls. »Mit Eurer Erlaubnis, Majestät.« Der König nickte nur verdrossen und gestattete dem Mann zu sprechen. »Gnädige Frau, darf ich Euch darauf hinweisen, daß der Verlust der Kriegsflotte einer Invasion derzeit im Wege steht?«

Tathagres lächelte, die Hände lagen noch immer auf dem Stoff ihres Umhangs. »Wenn Riffhafen gefallen ist, so könnt Ihr Eure Schiffe ersetzen.« Mit einem hochmütigen Nicken wies sie den Berater ab und wandte sich sogleich wieder direkt an den König. »Warum greift Ihr die Freien Inseln nicht mit der Flotte des Kielmark an? Seine Schiffe sind als die schnellsten in ganz Keithland berühmt. Nach seiner Niederlage werden sie Euch gehören und Euch für den erlittenen Verlust entschädigen.«

Der König lehnte sich zurück. Juwelen blitzten auf seinem Wams auf, als er einen tiefen Atemzug tat. Doch noch bevor er sprach, hatte er seinen Unwillen wieder unter Kontrolle. »Riffhafen besiegen? Ihr müßt scherzen. Ohne einen Komplizen in der Festung ist dieser Plan nicht durchführbar.«

»Doch, das ist er, Eure Hoheit. Wenn Ihr mir Eure Erlaubnis erteilt, so kann ich Euch die Feste in gutem Zustand übergeben.«

»Wie?« verlangte der König nun zu erfahren, mittlerweile außerstande, seine Spannung im Zaum zu halten. Neben ihm rutschten seine Berater ängstlich auf ihren Stühlen hin und her. Lord Sholls Miene blieb ungerührt, doch er spielte mit seinen Ringen; deutlich verrieten seine Hände seine Neugier. Während Emien zusah, schien es ihm, als hätte auch der Erste Berater des Königs bei dieser Angelegenheit etwas zu gewinnen. Taen hingegen fühlte mit Hilfe der durch die Matrix erweiterten Fähigkeiten das Unbehagen der beiden anderen Berater; sie wußten wohl, daß Lord Sholl an den Plänen der Hexe beteiligt war, und dieser Gedanke gefiel ihnen ganz und gar nicht.

Nachdem sie nun die volle Aufmerksamkeit des Königs gewonnen hatte, nahm Tathagres den Umhang von ihrem Arm und legte ihn achtlos über eine geschnitzte Stuhllehne. »Habe ich die Erlaubnis, Platz zu nehmen, Eure Hoheit?«

Der König stimmte mit einer ungeduldigen Geste zu. »Wie stellt Ihr Euch vor, Riffhafen zu besiegen? Das haben schon viele vor Euch versucht.« Er ersparte sich zu erwähnen, daß sieben königliche Kriegsflotten in Einzelteilen auf dem Grund des Hafens des Kielmark lagen; die früheren Herrscher von Kisburn hatten viele Male ihre Schatzkammern geplündert, weil sie diese Renegatenhöhle hatten auslöschen wollen.

Tathagres machte es sich mit aufreizender Grazie

auf dem Stuhl gemütlich und sprach erst, als sie bequem saß. »Ich habe eine besondere Taktik im Sinn«, begann sie, als würde sie die unausgesprochenen Gedanken des Königs beantworten. Sie sah zu dem Podest auf, und ihre Augen schimmerten kalt. »Es sind einige unter den Verdammten Kors, die bereit sind, sich mit uns zu verbünden. Wie unbesiegbar wird sich Riffhafen gegenüber einer Streitmacht zeigen, die von Dämonen unterstützt wird?«

Kapitel 14

STREBEN UM MEISTERSCHAFT

Die Berater schossen auf ihren Stühlen hoch, und der größere von ihnen schlug so heftig mit der Faust auf die Tischplatte, daß die Kerzen bebten.»Das ist Wahnsinn!«

»Ihr werdet uns alle vernichten!« brüllte der andere. »Bei den gesegneten Feuern Kordanes, Hexe, kein Mensch läßt sich ungestraft auf einen Handel mit Dämonen ein. In der ganzen Geschichte von Keithland findet sich kein solcher Fall. Und vielleicht darf ich Euch daran erinnern, daß die Bruderschaft Kors eine derartige Allianz niemals gutheißen würde. Sicher wie die Gezeiten würde so ein Handel den Pöbel erzürnen und möglicherweise eine Revolte gegen die Krone provozieren.« Der Berater unterbrach sich, um beinahe hysterisch nach Luft zu schnappen.

Noch bevor er fortfahren konnte, ergriff der König das Wort. »Ich will wissen, aus welchen Motiven die Dämonen handeln, gnädige Frau. Warum sollten sie daran interessiert sein, uns zu unterstützen?«

Unter raschelndem Brokat sackten die Berater in sich zusammen. Selbst für Emien, der noch immer durch das Guckloch beobachtete, war ihr Unbehagen unübersehbar. Taen aber konnte durch ihre Verknüpfung mit der Matrix des Sathid direkt wahrnehmen, was in deren Geist vor sich ging; beide Männer betrachteten Lord Sholl mit einer Mischung aus Panik und Bewunderung. Seine

Meinung vermochte den König vermutlich weit über die Grenzen der Vernunft hinaus zu beeinflussen.

Taen betrachtete Lord Sholl durch Emiens Augen und begegnete der gleichen Unruhe, die sie schon von ihrem ersten Besuch kannte, als sie Emien zu seinen Räumen gefolgt war. Es schien beinahe, als hüllte sich die Gestalt des Ersten Beraters in Schatten. Obwohl sie nicht einmal versucht hatte, direkten Kontakt zu den Gedanken des Mannes aufzunehmen, blickte er auf und starrte zu dem Guckloch, als ahnte er, daß irgend jemand ihn beobachtete. Taen fühlte, wie Emien ein unbehagliches Schauder unterdrückte; der geheime Gang verbarg ihn vor fremden Blicken, und vermutlich wußte außer dem König niemand, daß es in der Wand ein Guckloch gab. Bald darauf wandte Lord Sholl den Blick ab, und Emien stellte fest, daß jedermann in dem Raum gespannt schweigend Tathagres' Antwort erwartete.

»Die Dämonen haben Kummer mit Anskiere.« Sie unterbrach sich, und ihre Augen starrten ins Nichts, so als würde sie ihre Gedanken sammeln. Ein Blick auf Lord Sholl verriet das Gegenteil. Seiner verzückt-räuberischen Miene nach zu urteilen, hätte Emien sein Silber darauf verwettet, daß der Erste Berater mit ihren Plänen wohlvertraut war.

Tathagres fuhr fort: »Sie wünschen den Tod des Sturmwächters und Zugang zu dem heiligen Schrein in Landfeste. Der Rat der Allianz wird zweifellos die Interessen der Bruderschaft schützen; sie werden sich nicht ergeben, darum müssen sie geschlagen werden. Dämonen kennen keine Skrupel, wie jeder weiß. Sie werden ihren eigenen Feldzug führen, wenn sie es müssen. Da unsere

Interessen aber in eine ähnliche Richtung weisen, warum sollten wir dann nicht eine Allianz eingehen und die Inseln in guter Verfassung unter die Regentschaft eines königlichen Stellvertreters stellen? Ich kann die Verhandlungen für seine Hoheit führen. Die Konsequenzen werde ich allein tragen, das gelobe ich Euch.«

Lord Sholl berührte den Ärmel des Königs, beugte sich zu ihm herüber und flüsterte in das königliche Ohr. Niemand im Raum hörte seinen Ratschlag. Doch Taen, die sich rasch an den Umgang mit ihren erweiterten Fähigkeiten gewöhnt hatte, drang in den Geist des Königs ein, der die beste Wahl für ihre Neugier war, und sie hörte die gewisperten Worte des Ersten Ratgebers, als würde er direkt zu ihr sprechen.

»Mein König, Ihr müßt Euch der Verwicklungen dieser Angelegenheit bewußt sein. Diese Frau steht mit dämonischen Mächten in Verbindung und zwar schon seit einiger Zeit. Besser Kisburn kontrolliert sie, als ihr einen Anlaß zu liefern, sich mit dem Feind zu verbünden.«

Taen erkannte, daß das Interesse des Königs geweckt war. Als verzogenes Produkt eines dekadenten Hofes, hegte Kisburn eine unterdrückte Faszination für das Verbotene, die sich wie ein roter Faden durch ein wirres Knäuel aus morbider Neugier schlängelte. Neben den Staatsinteressen, die den Rahmen für seinen Wunsch nach Eroberungen bildeten, dürstete er danach, Riffhafen einzureißen oder wenigstens die demütigenden Tributforderungen für die Schiffspassagen durch Straßen des Kielmark auszulöschen. Außerdem trachtete Kisburn nach der Herrschaft über die Freien Inseln und sah in ihrer Eroberung die passende Wiedergutmachung für eine früher erlittene

Schmach am Ratstisch. Taen erspürte genügend Echos tiefer Gemütserregungen jenseits der königlichen Ambitionen, um sich ihrer Sache sicher zu sein; es erforderte nur wenig Zuspruch, den König dazu zu bringen, Tathagres Vorschlag zuzustimmen, gleich wie gefährlich und sittenwidrig er auch sein mochte.

Von ihrer Entdeckung beunruhigt, zog sich Taen zurück. Da Emien involviert war, würden ihre übelsten Befürchtungen Wirklichkeit werden, sollten Dämonen eine Allianz mit Tathagres eingehen. Sie durfte nicht zulassen, daß eine derartige Häresie ungehindert vonstatten ging. Zu tief lag ihre Loyalität gegenüber ihrem Bruder. Irgendwie mußte sie ihn erreichen, ihn dem Einfluß von Tathagres entziehen. Und als sie sich zum Handeln entschloß, machte sich der Sathid in ihr erwartungsvoll bereit; die Falle, die er gestellt hatte, um die Oberhand zu gewinnen, war beinahe soweit, zuzuschnappen.

Jenseits des Gucklochs suchten die Berater nach einer Lösung, mühten sich verzweifelt, Argumente zu finden, um Tathagres Absichten zu unterwandern. »Was Ihr verlangt, ist Ketzerei», sagte der größere der beiden. Er umklammerte seine Amtskette, als wäre sie das Fragment einer gesegneten Reliquie, ein wirksamer Schutz gegen die Taten der Verdammten Kors. »Wie könnt Ihr es wagen, Euren König aufzufordern, sich gegen Kordanes Gesetz zu versündigen? Die Erzpriester hätten Euch verbrennen sollen.«

Langsam und aufreizend verzogen sich Tathagres Lippen zu einem Lächeln. »Laßt es sie doch versuchen.« Sie unterbrach sich, und für einen flüchtigen Augenblick nahm ihr Antlitz einen ernsten Ausdruck an. Nur in ihren Augen strahlte die gleiche Freude an der Herausforderung, die Emien kennengelernt hatte, als sie ihm den Befehl erteilt hatte, das Boot auf Skanes Grat zu landen. Verbunden mit ihm fühlte Taen die Kälte, die sich einen Weg über sein Rückgrat bahnte, doch ihr blieb keine Zeit, die Quelle seines Unbehagens zu erfassen, bevor Tathagres wieder das Wort ergriff.

Ihr Tonfall war trügerisch sanft. »Die Wahrheit ist, daß sie es nicht wagen, Hand an mich zu legen.«

Der Große Hofzauberer hielt den Atem an. Sein so oder so schon blasses Antlitz wurde aschfahl. Wie ein Gemälde saß er wie erstarrt zur Linken des Königs, und hinter ihm zappelten die Berater, denen plötzlich der Schweiß über den steifen Stoff ihrer Kragen rann. Taen brauchte gewiß keine Empathie, um zu verstehen, wie groß die Furcht der Männer vor Tathagres Macht war. Niemand auf dem Podest konnte ungestraft Hand an sie legen. Nur Lord Sholl und der König selbst schienen sich nicht um die unterschwellige Drohung der Frau zu sorgen. Die Rubine im Ring des Ersten Beraters blitzten auf, als er die Hände auf dem Tisch faltete; das Unbehagen seiner Kollegen diente lediglich seinem Amüsement. Und ein kurzer Blick in die Gedanken Kisburns verriet, daß er bereits über Wege nachdachte, der Bruderschaft Kors auszuweichen, sollte sich die Allianz als tragbar erweisen. Falls überhaupt, so reizte ihn die zusätzliche Gefahr dieses Planes nur umso mehr.

Inzwischen verzweifelt bemüht, eine Entscheidung abzuwenden, die beinahe schon gefallen war, richtete Taen ihre durch den Sathid verstärkte Gabe auf die arglistige Gestalt des königlichen Ersten Beraters.

Der Versuch schlug fehl. An die vielen Lagen der Struktur des menschlichen Geistes gewöhnt, an seine feste Inanspruchnahme durch Erinnerungen und erlernte Gefühle, reagierte Taen schlicht verblüfft angesichts der wirren Muster, dieses Wirrwarr aus Empfindungen, das der menschliche Verstand nicht zu entwirren imstande war. Die Fremdartigkeit der Bilder überwältigte sie, und sie zögerte. In diesem Augenblick legte sich etwas gewaltsam um ihren Geist.

Benebelt und isoliert, kämpfte Taen um ihr inneres Gleichgewicht. Für einen Augenblick fühlte sie die Gestalt jener Mächte, die sie gefangenhalten wollten. Ihre Fremdartigkeit entzog sich jeglichem Verständnis. Alarmiert griff Taen auf ihre inneren Reserven zurück und trennte mit einem heftigen Schlag die Verbindung. Nun folgte ein kurzer Moment der Verwirrung. Als ihre innere Wahrnehmung schließlich wieder klar war, fand sich Taen erneut in ihrem Bruder wieder.

Er kauerte in der Finsternis jenseits des Gucklochs und krümmte sich erbrechend unter den quälenden Schmerzen in seinem Kopf. Niedergeschmettert von den Auswirkungen eines Rückschlages, den er nicht verstand, stöhnte der Knabe, während er eine Hand gegen die schmerzende Schläfe preßte. Und in all dem Leid, das Taens eigene Einmischung über ihn gebracht hatte, hörte Taen Lord Sholls Stimme, die klar und deutlich aus dem Ratszimmer herüberdrang.

»Es ist ein Spion anwesend, Eure Hoheit. Habt Ihr einen Beobachter hinter der Mauer postiert?«

Beide Berater stießen einen Ausruf der Überraschung aus, der sogleich unter den knappen Anordnungen des Königs verhallte. Die Türen des Audienzzimmers wurden aufgerissen. Und durch die Wogen des Schmerzes in seinem Kopf erkannte Emien, daß die Füße, die über den Korridor donnerten, zu den Soldaten des Königs gehörten, die ausgesandt worden waren, ihn zu verhaften. Eine Welle reiner Panik erfaßte ihn und zerbrach Taens Gleichgewicht. Ihr blieb keine Zeit, die absonderliche Begegnung mit dem Geist des Ersten Beraters zu überdenken, ehe Emien sich erhob und sich den Ellbogen ungeschickt an der Mauer schlug.

»Kor!« rief der Hofzauberer. »Es *ist* jemand dort hinten.«

In diesem Augenblick wurde die Verbindungstür zu dem Gang aufgerissen. Staub wirbelte in dem hereinschimmernden Licht auf, als die Gardesoldaten hereindrängten. Emien wirbelte herum, wollte flüchten. Beinahe im gleichen Moment schloß sich eine gepanzerte Faust um sein Handgelenk. Der Soldat riß ihn herum und stieß ihn zur Tür.

»Bei allen Feuern!« Ein unverwechselbar angewiderter Ton schwang in der Stimme des Soldaten mit. »Du bist doch nichts als ein Knappe.« Er zerrte Emien aus dem Gang hinaus, doch der Griff um den Arm des Jungen wurde ein bißchen weniger schmerzhaft. Verängstigt, aber dennoch trotzig ließ sich Emien von den Gardesoldaten durch den Korridor und schließlich durch die Tür des Audienzzimmers eskortieren.

In dem Geplapper der Berater hörte Emien Tathagres in einem absolut sachlichen Tonfall sprechen: « … mein persönlicher Knappe, Eure Hoheit. Nein, ich habe ihn nicht zum Spionieren ausgesandt, das hat er aus eigenem Antrieb getan.«

Gefangen im Griff der Gardesoldaten, starrte Emien die Männer auf dem Podest mit widerspenstiger Miene an. Die Unruhe der Berater war neugierigen Spekulationen gewichen, während der Große Hofzauberer schlicht gelangweilt schien.

Nur Lord Sholl betrachtete Tathagres schwarzhaarigen Pagen mit der unermüdlichen Wachsamkeit eines Aasgeiers, bis Emien schließlich zusammenzuckte und sich abwandte.

Seine Hoheit von Kisburn tippte mit den Fingern auf die Perlenknöpfe an seinen Ärmelstulpen. Sein Gesicht war zu einer verärgerten Miene verzogen. »Bringt ihn weg«, sagte er zu den Soldaten. »Ich werde ihn später befragen und entscheiden, ob sein Verhalten eine Gerichtsverhandlung erforderlich macht.«

»Nein!« Ruckartig erhob sich Tathagres von ihrem Stuhl. Unbeachtet fiel ihr Umhang zu Boden, und das Klirren der Brosche beim Aufprall klang in der Stille wie ein gepeinigter Aufschrei. »Der Junge gehört mir. Niemand wird Hand an ihn legen. Ich fordere, daß er sofort freigelassen wird.«

»Ihr seid impertinent«, schnappte der König. »Wie sehr gelüstet es Euch nach den Schlüsseln von Elrinfaer?«

»Wie sehr gelüstet es Euch nach Riffhafen?« Tathagres legte den Kopf in den Nacken und griff mit einem herrischen Blick, wie ihn keine andere Dame bei Hofe zustande gebracht hätte, nach ihrem goldenen Halsband.

Im Griff der Gardesoldaten erschrak Emien. Diese Bewegung weckte Lord Sholls Aufmerksamkeit. Noch intensiver betrachtete er nun den Jungen, und plötzlich fühlte Taen, wie er mit einem Stoß von unerwarteter Kraft Kontakt zu dem Geist ihres Bruders suchte. Wie der Erste Berater sich die Gabe eines Traumlesers hatte aneignen können, blieb ein Mysterium, aber sein Zugriff war grob. Emien erkannte die Präsenz, die versuchte, seine Gedanken zu erfassen. Seine Nackenhaare richteten sich auf, und in dem Versuch, den Eindringling abzuwehren, warf er sich keuchend gegen den Griff der Soldaten.

Ruckartig beugte sich der König vor, aufgebracht wegen der neuerlichen Störung. Doch der königliche Zorn zeigte keinerlei Wirkung auf Lord Sholl. Er fegte an Emiens Qualen vorbei, wühlte rücksichtslos in seinem Inneren, um herauszufindern, ob der Junge noch immer die Kraft beherbergte, deren Berührung ihn zuvor am Ratstisch belästigt hatte. Statt ihre Präsenz zu offenbaren, zog sich Taen zurück und flitzte wie ein Fisch in die Niederungen jenseits seiner Reichweite. Bald gab Lord Sholl die Suche auf. Doch sein erzürnter Gesichtsausdruck verriet deutlich, daß er nichts vergessen würde, bis er in bezug auf seinen Verdacht gegen Emien volle Gewißheit erlangt hatte.

»Ihr werdet meinen Knappen freigeben«, sagte Tathagres zum König. »Ich sage Euch, er gehört mir. Wollt Ihr Euch mit mir messen?« Sie sprach in höflichem Ton, doch Taen blickte in ihr Herz, und dort erkannte sie Mordabsichten. Und während dieses Augenblicks prüfte Taen die Absichten der Hexe, verborgen in einem Bereich ihres Geistes, der mit einer Präsenz in dem goldenen Band um ihren Hals verknüpft war. Obgleich ihr Körper noch immer im Audienzzimmer vor dem König von Kisburn stand, folgten ihre Gedanken einem Korridor tiefster Finsternis.

Durch die Traumverbindung mitgezerrt, begleitete Taen die Hexe in eine Dimension der Alpträume. Wind kam auf, rüttelte an ihr wie ein Schwarm Fledermäuse, die in der Dämmerung aus ihren Schlafplätzen hervorflattern. Sie schrak zurück, wehrte sich. Die Zähigkeit, die sie sich während ihrer Kindheit auf der Insel angeeignet hatte, verlieh ihr die Kraft, ihre erschütterten Nerven zu bändigen, und so hielt sie den Kontakt aufrecht. Bald löste sich die Finsternis in Licht auf, Licht, so rot wie ein Sonnenaufgang unter Gewitterwolken.

Die Helligkeit nahm weiter zu, flammte plötzlich zu blendendem Gleißen auf. Taen, die die Nähe des Bösen fühlte, rang mühsam darum, nicht zurückzuweichen. Plötzlich wurde sie von einer Woge wilder Bösartigkeit überwältigt. Durch das Fenster des Bewußtseins Tathagres' nahm sie die dämonischen Fratzen aus Emiens Traum wahr. Nur handelte es sich dieses Mal nicht um einen Traum, sondern um die direkte Bedrohung einer Vision. Um ihres Bruders Willen hielt Taen stand. Obwohl die Grausamkeit dämonischen Hasses sie peinigte, tastete sich Taen in dem Versuch, ihre Absichten zumindest teilweise erfassen zu können, weiter vor. Kors Verdammte verliehen nicht allein Tathagres Macht, sie trachteten auch nach der Kontrolle über Emien.

»Nein!« Taens entsetzter Protest hallte durch das Gewebe der Verbindung und zerstörte die Traumverknüpfung, kurz bevor Tathagres den Kontakt zu den Dämonen hergestellt hatte. Ruckartig wieder zu Emiens Perspektive zurückgekehrt, fühlte Taen, wie eine unsichtbare Macht auf die Hände niederschlug, die ihres Bruders Unterarme umklammert hielten. Schreiend zuckten die Gardesoldaten zurück und lösten ihren Griff. Waffen waren machtlos gegen Zauberei; taub für die Befehle des Königs flüchteten die Soldaten aus dem Raum, nicht gewillt, sich weiterem Kontakt mit dem Jungen auszusetzen.

»Ihr solltet meine Beherrschung nicht strapazieren, Eure Hoheit«, sagte Tathagres, die der Aufruhr, den ihre Tat verursacht hatte, vollkommen kaltließ. Bleich vor Schrecken sahen die Berater zu, wie sie sich bückte und ihren Umhang wieder an sich nahm. »Ich erwarte Eure Antwort, aber ich werde nicht lange warten. Meine Geduld ist, ebenso wie meine Zeit, begrenzt.« Und mit einer Gleichgültigkeit, die scharf an Unverfrorenheit grenzte, winkte sie Emien zu sich und ging hinaus.

Der Junge folgte seiner Herrin auf dem Fuße, kaum imstande, seine Schadenfreude zu unterdrücken. Hinter Tathagres' manipulativem Umgang mit dem König erkannte er einen bitteren, rachsüchtigen Stolz, und angefeuert von dem Wunsch, ihr ebenbürtig zu werden, erholte sich sein angeschlagenes Selbstvertrauen rasch wieder. Taen zog sich kläglich zurück. Noch immer durchdrangen Emotionen aus dem Audienzzimmer ihren Traumsinn; über dem bestürzten Trotz der Berater fühlte sie die königliche Lust auf Risiken, die sich mit der grausamen Härte eines Frühlingsfrostes in ihre Wahrnehmung bohrte. Es konnte keinen Zweifel mehr geben; er würde sich für die Allianz mit den Dämonen entscheiden, und sei es nur, um seine Gegner abzuschrecken.

Taen hielt ihren Kummer mit eiserner Entschlossenheit unter Kontrolle. Sie würde verhindern, daß ihr Bruder ins Verderben stürzte. Durch den Vaere geschult und gestärkt durch das Vertrauen in ihre erweiterten Fähigkeiten, beschloß sie, noch einmal zu versuchen, den Kontakt zu Anskiere herzustellen. Vielleicht konnte sie ihn jetzt um Hilfe für ihren Bruder bitten. Doch in dem Augenblick, da sie ihr junges, entschlossenes Herz dieser Aufgabe hingeben wollte, erhob sich der Sathid und kam ihr zuvor.

Die fremdartige Matrix heftete sich ohne Vorwarnung an ihre Gedanken und versetzte ihr einen psychischen Hieb, der sie zurücktaumeln ließ, verblüfft, überrascht und voller Schmerz. Zunächst ohne zu begreifen, daß das Wesen, welches sich ihr entgegenstellte, dieselbe Macht nutzte, die sie noch wenige Sekunden zuvor kontrolliert hatte, fühlte Taen, wie sie in den Geist ihres Bruders zurückgeschleudert wurde, tiefer, als sie es je zuvor riskiert hatte. Sie fiel geradezu in tiefe Finsternis. Bitterlich wie ein Arpeggio in Moll auf einer Harfe drangen Emotionen in sie ein, bis ihr Geist im Duett den unerträglichen Qualen ihres Bruders aufheulte.

»Dein Bruder Emien ist ein grausamer Mann. Seine Taten sind der Vergebung unwürdig«, sagte der Sathid in ihrem Geist, und seine Stimme klang wie ihre eigene, vielleicht auch wie die ihrer Mutter. Gefangen in einem Alptraum wie ein Fisch im Netz, suchte Taen, ihre Stimme zu einem Protest zu erheben, doch ihre Kehle war wie zugeschnürt, und kein Wort drang über ihre Lippen.

»Sieh selbst«, fuhr die Stimme des Anklägers fort, und Taen stellte fest, daß sie nicht imstande war, ihre Augen vor den Visionen zu verschließen, die auf ihren Geist einschlugen.

Sie sah ihren Bruder Emien über die Planken des Beibootes der *Krähe* schreiten, ein geknotetes Tau in der Faust. Das Boot wurde hin und her geworfen, der Bugspriet von den Wellen hoch hinaufgetragen, die über die rasiermesserscharfen Klauen eines Riffes donnerten. Emien drohte den Ruderern, und seine Stimme war voller Zorn. Und mit derselben Hand, die er einst genutzt hatte, um Taens Tränen zu trocknen, schlug er nun mit aller Kraft auf die ungeschützten Rücken der Ruderer ein.

Taen rief ihn an, innezuhalten, doch ihr Protest blieb ungehört.

Blut rann über die Rücken der Männer und vermengte sich in dicken Tropfen mit dem Bilgenwasser, während Emien wie ein Wahnsinniger brüllte und sich mehr und mehr wie Onkel Evertt anhörte.

»Nein!« schrie Taen. »Das ist nicht wahr!« Doch deutlich verstärkt durch ihre Gabe behaupteten die Details das Gegenteil. Mit einem Schlag, der jegliche Gedanken zu betäuben imstande war, prallte das Boot gegen den Felsen. Und im schmerzgepeinigten Aufschrei eines Mannes stürzte Taen abermals in tiefe Finsternis.

Der Sathid setzte nach, verfolgte sie mit gnadenloser Sicherheit. »Dein Bruder ist ein Mörder. Er hat den Kodex des Lebens gebrochen. Überlaß ihn der Verdammnis.«

Taen wimmerte eine Entgegnung. Doch unter den Zweigen eines Gehölzes, die von Feuerschein erleuchtet wurden, sah sie, wie Emien einen runden Stein ergriff und mit sauberem, wohlgezielten Wurf dem Leben eines älteren Mannes ein Ende setzte. Das Opfer brach zusammen und lag still in dem weichen Stoff seiner schwarzen Robe. Von ergrimmtem Unglauben zum Handeln gezwungen, suchte Taen Kontakt zum Geist ihres Bruders. Seine Erinnerungen bestätigten die Bilder, die sie gesehen hatte, und in seinen Gefühlen ertastete sie Bedauern für eine Tat, die er am liebsten vergessen wollte.

Verblüfft zog sich Taen zurück. Emien war nicht mehr der gequälte, aber unschuldige Bruder, den sie einst geliebt hatte. Irgendwann, irgendwie war er auf eine Weise hart und gefühllos geworden, die nicht einmal eine Mutter würde akzeptieren können. Verletzt durch diese Veränderung, überdies unfähig, sich ihr zu fügen, überließ sich Taen ihrem Schmerz. Und in der Erwartung des sicheren

Sieges, regte sich der Sathid erneut, um sie zu unterjochen.

Während das Mädchen passiv war, formte er aus den zertrümmerten Überresten ihres Vertrauens Barrieren. Der Augenblick, in dem ihre Liebe zu Emien sich zu Haß wandeln würde, würde ihr Gefängnis fertigstellen. Für einen Augenblick überließ sich der Sathid hämischer Verzückung. Wie glatt diese Übernahme verlaufen war; das Mädchen hatte ihm beinahe überhaupt keinen Widerstand entgegengesetzt.

In ihren Kummer versunken, fühlte Taen das Echo des sathidischen Triumphes. Ein falscher Klang haftete ihren Emotionen an. Ob Emien nun gemordet hatte oder nicht, sie konnte ihn nicht Tathagres Dämonen überlassen. Erneut wandte sie sich der zuvor getroffenen Entscheidung zu, ihre Gefühle lösten sich, und sofort erkannte sie, daß Bild und Stimme einem Feind gehörten. Nicht Lord Sholl; nein, dieser Feind kannte sie, nutzte ihren Geist und ihre Erinnerungen gegen sie, in der Absicht, ihren Willen zu brechen.

Taen schlug zurück. Mit dem Zorn einer Hintergangenen durchbrach sie den Zugriff des Sathid und rief das Bild des Opfers zurück, das Emien mit seinem Steinwurf niedergestreckt hatte. Aber dieses Mal schaute sie den ganzen Vorgang und erkannte in dem Mann Hearvin, einen der Zauberer, die Anskiere gequält hatten, einen Charakter, der selbst nicht minder böse war.

»Lügner!« klagte sie den Sathid an. »Wer gibt dir das Recht, dich einzumischen?«

»Ich brauche kein Recht«, entgegnete der Sathid. »Ich bin ein Teil von dir.« Und als Taen diese Feststellung hinterfragen wollte, fügte er hinzu: »Sieh selbst.«

Taen richtete ihren forschenden Blick nach innen. Mit all der Disziplin, die Tamlin sie gelehrt hatte, untersuchte sie die Ursache für die Einmischung des Sathid und erkannte, daß er unauflösbar mit ihrer Macht als Traumweberin verknüpft und sein Charakter ein Spiegelbild des ihren war. Der Sathid hatte die Wahrheit gesagt: der Gegner, den sie vor sich sah, war sie selbst. Da aber dieses Selbst sie ermutigt hatte, ihren Bruder im Stich zu lassen und die Integrität zu durchbrechen, die sie in ihrer Kindheit in Imrill Kand erworben hatte, vermutete Taen in der Matrix die dunkle Seite ihres Charakters, jene makelbehaftete Facette des Egoismus', die Güte in Unzufriedenheit zu verwandeln suchte.

»Du siehst«, sagte der Sathid, »wir sind eins. Mich zu bekämpfen, bedeutet, deine eigenen Ursprünge in Abrede zu stellen.«

Doch Worte vermochten kaum, Taens Mißtrauen zu lindern. Der Logik des Sathid zu folgen, hieß, den gleichen Fehler wie Emien zum Schaden des eigenen Selbstwertgefühls zu begehen. Und als Überlebende eines Unfalls, der sie in einer Umgebung, in der körperliche Unversehrtheit von größter Wichtigkeit war, zum Krüppel geschlagen hatte, hatte Taen schon vor langer Zeit gelernt, die Tatsache zu akzeptieren, daß sie nie vollkommen sein würde. Sie würde den Sathid zurückweisen, auch wenn sie bis ans Ende ihrer Tage mit einem Mangel würde leben müssen. Und da sie seine Einmischung für eine Ausdehnung ihrer eigenen Engstirnigkeit hielt, verdammte sie ihn gnadenlos, ließ ihm nicht den kleinsten Spielraum zu argumentieren.

»Ich werde meinem Bruder helfen, ganz egal, was er auch getan hat«, sagte sie entschlossen.

Der Sathid antwortete mit einem Gelächter, das sich als dämonisches Echo an den Grenzen ihrer Wahrnehmung niederschlug. »Du bist eine idealistische Närrin. Kennst du denn den Bruder, den du zu retten beabsichtigst? Ich glaube nicht. Denn Emien entwickelt sich zu einer ganz anderen Person als der Bruder, mit dem du aufgewachsen bist. Wenn du ihm jetzt hilfst, dann, das zeigt sein Charakter klar und deutlich, wird er dich töten.«

»Nein!« Taen schrak zurück, versuchte, die irritierende Präsenz aus ihrem Geist zu bannen. Aber sie war ein Teil ihrer selbst, untrennbar mit ihr vereint. Sie konnte dem Alptraum nicht entkommen.

»Wenn du nur hinsiehst, wirst du es erkennen«, lockte der Sathid.

Und getrieben von der Aufrichtigkeit sich selbst gegenüber, wollte Taen die Bedeutung dieser Aussage ausloten. »Zeig es mir. Aber ich werde mich nicht von Halbwahrheiten überzeugen lassen. Wenn Emien böse ist, so will ich das selbst sehen können.«

Geleitet von der kalten Denkweise des Sathid, suchte Taen ihren Bruder, sank hinab in die grenzenlosen Tiefen von Emiens Unbewußtem, durch Bereiche seines Geistes, die selbst ihm verschlossen blieben. Sie entdeckte eine Landschaft, entstanden aus Unsicherheit. In seiner Furcht vor Fehlern sah Emien seine jungen Jahre als steten Kampf gegen die endlosen Sorgen seiner Eltern. Da nur Evertt ihn bei der Arbeit unterstützen konnte, hatte Marl allzu oft seinen Sohn aus reiner Not bitten müssen, die Last eines Mannes auf seine Schultern zu nehmen. Durch sein eigenes Auffassungsvermögen in die Enge getrieben, verbarg Emien seinen Kummer und kämpfte darum, Erwartungen zu entsprechen, die ein Kind niemals würde erfüllen können. Das

Leben wurde zu einer unbarmherzigen Erfahrung, einem freudlosen, zermürbenden Leiden. Er haßte die Härte dieses Lebens, denn sie offenbarte seine Unzulänglichkeiten gnadenlos.

Mit größter Geduld entwirrte Taen seine Persönlichkeit. Verwirrt bis ins Innerste seines Wesens, sehnte sich Emien insgeheim danach, selbst grausam zu sein, als würde Schmerz, den er anderen zufügte, irgendwie helfen, sein eigenes verzehrendes Gefühl der Unzulänglichkeit zu lindern. Doch absurde Wünsche allein machten noch keinen Verbrecher aus. Mit verzweifelter Fürsorge suchte Taen weiter.

Sie folgte den Gefühlen, die sich hinter ihres Bruders Bewunderung für Anskiere verborgen hatten. Nur der Sturmwächter war imstande gewesen, die Melancholie des Jungen zu durchbrechen, die dem Tod des Vaters gefolgt war. Taen erlebte nun direkt das Vertrauen, das sich zwischen dem Zauberer und ihrem Bruder entwickelt hatte. Ursprünglich war der Kontakt zwischen beiden zerbrechlich gewesen, vergänglich wie das Wunder einer Geburt oder ein Licht in der Finsternis im tiefsten Winter. Unter der Leitung des Zauberers entdeckte Emien Freude, Lachen und das strahlende Glück einer lange verlorenen Selbstakzeptanz. Die Neuigkeiten über Tierl Enneth und Anskieres Schuld waren wie eine Katastrophe über ihn hereingebrochen. Die Erkenntnis, daß er seine innigste Liebe einem fluchbehafteten Mann geschenkt hatte, dessen Verbrechen kein Mensch jemals vergeben konnte, stürzte Emien in eine grenzenlose, unkontrollierbare Wut. All seine zarte, neuerworbene Stabilität brach in sich zusammen wie eine Sandburg unter dem Ansturm der Flut.

Der Schmerz dieser Erkenntnis bohrte sich durch

Taens Abwehr. Sie erfuhr die Panik, die Emien erlitten hatte, als er, geblendet vom Schmerz des Betruges, seinem Zorn gefolgt war. Durch die Traumverbindung fühlte die Schwester Furcht, Entsetzen und schließlich die Saat des Ressentiments. Denn Emien hatte nie die Verantwortung für sein eigenes Unglück akzeptiert. Da nun aber Anskiere mit derselben Macht, mit der er geschworen hatte, Tierl Enneth zu schützen, Tod und Verderben gewirkt hatte, war sein ganzes Leben nur eine einzige Lüge. Seine Lehren machten Emien verwundbar, nur ein weiteres Opfer für die vernichtende Unfreundlichkeit des Schicksals. Angetrieben von einer giftigen Flut der Bitterkeit, wünschte Emien, er hätte nie die Illusion gekostet, die Anskiere ihm gebracht hatte: daß das Leben einen Mann, der danach strebt, seine eigene Kraft zu entdecken, belohnen wird, und daß Sicherheit und Glück für jeden, der darum kämpft, innerhalb der Reichweite seines persönlichen Schicksal liegen. Mit dem Gefühl, daß er von nun an niemals würde Zufriedenheit erleben dürfen, hatte Emien seinen Glauben verloren.

Gegeißelt durch den Verlust, den sie nun mit ihrem Bruder teilte, erblickte Taen die Geburt seines unermeßlichen Verlangens. Emien suchte einen Weg, die Angst zu vernichten, die im dunkelsten Kern seines Seins lauerte; er wollte eine Waffe, Macht, die groß genug war, sicherzustellen, daß kein Mensch, kein Zauberer, keine Fügung des Schicksals je urteilen konnte, er wäre irgendeiner Sache nicht gewachsen. Nie wieder wollte er Manipulationen von jenen unterworfen sein, die er liebte. Von nun an würde er niemandem mehr vertrauen.

Gefangen im Mauerwerk einer untragbaren

Haltung, sehnte sich sein Geist so sehr nach Freiheit. Taen erkannte, daß ihres Bruders Leid Grenzen weder kannte noch zu verstehen imstande war. Er konnte keinen Frieden finden, solange er nicht imstande war, Fehler einzugestehen; doch geleitet von Tathagres' Mißachtung des Lebens, fand Emien es einfacher zu töten.

Er glaubte, daß seine Schwester tot war, durch Anskieres gnadenlose Tat ertrunken, als die *Krähe* gesunken war. Sie als lebendig zu erkennen, gerettet durch die Hand eben jenes Zauberers, hieß, in Abrede zu stellen, was nun das Fundament seiner ganzen Existenz geworden war. Und wenn er auch noch nicht das Ausmaß des Unglücks ermessen konnte, das durch sein Leiden entstanden war, erkannte Taen doch die Wahrheit, die der Sathid ihr angekündigt hatte. Emien würde töten, ehe er sich den Fehler würde nachsehen können, Anskiere verwünscht zu haben, selbst dann, wenn das Leben, das er vernichtete, das seiner Schwester war.

Der Sathid machte sich bereit; jener Augenblick, auf den er wartete, war nun gekommen. Die Loyalität des Mädchens mußte unter der Last dieses Wissens zerbrechen, und in dem Augenblick, wenn das Aufbrodeln ihrer eigenen Ablehnung sie schwächen würde, konnte die Matrix schließlich die endgültige Dominanz über ihr Wesen erringen.

Taen fühlte, wie sich die Hoffnung des Sathid in ihr rührte. Sie drängte sie zurück, heftig und unbeherrscht. Durch den Verlust des Vertrauens ihres Bruders beinahe vollkommen überwältigt, war sie nicht daran interessiert, einem lästigen Störenfried zu gestatten, ihren Kummer zu stören. Logik bot keinen Trost für diesen Verlust. Der Sathid wartete mit der kalten Ruhe einer Schlange. Er maß ihre Verwundbarkeit, zog seine Schlüsse und konzentrierte sich darauf, in dem Augenblick zuzuschlagen, da ihre Pein das höchste Maß erklommen hatte; das Ergebnis war so unausweichlich wie die Kälte am Ende des Sommers. Nach Jahren, in denen er Taens Charakter untersucht hatte, ahnte er, daß Schmerz ihren Willen in kurzer Zeit würde brechen können.

Doch der Augenblick trat niemals ein. Für Taen, Tochter unzähliger Generationen von Fischern, die tapfer die Launen der Meeresstürme gemeistert hatte, war Emien nicht verloren, solange er noch am Leben war. Wenn der Sturmhüter nicht imstande war, ihren Bruder zu retten, so wußte er doch bestimmt einen Weg, sein Leiden zu lindern. Das Mädchen raffte sich auf, Anskiere zu suchen. Und unter dem Druck ihrer hartnäckigen Entschlossenheit erkannte der Sathid, daß er ihre Fähigkeit zu hoffen unterschätzt hatte.

Dieser Versuch war fehlgeschlagen, und der Matrix blieb nur noch das Überraschungsmoment. Als Taen auf die Macht zugreifen wollte, um die Distanz zu den Eisklippen zu überwinden, schlug der Sathid zu. Er nutzte den physischen Schmerz, den sie erlitten hatte, als der Packkorb ihr den Knöchel zerschmettert hatte, in der Absicht, ihr Gleichgewicht zu erschüttern.

Durchbohrt von einer Woge glühenden Schmerzes, erkannte Taen den Sathid als Feind. Wenngleich er mit ihrem Geist verschmolzen war, blieb sein Wille doch eine eigenständige Wesenheit, die nun zwischen ihr und Anskiere stand, dem Zauberer, der allein fähig sein mochte, Emien Erlösung zu bringen. Betäubt von der Brutalität des Angriffs, klammerte sich Taen verzweifelt an ihr Bewußtsein, wie sich ein Matrose im Sturm an die Taue klammern mochte. Nachgeben hieß, sich der Vergessenheit auszuliefern. Und da sie die Qualen dieses Wundschmerzes schon einmal gemeistert hatte, hielt Taen stand. Sie würde sich der Pein nicht ergeben. Sie hatte in Emiens verletzte Seele geblickt, und nicht einmal der Tod selbst würde sie dazu bewegen können, einen ähnlichen Selbstbetrug zu begehen.

»Ich werde Anskiere erreichen.« Ihr Ton war geprägt von ihrem Leiden, doch ihre Absicht stand unumstößlich fest. »Laß mich frei.«

Der Sathid versuchte es auf eine andere Weise und griff ihren Geist mit einer Reihe schmerzhafter Bilder an, die er aus ihrem Gedächtnis zusammengestellt hatte. Taen konnte sehen, wie die Häuser von Imrill Kand in einem furchtbaren Sturm zu verwitterten Brettern zerfielen. Die Matrix zeigte ihr die Zerstörung, die die Bewohner Tierl Enneths erfahren hatten, als ihre Häuser und Familien durch die Macht Anskieres vernichtet worden waren. Eisige Winde klebten ihr Kleid an ihre Beine und hemmten ihren Schritt, während sie durch die Überreste der Dorfstraßen stolperte. Jenseits der zersplitterten Balken, die vom Heim ihrer Cousins geblieben waren, fand sie die Gebeine des Sturmwächters, den sie suchte, wie Treibgut eingewickelt in die Fetzen seines wollenen Umhangs. Anklagend blickte der Schädel, dessen tote Augenhöhlen sich mit Sand gefüllt hatten, ihr entgegen.

»Nein!« Wieder wehrte sich Taen gegen den Zugriff des Sathid und zwang die Szene, zu verschwinden. Sie versuchte, seinen Scheußlichkeiten ihre eigenen schönen Erinnerungen entgegenzuhalten, doch die Bilder verzerrten sich in ihrem Geist, verdorben durch den Einfluß der Matrix; als sie nach den wilden Frühlingsblumen an den Türmen von Imrill Kand greifen wollte, berührten ihre Hände nur verdorrte Dornenranken. Die Wärme des Feuers zur Sommersonnenwende verschwand, als Staub sich in beißenden Hagel verwandelte, und die kleinen violetten Muschelschalen, die sie einst bei Ebbe am Strand gesammelt hatte, verrotteten unter ihrer Berührung. Die Bosheit des Sathid kannte keine Grenzen. Nicht gewillt, zuzusehen, wie alles, was sie geliebt hatte von seiner Bösartigkeit beschmutzt wurde, suchte das Mädchen nach dem einfachen Geist des Fischers, den Tamlin oft für ihre Ausbildung herangezogen hatte.

Und da nichts am Wesen des Fischers ihr je lieb gewesen war, fand der Sathid auch keinen Punkt, den er für seine Zwecke hätte mißbrauchen können. Nun selbst aus dem Gleichgewicht gebracht, zögerte er, und in diesem Augenblick gewann Taens Wille die Oberhand. Ihr Traumsinn klärte sich. Wieder sah sie durch Emiens Augen. Erschlafft und zitternd saß er auf einer Bank im Hofgarten des Palastes. Tathagres stützte seinen Arm, das Gesicht zu einem Ausdruck größter Sorge verzogen.

»Was ist geschehen?« wollte sie wissen. »Bist du ohnmächtig geworden?«

Taen vermutete augenblicklich, daß ihr Konflikt mit dem Sathid nicht ohne Auswirkungen auf ihres Bruders Geist geblieben war. Als sich die Matrix zu einem zweiten Angriff anschickte, fühlte sie die schmerzliche Verwirrung des Jungen, und sie sah auch, daß Tathagres Mitgefühl tiefere Gefühle verbarg, die sich wie Perlen auf einem aus Argwohn gesponnenen Strang aufreihten. Doch der Sathid gestattete keine nähere Untersuchung. Wie ein Schwimmer, der kurz aus dem Wasser hervorschießt, um Atem zu holen, packte Taen den Geist ihres Bruders mit kaum vertretbarer Härte und zwang Sprache über seine Lippen.

»Ich bin ein bißchen benommen«, entgegnete der

Knabe. »Die Gardesoldaten waren nicht sehr sanft, als sie mich erwischt haben.« Und bevor sie ihn freiließ, wob Taen einen Schleier der Verwirrung über die Gedanken ihres Bruders, damit die Desorientierung, die ihm nach dem Verlassen des königlichen Audienzzimmers widerfahren war, nicht allzu genau untersucht werden konnte. Dann, als der Sathid sich erhob und erneut ihre volle Aufmerksamkeit forderte, tauchte sie durch eine verdrehte Spirale aus Zeit und Raum zu einer Hafenspelunke, vor der ein wohlvertrauter und überaus langweiliger Bekannter in stinkender Ölhaut neben einem geborstenen Fenster stand und um die Gunst einer drallen Tavernenhure bettelte.

Der Sathid fühlte, daß ihm die Kontrolle entglitt. Auf Abwehr nicht vorbereitet, suchte er verzweifelt nach einer Strategie, fand jedoch nichts in Taens Erinnerungen, das ihm hätte helfen können, herauszufinden, warum sie das Wesen dieses Fischers ergründen wollte. Orientierungslos griff die Matrix auf eine vertraute Vorgehensweise zurück. In derselben Weise, in der der Sathid Taens Erinnerungen an Muscheln und Wildblumen und Sonnenwendfeuer verdreht hatte, heftete er sich nun an das Objekt ihrer Konzentration und schuf eine Illusion des Gegenteils.

Taens Ansichten über die Höflichkeit des Fischers waren klar definiert und für den Sathid ebenso deutlich erkennbar. Und der schlichte Geist des Fischers versprach einen einfachen Zugriff. Mit der vollen Kontrolle über die Fähigkeiten eines Traumlesers, formte die Matrix ihren Gegenschlag und veränderte die Vorstellung von dem Fischer.

Frierend, doch hoffnungsvoll inmitten frostgeschädigter Halme eines verblühten Kräutergartens, erlitt der Fischer einen kurzen Augenblick der

Verwirrung. In dem Augenblick, da seine Sinne sich klärten, entdeckte er einen Strauß mit sieben roten Rosen in seiner schwieligen Hand. Sprachlos angesichts der Blumen im tiefsten Winter, erkannte er den Rest der Illusionen des Sathid nur schleppend, denn nichts an ihm war noch wie zuvor.

Die modrige Ölhaut war einem Mantel aus gebürstetem grauen Filz gewichen. Seine hüfthohen, stinkenden Fischerstiefel waren verschwunden, verwandelt in weiche Kalbsledergamaschen mit silbernen Knöpfen und bestickten Stulpen. Und das wilde Geflecht aus Haupt- und Barthaaren, das gewöhnlich den Hals und den größten Teil des Gesichts des Mannes unter sich begrub, strahlte vor wohlfrisierter Sauberkeit und offenbarte einen Gesichtsausdruck glupschäugiger Verblüfftheit.

Er schluckte zweimal und hob einen zitternden Finger an, um eine der Rosen zu berühren. Ein Dorn kratzte über seine Hand. Überzeugt, die Illusion wäre eine Ausgeburt des Wahnsinns, schrie er ebenso laut wie ungläubig auf.

Der Lärm verärgerte das Objekt seiner Leidenschaft. Über seinem Kopf wurden Fensterläden aufgerissen und die Tavernenmaid schob ihren Kopf hinaus, den Mund zu bissigen Klagen geöffnet. Nun, da sein Trick beinahe fehlgeschlagen war, war der Sathid gezwungen, einzugreifen. Er schloß auch die Frau in den Traumbann mit ein und fügte der Kleidung des Fischers in seiner Zügellosigkeit eine Samtweste hinzu.

Und als sie sah, daß der Freier unter ihrem Fenster nicht die ermüdende Pest war, die ihr stets den Gestank von Stockfisch in den Schankraum trug, stieß auch die Frau einen Schrei räuberischer Verzückung aus. Dort stand ein sauberer, strammer Bursche, der, seinen Kleidern nach zu urteilen, offensichtlich über einigen Reichtum verfügte; und Rosen im Winter stellten einen Luxus dar, wie ihn kein Inselmädchen je erwarten konnte, soweit es nicht von Angehörigen des königlichen Hofes umworben wurde. Diese Dirne zögerte nicht einen Augenblick. Sie lächelte, verbarg ihren abgebrochenen Zahn hinter der Zunge und beugte sich vor, um seinen Kuß zu empfangen. Die Augen des Fischers weiteten sich, als er sah, was nur wenige Zentimeter vor seiner Nasenspitze wogte. Unfähig, ihr Amüsement über die lächerliche Situation des Fischers zu unterdrücken, brach Taen in herzhaftes Gelächter aus.

Verärgert zog sich der Sathid zurück. Im Spektrum menschlicher Emotionen lag Gelächter wohl am weitesten von dem niederschmetternden Kummer der Niederlage entfernt. Und da ihm nur Taens Kindheit in der rauhen Umgebung von Imrill Kand blieb, um seine Schlüsse zu ziehen, verstand er ausgesprochen wenig von Humor, aber er wußte, daß sein Einschüchterungsversuch fehlgeschlagen war. Verwirrt ließ er von der Struktur seines Angriffs ab.

Das Gesicht halb vergraben in dem schmierigen Bart des Fischers, stieß die Tavernenmaid einen gedämpften Schrei aus. Sie versuchte, zurückzuspringen, doch nun hatte der Bursche bereits eine Hand unter ihrer Bluse. Gebleichtes Leinen riß und ließ kaum eine Spur der Sittsamkeit zurück. Wieder schrie die Frau, während der Freier niedergeschlagen auf das mit wollenen Tüchern ausgestopfte Mieder starrte.

Dieser Anblick stürzte Taen in einen bebenden Heiterkeitsausbruch. Vergeblich versuchte der Sathid, erneut zuzugreifen; der komische Ausdruck im Antlitz des Fischers überwältigte das Mädchen, und ihr hysterisches Gelächter entzog sich jeglicher

Kontrolle. Verwirrt und enttäuscht zog sich die Matrix zurück, und über der Kapsel, die Taens Leib beherbergte, fielen die Nadeln der Kontrollinstrumente zitternd in den grünen Bereich der Skalen zurück. Der Vaere, der direkt daneben stand, registrierte diesen Vorgang. Das Mädchen hatte in dem Kampf um die Vorherrschaft triumphiert. Langsam schrumpfte ihr Gelächter auf ein kontrollierbares Maß. Sie aber hatte den Sathid geschlagen und allein Anspruch auf die volle Kontrolle der Macht eines Traumlesers.

Taen nahm sich nicht die Zeit, ihren Sieg auszukosten. In dem Augenblick, da sie erkannte, daß ihr Wille nicht länger unterdrückt wurde, sammelte sie sogleich ihre zerstreuten Gedanken. Und obwohl jeder Nerv in ihr um Ruhe bettelte, konzentrierte sie sich auf ihre Fähigkeiten als Traumleserin. Um Emiens willen zog sie noch einmal hinaus und machte sich auf die Suche nach dem Zauberer Anskiere.

Kapitel 15

ANSKIERES BANN

Hoch erhoben sich die Eisklippen über der Insellandschaft im Norden von Riffhafen, leuchteten weiß vor dem schmutziggrauen Hintergrund der Gewitterwolken. Unter ihnen fräste eine gierige See kleine Höhlen in die Eisfläche. Spritzwasser stob auf mit beißendem Zorn und bitterer, als es jahreszeitliche Kälte vermocht hätte, und die Luft trug die eisigen Temperaturen einer arktischen Nacht mit sich. Hierher kehrte Taen zurück, um Anskiere zu suchen.

Dieses Mal erkannte sie die Banne, die durch ihre gesteigerte Aufmerksamkeit infolge der Verbindung mit dem Sathid nun auch für sie sichtbar waren. Schleier blauvioletten Lichtes strahlten wie eine Korona von der Eisoberfläche ab. Taen folgte ihren Energiespuren tief in die Erde hinein, ortete Lage um Lage, Schicht um Schicht, beständig auf der Suche nach dem Sturmwächter. Kälte durchdrang ihre Sinne, umhüllte ihr innerstes Wesen mit der Trostlosigkeit steten Schneefalles. Doch die Energien, die ihr zuvor die Orientierung geraubt hatte, lagen nun klar erkennbar vor ihr. Wenn auch die Macht, die Taen durch die Matrix hinzugewonnen hatte, ihr nicht gestattete, Einfluß auf das Wetter zu nehmen, so waren doch auch Anskieres Werke sathidischer Herkunft; durch die Linse ihrer neuen Fähigkeiten betrachtet, wurde ihr die Struktur verständlich. Und so folgte sie dem komplizierten Muster, als wäre es das Spitzentuch einer alten Frau in Imrill Kand, und entwirrte den Zauber bis zu seiner Quelle. Aus der Ferne erscholl das Echo der Pfiffe der Frostwargs, vermengt mit einem Oberton, so bedrohlich wie Taen ihn in Erinnerung hatte. Trotzdem schenkte sie ihnen keine Beachtung, ließ sich von der entsetzlichen Furcht ihrer vorangegangenen Erfahrung nicht verunsichern. Bald, im Mittelpunkt der Banne, traf sie auf jenen Kegel aus Stille und Finsternis, der zuvor jeden Vorstoß vereitelt hatte.

Dort hielt sie inne, um ihre Konzentration zu stärken. Der Grund für Anskieres Gefangenschaft konnte kein geringfügiger sein. Geschwächt durch ihren Kampf gegen den Sathid, wagte sie es nicht, sich mit weniger als der größtmöglichen Vorsicht dem letzten Bann zu nähern. Hier mochte sich ein Irrtum als fatal erweisen; jeder winzige Fehler konnte zu Schäden führen, die zu reparieren niemand in Keithland die Macht besaß. Taen sandte ihren Traumsinn mit größter Umsicht aus und spann Aufmerksamkeit wie ein Kokon um die Barriere, um den innersten Schutzwall Anskieres zu sondieren.

Die Struktur, die sie vorfand, erwies sich als sonderbar vertraut. Mit der erweiterten Wahrnehmung ihres Traumsinnes erkannte Taen den dreifachen Kraftkreis, der einst gleißendhelle Lichtstrahlen um die Schwingen des Sturmfalken gewoben hatte, den sie auf der *Krähe* in die Freiheit entlassen hatte. Nun aber gewährte ihr ihre Ausbildung ein besseres Verständnis der Dinge. Das Geflecht der Macht gestaltete die Schutzbanne eines Zauberstabes; eine einzige Berührung würde jeden töten, der sich ihrer Resonanz nicht angeglichen hatte, doch Taen entdeckte einen Makel in dem Gewebe.

Etwas schien mit der Kontinuität der Banne nicht

in Ordnung zu sein. Ihre Symmetrie war nicht perfekt, so als hätte irgend etwas irgendwann die Harmonie geringfügig aus dem Gleichgewicht gebracht. Mit Hilfe ihres Traumsinnes untersuchte Taen die Anomalie. Die Banne waren zweifellos gestört worden, wenn auch nur minimal. Noch immer war die Resonanz der Einmischung spürbar, und ihre Natur versetzte Taen in furchtsame Spannung. Jemand mit wenig freundlichen Absichten hatte sich vor ihr hier hineingedrängt und eine Lücke in den Schutzwällen hinterlassen. Zwar fehlte es Taen an den notwendigen Kenntnissen, den Schaden genau zu erfassen, doch sie erkannte den Hintergrund, der sich hinter dieser Magie verbarg. Wer auch immer den Sturmwächter bedrängt hatte, war ein Werkzeug der Verdammten Kors gewesen; gewiß konnte keine andere als Tathagres selbst die Missetäterin sein.

Diese Erkenntnis versetzte Taen in Rage. Wenn die Hexe sich selbst und Emien auf magischem Wege an den Hof von Kisburn versetzt hatte, so war die Macht, die sie dazu manipuliert hatte, Anskieres gewesen; schon einmal hatte sie seinen Stab mißbraucht, um die See zu Tierl Enneth aufzuwiegeln. Von plötzlicher Furcht um die Sicherheit des Sturmwächters erfaßt, jagte Taen ihren Traumsinn kühn an den Bannen vorbei und erkundete, was dahinter lag.

Sie begegnete Anskieres Bewußtsein, scharf, direkt und streng, so wie sie den Zauberer in Erinnerung hatte, der einst in Imrill Kand über das Wetter gewacht hatte, und doch war etwas anders. Anskiere schlief, sein Wille blieb stumm, als hortete er seine Kräfte für den Tag des Erwachens, der da kommen sollte. Er schien ganz gelassen. Offenbar hatte Tathagres es nicht gewagt, einen Zauberer zu wecken, der von den Vaere ausgebildet worden war. Sanft versenkte Taen ihre Aufmerksamkeit in die des Sturmwächters. Ihre Berührung war so zart, daß er sich nicht aus seinem Schlaf rührte, als sie ihn im Traum aufsuchte.

Anskieres Schlaf umrahmte eine Landschaft zerbrochener Hoffnungen, angefüllt mit den klaren Erinnerungen an Streit und Hader; sieben Dekaden hatten der Sturmwächter und der Feuergebieter gearbeitet, hatten ihre Gaben vereint, um eine einzige Macht zu formen.

Gemeinsam hatten sie elf Spezies der Verdammten Kors unterworfen, und schließlich hatten sie sich daran gewagt, die schlimmste Geisel Keithlands, die Mharg-Dämonen von Tor Elshend, einzufangen. Obwohl beide Zauberer zusammengearbeitet hatten, ihr Geist verschmolzen gewesen war über mehr Jahre, als die meisten Menschenleben währten, konnte Taen keine Liebe zwischen ihnen entdecken.

Halb verborgen in den Schatten der Emotionen, die den Traum des Sturmwächters spalteten, erfuhr Taen die gehässigen, boshaften Wirrungen des Charakters von Ivain, dem Herrn der Feuer und Erden. Diese Bösartigkeit hatte Wunden in Anskieres Sein hinterlassen, denn er allein erinnerte sich an Ivain, wie er gewesen war, bevor der Zyklus des Feuers ihn in den Wahnsinn getrieben hatte. Anskiere begegnete seiner Grausamkeit mit Mitgefühl, ja, sogar mit einem Vertrauen, das ihm selbst beinahe zum Verhängnis geworden wäre. Denn Ivain hatte ihn auf dem Höhepunkt ihres Kampfes gegen die Mhargbrut verraten. Der Sturmwächter aber hatte überlebt und allein weitergearbeitet, bis es ihm gelungen war, die Dämonen einzusperren. Jedoch die Narbe, die Ivains

Bösartigkeit hinterlassen hatte, war nie wirklich verheilt.

Nun sah Taen die Konsequenzen, die die Befreiung der Frostwargs nach sich ziehen würde; erschüttert wegen des geteilten Verständnisses, wußte sie, daß Anskieres Leben allein von der Gabe eines Feuergebieters abhing. Dem Streben des Sturmwächters angepaßt, fühlte nun ihr Traumsinn die Entscheidung nach, den Erben Ivains zu seiner Pflicht zu rufen. Das Echo tiefer Tragik umrahmte diese Entscheidung. Anskiere wußte sehr wohl, daß der Knabe, den er gerufen hatte, eines Tages das Schicksal seines Vaters würde teilen müssen. Kein Mensch, der sich an dem Zyklus des Feuers versuchte, konnte dem Mal des Wahnsinns entgehen. Aus diesem Grunde erinnerten sich die Menschen an Ivain mit Haß, obwohl doch der junge Mann, der von den Vaere ausgebildet worden war, für seinen edelmütigen Geist geliebt worden war.

Unter der Last der Vergangenheit Anskieres und seiner qualvollen Not, sich der einzig möglichen Wahl zu ergeben, konzentrierte Taen ihre Aufmerksamkeit auf die Magie, die seine letzte Hoffnung enthielt. Und da diese Hoffnung auch das Schicksal ihres einzigen Bruders umfaßte, folgte sie dem Pfad der Banne, die der Sturmwächter geformt hatte, um den Sohn des Feuergebieters herbeizurufen. Die Energielinien wiesen gen Nordwesten, überspannten zielgerichtet das offene Meer und waren so deutlich erkennbar wie ein Signalfeuer. Schwebend auf der Traumverbindung, folgte das Mädchen der Magie.

Zu Beginn verlief ihre Suche mühelos. Angeführt von der Präzision des Wirkens Anskieres, eilte Taen so leicht wie ein Seevogel über die Wogen hinweg. Innerhalb von Sekunden überwand sie eine unglaubliche Distanz, durchquerte ohne jeden Orientierungspunkt den trüben Winterhimmel. Plötzlich aber flackerte der Zauber. Taen zauderte. Gepeinigt von der Resonanz der Gewalt, versuchte sie, ihre Geschwindigkeit zu verringern, doch ohne Vorwarnung schienen die Banne um sie herum zu explodieren, und die klare, lineare Vorwärtsbewegung zerfaserte, löste sich in Wirbeln verbrauchter Kraft.

Von Verwirrung erfaßt, verlor Taen die Spur. Während eines entsetzlichen, dumpfen Augenblicks, taumelte sie am Rande eines Abgrunds, kämpfte verzweifelt darum, den Kontakt zu jenem Punkt aufrechtzuerhalten, wo die Banne ins Chaos gesunken waren. Langsam erlangte sie die Kontrolle zurück. Die Traumverbindung stabilisierte sich. Neu orientiert, ließ Taen sich erschöpft treiben. Unter ihr kauerten die schneebedeckten Dächer eines Fischerdorfes an den Hängen einer gebirgigen Küstenlandschaft. Rauch kräuselte sich über Schornsteinen, und mit einer Wahrnehmung, die durch den Traumsinn sonderbar verzerrt schien, roch sie den Duft der Birkenscheite. Eine schmutzige Straße führte zu der Siedlung. In Haarnadelkurven stieg sie langsam in das Gebirge empor, bis sie sich schließlich in einem Hain verkrüppelter immergrüner Gewächse verlor.

Taen forschte die Bewohner des Dorfes mit der Wahrnehmungsfähigkeit einer Traumleserin aus, doch sie fand weiter nichts als die schlichten Gedanken einer Fischergemeinde, die sich um das Flicken der Netze, um das Backen von Brot und die Dicke der Eisschicht sorgte, die den Hafen in festem Griff umfangen hielt. Taen hielt es für unwahrscheinlich, daß sich Anskieres Hoffnungen unter derart alltäglichem Volk verbargen. Eher schon vermutete sie, daß Ivains Erbe weiter entfernt lebte, weit jenseits des Bruchs den Thatagres durch ihre Einmischung verursacht hatte. Im Vertrauen auf ihre Intuition ließ Taen das Dorf hinter sich und konzentrierte ihre Aufmerksamkeit erneut in direkter Linie von Riffhafen gen Nordwesten. Ihre Suche führte sie über die hohen, windigen Pässe des Furlaingebirges und weiter zu der Gebirgslandschaft auf der anderen Seite, in der die Bäume des Seitwaldes dem Winterhimmel ihr verfilztes Geäst entgegenstreckten.

Dort, über den kahlen Kronen der Buchen, entdeckte Taen Spuren von Anskieres Magie. Das Muster war durchbrochen, offenbarte sich ihrem Traumsinn als Wirrwarr leuchtender Linien. Als sie weitersuchte, wurde es allmählich gleichmäßiger, bis es schließlich eine intakte Struktur zurückerlangte. Keine Macht stellte sich dieser Magie entgegen. wie ein Rohr, das in der Mitte geplatzt war, hatte der Bruch jenseits des Furlaingebirges die Kontinuität des Bannes zerstört, den Anskiere gestaltet hatte, um den Erben Ivains nach Riffhafen zu rufen. Doch Taen erkannte die Richtung der Magie ohne Schwierigkeiten an den verbliebenen Segmenten. Bald lag der Bann wieder über den sich auftürmenden Hügeln des Seitwaldes, um schließlich auf der Schwelle der Hütte eines Waidmannes zu enden.

Dort entdeckte Taen einen blonden Jungen, etwa in Emiens Alter, der bis zum Hals in Felle eingewickelt war. Sein Atem kondensierte in der klaren Winterluft, als er ein leises Grunzen ausstieß, während er eine schwere Last auf dem schmalen Rahmen eines Zugschlittens befestigte. Taen wußte sofort, daß sie das Ziel der Banne gefunden hatte; dieser schmächtige, unauffällige Junge war der

Erbe des Feuergebieters und Anskieres Hoffnung auf Befreiung.

Ohne Kopfschutz, die Wangen von der Kälte gerötet, ahnte der Junge nicht, daß seine Bewegungen beobachtet wurden. Verärgert zerrte er, von dem kalten Wind und seinen Handschuhen behindert, an einem Knoten in dem Tau, das er herbeigeholt hatte, die Last auf dem Schlitten zu sichern. Doch nicht ein Fluch kam über seine Lippen. In aller Ruhe entwirrte er den Knoten. Beeindruckt von seiner zielstrebigen Konzentration auf die vor ihm liegende Aufgabe, hielt Taen inne. Für einen Augenblick schob sich Neugier vor ihre Besorgnis. Sie sah zu, wie der Knabe die Ladung mit gewissenhafter Sorgfalt vertäute. Seine Knoten waren so ordentlich wie die eines Fischersohnes.

Die Tür der Hütte wurde mit dumpfem Schlag aufgestoßen. Der Junge sah auf. Ein großer, hagerer Waidmann in einem Umhang aus Marderfellen trat heraus. Schwarzes, von weißen Strähnen durchzogenes Haar fiel lose über seine Schultern. Er ging zu dem Jungen hinüber und ließ sich neben dem Schlitten auf die Knie sinken.

Mit der Sorgfalt eines Mannes, der in der Wildnis aufgewachsen war, prüfte er die Spannung der Taue. Dann richtete er sich zufrieden wieder auf und klopfte dem Knaben auf die Schulter. »Gut gemacht«, sagte er sanft. »Hast du den Feuerstein gefunden?«

Der Junge klopfte auf die Tasche seines Wamses, und auch wenn er kein Wort sprach, offenbarte doch das scheue Lächeln, das über seine Züge huschte, seinen beinahe grimmigen Stolz. Das Lob des Waidmannes war unendlich wichtig für ihn. Der Tatsache bewußt, daß Anskieres und Emiens Los, ja, womöglich gar das Wohlergehen von ganz

Keithland auf den unsicheren Schultern dieses Jungen ruhen mochte, schickte Taen sich an, seine Gedanken zu sondieren.

Unauffällig wie der Flug einer Eule erfolgte ihr Eindringen, und ihr Opfer war unvorbereitet. Der Junge, der Kerainson Jaric genannt wurde, trug das Mal einer jüngeren, schmerzhaften Wunde. Er arbeitete als Schüler des Waidmannes, Telemark. Ein stiller, ernster Junge, war er, und er kümmerte sich mit äußerster Sorgfalt um sein Handwerk; unablässig trieb er sich selbst an, als müßte er über ein weit größeres Übel als die Schwäche des Rekonvaleszenten hinwegkommen. Doch als Taens die Muster seiner Vergangenheit erforschen wollte, fand sie nur Leere und ein qualvolles Gefühl der Scham. Bestürzt erkannte sie, daß Kerainson Jaric keine bewußte Erinnerung an seine Vergangenheit oder seine Herkunft besaß.

Seine mißliche Lage erregte Taens Mitgefühl. Im vollen Besitz der Kontrolle über ihre Traumgabe, drang sie tiefer, um herauszufinden, woher dieser Mangel rührte, und stieß auf eine beunruhigende Entdeckung. Jarics Not war die Folge der Kombination aus einer Kopfverletzung, die ihm die Gesetzlosen zugefügt hatten, und der Auswirkungen von Tathagres Tat, als sie den Bann durchbrochen hatte. Mit ein wenig Unterstützung konnte der Junge seine Erinnerung wiedererlangen. Doch schon ein flüchtig erhaschter Blick auf die Vergangenheit, die er vergessen hatte, zeigte Taen deutlich, daß sie ihm mit der Wiederherstellung seines Gedächtnisses keinen Gefallen erweisen würde. Auf der anderen Seite würden die Dämonen ohne Zweifel den Sieg davontragen, kämen seine angeborenen Gaben nicht zum Einsatz. Anskieres Gefangenschaft würde nicht enden, und die Schlüssel von Elrinfaer würden Tathagres in die Hände fallen. Taen zog sich von dem Jungen auf der Lichtung zurück, bekümmert angesichts der Erkenntnis, daß sein friedvolles Leben an der Seite des Waidmannes nicht würde fortdauern dürfen.

In dem Augenblick, da Taens Wahrnehmung wieder zu normalen Proportionen zurückgekehrt war, beendete der Vaere die Zeitverschiebung, die über sie geherrscht hatte, und brachte die Kapsel zurück in das Kontinuum von Keithland. Das Mädchen im Inneren schlief friedlich. Während der Jahre ihrer Abwesenheit waren ihre Haare lang geworden und glänzten nun so schwarz wie das Gefieder eines Raben; ihr Körper war voll erblüht. Doch der Zyklus der Herrschaft über den Sathid hatte Spuren an der Gesundheit des Mädchens hinterlassen. Der Vaere stellte fest, daß sie ziemlich abgemagert und ihre Vitalität durch die Erschöpfung stark verringert war. Sollte Taen dem Schutz der Kapsel in diesem Zustand entrissen werden, so bestand die Gefahr, daß sie ernsthaft erkrankte; ihr Schlafmuster jedoch war vollkommen normal. Ruhe würde reichen, sie wieder aufleben zu lassen.

In den folgenden Monaten aber mußten sich die grundlegenden Faktoren entwickeln, die schließlich über das Schicksal der Menschheit entscheiden sollten. Als wäre er gereizt, legte sich der Vaere die verschiedenen Möglichkeiten zurecht. Taen hatte auf ihrem Weg zum Sieg neue Informationen freigelegt. Zusammengesetzt ergaben all die Fakten ein äußerst bedrohliches Bild. Der Vaere stellte weitere Berechnungen an und leitete die potentiellen Katastrophen aus den Ergebnissen ab; wie es schien, hatten es die Dämonen zum ersten Mal seit dem Unglück der *Corinne Dane* gewagt, sich direkt in die Politik der Menschen einzumischen. Wenn Taens Eindrücke korrekt waren, dann war der Berater König Kisburns beinahe ohne jeden Zweifel ein außerirdischer Gestaltwandler. Das aber warf ungeheuere Gefahren auf, stand doch Lord Sholls Einfluß hinter den hitzigen Ambitionen des Königs und seiner Entscheidung, Tathagres zu vertrauen. Der Vaere begriff den ganzen Feldzug gegen die Freien Inseln als einen Plan, die Bibliothek von Landfeste in die Hände der Dämonen zu bringen. Wenn die Allianz besiegt würde, so wäre das Erbe der menschlichen Natur für alle Zeiten verloren.

Wie Sterne glitzerten die Lichter auf dem Steuerpult, als der Vaere eine endlose Reihe von Gleichungen berechnete. Mehr als je zuvor wurde nun Taens Gabe als Traumleserin gebraucht; sie allein war imstande, sich einem außerirdischen Gestaltwandler entgegenzustellen und seinen Einfluß auf jene Menschen, die er zu seinen Marionetten bestimmt hatte, zu durchbrechen. Doch der Kampf gegen den Sathid hatte sie auch verwundbar gemacht. Der Vaere wußte, daß dies zarte Mädchen, das noch von seiner Kapsel geschützt wurde, gnadenlos vernichtet würde, sollten die Dämonen je von ihrer Existenz erfahren. Nur zwei verfügten über genug Macht, sie zu schützen: der Sturmwächter, der noch immer hilflos in seinen Bannen zur Bändigung der Frostwargs gefangen war, und der unausgebildete Erbe von Ivain, dem Feuergebieter.

Eine Aura, ähnlich einer emotionalen Reaktion, umgab den Vaere, während er seine Schlüsse aus den vorliegenden Berechnungen zog. Taen würde den größten Teil des Winters im Innern der Kapsel verbringen müssen, um wieder zu Kräften zu kommen. Während dieser Zeit mußte sie ihre Traumlesegabe nutzen, um Jarics Erinnerungen zurückzuholen und ihn über das Furlaingebirge in das Dorf Mearren Ard bringen. War der Junge erst an der Küste, so würden Anskieres Banne ihren Einfluß auf ihn wiedererlangen. Der Vaere prüfte die Fakten und stellte fest, daß ihm kein Spielraum für Fehler blieb. Selbst unter dem unerträglichen Zwang des Bannes, konnte Jaric unmöglich vor dem Frühjahr nach Riffhafen segeln; bis dahin würden die Soldaten Kisburns bereits auf dem Weg zur Kontinentalstraße sein und die Niederlage des Kielmark wäre so gut wie unausweichlich.

Was nun auf dem Spiel stand, beschränkte sich nicht länger auf Taen oder die Ungewißheit in bezug auf die Rettung Anskieres. Nach der Analyse des Vaere hing das Überleben der ganzen Menschheit davon ab, daß Kerainson Jaric den Zyklus des Feuers meisterte. Und sollte Lord Sholl durch Tathagres erfahren, daß Ivain einen Erben hinterlassen hatte, so würden die Dämonen den Jungen jagen und töten.

Wäre der Vaere menschlich gewesen, er wäre vermutlich verzweifelt. Die Zukunft des Jungen schwankte zwischen Taens Einfluß als Traumleserin und dem Rennen gegen die unbarmherzige Zeit selbst, denn die einzelnen Gegebenheiten steuerten beharrlich auf einen einzigen Punkt hin. Sollte Jaric sein Erbe nicht antreten, würden die Dämonen ihre endgültige Vergeltung gegen die Menschheit wirken. Und die Bedingungen, die der Vaere erkannte, spiegelten alle Unsicherheiten eines gewöhnlichen Pferderennens. Da die Rettung der Menschheit in Jarics Händen lag, mußte ihn Taen einfach zu den Eisklippen und zu Anskiere schicken, bevor Kisburns Soldaten dort einträfen.

Tief schnitten die Riemen des Zugschlittens in Jarics Schultern, als er ihn aus dem Dickicht herauszerrte. Schneeflocken bedeckten sein Haar, und das Schmelzwasser tropfte unangenehm unter seinen Pelzkragen. Dennoch dachte Jaric nicht einmal daran, sich zu beklagen. Später, im tiefen Winter, würden Schneewehen sich hoch und weich unter den Bäumen ablagern und jene Hindernisse unter sich begraben, die nun die Kufen bremsten. Jaric freute sich schon jetzt auf den Tag, an dem Telemark die geölten Schneeschuhe von ihren Haken auf dem Speicher herabholen würde. Die Lücke in seinem Gedächtnis machte ihm weniger zu schaffen, wenn er eine neue Aufgabe zu bewältigen hatte.

Geräuschlos, wie es ihn die lange Erfahrung lehrte, bewegte sich der Waidmann durch den schneebedeckten Wald. Jaric folgte ihm und zerrte den Zugschlitten wenig elegant über einen umgestürzten Baumstamm hinweg. Die Riemen schnitten in seine Handflächen, und die Kufen kreischten metallisch auf der Rinde. Einmal blieb die Ladung an einem Ast hängen. Schnee rieselte herab und schmolz auf Jarics Nacken. Er blieb stehen, um sich das Eis von den Schultern zu schütteln.

Auch Telemark hielt inne und blickte sich nach ihm um. Als er sah, wie der Junge sich mühte, um mit ihm Schritt zu halten, sagte er: »Laß mich den Schlitten für eine Weile ziehen.«

Beschämt schüttelte Jaric den Kopf. Der Waidmann betrachtete den Jungen mit einem strengen Ausdruck auf den wettergegerbten Zügen. »Jaric«, sagte er schließlich, »es gibt Regeln, die ein Mann nicht brechen darf, wenn er während der Wintermonate in der Wildnis überleben will. Die erste lautet, niemals unnötig Reserven zu vergeuden.«

Mit überraschender Behendigkeit streckte Telemark den Arm und schlug Jaric auf die Schulter. Der Hieb war nicht derb, trotzdem erwischte er den Jungen, dessen Muskulatur von dem Gewicht des Schlittens überbeansprucht war, schmerzhaft genug, daß er reflexartig zurückzuckte.

»Du bist erschöpft.« Mitfühlend und freundlich entzog der Waidmann die Riemen Jarics Griff. »Wenn du dich bis zur totalen Ermattung antreibst, wer wird mir dann helfen, das Lager aufzuschlagen und ein Feuer zu entzünden?«

Seufzend nickte der Knabe. Er trat zur Seite, während Telemark den Schlitten von dem Stamm befreite. Obgleich er sein Gesicht abgewandt hielt, wußte Jaric, daß der Waidmann sich noch immer wegen der Tatsache sorgte, daß er, seit er sich von dem Überfall erholt hatte, kaum gesprochen hatte. Dann und wann schlug sich die Enttäuschung im Verhalten des Waidmannes nieder, wenngleich er sich nie dazu durchgerungen hatte, das Problem anzusprechen.

Jaric biß sich auf die Lippe, während er zusah, wie Telemark den Schlitten scheinbar mühelos voranzerrte. Doch sein gleichmäßiger Schritt und das unablässige Zischen der Kufen offenbarten mehr als nur das über viele Jahre erworbene Können; die Hast des Mannes deutete vielmehr auf eine neuerliche Frustration hin. Jaric haßte es, dem Waidmann Kummer zu bereiten, nachdem er ihm ein Obdach gewährt und ihn geheilt hatte; dennoch vermied er es, zu sprechen. Worte verwirrten ihn, schufen ein störendes Muster, dessen Echos nicht verhallen wollten, so, als repräsentierten sie mehr als nur den Klang ihrer Aussprache. Zu sprechen, bedeutete, sich der Orientierungslosigkeit anheimzugeben, sich in der Schwärze jenes Abgrundes zu verlieren, in dem seine Erinnerungen endeten und das Unbekannte ihn mit endlosen Fragen peinigte, auf die es keine Antworten gab. Wie ein Seemann, der durch tiefen Nebel trieb, klammerte sich Jaric an die Details jedes einzelnen Augenblicks. Schweigend lauschte er auf das Signal, das ihn irgendwann in jene Vergangenheit zurückführen würde, die er verloren hatte.

Der Nachmittag zog dahin, und das Wetter verschlechterte sich. Blind unter dem dichten Schneefall, stolperte Jaric wieder und wieder gegen Zweige, und um seine Stiefelstulpen bildete sich eine dicke Eisschicht, als er durch das schneeumtoste Dickicht watete. Das Terrain wurde schwieriger, durchzogen von steil abfallenden Wasserrinnen und dem schwarzen Schimmer noch nicht gefrorener Bachläufe. Dennoch ging der Knabe weiter, ohne um eine Pause zu bitten. Telemark blieb schließlich noch vor Sonnenuntergang auf einem hohen Felsplateau stehen. Der Wind trieb den Schnee wie Rauchwolken über den offenen Vorsprung des Gebirgskammes, und die Schneeflocken sausten zischend zwischen den kahlen Pfosten eines Unterstandes unter ihm hinweg.

Mit dem Rücken zu den Felsen, stellte der Waidmann einen Fuß auf den Schlitten und stützte sich mit überkreuzten Armen auf sein Knie. »Denkst du, du kannst den Unterstand allein aufbauen?«

Jaric lächelte. Der Gedanke, allein in der Stille des schneebedeckten Waldes ein Lager aufzuschlagen, bereitete ihm mehr Freude, als er sie je erlebt hatte, bevor er Morbrith hatte verlassen müssen. Doch keinerlei Erinnerung an diese frühere Hilflosigkeit kam auf, um ihn zu quälen, als er sich niederkniete und nach den Seilen auf dem Schlitten griff.

Lachend bückte sich Telemark, um ihm zu helfen. »Ich brauche meinen Bogen und zwei Biberfallen. Was denkst du, schaffe ich es, die Fallen aufzustellen und uns ein Abendessen zu schießen, bevor du das Lager aufgeschlagen und ein Feuer entzündet hast?«

Jaric grinste, zerrte sich einen Fausthandschuh mit den Zähnen von den Fingern und riß sogleich eifrig an den Knoten.

»Gut, dann gilt die Wette«, sagte Telemark. »Wenn du gewinnst, dann lehre ich dich den Stabkampf. Der Wind fegt den Schnee von den Felsen. Dort sollten wir genug festen Boden finden, um mit den Übungen zu beginnen.«

Der Waidmann löste ein Bündel von dem Schlitten und zog zwei stählerne Fallen hervor, an denen eine Kette befestigt war, die an einem geschmiedeten Eisenring endete. Dann hing er sich seinen Köcher voller Pfeile um, nahm den Bogen und die Axt auf und verschwand geräuschlos im Wald. Jaric bemerkte kaum, daß er ging. Eilig entlud er den Zugschlitten und löste das Zelt aus geflicktem Segeltuch aus seiner Verschnürung. Schnee rieselte über seine Ärmelstulpen, als er es über die Pfosten des Unterstandes warf, und ein eisiger Wind blähte das Tuch, während er mit den Seilen kämpfte, mit deren Hilfe es gesichert werden sollte. Doch der Wettstreit hatte Jaric aufgeheitert, so daß er diese Unannehmlichkeit kaum bemerkte. Er breitete Segeltuch für den Boden aus und lagerte die Ausrüstung sicher im Inneren des Unterstandes. Dann, rutschend und gleitend im frischgefallenen Schnee, zog er erneut seine Fäustlinge an, ergriff die Riemen des Zugschlittens und machte sich auf, um Feuerholz zu suchen.

Außer Atem, aber lachend, kehrte er mit einer

ganzen Schlittenladung zurück. Von der Anstrengung erwärmt, zog er die Fausthandschuhe aus und machte sich mit den Feuersteinen ans Werk. Der Schneefall befeuchtete den Reisig. Jaric schützte das Holz mit seinem Körper vor Schnee und Wind, dennoch stieg wieder und wieder nur eine verwehende Rauchfahne von den verlöschenden Funken auf. Überzeugt, Telemark müßte jeden Augenblick zurückkehren, blickte sich der Junge um. Doch als er dem Reisig endlich eine kleine Flamme hatte entlocken können, war der Waidmann noch immer nicht eingetroffen.

Jaric stapelte die Scheite ebenso geizig wie sorgsam über dem glimmenden Reisig. Dann, erfreut wegen seiner Leistung, setzte er sich auf den nun leeren Schlitten und streckte seine Stiefel dem Feuer entgegen. Als sich der Flammenschein zu einem tiefen, rotgoldenen Farbton verstärkte, lauschte der Knabe angespannt, ob er Telemarks Schritte hören konnte. Schnee fiel zischend in die Flammen, wie flüsterte, geisterhafte Stimmen; Birkenscheite knisterten, verbrannten zu Asche, während außerhalb des Flammenscheins lebendige Äste unter der Last des winterlichen Eises knarrten. Jaric zog sich die Kapuze seines Umhangs über den Kopf und bemühte sich, nicht gar zu besorgt zu sein. Telemark bewegte sich oft so geräuschlos, daß ihn nicht einmal die wilden Tiere hören konnten. Wenn er sich verspätet hatte, so mochte das daran liegen, daß das Unwetter das Jagdwild vertrieben hatte.

Doch bald waren die ersten Scheite heruntergebrannt, und er war noch immer nicht zurückgekehrt. Das Tageslicht wich langsam abendlicher Dämmerung. Zwielicht senkte sich wie ein Leichentuch über den Wald jenseits des Feuerscheins. Ruhelos rieb Jaric mit den Fäustlingen über seine

Knie, fühlte das Brennen des erhitzten Stoffes, als sich seine Gamaschen um die Schienbeine spannten. Die Nacht stand unmittelbar bevor. Telemark hätte inzwischen zurück sein müssen. Vollends vergessen war die Freude über ihren Wettstreit, als Jaric in die Flammen starrte und sich in Gedanken mit der unerfreulichen Möglichkeit befaßte, daß irgend etwas fehlgeschlagen sein mochte.

Der Gedanke, die einzige lebende Person, die er seit dem Überfall noch kannte, könnte in Gefahr sein, verursachte ihm schreckliches Unbehagen. Während der Wind immer weiter zunahm, wagte er nicht, noch länger zu verweilen. Jaric erhob sich und betrat den Unterstand. Seine Hände zitterten, als er einen Stoffstreifen um das Ende eines Stocks wickelte und mit Draht befestigte. Dennoch bewältigte er auch diese Aufgabe mit der peniblen Sorgfalt, die der Waidmann ihn gelehrt hatte, allzu gut war er sich nun der Tatsache bewußt, daß das winterliche Wetter keine Nachlässigkeiten vergeben würde. Schließlich stieß er den Stock mit dem Leintuch in die Flammen.

Das geölte Tuch fing Feuer, und sein Flammenschein tauchte das Lager in helles Licht. Jaric schnallte Telemarks Reservemesser um, klemmte sich einen trockenen Mantel unter den Arm, nahm die brennende Fackel wieder an sich und trat aus der sicheren Wärme des Feuers in die eisige Dunkelheit der Nacht hinaus.

Der Schnee hatte Telemarks Spuren beinahe vollends verdeckt; nur winzige, rundliche Vertiefungen waren von seinen Fußabdrücken geblieben, und dort, wo nur wenige Pflanzen wuchsen, wies nichts mehr darauf hin, daß er vorbeigegangen wäre. Jaric unterdrückte mühsam seinen Drang, zu hetzen. Wenn er in der Finsternis in die falsche Richtung lief, verlor er die Spur des Waidmanns womöglich für immer. Und der Wind nahm noch immer zu. Die Fackel flackerte und dichter Rauch legte sich über das Gesicht des Jungen. Er blinzelte mit brennenden Augen und hielt die Fackel mit ausgestrecktem Arm weit von sich. Sollte Telemark verwundet sein, bestand durchaus die Gefahr, daß er erfrieren würde, noch bevor Jaric ihn gefunden hätte.

Der Knabe durchquerte einen Pinienhain, geleitet von der Tatsache, daß die Zweige erst vor kurzer Zeit von der Last des Schnees freigefegt worden waren. Auf der anderen Seite entdeckte er eine steil abfallende Schlucht. Junge Bäume warfen lange, schwankende Schatten im Licht des Flammenscheins; Schneeflocken schwebten im Schutt des Walles und reflektierten das Licht mit diamantenem Glitzern. Jaric duckte sich unter einem gebrochenen Zweig hinweg. Welkes Eichenlaub strich über seine Wange, und seine Stiefel rutschten über den schlüpfrigen Boden. Als er jedoch den Abhang hinabkletterte, ließ der Wind nach; hier, wo sich der Schnee weniger rasch sammelte, waren Telemarks Spuren deutlicher zu erkennen.

Jaric blinzelte in den Sturm. Am Fuß der Böschung schimmerte fließendes Wasser, hob sich finster von den helleren Reflexionen des Ufers ab. Der Bach war breit und tief genug, Biberfallen aufzustellen; vorsichtig ging der Junge weiter. Der Boden unter dem Schnee war trügerisch, und ein Fehltritt konnte durchaus zu einer Katastrophe führen. Trotz seiner Vorsicht rutschte Jaric den letzten Hang hinab, und die herabhängenden Ruten einer Weide peitschten schmerzhaft auf seinen Leib. Funken stiegen wie Glühwürmchen von der Fackel auf, als er mit den Armen ruderte, um sein Gleichgewicht zurückzuerlangen. Sein Stiefel traf platschend in die seichte Uferzone. Gefährliche Stromschnellen zeigten sich auf der Wasseroberfläche zwischen Felsen, die aus dem Flußbett herausragten. Jaric erwischte gerade noch einen Ast, um seinen Sturz aufzuhalten. Schweratmend hielt er inne und wartete, bis die Flamme sich beruhigt hatte. Stromaufwärts hörte man das leise Rauschen eines Wasserfalls. Telemarks Fußabdrücke führten in diese Richtung.

Der Junge folgte dem Verlauf des Flusses. Er kam nur langsam voran. Der Boden war vereist. Umgestürzte Bäume lagen in wirrem Durcheinander auf dem Abhang. Jaric stolperte unbeholfen über tote Zweige hinweg. Schlimmer aber war, daß die Fackel zu flackern begann und erste Anzeichen des Verlöschens zeigte. Der Junge verfluchte sich dafür, keine Ersatzfackel mitgenommen zu haben. Telemarks Fußabdrücke führten in scheinbar endloser Reihe weiter in die Dunkelheit; würde er nun zurückkehren, um eine neue Fackel zu holen, so mochte seine ganze Suche vergeblich gewesen sein.

Das Rauschen des Wasserfalls wurde lauter. Die Flamme flackerte kläglich im Wind, war kaum noch mehr als ein dumpfes, rotes Glimmen. In dem dichten Schneefall erkannte Jaric die aufgestapelten Zweige und Äste eines Biberdamms. Der Anblick gab ihm neuen Mut. Telemark würde genau so einen Ort ausgewählt haben, seine Fallen aufzustellen. Während er die Flamme mit seinem Körper schützte, eilte der Junge besorgt weiter. Die Spuren endeten am Rand eines Wasserwirbels. Dort war der Boden sonderbar verändert, so, als hätte jemand den Schnee mit einem Pinienzweig geglättet. Jaric trat näher und sah einen frisch geschnittenen Setzling, der in die eisigen Tiefen des Wassers herabragte. Er erkannte deutlich den Aufbau einer neu gesetzten Biberfalle und schlug einen weiten Bogen um das Gebiet. Die Falle selbst lag auf dem Grund des Flusses, der Stahlring mußte sich unsichtbar unterhalb der Wasseroberfläche befinden. Trotzdem würde allein der Geruch eines Menschen die anvisierte Beute warnen.

Stolpernd mühte sich der Junge auf dem unebenen Boden an dem Damm vorbei. Das Ufer auf der anderen Seite lag ruhig und weiß schimmernd vor ihm, nichts deutete auf die Anwesenheit eines Menschen hin. Doch am Rand des Wassers zeigte sich eine dunkle Spur frischen Schlammes; jemand mußte dort noch vor kurzer Zeit gegraben haben. Mit gerunzelter Stirn ging Jaric auf demselben Weg zurück, den er gekommen war. Vermutlich hatte Telemark einen Bruch in dem Damm verursacht, danach die zweite Falle aufgestellt und war dann zurückgegangen, um den Schaden zu reparieren.

Der Junge schob sich an der Seite des Damms entlang. Im Glimmen der kläglichen Flamme seiner Fackel studierte er das Geflecht aus Schlamm und Zweigen, daß sich über die Mündung der Wasserrinne spannte. Das Loch, soweit eines existierte, lag verborgen in der Finsternis, und das wirre Durcheinander der Äste, das er direkt vor sich sah, bot einem Mann mit einer unzuverlässig brennenden Flamme nur unter größter Gefahr Halt. Jaric überdachte die Lage und kam schließlich zu dem Schluß, daß ihm keine andere Wahl blieb, als ins Lager zurückzukehren, eine neue Fackel zu holen und dann stromabwärts nach einer sicheren Furt zu suchen.

Diese Erkenntnis erfüllte ihn mit großer Sorge. Zitternd umklammerte er den Schaft der Fackel mit den Fingern, frierend und verloren in der Finsternis des Seitwaldes. Das klagende Rauschen des Wasserfalles überlagerte das höherklingende Seufzen des Windes in den Bäumen auf dem Kamm. Jaric zögerte, lauschte, als könnte allein sein drängender Wunsch ihm Telemarks Lage zeigen, bevor die Flamme endgültig erlosch. Für einen Augenblick erschien es ihm, als wäre sein Sehnen so verzweifelt, daß selbst der Wald innehielt, um seinen Kummer zu teilen. Plötzlich wurde ihm schwindelig. Jaric taumelte und griff nach einem Zweig, um nicht das Gleichgewicht zu verlieren. Doch dieser Augenblick der Orientierungslosigkeit zog sich dahin, und im ersterbenden Licht der Fackel erblickte er das visionäre Antlitz einer Frau.

Sie war jung, möglicherweise in seinem Alter. Haar, so schwarz und glänzend wie feinster Samt, fiel in sanften Wellen über ihre Schultern, und ihre blauen Augen betrachteten ihn mit einem Ausdruck ernsthafter Besorgnis.

Keuchend wich Jaric zurück. Seine Hand zuckte in einer Reflexbewegung, und die Fackel flackerte heftig, bis sie beinahe endgültig erloschen wäre. Das Gesicht des Mädchens aber brannte sich in seinen Geist, als bannte ihre Präsenz jeden seiner Gedanken.

»Fürchte mich nicht, Jaric«, bat sie, und der Klang ihrer Stimme stieß tief in sein Herz hinein. »Ich erscheine dir als ein Traum, aber ich kann dir helfen, den zu finden, den du suchst.«

»Telemark?« Jaric hatte den Namen laut ausgesprochen und erschrak über den Klang seiner eigenen Stimme. Dunkelheit und Wind verschluckten seine Worte, daß nicht einmal ein Echo blieb, und für einen Sekundenbruchteil glaubte er, jemanden von der anderen Seite des Flusses aus rufen zu hören.

»Der Mann, den du suchst, liegt jenseits des Biberdamms«, sagte das Mädchen. »Sein Fuß ist eingeklemmt, und er ist verwundet. Du mußt sofort zu ihm gehen.«

Jaric löste seinen Griff um den Ast und tat einen hastigen Schritt in Richtung Damm.

Doch das Mädchen schüttelte ungeduldig den Kopf. »Nein.« Ihr dunkles Haar wirbelte herum, und ihr Gesicht verschwand plötzlich im Nebel, doch ihre Stimme klang deutlich in seinem Geist nach. »Du mußt den Fluß weiter unten überqueren. Jenseits der ersten Falle wirst du Steine finden, auf denen du sicher hinübergelangen kannst.«

Jaric rührte sich wieder und stellte fest, daß er halb benommen auf die Wasseroberfläche starrte. »Wer bist du?« verlangte er laut zu erfahren.

Nichts antwortete ihm außer dem Seufzen des Windes in den Baumwipfeln. Doch über dem unablässigen Rauschen des Wasserfalls vermeinte er nun mit Gewißheit zu hören, daß Telemark seinen Namen rief. Die Stimme war schwach, doch unverkennbar. Und wäre er nicht mit der sonderbaren Nachricht der Zauberin konfrontiert worden, so hätte er sie wohl überhört.

Jaric wirbelte herum, glitt durch den frisch gefallenen Schnee. Der Weg bis zu dem Wasserwirbel und der ersten Falle erschien ihm länger, als er ihn in Erinnerung hatte. Schatten tanzten unter seinen Füßen, während er sich bewegte, und die Fackel, die durch den Wind dann und wann angefacht wurde, zischte leise. Der Überweg war da, genau wie die Zauberin versprochen hatte, eine Reihe flacher Felsen, die sich wie Pfeiler einer unfertigen Brücke über den ganzen Strom verteilten. Bestürzt angesichts einer neugewonnenen Erkenntnis, fühlte Jaric, wie seine Handflächen feucht wurden: die

Frau war mehr gewesen als nur eine aus Furcht und Pein geborene Phantasiegestalt. Doch die Sorge um Telemark trieb ihn voran, ohne ihm Zeit für weitere Gedanken zu lassen.

Dichtes Gestrüpp zog sich am entgegengesetzten Ufer des Flusses entlang. Jaric stürzte hindurch und riß sich in seiner Unachtsamkeit den Mantel auf. Allzu häufig glitt er auf dem steilen, felsigen Untergrund aus. Schließlich wurde er langsamer, zählte seine Schritte, um seine Geduld aufrechtzuerhalten. Ein Sturz würde die letzte Glut seiner Fackel endgültig erlöschen lassen.

»Jaric, hier bin ich.« Die Stimme des Waidmanns klang heiser im Wind, doch sie schien recht nahe, von einer Stelle gleich unten am Abhang zu ertönen.

Jaric folgte ihrem Klang, duckte sich ungeduldig unter einem Dornengestrüpp hinweg. Dornen verfingen sich in seinen Ärmeln. Er riß sich los und hielt die Fackel hoch über seinen Kopf. Und in dem schwachen Glimmen erblickte er eine zerzauste Gestalt, die ausgestreckt im Schnee lag.

»Telemark!« Von Furcht geplagt, glitt Jaric den Hang zum Ufer hinab. Der Waidmann lag am Boden, den Fuß zwischen zwei umgefallenen Baumstämmen eingeklemmt, die Schulter an einen Felsen gelehnt, der noch weiter unten am Hang lag. Das Messer steckte aufrecht im Eis neben seiner Hand, und ein weißer Schlitz in der Rinde des Baumes, der ihn gefangenhielt, zeigte deutlich, wie sehr er darum gekämpft hatte, sich zu befreien. Doch der Stamm war zu dick für eine Messerklinge. Trotzdem hatte Telemark sich vorgebeugt und gegen den Schmerz seines verdrehten Fußgelenks angekämpft, bis er schließlich vollkommen erschöpft gewesen war.

»Jaric.« Der Waidmann lächelte, doch seine Lippen waren blau vor Kälte. »Die Axt liegt unten am Fluß. Ich habe sie fallenlassen, als ich gestürzt bin.«

Jaric kniete sich zu ihm und löste den frischen Mantel aus seinem Gürtel.

Doch Telemark runzelte nur ungeduldig die Stirn. »Geh schon«, sagte er rasch. »Such die Axt, solange die Fackel noch brennt.«

Der Junge biß sich auf die Lippe. Schnell warf er den Mantel über den erschlafften Leib des Waidmanns, erhob sich und kletterte den Hang hinab zum Ufer. Die Axt lag halb verborgen im Schnee, der Stiel teilweise unterhalb der Wasseroberfläche. Jaric zog das Werkzeug aus dem Fluß. Das Gewicht zerrte unangenehm an seinen Muskeln, die so oder so schon vor Erschöpfung schmerzten. Mühsam legte sich Jaric die Axt über die Schultern und tat einen unsicheren Schritt hangaufwärts.

In diesem Augenblick erlosch die Fackel. Jaric umklammerte die Axt mit den Fingern und fragte sich, ob seine Kraft ausreichen würde, Telemark zu befreien und sie beide sicher zum Lager zurückzubringen.

Kapitel 16

TRAUMWEBERIN

Jaric kniete an Telemarks Seite und schützte seinen Freund mit seinem Körper vor dem ärgsten Wind.

Schneeflocken wirbelten wild herum und hinterließen weiße Spuren auf dem Mantel, der die Schultern des verletzten Mannes bedeckte. Telemark mußte versorgt werden. Er brauchte Wärme und jeglichen Komfort, der sich aus den Ausrüstungsgegenständen in den Packtaschen im Lager gewinnen ließ. Jaric schätzte die Entfernung zu dem Unterstand auf etwa eine halbe Wegstunde ein, viel zu weit, sie ohne Licht zu erreichen, doch da der Sturm immer stärker wurde, kam der Zeit entscheidende Bedeutung zu. Der Junge wünschte sich, er könnte diese vom Schicksal herbeigeführten Schwierigkeiten einfach verfluchen, aber die Worte blieben in seiner Kehle stecken, und die zornige Verzweiflung, die er angesichts Telemarks Verletzung fühlte, fand keinerlei Ausdruck in seinem Schweigen.

Telemark war bedrückt, daß Jaric so still war, und er sprach in der Finsternis: »Jaric, viele Probleme erscheinen auf den ersten Blick unlösbar. Du mußt immer daran denken, daß niemand mehr als einen Schritt auf einmal tun kann. Die größten Probleme müssen in kleine Einzelteile zerlegt werden, von denen ein jedes leicht zu bewältigen ist. Eine Notlage, die sich nicht auf diese Art meistern läßt, wird dich sicher ins Verderben führen. Doch dies ist keine solche Notlage. Alles wird gut werden, und es wird schneller gehen, als du jetzt glaubst.«

Auch dieser wohlgemeinte Rat trug wenig zu seinem Wohlbehagen bei, solange Telemark weiterhin unter den Schmerzen seines verletzten Fußgelenks leiden mußte. Trotzdem setzte Jaric mit demselben schlichten Mut, den er bereits an dem Tag gezeigt hatte, an dem er in der Obhut eines Fremden ohne eine Vergangenheit und ohne ein Gedächtnis das Bewußtsein wiedererlangt hatte, volles Vertrauen in den Waidmann. Ihm blieb nichts anderes übrig. Entweder sprach Telemark die Wahrheit, oder sie beide riskierten ihr Leben, wenn sie sich dieser stürmischen Winternacht auslieferten.

Der Waidmann streckte den Arm aus und umfaßte Jarics Handgelenk mit Fingern, die schon jetzt taub vor Kälte waren. Durch die Berührung fühlte der Junge das Zittern, das den Körper seines Freundes befallen hatte. Er nahm an, daß Telemarks Gelassenheit nichts weiter als Fassade war, denn der Waidmann wußte wohl, wie ernst ihre Lage war, und Jaric war zu scharfsinnig, sich hinters Licht führen zu lassen.

Ob Telemark die Unruhe des Jungen spürte, ließ sich an seinem Verhalten nicht ablesen. »Hast du die Axt gefunden?«

»Ja.« Jaric schluckte. Fest entschlossen, die Ruhe zu bewahren, fuhr er fort, obgleich die Worte nur mühsam über seine Lippen kamen: »Ich werde ein Feuer machen.«

»Guter Junge.« Telemark löste seinen Griff und sank ermattet zurück in den Schnee. »Die Zweige an diesem umgestürzten Baum scheinen gut abgelagert zu sein. Arbeite nur langsam und vorsichtig. Ich warte lieber ein wenig länger auf Wärme, als daß du in der Dunkelheit mit der Axt ausrutschst.«

Doch Jaric wußte, daß er sich mit dem Feuer nicht mehr allzu viel Zeit lassen durfte. Der Wind nahm zu. Peitschend fegte er durch die Baumwipfel und trieb den Schnee mit beißender Kraft auf sie. Wenn es dem Jungen nicht gelang, Telemark rasch vor der Kälte zu schützen, so würde der Waidmann ins Delirium und schließlich in tiefe Bewußtlosigkeit fallen. Jaric suchte sich einen toten Ast. Er packte die Axt und schwang sie mit ebenmäßiger Bewegung auf das Holz nieder, wohlwissend, daß ihr Leben von seiner Arbeit abhing. Mit einem heftigen Schlag drang der Stahl in das Holz ein. Der Ast bebte und fiel, Schnee rieselte herab und legte sich feucht auf die Stulpen von Jarics Stiefeln. Er zerrte die Axt aus dem Holz heraus, stieß den Ast mit seinem Fuß zur Seite und wandte sich in dem Bewußtsein, daß ihm schon die kleinste Pause reichen würde, vor Erschöpfung und Furcht zu erstarren, dem nächsten zu.

Er arbeitete ohne Unterlaß. Nach einer Weile fügten sich seine Bewegungen in einen Rhythmus, der völlig unabhängig von jeglicher Überlegung war. Der Griff der Axt rieb durch die Fäustlinge hindurch so stark an seinen Handflächen, daß sich Blasen bildeten, doch er fühlte sie nicht einmal. Die Erschöpfung raubte dem Schmerz jegliche Bedeutung, und seine Muskeln gehorchten lediglich mechanisch den Erfordernissen des Augenblicks. Erst, als er einen akzeptablen Haufen Feuerholz geschlagen hatte, legte Jaric die Axt wieder ab. Er grub eine Vertiefung in die Schneewehe neben Telemark und kratzte schließlich den restlichen Schnee mit einem Ast vom Untergrund. Dann eilte er zum Ufer hinab und kehrte mit einer Armladung Steine zurück, von denen noch das Flußwasser herabtropfte. Mit zitternden Händen legte er die Steine um die Mulde herum und stapelte das Holz auf der geschützten Stelle in ihrer Mitte, um sich schließlich mit den Feuersteinen an die Arbeit zu machen.

Der Sturm behinderte seine Bemühungen. Böen wirbelten die Funken wieder und wieder in die Finsternis und wehten die letzten trockenen Holzspäne fort, die er in seiner Tasche mitgebracht hatte. Ergrimmt zog Jaric sein Messer und schnitt frische Holzschnipsel. Schnee legte sich auf seine Handgelenke, während er mit dem Schnitzen beschäftigt war, und die Kälte drang durch seine Haut, bis selbst seine Knochen zu schmerzen begannen. Telemark hatte sich schon eine ganze Weile nicht gerührt. Voller Sorge, der Zustand des Waidmanns könnte sich verschlimmert haben, stemmte sich der Junge entschlossen gegen die Elemente. Wieder schlug er einen Funken. Dieses Mal fingen die Holzschnipsel Feuer. Jaric hütete die Flamme mit seinen Händen, als wäre sie aus purem Gold. Zweig um Zweig nährte er das Feuer mit größter Vorsicht, wobei er sich beinahe die Hände verbrannt hätte. Dann legte er seinen Umhang als Windschutz über einen vorstehenden Ast, beschwerte den Saum mit zwei Steinen und beugte sich angstvoll zu Telemark herab. Der Waidmann hatte die Augen geschlossen und reagierte nicht auf die Berührung des Jungen.

Jaric sprach, obwohl der Kummer seine Kehle noch zusätzlich zuschnürte. »Könnt Ihr Eure Füße fühlen?«

Schwerfällig rührte sich der Waidmann, doch seine Antwort bestand nur aus einem unverständlichen Murmeln. Jaric konnte lediglich versuchen, die Bedeutung der Geste zu erraten, die den Worten folgte. Die Kälte hatte bereits begonnen, Telemarks

Reflexe zu lähmen, und bald würde er nicht mehr fähig sein, rational zu handeln.

Wohlwissend, wie kritisch der Zustand des Waidmannes war, zog Jaric einen brennenden Scheit aus dem Feuer. Dann machte er sich auf die Suche, bis er einen langen, kräftigen Stock gefunden hatte, dessen eines Ende er sogleich zwischen die Stämme klemmte, die Telemarks Fuß gefangenhielten. Mit jeder Unze seines Gewichts legte er sich sodann auf das andere Ende. Der Stock knarrte unter seinen Händen. Tote Rinde splitterte, und das nackte Holz darunter schimmerte im Feuerschein wie ein alter Knochen. Jaric schloß die Augen und zerrte an dem Stab, bis seine Muskeln vor Erschöpfung brannten. Der obere Stamm bewegte sich ein wenig, lag dann aber wieder so unverrückbar wie ein massiver Felsen. Jaric krümmte sich, zerrte voller Verzweiflung an dem Stock. Doch der provisorische Hebel brach unter seinen Händen und hinterließ nichts weiter als schmerzende Handflächen und eine neuerliche Enttäuschung.

Zitternd vor Anstrengung und Erschöpfung, ließ Jaric von dem Stock ab. Er fiel auf die Knie und untersuchte mit fiebrigem Eifer Telemarks eingeklemmtes Bein mit den Händen. Seine Mühen waren nicht vollends vergeblich geblieben; die Stämme lagen nicht mehr so eng an Telemarks Bein. Aber das Fußgelenk war stark angeschwollen. Den Fuß zu befreien, würde dem Waidmann schreckliche Schmerzen bereiten und einen nicht zu verantwortenden Schaden herbeiführen, sollte irgendein Knochen gebrochen sein.

»Es ist nicht gebrochen«, murmelte Telemark, der noch weit genug bei Bewußtsein war, zu erkennen, was um ihn herum vor sich ging. »Du mußt einfach ziehen, bis das Bein frei ist.«

Jaric aber zog es vor, keine derartigen Risiken einzugehen. Er stutzte die Kante der Stiefelsohle Telemarks mit seinem Messer und begann dann langsam und vorsichtig, den Fuß zwischen den Stämmen hervorzuziehen. So sanft er auch vorging, Telemark keuchte bereits bei der ersten kleinen Bewegung und biß sich auf den Ärmel, um nicht laut aufzuschreien, als der Junge den verdrehten Knöchel zwischen den Stämmen hervorhob.

Jaric stützte seinen Freund an den Schultern und half ihm, sich aufzusetzen. Die umgestürzten Bäume lieferten eine nützliche Rückenlehne, und während sich Telemark zitternd in den feuchten Stoff des Mantels wickelte, massierte der Junge seine Glieder, um die Blutzirkulation wieder in Gang zu bringen. Dann untersuchte er noch einmal das Ausmaß der Verwundung. Das Bein war nicht gebrochen, aber geprellt, geschwollen, berührungsempfindlich und ganz gewiß nicht imstande, Belastungen zu überstehen. Und der Sturm wurde mit jeder Stunde stärker.

»Wir können hier nicht bleiben.« Telemark klapperte vor Kälte mit den Zähnen, und selbst diese wenigen Worte schienen seine verbliebene Kraft über die Maßen zu beanspruchen.

Jaric berührte seinen Freund am Arm mit der stillen Bitte, ruhig liegenzubleiben. Seine Stirn legte sich in sorgenvolle Falten, während er darüber nachdachte, was als nächstes zu tun wäre. Wenn er aus einem Ast eine Krücke machen könnte, so wäre der Waidmann fähig, sich zu bewegen. Der Wind wehte so heftig, daß keine Fackel lange brennen würde, und der Weg durch den Wald mit einem verwundeten Mann an seiner Seite würde nur quälend langsam bewältigt werden können. Jaric wußte, daß er allein ins Lager zurückkehren mußte, um geölte Lappen für frische Fackeln zu holen, doch er wagte es nicht, Telemark allein zurückzulassen, ehe er nicht genug Holzscheite geschlagen hatte, das Feuer in seiner Abwesenheit am Leben zu erhalten.

Noch einmal nahm Jaric die Axt zur Hand. Obwohl seine Schultern und Arme vor Erschöpfung zitterten, ging er zu dem nächstgelegenen umgestürzten Stamm und schwang die Axtklinge in sauberem Bogen durch die Luft. Mit mörderischem Kreischen traf der Stahl auf das Holz, und der Aufprall lähmte Jarics Arm bis zum Ellbogen. Dennoch hob er die Axt zum nächsten Schlag und zum nächsten und zum nächsten. Holzspäne stoben auf und verschwanden in der Dunkelheit. Scheit um Scheit stapelte er genug Feuerholz, Telemarks Überleben zu sichern, selbst für den Fall, daß das Schicksal noch einmal unglücklich zuschlagen und seine Rückkehr sich verzögern sollte.

Hüfthohe Schneewehen hatten sich in den Wäldern gebildet, als Jaric sich allein auf den Weg machte, um neue Fackeln aus dem Lager zu holen. Müde stemmte der Junge sich stur gegen den Schneefall. Er mühte sich durch diese grausame, stürmische Winternacht, um Telemark sicher zurück zum Lager zu bringen, ohne sich bewußt zu werden, daß er in bezug auf seine Kraft, seine Geschicklichkeit und Ausdauer alle Grenzen gesprengt hatte, für die er sich selbst einst als kränklicher Schüler in Morbrith verachtet hatte.

Fahlgrau zog die Morgendämmerung in dem Schneesturm herauf, als Jaric Telemark in den Schutz des Unterstandes brachte. Er wickelte den

Waidmann in warme Felle und stemmte sich dann erneut dem Wind entgegen, um den angehäuften Schnee und die feuchte Asche des Feuers vom vorangegangenen Abend aus der Feuergrube zu schaufeln. Der Junge gönnte sich keine Ruhe, bis er genug frisches Holz bereitgelegt und mit Segeltuch abgedeckt hatte, so daß es jederzeit entzündet werden konnte, wenn Wärme rasch vonnöten sein sollte. Dann, während seine Ohren vor Müdigkeit klingelten und sein ganzer Körper sich zerschlagen anfühlte und vor Erschöpfung zitterte, zog er die Stiefel, die feuchten Hosen und die Tunika aus, wickelte sich in seine eigenen Decken und schlief beinahe im gleichen Augenblick ein.

Zum Nachmittag ließ der Sturm nach. Die Wolken verschwanden vom Himmel, und die Temperatur fiel ab, bis der Wald vor Kälte spröde schien. Jaric erwachte im blendenden Licht des sonnenbeschienenen Schnees. Telemark war schon vor ihm aufgestanden. Ein Topf hing über dem Feuer, und der Junge roch den verlockenden Duft von Fasan und Kräutern, der dem Kochgeschirr entstieg. Kaum versuchte er, sich zu erheben, da schmerzten seine steifen Muskeln protestierend. Durch die Pein seiner aufgeschürften Handflächen vollends erwacht, erinnerte er sich an Telemarks Unfall und die qualvolle Ausdauer, die er in der vorangegangenen Nacht gezeigt hatte. Aufgeschreckt durch das leere Lager seines Freundes, zerrte der Junge eine frische Tunika aus seiner Packtasche und zog sie mit unbeholfenen Bewegungen über sein Hemd. Dann schob er seine Füße in die eiskalten Stiefel, packte sich seinen steifgefrorenen Mantel und verließ den Unterschlupf.

Telemark saß am Feuer, den verstauchten Knöchel bequem über einen Holzscheit gelegt.

Bogen und Jagdmesser lehnten an einem Kübel mit heißem Wasser, und rund um seine Füße verstreut lagen die noch feuchten Federn des Fasans.

Mit bestürzter Miene deutete Jaric auf das verwundete Bein des Waidmanns. Dann wanderte sein fragender Blick zu dem Kochtopf. »Wie?«

Telemark lachte. »Ich habe Getreidekörner ausgestreut. Fasane sind faule Kreaturen, ganz besonders, wenn Schnee gefallen ist. Sie riskieren es lieber, sich den Almosen von Menschen zu nähern, als selbst nach Nahrung zu suchen. Bist du hungrig?«

Jaric nickte. Dann setzte er sich auf den Holzstapel und breitete den Mantel über seine Knie, damit er trocknen konnte. Telemark beobachtete die steifen Bewegungen seines Begleiters mit all seiner gewohnt scharfen Auffassungsgabe.

»Junge«, sagte er sanft. »Wo auch immer du herkommst und wer immer du einmal warst, zählt hier nicht. Letzte Nacht hast du die Arbeit eines erfahrenen Mannes bewältigt, und du hast es gut gemacht. Du hast allen Grund, stolz auf dich zu sein.«

Verlegen starrte Jaric auf seine Hände, wagte nicht zu lächeln, fürchtete gar, daß irgend etwas unausweichlich geschehen und diesen Augenblick zerstören mußte, würde er das Lob des Waidmanns annehmen. Es drängte ihn, von der sonderbaren Vision zu erzählen, die er am Biberdamm erlebt hatte, dem Waidmann von dem schwarzhaarigen Mädchen zu berichten, daß ihm in einem Traum erschienen war. Doch die Mühsal, seine Gedanken in Worte zu fassen, erschreckte den Jungen, und bevor er auch nur einen Anfang gefunden hatte, sprach Telemark erneut.

»Du wirst die Fallen allein aufstellen müssen, bis mein Bein geheilt ist. Denkst du, du wirst das schaffen, wenn ich dir erkläre, was du tun mußt?«

Mit staunend geweiteten Augen blickte Jaric auf. Nie wäre er auf den Gedanken gekommen, der Waidmann könnte ihm zutrauen, allein mit den Fallen umzugehen. Doch während er da saß, schmerzgeplagt und müde, die Züge von der Anstrengung der vergangenen Nacht gezeichnet, wußte er, daß er diese Verantwortung tragen konnte. Was auch immer er für eine Vergangenheit haben mochte, die letzte Nacht hatte deutlich bewiesen, wessen er fähig war.

»Ich werde mein Bestes tun«, sagte er ehrlich. Zum ersten Mal, seit er, verwirrt und namenlos, sein Bewußtsein in der Hütte des Waidmanns wiedererlangt hatte, kamen die Worte flüssig und leicht über seine Lippen.

Obwohl er vor Erschöpfung blaß war, verzogen sich die gestrengen Züge Telemarks nun doch zu einem Lächeln. »Guter Mann«, sagte er sanft. »Bring mir die Tasche mit den Fallen, dann werde ich dir zeigen, wie wir Marder, Silberfüchse und Eisotter erlegen können.«

Im Laufe eines sonnigen Nachmittags arbeitete Jaric unter den Anweisungen Telemarks und lernte von ihm, welche Arbeit ein Fallensteller zu verrichten hatte. Bei Einbruch der Dämmerung schnürte er sein Bündel und befestigte eine Packtasche mit Ausrüstungsgegenständen auf dem Zugschlitten.

Bei Tagesanbruch erhob er sich, überließ Telemark die Obhut über das Lager und machte sich auf den Weg, die ersten Fallen dieses Winters aufzustellen. Am Anfang nahm er sich nur ein Gebiet vor, das klein genug war, daß er es an einem einzelnen Tag durchwandern konnte. Aber er lernte schnell. Sein Selbstvertrauen wuchs mit seinen Fertigkeiten. Eine Woche verging. Die Beute, die er am Ende seiner Rundgänge an seinem Zugschlitten befestigt hatte, wurde stetig mehr; als Telemarks Knöchel weit genug verheilt war, daß er sich selbst um den inneren Kreis der Fallen kümmern konnte, war der Junge bereits erfahren genug, sich seine eigenen Wege zu suchen. Bald zog der Tag herauf, an dem er, erfüllt von hart erkämpftem Stolz, den Schlitten mit Proviant und einem kleinen Zelt belud, um sich allein der weiter entfernten Gebiete anzunehmen.

Langsam lernte Jaric, sich auch im winterlichen Wald zu Hause zu fühlen, gleich ob unter dem Schleier frischen Schneefalls oder in der eisigen Kälte einer diamantklaren Sonne. Während der folgenden Wochen kämpfte er sich mit dem Zugschlitten im Schlepptau Tag um Tag durch tiefe Schneeverwehungen; jeden Abend schnitt er Feuerholz, und ganz allmählich wurde er immer stärker. Durch die Arbeit unter freiem Himmel bekam sein Gesicht eine kräftigere Farbe. Und das Ergebnis seiner Arbeit füllte schließlich die Trockenhütte hinter Telemarks Häuschen mit dem schweren Geruch frisch gegerbter Felle.

Bald war der Tag der Wintersonnenwende gekommen und die Hütte zu einer genügsamen Feier geschmückt. Stundenlang starrte Jaric in die zarten, rauchfreien Flammen der Kerzen aus Bienenwachs, die Telemark speziell für diese Gelegenheit bereitgehalten hatte. Sollte er in der Vergangenheit jemals etwas ähnlich Schönes erlebt haben, so konnte er sich doch nicht daran erinnern. Still in Gedanken versunken nippte der Junge an seinem Glühwein, der eben noch über dem Feuer erhitzt worden war, ohne zu bemerken, daß der Waidmann ihn eingehend musterte.

Die Hemden, die im vergangenen Herbst einen unsicheren Kranken gekleidet hatten, fielen nun nicht länger viel zu weit über die Schultern, die sich breit in neuaufgebaute Muskelmasse hüllten. Telemark war die Veränderung nicht entgangen, doch er enthielt sich jeglichen Kommentars. So stark und selbstsicher Jaric geworden war, so unverwüstlich sein Äußeres erschien, lag doch der Makel seiner fehlenden Erinnerungen wie ein Schatten über seinem jungen Herzen. Jeglichen Wissens über seine Herkunft beraubt, lebte der Knabe wie ein Mann auf der Flucht vor Geistern. Jegliche Bindung war gleichzeitig ein Risiko, jede Errungenschaft nur auf Sand gebaut.

Doch die Wintersonnenwende war kaum der richtige Zeitpunkt, solchermaßen trübsinnigen Gedanken nachzugehen. »Komm mit zum Schuppen«, sagte der Waidmann mit einem Funkeln in den Augen. »Ich habe etwas, das ich dir zeigen möchte.« Er erhob sich und warf Jaric einen Mantel zu, der auf einem Haken neben der Hintertür gehangen hatte, und der Knabe folgte ihm hinaus in die Nacht.

Telemark entriegelte die Tür des Schuppen, wischte mit dem Fuß den Schnee von der Schwelle und zerrte die schwere Holzbohlentür auf. Jaric wartete, während der Waidmann eine Kerze in einem Halter an der Wand entzündete. Unsicher flackerte die Flamme im Windzug. Im schwankenden Lichtschein sah der Junge den Glanz frisch polierten Metalls auf dem Arbeitstisch. Mit einem überraschten Ausruf trat er näher. Dort, gerade erst geschmiedet, lagen aufgereiht in Telemarks gewohnter Ordnung eine ganze Reihe neuer Fallen. Sprachlos wandte er sich um und blickte den Waidmann an.

Telemark zupfte einen losen Faden aus seinem Ärmel, peinlich berührt von dem brennenden Blick des Jungen. »Ich habe ein wenig gespart, und das war gut so, wie es scheint. Du weißt nun genug, damit wir gleichzeitig an verschiedenen Orten Fallen aufstellen können. Würde dir das gefallen?«

Jaric streckte die Hand aus und strich mit den Fingern vorsichtig über die scharfen Klemmbacken einer Otterfalle. Es gefiel ihm nicht, Tiere zu töten; genau wie er selbst, rannten auch sie unwissend ihrem Schicksal entgegen. Aber auch Telemark war in seinem Gewerbe nicht gefühllos. Er nahm nur, was er brauchte. Niemals verlangte es ihn aus reiner Habgier nach mehr. Der Wald lieferte ihm seinen Lebensunterhalt und war seine einzige wahre Liebe. Auch wenn es ihm an zurückliegenden Erfahrungen mangelte, auf deren Basis er seine Schlüsse ziehen konnte, wußte Jaric doch, daß er vielleicht nie einen besseren Freund als ihn finden würde. Das Mitgefühl und das Vertrauen, das sich hinter dieser Geste des Waidmanns verbarg, rührte ihn zutiefst. Für einen Augenblick konnte er nicht antworten, doch der Ausdruck auf seinem jungen Gesicht verriet dem Waidmann mehr als Worte es vermocht hätten.

Der Junge würde die Verantwortung auf sich nehmen, derer er selbst sich als würdig erwiesen hatte. Im Frühjahr würden sie dann vielleicht genug Felle haben, ein anständiges Schwert und einen Dolch zu kaufen. Und Jarics Bestimmung war es gewiß nicht, bei ihm im Seitwald zu bleiben. Im Stillen betete Telemark, daß der Knabe genug Zeit haben würde, zu Ende zu führen, was er zu lernen begonnen hatte.

Ein Monat verging. Friedlich lag der Wald unter dem winterlichen Mantel aus Schnee. Vierzehn Tage Wanderschaft von Telemarks Hütte entfernt, setzte sich Jaric mit den Füßen voran an sein Lagerfeuer. Müde von einem anstrengenden Tag des Fallenstellens und gesättigt von einem frisch gebratenen Hasen, lehnte er sich an den Stamm einer knorrigen alten Buche, während der Himmel langsam von fahlem Violett in das tiefe Indigoblau der Abenddämmerung überging. Seine Reise war erfolgreich verlaufen. Hoch stapelten sich die Pelze auf dem Zugschlitten, unter ihnen auch die seltenen, wertvollen Felle sechsbeiniger Eisotter, deren kostbarer Pelz schwarz und silbern marmoriert war. Telemark würde sich über den Fang freuen. Doch wollte Jaric den Weg zurück in das Hauptlager erst am Morgen ins Auge fassen; für den Augenblick genoß er die Einsamkeit dieses Abends.

Wie an keinem anderen Ort fühlte er sich hier im Einklang mit sich selbst. In der winterlichen Kälte entwickelte der Seitwald eine eigentümliche, herbe Schönheit. Seine Gesetze waren hart, aber gerecht, und seine Stille bürdete einem sorgenvollen Geist keine zusätzlichen Lasten auf. Denn so geschickt Jaric auch seine Aufgabe an den Fallen gemeistert hatte, so sehr quälte ihn noch immer die Lücke in seinem Gedächtnis, die eine Leere in seinem Sein hinterlassen hatte, welche kein noch so großer Erfolg auszumerzen imstande war. Er fühlte sich so formbar wie feuchter Lehm, fügte sich wohl in die Form von Telemarks Leben, besaß jedoch keine eigene Gestalt. Jaric hatte diese mentale Schranke mit Fragen bestürmt, bis sein Kopf zu schmerzen begonnen hatte, doch ohne jeden Erfolg. Seine Vergangenheit war nun schon so lange im Dunkeln geblieben, daß selbst Telemark aufgegeben hatte, ihm zu versichern, die Zeit würde ihm das Verlorene zurückbringen.

Der Knabe zog einen Stock aus seinem Holzstoß hervor und stieß ihn in die Asche seines Feuers. Funken stoben himmelwärts, strahlend und kurzlebig wie die Blüten der Nachtblumenranke, die sich zur Abendzeit für eine Stunde öffneten und dann sofort verwelkten. Dieses Bild schnürte Jaric den Atem ab, und seine Finger spannten sich um den Stock, bis die Rinde sich derb in seine Handflächen bohrte. Wo hatte er diese Blume gesehen und wann? Zu der Zeit, als er nach dem Überfall sein Bewußtsein wiedererlangt hatte, hatte der Frost die Blumen des Seitwaldes längst welken lassen.

Jaric zitterte. Plötzlich befiel ihn ein unerklärlicher Schwindel. Tief atmete er den Duft der eisigen Luft, doch die Benommenheit blieb bestehen. Obwohl er nicht fror, bekam er eine Gänsehaut, und in seinen Ohren vernahm er einen sonderbaren Singsang, wie er ihn noch nie zuvor gehört hatte.

Ein Scheit fiel herab, und Funken verteilten sich zischend und dampfend im Schnee. Jaric erschrak. Er rieb sich die Arme, versuchte, das Schaudern zu vertreiben, doch ein einziger Blick in die Flammen verstärkte es nur noch mehr. Inmitten des gleißenden Feuerscheins erblickte er erneut das Gesicht der Frau, die ihn bei seiner Suche nach Telemark geleitet hatte, in der Nacht, in der sein Freund verwundet worden war. Ein Kranz aus Myrtenzweigen umgab ihr schwarzes Haar; die zarten Blüten paßten wundervoll zu ihren blauen Augen. Da es mitten im Winter nirgends solche Blumen geben konnte, wußte Jaric, daß sie eine Zauberin sein mußte, und ihre Schönheit versetzte ihn in totale Verwirrung.

Sie sprach, und ihre Stimme ertönte mit sonderbarem Echo direkt in seinem Kopf, so als befände sie sich tatsächlich unzählige Wegestunden entfernt. »Kerainson Jaric, sieh mich an und merke dir mein Gesicht, denn ich werde in dieser Nacht im Traum zu dir zurückkehren. Ich biete dir deine Erinnerungen an die Vergangenheit, die du verloren hast, doch ich muß dir dafür einen Preis abverlangen.«

Ihr Bild schwankte und begann zu verblassen.

Begierig, mehr zu erfahren, schrie Jaric: »Welchen Preis?«

Doch seine Worte verhallten unbeantwortet in der Leere des Waldes, und das Feuer brannte wie zuvor, als wäre nichts geschehen. Jaric umklammerte seine Beine so fest, daß sich seine Finger bald wie altes Elfenbein von dem fleckigen Leder abhoben. Das mysteriöse Versprechen ließ ihn vor Neugier und Ungeduld beinahe platzen, und ihre Schönheit ließ sein Herz brennen. Von einer Frustration erfüllt, für die es keine Ausdrucksform geben konnte, legte der Junge die Arme über die Knie und starrte ruhelos zum Himmel empor. Sterne glitzerten wie Eissplitter zwischen den Silhouetten der Zweige hindurch, und irgendwo über dem Dickicht im Norden schrie kläglich eine Eule. Der Seitwald hatte sich in der Dunkelheit nicht verändert, doch der Frieden, den Jaric in der abendlichen Einsamkeit gefunden hatte, war unwiderruflich zerstört. Unglücklich und allein schleuderte Jaric einen weiteren Holzscheit ins Feuer und wickelte den Mantel eng um seinen Leib, in dem kläglichen Versuch, sich durch Bewegung von dem Ärger abzulenken, den auszudrücken er nicht imstande war. Doch keine noch so große Bemühung würde die Kälte vertreiben können, die die Zauberin in sein Herz gesät hatte.

In der Nacht kam Wind auf und fegte eisig durch das geflickte Segeltuch des armseligen Unterschlupfes. Schlaflos und angespannt rollte sich Jaric unter seinen Fellen zusammen. Mit bitterer Ironie fragte er sich, ob die Erscheinung der Zauberin nicht nur eine Illusion gewesen war, geboren aus seiner ungestillten Not. Er war so sehr mit seiner Enttäuschung befaßt, daß er es nicht einmal bemerkte, als die Zauberin sich ihm erneut näherte. Im einen Augenblick lag er noch wach, den Kopf in die steife Armbeuge gelegt, im nächsten schlossen sich seine Lider und er fiel in tiefen, entspannten Schlaf.

Jaric träumte, er stünde in der Mitte einer Lichtung. Die Luft war rein und mild, und Gräser blühten unter seinen Stiefeln. Die winterliche Finsternis des Seitwaldes war einem hochaufragenden Zedernkreis gewichen, Bäume, deren Alter und Majestät sämtliche den Menschen vertraute Wälder weit hinter sich ließen. Der Knabe wußte sogleich, daß er einen Ort schaute, der sich jenseits der Grenzen der Zeit befand, und diesen Ort hatte die Zauberin ausgewählt, um zu ihm zu sprechen.

Nicht für einen Moment empfand er Furcht. »Ihr habt mich lange warten lassen«, klagte er, als sie zwischen den Bäumen hervortrat.

Ihr Kleid schimmerte in dem Dämmerlicht und umschmeichelte ihren schlanken Leib in eleganten Falten. Obgleich es auf der Lichtung unheimlich still war, erinnerte ihr Anblick Jaric an Musik, Fackelschein und das Rascheln feinster Seide in einer Mittsommernacht. Ungebeten meldeten sich diese Assoziationen und ließen ihn verunsichert und orientierungslos zurück, denn diese Erinnerungen schienen die eines Fremden zu sein.

»Nein!« Die Zauberin berührte seine Hand mit ihren zarten, warmen Fingern. Jaric empfand ihre Nähe als verwirrend. Sie blickte ihm tief in die Augen und sprach, als teilte sie ihre intimsten Gedanken mit ihm: »Diese Erinnerung ist die deine, Jaric. Du bist in der Morbrithfestung aufgewachsen. Der Graf, der über sie herrscht, hatte oftmals feine Damen in seinem Festsaal zu Gast.«

Jaric fühlte, wie seine Brust sich verspannte, und er mußte sich zwingen zu sprechen. »Ihr habt gesagt, ich müßte einen Preis für meine Vergangenheit bezahlen.«

Obgleich die Zauberin eine erwachsene Frau war, huschte ein unsicherer Ausdruck über ihre Züge, beinahe so, als blickte plötzlich ein Kind durch ihre großen blauen Augen. Sie sah zu Boden, doch nicht rasch genug, um ihre sorgenvolle Miene zu verbergen. Jaric vermutete, daß sie anhand seines sehnsuchtsvollen Tonfalls längst wußte, daß er einverstanden sein würde. Wie auch immer die Bedingungen aussahen, er würde sie akzeptieren; tat er es nicht, so würden Verzweiflung, Verlust und die stete Frage nach seiner eigenen Identität ihn früher oder später in den Wahnsinn treiben. Ihr Angebot war nicht fair, das wußte sie sehr gut, und diese Tatsache bekümmerte sie. So starrte sie zu Boden, als wäre sie von den Blumen zu ihren Füßen ganz hingerissen.

Doch ihr Unbehagen reichte nicht, ihn von der Einschränkung freizugeben, die sie ihm auferlegen mußte. »Der Preis ist folgender: Du wirst das Furlaingebirge bei der nächsten Gelegenheit überqueren. Wenn du die Küste und die Stadt Mearren Ard erreichst, wird dein Schicksal in den Händen eines anderen liegen, der weit machtvoller ist, als ich es bin.«

Die Zauberin sah mit einem Ausdruck ehrlichen Kummers auf. »Jaric, ich schwöre bei meinem Leben, das Los das dich erwartet ist von entscheidender Bedeutung für jene, die über das Leben der Menschen in Keithland wachen. Anskiere von Elrinfaer ist weiser als jeder andere, abgesehen von den Vaere. Er würde deine Dienste nicht leichten Herzens erbitten.«

Doch weder die Namen noch das Flehen des Mädchens hatten irgendeine Bedeutung für einen Jungen, der an keinerlei zurückliegende Loyalität gebunden war. Jaric preßte die Lippen zusammen und zog eine Miene, die fremd im Gesicht des ängstlichen Jungen war, der einst auf einem gestohlenen Pferd aus Morbrith geflohen war. »Ich bin einverstanden«, sagte er matt.

Obgleich die Zauberin das Zugeständnis errungen hatte, das der Vaere begehrt hatte, war es ein bitterer Sieg. Jarics Entscheidung war nicht aus Mitgefühl gegenüber Anskiere oder wegen der Gefahr für die menschliche Existenz gefallen. Er hatte lediglich zugestimmt, um das Wissen über seine Herkunft zu erringen, und Taen wußte besser als jeder andere, daß die Konsequenzen, die ihn erwarteten, härter waren, als er es sich je vorstellen konnte.

Telemark legte das Poliertuch ab, hängte den letzten Kessel an seinen Haken in der Küche und ergab sich endgültig seiner inneren Unruhe. Jaric war bereits seit einer Woche überfällig. Wenig geneigt, sich selbst das Ausmaß seiner Sorge einzugestehen, wanderte der Waidmann auf der stetigen Suche nach einem Rest Unordnung in seiner Hütte umher; doch er hatte seit seiner Rückkehr vor einigen

Tagen bereits zweimal geputzt, poliert und seine Ausrüstung in Ordnung gebracht. Nun blieb nichts mehr, was ihn noch hätte ablenken können.

Seufzend ging er zum Fenster. Zwielicht senkte sich über den Seitwald. Still und düster lagen die Buchen im indigoblauen Schatten. Nun, da die Wintersonnenwende vorüber war, lag der Schnee besonders tief, und so würde es bleiben, bis das erste Tauwetter die Flüsse würde anschwellen lassen. In jüngster Zeit hatte es keine schlimmen Stürme gegeben; schon jetzt wurden die Nachmittage bei Sonnenschein wärmer und boten einem Reisenden sogar mit einem Zugschlitten gute Bedingungen. Die Fallen, die Jaric kontrolliert hatte, lagen auf leicht begehbarem Terrain, weit entfernt von den Reisewegen, an denen die Gesetzlosen lauern mochten. Der Junge hätte sich nicht verspäten dürfen.

Telemark verließ das Fenster, um erneut in der Hütte auf und ab zu gehen. In jeglicher Hinsicht hatte er einst gelernt, fatalistisch zu sein. Das einsame Leben im Wald paßte zu ihm; er brauchte keine Gesellschaft. Und doch hatten Jarics steter Drang, besonders gut zu sein, und die seelenvolle Tiefe seines Schweigens irgendwie mehr als nur das Mitgefühl des Waidmanns erweckt. Zum fünfzehnten Mal an diesem Tage wanderte Telemark an seinem Herd vorbei; vielleicht war es das Zeichen des Schicksals, das Jaric an sich trug, was ihn veranlaßt hatte, den Jungen nach besten Kräften zu beschützen, und sei es nur für die kurze Zeit dieses Winters. Nur wenige Männer traf das Unglück, in einen Konflikt zwischen Zauberern zu geraten, weit weniger waren je Gegenstand llondischer Prophezeiungen geworden. Und Jaric war so überaus menschlich. Kein sensibler, empfindungsfähiger

Mann konnte sich seiner mißlichen Lage verschließen.

Wieder blieb Telemark am Fenster stehen. Dunkel senkte sich die Nacht über den Wald, und die Bäume hoben sich tiefschwarz vor dem silbrigen Mondschein ab. Für das ungeschulte Auge schien alles ganz normal zu sein. Doch etwas in den Schatten am Wegesrand hinter dem Schuppen erregte Telemarks Aufmerksamkeit. Seine Finger spannten sich um den Fensterrahmen. Er sah genauer hin und entdeckte die schwache Andeutung einer Bewegung. Seine Ungeduld trieb ihn zum Handeln, noch ehe der Verstand ihn zurückhalten konnte.

Telemark rannte zur Tür. Er riß die Laterne vom Haken und verfluchte das Zittern seiner Hände, als er sich bemühte, sie anzuzünden. Der erste Funke verlosch wirkungslos, doch beim zweiten Versuch brannte der Docht. Ohne auch nur einen Mantel überzuwerfen, trat Telemark hinaus in die eiskalte Nacht.

Die Laterne warf einen bogenförmigen Lichtkegel zwischen die Bäume, die sich scharf im Flammenschein und dem Funkeln des Rauhreifs abzeichneten. Geblendet nach der Finsternis im Inneren seiner Hütte, blinzelte Telemark, ohne jedoch erkennen zu können, ob sich auf dem Pfad etwas bewegte. Die Sorge ließ ihn stur werden. Er weigerte sich, auch nur daran zu denken, daß er sich geirrt haben könnte.

»Jaric?« Ohne ein Echo verhallte der Name in der Luft, und nur Stille blieb zurück.

Von der Enttäuschung überwältigt, ließ Telemark die Laterne sinken und griff nach dem Riegel seiner Hüttentür. Bevor er sich aber Zutritt verschaffen konnte, hörte er ein Geräusch, auf das er nun schon seit fünf ereignislosen Tagen dringend wartete: das scharfe Kreischen der Kufen des Zugschlittens, die über das Gestein an der Biegung des Weges hinwegrutschten.

»Jaric!« Telemark wirbelte um die eigene Achse und überquerte die Lichtung im Laufschritt.

Von seiner Hast aus dem Gleichgewicht gebracht, schwankte die Laterne, und in ihrem unsteten Licht sah er, wie der Junge mit dem Schlitten voller Felle aus dem Wald herausstolperte. Alles schien vollkommen in Ordnung zu sein. Doch als Telemark näher trat, sah er, daß Jaric, der normalerweise geradezu fanatisch ordentlich war, liederlich und zerzaust aussah. Dunkle Ringe lagen unter seinen Augen, in denen sich eine bittere, schmerzhafte Erkenntnis spiegelte.

»Jaric, was ist geschehen?« Der Waidmann stellte die Laterne auf einem Baumstumpf ab. Dann umarmte er den Jungen so heftig, als könnte das Gefühl, ihn leibhaft zu spüren, die dumpfen Vorahnungen zum Schweigen bringen, die ihn nun schon die ganze Woche plagten.

Jaric klammerte sich verzweifelt an ihm fest, doch nach einem kurzen Augenblick erstarrte er. »Ich weiß jetzt, wer ich bin«, sagte er. Telemarks Nackenhaare richteten sich angesichts des unterschwelligen Bedauern in seinem Ton auf. Die Erinnerung an die Vision des Llondels und das unausweichliche Los, das den Jungen erwartete, trieben dem Mann die Tränen in die Augen, doch statt zu weinen ergriff er die Laterne und deutete auf die Hütte. »Laß uns heimgehen. Du kannst mir später alles erzählen.«

Jaric atmete tief durch und stemmte sich gegen die Riemen des Zugschlittens, als wäre das schweißgetränkte Leder alles, was ihn noch am Leben erhielt. »Und ich habe eine Verpflichtung«, verkündete er.

Und plötzlich wußte Telemark, warum der Schritt des Jungen so schwerfällig erschien. Offenbar hatte das Schicksal, das der Llondel vorhergesagt hatte, nun doch zugeschlagen.

Der Waidmann schritt neben dem Jungen einher und zwang sich zur Ruhe. »Die Geschichte kann warten«, sagte er, fühlte er doch das Widerstreben jenseits Jarics Bedürfnis zu reden.

Gemeinsam blieben sie an der Hüttentür stehen. Telemark befestigte die Laterne an dem Balken über ihren Köpfen und beugte sich kurz über den Packschlitten. Die Riemen waren mit verzweifelter Sorgfalt verschnürt worden, beinahe, als hätte Jaric sich der Unausweichlichkeit seines Schicksals zu erwehren gesucht, indem er sich voll und ganz seiner Aufgabe gewidmet hatte. Die Pelze waren sorgsam aufgestapelt, nicht ein Haar war durch das Packen gegen den Strich gepreßt worden, und die Axtklinge glänzte frisch gewetzt und zum Schutz vor Rost geölt.

Der Junge und ich sind uns so ähnlich, dachte Telemark, und plötzlich, als ihm bewußt wurde, welch tiefen Einfluß er auf Jaric ausgeübt hatte, biß er sich auf die Lippe. Jaric hatte keinerlei Vergangenheit besessen, kein Selbstbild abgesehen von dem, was sein Heiler ihm geboten hatte. Nun war dies alles, was dem Jungen blieb, die Pein einer so umfassenden Umwälzung seines Daseins zu bewältigen; das Los, das Jaric widerfahren war, als er den Seitwald zum ersten Mal betreten hatte, war grausam und dennoch gerecht gewesen. Vor dem Überfall war der Junge nicht fähig gewesen, auf sich gestellt zu überleben.

So sanft, als wollte er ein verwundetes Tier beruhigen, sprach Telemark: »Ich wußte die ganze Zeit, daß du nicht bleiben würdest, aber wann und wie du gehst, ist allein deine Entscheidung. Bis dahin ist diese Hütte dein Zuhause.« Er zwang sich, sich auf das Lösen der Knoten zu konzentrieren, als Jaric einen geräuschvollen Atemzug tat, der einem Schluchzen arg nahe kam.

So sehr er sich mühte, konnte Telemark bei diesem Laut doch nicht umhin, aufzusehen. Tränenüberströmt glänzte Jarics Gesicht im gelben Lampenschein. Jenseits der feuchten Augen erkannte Telemark eine schmerzliche Selbsterkenntnis, gepaart mit dem berechtigten Stolz auf all die Fertigkeiten, die er sich während des harten Lebens im winterlichen Wald angeeignet hatte. Hinter all dem aber verbarg sich ein drängender, quälender Selbstzweifel, als hätte sich ein Fluch der Vergangenheit erhoben, den nun erwachsenen Mann zu verfolgen. Denn in diesem Augenblick schien in dem Jaric, der still entschlossen vor dem Waidmann stand, kaum noch etwas von dem Jungen geblieben zu sein.

Von unerträglichem Mitgefühl zerrissen, konnte Telemark seine Neugier nicht länger bändigen. »Wieviel hast du erfahren?«

Jaric bückte sich und löste die Leinen mit geübten mechanischen Bewegungen. »Beinahe alles. Ich weiß, wo ich aufgewachsen bin, und ich kenne die Namen meiner Eltern. Ich bin nicht Kerains Sohn, sondern der Nachfahre eines Zauberers.« Er unterbrach sich, wenig geneigt, den Namen seines Vaters zu nennen und offenbar ebenso wenig geneigt, diese Tatsache überhaupt zu akzeptieren. »Das ist der Grund, warum ich die Morbrithfestung, in der ich aufgewachsen bin, verlassen habe. Aber ich weiß nichts mehr darüber, wie oder warum es dazu gekommen ist. Ich weiß auch nicht, warum ich gehen werde, ich weiß nur, daß ich es tun muß.«

Seine Finger erstarrten an den Riemen. Er sah auf und blickte Telemark zum ersten Mal seit seiner Rückkehr offen in die Augen, und der Waidmann erkannte, daß der Knabe in Furcht vor der Erkenntnis dessen lebte, was sich hinter jenen Erinnerungen verbergen mochte, die ihm noch immer verwehrt waren.

Doch nicht einmal Telemarks Intuition war imstande, die ganze Wahrheit zu erfassen: daß Jarics Mutter aller Wahrscheinlichkeit nach bereits in seiner Geburtsstunde versucht hatte, ihn umzubringen. Die anderen Kinder in der Schmiedegilde hatten nie zugelassen, daß der Junge dieses Grauen vergessen konnte. Kerains Bericht über das Verbrechen war in den Archiven von Morbrith aufgezeichnet. Als Schreiberlehrling hatte Jaric den Eintrag selbst geprüft und in den kalten Worten der Rechtsgelehrten des Grafen die Niederschrift jenes Zeugnisses gleich neben dem Urteil vorgefunden, das einst einen Unschuldigen an den Strang gebracht hatte.

Das Kind Kerainson Jaric war zum Mann geworden, ohne je Frieden mit dem Schrecken schließen zu können, den die Ablehnung seiner Mutter über ihn gebracht hatte. Nun, zu einem Zeitpunkt, da er erstmals in seinem Leben ein wenig Selbstwertgefühl entwickelte, verlangte die Traumweberin, die über die letzten verlorenen Details seiner Vergangenheit wachte, daß er dem einzigen Glück entsagte, das er je hatte kennenlernen dürfen, um einem zweiten Zauberer zu dienen, dessen Name mit dem Tod von viertausend Menschen in Verbindung stand. Gefangen zwischen der Selbsterkenntnis, die er unter Telemarks Anleitung erlernt hatte, und dem lebenslangen Gefühl der Minderwertigkeit, focht Jaric einen grausamen inneren Kampf gegen diesen übermächtigen Konflikt.

»Ich muß das Furlaingebirge überqueren, um zu der Stadt Mearren Ard an der Küste zu gelangen«, sagte er in vollkommen emotionslosem Ton.

Seine Worte klangen wie der letzte Abschied eines Verdammten in Telemarks Ohren. Mit festem Griff umspannte er Jarics Handgelenk. »Das mag wohl sein, aber du wirst nirgends hingehen, ehe ich nicht auf dem Markt von Corlin eine Ausrüstung für dich besorgt habe.« Jarics betroffene Miene veranlaßte ihn sogleich, ein wenig sanfter zu werden. »Komm mit rein und wärm dich auf! Die Pässe über das Furlaingebirge sind in dieser Jahreszeit so oder so nicht begehbar, und vierzehn Tage Pause werden dir vor dem Beginn einer solchen Reise nur guttun.«

Jaric nickte, dann fuhr er fort, den Zugschlitten zu entladen, als wäre alles wieder ganz normal. Doch an dem erleichterten Ausdruck in seinen Zügen erkannte Telemark deutlich, wie schwer der Tag des Abschieds sein würde. Alles, was er jedoch tun konnte, war, den Jungen so gut wie möglich auf die Reise vorzubereiten. Zum Anfang bedeutete das, daß er beim Schmied zu Corlin ein gut ausbalanciertes Schwert würde bestellen müssen. Davon aber erzählte der Waidmann Jaric nichts.

Kapitel 17

MEARREN ARD

Einen Ellbogen aufgestützt, thronte Jaric in dem Sonnenlicht, das durch das Südfenster von Telemarks Hütte hereindrang, auf einem Stuhl aus geschnitztem Ahornholz. Mit frisch gespitzter Feder notierte er, welche Ausrüstungsgegenstände der Waidmann bei seinem monatlichen Gang zum Markt von Corlin besorgen wollte. Doch die Wiederentdeckung dieser alten Fertigkeit machte ihm keine Freude. Der wohlvertraute Tintenfluß und die saubere, klare Schrift, die seine Feder hervorbrachte, bewiesen nur um so mehr, daß die Traumweberin ihn über seine Vergangenheit nicht belogen hatte; einst war er ein Schreiberlehrling in den Archiven der Festung Morbrith gewesen. Diese Gewißheit verursachte ihm ein Gefühl der Gefangenschaft.

»Schreib noch Kartoffeln auf«, sagte Telemark, während er zwische Herd und Fenster auf und ab ging, in einer Weise, die Jaric während der Monate der Genesung vertraut geworden war. »Und Lampenöl. Dann sollten wir alles haben.«

Aus alter Gewohnheit setzte Jaric ein Datum auf die Liste und legte die Feder zur Seite. Er starrte auf seine inzwischen stark schwieligen Finger und den Daumen, auf dem eine Narbe die Stelle markierte, an der ihn ein von einer Falle verstümmelter Eisotter gebissen hatte, als er sich herabgebeugt hatte, um ihm den Gnadenstoß zu versetzen. Diese Hände, die er betrachtete, sahen nicht länger aus wie die eines Schreibers. An den Abenden, wenn im Herd des Waidmanns ein Feuer brannte, schien diese Vergangenheit, die die Traumweberin in seinem Geist freigesetzt hatte, so fern zu sein, schien einem kränklichen Fremden zu gehören, dessen Schlaf von den Alpträumen über seine eigenen Unzulänglichkeiten belagert worden war. Fröstelnd trotz der warmen Frühjahrssonne, ballte Jaric die Hände zu Fäusten. In den Nächten strömten Träume und Schrecken jenes früheren Selbst in seinen Geist und zerschlugen all die Selbstsicherheit, die er an Telemarks Seite erworben hatte. Der Junge lebte in der steten Furcht, eines Morgens zu erwachen und festzustellen, daß dieses frühere Bild seiner Selbst sein wahres Ich zeigte, und alle Logik vermochte nicht, diese Unsicherheit zu überwinden.

»Jaric?« Telemark verschränkte die Arme und lehnte sich an den Kamin. »Ich werde vierzehn Tage fort sein. Achte darauf, daß die Temperatur im Trockenschuppen nicht unter den Gefrierpunkt fällt. Ich habe den Blumenkasten in der Ecke eingesät.«

Zum vierten Mal an diesem Morgen in einem Augenblick vollkommener Gedankenverlorenheit erwischt, nickte Jaric.

»Gut.« Telemark richtete sich zu voller Größe auf und ergriff die Liste auf der Tischplatte. »Bist du sicher, daß du nicht mitkommen willst? Ich könnte die Keimlinge auch in den Wurzelkeller stellen.«

»Es macht mir nichts aus, hierzubleiben.« Jaric erhob sich, während der Waidmann durch die Hütte wanderte und die letzten Vorbereitungen für seine Wanderung in die Stadt traf. Der Junge bedauerte seine Entscheidung, allein zurückzubleiben, nicht. Auch wenn Telemark nichts darüber gesagt hatte, war der Wurzelkeller sicher nicht der beste Ort, frisch gepflanzte Kräuter unterzubringen; wenn Jaric zu Hause blieb, mußten die Pflanzgefäße nicht bewegt werden, und der innere Kreis der Fallen konnte weiter in Funktion bleiben.

Telemark verschnürte seinen Rucksack und bedachte Jaric mit einem scharfen Blick. »Kommst du allein zurecht?«

Der Junge nickte, preßte den Korken auf das Tintenfäßchen und erhob sich, um dem Waidmann zu helfen, seine Ausrüstung zur Tür hinauszutragen. Draußen wartete der Zugschlitten, auf dem sich bereits die Felle stapelten. Ein wenig linkisch stand Jaric daneben, während Telemark sein Schwert gürtete und den Bogen über die Schulter lud. In den Ausläufern des Seitwaldes lauerten selbst im tiefsten Winter noch Diebe, und das Eisotterfell war wertvoll genug, selbst das Lösegeld für einen Prinzen damit zu entrichten. Der Waidmann ging niemals unbewaffnet zur Fähre.

Mit sonderbar gemischten Gefühlen sah Jaric zu, wie sein Freund sich auf die Reise vorbereitete. Er würde Telemark ziemlich vermissen. Doch seit er zur Hütte zurückgekehrt war, hatte die Zauberin, die ihm seine Erinnerungen zurückgegeben hatte, keine neuen Träume mehr geschickt. Falls sie nur dann erschien, wenn er allein war, wünschte sich der Knabe wenigstens eine letzte Chance, ihr Fragen zu stellen, bevor die Pässe wieder offen sein würden; denn inzwischen waren seine Erinnerungen beinahe vollständig, abgesehen von den Umständen, die dazu geführt hatten, daß er die Festung von Morbrith verlassen hatte. Mehr und mehr ahnte Jaric, daß diese fehlenden Teile von ausschlaggebender Bedeutung waren und daß Taen einen Grund hatte, sie nicht preiszugeben. Wenn ihre Fähigkeiten als Traumweberin es ihr jedoch erlaubten, die von der Verletzung herbeigeführten mentalen Barrieren zu durchbrechen, so war sie gewiß auch imstande, ebensolche zu erzeugen, wann immer sie es wünschte. Und Jaric hatte Grund genug, zu vermuten, daß er manipuliert wurde.

Nicht geneigt, noch lange herumzustehen, nachdem die Ladung des Zugschlittens gesichert war, machte Telemark sich auf nach Corlin. Er war kaum hinter der ersten Wegbiegung verschwunden, da widmete sich Jaric schon der Flickarbeit an den Kleidern, die er während der Jagd zerschlissen hatte. Bei Sonnenuntergang war er fest entschlossen, herauszufinden, warum sein Leben von so großem Interesse für den Zauberer war, der einst die halbe Einwohnerschaft von Tierl Enneth ertränkt hatte.

Doch die Traumweberin erschien ihm nicht in dieser Nacht, noch in irgendeiner anderen nach Telemarks Abreise. Jaric kümmerte sich mit zunehmender Enttäuschung um seine Arbeit, überzeugt, daß ihm Informationen von lebenswichtiger Bedeutung vorenthalten wurden. Dennoch schlug sich sein Ärger in keiner Weise auf seine Arbeit nieder. Regelmäßig überprüfte er die Fallen und legte Köder aus, während die Nachmittage mit dem Fortschreiten der Jahreszeiten langsam länger wurden. Eiszapfen lösten sich von der Traufe des Hüttendaches, zersprangen mit einem Geräusch wie von splitterndem Kristall am Boden, und auch die Eisschicht auf dem Fluß löste sich auf. Am fünfzehnten Tag kehrte Jaric von seiner täglichen Runde zurück und entdeckte den Zugschlitten an den verwitterten Brettern der Schuppenwand. Rauch stieg aus dem steinernen Schornstein der Hütte auf, kräuselte sich zart wie eine Stickerei vor dem rötlichen Abendhimmel. Telemark war wieder zurückgekehrt.

Jaric stieß einen Freudenschrei aus und rannte los. Schwerfällig donnerte der Rucksack gegen seine Schultern. Die Hüttentür wurde aufgestoßen, als er den Rand der Lichtung erreichte, und Telemark trat ins Freie.

Er riß den Jungen in seine Arme. »Rasch, verstau deine Sachen und komm rein. Ich habe eine Überraschung für dich.«

Jaric tat, worum der Waidmann ihn gebeten hatte. Als er zur Hüttentür zurückkam, zögerte er. Je näher der unvermeidliche Augenblick der Abreise kam, desto verstörender empfand er jede Abweichung von der üblichen Routine; der Waidmann aber hatte noch nie irgend etwas Außergewöhnliches aus Corlin mitgebracht. Für einen zerrissenen Augenblick sehnte er sich nach der kalten, aber vertrauten Finsternis des Schuppens. Doch Telemark packte seinen Arm und schob ihn über die Schwelle.

Festliche Wachskerzen brannten auf dem Tisch neben dem Fenster, doch Jarics Aufmerksamkeit wurde sogleich von dem polierten Metall angezogen, das im Lichtschein glänzte. Ein Schwert, ein Dolch und ein Taschenmesser lagen aufgereiht nebeneinander, und die bläuliche Patina neuen Stahls kontrastierte mit den rauhen Bohlen der Tischplatte.

Jaric keuchte, die Hand reglos auf der Türklinke.

»Nur weiter.« Telemark schob ihn sacht weiter. »Ich habe sie in Corlin für dich anfertigen lassen.«

Der Junge schritt über den Boden, als wären die Planken so dünn und trügerisch wie angetautes Eis. Der Kerzenschein zauberte goldene Reflexionen auf sein Haar, als er sich herabbeugte, um Telemarks Geschenk näher in Augenschein zu nehmen. Die Waffen waren schlicht, doch wunderbar gearbeitet. Jedes Detail lieferte ein Zeugnis sorgfältigster Handwerksarbeit, und das Ergebnis kombinierte eine atemberaubende Schönheit mit dem Gefühl der Tauglichkeit.

Jaric betrachtete den Schimmer auf der Klinge des Schwertes und wußte sofort, daß Telemark keine Kosten gescheut hatte. Das Metall glänzte, der ausgesuchte Stahl schimmerte, und auf dem Heft war sein Name in silbernen Lettern eingearbeitet.

Telemark trat an die Seite des Jungen. »Teste die Balance«, drängte er ihn sanft.

Mit völlig verblüffter Miene blickte Jaric auf, machte jedoch keinerlei Anstalten, nach den Waffen zu greifen.

Telemark versuchte, aus dem Schweigen des Jungen zu schließen, und legte ihm fest die Hände auf die Schultern. »Du hast sie dir verdient, bis zum letzten Kupferstück«, sagte er nachdrücklich. »Hast du gedacht, ich schicke dich hinaus, zusätzliche Fallen zu stellen, damit ich meine Fenster mit Brokatvorhängen ausstatten kann?«

Plötzlich ließ er Jaric los, nahm das Schwert vom Tisch und drückte das Heft in die zögernden Hände des Jungen. Ungläubig starrte er die Waffe an, ehe er sie schließlich in die Hand nahm und sie ausprobierte. Kerzenschein tanzte über die polierte Klinge. Größe und Gewicht paßten so gut, daß es kein Zufall sein konnte; Telemark hatte diese Waffen ganz offensichtlich extra für ihn anfertigen lassen.

Jaric sah den Waidmann an und sprach aus tiefstem Herzen: »Ich danke Euch. Nie in meinem

Leben habe ich so ein wunderbares Geschenk erhalten.«

»Na schön«, gab Telemark schroff zurück. »Dann verlier sie nicht, so wie die anderen.«

Abrupt wandte er sich von dem Licht ab, doch Jaric erhaschte trotzdem einen Blick auf die Tränen, die auf seinen wettergegerbten Wangen glitzerten. Der Junge legte das Schwert wieder weg. Ohne ein Wort zu sagen, schlang er die Arme um Telemarks Schultern. Und in diesem Augenblick wußten sie beide, daß der Waidmann weit mehr der Vater, den Jaric nie gekannt hatte, für den Jungen war, als irgendein anderer Mensch, den er in seiner Kindheit in Morbrith gekannt hatte.

Zwei Wochen vergingen trügerisch schnell. Zufrieden mit der Routine ihrer Arbeit, wünschte Jaric, er könnte den Preis vergessen, den zu bezahlen er der Traumweberin versprochen hatte. Doch die Nächte wurden unausweichlich immer kürzer. Allzu rasch erwachte Jaric von dem Geräusch der Regentropfen, die in die Traufe des Hüttendaches prallten; wenn der Morgen gekommen war, würde er den Seitwald verlassen müssen. Wenn auch das Wetter im Gebirge noch nicht so mild war, war ein alleinreisender Mann doch stets gut beraten, die Hochlagen zu passieren, bevor die ersten Wagenzüge des Frühjahres wieder Banditen lockten, ihnen aus einem Hinterhalt aufzulauern.

Telemark stand bei Tagesanbruch auf. Er half, den Rucksack mit Zwieback, Räucherfleisch und Käse zu füllen, als bereitete er lediglich das Gepäck vor, das Jaric brauchen würde, wollte er die weiter entfernt liegenden Fallen kontrollieren. Er sprach nur wenig, und sein Gesicht wirkte müde und abgespannt. Dieses Mal würden die Deckenrolle und das Paar Schneeschuhe nicht an ihre Haken auf dem Dachboden zurückkehren.

Mit geübten Bewegungen verschnürte er den Rucksack. Dann verschränkte er die Arme, stützte sich auf das Gepäck und betrachtete den Jungen mit einer ungewöhnlich ernsten Miene. »Jaric, hör mir gut zu. Ich muß dir etwas erzählen, was ich selbst nicht wirklich verstehe. Aber ich glaube, es ist wichtig, und du könntest diese Information eines Tages zu nutzen wissen.«

Der Junge legte die Schneeschuhe neben den Schlitten und widmete dem Waidmann seine volle Aufmerksamkeit.

Langsam und mit vielen nachdenklichen Pausen berichtete Telemark von seiner Begegnung mit dem Llondeldämon an jenem Tag, an dem er versucht hatte, Jaric in die Obhut der Bruderschaft Kordanes zu Corlin zu bringen. Er ließ kein Detail aus, obwohl die Erinnerung an seinen Versuch, die Verantwortung für den Jungen, den er im Wald gerettet hatte, von sich zu schieben, ihn inzwischen schrecklich quälte.

Doch Jaric akzeptierte die Entscheidung des Waidmanns ohne jede Kritik. »Ich weiß auch nicht, was die Träume bedeuten«, gestand er, nachdem Telemark geendet hatte. »Wenn ich es herausfinde, so werde ich es Euch wissen lassen.«

Junge und Mann blickten einander für einen langen Augenblick an. Jeder von ihnen wußte, daß der Moment der Abreise nun nicht länger aufgeschoben werden durfte. Schließlich schulterte Jaric die Schneeschuhe und schritt entschlossen zu dem Haken neben der Tür, an dem sein Mantel hing.

»Warte«, sagte Telemark plötzlich. Er durchquerte den Raum, öffnete eine Zederntruhe neben seinem Bett und griff tief hinein. »Ich möchte, daß du dies hier nimmst.«

Als er sich wieder erhob, lag ein Mantel aus Eisotternfell über seinem Arm. Das Kleidungsstück wies ein eindrucksvolles Muster auf, war erstaunlich dick und mit dem schneeweißen Fell von Waldhasen gesäumt. Während der ganzen Jagdsaison hatte Jaric nie derartige Felle gesehen.

»Das ist viel zu wertvoll«, protestierte er. Dieses Geschenk war so kostbar, daß ihn sogar ein König darum hätte beneiden können.

Doch Telemark legte den Mantel über Jarics Schultern und war keineswegs bereit, sich auf eine Diskussion einzulassen. »Dies hätte ein Geschenk für meinen Sohn zum achtzehnten Geburtstag sein sollen.«

Jaric stockte der Atem. Er hatte nicht einmal geahnt, daß Telemark eine Familie hatte.

»Ja, ich hatte Frau und Sohn.« Der Waidmann streichelte das seidige Fell mit Händen, die die Narben von vielen Jahren des Fallenstellens trugen. »Beide sind am Fieber gestorben, während ich mit dem Heer des Herzogs zu einem Feldzug ausgezogen war. Das war der Grund, warum ich meinen Dienst als Söldner aufgegeben habe.«

Er ließ seine Hand sinken, erblickte Jarics betroffenes Gesicht und lächelte. »Ich trauere nun schon lange nicht mehr, Junge. Und es ist ein Glück für uns beide, daß die Motten sich nicht an diesen Fellen vergnügt haben, denn Eleith muß nun keinen Brautpreis mehr entrichten. Nimm den Mantel mit meinem Segen. Er wird dich warmhalten, wenn du das Gebirge durchquerst, aber trag ihn mit der Fellseite nach innen, wenn du nicht willst, daß irgendein Gesetzloser dich umbringt, weil er ihn für sich haben will.«

Er fügte nicht hinzu, daß dieser Umhang bei Bedarf auch verkauft werden und einen unermeßlichen Reichtum einbringen konnte, obgleich Jaric fühlte, daß er genau daran dachte. Und da ihm die Worte fehlten, umarmte Jaric den Waidmann ein letztes Mal, sammelte seine Habe ein und trat hinaus in das Grün des Vorgartens.

Telemark blieb noch lange, nachdem der Junge im Südosten verschwunden war, auf der Schwelle stehen. Der Waidmann würde Jaric vermissen und sich in den kommenden Monaten oftmals fragen, wie es dem Jungen ergangen sein mochte; dennoch fühlte er auch die große Zufriedenheit über eine Aufgabe, die nun zu Ende geführt war. Jaric war hilflos, verängstigt und verletzt in seine Hütte gekommen; gegangen war er erwachsener und mit der Hoffnung auf eine Zukunft, ganz gleich, wie schwer sein Los auch sein mochte. Sollte er nie zurückkehren, so würde Telemark sich an ihn in dem Augenblick erinnern, in dem er im Seitwald verschwunden war, denn so sehr das Schicksal, das ihn erwartete, ihn auch schreckte, Jaric hatte dennoch den Mut gefunden, hinauszugehen und sich ihm zu stellen.

Noch hielt der eisige Griff des Winters das Furlaingebirge umfangen, als Jaric die Pässe überquerte. Er mühte sich durch stürmische Winde, die den Schnee in dichten Wolken von den Gipfeln hinuntertrieben. Zu anderen Zeiten, wenn die Sonne klar von einem azurblauen Himmel herabschien, fühlte er, wie die Frühjahrslawinen den Berg unter seinen Füßen erschütterten. Aber Telemark hatte ihn in der Kunst des Überlebens im eisigen Herzen der Wildnis gut unterwiesen. Jaric erreichte die fernen Hänge zwei Wochen vor der Tagundnachtgleiche und blickte von einem Vorsprung, der über die bewaldeten Gebirgsausläufer ragte, herab auf den Fischerort Mearren Ard.

Verglichen mit den massiven Befestigungen und Wachtürmen Corlins erinnerten die Häuser an Spielzeuge. Holzgebäude mit steilen Schindeldächern kauerten sich an einen Berghang. Auf der anderen Seite lag ein gut geschützter Hafen, in dem bunte Fischerboote vor Anker lagen.

Jaric legte seine Schneeschuhe an die Ausläufer einer Verwehung und verpackte den sorgfältig zusammengelegten Fellmantel in seinem Rucksack. Dann machte er sich mit gequälter Miene über einen schlammigen Weg an den Abstieg. Selbst in einer so kleinen Stadt wie Mearren Ard würde das Silber in seiner Tasche nicht lange reichen, ein Zimmer in einer Taverne zu bezahlen. Sollten die Einwohner allein vom Fischfang leben, würden seine Talente als Schreiber und Fallensteller kaum eines Handels für wert befunden werden. Entweder, der Zauberer Anskiere tauchte bald auf, jenen Dienst einzufordern, von dem Taen ihm in den Träumen berichtet hatte, oder Jaric würde das Segeln erlernen müssen; er hatte jedenfalls nicht die Absicht, den Eisottermantel einfach zu verkaufen, nur um für Kost und Logis aufkommen zu können.

Die einzige Taverne in Mearren Ard war während des Tages beinahe vollkommen verlassen. Jaric verließ die Schmutzrinne, die hier als Straße gelten sollte, und fand sich in einem verräucherten Schankraum wieder. Aus dem Herd qualmte es, denn der Schornstein bedurfte dringend einer Reinigung. Ein alter Mann in Ölzeug kauerte über einem Tisch in der wärmsten Ecke des Raumes, die Hände besitzergreifend um einen angeschlagenen Krug geklammert. Arthritis hatte seine Finger zu nutzlosen Klauen verkrümmt, doch aus dem faltigen Gesicht blickten noch immer die scharfen, klaren Augen eines Seemanns. Mit schrulligem Groll starrte er herüber, während Jaric dem Wirt sein Anliegen vortrug; doch Jaric wurde von keinem Fremden hier erwartet. Er selbst war der erste Auswärtige, der Mearren Ard auf dem Land- oder Seeweg besuchte, seit die Pässe während des Winters geschlossen gewesen waren. Seufzend bezahlte der Junge mit seinem Silber ein Zimmer. Ihm blieb keine Wahl, als sich Arbeit zu suchen und zu warten, bis Anskiere sich entschloß, sich ihm zu zeigen.

Am Abend, als die Fischer zurückkehrten, wurde es laut im Schankraum. Nachdem er sich den Schmutz der Reise abgewaschen hatte, ging Jaric hinunter, suchte sich einen freien Tisch und bestellte ein würziges Hähnchen. Während die verräucherte Luft des Nachmittags sich mit dem Meeresgeruch trocknender Ölhäute neben der Hintertür vermengte, füllte er seinen Magen. Eine Gruppe wettergegerbter Gesichter hatte sich an der Bar versammelt. Fischgeruch stieg von den Stiefeln der Männer auf. Sie riefen die Schankmagd beim Namen, blieben jedoch stets zurückhaltend. Alle schienen eine Gemahlin zu haben, die im trauten Heim auf die Rückkehr ihres Mannes wartete, abgesehen von dem ergrauten, arthritischen Burschen, der noch immer in seiner Ecke hockte, so als würde er sich niemals von dem Stuhl fortbewegen.

Sich der unzähligen Blicke der Tavernenbesucher wohlbewußt, beendete Jaric seine Mahlzeit. Niemand näherte sich seinem Tisch. Für die schrullige, engverbundene Gemeinschaft von Mearren Ard war er ein Außenseiter; die Männer würden warten, bis er das Wort an sie richtete, und vermutlich waren sie erleichtert, wenn er seine Angelegenheiten rasch erledigte und wieder seiner Wege ziehen würde. Doch Jaric hatte der Zauberin sein Wort gegeben, und er würde bleiben, bis Anskiere Kontakt zu ihm aufnehmen würde, obwohl er sich mit jeder Faser seines Herzens danach sehnte, seinen Rucksack zu packen und über das Furlaingebirge in den Seitwald zurückzukehren. Also schob er den Teller mit den Knochen zur Seite und erhob sich.

Der Mann am Ende des Tresens blickte auf. Er studierte den blonden Fremden, der neben ihm stehenblieb, und der Blick aus seinen zusammengezogenen Augen war der eines Mannes, der sein ganzes Leben damit zugebracht hatte, auf die See hinauszuschauen, Fischernetze zu kontrollieren und Wetter und Sterne zur Navigation zu nutzen. Seine Haltung war keineswegs freundlich; Jaric war ein Eindringling. Dennoch enthielt sich der Fischer jeglichen Urteils, bis der Junge schließlich gesprochen hatte.

»Ich suche Arbeit«, sagte Jaric unverhohlen. »Gibt es unter Euch jemanden, der eine zusätzliche Kraft brauchen kann?«

Grunzend stellte der Fischer seinen Bierkrug ab. Jegliche Konversation um sie herum erstarb, als er Jaric von Kopf bis Fuß musterte, und seine schwerfällige, schleppende Antwort fiel in ein Schweigen, so umfassend wie die Stille auf offener See. »Schon mal gesegelt?«

Der Junge antwortete mit einem Selbstbewußtsein, das keineswegs seinen wahren Empfindungen entsprach. »Nein, aber ich bin bereit, es zu lernen.«

Stiefelsohlen scharrten über den Boden des Schankraums, als die Männer von einem Fuß auf den anderen traten, und der Sprecher grunzte ein zweites Mal. »Warum? Hast du nichts anderes zu tun?«

Jaric weigerte sich, das Mißtrauen anzuerkennen, das in den Worten mitschwang. »Ich habe während des Winters Fallen im Seitwald aufgestellt.«

»Bist also über die Pässe gekommen, was?« Der Fischer betrachtete den Schnitt von Jarics Ledertunika und den gutgepflegten Stahl des Messers an seinem Gürtel. »Na schön«, sagte er schließlich. »Tavish hat einen Sohn verloren im letzten Sommer. Er kommt bald, sowie er im Hafen geankert hat.«

Der Fischer deutete auf einen freien Stuhl am Ende des Tresens und wandte sich wieder seinem Bier zu. Ein Bursche, der das Furlaingebirge noch vor der Tagundnachtgleiche überquert hatte, war gewiß robust, selbst gemessen an dem harten Leben in Mearren Ard; und Tavish brauchte dringend ein neues Mannschaftsmitglied.

Jaric setzte sich und wartete. Ihm war äußerst bewußt, welche Wirkung sein Ansinnen erzielt hätte, hätte Telemark ihm nicht soviel beigebracht. Doch von dieser Unsicherheit zeigte sich nun nichts mehr in seinem Verhalten, und schon bald wurde die Tür geräuschvoll aufgerissen. Ein stämmiger Mann mit fuchsrotem Bart in Begleitung eines anderen, der zweifellos sein Bruder war, betrat die Taverne.

Sogleich übertönte der Fischer, der mit Jaric gesprochen hatte, die Stimmen der anderen Gäste. »Tavish! Hab' hier 'nen Burschen, der Arbeit sucht. Hat seine Stiefel noch nie ins Wasser gehalten, behauptet aber, über die Pässe gekommen zu sein.«

Tavish stampfte auf, um seine Stiefel vom Schlamm zu befreien, und die Planken erzitterten unter seinen Füßen. Dicht gefolgt von seinem

Bruder durchquerte er den Schankraum mit dem schlingernden Gang eines Mannes, der das schwankende Deck einer Schaluppe mehr gewohnt war als den festen Boden an Land; gleich darauf fand sich Jaric unter den prüfenden Blicken zweier Paare scharfer blauer Augen wieder.

Tavish kratzte sich mit den dicken, von den Tauen aufgeriebenen Fingern am Bart. »Bist also über die Pässe gekommen, was?«

Jaric nickte.

»Zeig mir deine Hände.« Tavish packte die Handgelenke des Jungen und untersuchte die Schwielen auf den Handflächen. »Nach einer Saison auf See werden die nicht mehr so hübsch sein«, stellte er fest.

Jaric schwieg.

»Wirst es schon schaffen.« Tavish beugte sich über den Tresen und rief dem Wirt zu, er möge drei Krüge füllen. Als sie serviert wurden, reichte er einen seinem Bruder, behielt einen für sich und donnerte den letzten vor Jaric auf den Tresen. »Trink. Wir legen eine Stunde vor Sonnenaufgang ab. Das Boot heißt *Möwe,* und du wirst seekrank, so sicher die Flut kommt. Sieh zu, daß du damit schnell fertig wirst, dann bekommst du deinen Anteil am Fang, in Ordnung?«

»In Ordnung«, entgegnete Jaric. Er kostete das Bier, und stellte fest, daß es bitter schmeckte.

Amüsiert über die angewiderte Miene des Jungen, grinste Tavish. »Nur Mut«, kommentierte er, ehe er seinen Krug in einem Zug leerte.

Zur vereinbarten Stunde erschien Jaric an den Docks. Im morgendlichen Nebel stieg er gemeinsam mit Tavish und seinem Bruder an Bord des

Ruderbootes, und auf dem Weg zur Anlegestelle der *Möwe* hielt er zum ersten Mal in seinem Leben ein Paar Ruder in Händen. Zunächst waren seine Bemühungen recht tölpelhaft. In der Dunkelheit, die sämtliche Orientierungspunkte verbarg, fiel es ihm mit dem Rücken zum Bug schwer, einen gleichmäßigen Kurs beizubehalten. Doch die gleiche Beharrlichkeit, die ihm schon Telemarks Anerkennung eingebracht hatte, und der unbeugsame Drang, rasch zu lernen, brachten die trockenen Bemerkungen der Fischer, mit denen in Mearren Ard gewöhnlich jede Landratte bedacht wurde, schnell zum Verstummen. Sollte Tavish bedauern, einem Fremden das Ölzeug seines toten Sohnes geliehen zu haben, so enthielt er sich doch jedes Kommentares. Während der folgenden drei Wochen widmete er sich ganz der Aufgabe, Jaric den Unterschied zwischen Fall und Segelleine beizubringen, und selbst aus seinem ungeduldigen Blickwinkel mußte er feststellen, daß der Knabe rasch zu lernen imstande war. An den Abenden wetteten die Fischer in der Taverne auf seine Fortschritte, doch weit schneller, als irgendeiner von ihnen erwartet hatte, setzte die *Möwe* volle Segel und ließ die Küstenlinie hinter sich, um ihre Netze weit entfernt von Mearren Ard im Ozean auszuwerfen.

Eineinhalb Tage lang pflügte die *Möwe* hart am Wind durch die Fluten der nördlichen Corinesee, angetrieben von den steifen Brisen des jungen Frühlings. Gischt stob vom Bug auf, weiß wie gekämmte Schurwolle, und in ihrem Kielwasser schwammen unzählige Möwen. Jaric erlitt einen kurzfristigen Anfall von Seekrankheit. Blaß, aber entschlossen, löste er dennoch die Leinen und wechselte die Segel, ohne sich auch nur einmal zu beklagen. Bald hatte sich sein Körper an die Mißhandlung durch das Schwanken der Deckplanken der Schaluppe gewöhnt. Mit einem Gefühl lebhafter Heiterkeit bewältigte er seine erste Ruderwache, und bald akzeptierte ihn sogar Tavishs mürrischer Bruder als Mannschaftsmitglied.

Schwer mit Fischen beladen, wurden die Netze eingeholt. Jaric bediente die Winde, bis seine Schultern schmerzten, und schlief traumlos in seiner Koje, wann immer er keinen Dienst zu tun hatte. Die kalte Luft und die wilde Weite der offenen See sagten ihm zu, trotzdem achtete der Junge darauf, dieses neue Leben nicht zu sehr zu lieben. So unausweichlich wie der Wechsel der Gezeiten, mußte er sein Versprechen gegenüber der Zauberin einlösen; der Zauberer Anskiere würde eines Tages seine Dienste einfordern. Doch das Schicksal, das Taen ihm vorhergesagt hatte, schlug plötzlich und in einer Weise zu, die nicht einmal sie hätte vorausahnen können.

Zwei Wochen, nachdem sie Mearren Ard verlassen hatten, steuerte Tavish die *Möwe* auf einen Südostkurs. Außer Dienst, träumte Jaric derweil von ruhelosen Winden und gewaltigen, donnernden, gischtgekrönten Wogen. Frierend und schweißüberströmt erwachte er, und nicht einmal ein kochendheißer Tee und ein Mantel aus geölter Wolle vermochten seine erschütterte Verfassung wieder ins Gleichgewicht zu bringen. Er umklammerte den Teebecher mit eiskalten Fingern und konnte sich des Gefühls nicht erwehren, daß irgendeine fremdartige Macht an seinem Geist zerrte. Dieser Eindruck machte ihn nervös und unfähig, seine umherschweifenden Gedanken im Zaum zu halten.

Tavish brüllte ungeduldig die Kajütstreppe hinunter, und Jaric rappelte sich mühsam auf. Er schlüpfte in seine Stiefel und ging hinauf auf Deck, um sich um die Netze zu kümmern. Doch auch an der frischen Luft wollte das sonderbare Gefühl, das seinen Geist quälte, nicht nachlassen. Statt dessen verstärkte es sich während des Vormittags, bis er nur noch mit zusammengebissenen Zähnen arbeiten konnte, wollte er nicht laut aufschreien.

Mit Sonnenschein und angenehm warm zog die Mittagszeit herauf. Jaric beugte sich über die Reling und holte die erste zappelnde Ladung Dorsch ein. Feuchtes Tau grub sich in seine Finger, und seine Schultern bebten, als er die Muskeln spannte, um die schwere Last des Netzes zu heben. Plötzlich jagte ein starkes Kribbeln über seine Haut. Schwindel erfaßte seinen Leib. Verblüfft angesichts der plötzlichen, erschreckenden Erkenntnis, erinnerte er sich eines Pferdes, einer staubigen Straße im Sommer und eines bedrohlichen Windwirbels, der ihn einst gegen seinen Willen vorangetrieben hatte. Seine Orientierungslosigkeit wurde stärker, drohte die Erinnerungen unter einer klingenden Woge mächtiger Energien zu begraben. Er kämpfte gegen die fremde Kraft, während das Netz an seinen Unterarmen zerrte; durch einen Tunnel tiefer Dunkelheit drang das Echo von Tavishs Stimme an seine Ohren, der einen wütenden Fluch ausstieß. Jaric mühte sich redlich, wieder zu klarem Bewußtsein zu kommen, doch sein Blick vernebelte sich stetig, und der Atem ging nur flach.

In diesem Augenblick war es, als hätte ein Blitz eingeschlagen. Geblendet taumelte Jaric. Macht durchbohrte seinen Geist mit der grausamen Gewalt einer Harpune, wie Fischer sie benutzten, Haie aufzuspießen. Das Netz entglitt Jarics

Händen, und der Dorsch stürzte zurück in die See. Wie silbrige Mondsicheln hoben sich die Bäuche der Fische vor dem Grün der Wogen ab.

Wütend brüllte Tavish am Ruder. Er ließ die Pinne ab und drehte die *Möwe* in den Wind. In der Höhe donnerte vielfach geflicktes Segeltuch. Spritzwasser schlug über den Bug. Doch die Flüche auf den Lippen des Fischers erstarben, als er aufblickte und Jaric sah. Für einen Augenblick schien die schmale Gestalt des Jungen aufzuglühen, umrahmt von einem dreifachen Kreis blauvioletten Lichts; über seinem Kopf erschien das Bild eines Vogels, dessen braungoldenes Gefieder von schwarzen Streifen durchzogen war.

»Der Sturmfalke!« brüllte der Bruder mit vor Furcht zitternder Stimme.

Tavish klemmte das Ruder fest und stürzte voran. Gerade, als der Junge bewußtlos auf Deck zusammenbrach, hatte er ihn erreicht. Über Jarics reglosen Leib hinweg, trafen sich die Blicke der Brüder, deren Mienen Zorn widerspiegelten.

»Wußte doch gleich, daß der Bursche zu gut ist, um echt zu sein«, sagte der Fischer schließlich. Eine Woge donnerte gegen die Planken der Schaluppe. Spritzwasser glitzerte im Sonnenschein, und die Möwen flogen mit weit ausgebreiteten Schwingen über die Großrahe hinweg. Von der Magie, die sich kaum einen Augenblick zuvor an Deck manifestiert hatte, war keine Spur zurückgeblieben; nur Jaric lag reglos wie ein Leichnam an der Stag, und keine von Menschenhand gemachte Medizin würde ihn aufwecken können.

»Sollten ihn über Bord werfen«, grollte der Bruder.

»Nein!« widersprach Tavish eisern. »Das werden wir nicht wagen.«

Doch keiner von beiden war an diesem Nachmittag noch geneigt, dem Fischfang nachzugehen. Nicht willens, Jaric zu berühren, sei es nur, um ihn zu bewegen, warfen die Brüder eine Wolldecke über sein Ölzeug. Dann holten sie die Netze ein, wendeten die *Möwe*, und setzten Kurs auf Mearren Ard. Ihre Familie hatte eine lange Pechsträhne erlitten, seit Tavishs Sohn in der vorangegangenen Saison verstorben war; sie wollten gewiß keinen neuerlichen Fluch auf sich laden, indem sie einen Burschen beherbergten, der von der Macht eines Zauberers berührt worden war.

Spät am Nachmittag grub sich der Anker der *Möwe* in der Sicherheit des Hafens in den Meeresgrund. Der Junge atmete noch. Tavish und sein Bruder wickelten ihn in die Decke ein und luden ihn mit dem restlichen Fang in das Ruderboot. Nach einer spannungsgeladenen Debatte brachten sie ihn in sein Zimmer in der Taverne und legten seinen erschlafften Leib auf dem Bett ab. Tavish erhob die überkreuzten Fäuste zu einer Geste, die bösen Zauber abwehren sollte, während sein Bruder die Kupferstücke abzählte, die Jaric sich während seines Dienstes auf dem Fischerboot verdient hatte. Sie ließen die Münzen sauber aufgeschichtet neben dem Rucksack des Jungen zurück, gingen hinaus und hasteten zurück zu ihrem Boot, ohne ein Wort zu sprechen. Trotzdem verbreitete sich die Kunde von dem Zwischenfall rasch in der kleinen Stadt.

An diesem Nachmittag trafen Händler aus dem Süden ein, die ersten Reisenden, die Mearren Ard erreichten, seit die Pässe während des Winters geschlossen gewesen waren. Das geschäftige Treiben, während Wagen entladen und Ställe für die Ochsen bereitgemacht wurden, bot dem Wirt eine gute Ausrede, sich von dem Jungen fernzuhalten, der in seiner Dachstube lag. Als die Abendsonne schließlich die Dächer der Häuser in Gold und Kupfer tauchte, war der Schankraum voller Fischer, die gekommen waren, die Neuigkeiten zu hören, die die Händler mit sich brachten. Lautstarkes Gerede erfüllte den Raum, doch niemand erwähnte den Knaben, der auf Deck von Tavishs Boot dem Fluch eines Zauberers zum Opfer gefallen war. Neugierig erkundigten sich die Händler nach dem so überraschend belegten Hinterzimmer, doch sie erhielten keine Antwort. Denn nicht einer der Städter wagte es, sich dem Unglück auszusetzen, das über ihn kommen mochte, wurde Jarics Name laut ausgesprochen.

»Jaric!« Taens Ruf erklang tief in seinem Geist, erreichte ihn dort, wo er kämpfte, überwältigt von der Vision sturmgepeitschter See und unendlicher Finsternis. »Jaric, laß mich dir helfen!«

Doch er ignorierte die Worte der Traumweberin, hing er doch nicht länger von ihrem Wissen ab. In diesem Augenblick obsiegte Anskieres Ruf über seine Wahrnehmungsfähigkeit. Längst hatte er sich an alle Dinge seiner Vergangenheit erinnert, selbst an die verzweifelt Flucht aus dem Heiligen Turm zu Morbrith. Alte Erinnerungen bohrten sich wie Foltermesser in seinen Geist, rissen den letzten, zerbrechlichen Frieden in Stücke. Die Monate, während derer die Banne brachgelegen hatten, hatten ihre Macht nur noch verstärkt; nun, da sie wieder mit ihrem Ziel verbunden waren, war ihre Resonanz weit stärker, als Anskiere es beabsichtigt hatte. Wütende Wogen gewaltiger Energien rasten durch Jarics Körper, und in jeder Sekunde, in der er sich dem Ruf widersetzte, der ihn nach Südosten zerren wollte, litt er unendliche Qualen.

Dieses Mal aber hielt er aus. Mit der Kraft, die er sich mit Telemarks Hilfe erworben hatte, kämpfte er darum, die Macht über seinen Willen zurückzuerhalten. Langsam und vorsichtig errichtete der Junge ein Gefüge in seinem Geist, um die quälenden Weisungen im Ruf des Zauberers unter Kontrolle zu bringen.

»Jaric, laß mich dir helfen!« In der Finsternis erschien Taens Bild vor seinem inneren Auge. Keine Blumen zierten nun ihr Haar, und ihre Miene wirkte abgespannt und von bitterer Sorge verzerrt. »Anskiere mußte dich rufen, aber nicht einmal der Vaere hat geahnt, daß die Macht so heftig zuschlagen würde. Ich bitte dich, laß mich dir helfen.«

Doch verletzt durch ihren Verrat, schloß Jaric sie aus. Sie hatte alles gewußt. Sie hatte ihn segeln lassen, wohlwissend, daß der Bann nur darauf wartete, ihn auf offener See jenseits von Mearren Ard wieder zu befallen. Die ganze Zeit hatte sie ihn beobachtet, wie Jaric nun erkannte, doch nicht ein einziges Mal hatte sie ihm die Wahrheit anvertraut.

»Wie hätte ich das wagen können?« Schrill vor Schmerz bohrte sich die Stimme der Zauberin in seinen Geist. »Ich konnte nichts anderes tun, als den Anweisungen des Vaere zu folgen. Aber niemand hat dir Schmerz zufügen wollen. Glaube mir.«

Doch Jaric wollte ihre Hilfe nicht. Gepeinigt von der ungewollten Erinnerung an das Mitgefühl Kencies, lastete er seine Niedergeschlagenheit der Traumweberin an, deren Versprechen ihm solche Qualen bereitete. Zorn loderte wie eine Flamme in seinem Geist auf. Taens Präsenz schwand mit einem Laut des Bedauerns und ließ ihn in seinem Kampf allein zurück. Langsam verknüpfte er die

Fetzen seiner Selbstkontrolle, brachte sie mühevoll wieder ins Gleichgewicht. Energie flammte auf, funkelte und stellte sich beharrlich gegen seinen Willen. Dennoch hielt der Junge mit derselben verzweifelten Entschlossenheit aus, die er in jener Nacht gezeigt hatte, in der Telemark sich am Biberdamm verletzt hatte. Allmählich beherrschte er die Auswirkungen des Bannes hinreichend, um sein Bewußtsein wiederzuerlangen.

Trübes Licht drang durch das einzige, winzige Fenster herein. Längst war der Sonnenschein der Abenddämmerung gewichen. Jaric erkannte, daß er auf seinem Bett über dem Schankraum lag, noch immer in seine feuchte Wolltunika gehüllt. Jemand, vermutlich Tavish, hatte ihm das Ölzeug ausgezogen. Aber er trug noch seine Stiefel, und um seinen Körper war recht ungeschickt eine nach Fisch stinkende Wolldecke gewickelt worden; sie spannte sich über seine Schultern und erlaubte nur sehr eingeschränkte Bewegungen.

Mühsam setzte Jaric sich auf, atmete rasselnd ein und schüttelte die Decke ab, ehe er die Hände an den schmerzenden Kopf preßte. Unbarmherzig zerrte der Bann an seinem Geist; es kostete ihn unendlich viel Kraft, dem Drang zu widerstehen, die Taverne zu verlassen und blindlings zum Hafen hinunterzulaufen. Aber schließlich konnte er den Ozean nicht schwimmend überqueren; und die Straße, die an der Küste entlangführte, verlief in südwestlicher Richtung, hinaus aus dem Wirkungsbereich des Bannes. In dieser ausweglosen Situation zog Jaric den Rucksack auf seine Knie. Etwas Metallisches fiel klirrend zu Boden. Jaric fluchte. Im Halbdunkel erkannte er die glänzenden Münzen zu seinen Füßen. Tief besorgt bedachte er ihre Bedeutung. Hier, so wie in Gaires Heumond, hatte der Bann des Zauberers ihn gezeichnet; nun würde nicht einmal mehr Tavish seine Anwesenheit begrüßen.

Zutiefst traurig zog Jaric den Eisottermantel aus dem Rucksack hervor. Er vergrub sein Antlitz in dem seidenweichen Fell und hoffte, er konnte den Bann so lange unter Kontrolle halten, bis er eine Schiffspassage von Mearren Ard aus gefunden hatte. Dann sammelte er all seinen Mut und erhob sich. Eine letzte Münze fiel von seinem Schoß und prallte mit hellem, reinen Klang gegen das Bettgestell. Jaric zuckte zusammen. Telemark würde ihm vergeben, wenn er die Felle verkaufte, die eigentlich das Brautgeschenk seines Sohnes hätten werden sollen, doch Jaric schwor bei der Luft, die er atmete, daß Anskiere für dieses Opfer bezahlen würde. Die Finger um das Heft seines Messers geklammert, stieg er hinunter in den Schankraum.

Kapitel 18

CALLINDE

Am Fuß der Treppe blieb Jaric stehen. Jede Lampe im Schankraum brannte, doch die zusätzliche Beleuchtung war kaum von Bedeutung; sämtliche Pfosten und Deckenbalken verschwanden beinahe vollständig unter der Wolke blauen Rauches. Das dichte Gedränge der Menschen machte die wenige Luftzirkulation durch die Schornsteine fast gänzlich zunichte, und viele der Fischer rauchte genüßlich eine Pfeife zu ihrem Bier. Die Gespräche waren laut und wurden von einem schwarzgekleideten Händler dominiert, den Jaric zuvor noch nicht gesehen hatte. Eingeschüchtert durch die Anwesenheit des Fremden, die schale Luft und die trügerisch ausgelassene Atmosphäre, blieb der Junge lauschend auf der Türschwelle stehen.

»Oh, aye«, sagte der Mann in Schwarz. Er lehnte sich auf seinem Stuhl zurück, streckte sich wie ein Bär und bellte nach der Schankmagd, um ein neues Bier zu bestellen. Seine Zuhörer rutschten ruhelos hin und her, während er seine Kehle benetzte. »In den Häfen jenseits der Meeresstraßen gibt es genug Gerede. Hab's von einem Seemann gehört, der dort gewesen ist. Der Kielmark ist verrückt geworden, hat er gesagt. Tribut reicht ihm nicht mehr, seit irgendeine weißhaarige Hexe Anskieres Macht verdreht hat. Man sagt, Riffhafen sei einem Sturm zum Opfer gefallen, der so schlimm war, daß er beinahe den Leuchtturm umgeworfen hätte. Jetzt wird jedes Schiff, das durch die Meeresenge will, geentert, geschätzt, besteuert und dann von den Männern des Kielmark ganze fünfzehn Meilen fortgesegelt. Dann lassen sie die Schiffe ohne ein Wort der Entschuldigung wieder frei. Kein Zauberer, so sagt der Pirat, der mitsamt seiner Arroganz in den Feuern schmoren soll, kein Zauberer wird Riffhafen noch einmal nahe genug kommen, mit seiner Festung voller diebischer Renegaten herumspielen zu können, das sei so sicher wie die Flut.«

Der Händler legte eine Pause ein, um sein Bier zu schlürfen. Dann wischte er sich den Schnurbart mit dem Ärmel ab und fuhr fort: »Kann man ihm eigentlich nicht zum Vorwurf machen. Wer traut schon einem Zauberer? Ich jedenfalls nicht. Ich erinnere mich noch, wie mein Vater von Ivain, dem Feuergebieter erzählt hat. Der hat eine Herberge zu Asche verbrannt, nur weil das Dach leck war und der Regen ihn aus dem Schlaf geweckt hatte.«

Der Händler rülpste und rieb sich den Bauch. Neben ihm fügte ein Wagenführer mit verschlagenen Augen eine weitere Geschichte über die grausamen Heldentaten Ivains hinzu, und schließlich erzählte ein dritter Mann in der Sprache des Ostens von dem Untergang Tierl Enneths durch die Hand Anskieres. Außerhalb der Sichtweite hörte Jaric hinter der Treppe alles mit an. Plötzlich fühlte er sich, als hätte die Dunkelheit nach ihm gegriffen und ihn an Ort und Stelle gezeichnet. In den Archiven von Morbrith gab es Aufzeichnungen über die wahnsinnige Grausamkeit des Feuergebieters. Jaric hatte die Berichte jener Opfer gelesen, welche die Gnade und den Schutz des Grafen erfleht hatten; doch die Geschichten, die nun in dem finsteren Schankraum von Mearren Ard kursierten, waren angefüllt mit menschlichen Emotionen, die kein geschriebener Bericht jemals wiedergeben konnte. In den derben Worten der Fremden ahnte der Junge erstmals die Bedeutung des Stigmas, das durch das Wirken des Feuergebieters und des Sturmwächters über seinem Schicksal lag.

»Bei den Feuern, *jetzt* wissen *wir* Bescheid.« Verschwörerisch winkte der Händler den Fischern in seinem Publikum zu. »Niemand, der ein bißchen Verstand hat, ist glücklich darüber, wenn ein Zauberer seine Magie auf jemanden richtet, der sich auf dem eigenen Stück Land befindet. Der Junge wird euch nichts Gutes bringen, solltet ihr ihn noch länger beherbergen, das verspreche ich euch. Aber reden kann wirklich nicht schaden.«

Doch auch diese überschwengliche Aufforderung des Händlers konnte nichts daran ändern, daß die Dorfbewohner sich so verschlossen gaben. Plötzlich konnte Jaric die Spannung in dem Schankraum nicht länger ertragen. Ernüchtert durch die Erkenntnis, daß er sein Leben verlieren konnte, sollte jemand herausfinden, wer sein Vater war, trat er aus dem Schatten der Treppe hinaus in den Schankraum, den Mantel aus Eisotterfell mit starren Fingern fest umklammert. So leise er sich auch bewegte, blickte der Mann, der ihm am nächsten war, doch auf und deutete sogleich auf ihn. Köpfe ruckten herum, und die Gespräche verstummten augenblicklich, als hätte hinter dem Jungen etwas unfaßbar Böses die Türschwelle überschritten.

Jaric ging weiter, obgleich die unheimliche Stille an seinen Nerven zerrte. Ohne auf das verschüttete Bier unter seinen Sohlen zu achten, tat er einen weiteren Schritt. Die Schankmagd erschrak und ließ einen Zinnkrug fallen. Mit einem Krachen, daß die Nerven jedes einzelnen Mannes im Raum erschütterte, fiel er auf den Tresen. Der Mann neben dem

Mädchen fluchte und erhob die überkreuzten Fäuste zu der traditionellen Geste zur Abwehr bösen Zaubers.

Verletzt durch diese unwillkürliche Geste, blieb Jaric stehen. Ein Halbkreis wettergegerbter Gesichter starrte ihm entgegen. Kein einziges Antlitz im ganzen Raum zeigte auch nur eine Spur Freundlichkeit gegenüber dem Neuankömmling. Allein, doch nach außen gelassen, erhaschte der Junge die Mienen; hier ein aggressiv vorgerecktes Kinn, dort eine sehnige Faust, die sich hart um eine Stuhllehne schloß, Augenpaar um Augenpaar, das ihm feindselig entgegenblickte. Doch der Bann kannte kein Pardon. Verdammt wie ein Hase vor einer Horde Mastiffs, formulierte Jaric sein Ansinnen schließlich in klaren Worten. »Ich brauche ein Boot, um die Corinesee zu überqueren. Für die Passage kann ich einen ordentlichen Preis entrichten. Ist da einer unter Euch, der zu einem Handel bereit ist?«

Wie ein Seufzen machte sich die einsetzende Bewegung im Raum in einem Rascheln bemerkbar. Jegliche Farbe wich nun endgültig aus Jarics Gesicht. Er erinnerte an eine Figur aus Papier, schmal, empfindlich und furchtbar verletzlich. »Dieser Mantel ist wertvoll genug, eine ganze Armee zu bezahlen«, schrie er. »Habt Ihr denn gar kein Erbarmen?«

Doch auch sein Flehen vermochte die Menschen in Mearren Ard nicht zu rühren. Sie blieben hart und unnachgiebig wie eine Festungsmauer, selbst dann noch, als Jaric das wundervolle Fell auf den nächsten Tisch schleuderte und seinen ungläubigen Aufschrei mit der Faust erstickte. Der Bann zerrte mit der Macht von Stromschnellen an ihm und drohte jegliche Vernunft zu untergraben.

Der Junge fühlte, wie seine Kontrolle nachgab. Zorn loderte in ihm auf. Als hätte ihn der Wahnsinn seines Vaters berührt, wünschte er sich, er könnte die Dächer von Mearren Ard mit Feuer überziehen, bis die verkohlten Balken sich wie schwarze Rippen rauchend dem Himmel entgegenstrecken würden. Doch dieser Anfall blindwütiger Leidenschaft verflog rasch. Verbittert, zitternd und überdies durch seine eigenen rachsüchtigen Gedanken erschüttert, strich Jaric sein sonnengebleichtes Haar aus dem Gesicht und starrte wütend auf die Rücken der Städter.

»Gibt es hier denn niemanden, der sich der Bedeutung des Erbarmens zu erinnern wagt?« Die Worte fielen kaum lauter als ein Raunen, doch seine zornige Klage wurde auch noch in der entferntesten Ecke des Raumes vernommen. »Gebt mir nur ein Boot. Ich werde es schon schaffen, allein zu segeln.«

»Hey, Bursche!« Der schwarzhaarige Händler erhob sich von seinem Sitzplatz neben dem Tresen. Zu seiner ordentlichen Wollkleidung mit den scharlachrot abgesetzten Säumen trug er den typischen Bart eines Lebemanns, doch seine scharfgeschnittenen Züge und die zusammengekniffenen Augen verliehen ihm einen verschlagenen Ausdruck, der gut zu einer Ratte gepaßt hätte. »Ich gebe dir Gold für diesen Mantel, Bursche.« Der Preis jedoch, den er nannte, kam einer Beleidigung gleich.

Jaric schloß die Augen, gequält von der Erinnerung an Telemarks Gesicht an jenem Morgen, als er die alte Zederntruhe geöffnet und seinen einzigen Schatz daraus hervorgezogen hatte. Der Junge war in einer schrecklichen Notlage, und jeder in Mearren Ard wußte das. Ein Mensch, der durch Anskiere von Elrinfaer gezeichnet war, hatte keine gute Basis zu handeln.

»Junge!«

Langsam wandte Jaric den Kopf und erblickte den Fuhrmann, der ihn angesprochen hatte.

Der Mann lehnte sich an die Bar, die plumpen Finger um einen Weinkrug gekrümmt. Seine Lippen öffneten sich mit einem Ausdruck des Amüsements. »Mathieson Keldric besitzt ein Boot, das er nicht mehr segeln kann. Warum fragst du das alte Relikt nicht, ob er sein Schiffchen gegen deinen hübschen Mantel tauscht?«

Aus dem höhnischen Ton des Mannes schloß Jaric, daß dieser Rat lediglich dem Zweck diente, sich auf seine Kosten lustig zu machen. Doch der Bann brannte wie Feuer in seinem Leib, und die Qualen wurden von Augenblick zu Augenblick schlimmer, machten es ihm immer schwerer, auszuhalten. Er hatte keine andere Wahl, als dem Vorschlag nachzukommen.

Ohne ein Echo erklang Jarics Antwort in der gespannten Stille des Schankraums. »Wer ist Mathieson Keldric?«

Der Fuhrmann grinste, wobei er eine ungleichmäßige Reihe fleckiger Zähne entblößte. »Dort, Söhnchen.« Und er deutete auf den arthritischen Alten, der den Ecktisch neben dem Herd besetzt hielt, als hätte er die Absicht, dort zu sterben. Von Alter und Krankheit halb verkrüppelt, war der alte Mann der einzige, der dem Jungen aus der Festung von Morbrith nicht den Rücken zugekehrt hatte.

Jaric zog seinen Mantel aus Eisotterfell vom Tisch und näherte sich langsam dem Herd. Hinter seinem Rücken scharrte ein Stuhlbein auf dem Boden. Jemand flüsterte eine Obszönität. Offensichtlich taugte Keldrics Boot überhaupt nichts mehr. Aber Anskieres Bann ließ keinen Raum für Fragen. Mit vorsichtigen Schritten näherte sich Jaric der Ecke neben dem Herd. Und Mathieson Keldric blickte ihm aus Augen, so licht und klar wie graue Regenpfützen, mit alarmierter Miene entgegen.

Plötzlich richtete sich der alte Mann auf seinem Stuhl auf. Mit offenem Mund starrte er verblüfft zu einem Punkt, gerade jenseits Jarics Schulter, und seine verkrümmten Finger wanderten zu seinem Gesicht. »*Callinde!*« Der Name war kaum mehr als ein Flüstern, doch für Jaric klang er in der Stille des Schankraums lauter als ein Schrei. Trotzdem schien niemand von den Umstehenden etwas gehört zu haben.

»Der Fuhrmann sagt, Ihr habt ein Boot, das Ihr vielleicht verkaufen mögt.« Angespannt strich Jaric mit den Fingern über das silbrige Fell des Mantels. »Ich habe kein Geld, das ich Euch anbieten könnte, aber vielleicht zieht Ihr einen Tauschhandel in Betracht.«

Doch Keldric verhielt sich, als hätte der Junge überhaupt nichts gesagt. Seine Lippen bewegten sich, doch keine Silbe drang über seine Zunge. Für einen Augenblick schien es, als würde er Jarics Not ebenso ignorieren, wie es die anderen getan hatten, und ihm keine Chance geben, auf Anskieres Bann zu reagieren. Der Junge schluckte. Er fühlte, wie die Verzweiflung in seinem Inneren anwuchs. Druck baute sich in seinen Ohren auf, wild wie das Pfeifen des Windes unter den Schwingen eines Sturmfalken, und die Ahnung unermeßlicher Qualen trieb ihm den Schweiß auf die Stirn.

»Ich bitte Euch«, flehte er heiser, gepeinigt von dem Gefühl, daß seine Notlage zu einem öffentlichen Spektakel wurde. »Ich muß das Boot haben.«

Mathieson Keldric rührte sich wieder. Er blickte Jaric entgegen, als hätte er seine Existenz nun zum ersten Mal wahrgenommen. »Handel? Dafür?« Mit einem Kopfnicken deutete er auf den Mantel, und sein wirres graues Haar fiel ihm über die Stirn und verdeckte sein Gesicht. Jaric aber dachte für einen Augenblick, er hätte Tränen in den klaren alten Augen gesehen, und er schickte sich an, fortzugehen.

»Na schön«, sagte Mathieson Keldric mit rauher Stimme. »Mußt mit zu den Docks kommen. Meine *Callinde* ist eine Dame, vom Mast bis runter zum Kiel, und ich geb' sie bestimmt keinem Kerl, der sie nich' mal vorher angesehen hat. In Ordnung?«

Jaric hatte Mühe, das Zittern zu unterdrücken, das in seinen Knien begann und sich langsam über sein Rückgrat ausbreitete. »In Ordnung«, sagte er leise.

Ein häßliches Murmeln wurde hinter seinem Rücken laut, übertönt noch von der lauteren Stimme des Händlers und den gezischten Bemerkungen über Zauberei. Jaric lauschte und er erkannte, daß die Liebe des alten Keldric zu seinem Boot in Mearren Ard legendär war. Die Tatsache, daß der alte Mann bereit war, sich von ihm zu trennen, trug dem Jungen seitens der Städter lediglich noch mehr Mißtrauen ein.

Gezwungen, etwas zu tun, ehe sich das Geflüster zu offenen Drohungen steigern konnte, streckte Jaric dem alten Mann seine Hand entgegen. Er sprach ganz ruhig, und in seinen Worten spiegelte sich jene Höflichkeit, die er im Festsaal der Festung von Morbrith erlernt hatte. »So kommt mit mir, und vielleicht wird die Dame mich akzeptieren.«

Die Stimmen wurden lauter. Als der alte Mann sich auf die Füße mühte, fühlte Jaric, wie die Ablehnung der Städter gegen ihn zunahm und bedrohlich wurde. Doch Mathieson Keldrics alter

Körper duldete keine Eile. Er ging mit schmerzgeplagten, schleppenden Schritten, von Jarics Arm gestützt. Widerwillig wichen die Umstehenden zur Seite, machten dann aber weiträumig den Weg frei, als das Paar sich auf die Tür zu bewegte.

Erleichtert atmete Jaric tief durch. Die Nacht war feucht und kalt, verglichen mit der drückenden Hitze im Inneren der Taverne, und in der Luft hing der Geruch von Salz und Seetang. Die Kälte beruhigte den Knaben. Dankbar für den Nebel, der die Straße zum Hafen verhüllte, ging er langsam, um Keldrics Humpeln auszugleichen; dieses trübe Wetter schützte ihn zumindest vor den anklagenden Blicken der Städter. Bald hatten sie das letzte Haus hinter sich gelassen, dessen hell erleuchtete Fenster gleich wieder hinter einem düsteren Koloß von einem Lagerhaus verschwanden.

In der Ferne donnerte die Brandung über das Riff, und die Luft roch nach Treibgut und Fischen. Mathieson Keldric nahm eine Laterne von einem Haken an einem Pfosten, der tief in den Sand des Strandes getrieben worden war. Mit seinen verkrümmten Fingern mühte er sich, den Docht zu entzünden, doch etwas in der Haltung des Mannes warnte Jaric davor, ihm Hilfe anzubieten. Keldric war schrecklich verkrüppelt, aber durchaus nicht hilflos; Jaric fühlte, daß das Boot, das er so dringend kaufen wollte, unauflöslich mit dem Stolz des alten Mannes verbunden war, und so konnte auch das freundlichste Hilfsangebot leicht als Beleidigung aufgefaßt werden.

Funken fielen auf den feuchten Docht, der zögerlich Feuer fing. Hinter Scheiben, auf denen sich kristallines Salz abgesetzt hatte, flackerte eine dürftige Flamme, als Keldric die Laterne vor sich hielt. Hinter dem alten Mann betrat Jaric die feuchten

Planken des östlichen Docks. Nebelschwaden schwebten wie eine geisterhaften Brandung um seine Füße; der Dunst sickerte zwischen den Pfeilern hindurch, die wie schwarze Fänge vor ihm aufragten, und hinterließ feine Wassertröpfchen auf Jarics Haaren und Kleidern. Nurmehr eine Silhouette im dämmrigen Lichtkegel der Laterne, ging Keldric weiter voran. In der konturlosen Dunkelheit jenseits des Lichtscheins entdeckte Jaric eine Schiffsleine, dann einen langgestreckten Bug und die ebenmäßige Linie der Ankerkette. Doch noch lange, bevor Licht auf die antiken Planken fiel, warnte der Geruch morschen Holzes Jaric vor dem, was ihn erwartete. Die *Callinde* war alt und verrottet und alles andere als seetüchtig.

Wohlwissend, daß dieses heruntergekommene Wrack Keldrics einziger Schatz war, ein Schrein der Erinnerung an die strahlenderen Tage seiner Jugend, galt Jarics erster Gedanke nicht seiner eigenen Not. Für einen Augenblick ignorierte er das unmenschliche Zerren des Bannes und starrte verwundert den alten Mann an seiner Seite an, dessen verkrümmte Finger sich mit einem Ausdruck verzweifelter Selbstopferung um den Griff der Lampe klammerten.

»Warum?« In den klaren, fahlen Augen suchte der Junge nach einer Antwort. »Warum gebt Ihr sie nun nach all diesen Jahren auf?«

Keldric zuckte die Schultern. »Du brauchst sie doch.« Er starrte auf seine Hände und spuckte aus. »Ich kann nicht einmal mehr einen Hobel schwingen, und die *Callinde* sieht so schlampig aus wie eine Hure.«

Doch Jaric wußte, daß da noch mehr dahinterstecken mußte. Still besänftigte er einen Zorn, den zu offenbaren er sich nicht leisten durfte, und wartete darauf, den Rest der Geschichte zu hören.

Wieder zuckte der alte Mathieson mit den Schultern, ehe er den jungen Mann störrisch anblickte. »Na schön. Meine Frau, ich sah sie neben dir in der Taverne. Sie hatte schwarze Haare und stand in der Blüte ihrer Jugend, und sie war schöner, als ich sie lebendig in Erinnerung behalten habe. Schätze, die alte Dame will es so.« Plötzlich schlich sich Sorge in seine Miene. »Du wirst doch wohl nicht ihren Namen ändern?«

Abrupt wandte sich Jaric ab, erzürnt über eine überraschende Erkenntnis. Taen hatte sich eingemischt, hatte einen hilflosen alten Mann mit ihren Traumsinnen geködert, um ihm ein Boot zu verschaffen. Das Schlimmste aber war die Tatsache, daß ihm keine Wahl blieb, als diese Unterstützung zu akzeptieren; der heruntergekommene Kahn war seine einzige Chance, wollte er endlich den Qualen entkommen, die der Bann ihm auferlegte.

Mathieson, der Jarics verstörtes Schweigen fehlinterpretierte, packte den Ärmel des jungen Mannes und versuchte unbeholfen, ihn zu trösten. »Sie wird dich sicher zum Ziel bringen, Junge, mein Wort darauf. Die *Callinde* mag eine alte Dame sein, aber sie hat keine Lecks, die nicht mit ein bißchen Werkzeug und anständigem Holz geflickt werden können, wirst es schon noch sehen.«

Jaric sah den alten Mann mit einem klaren Blick aus ehrlichen Augen an. »Danke, ich würde niemals ihren Namen ändern.« Er legte den Eisottermantel über Keldrics vorgebeugte Schultern. »Wenn Ihr mich lehrt, die Zimmermannsarbeit zu verrichten, so werde ich sie reparieren, und bald ist sie wie neu, so schön wie an dem Tag, an dem sie vom Stapel gelaufen ist, das verspreche ich.«

Mathieson Keldric drückte dem Jungen die

Laterne in die Hand und spuckte in seine Handfläche. »Schwörst du es?«

Jaric nickte.

Der alte Mann drückte die feuchte Hand an seine Stirn und starrte zu Boden. Plötzlich war es ihm unangenehm, ein solches Ritual durchzuführen. »Na schön«, sagte er schroff. »Werkzeug ist an Land, aber ich kann es bestimmt nicht mehr einfach so herschleppen, wie damals, als ich in deinem Alter war. Oder hast du gar nicht vor, gleich anzufangen?«

»Sofort«, sagte Jaric. »Aber sie sollte nicht hier bleiben.«

Keldric grinste. »Aye, sie fortzubringen ist Arbeit genug für zwei starke Männer.« Herausfordernd blickte er Jaric an. »Wie gut kannst du rudern?«

Ein wenig erleichtert antwortete Jaric mit einem Lächeln. »So gut es nötig ist. Ist denn die alte Dame mit Rudern ausgerüstet?«

Keldric konterte mit einem trockenen Gelächter. Alt, lahm und traurig wie er war, war Mathieson doch Seemann genug, sich über die Unwissenheit des Jungen zu belustigen. »Ich habe ein Ruderboot, Söhnchen«, sagte er gedehnt, und in der nebelverhangenen Finsternis der Nacht vor der Sommersonnenwende fuhr er fort, dem Jungen zu erklären, wie er die *Callinde* ins Schlepptau nehmen sollte.

Noch immer im sicheren Schutz der Kapsel der Vaere, träumte Taen, sie säße im zeitlosen Zwielicht der Waldlichtung. Die hellen Falten ihrer Seidenrobe verhüllten eine Reife, die als ihre eigene zu akzeptieren sie gerade erst gelernt hatte, und auf ihren Knien lag eine reichverzierte Kristallschüssel, so wie während des größten Teils der zurückliegenden vierzehn Tage, die Tamlin dazu genutzt hatte, sie zu lehren, wie sie Traumbilder auf die Wasseroberfläche rufen konnte. Derzeit führten drei Kompanien winziger Soldaten aus dem königlichen Heer Kisburns ihre Manöver in den engen Grenzen innerhalb des versilberten Randes der Schüssel aus.

In Taens Augen waren diese Exerzitien nichts weiter als eine leichtsinnige Zeitverschwendung. Nachdem sie den Sathid überwältigt hatte, konnte sie in jedes Menschen Geist eindringen, wann immer sie wollte, und ihre Erkenntnisse durch eine Traumverbindung mit der makellosen Klarheit reiner Gedanken weitergeben. Dem Empfänger ihrer Mitteilung vorzugaukeln, er sähe ein Bild auf dem Wasserspiegel, war ihr lästig, war lediglich eine weitere Schicht aus Illusion, der sie keinen vernünftigen Nutzen abzugewinnen imstande war. Seufzend beobachtete Taen, wie der Oberst Heeresgeneral seinem Berater einen Befehl erteilte. Trompetenklänge verkündeten, daß die Inspektion der Truppen vorüber war. Ordentlich in Reih und Glied erhoben Pikeniere ihre Miniaturwaffen zum Salut, und das Licht der Spätnachmittagssonne glänzte auf polierten Klingen. Selbst für Taens ungeschulte Augen spiegelte die Vorstellung die tödliche Perfektion eindrucksvoll wider. Kisburn wollte sich mit seinem Heer noch in den nächsten vierzehn Tagen nach Riffhafen einschiffen, und Emien würde mit den Soldaten reisen. Trotzdem beharrte Tamlin darauf, daß sie ihre Technik verbesserte, nur um ihre Gabe als Traumweberin hinter einem Mysterium zu verbergen.

Von heftigem Zorn erfaßt, kippte Taen die Schüssel zur Seite. Wasser spritzte glucksend über den Rand. Kisburns Soldaten verschwammen in einem Durcheinander aus Scharlachrot und Gold und verschwanden schließlich gänzlich, als Taen den Kontakt löste. »Warum?« verlangte sie zu erfahren, obwohl die Lichtung scheinbar verlassen war.

Tamlin erschien sogleich. Mit zorniger Dissonanz klimperten seine Glöckchen, als er auf die Schüssel deutete. »Das ist eine notwendige Vorsichtsmaßnahme. Die Dämonen würden dich töten, sollten sie je etwas von deiner Gabe erfahren. Sie besitzen nicht nur telepathische Fähigkeiten, sondern können auch die Erinnerungen ihrer Vorfahren abrufen, bis hin zum Beginn ihrer Geschichte; die Menschheit darf sich glücklich schätzen, daß sie keine kulturellen Bedürfnisse nach Zeremonien oder Legenden oder ritualisierter Religion entwickelt haben.«

Die Stirn in tiefe Falten gelegt, kreuzte Tamlin die Arme vor der Brust. »Der Große Untergang liegt siebenundzwanzig Generationen zurück. In dieser Zeit habe ich die wertvollsten Geheimnisse der Menschheit in Mythen und Legenden umgeformt, um sie zu schützen. Die Dämonen messen derlei Dingen keine Bedeutung zu; sie können im Glauben keine Logik erkennen, und sie akzeptieren keine Realität, die außerhalb der Erinnerungen ihrer Rasse liegt, also beobachten sie zwar, sind aber bisher nicht fähig gewesen, meine Absichten zu durchschauen.«

Taen gab sich weiterhin unbeeindruckt. Tamlin verlagerte sein Gewicht von einem Fuß auf den anderen und klopfte ärgerlich mit einem Finger auf die Schüssel. »Wenn dein Klient glaubt, er sähe eine Vision im Wasser, die nur für seine Augen sichtbar ist, dann wird ein beobachtender Dämon diesen

Vorfall als Mummenschanz mißdeuten, er wird es für die althergebrachte traditionelle Wahrsagerei halten, für die viele einfache Leute gern zu zahlen bereit sind. Dämonen verstehen nicht, warum die Menschen Kontrolle über ihre Zukunft zu erlangen versuchen. Wenn du also so vorgehst, werden die Dämonen nicht auf deine verborgene Gabe aufmerksam.«

Durch diesen Vortrag ernüchtert, strich Taen mit der Hand über die reichverzierte Oberfläche der Kristallschale. »Es tut mir leid. Ich hatte keine Ahnung.«

Leise klimperten die Glöckchen, als Tamlin sich ihr gegenüber setzte. Er stützte das Kinn auf die spitzen Finger und sprach in sanfterem Ton weiter. »Du mußt mich verstehen, Kind. Vieles aus dem Erbe der Menschheit, das zu wissen gefährlich für dich wäre, wird auf eine ähnliche Art geheimgehalten. Landfeste hat keine andere Möglichkeit, sich zu schützen. Um diese Archive vor dem Zugriff der Dämonen zu retten, mußt du meinem Urteil vertrauen. Und nun ruf deine Macht herbei und zeig mir, wie es Jaric ergeht.«

Taen senkte die Schüssel zwischen ihre Knie und wartete, bis das Wasser sich beruhigt hatte. Im Grunde benötigte sie diesen kurzen Zeitraum vor allem, um ihre eigenen Nerven zu besänftigen. So oft sie nach Jaric gesehen hatte, nachdem Anskieres Bann wieder auf ihm lag, so oft war sie wegen seines Unglücks unfähig gewesen, Frieden mit sich selbst zu schließen.

Weder Tamlins Beteuerungen noch die Gefahr für Keithland waren imstande, ihr Verantwortungsgefühl zu untergraben.

Taen schloß die Augen und reinigte ihren Geist. Trotz ihrer Furcht, strömte Jarics Präsenz problemlos durch die Kanäle ihrer Macht; während der Zeit, in der sie sein Gedächtnis wieder aufgebaut hatte, hatte sie ihn besser kennengelernt als jede andere lebende Person. Ihr Ruf erhob sich wie ein Vogel und flog auf leisen Schwingen zu der Küste hoch oben im Norden und in die Stadt Mearren Ard. Beinahe übergangslos fühlte Taen die salzige Brise auf ihrer Haut, in der der scharfe Geruch frisch bearbeiteten Kiefernholzes lag. In der Kristallschüssel erschien ein Bild auf der Wasseroberfläche.

Auf dem Rasen neben einem Schuppen lagen Sägespäne im jungen Gras; dort bückte Jaric sich über einen Tisch und glättete ein Brett, das schon bald die geborstene Ruderbank auf der Steuerbordseite der *Callinde* ersetzen sollte. Das Leinenhemd klebte an seinen schweißfeuchten Schultern, während er fleißig arbeitete, und die Holzspäne auf seinen Unterarmen hoben sich fahlweiß von seiner sonnengebräunten Haut ab. Beeindruckt vom Spiel seiner Muskeln, erkannte Taen, daß die Mädchen in der Festung von Morbrith ihn gewiß auf eine ganz neue Art würden reizen wollen, könnten sie ihn in diesem Augenblick beobachten.

Doch das unnachgiebige Zerren des Bannes und die Tage stetiger Plackerei hatten Jaric zu sehr ermüdet, als daß er noch auf sich selbst geachtet hätte; Planke um Planke bemühte er sich, das morsche Holz der *Callinde* zu ersetzen. Das Unbehagen, das der Ruf Anskieres ihm verursachte, gönnte ihm keine Pause, nicht einmal bei Sonnenuntergang, wenn andere Männer sich zur Ruhe begaben. Jaric arbeitete mit fiebrigem Eifer im Licht von Laternen weiter, bis seine Finger sich um die Werkzeuge verkrampften und sein Körper vor Erschöpfung zusammenbrach.

Während sie zusah, wie er die Planke mit gleichmäßigen, rhythmischen Bewegungen glatthobelte, sehnte sich Taen danach, ihm den Frieden zu schenken, den ihre Macht als Traumweberin zu bieten hatte. Doch Jaric wollte ihr keinerlei Kontakt zu ihm gestatten, seit jenem Tag, an dem er an Bord von Tavishs Boot das Bewußtsein verloren hatte. Fest davon überzeugt, daß sie ihn nur aus eigenen, selbsüchtigen Motiven mißbrauchte, hatte er sich in die Isolation geflüchtet, obwohl die Einsamkeit ihn zerfraß und sein Arm vor Schwäche zitterte, als er den Hobel umdrehte, um die Klinge zu säubern. Hobelspäne, fahl und so zart wie Motten, fielen zu Boden. Trotz seiner Unerfahrenheit wußte der Junge gut mit dem Werkzeug umzugehen; selbst der alte Mathieson fand wenig Anlaß zur Beanstandung. Die Traumweberin aber sah über die Grenzen seiner Geschicklichkeit hinaus, sah den Schmerz, der ihn so sehr antrieb; Jaric handelte aus reiner Not. Sein Erfolg brachte ihm keine Zufriedenheit und keine Freude.

Taen veränderte das Bild und rief den Rumpf der Callinde in das Innere der Kristallschale. Große Teile ihrer Steuerbordseite trugen keine Planken mehr, und nur die kahlen Rippen reckten sich dem Himmel entgegen. Backbord kontrastierten gelbe Leisten heftig mit dem verwitterten Holz des Kiels; Jaric hatte einen bemerkenswerten Fortschritt erzielt. Trotzdem würde es noch Tage dauern, ehe er sein Schiff zu Wasser lassen konnte; Kisburns Heer aber würde nicht warten. Schnell wie die Wolken, die jenseits der Docks von Mearren Ard den Horizont verdunkelten, würden die Schiffe des Königs den Ozean überqueren; und nicht einmal die Festung des Kielmark konnte sich gegen Dämonen wehren.

Plötzlich huschte eine rasche Bewegung über den Rand des Bildes. Von ihrem Auftauchen überrascht, erstarrte Taen. Mit verstörter Miene beugte sie sich weiter zu der Schüssel herab.

Mit laut klimpernden Glöckchen erhob sich Tamlin. »Etwas ist nicht in Ordnung«, sagte er hastig. »Was siehst du?«

»Ich weiß es nicht.« Taen konzentrierte sich auf Jaric, während sie nach dem Ursprung des Schattens suchte, der sich für einen kurzen Augenblick über ihren Kontakt gelegt hatte. Doch in Mathiesons Garten schien ungetrübt die Sonne, und Jaric arbeitete vollkommen normal weiter. Besorgt blickte Taen noch genauer hin. Die zarten Hände, die einst Abschriften für die Bibliothek eines Grafen angefertigt hatten, waren nun schwielig vom steten Umgang mit Breitbeil und Hammer. Von der Überanstrengung war der Knabe ausgemergelt und erschöpft. Unter dem sonnengebleichten Haar, das ihm in die Stirn fiel, verunzierten dunkle Ringe seine Augen; doch von der Ermattung abgesehen, konnte Taen nichts weiter entdecken.

Ohne neue Erkenntnisse blickte sie auf. In der Verlegenheit, das intuitive Prickeln erklären zu müssen, das ihr die Nackenhaare bedrohlich hatte zu Berge stehen lassen, sagte sie: »Ich habe etwas gesehen.«

»Ich weiß.« Der Vaere spielte mit seiner Pfeife. »Und es gibt einen Grund.«

Doch er verriet ihr nicht, was der Grund war. Als Taen ihn zu einer Antwort zu drängen versuchte, verschwand er einfach, und keines der üblichen Stichworte vermochte ihn zurückzurufen.

Sich selbst überlassen, nahm Taen die Kristallschale von ihrem Schoß und stellte sie im

Gras ab. Ohne sich um Tamlins Anweisungen in bezug auf das Wasser zu kümmern, rief sie ihre Macht als Traumweberin und sandte ihre Gedanken so mühelos wie in einem Tagtraum zurück zu Jaric in Mathiesons Garten. Sie hatte beschlossen, Wache zu halten, um zu sehen, ob der Schatten, der ihre Wahrnehmung nur gestreift hatte, zurückkehren würde.

Die Sonne im Westen schickte lange Schatten durch die geöffneten Bereiche des Rumpfes der *Callinde*. Durch das Giebeldach des Schuppens vor der Seebrise geschützt, legte Jaric den Hobel zur Seite und entzündete mit der Präzision eines Waidmanns ein Feuer unter dem Dampfhaus. Während die Planken sich erwärmten, nahm er das Breitbeil zur Hand und schickte sich an, eine neue Planke vorzubereiten. Taen sah, wie die Holzspäne unter seinen Schlägen aufflogen, fahl und silbrig wie fliegende Fische im abnehmenden Tageslicht. Jarics überwältigende Entschlossenheit erfüllte sie mit Ehrfurcht. Anders als Emien hatte dieser Junge die Wunden der eigenen Unzulänglichkeit überstanden, die seine frühe Jugend vergiftet hatte. Verletzt, gedrängt und gehetzt, hatte er es doch bisher geschafft, nicht in Haß zu versinken. Taen stockte der Atem, so sehr schmerzte sie der Vergleich, doch neben Jaric zeigten sich die Makel ihres Bruders mit vernichtender und bitterer Deutlichkeit. Taen verkrampfte ihre Finger in dem feinen Seidenstoff ihrer Robe. Sie durfte die Hoffnung nicht aufgeben. Vielleicht konnte Jaric eines Tages Emien dahin führen, den Glauben an das Erbarmen und die Menschlichkeit zurückzugewinnen.

Über Mearren Ard ging die Sonne langsam unter. Jaric hielt inne, um sich den Schweiß von der Stirn zu wischen und die Laterne zu entzünden, die an einer Schnur an der Rahe der *Callinde* hing. Keldrics unverheiratete Nichte erschien mit einem Korb mit Brot, geräuchertem Fisch und Käse. Blind gegenüber der Einladung, die sich in ihrem Lächeln zeigte, dankte Jaric ihr, und in seinem Verhalten spiegelte sich der feine Umgangston, den er am Hof von Morbrith erlernt hatte. Jenseits seiner Höflichkeit aber fühlte Taen den groben Schmerz, den Kencies Gedankenlosigkeit in ihm hinterlassen hatte. Jaric konnte trotz all seiner neuerworbenen Fertigkeiten noch immer nicht an die Veränderung glauben, die er seit dem Überfall im Seitwald erfahren hatte. Das schönste Mädchen in Mearren Ard verweilte, um ihm beim Essen zuzusehen, und er verwechselte ihre Bewunderung mit Mitleid. Der Kummer machte ihn schweigsam, und das Mädchen, das zu schüchtern war, sich ohne Ermutigung in seine Isolation zu drängen, spielte mit dem haselnußbraunen Haar unter ihrer Kapuze und ging schließlich still davon, so wie sie es schon an den vorangegangenen sieben Abenden getan hatte.

Jaric wischte sich die Brotkrumen von der Tunika und widmete sich wieder seiner Arbeit. Vom Wind erfaßt, tauchte die Laterne den Garten in ein wirres Durcheinander wirbelnder Schatten. Dem Rest der Menschheit entrückt, verschmolzen mit dem Rhythmus seines Hammers, während er die erhitzten Planken mit Dübeln aus dem Holz des Johannisbrotbaumes am Rumpf befestigte, hätte Taen die Veränderung beinahe nicht bemerkt. Der Junge schlug daneben. Derb prallte der schwere Hammer auf seinen Daumen. Haut riß. Ohne Groll fluchte der Junge einmal. Dann bedeckte er die Wunde mit seiner Ärmelstulpe, um die Blutung zu stillen. Die Verletzung war nicht schwer, doch müde wie er war, schuf der Schmerz einen weiten Kanal für Ablenkungen. Er verlor die Kontrolle. Die Macht des Bannes brodelte in ihm wie ein Wirbelwind, der jegliche rationales Handeln unmöglich machte.

Eine Brise fuhr durch den Garten. Blutrot leuchtete die Flamme der Laterne auf. Jaric schrie auf und fiel auf die Knie, die Arme um die Brust geschlungen. Wind peitschte das Haar in sein Gesicht. Für einen Augenblick sah Taen die schwarzgestreiften Flügelspitzen des Sturmfalken in der Finsternis über dem Kopf des Jungen. Dann schwand die Vision, und nur das ferne Donnern der Brandung jenseits des Hafens blieb zurück. Jaric schüttelte sich. Mit den dumpfen, mechanischen Bewegungen eines vollkommen erschöpften Menschen griff er wieder nach dem Hammer und Taen löste den Kontakt, unfähig noch länger mitanzusehen, welche Bürde auf den Schultern des Knaben lag.

Der Hain umgab sie mit jener nervenzehrenden, stets unveränderten Heiterkeit. Obgleich sie nicht fror, zog Taen die seidene Robe fester um ihre Schultern, ehe sie Tamlin mit aller Dringlichkeit herbeirief.

Der Vaere erschien sofort. Seine Hände waren nicht mit der Pfeife beschäftigt, und seine Glöckchen blieben vollkommen still. »Du hast den Sturmfalken gesehen«, sagte er leise.

Taen brach in Tränen aus. Verärgert über diese unerwünschte Demonstration ihrer Gefühle, nickte sie. »Wie könnt Ihr das ahnen?«

Tamlin setzte sich auf seinen gewohnten Platz auf dem Stein in der Mitte der Lichtung. »Nicht ahnen, mein Kind. Es ist ein Naturgesetz der

Zauberei. Anskiere hat Energie freigesetzt, jenen Sturmruf, den du in Gestalt eines Falken wahrnimmst. Er hat, wie geplant, ein Unwetter geschaffen und ist hinausgezogen, den Untergang über Kisburns Kriegsflotte zu bringen. Sich selbst überlassen, hat diese Energie keine eigene Richtung. Unter normalen Umständen würde sie brachliegen, bis ihr Schöpfer ihr Muster wieder auflöst. Aber als Tathagres den Bann gestört hat, der Jaric herbeirufen sollte, wurde dadurch ein Strang aufgefasert, der zuvor eine geschlossene Schlinge war; eine von Anskiere geschaffene Struktur ist aus der Balance geraten, etwas, was er niemals beabsichtigt hat. Denn eine solche Disharmonie muß alle losen Enden anziehen und an sich binden, die er möglicherweise zurückgelassen hat, in diesem Fall den Sturmruf.«

Taen spielte mit der dünnen Seide ihrer Ärmelstulpe. »Was wird mit Jaric geschehen?« *Und mit Emien,* dachte sie, ohne jedoch diese Furcht anzusprechen.

Ein Glöckchen klingelte, als Tamlin seine Haltung veränderte. »Der Bann und der Sturmfalke sind miteinander verknüpft. Mit jedem Tag, der vergeht, baut sich das Unwetter weiter auf. Wenn wir Glück haben, wird Jaric in See stechen, bevor es ausbricht.«

Doch Taen mußte nicht fragen, um zu wissen, daß die *Callinde* unmöglich früh genug fertig sein konnte. Unwillig, sich den unausweichlichen Folgen zu stellen, schluckte sie; Kisburns ganze Kriegsflotte war zerstört und von der Macht des Sturmes in alle Winde versprengt worden. Gequält von der Vorstellung, daß Jarics altes kleines Schiff unter dem donnernden Angriff der Wogen zerschmettert wurde, fand sie ihre Sprache wieder, in der Hoffnung, der Vaere könnte ihre Furcht lindern. »Vielleicht wird Jaric Riffhafen nie erreichen.«

Tamlin erhob sich. Plötzlich lag die Pfeife in seiner Hand. Für einen langen Augenblick rauchte er schweigend, und seine Miene, in der sich Sorge ausdrücken mochte, verbarg sich hinter dem Dunstschleier aufsteigenden Rauches. »Vielleicht nicht. Wir aber können nichts für ihn tun, als zu beten, daß er es schaffen wird. Aber er ist Ivains Sohn. Das ist Grund genug, an ihn zu glauben.«

Doch die Hoffnung reichte nicht, Taen während der folgenden Tage aufrechtzuhalten, während Jaric verzweifelt schuftete, um den zerschlagenen Rumpf der Callinde instandzusetzen. Die Lücken zwischen ihren Planken schlossen sich nur quälend langsam. Zu dem Zeitpunkt, als er die Messingbeschläge an dem groben Schaft des neuen Steuerruders befestigte, hatte sich jene unheilverkündende Ruhe über Mearren Ard gesenkt, die Taen aus ihrer Zeit an Bord der *Krähe* in Erinnerung geblieben war. Still und reglos standen die Tannen auf den Hängen über der Stadt, unberührt von jeglichem Lufthauch; solchermaßen im Hafen festgehalten, lackierten die Fischer ihre Boote und verfluchten die ebenmäßige Wasseroberfläche. Und wenn auch niemand seine Meinung kundtat, dachten doch alle an den Jungen, der an Bord von Tavishs Boot vom Fluch eines Zauberers niedergestreckt worden war. Langsam kehrte Unruhe in die Taverne ein.

Wie ein Besessener setzte Jaric seine Arbeit fort. Er stattete den Mast der *Callinde* mit neuen Tauen aus und flickte ihre zerfledderten Segel. Die Ruhe brach in der Stunde vor ihrem Stapellauf. Keldrics

Nichte hatte sich tapfer der eisigen Brise gestellt und sich auf den Weg zu den Docks gemacht, in den Armen einen Umhang aus grüner Wolle.

»Für dich!« schrie sie, und doch war ihre Stimme durch das Kreischen des Windes in den Aufbauten kaum vernehmbar. Hoffnung zeichnete sich in ihren anmutigen Zügen ab, und ihre Zöpfe waren mit roten Bändern geschmückt.

Jaric krabbelte aus dem Vorratsverschlag hervor, und sein Haar fiel auf seinen Nacken. Mit tiefer Dankbarkeit nahm er das Geschenk entgegen, doch seine Worte klangen etwas geschraubt vor lauter Vorsicht.

»Probiere ihn an, Jaric.« Verwirrt wegen seines Zögerns, legte das Mädchen ihre mit Sommersprossen bedeckte Hand auf seinen Arm.

Durch die Berührung erschrocken zuckte Jaric zurück. In seinen geweiteten dunklen Augen spiegelten sich Gefühle, die das Mädchen nicht verstehen konnte. Sie stammelte eine Entschuldigung und machte kehrt, nur um gleich darauf schnell davonzulaufen. Wie erstarrt blickte der Junge ihr hinterher. Er wollte schreien, wollte sie zurückrufen, um sich zu entschuldigen. Doch die Worte blieben ihm im Halse stecken. Darum sah er ihr nach, bis sie verschwunden war, während der Wind um seinen Kopf heulte und die wollenen Hosenbeine an seine Hüften drückte.

»Der Sturm wird dich im Hafen erwischen«, warnte ihn der alte Mathieson, der schlurfend neben ihn getreten war. »Du wartest besser hier ab.«

Jaric schüttelte den Kopf. Er warf den Mantel in den Verschlag, verriegelte ihn und löste die Haltetaue der *Callinde*. Segeltuch kreischte, als er am Fall zerrte. Wolken zogen über den Mast hinweg, und ein zorniger Wind peitschte das Wasser und jagte Wellen um das Steuerruder. Der alte Mathieson spuckte aus und biß sich auf den Finger. Nur ein Wahnsinniger oder ein unendlich tapferer Mann konnte sich bei so einem Wetter auf die See hinaus wagen.

Vor dem immer dunkler werdenden Himmel erschien das Boot zerbrechlich, als es sich von den Docks entfernte. Jaric setzte Segel und fühlte, wie die Taue an den Laufrollen zerrten, als sich das Hauptsegel im Wind blähte. Schwer schlingerte die *Callinde,* und die Planken erzitterten, als sie sich ihren Weg durch die Wogen bahnte. Gischt spritzte über den Bug. An den Docks beobachtete der alte Mathieson Keldric, wie sie sich damenhaft auf die Seite legte und auf die offene See zuhielt.

»Die *Callinde* wird dich schützen«, murmelte er. Der Wind fegte durch das Fell des Eisottermantels, der über seinen Schultern lag; doch jener Pelz, der selbst einen Prinzen erfreut hätte, bedeutete ihm gar nichts. Mit Tränen in den Augen sah er zu, wie das Boot, das einst seinem Vater gehört hatte, immer kleiner wurde und schließlich mit einem anderen Mann am Ruder ganz seinen Blicken entschwand.

Kapitel 19

DER STURMFALKE

Nicht nur Mathieson Keldric beobachtete *Callindes* Abreise aus Mearren Ard. Auf der Insel der Vaere beugte sich Taen über ihre Kristallschale und konzentrierte sich mit fiebrigem Eifer auf das düstere, rindenbraune Segel des Bootes, das sich einen Weg zum Hafen hinaus bahnte. Jenseits der schützenden Küstenlinie donnerten die Wogen wie wildgewordene Seemonster gegen ihre Planken und umhüllten sie mit gewaltigen Spritzwasserwolken. Jaric setzte Kurs auf die offene See in Richtung Riffhafen. Das Steuerruder zerrte an seinem Arm, und das Boot schlingerte widerwillig. Wie siedendes Wasser schäumte die See in ihrem Kielwasser. Doch obgleich die *Callinde* kaum mehr als ein hilfloser Holzsplitter im Wüten der Elemente war, hielt Jaric sie sicher auf Kurs.

Rasch fiel der Hafen zurück. Taens Kristallschale zeigte ein Bild gischtgekrönter Wogen, in dem sich die *Callinde* wie ein verschwommener Schatten unter einem Schleier umherwirbelnder Wassertröpfchen ausmachte. Durch diesen Anblick schmerzlich an das Schiffsunglück erinnert, das auch ihre frühe Kindheit in Imrill Kand überschattet hatte, löste sich Taen aus dem Kontakt.

Gehorsam schwand das Bild von der Wasseroberfläche. So gewöhnlich silbern der Rand der Schale nun unter ihren schwitzenden Handflächen glänzte, gelang es Taen dennoch nicht, sich ihrem geplagten Gewissen zu entziehen. Hätte sie sich nicht eingemischt, wäre Jaric noch immer im Seitwald in Sicherheit und würde sich gemeinsam mit Telemark um die Fallen kümmern. Mit zitternden Händen hob Taen die Schale an. Ihre Nerven wollten sich einfach nicht beruhigen. Wasser tropfte wie Tränen auf ihre Finger, als sie die Schüssel neben sich ins Gras stellte.

Nun erkannte sie, wie feige sie gewesen war. Die Zerreißprobe, der sie im Kampf gegen den Sathid ausgesetzt gewesen war, hatte tiefe Spuren in ihr hinterlassen; und die grausame Gewißheit, daß Emien eher jene verraten würde, die seinem Herzen am nächsten standen, als sich seinen eigenen Abwegen zu stellen, tat ein übriges. Taen strich sich mit den Fingern durch ihr langes, seidenes Haar. Sie hatte Tamlins Pläne für Jaric als Ausrede für sich mißbraucht, hatte sich gestattet zu glauben, der Nachkomme des Feuergebieters könnte ihr Emien zurückbringen, indem er Anskiere aus der Eisklippe befreite. Auf diese Weise hatte sie sich niemals des merkwürdigen Charakters ihres Bruders bewußt werden müssen und war imstande gewesen, sich der Wahrheit vollkommen zu entziehen, die der Sathid ihr offenbart hatte.

Taen starrte auf ihre Hände. Die Finger waren länger, wohlgestalter und weit zarter als die des kleinen Mädchens, das einst auf der Insel der Vaere gestrandet war. Sie war erwachsen geworden, und doch gestattete sie sich, ihre eigenen Ängste wie ein Kind hinter den Gefahren im Leben anderer zu verbergen, ja, sogar Jarics Leiden mit Emiens Notlage zu rechtfertigen. Nun kämpfte Jaric gegen die Macht der Magie Anskieres um sein Leben, und die Traumweberin, die Einfluß auf sein Schicksal genommen hatte, schämte sich sehr.

Taen ließ die Hände in den Schoß sinken. Die

Ruhe der vaer'schen Verzauberung hatte sie rastlos gemacht. Die unveränderliche Sicherheit ließ die Gefahren für Jaric noch weit schlimmer erscheinen. Angetrieben von der hartnäckigen Courage, die diesem Jungen eigen war, erkannte Taen, daß sie die Zukunft ihres Bruders nicht von den Bemühungen anderer abhängig machen durfte. Die Möglichkeit, daß der Nachkomme des Feuergebieters versagen könnte, hatte eine grausame Erkenntnis erzwungen: sie allein mußte versuchen, ihren Bruder zu retten, selbst wenn sie durch ihre Bemühungen seine Liebe verlieren sollte.

Taen ließ sich ins Gras sinken und blickte sich vorsichtig um. Die Lichtung war verlassen; Tamlin war nicht zurückgekehrt, seit er ihr die Anwesenheit des Sturmfalken erklärt hatte, und er reagierte auch nicht auf ihre Rufe. Solchermaßen ganz sich selbst überlassen, ignorierte Taen das Kristallgefäß. Zum ersten Mal, seit sie die Meisterschaft über ihre Gabe errungen hatte, schloß sie die Augen und konzentrierte ihren Traumsinn auf den Hof von Kisburn und auf ihren Bruder.

Leichtes Zwielicht wich dem kalten, strahlenden Glanz des Ballsaales im Palast. Kerzen leuchteten in unzähligen silbernen Kandelabern und warfen ihr helles Licht über die farbenprächtigen, kostbaren Kleider der Adelsgesellschaft, über Tafeln voller Pralinen und ein Quintett königlicher Musikanten. Der König hatte zum Fest gerufen, um am Vorabend der Abreise seiner Flotte zu feiern, und auf dieser Feier fand Taen ihren Bruder.

Keine Spur eines Fischerkindes haftete dem jungen Mann an, der auf seidenen Kissen am Fenster thronte und einen wohlgefüllten Kelch zwischen den Fingern drehte. Emien hatte seinen Akzent ausgemerzt, und die Hand, die den Weinkelch hielt, war geschmeidig und frei von Schwielen. In seiner schwarzen, mit scharlachroten und goldenen Säumen abgesetzten Tunika sah er blendend aus und verbreitete Charme um sich herum.

Etliche Hofdamen hatten sich in seiner Nähe versammelt und wetteiferten um seine Aufmerksamkeit. Taen aber erkannte, daß sein Humor spitz und sein Lächeln von Selbstironie geprägt war. Emien konnte sich der Damen nicht erfreuen. Daß sie ihre Bewunderung an einen Mann vergeudeten, dem es an Macht und Einfluß mangelte, ergab in seinen Augen keinen Sinn. Insgeheim verächtlich nahm er ihre Schmeicheleien entgegen, und der Wein blieb unangetastet in seinem Kelch.

Taen zügelte ihre Traumwebergabe. Sie hatte keinerlei Interesse daran, Einfluß auf ihren Bruder zu nehmen, während er sich inmitten eines Saales feiernder Menschen befand, unter denen sich gewiß auch Lord Sholl finden würde. Irgendwie mußte es ihr gelingen, Emien von dort fortzulocken. Sorgsam darauf bedacht, seine Gedankenmuster nicht zu unterbrechen, wartete Taen auf ihre Chance.

Eine blondgelockte Maid näherte sich schüchtern. Mit einem Kopfschütteln warf sie eine lockige Strähne ihres Haares über Emiens Handgelenk, und die Bänder in ihrem Haar kringelten sich um seine Manschette. Taen nahm die Gelegenheit beim Schopf; während er durch die Annäherungsversuche des Mädchens abgelenkt war, glitt sie in aller Stille in ihres Bruders Geist. Emien lachte. Er schüttelte die Bänder ab, ohne seinen Wein zu verschütten, und konterte mit einer gewitzten Bemerkung. Trotzdem waren seine Gedanken weit von der Lustbarkeit des Ballsaales entfernt, wie Taen erkennen mußte. In einem privaten Salon hielten Tathagres und der König eine Konferenz ab, in der die Pläne für die dämonische Allianz gegen Riffhafen abgeschlossen wurden. Später, so wußte Emien, würde Tathagres allein vor einer brennenden Kerze sitzen, die Hand an das goldene Band an ihrem Hals erhoben und den Geist in tiefer Trance versunken. In diesem Augenblick würde sie drei verschiedene Dämonenrassen herbeirufen und in der festen Absicht, Anskiere von Elrinfaer zu vernichten, in ihren Dienst verpflichten. In Emien brannte die Gier, eine solche Macht sein eigen nennen zu dürfen, und er wünschte sich, er könnte dabei sein, wenn sie ihre Magie wob.

Taen erkannte die Öffnung. Mit einer Berührung, so sanft wie Tau, verstärkte sie sein Sehnen innerhalb seines Geistes durch ein Gefühl der Rastlosigkeit.

Das schöne Mädchen warf verärgert das Haar über ihre Schulter zurück. »Emien! Ihr hört nicht zu!«

»Es tut mir leid.« Der Knabe erhob sich und drückte ihr den Weinkelch in die Hand. »Würdet Ihr mich entschuldigen?«

»Ihr geht nicht, Emien, nicht jetzt schon.« Das Mädchen legte den hübschen Kopf auf die Seite und strich mit dem Finger über seinen Ärmel. »Um Mitternacht wird es ein Feuerwerk geben.«

Emien ignorierte die Berührung des Mädchens. Unbeteiligt blickte er sich rasch im Ballsaal um, fand jedoch niemanden, der verlockend genug gewesen wäre, sein Interesse zu erwecken. Blind gegenüber der Traumweberin, deren Einmischung dafür gesorgt hatte, daß er sich unter all dem Glanz, den Festlichkeiten und jungen Damen langweilte, schob er sich wortlos an seinen Bewunderinnen vorbei. Verwirrt und enttäuscht starrten sie ihm hinterher, als er den polierten Marmorboden des

Tanzsaales überquerte und gleich darauf durch eine Seitentür entschwand.

Der Korridor jenseits der Tür lag verlassen vor ihm, von einigen uniformierten Wachen abgesehen, die reglos auf ihren Posten verharrten. Taen verstärkte den Druck ihrer Manipulation und veranlaßte Emien, mit hastigen Schritten davonzueilen. Seine edlen Kalbslederstiefel glitten geräuschlos über den Teppich, als er einen finsteren Gang hinunterlief und schließlich durch eine Tür in die Dunkelheit eines von Säulengängen begrenzten Hofgartens hinausging.

Mondlicht fiel auf die polierten Marmorpfeiler, die ein auffälliges, geometrisches Schattenmuster auf dem Mosaikboden hinterließen. Emien lehnte sich an die Tür und fühlte, wie der Riegel sanft ins Schloß glitt. Ohne zu ahnen, daß allein der Druck seiner Schwester ihn hinaus in diesen verlassenen Garten getrieben hatte, erkannte er zitternd in der kalten Frühlingsluft, daß er nicht allein war.

Eine Frau wartete in einem Rosengarten auf ihn. Sanft flatterte ihre lichte Robe in der Brise. Ein Mondstein glitzerte an einer Kette um ihren Hals, und ihr volles schwarzes Haar schmiegte sich, durchzogen von einem Kranz aus Myrtenzweigen, zu Zöpfen geflochten um ihren Kopf. Verblüfft angesichts ihrer Schönheit, griff Emien sprachlos vor Staunen nach der Türklinke, und die nächtliche Luft brannte in seiner Kehle.

Schließlich lenkte er seinen Blick auf ihr ovales Antlitz, und während er die zarten Linien ihrer Brauen und Lippen studierte, ließ eine sonderbare und gespenstige Vertrautheit das Herz in seiner Brust zerspringen. »Taen?«

Die Frau lächelte. Die Anmut ihrer Miene drohte, den letzten Rest seiner Ungläubigkeit zu zerstören.

Emien sog rasselnd Luft in seine Lungen und wischte sich mit den Fingern über die Augen. Sie konnte nicht wirklich sein; nur ein Traum, geboren aus Wein und zu reichhaltigem Essen. Doch als er erneut hinsah, kam sie näher. Sonderbar erschien ihr Schritt, und ihr Körper war auf unheimliche Weise voll entwickelt.

»Nein, ich humpele nicht mehr, Emien«, sagte seine Schwester sanft, als würde sie seine unausgesprochenen Gedanken beantworten.

Sie trat näher. Sacht strich die dünne Seide ihrer Robe über das Gras und hinterließ dunkle Spuren im Tau. Vor Staunen wie gelähmt, stand Emien mit dem Rücken zur Tür und drängte sich an das unnachgiebige Holz des Rahmens. Taens Schatten schwebte vor ihr, schlug sich deutlich auf dem Mosaikboden nieder. Nur noch zwei Schritte, und sie hätte ihn erreicht.

»Nein!« Emien riß die Arme vors Gesicht, als wollte er einen Alptraum abwehren. »Verschwinde! Laß mich in Ruhe!«

Taen tat die letzten Schritte und blieb nur Zentimeter von ihm entfernt stehen. »Warum soll ich gehen, Bruder? Ich werde dir keinen Schaden zufügen.«

Er hielt sich zwar die Augen zu, doch er konnte die Wärme ihrer Haut spüren; hörte das Rascheln der Seide über ihren Brüsten, wenn sie einatmete. Von einer Brise erfaßt, strich der Saum ihres Kleides sacht über sein Bein. Der Junge zuckte zurück und fühlte, wie sich die eisernen Türbeschläge schmerzlich in seinen Rücken bohrten.

»Ich bin nicht ertrunken!« Geschickt und entschlossen verankerte sie die Illusion ihrer Anwesenheit im Geist ihres Bruders. Überzeugend hallte ihre Stimme in der Beengtheit der Säulengänge nach. »Was du siehst, ist die Wahrheit. Als die *Krähe* gesunken ist, hat Anskiere mich sicher zu der Insel der Vaere gebracht. Aus den Legenden kannst du dir den Rest zusammenreimen. Ich bin erwachsen geworden, Emien. Ich bin nicht mehr lahm. Und ich habe ein Glück erfahren, das die Grenzen all dessen sprengt, was mir in Imrill Kand hätte zuteil werden können.«

Durch ihre Traumwebergabe ermutigt, streckte Emien die Hand aus und berührte eine Locke ihrer Haare. Doch die Wärme, die Wirklichkeit dieser Person, führte nur dazu, daß er sich noch mehr ängstigte. Er ballte seine Hand zur Faust und schlug mit schmerzlicher Gewalt auf die Tür in seinem Rücken ein. Halb erstickt erklang die Antwort aus seinem Munde. »Nein.«

Traurig starrte Taen ihn an. »Warum, Emien? Warum mußtest du deinen Glauben aufgeben? Welche Veränderung hat Tathagres bewirkt, daß dich die Neuigkeit, deine Schwester lebendig und glücklich vorzufinden, nicht erfreuen kann?«

Emien wandte das Gesicht ab. Jede Sehne in seinem Nacken trat vor Anspannung hervor. Seine Lippen bebten. Taen fühlte den Aufruhr in seinem Inneren, fühlte, wie seine Gedanken wie ein Schwarm aufgeschreckter Vögel umherflatterten, als Stolz, Furcht und Loyalität sich bekämpften. Sie litt, teilte sie doch seine Qualen, aber sie gab nicht für einen Augenblick nach.

»In der Ehrlichkeit liegt Frieden, Emien, und Vergeben im Verstehen. Schau in dein Herz.« Sanft bearbeitete sie seinen Geist, versprach Wohlbehagen und Liebe. »Verlaß Tathagres, mein Bruder, denn sie bringt Schande über dich.«

Die Worte berührten ihn. Emien wirbelte herum, um sie anzusehen, und seine Miene war von finsterer Unentschlossenheit geprägt. Taen hatte die Wahrheit gesagt und ihn in das Licht wahrer Gerechtigkeit gezerrt. Emien keuchte. Belastet von dem Bösen, das seinem Haß zu eigen war, barg er den Kopf in den Armen und sank gegen das Türblatt. Doch das Bild seiner Schwester folgte ihm, schien wie ein Erinnerungszauber in das Innere seiner Augenlider eingraviert zu sein. Ihre Worte bohrten sich in seine Ohren, wohlklingend und unschuldig wie die Erinnerungen an die Ziegenglocken auf den Weiden von Imrill Kand.

»Mutter vermißt dich, Emien.« Taens Stimme klang sanft, quälte ihn noch mehr durch die Hoffnung, die sie zu vermitteln suchte. »Sie betrauert deine Abwesenheit weit mehr als unseres Vaters Tod.«

Nun plötzlich wurde die Erinnerung ihm unerträglich. Unter Schmerz und Zorn schlug er nach Taens Abbild. »Meine Schwester ist *tot*!« Ohrenbetäubend hallte sein Aufschrei von dem Gemäuer wider und schlug sich von häßlichen Untertönen durchzogen als Echo im Garten nieder.

Der trotzige Tonfall seiner Abwehr entsetzte Taen wie ein Schlag ins Gesicht. »Du beschämst deine Vorfahren, Bruder. Willst du sie nun auch noch verraten?«

Doch Emien hatte seine Fassung wiedererlangt, und ihr Flehen berührte ihn ganz und gar nicht. »Ja.« Seine Stimme war voller Bösartigkeit. »Was sind sie schon, als elende, stinkende Narren? Ich werde mich nicht an ihre nutzlose Existenz erinnern, wie sie herumlaufen in ihren nassen Ölhäuten, stets ein altes Dorschnetz auf den Armen. Wenn ich meinen Weg gegangen bin, werden Menschen wie sie, ja, vielleicht sogar die See selbst, mir zu Diensten sein.«

Rachsüchtig hallte seine Anschauung durch die Traumverbindung, gefährlich wie das Gift einer Schlange. Taen nahm das Böse in ihm wahr, und seine Stärke brachte ihre Gabe zum Schwanken. Weinend erwachte sie auf der Lichtung der Vaere. Die magische Stille trug wenig dazu bei, sie zu beruhigen. In dem Augenblick, als sie den Kontakt unterbrochen hatte, hatte sie in Emiens Herz geblickt und gesehen, daß er sich aus Machtgier gegen sie entschieden hatte. Seit jenem ersten, berauschenden Vorgeschmack auf die Macht, hatte sich seine Gier bis zu einem Punkt verstärkt, da er nicht mehr zurück konnte, niemals den Wunsch aufgeben würde, sich über seine Mitmenschen zu erheben. Das Herz schwer vor untröstlicher Trauer, zog Taen die Knie an die Brust und senkte den Kopf. Tathagres hatte ganze Arbeit geleistet; nun würde nicht einmal Anskiere ihren Bruder noch zurück auf den rechten Weg führen können.

Emien flüchtete aus dem Säulengang. Mit einem Donnern, das den reichverzierten Sturz erbeben ließ, schlug die Tür hinter ihm ins Schloß. Zitternd und schweißüberströmt legte er hastig den Riegel um, ehe er schweratmend an den kalten Stahl der Beschläge gelehnt innehielt. Seine Schwester war ein kleines Kind, sie war tot, *im Meer ertrunken*. Er hatte gesehen, *wie die* Krähe *gesunken war*. Seine Gewissensqualen wichen langsam der Logik des Verstandes, und seine Furcht ließ nach. Die erwachsene Frau, die ihm erschienen war, konnte nur ein Traum sein, eine Illusion, gefasst aus Anskieres Machenschaften und gesandt, seine Zielstrebigkeit und Entschlossenheit zu untergraben.

Emien lächelte in die Finsternis. Von plötzlicher

Heiterkeit erfüllt, warf er den Kopf in den Nacken und lachte. Offensichtlich war seine Rolle in Tathagres Plänen in irgendeiner Form von Bedeutung. Er mußte ein Narr gewesen sein, daß er das nicht erkannt hatte. Warum sonst sollte sich ein Zauberer, der von den Vaere ausgebildet worden war, überhaupt mit ihm befassen. Der Gedanke beherrschte ihn, verlieh ihm das trunkene Gefühl der eigenen Bedeutsamkeit. Vielleicht hatte Taen tatsächlich überlebt, ihm gar die Wahrheit gesagt. Sollte dies aber der Fall sein, so war sie nun eine Kreatur der Vaere, ihrer Kindheit entzogen und als Schachfigur gegen ihn mißbraucht.

Emien stieß sich von der Tür ab und schritt den Korridor hinunter. Er war es müde zu warten und füchterlich angewidert davon, manipuliert zu werden. Vergiftet von der wilden Flut seiner eigenen Überheblichkeit, hastete er zurück zu seinen Räumen. Er selbst würde für Anskieres Vernichtung sorgen. Der Kielmark würde zu sehr mit den Dämonen an seiner Küste beschäftigt sein, um einem einzelnen Mann noch irgendwelche Aufmerksamkeit zukommen zu lassen. Eis konnte geschmolzen werden; gewöhnlicher Stahl konnte sich in den Leib eines Zauberers bohren. Emien wischte sich die schweißfeuchten Handflächen an seiner schwarzen Samttunika ab. Wenn Anskiere durch seine Hand starb, so würde ihm das gewiß Tathagres Respekt einbringen.

Voller Selbstvertrauen betrat Emien sein Gemach. Die Fackeln waren erloschen und die Luft kühl; die Dienstmagd hatte vergessen, die Fenster zum Sonnenuntergang zu schließen. Der Junge lehnte die Tür nur an und suchte in seinem Mantel nach einem Feuerstein. Er entzündete eine einzelne Kerze und schlug das Fenster so heftig zu, daß die

Flamme durch den Luftzug zu qualmen begann. Emien verfluchte das flackernde Licht. Er kniete sich neben die Kamineinfassung aus Schieferplatten und begann, ein Feuer aufzuschichten. Längst flößte ihm der luxuriöse Teppich unter seinen Füßen keine Ehrfurcht mehr ein. Seit den hölzernen Planken der Hütte, in der er das Licht der Welt erblickt hatte, hatte er einen weiten Weg zurückgelegt. Nichts würde ihn mehr dazu bringen können umzukehren.

Emien erhob sich, ging zum Kleiderschrank und riß die Tür weit auf. Die Gewänder lagen in tiefem Schatten, trotzdem bewegten sich seine Finger rasch, als er Samt und Brokat allein mit Hilfe seines Tastsinnes auswählte. Er ließ das weiche Gewebe seines Lieblingshemdes links liegen; derzeit war er nicht an edlen Gewändern interessiert. Statt dessen wählte er schwere Leinenkniehosen, eine Ledertunika und die Seemannsstiefel, die er nach der Überfahrt von Skanes Grat erworben hatte. Voller Ungeduld warf Emien die Kleider auf sein Bett, ehe er gedankenverloren begann, seine Ärmelstulpen aufzuschnüren.

Er hörte nicht, wie Tathagres hinter ihm den Raum betrat. Von seiner Anwesenheit überrascht, blieb sie an der Schwelle stehen. Die vorbereitete Kleidung auf dem Bett entging ihrer Aufmerksamkeit ebensowenig wie die entschlossene Haltung Emiens, und ein Ausdruck räuberischer Berechnung schlich über ihre Züge.

Tathagres wartete, während der Junge sein Hemd öffnete. Dann trat sie leise näher und strich mit den Fingern über die nackte Haut an seinem Nacken. »Emien?«

Er erschrak heftig, wandte sich jedoch nicht um. Tathagres fühlte das zarte Zittern seines Leibes unter ihren Händen, doch als der Knabe das Wort ergriff, klang seine Stimme vollkommen kontrolliert. »Ich dachte, Ihr hättet eine Audienz beim König?«

»Sie ist vorbei.« Tathagres bewegte die Hand weiter, packte die Seide an seinem Kragen und zupfte sanft an dem Hemd.

Widerstrebend sah Emien sie nun doch an. Trotz seiner entschlossenen Zurückhaltung, stockte ihm der Atem in der Brust. Tathagres hatte sich für das Fest zurechtgemacht. Ein weißes Spitzenkleid schmiegte sich provozierend an ihre schmale Taille; goldene Reifen schmückten ihre Unterarme, und ihr Haar fiel unter einem amethystbesetzten Goldreif wie gesponnenes Glas über ihre nackten Schultern. Ein zarter Duft hing über ihrem Leib in der Luft. Allein durch ihre Nähe erheblich aus der Ruhe gebracht, ließ Emien seinen anerkennenden Blick über ihre wohlgeformten Brüste wandern.

Tathagres bemerkte es wohl, und ein amüsiertes Lächeln huschte über ihre Lippen. Aufreizend strich sie mit einem Fingernagel über Emiens Schlüsselbein hinweg. »Warum hast du das Fest verlassen? Das paßt so gar nicht zu dir. Sollte es nicht noch ein Feuerwerk geben?«

Die Fragen schienen ganz zwanglos zu sein, doch Emien spürte die Macht hinter ihren Worten; sie konnte ihm die Wahrheit jederzeit unter Zwang abringen, wenn sie es wollte. Jeden nur möglichen Vorteil nutzend, gab er sich ganz unbekümmert und erzählte ihr von seinem Erlebnis in dem verlassenen Rosengarten. »Meine Schwester Taen ist mir in einer Vision erschienen. Möglicherweise hat sie den Untergang der *Krähe* überlebt. Sollte das der Fall sein, so muß Anskiere sie auf die Insel der Vaere geschickt haben, denn sie ist mir als erwachsene Frau erschienen.« Er unterbrach sich. Tathagres Berührung auf seiner Haut brachte ihn durcheinander, doch obwohl sein ganzer Körper vor Begehren zitterte, hielt er ihr ergrimmt stand, wußte er doch, daß sie ihre Schönheit als Mittel zum Zweck gegen ihn einsetzte. »Taen wurde ihrer Kindheit beraubt. Ich will, daß der Sturmwächter dafür bezahlt.«

Stirnrunzelnd ließ Tathagres die Hand sinken. Emien trat zurück, bis seine Waden gegen das solide Holz des Bettrahmens stießen. Mit kaum verhohlenem Trotz fuhr er fort, die Bänder seines Hemdes zu lösen. Tathagres betrachtete ihn eingehend. Auf ihren feinen Zügen spiegelte sich eine Miene wider, die Emien nicht zu deuten wußte, während sie gedankenverloren mit ihren Armreifen spielte.

»Deine Schwester hat dich gedrängt, deinem Diensteid mir gegenüber abzuschwören«, sagte Tathagres schließlich beinahe wehmütig. »Ist das der Grund, warum du beschlossen hast, Anskiere eigenhändig zu ermorden?«

Emien verbarg sein Schaudern, indem er sein Hemd von den Schultern schüttelte. Dann warf er das Kleidungsstück auf das Bett. »Stört Euch das?«

»Ja.« Tathagres trat noch näher an ihn heran. Die Arme entspannt an der Seite, beugte sie sich vor und legte ihren Kopf an seine muskulöse Brust. »Es stört mich.« Ihr Atem strich prickelnd über seine Haut. »Hast du das denn nicht geahnt? Es ist unser Schicksal zusammenzuarbeiten.«

Ihre Nähe entfachte Glut in ihm, setzte große Emotionen frei. Mühsam brachte Emien ein schroffes Lachen zustande. »In jeder Hinsicht, gnädige Frau?« Er packte ihre schmalen Handgelenke und hob sie mit dem kräftigen Griff eines Seemanns an.

»Vergeßt nicht, ich habe Euch töten gesehen. *Warum seid Ihr hier?*«

Tathagres leistete keinen Widerstand, obwohl sich ihre zarte Haut unter seinen Fingern rötete. Sie legte den Kopf auf die Seite, die Lippen nur einige Fingerbreit von seinem Mund entfernt. »Es ist unser Schicksal.«

Ein sonderbar besorgter Ton hatte sich in ihre Stimme geschlichen. Hin- und hergerissen, starrte Emien sie an. Für eine Sekunde geriet Tathagres Kontrolle ins Schwanken. Während eines unbedachten Augenblicks erkannte der Junge, daß sie an ein Ziel gebunden war, das er nicht einmal ahnen konnte; sie opferte sich gegen ihren wahren Willen. Und der Drang, sie zu besitzen, wurde überwältigend. Lust durchströmte seine Adern mit der Gewalt eines Wasserfalls. Anders als die Wachen an der Küste von Riffhafen, wußte er, daß *er* sie ungestraft besitzen konnte.

Er löste seinen Griff, drehte ihre schmalen Hände um und legte sie mit der Handfläche nach oben in die seinen. Sie bewegte sich. Eine von Spitze verhüllte Hüfte strich über seinen Oberschenkel. Emien erzitterte und ließ sie ganz los. Tathagres schlang die Hände um seine Taille. Die kaum verhüllten Brüste hinterließen ein wahres Feuer in seiner Brust, als sie sich vorbeugte und ihn küßte. Für einen Augenblick hielt er ihrer zarten Berührung noch stand. Dann, nicht ohne Bedauern, schlang er seine Arme um ihre Schultern und zog sie fest an sich.

Leidenschaft entfaltete sich wie der Lauf des Wassers über Stromschnellen. Von seinen körperlichen Bedürfnissen jedes Widerstandes beraubt, sank Emien auf das Bett und zog Tathagres mit sich; Kleider raschelten unter ihrem gemeinsamen

Gewicht. Der Knabe zerrte an der Verschnürung ihres Kleides. Weiße Spitze löste sich und offenbarte williges Fleisch unter seinen Fingern. Bar jeglichen Verstandes, barg er sein Gesicht an ihrem warmen Leib. Sein Körper erzitterte, als sie mit geschickten Bewegungen die Knöpfe seiner Hose löste. Emien verkrallte die Finger in ihrem Haar. Jeder Vorsicht entsagend, entging ihm der triumphierende Zug in ihrem Lächeln, als sie die Beine spreizte und ihn empfing.

Ihre Vereinigung war rasch vollzogen. Von den stürmischen Wogen seiner Gefühle überrannt, sank Emien bald erschöpft in sich zusammen. Er lag mit dem Rücken auf der zerwühlten Decke, und sein Herz pumpte nur träge das Blut durch seine Adern. Für lange Zeit mochte er sich nicht bewegen. Tathagres lag ruhig neben ihm, einen Arm besitzergreifend um seinen Brustkorb geschlungen. Als Emien sie anblickte, erkannte er, daß sie schlief. Kerzenschein besänftigte ihre Züge und verlieh ihrer Gestalt die Grazie eines auf Samt gemalten Meisterwerks. Der Junge strich ihr eine silbrige Locke aus dem Gesicht und betrachtete ihre überirdisch perfekten Züge. Trotz seiner Ehrfurcht, war dieses Wunder der ersten Erfahrung mit einer Frau von einer Spur der Berechnung verunziert.

Sie glaubte, sie hätte ihn benutzt. Im tiefen Schlaf, die Glieder entspannt an seiner Seite, schien sie so verletzbar wie jede normale Frau; die leicht geöffneten Lippen betonten ihre mädchenhafte Zartheit in einer Weise, die Emien als verstörend empfand. Nichts an ihr schien ungewöhnlich. So sehr er sich auch bemühte, er konnte die Frau an seiner Seite nicht als die Hexe ansehen, die Wirbelwinde über Riffhafen gerufen oder im Audienzsaal mit seiner Hoheit gestritten hatte. Langsam kam ihm der

Gedanke, daß all ihre Macht nur eine Leihgabe der Dämonen sein mochte.

Vorsichtig berührte Emien das goldene Band an ihrer Kehle mit den Fingern. Ein Schauer der Erregung strömte durch seinen Körper. Plötzlich erschien ihm der Vorsatz, den er nach Taens Besuch gefaßt hatte, lächerlich und unbedeutend; seine Ambitionen nahmen größere Ausmaße an. Sobald die Zeit reif wäre, wollte er Tathagres Macht an sich reißen. Dann würde Anskiere von Elrinfaer Grund genug haben, ihn zu fürchten.

Der Sturm zerrte an dem soliden Holz der *Callinde*, und der Wind kreischte mit zügelloser Wut durch ihre Takelage. Mit der Gewalt eines durchgehenden Pferdes riß das Steuerruder an Jarics Schultern, und seine Handflächen waren mit Schwielen und Blasen übersät. Nach fünf Tagen auf See machte der Schmerz seiner steifen Muskeln jede Stunde zur Qual. Seine Kleider hingen naß an seinem Leib und reizten seine Haut bei jeder Bewegung. Doch all diese Unannehmlichkeiten verblaßten neben der grausamen Last des Bannes. Jaric segelte weiter, obgleich jede Faser seines Körpers nach Erholung schrie.

Der Kompaß der *Callinde* ruckte in seiner Halterung hin und her, und die Nadel vollführte tollkühne Sprünge, als das Boot über eine Woge jagte. Jaric beachtete sie gar nicht. Er brauchte keine Instrumente, um seinen Weg zu finden. Anskieres Ruf nahm all seine Wahrnehmungsfähigkeit in Anspruch. Wild wurde die *Callinde* herumgeworfen. Das Besansegel war zu fest gespannt; daß das Boot überhaupt standhielt, war allein der Geschicklichkeit seines Erbauers zu verdanken. Doch Jaric hatte keine Kraft mehr, ihre Vorzüge zu bewundern. Ermattung zehrte von seinen Lebenskräften. Er fühlte sich viel zu erschöpft, die Leinen zu richten; mit jeder Stunde, die verging, hatte er den Bann weniger unter Kontrolle. Einen Fuß gegen die Ruderbank an Steuerbord gestemmt, kämpfte er darum, sich seine geistige Gesundheit in diesem endlosen Alptraum wolkenverhangener Finsternis zu erhalten.

Der Sturm hielt sich stetig über weite Strecken. Von seiner Gewalt angetrieben, kam die *Callinde* rasch voran. Kaum sechs Tage nach der Abreise aus Mearren Ard erhob sich der Leuchtturm von Riffhafen im Dämmerlicht vor dem Bug, doch Jaric bemerkte es kaum. Er steuerte das Schiff von Halluzinationen geblendet; manchmal sah er die braun-schwarze Gestalt des Sturmfalken über seinem Kopf, der, die Krallen vorgereckt, zur Landung ansetzte, und jenseits des bläulichen Schimmers über seinen ausgebreiteten Schwingen erstrahlte eine Lanze gleißendhellen Lichts. Oft überdauerte diese Vision mehrere Stunden. Desorientiert und vollkommen erschöpft hoffte Jaric verzweifelt, daß er das Boot sicher ans Ufer würde bringen können; der Küstenstreifen, zu dem der Bann ihn dirigierte, rückte rasch näher.

Zerklüftet und finster, von dem orangefarbenen Leuchtfeuer im höchsten Turm der Festung abgesehen, ragte die Insel vor ihm auf. Leinen peitschten umher, schlugen gegen die Aufbauten, als die Segel der *Callinde* von dem drehenden Wind erfaßt wurden. Jaric fühlte das Reißen der Strömung am Steuerruder, und der erdige Geruch von feuchtem Laub stieg in seine Nase. Die Planken unter seinen Füßen erbebten, als das Boot immer steilere Wogen meisterte. Wellen brachen zischend am hochaufragenden Bug und stürzten dann gischtsprühend auf die Küste zu.

Jaric stemmte sich gegen das Schwanken des Decks. Seine Hände umklammerten das feuchte Holz, als er die *Callinde* wieder auf Kurs brachte. Das Donnern des Wassers auf dem Sand tat in seinen Ohren weh, und salziges Wasser rann wie Tränen von seinem Gesicht. Jederzeit mochte er von den Reißzähnen der Riffe zerschmettert werden, obgleich Mathieson ihm versichert hatte, daß ein Boot mit geringem Tiefgang auch an fremden Küsten sicher würde anlegen können. Jaric sorgte sich dennoch. Seine Nerven waren so gespannt wie Bogensehnen. Keldrics Vertrauen half ihm nicht weiter; nicht einmal der robuste Kiel der *Callinde* würde den Felsen unter Wasser standhalten können.

Die Wogen wuchsen steil an, brachen und jagten Spritzwasser über den Bug. Mit brennenden Augen starrte Jaric blinzelnd voraus. Das Boot stieß auf Grund. Sand knirschte hart über hölzerne Planken, und das Steuerruder wurde vom Aufprall herumgerissen. Jaric schrie auf, als ihm der Schaft aus den Händen gerissen wurde. Er sprang voran, um die Segelleinen zu lösen. Den Kapriolen des Windes überlassen, flatterte das Segeltuch lärmend über seinem Kopf. Die nächste Welle baute sich auf, brach und hob das alte Boot wieder an. Die *Callinde* ritt wie ein Seehund auf der wütenden Brandung. Ihr Kiel rutschte auf dem feinen Kies, und endlich kam sie am Nordstrand von Riffhafen zur Ruhe.

Jaric löste die Falle und holte mit zitternden Händen die Segel ein. Fock- und Besansegel glitten in feuchten Haufen auf Deck herab. Dann zerrte er die Rahe querschiffs, sicherte die Leinen und sprang hinaus in das knöcheltiefe, eisige Seewasser.

Der Bann umklammerte seinen Geist, trieb ihn an den Rand des Wahnsinns; irgendwo an dieser finsteren Küste, lag in den Eisklippen, die er nur aus Träumen kannte, das Schicksal auf der Lauer, das Anskiere von Elrinfaer ihm zugedacht hatte. Doch Jaric widerstand dem unerträglichen Druck lange genug, Taue um einen mächtigen Felsbrocken zu schlingen. Trotz seiner aufgerissenen, wunden Hände zerrte er dann die *Callinde*, jenseits der Reichweite der Brecher, an Land und sorgte dafür, daß sie bei Einsetzen der Flut sicher vertäut war. Nicht einmal um Anskieres Bann willen, würde er Mathiesons Boot der Vernichtung preisgeben.

Der Sturmfalke huschte am Rande seiner Wahrnehmungsfähigkeit vorbei, als er Schwert und Dolch aus seiner Seemannskiste hervorzog. Grimmig ignorierte Jaric den Vogel. Er wußte, er war nicht weit vom Delirium entfernt, doch nun, da er der Erlösung so nahe war, war er fest entschlossen, nicht aufzugeben. Noch während er sich seinen Gürtel umschnallte, hastete er die Küste hinauf. Doch er kam nur mühsam voran. Trockener Sand erschwerte seine Schritte, und der erste feste Boden, den er seit Tagen unter den Füßen hatte, schien sich unter ihm aufzubäumen und zu winden. Bald wichen die Dünen Hängen, die mit Gestrüpp bewachsen waren. Jaric stolperte über Wurzeln und Felsgestein durch die Nacht. Dornenranken hinterließen Spuren auf seiner Haut.

Plötzlich erklang beinahe direkt neben ihm der Ruf eines Mannes. »Du! Fremder! Bleib stehen.«

Jaric hörte einen Klang wie von einer Harfensaite, als scharfer Stahl aus einer Scheide gezogen wurde. Er erstarrte. Dann öffnete jemand die Abdeckungen einer Sturmlampe und tauchte ihn in eine Flut orangefarbenen Lichts. Geblendet schlug

Jaric den Arm vor das Gesicht. Als er schließlich in das Licht blinzelte, erkannte er einen schimmernden Zaun aus Speerspitzen und die schmale, nadelspitze Linie eines kampfbereiten Schwertes. Mit der See hinter sich, sah er sich in die Enge getrieben.

Ein Mann mit den Abzeichen eines Hauptmanns trat vor. »Nenn uns dein Begehr und schnell, andernfalls riskierst du dein Leben.«

Heimgesucht von dem zerrenden Unbehagen des Bannes, klammerte sich Jaric an den kläglichen Rest seines Verstandes. Der Instinkt trieb ihn, jeden möglichen Vorteil zu nutzen; er zog die Augen zu Schlitzen zusammen, um ihnen keine Gelegenheit zu geben, sich an das Licht zu gewöhnen. Dann, sorgsam darauf bedacht, seine Bewegungen im Schutz des Gebüsches zu verbergen, griff er nach dem Heft seiner Waffe und antwortete in Phrasen, wie ein höfischer Abgesandter sie benutzen mochte. »Ich komme in Frieden, herbeigerufen von dem Sturmwächter von Elrinfaer. Ich achte Eure Gesetze, doch ich werde nur mit ihm allein sprechen. Gestattet mir, zu passieren.«

»Den kriegt der Kielmark«, sagte der Hauptmann kurz angebunden und gab seinen Soldaten ein Zeichen. Speerspitzen glitzerten im Licht, wurden gesenkt und aufgereiht wie die Speichen eines Rades, dessen Nabe Jaric darstellte.

»Lebend?« fragte eine Stimme aus dem Hintergrund.

Der Hauptmann nickte nur.

Mit ungläubigem Zorn erkannte Jaric, daß seine Bitte ignoriert werden würde; die Soldaten wollten ihn aufhalten, und sei es mit Gewalt. Und das wurde nun plötzlich zu dem Rückschlag, den seine überstrapazierte Geduld nicht mehr hinnehmen konnte. Er brüllte und stürzte sich auf das Licht.

Strauchwerk blieb an seinen Unterarmen hängen. Ein Speer zischte an seinem Ohr vorbei und prallte klirrend gegen den Felsen. Dann schlug seine Faust in die Laterne ein und warf sie zu Boden. Die Flamme erlosch sogleich, und die kampferprobten Soldaten des Kielmark, deren Augen keine Gelegenheit gehabt hatten, sich an die Finsternis zu gewöhnen, stolperten hilflos durch die Finsternis.

Jaric duckte sich und schlug mit der Schulter gegen den Schaft einer Waffe. Der Mann, der sie hielt, brüllte: »Hier!«

Hinter ihm bellte der Hauptmann seine Befehle; jemand stürzte voran, um die Laterne wieder zu entzünden. Jaric zog Schwert und Dolch, wobei er gleichzeitig verzweifelt das Wiederauftauchen der gold-schwarzen Gestalt des Sturmfalken zu verhindern suchte. Dann stolperte er über einen Zweig und landete in einem ledergekleideten Arm.

Der Eigentümer warf sich herum, um ihn anzugreifen. Konfrontiert mit dem Glitzern wohlgezielten Stahls, parierte Jaric. Sauber prallte der Schlag von seinem Dolch ab. Doch das Klirren der Waffen zog die Aufmerksamkeit der Angreifer wie die hungriger Wölfe auf ihn. Trotz des Windes konnte Jaric die Stiefeltritte hören, die sich durch das Strauchwerk näherten. Wild verzweifelt wehrte er sich. Der Bann dröhnte wie ein Sirenenchor in seinen Ohren. Er fühlte keinen anderen Schmerz, nicht einmal, als die Klinge seines Gegners seine Schulter aufschlitzte.

Jaric schützte sich mit seinem Dolch, zwar spät, doch noch nicht zu spät. Sein Feind ließ das Schwert fallen und umklammerte sein blutendes Handgelenk. Ein anderer Schwertkämpfer nahm seinen Platz ein. Jaric sprang voran. Seine Waffe schlug mit solcher Gewalt auf fremden Stahl, daß der Aufprall seinen Arm zu lähmen drohte und seine Aufmerksamkeit für einen Sekundenbruchteil nachließ. Licht flammte wie ein Blitz über seinem Kopf auf; das Bild des Sturmfalken erzitterte über ihm und verschwand gleich darauf am Himmel. Sofort kannte jeder der Soldaten seine Position. Im Eilschritt hasteten sie auf ihn zu.

»Bei allen Feuern, schon wieder Zauberei«, schrie jemand. »Der Kielmark wird Kieselsteine fressen. Wer wettet mit mir?«

Das Kreischen von Stahl antwortete ihm, als Jaric einen Fehlschlag tat. Er riß seine Waffe los. Hinter ihm leuchtete ein Funke in der Dunkelheit. Die Laterne flammte auf, erstrahlte in hellem Lichtschein und jagte wilde Schatten durch das Gestrüpp.

»Gnade!« Überrascht wirbelte Jaric herum. Ein halbes Dutzend Schwertspitzen zielte direkt auf seine Brust. Rot wie Blut leuchteten die Klingen im Lampenschein, und der Hauptmann hielt seinen Speer auf Jarics Rücken gerichtet. Das Ende war unausweichlich; dennoch und trotz all ihrer langjährigen Erfahrung, sah keiner der Soldaten den letzten Zug voraus.

»Ihr bringt mir den Tod«, flüsterte die Beute. »Ich hatte nie eine Wahl.«

Mit völlig verzweifelter Miene stürzte er sich auf die Männer. Der Hauptmann reagierte gerade noch rechtzeitig. Er senkte seinen Speerschaft und ließ ihn von hinten auf den Kopf des Eindringlings niedergehen. Unter dem Hieb sank Jaric auf die Knie. Schwert und Dolch entfielen seinen Händen. Wenig elegant stürzte er hinterher und blieb ausgestreckt zwischen den Dornenbüschen liegen.

Rasch trat der Hauptmann neben ihn, die Klinge gezogen und jederzeit bereit, den tödlichen Schlag auszuführen. Als aber der Eindringling sich nicht mehr rührte, trat er ihm heftig in die Rippen. »Steh auf!«

Weder Gewalt noch Worte erzielten irgendeine Wirkung. Ein Windzug raschelte heftig in den Büschen. Doch Jaric selbst lag schlaff unter dem Stoff seines Mantels. Schließlich riß sich der Hauptmann den Helm vom Kopf und strich sich das schweißnasse Haar aus der Stirn. »Holt die Laterne, Jungs! Er ist bewußtlos.«

Er schob seine Klinge zurück in die Scheide. Schatten tanzten durch das Gebüsch, als ein Mann die Laterne herbeibrachte. Der Hauptmann ergriff den ausgestreckten Unterarm, der aus dem Ärmel des Mantels herausragte, und zerrte Jaric gewaltsam auf den Rücken. Wind strich durch das helle Haar und fegte es von einem Profil, so zart wie eine Elfenbeinskulptur. Blut lief über das Schlüsselbein zu einem derben, handgearbeiteten Kragen, und auf seinen Händen zeigten sich die offenen Wunden, die keine Zeit gehabt hatten, sich von den vielen Stunden am Ruder zu erholen.

»Kor!« Bestürzt verzog der Hauptmann das Gesicht. »Wer auch immer er ist, er mußte dringend eine Küste anlaufen. Da, schaut ihn euch an. Ihm wächst noch kaum ein Bart.« Der Mann unterbrach sich und wischte sich die Hände ab, als wäre ihm seine Pflicht plötzlich unangenehm. »Wie auch immer, der Kielmark wird ihn befragen wollen. Fesselt seine Hände besonders sorgfältig. Knabe oder Mann, für einen Abend hat er schon genug Ärger verursacht.«

Ein Untergebener lief die Bucht hinab und kehrte bald mit einer Leine zurück, die er dem Tauwerk des Focksegel der *Callinde* entrissen hatte; mit äußerster Sorgfalt fesselte er Jarics Hände. Ein anderer Soldat nahm die Waffen des Jungen an sich. Dann wickelten die Männer den Eindringling mit der für sie typischen Tüchtigkeit in den durchnäßten Stoff seines eigenen Mantels und schleppten ihn zum Kielmark.

Kapitel 20

GEFANGEN

Nach einer Abwesenheit von beinahe vierzehn Tagen, erschien Tamlin wieder auf der Lichtung. »Vergiß die Schale«, sagte er rasch. »Was ist mit Jaric geschehen?«

»Die Wachen von Riffhafen haben ihn gefangengenommen.« Taen mußte nicht erst sagen, wie bedeutsam diese Tatsache war. Seit dem Tag, da Tathagres Anskieres Bann gestört hatte, hatten alle Schiffe von Keithland zu spüren bekommen, welche Auswirkungen der Zorn des Kielmark hatte. Als Eindringling, der von einem Zauberer herbeigerufen worden war, war Jaric in Gefahr, sein Leben zu lassen. Auf Tamlins Bitte hin, sandte Taen ihren Traumsinn mit der Macht eines Armbrustschusses gen Norden. Innerhalb von Sekunden empfing ihre Gabe ein Bild.

Hohe Gewölbedecken ließen schwere Tritte widerhallen; ein Gardehauptmann und zwei seiner Untergebenen gingen über einen Korridor, der mit Fliesen im Karomuster ausgelegt war. Zwischen sich hatten sie ein unbeholfenes, in Kleider gewickeltes Bündel. Taen konzentrierte ihre Aufmerksamkeit auf das Objekt, das sogleich als Kerainson Jaric, eingehüllt in seinen eigenen Mantel und an Händen und Füßen mit salzverkrusteten Tauen gefesselt, erkennbar wurde.

Der Hauptmann bog um eine Ecke, blieb stehen und klopfte heftig an eine geschlossene Tür. »Meldung der Nachtwache, Herr«, sagte er mit klarer Stimme. »Ich bringe Euch einen Eindringling vom Nordstrand.«

Von der anderen Seite der Tür ertönte ein Fluch. Dann wurde der Riegel mit lautem Geräusch zurückgeschoben. Mit kreischenden Angeln öffnete sich die Tür von innen, und der Kielmark persönlich winkte den Soldaten zu, sie sollten eintreten. Gekleidet in eine rehbraune Samttunika, trug er keine sichtbaren Waffen; dennoch wagte niemand, der unter ihm diente, seine rücksichtslose Autorität in Frage zu stellen.

Mit ihren sandverkrusteten Stiefeln und der nassen Ausrüstung betraten die Gardisten den Teppich der offiziellen Bibliothek von Riffhafen. Bücher säumten die Wände vom Boden bis zu den Deckenbalken, und die Kamineinfassung bestand aus feinstem Marmor, verziert mit Intarsien aus reinem Silber; der Geruch von Leder und Pergament hing in der Luft. Ein in rostbraunes Tuch gehüllter Händler mit verschlagener Miene saß an einem Tisch, der halb unter Kartenwerk begraben war. Neugierig blickte er auf, als die Soldaten den Gefangenen ins Licht zerrten.

»Verzeiht die Unterbrechung«, sagte der Kielmark zu seinem Gast. Er wischte sich die tintenverschmierten Hände an einem so oder so schon fleckigen Ärmel ab und deutete auf einen exquisit gemusterten Teppich. »Legt ihn dort ab. Und nehmt den Mantel weg. Ich will ihn mir ansehen.«

Die Männer ließen ihre Last zu Boden sinken. Als sie das Wolltuch von seinem Körper zogen, rollte der Gefangene kraftlos auf den Bauch; in den Feuerschein gedreht, erschien sein Gesicht wie das eines halb verhungerten Kindes. Für einen Augenblick war sogar der Kielmark überrascht. Dann fühlte Taen, wie sein Mißtrauen wieder an die

Oberfläche drängte. Der Herrscher über Riffhafen beugte sich herab, um den Unglücklichen zu betrachten, der es gewagt hatte, in sein Reich einzudringen.

Taen hielt die Traumverbindung aufrecht und dehnte sie vorsichtig auf Jaric selbst aus, ehe sie Tamlin ihre Erkenntnisse übermittelte. »Er ist bewußtlos, aber am Leben. Ein Schwert hat ihn an der Schulter verletzt, als er gefangengenommen wurde. Die Wunde ist nicht tief, nichts Ernstes. Der Schlag auf den Kopf wiegt schwerer, aber nicht so schwer, wie die Wunde, die er sich im Seitwald zugezogen hat.«

Der Kielmark packte Jarics Schulter und drehte ihn um. Verblüfft nahm er das Blut zur Kenntnis, das die fahle Haut am Hals des Jungen verunzierte. »Hat er euch Schwierigkeiten gemacht? Wie sehr?« Während er sprach, riß er den Kragen des Jungen auf und untersuchte die Verletzung mit seinen derben Fingern. »Ihr berichtet mir besser alles. Wie ist er hierher gekommen?«

»Allein.« Die Rüstung des Hauptmanns quischte und klirrte vernehmlich, als er sein Gewicht verlagerte. »Der Junge ist mit einem heruntergekommenen alten Fischerboot hergesegelt, ausgerüstet mit Ruderpinne, einem Focksegel, einem Rahsegel und einem uralten Fetzen von einem Besansegel.«

Die Hände des Kielmark verharrten auf Jarics Schulter. Er sah auf, und seine Augen blickten gefährlich fragend. »Er ist in diesem Sturm gelandet? Bei allen Feuern, er muß verrückt sein. Zweifellos hat er euch aus derselben Idiotie heraus angegriffen?«

Die Soldaten kauerten sich verschreckt in den Schatten, während ihr Hauptmann seine Gürtelschnalle in einem Ausdruck größten Unbehagens mit den Fingern beider Hände umspannte. Jeder

Soldat in Riffhafen erinnerte sich an den Zorn des Kielmark und an seinen Schwur an jenem Morgen, an dem die Hexe seine Insel dem Sturm überlassen hatte. Hilflos am Boden vor dem Kamin ausgestreckt, erweckte Jarics erschlaffter Leib allerdings kein anderes Gefühl als Mitleid in den Männern.

Taen fühlte die Furcht des Hauptmanns, als er seinen Bericht fortsetzte. »Möglicherweise nicht. Der Junge ist bewaffnet an Land gegangen, aber er hat offenbar nicht damit gerechnet, Gesellschaft zu bekommen. Als wir ihn angerufen haben, hat er behauptet, Anskiere von Elrinfaer hätte ihn gerufen.«

Als der Name des Sturmwächters fiel, erstarrte der Kielmark mitten in der Bewegung. So sehr spannte er die Fäuste, daß die Muskulatur seiner Unterarme das Gewebe seiner Ärmelstulpen dehnte. »Anskiere! Bei Kor, nicht schon wieder.«

An die Traumverbindung gebunden, hielt Taen auf der Lichtung der Vaere den Atem an. Von den Wogen des Zorns, der den Kielmark erfaßt hatte, eingeschüchtert, wagte sie nicht, sich einzumischen, nicht einmal, um Jarics Sicherheit zu gewährleisten. Das Mißtrauen dieses Mannes machte ihn bis zur Grenze des Wahnsinns instabil; sollte er entdecken, daß die Macht einer Traumweberin in seinen Geist vorgestoßen war, würde er wohl kaum vernünftig reagieren. Sorgsam darauf bedacht, sein gefährdetes Gleichgewicht zu schützen, bereitete sich Taen darauf vor, ihn in die Bewußtlosigkeit zu treiben, sollte er auf Jaric losgehen; doch sein wütender Ausbruch war schnell wieder vorüber. Der Kielmark zügelte seinen Zorn aus kaltem Kalkül, die dunklen Brauen unter der gerunzelten Stirn zusammengezogen.

Taen schauderte vor Erleichterung, als er seine

Fäuste öffnete und seinem Hauptmann zuwinkte und ihre Anspannung endlich ein wenig nachließ. »Nur weiter.«

Der Mann starrte lieber angestrengt auf den Teppich, als dem Blick seines Herrn zu begegnen. »Der Junge hat die Laterne ausgeschlagen und sich mit Schwert und Dolch auf uns gestürzt. Dann gab es einen Lichtblitz, und einer meiner Männer behauptet, er hätte das Abbild des Sturmfalken gesehen. Wir anderen waren zu sehr beschäftigt, solche Details wahrzunehmen. Herr, sollte Zauberei im Spiel gewesen sein, so hat sie niemandem ein Leid zugefügt.«

Gefährlich ruhig erhob sich der Kielmark. »Habt Ihr seine Waffen?«

Es war eine reine Routinefrage. Sogleich brachte einer der Männer Jarics Schwert und Dolch herbei. Der Kielmark nahm sie an sich. Kommentarlos ging er zu dem Kandelaber, der auf der Kamineinfassung brannte. Flammenschein zauberte bronzefarbene Glanzlichter in sein dunkles Haar, als er den Kopf senkte und den Stahl einer eingehenden Inspektion unterzog. Nun, da sie spürte, wie sehr er in seine Konzentration versunken war, versuchte Taen einfühlsam, die Abneigung des Kielmark gegen Eindringlinge zu lindern. Mit größter Präzision schickte sie ihren Traumsinn aus und umgab die scharfen Kanten seiner Abwehr mit einem Gefühl der Ruhe. Doch des Kielmark Stimmung erwies sich als ebenso unbeugsam wie gehärteter Stahl. Taen weitete ihre Bemühungen bis an den Rand des Zwangs aus, doch all ihre Anstrengungen schienen so vergeblich wie der Versuch, eine Lawine mit einem Bindfaden aufzuhalten.

Nachdenklich betastete der Herr über Riffhafen die Schneide des Schwertes. Dann forderte er den

Hauptmann auf, ihm seine Schlußfolgerungen mitzuteilen, und als schließlich alles gesagt war, legte er die beiden Waffen neben dem grünen Mantel auf den Tisch.

»Welcher Zauberer würde Stahl aus Corlin tragen?« bemerkte er trocken. »Und doch, am Ende, als er verzweifelt war, soll dieser Junge seine Waffen fortgeworfen und Magie gewirkt haben.« Rubine funkelten an seinem Kragen, als der Kielmark die kräftigen Arme vor der Brust verschränkte. »Der Name des Jungen scheint Kerainson Jaric zu sein, es sei denn, er hat das Schwert gestohlen, was ich bezweifele. Es paßt zu gut zu seiner Statur, obendrein ist der Stahl erst vor kurzer Zeit geschmiedet worden.«

Mit angespannter, nachdenklicher Miene hielt der Herrscher über Riffhafen inne. Niemand im Raum wagte sich zu rühren, und auf der Lichtung der Vaere hielt Taen den Atem an. Endlich regte sich der Kielmark wieder und betrachtete den Jungen mit zusammengezogenen Augen, in denen sich nachdenkliche Berechnung widerspiegelte. Der Hauptmann entspannte sich sichtlich, als er den Gesichtsausdruck seines Herrn bemerkte. Hätte ihn ein Verweis erwartet, so hätte der Kielmark ihn längst erteilt. Ohne zu ahnen, daß diese Nachsicht dem Wirken einer Traumweberin zu verdanken war, sah er zu, wie der Herrscher von Riffhafen die Finger in seinem Bart vergrub, ehe er schließlich zu einem Entschluß kam.

»Sperrt den Gefangenen im Ostkerker ein. Er ist kein Zauberer. Aber er könnte durchaus mit einem in Verbindung stehen, und ein Sturmfalke könnte die Ursache für das derzeitige schlechte Wetter sein.« Der Kielmark ging zurück zum Kartentisch. Gereizt erteilte er gedankenverloren seine letzten

Anweisungen, während er seinen Männern den Rücken zugekehrt hatte. »Ruft einen Heiler, um seine Schulterverletzung zu versorgen. Wenn der Junge erwacht, so gebt ihm zu essen und zu trinken. Danach werdet ihr mich benachrichtigen. Ich will ihn befragen, aber ich möchte meine Zeit nicht verschwenden, nur weil er hungrig zu mir gebracht wird. Geht kein Risiko ein. Postiert zwei bewaffnete Wachen vor seiner Zelle und tauscht diese Seile gegen Eisenschellen aus.«

Die Gardisten salutierten und lasen den Gefangenen vom Boden auf. Sich der Nachsicht ihres Herrschers noch immer nicht sicher, beeilten sich die Männer, den Jungen aus der Bibliothek zu tragen. Leise klickte die Klinke unter der Hand des Hauptmanns, als er die Tür mit außergewöhnlicher Vorsicht ins Schloß zog.

Doch der Kielmark schenkte den Männern nur wenig Aufmerksamkeit. Als er sich über die oberste Karte beugte, fühlte Taen, wie seine Gedanken sich vor Sorge überschlugen. Gleich darauf schlug er mit der geballten Faust auf die Umrisse der Kontinentalstraße und bedachte den rostbraun gekleideten Händler mit einem eisigen Blick. »Eure Neuigkeiten gefallen mir nicht. Sie ergeben keinen Sinn. *Warum sollte Kisburn eine Flotte von drei Schiffen nach Riffhafen schicken?* Da muß es noch etwas anderes geben.« Groll schlich sich in seine Stimme. »Ich sollte die fehlende Komponente besser finden, bevor der Sturm nachläßt. Wenn die Truppen zu der Zeit in See gestochen sind, die Ihr genannt habt, dann ist das einzige, was diese Schiffe davon abhält, in die Straße einzudringen, dieser höllische Westwind.«

Viele Stunden studierte der Herrscher von Riffhafen die Karten mit finsterem Blick, brütete über dem Tisch, als könnte er die Antwort auf seine

Frage auf dem Pergament unter seinen Händen einfach ablesen, während vergessen auf dem Tisch hinter ihm Jarics Mantel lag und Salzwassertropfen auf seinem kostbaren Teppich hinterließ.

Taen löste den Kontakt und sandte einen verzweifelten Appell an Tamlin. Statt zu sprechen, beschloß sie, ihm Jarics Lage durch ihre Gabe direkt zugänglich zu machen.

Ohne zu ahnen, daß der Knabe in seinem Kerker Anskieres einzige Hoffnung auf Befreiung war, hatte der Kielmark sein Leben geschont, allein aufgrund der Möglichkeit, daß der Sturm mit seiner Person verknüpft sein mochte. Solange ihm die Gründe für Kisburns Vorstoß unbekannt waren, brauchte er den Sturm, um Riffhafens Verteidigung zu stützen.

»Jaric ist in Gefahr.« Taen forschte in den runzligen braunen Zügen des Vaere nach der Spur eines Gefühls.

Als sie keine entdecken konnte, berichtete sie ausführlich. »Ich kann die Taten des Kielmark aus der Entfernung nicht kontrollieren. Sein Wille ist viel zu stark.«

Sie mußte nicht erwähnen, daß der Zeitpunkt für Jarics Gefangennahme überaus schlecht war. Seine Widerstandskraft war durch die langen Tage seiner Reise aufgezehrt; in dem Augenblick, da er im Kerker des Kielmark wieder zu Bewußtsein käme, würde der Bann mit unerträglicher Gewalt wieder von ihm Besitz ergreifen. Da er nicht frei war, diesem Zwang zu folgen, konnte Jaric ebensogut den Verstand verlieren.

Unerschütterlich sog Tamlin an seiner Pfeife, ohne eine Regung zu zeigen. Rauch kräuselte sich durch Schnurrbart und Brauen und wogte träge um seine perlenbesetzte Kappe.

»Du mußt nach Riffhafen reisen«, sagte er schlicht. »Eine andere Alternative gibt es nicht.«

Taen sprang auf. In ihrer Hast stieß sie die Kristallschale um, und das Wasser ergoß sich in silbrigem Strom in das Gras. »Wie sollte ich? Die Überfahrt würde Tage dauern, und ich habe nicht einmal ein Boot.«

Die magische Stille des Waldes schluckte ihre Aufregung ohne jeden Widerhall. Tamlin blies einen Rauchring in die Luft; seine Federn hingen reglos in der windstillen Luft. »Ich kann dich innerhalb von Stunden dorthin bringen, keine Sorge.« Er zog die Pfeife zwischen den Zähnen hervor und betrachtete seinen Schützling aus unbewegten schwarzen Augen. »Befreie Jaric, wenn du kannst. Doch du mußt eines versprechen: Verlaß die Insel, bevor Kisburns Schiffe am Horizont erscheinen, oder du wirst dein Leben als Pfand riskieren. Tathagres weiß von deiner Gabe; und Lord Sholl, der Gestaltwandler, hat geschworen, dich zu vernichten.«

Von Besorgnis erfüllt, starrte Taen auf ihre Hände. Oft, während ihrer Ausbildung, hatte sie sich über ihre Gefangenschaft auf der Insel geärgert. Nun schien der Wald, der den Kern der Mysterien der Vaere beherbergte, der herrlichste und friedvollste Hafen zu sein, den sie sich vorstellen konnte, weit entfernt von den Zwistigkeiten der Sterblichen.

»Hast du mich verstanden?« fragte Tamlin streng.

Taen nickte, während sie gegen den übermäßigen Drang zu weinen ankämpfte.

»So knie nieder.« Der Vaere deutete auf den Rasen. Die Pfeife war auf geheimnisvolle Weise aus seiner Hand verschwunden.

Unter der Last einer Verantwortung, der sie sich nicht entziehen konnte, tat Taen, worum er sie gebeten hatte. Das Schicksal von Jaric und Anskiere und vielleicht von ganz Keithland ruhte auf ihren Schultern. Sie zitterte, fühlte sich all ihres Mutes beraubt, während Tamlin die Arme über ihren Kopf erhob. Glocken erklangen in der Luft, als er die Handflächen zusammenschlug. Der Wald wirbelte um Taen herum und verschwand schließlich ganz; Taens Sinne vernebelten sich und sie stürzte Hals über Kopf in tiefschwarze Nacht.

Die Kapsel, in der Taen ruhte, war zum Reisen gedacht, auch wenn sie seit beinahe einem Vierteljahrhundert nicht aus ihrem Versteck herausbewegt worden war. Schalter schlossen sich in den gewaltigen Datenbanken der Vaere. Alle Maschinen antworteten den elektronischen Befehlen. Systeme wurden gestartet, um die Abreise nach Riffhafen vorzubereiten; elektrische Impulse durchliefen unzählige Schaltungen, während die Kontrollinstrumente die Betriebsbereitschaft überprüften. Servomechanismen entriegelten die Kapsel und bereiteten Taens Leib auf ihr Erwachen vor. Ihr Körper wurde in eine Traumweberrobe gehüllt, gefertigt aus einem Stoff, der keine sichtbaren Nähte aufwies. Die Farben reichten von nebelhaftem Grau bis zu einem Blauviolett, wenn Licht über das Gewand wanderte. Kragen und Stulpen waren in Gold abgesetzt. Zum krönenden Abschluß preßte ein Roboter einen Myrtenkranz in ihr dunkles Haar.

Trotz der sorgfältigen Befolgung aller Details einer Mythologie, die die Vaere selbst hervorgebracht hatten, haftete dem Plan ein ernster Makel an. Die Kapsel war leicht als ein Relikt der

Transportsysteme der Corinne Dane zu identifizieren; ohne Pflege hätte sie so viele Generationen nach dem Absturz unmöglich noch funktionstüchtig sein können. Dämonen besaßen ein eidetisches Gedächtnis, das eine jede Generation unbeschadet überstanden hatte. Sollte die Kapsel bei Taens Landung gesichtet werden, so mochte der Feind erkennen, daß die Vaere überlebt hatten. Wenn das geschah, so würde dem Computer weit mehr nachgestellt werden als den Archiven von Landfeste. Dennoch gab es keine andere Möglichkeit, wenn Taen Riffhafen früh genug erreichen sollte, um Jaric zu Hilfe zu kommen. Mechanisch und leidenschaftslos verdrahtete der Vaere einen Sprengsatz mit dem Navigationssystem. Mit ein bißchen Glück würde Taen unbemerkt aussteigen und die Kapsel nicht bemerkt werden, bevor der Selbstzerstörungsmechanismus die Detonation ausgelöst hatte. Mit unfehlbarer Präzision gab der Vaere die Koordinaten von Riffhafen ein, und nach einer letzten Überprüfung der Triebwerke, leitete er die Startsequenz der Kapsel ein.

Tief unter der Erde einer Insel, die von der undurchdringlichen Wildnis eines Zedernwaldes geschützt wurde, schoß ein silbriges Objekt aus einer Röhre, die verborgen unter dem Meeresspiegel in die See mündete. Begleitet von dem gedämpften Jammern der Turbinen jagte es durch das Meer gen Norden und hinterließ eine lange Spur phosphoreszierender Blasen in seinem Kielwasser.

In der stillen Stunde vor Anbruch der Morgendämmerung, erschütterte plötzlich ein ohrenbetäubender Knall jede Fensterscheibe in der Festung, die

die Docks von Riffhafen überragte. Aus dem Schlaf gerissen, sprang der Kielmark voller Zorn aus dem Bett. Der wolkenverhangene Himmel leuchtete mattorange jenseits der Fensteröffnung. Silhouettengleich erhoben sich die Lagerhäuser über dem Landungssteg. Nackt, von seiner rubinbesetzten Amtskette abgesehen, riß der Kielmark unsanft die Tür zu seinem Gemach auf.

»Hol das gesattelte Pferd und bring es zum Westtor!« Der Wachposten auf dem Korridor hastete zur Treppe. Ohne weitere Verzögerungen, sammelte der Kielmark Kniehose, Stiefel und Schwertgürtel neben dem Bett auf. Ohne sich erst anzuziehen, stürzte er aus seinem Gemach hinaus. Er würde Zeit genug finden, sich anzukleiden, während er auf den Soldaten mit dem Pferd wartete, im besten Fall einige Sekunden. Zu jeder Stunde, ob bei Tag oder Nacht, stand ein Roß im Innenhof der Festung gesattelt und aufgezäumt bereit, sollte der Kielmark es benötigen.

Der Kielmark rannte über den äußeren Hof. Schwertscheide und Gürtel klapperten zwischen seinen Knien. Die Glut über dem Hafen war inzwischen zu einem fahlen Karmesinrot verblaßt. Fluchend zerrte er sich die Hose über die Hüften. Ein Ruf drang durch den Nebel an seine Ohren, durchbrochen von dem Stakkato donnernder Hufe auf Pflastersteinen. Ein Stallbursche näherte sich im Laufschritt, neben sich ein mächtiges graues Roß an der Führungsleine, dessen Steigbügel bereits frei unter seinem Bauch hin und her schwangen.

»Hierher!« Der Kielmark packte die Mähne und zog sich in den Sattel, bevor das Tier überhaupt stehengeblieben war. Ohne auf seine Stiefel zu achten, stieß er dem Tier die nackten Fersen in den Leib und jagte es in torkelndem Galopp in die Finsternis jenseits der Festungstore. Selbst die Treppe vor der Festung nahm er in kurzem Galopp.

Wie Hammerschläge erzeugten die beschlagenen Hufe bei jedem Tritt Funken auf dem Stein. Der Kielmark brüllte, schlug dem Tier die Zügel in den Nacken und hetzte es zu einem rücksichtslosen Galopp. An der ersten Biegung der Treppe riß er es von dem Weg fort und jagte es in einem wilden Durcheinander hinunterrollender Steine den Hang hinab. Zweige schlugen gegen seine Arme, und Dornenranken peitschten schmerzhaft gegen seine bloßen Zehen; doch der Kielmark kümmerte sich nicht um den Verdruß. Kaum eine Minute nach dem Knall führte er sein schweißnasses Roß durch die verwinkelten Straßen zum Hafen hinunter.

Versprengte Wrackteile zeichneten die Bucht; Flammen flackerten wie Banner im Wind und umrahmten die Wogen mit blutrotem Schein. Soldaten bildeten ein halbkreisförmiges Spalier an der Küste, vor sich eine einzelne Gestalt in windgepeitschter Robe. Doch die Waffen der Männer deuteten auf den Sand, und ihre Disziplin erschien im Angesicht ihres Befehlshabers sonderbar lasch. Verärgert verzog der Kielmark das Gesicht. Beeindruckend bewegten sich seine Muskeln, als er sein Schwert zog, dem Pferd erneut die Fersen in die Seiten rammte, so daß es auf die Männer zutrieb.

Wütend genug, nicht auszuweichen, als es einem seiner Männer erst in letzter Sekunde gelang, aus dem Weg zu springen, bellte er gegen den Sturm an. »Was geht hier vor?«

Doch die Antwort war klar, kaum hatte er die Absperrkette durchbrochen und sein Pferd gezügelt. Allein und unbewaffnet stand eine Frau am Strand. Ihr Haar fiel über ihre Schultern, und ein mystischer Myrtenkranz umrahmte ihren Kopf. An dem Kranz und dem überirdischen Schimmer ihrer blauvioletten Robe erkannte der Kielmark die Traumweberin. Das Verhalten der Gardisten war keineswegs eine Folge von Sorglosigkeit; umgarnt von dem Einfluß der Zauberin versuchten sie, ihre Waffen zu erheben, die sich in ihren Händen sonderbar fremdartig anfühlten. Schweiß bahnte sich einen Weg über die Brauen des Kielmark. Sein gewaltiger Unterarm zitterte vor Anstrengung, als er sich mühte, sein eigenes Schwert zu halten, das plötzlich viel zu schwer für seine Hand erschien.

Wut loderte in seinem Inneren. Zwei Fälle von Zauberei in derselben Nacht überstiegen seine Geduld bei weitem. In einem Tonfall füchterlichen Zorns wandte er sich an die Frau, die es gewagt hatte, ihre Magie gegen seine Männer zu wenden. »Was führt Euch hierher? Sprecht geschwind, denn Eure Anwesenheit ist keineswegs willkommen.«

Die Traumweberin sah ihn an, und in ihrem klaren Blick erkannte er eine offene Bitte. »In dieser Nacht habt Ihr einen Mann gefangengenommen, Kerainson Jaric. Ich bin hier, um seine Freilassung zu erbitten, um der Sicherheit Eures Reiches und ganz Keithlands willen. Ihr dürft ihn nicht länger einsperren. Er ist der Nachfahre von Ivain, dem Feuergebieter, und seine Pflicht drängt.«

Sprachlos vor Überraschung senkte der Kielmark sein Schwert.

Nie hätte er damit gerechnet, daß dieser schmale blonde Junge, den die Gardisten zu ihm gebracht hatten, der Sohn Ivains sein könnte. Diese Tatsache allerdings erklärte vieles. Der Herr von Riffhafen ließ seine Waffe noch weiter sinken und legte den Unterarm auf den Nacken des Pferdes. Blanker Stahl schlug klirrend gegen das Eisen des Steigbügels, als er sich vorbeugte.

»Wer hat Euch geschickt?« verlangte er zu erfahren.

Die Traumweberin mußte schreien, um sich im Donnern der Brandung verständlich zu machen. »Tamlin von den Vaere, derselbe, der Anskiere zur Meisterschaft geführt hat. Wenn Ihr wollt, daß der Sturmwächter aus seinem Gefängnis aus Eis befreit wird und Eure Insel verläßt, so ist Jaric der einzige, der diese Tat vollbringen kann.«

Fluchend richtete sich der Kielmark im Sattel auf und rammte sein Schwert mit unverhohlenem Zorn in die Scheide, ehe er der Traumweberin die Hand reichte. »Kommt zu mir herauf. Ich führe keine Verhandlungen ohne ein Dach über dem Kopf und Mauern, die den Wind abhalten. Trinkt Ihr Wein?«

Taen schüttelte den Kopf und trat behutsam vor. Der Kielmark, der ihre Annäherung als Einverständnis auffaßte, trieb sein Pferd voran, um ihr entgegenzukommen. Er bückte sich, hob sie hoch und schwang sie vor sich auf den Rücken des Pferdes. Schwarzes Haar peitschte über nackte Schultern, als er das Pferd herumriß. Mit einer Geste entließ er die Wachen, ehe er das Pferd über den Hang zur Festung hinauftrieb.

Taen hockte auf dem Rand eines Polstersessels im Studierzimmer des Kielmark, die Robe in den Schoß gezerrt, damit sie ihre verkrampften Hände verbergen sollte. Noch immer ohne Hemd schlich der Herrscher über Riffhafen wie ein Wolf vor dem Kamin herum, einen geschliffenen Achatkelch in der Hand. Er nippte an seinem Wein und bedachte die Traumweberin mit einem langen, prüfenden Blick.

Ohne Vorwarnung blieb er stehen und sprach: »Ihr seid jünger, als Ihr ausseht.«

Taen sah zu, wie die Rubine an seinem Hals den Feuerschein funkelnd zurückwarfen. »Der Vaere hat mich in größter Not geschickt. Riffhafen ist in größerer Gefahr, als Ihr auch nur ahnen könnt.«

»Tatsächlich?« Die Augen des Kielmark verengten sich. Lange wartete er auf eine Antwort, doch unaufgefordert gab Taen nichts preis. Langsam wurde es jenseits des Fensters heller, und der Sonnenschein zauberte silbrige Glanzlichter auf sein Brusthaar.

Schließlich sagte der Kielmark: »Ihr werdet nichts gewinnen, wenn Ihr versucht, mit mir zu feilschen.«

Taen begegnete seiner Drohung mit unerschrockener Ehrlichkeit. »Meine Art handelt nicht, Herr. Würde ich zu manipulieren wünschen, so würde ich es tun, *notfalls auch ohne Euer Einverständnis*.«

Diese Aussage traf einen Nerv. Der Kielmark knallte seinen Kelch auf die Fensterbank. Wein spritzte über seine Finger. Das Mädchen auf dem Stuhl zuckte zusammen, nahm ihre Warnung jedoch nicht zurück. Mit unbewegter Miene blieb sie in ihrer goldgesäumten Robe schweigend sitzen, während der Diener, der den Wein serviert hatte, davonstürzte, um ein Handtuch und einen Krug Wasser zu holen. Wein tropfte von der Hand des Kielmark auf den Boden, doch er bemerkte nichts davon. So unschuldig und verletzbar das Mädchen erschien, wußte er doch, daß nur eine Zauberin, die von den Vaere ausgebildet worden war, Robe und Myrtenkranz trug. Auf ihrem Gebiet besaß diese Kindfrau mehr Macht als Anskiere.

Der Kammerdiener kehrte zurück, blickte kurz seinen Herrn an und machte sich dann in aller Stille daran, den verschütteten Wein aufzuwischen.

Taen konfrontierte den Kielmark mit beunruhigender Selbstsicherheit. »Ich möchte mich lieber ohne Umwege mit Euch einigen.« Ihre Zurückhaltung schien echt zu sein; und ihre nächsten Worte schienen aus ihrem Herzen zu kommen. »Der Sturmwächter von Elrinfaer achtet Euch sehr. An seiner Stelle überbringe ich Euch eine Warnung. Kisburn will die Freien Inseln erobern. Riffhafen kontrolliert die Meeresstraßen und steht so einer Machtgier im Wege, die nun durch die Verdammten Kors in einer überlegenen Position ist. Die Dämonen gelüstet es nach Landfeste. Dank der Machenschaften von Tathagres, werden sie den König im Kampf gegen Euch unterstützen.«

Der Kielmark zuckte zusammen, als hätte er Gift gekostet. Die Röte, die nun seine Züge überzog, veranlaßte den Kammerdiener, sich hastig aus dem Raum zu entfernen. »Bei allen Feuern! Er wagt es tatsächlich, was?«

Sein Zorn traf Taens Wahrnehmung mit der Gewalt eines Hammers. Sie bemühte sich, die Kontrolle aufrechtzuerhalten. »Herr, hört mir gut zu. Ihr müßt Riffhafen aufgeben und Euer Gefolge in Sicherheit bringen.«

Füchterliche Wut prägte sogleich die Haltung des Kielmark. Als sie sah, daß seine Hand zum Heft seines Schwertes wanderte, sprang Taen auf. Macht strahlte von ihr aus, und ihre Stimme wurde eindringlich und kalt. »Herr, hört auf mich. Zeit ist kostbar und Worte nur Verschwendung. Seht, ich werde es Euch zeigen.«

Sie breitete die Arme aus und leitete die ganze Macht ihrer Gabe zu ihm. Solchermaßen in Einklang mit ihrem Willen gebracht, blieb dem Kielmark keine Wahl, als aufmerksam in den Wasserkrug zu blicken. Bilder wanderten über die Wasseroberfläche. Über eine zusammenhängende Kette der Ereignisse führte Taen ihn auf eine Reise, die in Kisburns geheimem Ratszimmer ihren Anfang nahm, sich der Debatten zur Herrschaft über die Allianz der Freien Inseln widmete und schließlich in der Hütte eines Waidmanns jenseits des Furlaingebirges endete. In Träumen zeigte die Zauberin Keithlands gefährlichste Schwachstelle auf; nichts von der strategischen Bedeutung Riffhafens sparte sie aus. Nachdem sie die Gefühle des Kielmark ihrem eigenen Muster angeglichen hatte, traf sie ihn mit den dornenreichen Plänen des Königs; von ihrem Zugriff beherrscht, kostete der Kielmark die Gier, die einen von Schuldgefühlen geplagten Fischerjungen in eine unbarmherzige Schachfigur verwandelt hatte, wußte er um die Grausamkeit jener Frau, die diese Veränderung herbeigeführt hatte. Dann wiederum, gefangen im Bann eines Zauberers, erlitt er die stürmischen Winde einer Überfahrt auf hoher See und Jarics einsame Stunden am Ruder der *Callinde*. Taen gönnte ihm keine Atempause. Wieder veränderte sie das Bild und jagte ihn tief in das Eis, das die Nordküste Riffhafens unter sich begrub. Dort hörte der Kielmark die blutrünstigen Schreie der Frostwargs; und er fühlte die verzweifelte Hoffnung eines Zauberers, den er schätzte wie einen Bruder.

»Laßt Jaric frei« sagte Taen, und ihre Worte hallten ruhelos in Kielmarks Geist wider. »Wenn Ihr es nicht tut, wird alles, was Euch wert ist, vernichtet werden.«

Abrupt erlöste sie ihn. Das Wasser in dem Krug verlor den Schimmer der Visionen, wurde wieder zu gewöhnlichem, klarem Wasser. Der Kielmark erschrak. Nun, da sein Bewußtsein wieder frei war, erkannte er Tränen auf seinem Gesicht. »Ihr habt mich in eine ausgesprochen ungünstige Lage gebracht«, sagte er leise, während er nach der Karaffe griff, um seinen Kelch nachzufüllen.

Plötzlich ertönte lautstarkes Pochen von der Tür. »Herr!« Ein Hauptmann mit großen Messingkreolen in den Ohren streckte den Kopf herein. »Rasch, Ihr müßt kommen, es gibt Ärger mit dem Gefangenen!«

Der Kielmark ließ die Karaffe fallen. Sie schlug auf den Fliesen auf, als er mit weitausholenden Schritten zur Tür rannte und sie ganz aufriß. Dann nickte er Taen zu, ihm zu folgen. Der Hauptmann setzte seinen Bericht fort, während sie den Korridor hinunterrannten.

»Der Junge ist schreiend erwacht. Hat sich die Haut von den Handgelenken gekratzt, weil er seine Fesseln loswerden wollte. Der Heiler hatte seine Schulterwunde versorgt und war schon wieder fort, und die Wache konnte keinen Grund für die Aufregung entdecken. Er hat um Hilfe gerufen, und der zweite Wachsoldat hat die Tür geöffnet und wäre beinahe durch eine magische Entladung erblindet.« Um Atem ringend, beendete der Hauptmann seinen Bericht. »Der Mann wurde von seinen Füßen gerissen. Er hat mich gebeten, Euch zu informieren, daß er den Sturmfalken in der Zelle gesehen hat. Jetzt fegt ein Wind wie ein Orkan durch den Kerker, und niemand wagt sich mehr in die Nähe des Gefangenen.«

Der Kielmark hastete einen Bogengang hinab und rief Taen über seine Schulter zu: »Könnt Ihr helfen?«

Atemlos keuchte sie: »Wenn Jaric noch bei Verstand ist, ja.«

Der Kielmark wirbelte um seine eigene Achse, und zum zweiten Mal an diesem Morgen riß er Taen in seine Arme. Sie hing an seiner Schulter, und die Zauberin fühlte, wie seine Schritte immer ausholender wurden, während der Hauptmann langsam zurückfiel. Kräftige Finger drückten sich schmerzhaft in ihr Fleisch, doch in ihrer Sorge um Jaric war Taen auch das gleichgültig. Ohne Protest ließ sie den Spurt über sich ergehen, während ihr Traumsinn vorauseilte, um Jaric zu erreichen.

Der Kontakt löste ein Flut aus Schmerz und Entsetzen aus; und ein sengender, unerträglicher Strom der Macht wurde frei, dessen ursprüngliche Bestimmung gehemmt worden war. Mit jeder Sekunde wurde die Energie stärker, bohrte sich in Jarics Geist mit der böswilligen Zerstörungskraft eines Wirbelsturms. Taen erkannte, daß er keinen Willen mehr hatte, der gebrochen werden konnte, und in einem Augenblick des geteilten Entsetzens schwankte ihre Kontrolle. Der Bann durchdrang die Traumverbindung. Für einen grauenvollen Moment fühlte sie das ganze Ausmaß von Jarics Qualen. Die Pein entlockte ihr ein Keuchen. Unerfahren im Umgang mit einem derart schrecklichen Aufeinandertreffen von Energien, verlor sie den Kontakt und blieb ermattet und orientierungslos in den Armen des Kielmark liegen.

Schließlich erhob sie die Stimme, um den umgebenden Lärm zu übertönen: »Meine Gabe ist nutzlos, bis wir Jaric erreicht haben.«

Der Kielmark nickte nur. Er stürzte eine kurze Treppe hinunter und überquerte einen offenen Innenhof. Regen prasselte auf die Dächer. Nasses Haar fegte dem Kielmark auf die Stirn. Taens leichte Robe war innerhalb von Sekunden durchnäßt. Wind heulte durch den Hof und schlug mit wahnsinniger Gewalt gegen Türen und Fensterläden. Doch so leicht ließ sich der Kielmark nicht entmutigen. Er rannte weiter, bis das Kerkergebäude im

Regen sichtbar wurde. Den Kopf im Kampf mit den Elementen eingezogen, duckte er sich in den Schutz eines Torbogens und trat die Tür mit Füßen auf.

Drinnen war es trocken, aber das Rauschen des Windes wurde ohrenbetäubend. Von dem Luftstrom, der von den Kerkern heraufwehte, beinahe umgeworfen, stellte der Kielmark Taen auf ihre Füße und legte ihr schützend einen Arm um die Schultern. Durch seinen mächtigen Leib geschützt, stieg Taen gemeinsam mit ihm die Stufen hinab. Schritt für Schritt zerrte er Taen mühsam zu der Zelle, in der Jaric lag.

Die Tür war aufgestoßen worden. Grelles, weißes Licht drang von innen heraus und wurde von den derben Wänden des Korridors zurückgeworfen. In der feuchten Luft lag ein scharfer Hauch von Ozon. Vernebelten Blickes erhaschte Taen einen kurzen Blick auf gigantische Schwingen, auf Gefieder in schwarzen und braungoldenen Streifen. Die Gewalt des Windes erstickte ihren Schrei. Sie klammerte sich an den Unterarm des Kielmark und deutete voraus. Doch der Mann hatte den Sturmfalken längst entdeckt. Licht umrahmte seinen Schädel über ihrem Kopf, als er nickte und sich gleich darauf wieder stur vorankämpfte. Wind rüttelte an seinem Gleichgewicht. Schweißnasse Finger bohrten sich in Taens Fleisch, als er mit der freien Hand nach dem Eisengitter vor der Zellentür griff.

Taens Gesicht lag an seiner Schulter, als er sich voranstemmte, um die Schwelle zu überqueren. Sie fühlte, wie sich seine Muskeln an ihrer Wange zitternd spannten. Doch der Wind fegte mit unglaublicher Wut durch die schmale Öffnung und machte jeden weiteren Schritt unmöglich. Der Kielmark beugte sich herab und brüllte in der Traumweberin Ohr: »Wenn Ihr ihn erreichen könnt, dann los.«

Taen nickte, ihr nasses Haar peitschte ihr ins Gesicht. Sie fühlte, wie sich der Arm des Kielmark kurz an ihren Rücken legte. Dann schleuderte er sie mit dem Kopf voran der Macht des Sturmes entgegen durch die Zellentür.

Von dem gleißenden magischen Licht geblendet, fiel Taen auf die Knie und stürzte aus dieser Position über einen reglosen Körper. Jeglicher Gefühle beraubt, zeigte Jaric keinerlei Reaktion. Unfähig, irgend etwas zu erkennen, tastete Taen sich voran. Ihre rechte Hand stieß gegen eine Kette. Die Glieder bohrten sich schmerzhaft in ihre Handfläche, als sie haltsuchend zugriff. Wind kreischte in ihren Ohren wie die Schreie eines Folteropfers. Taen hielt seiner Gewalt stand. Sie ließ ihre Hand über die Kette gleiten, bis sie Jarics Unterarm packen konnte. Ihre Finger gruben sich in sein Fleisch, das gefährlich abgekühlt und blutverschmiert war. Furcht erfaßte Taen bei dieser Erkenntnis. Während die Schwingen des Sturmfalken die Elemente über ihrem Kopf zu urtümlichem Zorn peitschten, konzentrierte sie ihre Gabe, um einen Traum zu schicken.

»Jaric!« Ihr Ruf war verzweifelt, ihre Berührung unfehlbar; dennoch brachte ihr leidenschaftlicher Aufschrei keine Antwort. Taen legte sich neben dem Jungen flach auf den Boden und ergriff sein Gesicht mit ihren warmen Händen. Dann schärfte sie ihren Willen wie eine Waffe und drang in sein Wesen ein, wob einen Traum, um seinen gequälten Geist durch ihre Berührung zu schützen. Rasch und mit sicherem Gespür legte sie eine Barriere über seine Gedanken, die der Bann nicht durchdringen konnte. Nunmehr isoliert, begann die konzentrierte Energie, sich zurückzuziehen.

Das schmerzhafte Gleißen der Magie flackerte

und nahm beim Erlöschen das Abbild des Sturmfalken mit sich. In tiefer Finsternis verstärkte Taen die Barriere zu Jarics Schutz noch weiter. Der Wind verkümmerte zu einem Seufzen und spielte nurmehr mit dem Saum der Robe zu ihren Füßen. Langsam setzte sie sich auf und entspannte ihre verkrampfte Muskulatur. Jaric atmete unter ihren Händen, doch in seinem Geist war keine Spur von Selbstbewußtsein zu finden.

Etwas Metallisches klapperte im Türrahmen. Ein Funke erglühte, und gleich darauf riß Flammenschein die kantigen Züge des Kielmark aus der Finsternis; zwischen seinen Knien hielt er eine Lampe, und seine Stirn lag in tiefen Falten. Als die Flamme zu flackern aufhörte, widmete Taen ihre Aufmerksamkeit wieder dem Erben des Feuergebieters, der ausgestreckt auf ihren Knien lag. Beide Handgelenke waren wund von seinem Kampf gegen die Ketten; seine Augen starrten aus dem blassen Gesicht, und feines, sonnengebleichtes Haar fiel, von Wind und Salz seines Glanzes beraubt, über Taens Unterarm. Nun, da sie ihn zum ersten Mal physisch vor sich sah, erkannte Taen überrascht, daß er weit zierlicher war, als sie es nach ihrem ersten Eindruck im Seitwald angenommen hatte. Mit zarten Fingern strich sie über seine Augenbraue. Jaric rührte sich nicht; unter seinem durchnäßten Leinenhemd war seine Haut so kalt wie die eines Toten.

Das Licht wurde heller, und Stiefel scharrten direkt neben Taens Ellbogen über den Boden. Sie blickte auf und sah den Kielmark mit der Laterne neben sich. Seine kalten Augen fixierten Jaric voller Aufmerksamkeit.

Taen beantwortete seine Gedanken, bevor er Gelegenheit hatte, sie auszusprechen. »Ich weiß es nicht. Vielleicht kann ich Jarics Bewußtsein zurückholen, aber der Bann hat ihm grausam mitgespielt und Eure Handlungsweise war ebenfalls unmenschlich.« Widerwillig berührte sie die Ketten. »Die müssen sofort weg, dann werde ich tun, was ich kann. Wenn Ihr auch nur das geringste Mitgefühl mit diesem Jungen aufbringen könnt, so stellt Pferde und eine Eskorte bereit, damit er die Eisklippen so schnell wie möglich erreichen kann.«

Ungewöhnlich zurückhaltend enthielt sich der Kielmark eines Kommentars. Als Herrscher über sein Reich würde er niemals Befehle entgegennehmen, nicht einmal von einer Traumweberin, die von den Vaere ausgebildet worden war. Zu spät bedauerte Taen ihre taktlose Vorgehensweise. Wenn er sich gegen sie stellen sollte, so wußte sie nicht, ob sie ihn in irgendeiner Weise würde beeinflussen können, wankelmütig wie er war, wild bis zur Unberechenbarkeit. Mit angehaltenem Atem wartete sie auf seine Antwort.

Ohne den Blick von Jaric zu wenden, sank der Kielmark auf die Knie. Er zog einen Schlüssel hinter seinem Gürtel hervor und packte die Schellen, die Jarics Handgelenke umspannten. Mit einem lauten Klicken öffneten sich die Schlösser. Der Herr von Riffhafen entfernte die Fesseln seines Gefangenen mit erstaunlicher Sanftheit. Taen seufzte erleichtert. Ihre Finger lösten sich aus Jarics Haar, und sie beugte sich über den schlaffen Leib des Jungen, als würde sie weinen.

Der Kielmark schleuderte die Schellen zu Boden. Dann erhob er sich und wartete mit wenig verhohlener Ungeduld, bis das Echo verhallte. »Habt Ihr gewußt, daß dieser Junge zwar zierlich, aber überaus stark ist? Er mag die notwendigen Voraussetzungen besitzen, den Zyklus des Feuers zu meistern.«

Mit diesen Worten steckte er den Schlüssel wieder ein und betrachtete die Traumweberin, die in sein Reich eingedrungen war. Der Wind hatte ihr den Myrtenkranz vom Haupt gerissen; schwarzes Haar fiel in unordentlichen, verfilzten Locken über ihre Schultern. »Ihr habt viel Mut«, fügte der Kielmark dann nachdenklich hinzu. »Ich denke, Ihr habt Euch Pferde und Eskorte redlich verdient. Darüberhinaus aber kann ich Euch nicht helfen. Ich habe eine Insel zu verteidigen.«

Doch weit entfernt von sterblicher Wahrnehmung, begriff Taen die Bedeutung seiner Worte nicht; von dem Augenblick an, da Jarics Fesseln fort waren, hatte sie all ihre Konzentration ihrer Gabe gewidmet. Tief drang ihr Traumsinn in sein Wesen, auf der Suche nach einem Funken Bewußtsein in dem erschlafften Leib unter ihren Händen. Die Traumweberin sah nicht, daß der Kielmark die Laterne abstellte. Still ging er davon, und der Traumweberin wurde nicht bewußt, daß er jeglicher Vorsicht entsagt hatte. Stur war der Kielmark fest entschlossen, Kisburn und sein Dämonenpack zu bekämpfen. Solange er am Leben war, würde die Festung sich niemals ergeben.

Kapitel 21

EISKLIPPEN

Verloren in der schattenlosen Tiefe nahe der Grenze zum Tod, fühlte Jaric, wie sich ein energetischer Strom in seine Isolation drängte. Heftig zuckte er zurück. Nicht bereit, noch mehr Schmerz zu ertragen, blieb er reglos wie ein Plattfisch, der sich auf dem Grund der See niedergelassen hatte, um den scharfen Zähnen eines Raubfisches zu entgehen.

Doch die Energie wollte nicht weichen.

»Jaric!« Der Name drang ins tiefste Innere seiner Stille, zerfiel in unzählige Echos, jedes davon ein leidenschaftliches Flehen. Der Ruf versprach Frieden in einer Welt, die aufzugeben er getrieben worden war; und er bot Heilung. Doch die Erinnerung an die zermürbenden Qualen des Bannes schmerzte wie eine offene Wunde. Jaric wagte nicht zu vertrauen. Hinter Gittern, in Eisen gelegt, würde die Stimme ihm nichts als zerstörte Hoffnungen bringen, so wie die Traumweberin, die ihn einst hintergangen hatte. Anskiere vergaß niemals, vergab niemals; sein Bann kannte keine Gnade.

»Sohn des Ivain!« Der Aufschrei löste ein Flimmern wie Lichtstrahlen auf einer bewegten Wasseroberfläche aus. Ermattet, doch verzweifelt, versuchte Jaric, das Glimmen in Finsternis zu ersticken. Seine Bemühungen wurden schlicht zerschlagen. Bilder strömten durch seinen Geist, verfolgten ihn in seiner Einsamkeit. Jeglicher Ruhe beraubt, schrie Jaric laut auf, und die Energie brach durch, flutete seine Seele mit einer Freude, so rein, daß er hätte weinen können.

Sonnenlicht fiel auf die Wasseroberfläche eines Flusses, an der ein kleiner Junge mit einer Angelschnur hockte. Das Kind war er selbst, und der Augenblick eine kostbare Erinnerung aus seiner Kindheit. Ohne Vorwarnung veränderte sich die Vision. Schnee fiel über dem Seitwald, jede Flocke komplizierter gemustert als edelste Spitze vor der dunklen Wolle seiner Fausthandschuhe; im Lichtkreis der Laterne neben dem Schuppen betrachtete Telemark den Stapel Pelze auf dem Zugschlitten. »Du gibst niemals auf, Jaric. Das ist etwas, was ich an einem Mann bewundere.« Der Waidmann fügte noch reiches Lob für die geschickte Arbeit des Jungen hinzu, der nie zuvor eine Eisotterfalle aufgestellt hatte.

Abseits des Traumes wand sich Jaric vor Scham. Er sehnte sich nach der Anonymität der Archive von Morbrith, doch diese Zuflucht war ihm verwehrt.

»Erbe des Feuergebieters!« Dieser Ruf löste ein Echo der Verzweiflung aus, gepaart mit der schrecklichen Vision der Ruinen von Morbrith. Doch der Llondel, der einst diese Warnung geschaffen hatte, war nun nur noch Staub, verblutet unter dem kalten Stahl eines Grafen. Jaric kniete auf einer mit Gebeinen übersäten Straße und schrie seine Verweigerung hinaus; doch sein Schmerz wurde ignoriert.

»Kerainson Jaric!« Der Name steigerte sich zu einem Crescendo ungezählter Anklagen, begleitet von dem lebhaften Bild von Mathieson, der nun allein auf einem windgepeitschten Landungssteg trauerte, die Hände in den Kragen seines herrlichen Pelzmantels gekrallt.

»Nein!« Jaric erschauderte. Er wehrte sich gegen die unerträgliche Unterstellung, die er in dieser Vision erblickte: daß er es nicht wert gewesen war, ein solches Opfer zu verlangen, und daß alle, die ihm geholfen hatten, sich umsonst bemüht hatten. Gezwungen, zu seiner Verteidigung zu reagieren, rührte sich Jaric endlich. Seine Lider zitterten, und als er die Augen öffnete, stellte er fest, daß der Schmerz nicht länger andauerte.

Die Visionen gaben seinen Geist frei. Die Traumweberin, die ihm einst seine Erinnerungen zurückgegeben hatte, hielt seinen Kopf in ihrem Schoß. Doch das glänzende schwarze Haar, an das Jaric sich erinnerte, lag nun ohne seinen Blütenkranz wirr über ihren Schultern. Ihre hellen Augen waren von dem Strom erschöpfter Tränen geschwollen. Die Hände, die seine Schultern umfaßten, zitterten warm auf seiner Haut, verglichen mit dem feuchten Steinboden, auf dem er lag.

»Im Namen der Vaere«, flüsterte Taen. »Ich dachte, ich hätte dich verloren.« Ihr Lächeln war so süß, daß Jaric der Atem stockte.

Eine Laterne brannte neben ihrem Knie. Jenseits ihrer gelben Flamme sah Jaric fensterlose Wände und Gitter und ganz in der Nähe die hellere Reflexion einer Stahlkette. Er berührte seine Handgelenke und erkannte unter dem Schmerz wundgeriebener Haut, daß die Fesseln nicht mehr da waren.

»Die Tür ist auch offen«, sagte die Zauberin.

Jaric setzte sich auf. Heftiges Mißtrauen schlich sich plötzlich in seine geweiteten Augen. Einst hatte sie ihn getäuscht und dem Leiden auf offener See vor Mearren Ard ausgeliefert.

Mit festen Griff packte Taen seinen Ärmel. »Ivainson, nein.«

Der Klang des Namens ließ ihn erzittern, und Jarics Mundwinkel zuckten in Erinnerung an einen älteren Schmerz.

Die Zauberin ließ seine Arm los und seufzte, erfüllt von Sorge und Bedauern. »Es gibt einen Unterschied zwischen Mitleid und Mitgefühl. Versuch, mir zu glauben. Das letzte, was Kencie wollte, war, dich zu verletzen. Das gilt auch für mich. Selbst der Vaere hat sich in bezug auf Anskieres Ruf furchtbar geirrt.«

Mit unübersehbarem Unbehagen zerrte Jaric die Säume seiner Ärmel über die wunden Handgelenke. Taen hatte gerade erst um seinetwillen eingegriffen und ihm vermutlich das Leben gerettet. »Es tut mir leid. Ihr hättet Euch nicht um mich kümmern müssen.«

»Aber das habe ich.« Taen rieb sich den eigenen aufgeschlagenen Ellbogen und lächelte reumütig. »Alles andere ist nicht von Bedeutung. Kannst du reiten? Ich kann die Auswirkungen des Bannes nur für einen begrenzten Zeitraum bändigen, und der Sturm, der an deine Anwesenheit gebunden ist, wird immer stärker. Wir müssen unverzüglich gehen und um Pferde bitten.«

Erwartungsvoll erhob sie sich. Für einen langen Moment starrte Jaric mit undurchdringlicher Miene auf die aufgerissene Haut seiner Hände. Taen wartete, ohne seine Gedanken auszuforschen. Anders als Emien reagierte Jaric nicht rachsüchtig oder zornig, wenn das Schicksal sein Leben erschwerte.

Endlich blickte er zu ihr auf. »Ich werde gehen«, sagte er müde. »Denkt Ihr, Ihr könnt die Wachen überzeugen, mir meine Waffen und meinen Mantel zurückzugeben? Es waren Geschenke, und ihr Verlust bekümmert mich.«

Doch diese Frage erwies sich als überflüssig. Als

Taen und Jaric aus dem Kerker hinaustraten, warteten sowohl Pferde als auch Jarics konfiszierte Klingen auf sie, begleitet von fünf Gardisten des Kielmark, die sie zur Nordküste eskortieren sollten.

Regen prasselte auf den Innenhof nieder und schlug so schmerzhaft wie Sand auf ihre Haut. Der Sturm war schlimmer geworden; mit unerbittlichem Zorn hieb er auf Pferde und Menschen ein. Selbst innerhalb der Mauern erklang das Brausen der Brandung vor den Wellenbrechern so laut wie das Donnern des Großen Untergangs selbst.

Jaric nahm Schwert und Dolch an sich und bestieg ein graues Roß mit einem häßlichen Schädel. Unruhig scharrte das Tier mit den Hufen, als er die Zügel ergriff. Mit angelegten Ohren stemmte es sich gegen seinen Reiter. Jaric legte die Zügel in seine Finger, um seine aufgerissenen Handflächen zu schonen. Anders als an jenem Morgen, als er aus Gaires Heumond davongeritten war, war er nun nicht mehr zu schwach, das Tier unter seinem Leib seinem Willen zu unterwerfen. Doch auch diese Erkenntnis vermochte ihm nur wenig Befriedigung zu geben. Sein Körper mochte sich verändert haben, dennoch gelang es dem kränklichen Jungen, der einst Manuskripte vervielfältigt hatte, nicht, sich mit dem Mann in Einklang zu bringen, der später Telemarks Hütte im Seitwald verlassen hatte. Er war weder der eine, noch wirklich der andere, und so litt Jaric unendliche Unsicherheit, denn jeder Aspekt seines Seins war von einem Zauberer geformt worden, der seinen Willen in der Festung von Morbrith unterworfen hatte. Als Jaric nun in Begleitung der Soldaten des Kielmark aus dem Hof hinausritt, fragte er sich, wie er sich fühlen würde, wenn er dem Sturmwächter auf den Eisklippen endlich gegenüberstehen würde.

Regen ging auf die Eskorte nieder, als die Reiter ihre Pferde auf einer Anhöhe zügelten, von der aus die Nordküste Riffhafens zu sehen war. Der Wind heulte durch das Dünengras, und das Donnern der Wogen in der Bucht fügte den Geräuschen des noch immer zunehmenden Sturmes einen tiefen, Unterton hinzu. Triefend und frierend hockten die Reiter mit hochgezogenen Schultern im Sattel, während die Pferde sich schnaubend dem salzigen Hauch des Spritzwassers in ihren Nüstern zu entledigen suchten.

Einer der Gardisten ergriff Jarics Ellbogen und deutete auf das Meer. »Dort drüben«, brüllte er. »Ihr werdet an eine sandige Bucht kommen. Dort, wo sie in Felsgestein mündet, werdet Ihr die Eisklippen finden.«

Die Brandung brach sich zu weit oben am Strand, um ihn zu Pferde zu überqueren. Jaric stieg ab und übergab einem Gardisten seine feuchten Zügel.

»Wir werden auf dich warten«, rief Taen. Nur eine zierliche, doch entschlossene Gestalt auf dem Rücken des großen Braunen des Kielmark, zitterte sie in ihrer Robe, die in der Nässe silbergrau schimmerte.

Jaric nickte, ohne noch länger zu verweilen. Nicht an das Mitgefühl von Fremden gewöhnt, hastete er über das Steilufer zum Strand; die Gardisten, die auf der Anhöhe Wache hielten, verschwanden bald hinter ihm im Regen, der sich in eisigem Strom über Jarics Kragen ergoß, während die langen Grashalme sich bei jedem Schritt um seine Fußgelenke schlossen. Doch voller Eifer, seine Reise endlich zu beenden, wurde er nicht müde. Bald wichen die Dünen festem Sandboden; so nah am Wasser wurde das mahlende Brausen der Brandung ohrenbetäubend. Jaric duckte sich unter

Fontänen aus Spritzwasser hinweg, den Mantel über die Hefte der Waffen geschlungen, um den Stahl vor dem Salz zu schützen. Fünfzig Schritt jenseits des Steilhangs traf er auf eine Reihe zerklüfteter Felsen. Im Regen glitzernd erhob sich das Gestein wie ein Pfeiler vor der ebenen Fläche der Klippen. Anrollende Brecher umspülten den Fuß des Felsens und spuckten Geysire von Gischt.

Da er nichts fand, das auch nur entfernt einem Pfad ähnelte, stapfte Jaric durch das seichte Wasser, angetrieben von dem Rauschen des nächsten Brechers. Er rammte seinen Stiefel in eine Spalte und zog sich auf den nächsten Absatz im Felsen hinauf. Er wagte nicht, hinunterzuschauen. Die See saugte schmatzend nur wenige Ellen unter seinen Stiefeln am Gestein und zerrte ineinander verwickelte Gräser aus den Ritzen im Fels; im Wasser würde er sich schnell in Gräsern und Algen verfangen und ertrinken. Selbst wenn dies nicht geschehen würde, so würde die Strömung ihn wie einen alten Lumpen mit sich zerren.

Jaric zog sich auf einen schmalen Grat hinauf. Wogen jagten Spritzwasser über seinen Rücken. Er kroch voran. Muschelsplitter bohrten sich in seine Finger. Dennoch wagte er nicht, auf diesen zusätzlichen Halt zu verzichten. Der Wind zerrte mit für diese Jahreszeit außergewöhnlichen Kälte an seiner Kleidung. Vor ihm erhoben sich bedrohlich die Eisklippen. Doch Jaric bemerkte diesen Anblick erst, als der Grat unter seinen Füßen breiter wurde.

Unter ihm erhob sich die See in einem grünlichen Netzwerk wilder Strömungen; Wogen türmten sich röhrend auf und brachen sich unter gewaltigen Gischtwolken an der stählernen Bastion aus Eis. Eingeschüchtert durch die Größe der Klippen, blickte Jaric auf. Doch ihre Gestalt verlor sich in der

Höhe unter wirbelnden Nebelschwaden. Zentimeter um Zentimeter schob er sich über eine Felsspalte, hinter der der Felsen steil abfiel, als wäre die Steilwand mit einem riesigen Meißel in die Klippe getrieben worden. Dort lauerte ein tiefer Sturz in die See auf ihn, und die Brecher donnerten mit der Urgewalt der Schöpfung selbst heran.

Vorsichtig tastete sich Jaric an den Rand. Steine lösten sich unter seinen Stiefeln, hüpften über den Rand und verschwanden. Er tat einen weiteren Schritt, und noch einen. Zauberei flammte auf, blendete ihn aus der Höhe wie ein Blitz. Wind jagte durch den Engpaß und steigerte sich zu einer kreischenden Woge jammernder Geräusche. Wohlwissend, daß der Bann Taens schützende Barriere durchbrochen hatte, schrie Jaric auf. Er schlug beide Hände vor das Gesicht, bereit, sich durch Anskieres unerbittlichen Ruf erneut der Pein anheimzugeben.

Doch der Sturm erstarb. Der Wind legte sich wie ein letzter Atemzug, und der Regen hörte auf. Nach der Gewalt zürnender Elemente schien das Land unter dieser unheimlichen und widernatürlichen Stille wie ausgestorben. Verwundert hob Jaric den Kopf. Noch immer brachen sich unter ihm die Wellen; aber sie lösten sich sanft in Gischt und schwanden sogleich, ohne noch länger vom Sturm vorangepeitscht zu werden. Nebelschwaden zogen durch den Engpaß. Zitternd in all der Stille, sah Jaric zu, wie sich der Sturm rundherum auflöste.

Gewitterwolken rissen auf, und Sonnenschein umgab Jarics Schultern mit einem Mantel aus goldenem Licht. Friede ergriff Besitz von ihm. Die sanfte Brise strich flüsternd durch sein Haar, und eine einzelne, schwarzgestreifte Feder fiel langsam zu Boden. Jaric fing sie im Flug. Er drehte den Kiel zwischen den Fingern und fragte sich, was nun mit der Saat der Macht des Sturmfalken geschehen sollte.

»Bewahre sie wohl, Jaric«, sagte der Wind.

Jaric erschrak. Wild blickte er sich um, doch der Felsen war noch immer so verlassen wir vorher, ebenso wie die majestätisch aufragenden Eisklippen. Die Stimme konnte nur der Sturmwächter von Elrinfaer gesandt haben, der das Muster des Sturmfalken gewirkt und den Ruf nach ihm ausgeschickt hatte.

Ehe diese Erkenntnis ihn ehrfurchtsvoll verstummen lassen konnte, sammelte Jaric all seinen Mut und sagte: »Ich bin gekommen, so wie Ihr es gewünscht habt. Darf ich nun erfahren, zu welchem Zweck Ihr mich hierhergebracht habt?«

»Du bist eines Feuergebieters Nachfahre«, entgegnete der Wind.

Allein auf seinem Felsgrat, konnte Jaric nicht ahnen, daß sich tief im Inneren der Festung aus Eis Anskiere von Elrinfaer aus seinem tiefen totenähnlichen Schlaf rührte. Geführt von der Feder des Sturmfalken wanderte sein Geist auf den Felsensims außerhalb seines Gefängnisses, auf dem ein junger Mann mit ernsten braunen Augen sein Schicksal erwartete.

Jaric schauderte, als die Präsenz des Sturmwächters ihn umhüllte. Wohlwissend, daß sein Wesen begutachtet wurde, erlebte er einen Augenblick zynischen Amüsements; der Sturmwächter von Elrinfaer würde nichts außer einem halbverhungerten, sonnenverbrannten Jugendlichen mit wirrem Haar, einer zierlichen Figur und einer Gabe für das Schrifttum finden; eine geringe Belohnung für einen so enormen Aufwand an Mühe. Verbitterung und erlittene Härten, gruben noch tiefere Linien in Jarics Züge. Zweifellos würde

Anskiere feststellen, daß es ein Fehler gewesen war, ihn zu rufen.

Doch der Wind wirbelte um ihn herum, zerrte heftig am Saum seines Mantels. Die Lücke in den Wolken wurde größer. Sonnenschein berührte die Eisschicht jenseits der Spalte und ließ die Eiskristalle wie Prismen aufleuchten. Für ein Gefängnis war die Struktur von ehrfurchtgebietender Schönheit; und sie war weitaus sicherer und dauerhafter, als jeder von Menschenhand geschaffene Kerker. Von heftiger Sorge ergriffen, erkannte Jaric, daß der Sturmwächter von Elrinfaer nicht länger Herr seines Schicksals war. Für seine Rettung war er auf Hilfe von außen angewiesen.

Diese Tatsache löste eine schmerzhafte Erinnerung an Jarics einstige Unzulänglichkeit aus. Von Verzweiflung ergriffen, mühte sich der Junge zu erklären, was offensichtlich sein sollte. »Ich bin nutzlos für Euch, Zauberer. Ich habe nicht die Kraft, Eure Rettung zu bewirken. Mein Vater hat Euch verübelt, daß Ihr ihn besiegt habt. Als er starb, hat er geschworen, daß seine Schuld niemals bezahlt werden würde. Ich habe nur durch das Opfer eines anderen Mannes überlebt, und ich weiß nichts über das Erbe Ivains. Laßt mich gehen, ich verfüge nicht über die Mittel, Euch zu helfen.«

Klagend wisperte der Wind auf den Felsen. »Macht ist dein rechtmäßiges Erbe. Der Nachfahre hat genug Potential, seinen Vater zu übertreffen. Doch dies mußt du selbst erkennen. Ich habe dich nicht gerufen, eine solche Entscheidung zu erzwingen.«

»Warum dann?« Jaric Schrei hallte in wildem Schmerz von der Oberfläche der Klippen wider. »Warum habt Ihr mich gerufen. Warum habt Ihr mich nicht in Morbrith oder im Seitwald meine

Tage in Frieden verbringen lassen?« Er wartete in drückender und unerbittlicher Stille. Lange Minuten schien es, als sollte er keine Antwort erhalten.

»Du wurdest durch die Schuld gerufen, die Ivain selbst nicht bezahlt hat«, sagte Anskiere mit jener Stimme des Windes. »Als sein Erbe bist du verpflichtet, eine Aufgabe in meinem Namen zu erfüllen. Erfülle meine Bitte, und du wirst für alle Zeiten frei von dieser Pflicht sein. Dies verspreche ich: solltest du deine Aufgabe erfolgreich meistern, so sollst du alles bekommen, was dein Herz begehrt.«

Jaric schluckte. Schwer schlug das Herz in seiner Brust. Die Erinnerung an die Geschichten, die in Mearren Ard erzählt worden waren, erhob sich ungebeten in seinem Geist. Anskiere wurde nur selten ohne Flüche erwähnt, und Ivains Name war auf ewig mit unfaßbarer Grausamkeit verknüpft. Unsicher und erschöpft fürchtete Jaric den Wahnsinn, den der Zyklus des Feuers hervorzubringen imstande war mehr als den Tod selbst. Dennoch sammelte er den Rest seines Stolzes und formulierte die Frage, die ihn am meisten schreckte: »Was ist meine Aufgabe?«

Wie ein leiser Seufzer legte sich der Wind. »Du wirst die Schlüssel von Elrinfaer an dich bringen und sie verwahren, bis sie zurückgegeben werden können.«

Keine Erwähnung des Zyklus des Feuers; Jaric atmete tief durch, beinahe erschrocken über die Schlichtheit der Bitte. Die Schlüssel von Elrinfaer befanden sich in Kisburns Besitz, innerhalb der Reichweite Sterblicher; waren sie erst wieder in Anskieres Händen, so mußte sich Jaric niemals mit den Mysterien der Vaere befassen, die seines Vaters Geist verwirrt hatten. Ivains Schuld zwang ihn lediglich, eine einzige Pflicht zu erfüllen.

Freundlicher schien die Sonne auf den schwarzen Granit unter seinen Stiefeln. Als er aber seinen Blick auf die Klippe richtete, fühlte Jaric für einen verwunderten Augenblick tiefes Bedauern. »Was geschieht mit Euch?« Seine Frage hallte über den Abgrund und wurde von den Felsen zurückgeworfen. »Warum verlangt Ihr nicht, daß ich Euch befreie?«

Doch der Wind antwortete nicht. Unveränderlich wie die Zeit selbst brandete die See über die Riffe unterhalb der Klippen. Ungläubig wartete Jaric. Doch Anskiere bot ihm keine Erklärung, nur Schweigen. Schließlich wandte sich Jaric achselzuckend von den eisumschlossenen Klippen ab und ging den Weg zurück, den er gekommen war.

Zu der Zeit, da Ivains Erbe die Bucht erreicht hatte, döste Anskiere in seinem Gefängnis aus Eis und Felsgestein. Verfolgt von den Pfiffen der Frostwargs, träumte er von einer Prophezeiung eines llondelschen Meistersehers. »Es ist also vorherbestimmt«, hatte der Dämon gesagt, als er ein Erbstück fehlerlos aus dem Gedächtnis zitierte, wenngleich seine Zunge Schwierigkeiten hatte, die menschlichen Worte zu formulieren. »Der vierte Vorfahre meiner Mutter Geschwister sah eine Zukunft. Sie sah sieben mal sieben Llondel und einen gelbhaarigen Sohn von Ivain, dem Feuergebieter. Dann färbte eine Warnung ihre Vision. Wacht über das Leben des Jungen, denn wenn er die Schlüssel von Elrinfaer erobert, so wird er auch den Zyklus des Feuers meistern. Und dann werden Menschen und Llondel in Keithland sich unter Koridans gesegneter Flamme erheben, um gemeinsam ein friedliches Leben im Paradies zu führen.«

Während Jaric über das Steilufer jenseits der

Dünen kletterte, zog sich die Prophezeiung aus dem Traumbewußtsein ins Gedächtnis zurück. Anskiere von Elrinfaer sank erneut in tiefen Schlaf, in der Hoffnung, die Seherin der Llondel habe sich nicht geirrt. An der Grenze zwischen Traum und Wachsein, erhaschte der Sturmwächter das verhallende Echo eines fernen Gelächters; doch ob die Freude von Ivain oder Tathagres kam oder nur eine Reflexion seiner eigenen Vorstellungskraft war, vermochte er nicht einmal zu ahnen.

Jaric erreichte den Gipfel des Steilufers und stellte überrascht fest, daß die Soldaten fort waren. Taen war noch dort, begleitet von einem anderen Mann. Der Kielmark selbst saß auf einem gewaltigen Roß und hielt die Zügel des Grauen, die Jaric dem Gardehauptmann überlassen hatte. Seine Haltung allein reichte aus, daß jeder sogleich den Herrscher über Riffhafen in ihm erkennen mußte, obgleich sein Mantel aus schlichter kastanienbrauner Wolle gewirkt und Waffen und Rüstung gewöhnlich waren. Thronend auf einem Sattel aus Leopardenfell, glitzerte in seinen wachsamen Augen eine Kälte wie von Gletscherwasser, als der Sohn des Ivain neben seinem Roß stehenblieb.

Jaric begrüßte den Kielmark mit der Höflichkeit, die einem Grafen gebührte; zerzaust wie er war, verbeugte er sich mit geübter Grazie.

»Herr, ich bitte um Eure Erlaubnis, abreisen zu dürfen. Ist mein Boot noch immer da, wo ich es zurückgelassen habe, oder wurde es sichergestellt?«

Der Kielmark ignorierte die Bitte. Reglos saß er auf seinem mächtigen Roß und betrachtete den jungen Mann eingehend und mit all der Arroganz, für die er landauf, landab bekannt war. »Was wißt Ihr über Anskiere?«

Jarics Kinn ruckte angesichts der Schärfe im Ton des Kielmark vor. Braune Augen blickten mit einem Ausdruck schockierten Erstaunens in blaue; der Junge hatte nicht damit gerechnet aufgehalten zu werden.

Jaric antwortete so kühl wie ungeduldig. »Vielleicht sollte ich Euch dieselbe Frage stellen, Herr, denn ich begehre nichts als die Freiheit, die ich verloren habe. Der Sturmwächter hat mich durch den Fluch gerufen, mit dem er meinen Vater belegt hatte. Die Schuld erforderte, daß ich ihm einen Dienst erweise. Ich bitte Euch also noch einmal um Erlaubnis, Euer Reich zu verlassen.«

Das Pferd des Kielmark tänzelte gereizt, als sein Reiter an den Zügeln zerrte. »Welcher Dienst wurde von Euch gefordert.«

Beinahe herausfordernd entgegnete Jaric: »Ich muß die Schlüssel von Elrinfaer erobern. Wollt Ihr mich daran hindern?«

»Das wird nicht notwendig sein.« Der Kielmark warf dem erschrockenen Jungen die Zügel des Grauen zu.

Taen gab einen Laut des Entsetzens von sich. Sofort riß der Kielmark sein Pferd herum, um sie anzusehen. Jaric sah, daß sie geweint, vielleicht auch gestritten hatte. Ihre Wangen waren fleckig und blaß, und die Spannung in ihrem Kiefer schien weit entschlossener, als die Situation es erforderte.

»Denkt noch einmal nach, gnädige Frau.« Der Kielmark grinste boshaft. »Die Schlüssel befinden sich im Besitz seiner königlichen Hoheit, des Königs von Kisburn, der mit einem Heer aus Dämonen einen Feldzug gegen mich führt. Es braucht keine Traumwebergabe, sich vorzustellen, was einem Sohn Ivains widerfahren wird, sollte er es riskieren, ihm mit diesem antiken Witz von einem Fischerboot zu begegnen.«

Taen spielte mit den Zügeln ihrer Stute. Die Lippen trotzig zusammengepreßt, entschloß sie sich, zu schweigen. Zornig über die verletzenden Worte des Kielmark und die Tatsache, daß sein eigenes Los zur Diskussion stand, trat Jaric vor ihr Roß, bereit, sich zu ihrer Verteidigung einzumischen.

Der Kielmark aber sprach in sanfterem Ton weiter: »Mir bleibt keine andere Alternative, Tochter der Vaere. Ich biete Euch einen fairen Handel: Unterstützt durch Eure Gabe hat Riffhafen eine Chance gegen die Bedrohung durch die Dämonen. Nennt mir die Zahl, die sie gegen mich ins Feld schicken und webt eine Tarnung für meine Männer. Im Gegenzug werde ich den Gestaltwandler zu seinen Göttern schicken und Jaric die Schlüssel von Elrinfaer übergeben.«

Taen sprach, ohne sich zu rühren. »Herr, ich habe Euch schon einmal gesagt, meine Art feilscht nicht.«

»Nun gut.« Mit ebenso freudloser wie gefährlicher Miene zuckte der Kielmark die Schultern. »Dann vergeßt es.« Er riß die Zügel aus der Mähne unter seinen Händen und trieb das Pferd mit Tritten an sich umzudrehen. »Ihr seid frei zu segeln. Die *Callinde* ist in das südliche Dock meines Hafens gezogen worden. Nehmt sie und geht mit meinem Segen.«

»Nein!« Blaß, aber gelassen, drehte sich Taen im Sattel herum. »Ich werde bleiben, doch nur um Jarics willen. Ich werde tun, worum Ihr gebeten habt. Doch solltet Ihr versagen, so mögen die Vaere Euren Namen bis hinter die Höllentore verfluchen. Sie versprachen mir den Tod, wenn ich ihren Rat nicht befolge.«

»Gnädige Frau, nein!« Entsetzt über das Opfer, das sie zu bringen bereit war, packte Jaric die Zügel der Stute. »Ihr dürft Euer Leben nicht für mich aufs Spiel setzen.«

Der Kielmark ignorierte seinen Protest, und in seinen Augen loderte ein wildes Feuer. Sein Hengst stampfte auf und hinterließ tiefe Hufabdrücke in der Erde, doch er hielt sich ohne Mühe aufrecht, die Lippen zu einem brüllenden Gelächter geöffnet. »Bei Kors Feuer, Frau, ich werde Kisburn in meinem Hafen begraben.« Überraschend schnell beruhigte er sich wieder und starrte finsteren Blickes zu der ebenmäßigen Linie des Horizonts. »Meine Offiziere werden glauben, ich hätte den Verstand verloren, wenn sie hören, was ich vorhabe, aber mein Plan wird funktionieren. *Es wird keine Kapitulation geben, nicht, solange ich es verhindern kann. Und solange ich lebe, werdet Ihr und Jaric hier in Sicherheit sein, darauf gebe ich Euch mein Wort als Herrscher dieses Reiches.*«

Sein bösartiger Stolz trieb Taen die Tränen in die Augen. Bis in den Tod würde der Kielmark zu seinem Wort stehen. Doch Tamlins Warnung lastete schwer auf ihrem Geist, als der Mann sein Roß mit einem Tritt zum Galopp antrieb. Bald war er im Süden jenseits der Dünen verschwunden, während Jaric reglos dastand, als hätte ihm jemand einen heftigen Schlag versetzt. In ganz Keithland aber gab es keine Macht, die den Kielmark zurückpfeifen und zu einer anderen Entscheidung hätte bewegen können.

Fünf Tage, nachdem Anskieres zweiter Sturm Riffhafen aus seinem kalten Griff entlassen hatte, fuhren drei Kriegsschiffe König Kisburns in die

Kontinentalstraße ein. Der Wind wehte aus westlicher Richtung, ein unglücklicher Zufall, der den Kapitänen Sorge bereitete; unter dem Zwang, sich jede einzelne Meile in Schiffen zu erkämpfen, die mit Truppen und Ausrüstungsgegenständen überfrachtet waren, war die Reise nur quälend langsam vorangegangen.

Und da Kors Verdammte ebenfalls an Bord waren, murrten die Matrosen, die bei jedem Befehl schreckhaft zusammenzuckten und Zeichen gegen das Böse machten, während sie durch die Takelage kletterten.

Von Tathagres abgesehen, blieb nur eine einzige Person unter den Passagieren der Morra in der Anwesenheit der Dämonen gelassen. Über die stickige Kabine verärgert, die er mit zwei Leutnants teilen mußte, hockte Emien mit dem Rücken an der Reling auf dem Vorderdeck, einen wollenen Umhang unter seinen Ellbogen gelegt. Ohne das gewohnte Gewicht von Dolch und Schwert an seinem Gürtel fühlte er sich ausgesprochen nackt. Doch da die Gierj-Dämonen ihre Macht in der Nähe von Eisen nicht entfalten konnten, trug kein einziger Mann auf dem Flaggschiff eine Waffe. Die *Morra* hatte weder Anker noch Ketten, und jeder eisenhaltige Metallsplitter war entfernt und ausgetauscht worden. Für die Passage durch die Straßen war sie überdies mit Sand als Ballast ausgerüstet.

Die Soldaten, die sich ohne ihre Waffen unsicher fühlten, hockten nervös tuschelnd unter Deck. Ihre Unruhe machte Emien wütend. Riffhafen lag nur noch zwei Meilen voraus, und der grenzenlose Haß, den er gegenüber Anskiere hegte, wog weit schwerer als jegliches Mißtrauen gegenüber den Dämonen, mit deren Hilfe der Kielmark gestürzt werden sollte. Begierig auf den Beginn des Eroberungszuges, beugte sich der Junge unter dem spitzwinkligen Fockmastsegel über die Reling.

Der Wind hatte aufgefrischt und fegte zwischen den unregelmäßigen Halbinseln hindurch, die die Meeresstraße begrenzten. Die *Morra* fuhr unter vollen Segeln, und jeder Fetzen Stoff an ihren Masten war stramm gespannt. Emien starrte blinzelnd auf den Wellengang und fluchte; der Gezeitenwechsel war erfolgt, und bald würde das abfließende Wasser dafür sorgen, daß sie so gut wie überhaupt nicht mehr vorankamen.

Der Kapitän befahl einem Matrosen, die Tiefe auszuloten, um das Schiff mit größtmöglichem Tiefgang durch die Meeresenge zu lavieren. Die *Morra* schob sich an einer zerklüfteten Landspitze vorüber, die schwarz und bedrohlich unter dem niedrig stehenden Mond lag. Zumindest das Licht war günstig, stellte Emien verdrossen fest. Jedes Schiff, daß sich ihnen entgegenstellen wollte, würde sich wie eine Tuschzeichnung auf weißem Pergament vor der silbrigen Meeresoberfläche abzeichnen. Daß der Kielmark angreifen würde, stand bereits fest; der Thienz-Dämon hatte es vorhergesagt.

Der Thienz stand gleich neben dem Ruder am Besanmast. Die Lampen im Heck brannten nicht; doch in der rötlichen Glut der Kompaßlaterne erkannte Emien einen grinsenden Mund, der an ein Froschmaul erinnerte, Schlitzaugen und einen hochaufragenden Kopfputz, der das Haupt der Kreatur zierte.

Neben Emien ließ der Matrose das Lot zu Wasser. Mit klarer Stimme gab er die Tiefe an; fünf Faden, dann vier, dann drei. Der Grund stieg rapide an. Der Kapitän gab ein Signal und der Bootsmann brüllte: »Alle Mann in die Takelage!«

Der Steuermann riß das Ruder herum, und der Bootsmann schrie weitere Anweisungen, während Segel und Tauwerk protestierend knarrten, als sich die *Morra* in den Wind drehte. Mit einem schrillen Quietschen spannten sich die Leinen, und die *Morra* nahm ihren neuen Kurs auf. Wie ein Echo wiederholte das nachfolgende Schiff das Manöver des Flaggschiffs. Aufgeregt starrte Emien auf das Meer jenseits der Straße hinaus. In der vor ihnen liegenden Finsternis hatte der Kielmark einen Hinterhalt vorbereitet. Unter Kisburns Gefolgschaft war nur der Junge neugierig zu erfahren, wie die Dämonen die Feinde niedermetzeln würden.

Plötzlich erstarrte der Thienz. Sein massiger Kopf ruckte hoch, und er reckte die Nase vor wie ein Bluthund, der Witterung aufnimmt. Doch der Thienz hielt sich nicht damit auf, die Brise zu atmen. Die Kreatur, die im Tageslicht beinahe blind und ohne jeden Geruchssinn war, besaß eine empathische Empfindsamkeit, die weitaus stärker entwickelt war, als ein mit einem Sathid verknüpfter Schüler der Vaere sie je erfahren würde. Aus einer Entfernung von neun Meilen erfaßte sie Strömungen, die kein Sterblicher wahrnehmen konnte, und berichtete zuverlässig über Position und Anzahl der Feinde und die Angriffspläne der Flotte des Kielmark. Emien zappelte, von selbstgefälliger Erwartung erfüllt, nervös umher. Der berühmte Renegatenherrscher hatte nicht die Spur einer Chance gegen sie.

Gereizt stand der Kapitän hinter seinem Steuermann. »Fühlst du irgend etwas?«

Der Thienz stieß ein Krächzen aus, doch seine Haltung blieb weiterhin angespannt. Emien bemühte sich, mitanzuhören, was der Kapitän dem wachhabenden Maat mitzuteilen hatte. »Hol

Tathagres. Die Gierj sollen an Deck kommen. Wenn es einen perfekten Zeitpunkt zum Angriff gibt, dann muß es dieser Augenblick sein.«

Der Thienz richtete seine Halslamellen auf und krächzte. Wulstige Ornamente glitzerten an knorrigen Unterarmen, als er die Auswüchse erhob, die Hände darstellen sollten, und nach vorne deutete. »Schiffe, zwölf zu Backbord, siebzehn zu Steuerbord. Sie werden von einem Signalfeuer von der Insel dort drüben geleitet, und gerade jetzt hissen ihre Kapitäne die Segel. Sie werden die Enge von beiden Seiten umrunden und in einer Linie mit dem Wind segeln. Sie hoffen, uns angreifen und entern zu können.«

Metall klimperte auf der Kajütstreppe. Gekleidet in eine schmuckvolle Silberrüstung und eine Tunika aus gefärbtem Leder, trat Tathagres leichten Schrittes auf das Achterdeck. Sie lächelte dem Kapitän zu, der nervös an seinem Bart zupfte. »Sie spielen uns direkt in die Hände, seht Ihr?« Mit provokativer Anmut hing sie ihren scharlachroten Mantel über einen Nagel und betrachtete die sechs Kreaturen, die ihr auf den Füßen auf das Deck gefolgt waren.

Widerwärtig, dürr und schwarz wie leibhaftig gewordene Schatten in der Finsternis, huschten die Gierj-Dämonen um ihre Stiefel herum. Ihre Augen glühten fahl und sanft wie die Kerzen eines Zauberers. Seiner Neugier zum Trotz, erschauderte Emien.

Von den zehn in Freiheit lebenden Dämonenrassen, waren die Gierj die gefährlichsten. Ihre klauenbewehrten Füße kratzten bei jedem Schritt über die Planken, und sie bewegten sich so verstohlen und flink wie Wiesel, als sie sich zu einem Kreis aufstellten. Ihre Leiber schienen zu einer einzigen

Gestalt zu verschmelzen, während sie die spitz zulaufenden Köpfe zusammensteckten.

»Teil Mäntel an die Mannschaft aus«, befahl der Kapitän seinem Maat. Der Schweiß auf seiner Stirn war nicht allein Folge der Hitze; seine fleischigen Hände zitterten, als er seinen eigenen Mantel von einem Diener entgegennahm.

Der Thienz schnaubte lautstark, ehe er zu bellen begann. Winzig wie Spielzeuge aus der Ferne, umrundeten die ersten Schiffe des Kielmark die massive Landmasse am Ende der Meerenge. Emien ergriff seinen Mantel. Die Wolle löste einen Juckreiz aus, als er ihn eng um seinen Hals schnürte. Doch während er in großer Erwartung die Schiffe beobachtete, vergaß der Junge ganz sich zu kratzen.

Mit einer Geschicklichkeit, die in ganz Keithland einzigartig war, hielten die Kapitäne des Kielmark ihre Position: so präzise wie das Räderwerk einer Uhr legte sich jedes der Schiffe in den Wind, um sich auf den Spurt durch die Straße vorzubereiten. In Ermangelung eines Fernrohrs konnte Emien nur raten, wie groß die Schiffe waren; nur für einen Augenblick war das vordere Schiff sichtbar, ehe es in sauberem Bogen für kurze Zeit an der Küstenlinie dem Mondlicht entschwand. Kaum verließen die Schiffe dann den Schatten, kamen sie in ebenmäßiger Formation näher, und die Umrisse des vordersten Schiffes verschmolzen mit denen der nachfolgenden.

Emien lächelte.

Gegen menschliche Feinde mochte die Taktik des Kielmark ausgesprochen wirkungsvoll sein, aber mit den Gierj an Bord, trugen die bewundernswerten Fähigkeiten seiner Seeleute lediglich dazu bei, seinen Untergang zu besiegeln.

Auf dem Achterdeck leckte sich Tathagres die

fahlen Lippen. Ketten klimperten an ihrem Handgelenk, als sie den Arm des Kapitäns berührte. »Sie machen es uns leicht«, sagte sie, offensichtlich amüsiert angesichts seines Unbehagens. »So dicht gedrängt werden diese Boote brennen wie die Feuer Koridans, Ihr werdet schon sehen.«

Doch für einen Mann, der schon zweimal gegen den übelsten Seebären von Keithland gekämpft und verloren hatte, schien ihre Selbstgefälligkeit fehl am Platz, und so kontrollierte der Kapitän wieder und wieder über die Schulter seines Steuermanns hinweg besorgt den Kurs des Schiffes.

Unter günstigem Wind kam die Flotte des Kielmark mit erstaunlicher Geschwindigkeit näher. Tathagres nahm ihren Mantel an sich und legte ihn mit gelangweilter Grazie über ihre Schultern. Die Gierj stimmten einen Singsang an. Der Matrose am Lot übertönte die beunruhigenden Geräusche und rief drei Faden Tiefe aus. Männer stürzten an die Leinen, als die *Morra* von dem erneut sich drehenden Wind erfaßt wurde. Emien überquerte das Vorderdeck und stützte sich an die Steuerbordreling. Langsam glitt das Schiff von der Küste fort. Der Singsang der Dämonen wurde lauter und verschmolz zu einer einzigen fließenden Note, die Emien kalte Schauer über den Rücken jagte. Nun konnte er nicht länger vorgeben, sich in Gesellschaft der Kreaturen auf dem Achterdeck der *Morra* wohlzufühlen.

»Kapitän, holt die Segel ein und dreht bei.« Tathagres trat in den Kreis der Dämonen und verschnürte sorgfältig ihren Mantel.

Matrosen schwärmten über die Wanten, um die Segel zu reffen. Der Gesang der Gierj wurde höher und hallte wie ein Mißklang schriller Flötentöne über die See. Emien hielt sich mit beiden Händen die Ohren zu und fragte sich, wie die Männer in der Takelage dem stechenden Schmerz, den diese unmenschlichen Geräusche verursachten, standhalten konnten.

Tathagres sprach auf dem Achterdeck in einer fremdartigen Sprache. Der Thienz antwortete, gestikulierte mit dürren Armen und zog sich schließlich über die Kajütstreppe zurück. Seine Fähigkeiten zur Beobachtung des Feindes wurden nicht länger gebraucht; aufgereiht wie Schafe auf der Schlachtbank segelten die Schiffe des Kielmark ihrem Verderben entgegen.

Die Gierj änderten die Tonlage. Kreischend jagte ihr Gesang über das Wasser. Bereits an ihre Nähe gewöhnt, legte der Steuermann den Bug der *Morra* in den Wind und hielt das Ruder ruhig. Das Flaggschiff trieb auf der Strömung, ausbalanciert wie eine Motte auf dem Wind, während die Feinde von beiden Seiten näherrückten. Das Gewimmer der Gierj nahm weiter zu, nahm dann plötzlich ab, bis es kaum mehr als ein Flüstern war. Sacht legte Tathagres ihre Finger auf das goldene Halsband. Sie stieß einen Zischlaut aus, und rund um sie herum fiel die Temperatur bis zu winterlicher Kälte ab.

Die Luft brannte erschreckend kalt in Emiens Lungen. Bis auf die Knochen von einer Kälte durchdrungen, die stark genug war, seinen Mantel steifgefrieren zu lassen, keuchte er. Reif bedeckte das ganze Schiff, überzog Reling und Ruder mit weißem Eis und glitzerte wie Kristall im Mondlicht. Eis verkrustete den Schnurbart des Steuermanns, und die Temperatur fiel noch immer. Mit tauben Fingern und geröteten Nasen blinzelten die Männer die Eiskristalle von ihren Wimpern.

Der Gesang der Gierj zitterte durch die Luft. Tathagres erhob einen steifen Arm und deutete auf die näherkommenden Schiffe. Erneut fiel die Temperatur, und die Kälte einer arktischen Nacht senkte sich über das Schiff. Taue krachten wie morsche Gebeine, und die Planken ächzten, als das Eis die Holzfasern schrumpfen ließ. Plötzlich umgab eine Aura der Magie die Gierj. Die Gesichter von Kapitän und Steuermann schimmerten blau, und ihr Atem bildete Wolken in der Finsternis. Tathagres erhob beide Arme. Energie entsprang wie ein Blitz der Mitte des Kreises der Gierj-Dämonen, flammte in gleißendhellem Licht über ihre Handflächen. Emien blinzelte, doch dieser Zauber war zu blendend, ihm standzuhalten.

Er bedeckte die Augen mit der Hand. Der Gesang der Gierj verstummte, brach mitten im Takt ab. Ein hochtönendes Geheul brach aus Tathagres Kehle hervor. Macht explodierte auf ihren Fingerspitzen und die Nacht erbebte unter einem dröhnenden Donnerschlag. Sanft driftete die *Morra* dahin, umgeben von gewöhnlichem Schatten, doch jenseits der Fockstag sah Emien Feuer, das auf den näherkommenden Schiffen des Kielmark zu wüten begann.

Flammen jagten zum Himmel hinauf. Funken und Trümmerstücke verbreiteten sich auf der Meeresoberfläche. In einem einzigen Augenblick war jedes feindliche Schiff in ein wildes Inferno lodernder Flammen verwandelt worden, und über dem Knistern und Krachen brennenden Holzes hallte ein Sperrfeuer gequälter Schreie durch die Meeresenge, als die Verteidiger Riffhafens auf ihren Posten starben. Mit schwitzenden Handflächen ergriff Emien die Reling. Das Ausmaß dämonischer Zerstörung nötigte ihm furchtsamen Respekt ab. Verwirrt wegen der widerstreitenden Gefühle freudiger Erregung und erbärmlichen Entsetzens, sah er gespannt zu, wie neunundzwanzig Schiffe bis zur Wasserlinie verbrannten.

Unbemerkt preßte sich der Thienz am unteren Ende der Kajütstreppe die flossenähnlichen Hände an den Schädel, als die energetischen Entladungen seine zarten psychischen Sinne überwältigten. Seiner Wahrnehmung beraubt, zuckte und stöhnte er leidend, während die Kälte einen Kranz aus Reif auf seinen Halslamellen hinterließ. Auf dem Achterdeck stand Tathagres in der Haltung einer Marmorgöttin, während die Gierj sich zu ihren Füßen rührten und ihre Krallen kreischend über die Planken scharrten. Sie wandten ihre schmalen Gesichter der Meeresenge zu und musterten mit leidenschaftslosem Blick die zerstörerische Feuersbrunst, die ihre Macht freigesetzt hatte. Die Sterblichen aber standen wie erstarrt auf den Decks der *Morra,* während die Flammen in der Meeresenge wüteten und schließlich in einer letzten Rauchwolke erloschen.

Auf dem Vorderdeck erbebte Emien, und seine Lippen verzogen sich zu einem Ausdruck zäher Begierde. Kein Sterblicher in Keithland konnte den Mächten standhalten, die die Gierj zu entfesseln imstande waren; der Kielmark würde wie ein hilfloses Kind in die Knie gezwungen werden, und selbst Anskieres gewaltige Bastion aus Eis würde schmelzen und sich mit der See vereinen. Die Schreie der sterbenden Matrosen wirkten nicht länger bedrückend in Emiens Ohren. Wenn er erst Tathagres Macht an sich gerissen hatte, so würden die Dämonen auf seinen Befehl hören.

Kapitel 22

EIN GESTÜRZTER HERRSCHER

Angeführt von dem Flaggschiff *Morra* durchquerte Kisburns Flotte die Kontinentalstraße, und nichts außer dem Wind und den Strömungen stellte sich ihnen entgegen; mußten die Schiffe auch häufig den Kurs korrigieren, um den rauchenden Wrackteilen auszuweichen, die vor ihren Bug drifteten, so beklagte sich doch keiner der Kapitäne. Die Tatsache, daß der König der Piraten in seinen eigenen Gewässern besiegt worden war, war kaum zu fassen; und doch, in der grauen Dämmerung unter einer dichten Wolkendecke, ankerten die *Morra* und ein Schwesterschiff vollkommen unbehelligt im Hauptthafen von Riffhafen. Das dritte Schiff war auf See geblieben, um das Meer nach möglichen Angreifern zu überwachen.

Emien lehnte an der Reling des Achterdecks und starrte auf die Docks hinaus. Das bronzene Taschenmesser, das er gerade noch dazu benutzt hatte, seine Fingernägel zu stutzen, lag vergessen in halb gekrümmten Fingern. Als Tathagres neben ihn trat, sah er auf. Noch immer in der Rüstung und der Tunika, die sie in der vergangenen Nacht getragen hatte, erschien sie doch frisch und munter. Sein Herz schlug schneller bei ihrem Anblick, doch dieses Mal stand Emien nicht der Sinn danach, seinem Begehren nachzugeben.

»Es liegen keine Schiffe vor Anker, Herrin.« Vorsichtig, auf eine neutrale Haltung bedacht, ließ er das Messer in seine Tasche gleiten. »Als wir das letzte Mal mit dem Sturmwächter in den Hafen eingelaufen sind, waren es etwa dreißig, und den Geschichten der Matrosen zufolge hat der Kielmark stets eine große Anzahl Schiffe im Hafen zurückbehalten.«

Doch Tathagres zollte diesem Kommentar weit weniger Sorge als der Möglichkeit, Überlebende hätten nach der Begegnung in der Meeresenge in der vorangegangenen Nacht an Land schwimmen können. Während sie sich in überaus graziöser Haltung gegen die Reling lehnte, studierte sie eingehend die Gebäudeecken der Lagerhäuser, die üblicherweise den Tribut des Kielmark beherbergten, ganz so, als erwartete sie irgend etwas.

»Dort«, sagte sie plötzlich und deutete mit dem Finger.

Emien folgte der angegebenen Richtung. Eine Gestalt mit nacktem Oberkörper rannte durch die Straßen zum Hafen hinunter, und ein weißes Banner flatterte an dem Stab in seiner Hand. »Das ist eine Falle«, sagte der Junge leichtfertig. »Der Kielmark hat schon einmal einen Mann mit seinem Schwert durchbohrt, weil der sich beschwert hatte, daß kein weißes Tuch für eine Kapitulation an Bord seiner Schiffe war.«

»Er besitzt noch immer keine weiße Flagge.« Tathagres lächelte zufrieden. »Was du dort siehst, ist ein Teil eines Bettlakens. Der Kielmark hat mit dieser Sache nichts zu tun, das versichere ich dir. Mein Thienz hat mich schon vor einer Stunde informiert. Wie es aussieht, ist der Herrscher der Renegaten am Ende selbst den Gesetzlosen zum Opfer gefallen. Seine eigenen Männer haben ihn verraten. Wir aber werden eingeladen werden, die Festung durch das Haupttor zu betreten, und dort wird man uns den Kielmark in Ketten ausliefern.«

Emien biß sich ungläubig auf die Lippe, als der Mann mit dem nackten Oberkörper in ein Ruderboot sprang, sein behelfsmäßiges Banner am Bug befestigte und ablegte. Wie Holzspäne leuchteten die Ruder vor der bleiernen Dünung auf, während sie das Boot in rhythmischen Bewegungen auf das Flaggschiff zutrieben.

»Warum?« fragte er. »Warum gerade jetzt?«

Tathagres löste einen juwelenbesetzten Kamm aus ihrem Haar und lachte perlend. »Ein Spion hat ihnen von den Gierj berichtet, und die diensthabenden Soldaten auf den Wachtürmen haben in der vergangenen Nacht zugesehen, wie ihre Kameraden in der Kontinentalstraße verbrannt sind.« Sie pikste Emien sacht mit den Spitzen ihres Kamms in den Arm. »Mach dir keine Sorgen um die restlichen Schiffe, mein Lieber. Riffhafen gehört uns, und wenn der Kielmark erst unsere Geisel ist, werden alle Kapitäne, die loyal geblieben sind, leicht zu handhaben sein.

Doch in Emiens Augen war ihr Verhalten zu selbstgefällig. Wie an jenem Tag, an dem sie die Wachen bei den Eisklippen ermordet hatte, vertrug sich ihre unbekümmerte Selbstsicherheit auch jetzt nicht mit seiner Sensibilität. Trotzdem folgte er ihr, als sie den Kapitän auf Deck rief, um das Ruderboot in Empfang zu nehmen. Sich ihrer einen wahren Schwäche wohlbewußt, fragte sich Emien, wann er die Gelegenheit bekäme, sie zu nutzen.

Die Ketten, die die großen Tore der Festung von Riffhafen zogen, rasselten über die Winden. Schwere, stahlgebundene Tore schwangen weit auf und donnerten gegen die Wände. Staubwolken lösten sich unter ihrem Anprall. Von seinem Platz am Ende der königlichen Eskorte, hörte Emien derbes Gelächter, untermalt von den unpassenden Tönen einer Flöte. Der Große Heeresgeneral bellte eine Anweisung; im Gleichschritt setzte sich die Kolonne in Bewegung. Doch die Soldaten vor ihm mußten den Torbogen erst durchschreiten, ehe Emien einen Blick in den Innenhof werfen konnte.

Ein paar Männer in Lederkleidung tanzten im Freien. Andere schauten klatschend zu, und bis auf einen waren alle betrunken. Mit Ketten an einen Eisenring gefesselt, an dem normalerweise ein gesatteltes Pferd festgebunden sein sollte, kniete in ihrer Mitte ein großer Mann, dessen Muskeln vor Zorn bis zum Zerreißen gespannt waren. Blaue Augen verfolgten das Eindringen König Kisburns mit mörderischem Blick. Mit ungläubigem Staunen erkannte Emien den Kielmark. Das Haar des Mannes war staubverkrustet, und Fliegen schwirrten um eine Platzwunde über seiner Augenbraue. Blut befleckte die Pflastersteine unter seinen Knien, und eine rote Spur zog sich von einer Schwertwunde an seinem Unterarm über die Kettenglieder. Trotzdem fiel Emien auf, daß die Männer, die den legendären Piratenkönig verraten und besiegt hatten, sorgsam darauf bedacht waren, außerhalb seiner Reichweite zu feiern.

Der König befahl dem Oberst Heeresgeneral, den Gefangenen in die große Halle zu bringen. Der Flötenspieler verstummte, und die Tänzer hielten inne, um zuzusehen. Jeder erinnerte sich an Gelegenheiten, zu denen der Kielmark für weit weniger getötet hatte. Fünf Männer näherten sich langsam, gefolgt von jenem Mann, der die weiße Flagge getragen hatte. Emien leckte sich den Schweiß von den Lippen. Er konnte nicht glauben, daß Riffhafen nach zwanzigjähriger Herrschaft kampflos fallen sollte; ungezählte bittere Kämpfe hatten ihr Ende in untergegangenen Schiffen gefunden, wann immer die Regenten von Keithland versucht hatten, den Würgegriff des Kielmark über die Kontinentalstraße aufzubrechen. Und doch schien an dem Flaggenträger nichts Auffälliges zu sein. Mit einem haßerfüllten Knurren senkte er die Flagge wie einen Speer, und rammte dem Kielmark den hölzernen Stab mit derber Gewalt in die Magengrube. Der Mann brach würgend zusammen und schnappte hilflos nach Luft, während die Soldaten auf ihn zustürzten und die Kette aus dem Ring lösten. Dann rissen sie den Kielmark unsanft auf die Füße.

Emien schauderte in der morgendlichen Hitze. Irgendwie beunruhigte es ihn, daß ein Herrscher von solcher Macht und Größe gewöhnlichen rachsüchtigen Mißhandlungen ausgesetzt sein sollte. Zutiefst erschüttert folgte Emien der königlichen Gesellschaft durch die Flure der Festung.

Plötzlich fühlte sich der massive Steinboden unter seinen Stiefeln brüchig an, und das Geräusch voranschreitender Füße schien selbst die Grundpfeiler der Gewölbegänge zu erschüttern. Die wehrhafteste Festung in ganz Keithland war wehrlos gegenüber menschlicher Niedertracht. Von zunehmender Unsicherheit durchdrungen, ging Emien an den prächtigen Trophäen vorbei, die den großen Saal von Riffhafen schmückten. Doch seine Augen sahen den Reichtum nicht. Er wählte einen Platz zur Linken Tathagres', und seine Gedanken kreisten mit fanatischer Intensität um das goldene Band, das ihren Hals schmückte.

Auf Befehl des Königs sprangen Gardisten herbei. Der Raum erbebte unter dem Kreischen von Möbelstücken, die verrückt wurden, als die Männer eine Fläche für den Gefangenen freiräumten. Auf dem Thron des Kielmark beobachtete Kisburn mit selbstzufriedener Faszination, wie seine Männer den Herrscher der Renegaten vor dem Podest zu Boden rissen.

Gardisten zerrten an seinen Ketten und hielten ihn hilflos ausgestreckt vor dem König fest. Sieger und Besiegter musterten sich mit gleichermaßen feindseligem Blick. Die Brust des Kielmark hob und senkte sich unter keuchenden, pfeifenden Atemzügen, während Blut von seinem Arm tropfte und scharlachrote Flecken auf dem Marmorboden hinterließ. Schweigend wartete er darauf, daß der König zu sprechen beginnen würde, doch ob sturer Stolz ihn dazu trieb, oder er selbst nicht fähig war, ein Wort zu sagen, wußte niemand im Saal zu erkennen.

»Für einen Mann, der die ganze Schiffahrt terrorisiert hat, scheint Euer Hafen sonderbar verlassen.« Mit schlanken, beringten Fingern strich Kisburn über das Leopardenfell auf dem Thron, einen Ausdruck überwältigender Zufriedenheit auf den Zügen. »Wohin habt Ihr sie geschickt?«

Der ehemalige Herrscher von Riffhafen grinste. »Auf die andere Seite der Hölle, um Euch einen Gefallen zu tun.«

Die Gardisten zogen an den Ketten, die schmerzhaft an den Schultern des Kielmark rissen. In einem Ausbruch zügelloser Wut, zerrte der Kielmark sie zurück. Einer seiner Peiniger glitt aus und stürzte seitlich gegen einen Korb, gefüllt mit Alabasterbirnen. Das Gefäß kippte, und die Früchte fielen klirrend zu Boden und schlugen Splitter aus den Marmorfliesen. Der Gardist fluchte und kämpfte mühsam um sein Gleichgewicht. Für einen Augenblick erschlafften die Ketten; der Kielmark wischte sich mit anmaßender Geste das Blut von der Stirn und färbte seinen gesunden Arm scharlachrot.

Doch seine herablassende Geste wurde durch eine boshafte Bemerkung des Flaggenträgers gestört. »Er lügt, Eure Hoheit. Die Schiffe sind in der letzten Nacht geflüchtet, bis zu den Querbäumen mit Feiglingen vollgestopft. Die meisten von uns haben Riffhafen nicht freiwillig gedient, und viele waren nicht erpicht darauf, wie Schweine bei lebendigem Leib geröstet zu werden.«

Doch der König schien noch nicht überzeugt. Sein juwelenbesetzter Arm winkte einem Hellebardier. Der Mann drehte seinen Waffe um. Sechs Fuß beschlagenen Birkenholzes wurden angehoben. Als sie herabschnellten, löste sich das Lächeln des Kielmark in einem Keuchen auf. Der Flaggenträger lachte, während sich im Hintergrund eine schaurige Stille breitmachte. Das stahlbeschlagene Ende der Hellebarde beschrieb leuchtende Bogen in der Luft, als der Gardist die Waffe zu einem zweiten Schlag anhob, dann zu einem dritten.

Emien zog sich angewidert von seinem Platz an Tathagres Seite zurück. Er hörte die Antwort kaum, die erstickt der Kehle des Kielmark entstieg. Der König antwortete mit offensichtlichem Zorn. Metall klirrte. Wieder schlug der Hellebardier zu, und frisches Blut spritzte auf den Boden.

Das Mienenspiel in den königlichen Zügen ließ Emien die Nackenhaare zu Berge stehen. Aller Wahrscheinlichkeit nach hatte der Flaggenträger die Wahrheit gesagt; doch zur Vergeltung früherer Schmach, war der König nicht bereit, aufzuhören. Der Junge fühlte, wie sein Magen protestierte; und verknüpft mit seiner Abscheu litt er unter der eisigen Furcht, eines Tages selbst der Mann in Ketten zu sein. Von seiner eigenen lebhaften Phantasie gequält, sah er seine Ankläger vor sich, seinen ertrunkenen Vater, dicht gefolgt von seiner Mutter, seiner Schwester und den Seemännern, die er auf dem Beiboot der *Krähe* mißhandelt hatte. Hinter ihnen warteten vier Matrosen, die zu Skanes Grat an eine Galeere verkauft worden waren; zu ihnen gesellte sich des Königs jüngster Page und ein fetter schielender Gardist, den er beim Kartenspiel betrogen und in seine Schuld gebracht hatte. Bei jedem Schlag, den der Kielmark erlitt, zuckte Emien schwitzend zusammen.

Bald wurden die Offiziere des Schauspiels müde. Nur der König war noch immer nicht zufrieden. Die Mißhandlungen gingen weiter, steigerten sich gar noch, bis selbst die Möbel unter dem diensteifrigen Enthusiasmus des Hellebardiers erbebten. Angewidert, schlug Emien die Hände vor das Gesicht. Und angetrieben von dem Unbehagen ihres Knappen, erhob sich Tathagres.

Der Lichtschein, der zu den Fenstern hereinfiel, ließ ihre Rüstung weiß aufleuchten, als sie sich einen Weg um die Beine eines umgestürzten Stuhles herum bahnte. »Eure Hoheit, der Gefangene stellt keine Gefahr mehr für uns dar. Der Thienz ist sich dessen sicher. Und mit dem Kielmark als Geisel werden auch all jene Kapitäne, die noch loyal zu ihm stehen, leicht zu kontrollieren sein. Die Gierj werden schon bald Schiffe für Euch erobern, doch nur, wenn Ihr Euch die Gelegenheit nicht entgehen laßt.«

Der Hellebardier richtete sich über dem zusammengesackten Leib des Kielmark auf. Und endlich, einen Ausdruck gelangweilter Nachgiebigkeit auf den Zügen, befahl der König, den Herrscher von Riffhafen in den Kerker im Ostteil der Festung zu bringen.

Der Gefangene stolperte, als die Soldaten ihn aus dem Saal zerrten. Entsetzt wegen seiner unsicheren

Schritte, schloß Emien die Augen. Ein Diener stieg mit einem Krug Wein auf das Podest und schenkte Gläser zur Feier des Sieges ein. Der General erteilte Anordnungen, die Festung vollständig zu besetzen. Der Flaggenträger erklärte sich freiwillig bereit, den Hafenbaum zu schließen; gemeinsam mit einem jungen Offizier und zwei Soldaten verließ er die Festung. Die verbliebenen Truppen wurden fortgeschickt, manche mit dem Befehl, die Stadt zu durchsuchen, einige wenige Männer mit der Anordnung, im Vorraum Wache zu halten. Stiefel trampelten über den Teppich und die blutverschmierten Marmorfliesen. Die legendäre Macht des Kielmark war gebrochen. Die Sieger aber folgten denBefehlen in froher Erwartung von Ruhm und Beute mit ausgelassenem Stolz.

Als der Leuchtturm bemannt war und die Stadt sich als menschenleer erwiesen hatte, kamen die Diener herbei und ordneten die wild herumstehenden Möbel. Emien beachtete sie kaum. Mit seinen eigenen Überlegungen beschäftigt, verweilte er noch, als der Thienz herbeigerufen wurde. Während Heeresgeneral, Lord Sholl und Tathagres sich gemeinsam mit den Offizieren auf das Podest setzten, um ihr weiteres Vorgehen nach dem siegreichen Feldzug zu beraten, starrte der Sohn eines Fischers aus Imrill Kand ins Leere und plante den Sturz seiner Herrin.

Reglos ausgebreitet lag der Kielmark an der Stelle, auf die er gefallen war, als die Soldaten ihn durch die Tür gestoßen hatten, in eben jener Zelle, in der er noch vor kurzer Zeit Jaric gefangengehalten hatte. Zerschlagen und blutend rührte er sich nicht einmal, um Wasser zu erbitten. Die Soldaten des

Königs sicherten seine Ketten und verschlossen die Tür. Voller Schadenfreude über seine Niederlage ließen sie ihn in der Finsternis zurück, ohne sich die Mühe zu machen, eine Wache vor der Zelle zu postieren.

Eine Stunde verging, dann zwei. Metall kratzte kaum wahrnehmbar unterhalb des Bodens. Eine Platte bewegte sich, wurde angehoben und ein verstohlenes Geflüster erklang aus dem darunterliegenden Tunnel. »Herr?«

Kettenglieder klirrten, als der Kielmark sich bewegte. Er wandte den Kopf um und sprach mit aufgeplatzten Lippen: »Keine Wachen.«

»Bei den Feuern!« sagte der Mann in dem Gang. »Dann müssen sie Narren sein.«

Der Kielmark enthielt sich eines Kommentars. Fleißige Hände schoben die Steinplatte zur Seite und ein Mann trat in die Zelle und kramte in seiner Gürteltasche nach Feuerstein und Kerze. Bald erstrahlte Licht unter seinen Fingern und offenbarte die gespannten Züge des Mannes, der im Hof die Flöte gespielt hatte. Noch immer nach Bier stinkend, kletterte gleich darauf einer der Tänzer aus dem Loch im Boden, bis an die Zähne bewaffnet und völlig nüchtern. Er zog einen Schlüssel aus seiner Tunika hervor, beugte sich über den Kielmark und schnitt rasch seine Fesseln durch.

Blutverkrustete Ketten fielen zu Boden. Mit langsamen, schmerzhaften Bewegungen rollte sich der Kielmark auf den Rücken. Seine Miene verbarg wenig. Riffhafens gerissenste Offiziere betrachteten ihn voller Sorge und waren doch klug genug, ihm keine Hilfe anzubieten, als er sich aufsetzte. Selbst in dem trüben Kerzenschein konnten sie sehen, wie schlecht es ihm ergangen war. Rippen und Schultern des Kielmark waren mit dunklen

Striemen übersät, und sein Rücken sah nicht viel besser aus. Jede Berührung, sei sie noch so wohlgemeint, würde seine Schmerzen nur noch verstärken.

Einer der Männer fluchte.

Der Kielmark sah auf. Ein unheilvoller Schimmer lag unter den blutverschmierten Brauen auf seinen Augen. »Habt ihr das Signal aus der Meeresenge erhalten?«

Der Flötenspieler fuhr mit schmutzigen Fingern durch sein Haar. »Neun Tote, viele mehr oder weniger schwere Verbrennungen, und die übrigen liegen in den Büschen und krächzen wie Frösche, weil sie vom vielen Schreien heiser sind. Aber sie warten darauf, Euer Banner auf dem Turm zu sehen.« Plötzlich hielt er zerknirscht inne. »Sind Eure Rippen noch heil? Ihr habt nicht nur geschauspielert nach der Geschichte mit der Flagge. Corley sagt, er hätte nur Befehle befolgt, aber es gibt eine Wette, daß Ihr ihm beide Beine brechen werdet.«

Der Kielmark grunzte. Aufgeplatzte Lippen entblößten seine Zähne. »Mir steht vielmehr der Sinn nach den Köpfen der Königsgetreuen«, sagte er grob. »Also los.«

Er löschte die Kerze. Dunkelheit senkte sich über die Männer und verbarg sein Leiden während des schrecklichen Zeitraums, in dem die beiden Offiziere ihn in den Tunnel hinunterbrachten.

Unter den hohen Bögen der Gewölbedecke von Riffhafens großem Saal hüstelte der Thienz durch seine Kiemen. Mit einem schrillen Warnschrei sprang er auf und stolperte plötzlich, als ein Pfeil aus einer Armbrust seine Kehle durchschlug. Von dem Aufprall zurückgeworfen, stürzte die Kreatur und fiel direkt in einen mit Einlegearbeiten aus Elfenbein verzierten Globus. Keithland rollte über den Teppich, und in dem Saal brach ein Chaos aus.

»Verrat!« brüllte Lord Sholl. Er tauchte hinter einem schweren Eichenstuhl ab, gerade in dem Augenblick, als die Tapeten an den Wänden aufrissen und die in den Stein eingelassenen Schießscharten offenbarten. Ein Unwetter aus Pfeilen flog durch die bogenförmigen Fenster. Der oberste Berater des Königs wurde mit dem Gesicht voran gegen das Eichenholz geschleudert und von dem Pfeil festgenagelt, dessen Schaft aus seinem Rücken herausragte. Der oberste Heeresgeneral fiel neben ihm zu Boden, mit einem Zug größter Überraschung um die Lippen. Vor seinen Augen schrumpfte das Fleisch des Beraters dahin, verschmolz zu einer Gestalt, die nicht mehr menschlich aussah. Noch im Sterben fragte er sich, ob er mit einem Dämonen am Tisch gesessen hatte.

Geschützt durch die knisternde Helligkeit der Beschwörung Tathagres' kauerte sich Emien angstvoll zusammen, während rund um ihn herum die Ratsmitglieder auf ihren Stühlen auf dem Podest in sich zusammensackten, niedergestreckt von feindlichen Pfeilen. Schon bei dem ersten Aufschrei des Thienz war seine Herrin aufgesprungen, die Hände um das goldene Band an ihrem Hals gelegt. Sie legte einen Lichtbogen über den König. Jeder Pfeil, der ihn berührte, zersprang sogleich in tausend Stücke.

Die anderen Pfeile aber zischten mit gräßlicher Präzision ihren Zielen entgegen; innerhalb von Sekunden waren Emien, Tathagres und Kisburn die einzigen Überlebenden in einem Kreis niedergemetzelter Würdenträger, und noch immer konnte Tathagres es nicht wagen, ihren Schutzbann zu lösen, noch immer schossen die Bogenschützen auf sie.

»Es ist noch nicht alles verloren«, sagte Tathagres drängend. »Hilf mir, den König in Sicherheit zu bringen.«

Unheimliche Reflexionen huschten über ihr Gesicht und tauchten ihre Juwelen in grelles Licht. Eingebunden in ihren Bannzauber spürte Emien, wie die Energieströme auf seiner Haut prickelten. Ozon stach in seine Nase. Von plötzliche Freude darüber erfaßt, dem Tode so knapp entronnen zu sein, packte der Junge die hochherrschaftliche Hand und drängte den verblüfften König von Kisburn aufzustehen.

»Ihr müßt gehen, Hoheit.« Tathagres deutete zu der Tür zum Vorzimmer. »Draußen kann ich die Gierj rufen. Rasch, beeilt Euch.«

Der König riß sich zusammen. Pfeile schlugen rasselnd auf den Marmorboden ein, abgewehrt durch Tathagres Zauberei. Kisburn, der seine Überlebenschance erkannte, gestattete Emien, ihn die Stufen des Podestes hinunterzuhetzen. Noch immer neue Magie wirkend, folgte Tathagres ihnen auf den Fersen. Die Angreifer tauschten Armbrüste gegen Speere. Energie knisterte und jaulte in der Höhe und verschlang Holz und Stahl mit schier unersättlichem Appetit. Die drei Überlebenden hasteten durch den Saal.

Noch ehe sie die Tür erreicht hatten, erwartete sie ein weiteres Blutbad, als die Wachen, die im Vorzimmer postiert gewesen waren, ihrem König verspätet zu Hilfe eilen wollten. Diszipliniert und die Schilde über die Köpfe erhoben, rückten die Männer vor. Doch der geschmacklose Überfluß der Inneneinrichtung des Kielmark diente allein dem Zweck, einen Angriff zu vereiteln. Die Linien der

Soldaten brachen auf, als sie sich zwischen Tischen und Truhen vorbeischieben mußten. Eine Lampe fiel mit lautem Krach zu Boden, und Schwerter verfingen sich in einer kunstvollen Skulptur. Die Bogenschützen aber hatten keine Mühe, die Retter niederzumetzeln.

Der König schrie auf und streckte die Arme nach einem verwundeten Offizier aus.

»Kümmere dich um ihn«, sagte Tathagres rasch. »Wir können hier nicht bleiben.«

Ihre violetten Augen strichen mit skrupelloser Berechnung über den König; sie wollte ihm gewiß keinen Gefallen tun, wie Emien unzweifelhaft erkannte. Mit grober Gewalt packte er die königliche Tunika. Schmale Schultern zuckten unter dem Samt, und Emien durchströmte ein Schauder großer Aufregung. Nie zuvor hatte ein hochgeborener Mann unter seinen Händen leiden müssen. Er stieß den König Richtung Tür. Unbeholfen stolperte Kisburn voran. Emien folgte ihm und trat gefühllos auf die Finger eines Offiziers, der am Boden zappelte. Tathagres gerade einen Schritt hinter sich, stürzte er durch die Rundbogentür in den Vorraum und aus der Reichweite der feindlichen Waffen hinaus.

Das schwere, eisenbeschlagene Tor auf der anderen Seite des Raumes war verschlossen, von außen verriegelt. Sie saßen in der Falle. Emien wirbelte herum, schrie eine Warnung, gerade in dem Augenblick, als die Türöffnung zum Saal in einer Flut roten Lichts explodierte.

Tathagres sprach im grellen Lichtschein: »Geh zur Seite, schnell.«

Sie wollte die Tür durch Zauberei aufbrechen. Rasch wich Emien aus und zerrte den König am Kragen mit sich. Direkt hinter ihm flammte Magie auf. Schatten streiften durch den Funkenflug im Vorzimmer, und die Türblätter sackten in den Angeln herab. Holz und Stahl lösten sich in einer Rauchwolke auf und waren so wirkungslos wie die Waffen, denen sie sich in dem großen Saal gegenübergesehen hatten. Doch als Tathagres dem König durch die Öffnung folgte, fehlte es ihr an der sonst so geschmeidigen Grazie. Der Gebrauch der Magie zehrte an ihr, wie Emien nun erkannte, und diese Entdeckung gefiel ihm außerordentlich gut. Wenn schlichte menschliche Ausdauer ihre Macht begrenzen sollte, so fragte er sich, wie lange sie noch durchhalten würde, ehe die Erschöpfung ihren Tribut forderte und sie unvorsichtig wurde.

Ein Gardesoldat lag tot vor der Tür. Zwischen seinen Schultern ragte das Heft eines Wurfmessers hervor. Tathagres sah ihn und blieb stehen. Nun, da die Festung in Feindeshand war und ihnen keine Zeit für höfische Etikette blieb, wirbelte sie um die eigene Achse und wandte sich an den König.

Wo liegen Eure Gemächer? Bringt mich rasch dorthin. Im Freien kann ich Eure Hoheit nicht ausreichend schützen.«

Der König, der auf ihre Hilfe angewiesen war, antwortete ohne Umschweife, doch Emien entging nicht, daß sie ihre Hand an dem Halsband behielt, als erwartete sie Widerstand. Als der Berater des Heeresgenerals mit einer Anzahl Soldaten auf den Fersen über den Korridor rannte, zeigte sich deutlicher Zorn in ihrer Miene. Sie betrachtete diese Männer als Störung, dessen war Emien gewiß. Nun, da die Eroberung Riffhafens fehlgeschlagen schien, waren Kisburns Männer nicht länger Verbündete. Tathagres würde sich die Schlüssel von Elrinfaer mit Gewalt holen müssen.

Der Berater entdeckte den Leichnam. Mit rasselnder Rüstung blieb er stehen und salutierte. »Eure Hoheit, der Feind ist hier und hat die Festungstore verbarrikadiert. Bogenschützen haben den Innenhof unter Beschuß. Wir mußten die Männer ins Gebäude bringen.«

Atemlos hielt er inne und wartete. Doch ohne die Unterstützung durch Lord Sholl und seinen Rat schien der König sonderbar unentschlossen. Als Tathagres sich einmischte, machte er nicht einmal den Versuch, sich zu behaupten.

»Vergeßt die Tore. Es gab einen Anschlag auf das Leben Eures Herrschers. Der Heeresgeneral ist tot.« Mit einem ruckartigen Kopfnicken deutete sie auf die verkohlten Überreste der Tür zum Saal. »Ihr Soldaten werdet den Eingang blockieren.« An den Berater gewandt fügte sie hinzu: »Holt Euch Verstärkung. Es muß Gänge hinter den Mauern geben. Säubert sie, wenn Ihr könnt. Ihr bekommt weitere Anordnungen, sobald ich Euren König in Sicherheit gebracht habe.«

Der König akzeptierte Tathagres Vorgehensweise ohne Widerrede. Er entließ den Berater und flüchtete in Richtung seiner Gemächer.

Die Festung des Kielmark erwies sich als Labyrinth aus Treppenfluchten und verwinkelten Gängen. Außer Atem nach der hastigen Flucht aus dem Saal, blieb Emien gemeinsam mit Tathagres und dem König vor einem messingbeschlagenen Portal stehen. Zwei wachsame Männer aus Kisburns Ehrengarde flankierten den Eingang.

Tathagres Aggression verschwand sofort. Mit aufgesetzter Geduld wartete sie, während die Gardisten ihrem Herrscher salutierten und flink zur Seite traten, um den Weg freizugeben. Müde, mitgenommen und keuchend stützte sich der König schwer auf die Klinke. Die schweren Türblätter schwangen auf und gaben den Blick auf ein geräumiges Gemach frei, reich ausgestattet mit Teppichen in Gold und Scharlachrot. Kisburn eilte zu einem Tisch, auf dem ein Tablett mit einer Flasche Wein aus dem persönlichen Weinkeller des Kielmark wartete. Ohne den goldgefaßten Kelch eines Blickes zu würdigen, setzte er die Flasche an die Lippen. Zartes Kristall klirrte an seinen Zähnen, als er gierig trank, und seine Finger hinterließen schweißnasse Abdrücke auf der Karaffe.

Ein erstickter Schrei ließ ihn aufschrecken. Der König wirbelte herum. Wein tropfte von seinem Kinn. Jenseits der offenen Tür legte Tathagres einen der Gardisten, tot, über den Leichnam des anderen. Mit bösartigem Vorsatz richtete sie sich sodann auf, trat in das Gemach, schloß die Tür hinter sich und lehnte sich mit dem Rücken an die Türblätter.

Von der Seite sah Emien, daß sie die Klinke so fest in der Hand hielt, daß ihre Fingerknöchel weiß hervortraten. Endlich von dem übermäßigen Gebrauch der Magie erschöpft, benutzte sie die Tür, um ihr eigenes Gewicht zu stützen, nicht um einen Fluchtversuch zu vereiteln.

Doch ihre Augen blickten lebendig, als sie ihre Beute auf der anderen Seite des Zimmers betrachtete. »Gebt mir die Schlüssel von Elrinfaer, Eure Hoheit.« Sie legte die Schulter an das Holz, eine Hand an ihrem Halsband. »Oder muß ich Euch erst zwingen?«

Der König stellte den Wein ab, doch die Karaffe kippte und zersprang. Glassplitter ergossen sich über seine goldgesäumte Tunika. Ein Fleck breitete sich auf dem Teppich aus, während er Tathagres staunend anglotzte. Sie hatte ihn verraten; Emien gab sich nicht die Mühe, das Gelächter zurückzuhalten, das sich einen Weg über seine Kehle bahnte.

Von dem Lachen erschüttert, eroberte Kisburn wenigstens einen Schatten seiner vormals königlichen Haltung zurück. Er schüttelte den Kopf, die Hände um den Rand des Tisches gekrallt. »Aber mein persönlicher Berater hat mir versichert ...«

»Lord Sholl ist tot«, unterbrach ihn Tathagres. Amethysten blitzten auf, als ihre Finger über das Halsband tanzten. »*Gebt mir die Schlüssel.*«

Warum zögert sie? fragte sich Emien aus gänzlich selbstsüchtigem Interesse. Üblicherweise protzte seine Herrin mit ihrer Macht, gefiel sich in erhabener, einschüchternder Pose. Durch den Gedanken ermutigt, Tathagres könnte bereits ermüden, hoffte Emien, der König würde sich widersetzen und sie zwingen zu reagieren, bis die Erschöpfung ihre Wachsamkeit in Mitleidenschaft ziehen würde.

Doch die Morde an seinen Ratsmitgliedern hatten das Selbstvertrauen des Königs erschüttert. Der Unterstützung durch Lord Sholl und den Heeresgeneral beraubt, fehlte es ihm an Rückgrat zu kämpfen. Angewidert sah Emien zu, wie seine Schultern absackten, als würde die juwelenbesetzte Amtskette um seinen Hals plötzlich zu schwer für ihn werden.

»Ich werde Euch die Schlüssel geben.« Kisburn wischte sich mit seiner Brokatstulpe über die Stirn und musterte die Frau, die den Ausgang blockierte, mit finsterem Blick. Durch seine Niederlage all seiner Würde beraubt, wurde sein Tonfall nörgelig. »Ich hoffe, Ihr habt Anstand genug, danach zu gehen, denn Eure Zauberei und Eure Dämonen haben mein Königreich an den Rand des Ruins geführt.«

Der König zog einen Ring an einer Kette aus seiner Tasche und durchquerte den Raum. Verdrossen und langsam ging er vor einer schweren, stahlbeschlagenen Truhe neben dem Kamin in die Knie.

»Geh mit ihm«, sagte Tathagres zu Emien. Ein spröder Unterton schwang in ihrer Stimme mit. »Sorge dafür, daß er keine Tricks versucht. Die Schlüssel von Elrinfaer liegen in einer Kassette aus schwarzem Basalt. Du wirst sie an Anskieres goldenem Siegel auf dem Deckel erkennen.«

Emien gehorchte mit gespielter Unbekümmertheit. Während Kisburn die Truhe aufschloß und den Deckel anhob, behielt der Junge Tathagres heimlich im Auge; ihre ganze Aufmerksamkeit schien dem König gewidmet, der nun mit unsicheren Bewegungen im Inneren der Truhe herumwühlte. Emien trat näher heran. Sorgsam darauf bedacht, seine Bewegungen zu verbergen, führte er eine Hand an seinen Gürtel und schloß seine Finger um das Messer, während er vorgab, dem König über die Schultern zu blicken. Langsam und voller Nervosität zog er die Klinge aus der Scheide.

»Hier.« Kisburn richtete sich wieder auf, einen Kubus aus schwarzem Gestein in der Hand. Das Symbol der Meisterschaft Anskieres leuchtete als goldene Intarsie auf der polierten Oberfläche, ein Sturmfalke in der Mitte dreier konzentrischer Kreise. Für Emien versprach das Siegel Macht und das endgültige Ende überlegener Tyrannei durch fremde Magie. Mit einem zunehmenden Gefühl des Triumphs, packte er die königliche Schulter und versenkte seinen Dolch aufwärtsgerichtet in dem weichen Fleisch unterhalb der Rippen.

Königliches Blut ergoß sich warm über seinen Unterarm. Der König schrie auf, zuckte heftig und sank schmerzgepeinigt auf die Knie. Anskieres Kassette entfiel seinen Fingern. Emien fing sie auf, fühlte, wie sich die massiven Kanten in seine Haut drückten. Zu spät erkannte er, daß der Kubus keine

Falz und kein Schloß aufwies. Mochte dieser Stein auch ein Objekt der Macht bereithalten, so hatte er doch keine Zeit, sein Geheimnis zu ergründen. Mit aufgerichteten Nackenhaaren erhob sich Emien und blickte seiner Herrin in die Augen.

Tathagres gab die Tür frei, beide Hände an ihr Halsband gelegt. Ihr niedergestochener Verbündeter krümmte sich vor dem Kamin unter Todesqualen, doch sie machte keinerlei Anstalten, ihm zu helfen. Schlank, aufrecht und von überwältigender Schönheit in ihrer silbernen Rüstung, begegnete sie der Herausforderung durch ihren Knappen mit gefährlichem Zorn. »Narr«, sagte sie eisig. »Gib mir die Schlüssel von Elrinfaer.«

Tief im Traum schrie Taen gequält auf. Schweiß benetzte ihre Stirn, und sie zuckte unter Jarics Händen. Er hielt ihre Schultern fest und schützte sie davor, sich an den rauhen Höhlenwänden zu verletzen. Der Tunnel, der aus dem Kerker im Ostteil der Festung hinausführte, war eng, in aller Eile ausgeschachtet und mit unebenmäßigen Balken und natürlich gewachsenem Felsgestein abgestützt. Nachdem er eine Weile sanft bergab führte, mündete der Tunnel in einer schlammigen Höhle, deren Eingang verborgen hinter einem Felsvorsprung über dem Hafen lag. Im Licht einer einzigen Laterne säuberte und verband dort ein ergrauter Heiler die Wunden des Kielmark mit alten, aber sicheren Händen. Auch während der eingetretenen Aufregung blieben seine Bewegungen ruhig und gleichmäßig, und obgleich seine Heilsalbe so scharf war, daß Jarics Augen von ihrem Geruch zu tränen begannen, ignorierte der König der Renegaten den Schmerz. Wie der Sohn des Feuergebieters saß er zusammengekauert und still da und konzentrierte sich ausschließlich auf die Traumweberin, die den Verlauf der Ereignisse überprüfte, während sich die Schlinge um König Kisburns Angriffsmacht in der Festung weiter oben langsam zuzog.

Taen zitterte und schlug abrupt die Augen auf. Mit einer Stimme, die vor Entsetzen bebte, sagte sie: »Emien hat den König ermordet. Er will auch Tathagres' Tod und glaubt, die Schlüssel von Elrinfaer könnten sich als nützliches Machtinstrument gegen sie erweisen. Bisher ist er aber nicht fähig, Anskieres Magie zu meistern.«

»Er ist ein Narr«, zürnte der Kielmark, während der Heiler einen frischen Verband um seinen Unterarm wickelte. »Die Schlüssel dienen allein dem Zweck, die Schutzbanne über dem Turm von Elrinfaer zu sichern.«

Taen enthielt sich einer Entgegnung. Zurück in ihrer Traumverbindung, sackte sie schlaff gegen Jarics Schulter. Doch die Spannung aus ihren jungen Zügen wollte nicht weichen, als sie ihr Bewußtsein mit Emien verschmolz. Verkrümmt lagen ihre Hände in ihrem Schoß. Der Sohn des Feuergebieters strich ihr eine wirre Haarsträhne aus der Stirn, bekümmert wegen der Tatsache, daß die Schlüssel von Elrinfaer nun durchaus das Leben von Taens Bruder kosten mochten. Mehr denn je wünschte sich Jaric, er hätte darauf beharrt, daß die Traumweberin die Insel verließe, bevor Kisburn angreifen konnte, so wie der Vaere es ihr geraten hatte.

Doch Taen wußte nichts von den Sorgen, die den Sohn des Feuergebieters quälten. Vollends gefangen in dem Mysterium ihrer Kunst, hörte sie nichts, als der Kielmark fluchte und den Heiler mit einer ärgerlichen Handbewegung verscheuchte. Verbunden mit ihrem Bruder stand sie in einem mit goldfarbenen Wandverkleidungen und Zedernplatten ausgestattetem Raum und hielt die kühle Last der Schlüssel zum Turm von Elrinfaer in seinen schwitzenden Fingern.

Tathagres stellte Emien auf der Schwelle, beide Hände um ihr Halsband geklammert. »Ich habe dich gewarnt, Bursche.« Zwar klang ihr Ton hart und drohend, doch schien sie sonderbar zurückhaltend, scheinbar wenig geneigt, sich ihrer Zauberei zu bedienen und anzugreifen. Taen weitete ihre Wahrnehmung aus und suchte nach dem Grund; bald erhaschte sie ein kaum greifbares Flackern einer Emotion, möglicherweise Angst, in den violetten Augen der Frau.

Die Erschöpfung ließ Taen nachlässig werden. Ihr Traumsinn rüttelte an Emiens Bezugsrahmen und brachte ihn geringfügig aus dem Gleichgewicht. Auch der Knabe fühlte Tathagres Zögern. Plötzlich unverschämt übermütig, lachte er und ging durch den Raum, wobei er unzählige Glassplitter in den Teppich trat. Aufgeschreckt zog Taen sich zurück. Doch Tathagres erwartete ihren Knappen ohne Besorgnis, einen Zug kalter Berechnung im Gesicht. Sie wich nicht, als er sie erreicht hatte, obgleich er ihr so nahe kam, daß er sie beinahe gegen das messingbeschlagene Holz des Türrahmens gepreßt hätte. Auch zeigte sie keine Regung, als er mit einem unverfroren bösartigen Lächeln die blutverschmierten Finger in ihr Haar krallte und ihre zornig verzogenen Lippen küßte.

Obwohl sich ihre Finger nicht für einen Augenblick von ihrem Halsband entfernten, erweichte Tathagres Haltung leicht unter seiner Berührung. Aber erst, als der Junge zurücktrat und ihr die Schlüssel von Elrinfaer mit ausgesuchter Höflichkeit überreichte, ließ sie entspannt die Arme sinken.

In ihrer Traumverbindung fühlte Taen, wie Zufriedenheit gleich Eiswasser durch Tathagres' Gedanken strömte. *Der Junge kann noch immer gebändigt werden.* Erleichtert, daß sie nicht gezwungen sein würde, sich mit ihm zu messen, um in den Besitz der Schlüssel zu gelangen, blickte sie zum Herd hinüber. Der König lag tot neben dem Kamin, den geöffneten Mund in einer Pfütze aus Blut. Er konnte ihnen nun nicht mehr als Geisel dienen, um seine Soldaten zur Kooperation zu zwingen; um der Falle des Kielmark zu entkommen, war sie nun auf Magie und auf ihre dämonischen Verbündeten angewiesen.

Taen löste die Verbindung, noch ehe die Idee in Tathagres Geist endgültig Gestalt angenommen hatte. Hatte die Hexe erst ihre Magie gerufen, so mochte sie durchaus auf die Anwesenheit der Traumweberin aufmerksam werden. Nicht gewillt, ihre Entdeckung durch die Dämonen zu riskieren, erwachte Taen in der Dunkelheit der Höhle. So müde, daß selbst ihre Knochen schmerzten, setzte sie sich auf.

»Nun?« Der Kielmark verknotete die Enden des Verbands an seinem Unterarm mit Hilfe einer schmutzigen Hand und seiner Zähne. Dem verdrießlichen Protest des Heilers schenkte er keinerlei Beachtung. »Was habt Ihr herausgefunden?«

Erschöpft wie sie war, beantwortete Taen seine Ungeduld mit knappen Worten. »Kisburn ist tot. Tathagres hat die Schlüssel. Sie will gemeinsam mit Emien sofort nach Elrinfaer aufbrechen.«

Der Kielmark stieß ein lautes Triumphgeheul aus und grinste Jaric an. »Wir haben sie in der Falle. Jedes Tor in der Festung ist von außen verriegelt worden und durch verborgene Bogenschützen gesichert. Die Flotte mit der Verstärkung wird am Nachmittag eintreffen.«

»Nein.« Trostlos schüttelte Taen in Jarics Armen den Kopf. »Bogenschützen können sie nicht aufhalten.« Sie atmete stoßartig ein und fuhr fort. »Die Hexe ruft in diesem Moment die Gierj-Dämonen. Sobald sie mit ihnen verschmolzen ist, wird sie ihre Macht nutzen, um sich auf magischem Weg auf die Reise zu begeben.«

»Damit wird sie nicht davonkommen.« Leinen zerriß mit einem heiseren Geräusch, als der Kielmark das überflüssige Verbandsmaterial abriß. Unter sturer Mißachtung seines steifen, mißhandelten Körpers, stemmte er sich auf die Knie und krabbelte durch die Höhle zu dem Gebüsch, das den Eingang verdeckte. Dort ergriff er den Bogen, der, fertig aufgespannt, in einer Nische auf ihn wartete, und legte einen Pfeil an, an dessen Ende ein Banner befestigt war. Scharlachrote Flecken bildeten sich auf dem Verband, als er seinen Unterarm bewegte und die Sehne spannte.

Der Kielmark zielte hoch hinauf und ließ die Sehne los; in weitem, steilen Bogen flog der Pfeil hinaus, und das Banner flatterte wie ein Kometschweif hinter ihm über den wolkenverhangenen Himmel. Der Schaft wurde langsamer, schien für einen Augenblick in der Luft stehenzubleiben, und stürzte dann zur Erde hinab. Jenseits des gewaltigen Leibes des Kielmark verfolgten Taen und Jaric seinen Flug, wohlwissend, daß dieses Signal tapferen Männern den Tod bringen würde. Dieser Pfeil war der erste Befehl, um anzugreifen und den Hafen zurückzuerobern; doch die Flotte, die diese Strategie hätte stützen sollen, war bisher noch nicht am Horizont aufgetaucht.

Kapitel 23

ELRINFAER

Tathagres bediente sich der Macht der Gierj-Dämonen, und Kisburns Privatgemach verschwand unter einer Woge des Lichts. Rotorangefarbene Funken umgaben Emien, ehe sie in einem starken Windstoß erloschen. Anders als bei dem früheren Transport von den Eisklippen, fühlte Emien nun ein wütendes Schlingern. Die Magie peitschte sein Haar, als er durch die Luft in tiefe Finsternis taumelte. Keuchend landete er schließlich neben seiner Herrin in einer von stinkendem Seetang verschmutzten Bucht.

Enttäuscht blickte Emien auf. Ein einziger Blick sagte ihm, daß sie sich noch immer in Riffhafen befanden, allerdings außerhalb der Festungsmauern, gerade einen Steinwurf von den Docks entfernt. Zerschlagen und außer Atem mühte er sich auf die Füße. Sand rieselte aus seinen Stulpen, als er seinen Schwertgurt richtete und Tathagres seine Hand entgegenstreckte.

Sie nahm seine Hilfe ganz ohne die bissige Gehässigkeit an, derer er sich aus Skanes Grat erinnerte. Die Magie des Transports hatte sie angestrengt. Ihre zarten Züge wirkten abgespannt und fahl unter dem dünnen Schleier aus Schweiß. Erschöpftes Zittern erfaßte ihren Leib, als sie Emiens Arm ergriff. Nur stolpernd kam sie auf die Beine, beinahe so, als hätte die Macht der Dämonen sie ein wenig betäubt.

Emien beobachtete sie aufmerksam, während

seine Hand langsam und vorsichtig zu seinem Schwert wanderte. Doch Tathagres erholte sich, noch bevor er den Mut fand, ihre Schwäche auszunutzen. Sie ließ ihren Raubtierblick über Strand, Lagerhäuser und den Horizont jenseits des geschlossenen Hafenbaums wandern und überlegte angestrengt.

»Besorg uns ein Boot und bring uns schnell hinaus auf das Meer.« Sie schlug sich mit einer arroganten Handbewegung den Sand aus dem Haar. »Für den Transport nach Elrinfaer muß ich mich noch einmal mit den Gierj vereinen, aber dieses Risiko kann ich nicht in der Nähe der Soldaten auf mich nehmen.«

Ob sie von Kisburns Männer oder von den Piraten des Kielmark sprach, machte keinen Unterschied; beide Seiten würde Stahl tragen. Emien gehorchte ohne Widerrede. Die zurückgehende Flut überzog den Wellenbrecher etwa fünfzig Schritte südwärts mit Schaum. Hinter ihm erhob sich die Küste in einer Reihe zerklüfteter Felsen, zu steil, um dort Anker zu werfen. Im Norden, jenseits der leerstehenden Hafenspelunken und Läden, ragte ein Kai hinter der Ecke eines Lagerhauses hervor, und über den Schindeldächern zeichnete sich vor der dichten Wolkendecke die kantige Struktur aus Spiere und Takelung schwarz ab.

Emien machte seine Herrin auf seine Entdeckung aufmerksam. »Dort.«

Tathagres nickte. Gemeinsam rannten sie über den von der Flut verdichteten Sandboden. Die Bucht endete vor einem Wellenbrecher aus Granitgestein. Emien ergriff Tathagres Ellbogen und stützte sie, als sie über den mit Muschelschalen verkrusteten Felsen kletterte. Nur ein Stoß, und sie würde auf das zerklüfte Gestein unter dem Wellenbrecher herabstürzen. Da sie aber beabsichtigte, nach Elrinfaer zu reisen, beschloß Emien sich zu gedulden. Flach an die wettergegerbten Planken der Gebäudewand gepreßt, schoben sie sich so schnell wie möglich an dem Lagerhaus vorbei. Das Boot lag etwa dreißig Fuß weit außerhalb am Pier und schien unbewacht. Nach einem raschen Blick auf ihre Taue, erkannte Emien fluchend den Grund für diese Nachlässigkeit. Das Boot war alt und plump. Doch schienen die Planken erst vor kurzer Zeit repariert worden zu sein, und das kleine Schiff machte einen seetüchtigen Eindruck.

Tathagres teilte den Ärger des Jungen nicht. Zwar schien sie ausgezehrt und müde, doch sie sprach, noch bevor er Gelegenheit hatte sich zu beklagen. »Das Boot muß reichen. Der Kielmark hat alle anderen aus dem Hafen entfernt.«

»Hoffen wir, daß er gründlich war.« Emien verzog das Gesicht. »Wenn dieses Relikt überhaupt seetüchtig ist, dann wird es so schwer zu dirigieren sein wie ein alter Wasserkübel.«

Plötzlich erklang ein Schrei aus der Gasse hinter dem Lagerhaus. Stahl klirrte und kündete von einem heftigen Schwertkampf. Unter Zeitdruck blieb ihnen keine Wahl, also packte Emien den Oberarm seiner Herrin und rannte auf das Dock zu. Das alte Fischerboot war gewiß der Möglichkeit vorzuziehen, an der Küste in der Falle zu sitzen.

Emien sprang über eine Distanz von drei Fuß auf den Schandeckel zu Backbord. Eine Plakette direkt unter ihm verriet den Namen des Bootes: *Callinde*. Emien überließ Tathagres die Haltetaue, kümmerte sich um das Durcheinander aus Tauen am Fuß des Mastes und löste das Fall.

Die *Callinde* schlingerte heftig, als Tathagres ihm an Bord folgte. Ohne sich umzusehen, hißte Emien

Segel. Die schwere Rah rasselte über den Mast und entfaltete ein Flickwerk aus Segeltuch. »Ablegen«, sagte er knapp, während er das Tau in der Klampe verankerte. »Ihr müßt das Heck zuletzt lösen.«

Tathagres schwankte im Schatten des Segels, als Emien den Klüver hißte. Wind blies das Segel auf, und die Leinen peitschten über das Deck. Der Junge duckte sich unter dem Besan hinweg nach den Knoten, mit denen das Ruder vertäut war. Seine Hand schlug heftig auf den Planken auf, und er fluchte zornig. Antik bis ins letzte Detail, verfügte die *Callinde* lediglich über ein schlichtes Handruder.

Leinen fielen platschend ins Wasser, und der hohe, gebogene Bug schwang herum. Tathagres vertäute das Besansegel, als Emien die Heckleine mit dem Schwert durchschlug. Die *Callinde* glitt von dem Kai fort, und ihre Segel flatterten heftig im Wind. Emien zog die Taue fest. Mit einem Donnern spannte sich daraufhin das Segeltuch; das alte Boot nahm einen Steuerbordkurs über die Bucht auf.

Die Augen stur geradeaus gerichtet, zerrte Emien am Ruder. Kisburns Schiffe lagen leeseits vor Anker; vor ihnen erstreckte sich die endlose Weite der offenen See. Emien fühlte, wie sich seine Nackenhaare aufrichteten.

»Herrin!« Er bückte sich, um am Besansegel vorbeischauen zu können, und entdeckte sie neben dem Mast. »Der Hafenbaum ist geöffnet worden.«

Tathagres eilte zum Dollbord und starrte zum Hafen hinüber. Laut erklang ihre Stimme über dem Rauschen der Brandung unter dem Kiel. »Das ist das Werk des Kielmark. Der Flaggenträger muß sein Fähnchen erneut in den Wind gehalten haben.«

Ein tiefes Rumpeln erklang von der anderen Seite der Bucht. Emien blickte sich besorgt um. Die ganze seewärts gerichtete Wand eines Lagerhauses glitt auf und gab den Blick auf die steinernen Zinnen im Inneren frei. Zwei Katapulte erhoben sich hinter ihnen, und die mit Widerhaken versehenen Pfeile von vier gespannten Armbrüsten glitzerten in den in die Mauer eingelassenen Schießscharten.

»Kümmere dich um das Boot.« Tathagres Stimme versagte einen Augenblick. »Wenn sie uns mit Pfeilen beschießen, werde ich uns schützen.«

Emien brachte die *Callinde* auf Kurs - und brüllte. Eines der Schiffe Kisburns hatte ein Ruderboot zu Wasser gelassen. Angelockt von Tathagres schimmernd weißem Haar, beugten sich sechs Matrosen über die Ruder und trieben das Boot direkt auf ihren Kurs. Emien korrigierte die Leinen und mühte sich verzweifelt, dem Boot mehr Fahrt zu entlocken.

Die erste Armbrust wurde abgefeuert, doch nicht die *Callinde* war das Ziel; der Pfeil wimmerte über sie hinweg und stürzte zischend in die Wogen am Heck der *Morra*.

»Sie schießen, um die Gierj außer Gefecht zu setzen!« Tathagres beugte sich über die Ruderbank der *Callinde* und brüllte dem Offizier in dem näherkommenden Boot einen Befehl zu. »Kehrt zu eurem Schiff zurück und ruft die Männer zu den Waffen. Ihr müßt die Dämonen vor dem Stahl schützen.«

Der Offizier salutierte. Seine Ruderer kehrten ihren Schlag um, und als das Beiboot nicht länger im Weg war, korrigierte Emien erneut den Kurs. Ein weiterer Pfeil zischte durch die Luft, gefolgt von einem dritten, der das Ankertau der *Morra* streifte. Die Männer an den Armbrüsten würden ihr Ziel schon bald perfekt anvisieren, und begleitet vom Plätschern der seichten Wellen unter dem Boot hörte man das schrille Kreischen der Winde, die das Katapult spannte.

Tathagres kauerte sich neben das Dollbord. »Ich werde die Gierj rufen und uns hier herausbringen, bevor der Feind ihre Macht durch den Stahl zerstören kann. Halte auf die offene See zu. Was auch immer geschieht, ich muß Elrinfaer so schnell wie nur möglich erreichen.«

Tathagres lehnte sich an den Mast und stützte den Kopf auf die überkreuzten Arme, wobei ihre Finger sacht das goldene Band berührten, und langsam versank sie in Harmonie mit den Dämonen. Verärgert angesichts der Erkenntnis, wie schwach er während der Monate bei Hofe geworden war, steuerte Emien gegen den zunehmenden Wind an. Die *Callinde* hüpfte wie ein eigenwilliges Füllen über die Wogen und zerrte gnadenlos an seinen Schultern. Mühsam hielt Emien sie auf Kurs, während er im Stillen ihren Zimmermann verfluchte. Langsam fiel die *Morra* hinter ihnen zurück. Der Wind trug den durchdringenden Singsang der Gierj-Dämonen über die Brandung heran. Nur noch einen Augenblick, und seine Herrin würde genug Macht für den Transport gesammelt haben. Über die Geschwindigkeit, mit der sie ihre Magie aufbaute, noch zusätzlich frustriert, hoffte Emien, die *Callinde* würde auf einem Riff enden.

In diesem Moment wurde krachend das erste Katapult abgeschossen. Emien wirbelte herum, sah eine dunkle Linie, die sich in weitem Bogen über den Himmel zog, und seine Vorfreude löste sich auf. Der Feind schoß mit Ketten. Stählerne Glieder jaulten durch die Luft und schlugen unter einer Fontäne aufspritzenden Wassers kurz vor dem Bug der *Morra* auf der Wasseroberfläche auf. Durch die vorübergehende Nähe des Eisens abgelenkt, geriet der Gesang der Gierj aus dem Rhythmus. Nun fluchte Emien voller Ernst. Eisen in jeder Form brach ihre Macht; ein einziger Schuß gegen die Aufbauten der *Morra* würde sowohl das Flaggschiff als auch die Dämonen lahmlegen.

Geschützt in dem Gebüsch vor dem Höhleneingang, lag der Kielmark ausgestreckt auf dem Bauch und blickte durch ein messinggefaßtes Fernrohr zum Hafen hinab. Erleichtert, nicht allein auf Taens Gabe angewiesen zu sein, um sich auf dem laufenden zu halten, beobachtete er, wie Ruderboote Soldaten an Land brachten, die gleich darauf in Reih und Glied auf das Lagerhaus zustürmten. Schon im nächsten Moment würden die Männer an den Schießscharten angegriffen werden. Das Pfeifen der Gierj-Dämonen schrillte über das Hafenbecken und steigerte sich schaurig in der Klanghöhe. Reglos wie ein Felsbrocken zählte der Kielmark die Angreifer und überlegte. Den Katapulten blieben seiner Berechnung nach vielleicht drei Minuten, ihr Ziel zu erfassen.

Eine Armbrust wurde abgefeuert. Stahl zischte durch die Luft und schlug geräuschvoll in Holz ein. Der Gesang der Gierj erzitterte und wurde tieftönender. Mit einem jungenhaften Grinsen ließ der Kielmark das Fernglas sinken und blickte Jaric an. »Sie werden sie kriegen«, sagte er, »also hört auf zu schmollen.«

Jaric enthielt sich einer Antwort. Angespannt kauerte er still neben dem Kielmark und betastete die Klinge seines Schwertes, wobei er sich bemühte, nicht daran zu denken, daß Mathiesons Boot mit geblähten Segeln immer weiter auf die offene See hinaussteuerte. Seit jenem Augenblick, da Emien das Haltetau gekappt hatte, hatte Taen versucht, Jaric zu beruhigen, doch vergebens. Die Gefahr, die

Schlüssel von Elrinfaer könnten seinem Zugriff entzogen werden, belastete den Jungen weniger als der Eid gegenüber Keldric, daß er die *Callinde* stets in Ehren halten würde.

»Beschmutzt Eure Waffen nicht mit Tränen, sie könnten rosten«, bemerkte der Kielmark, doch in seinen kantigen Zügen lag Mitgefühl, und der Sohn des Feuergebieters weinte nicht. »Wenn wir nicht in den nächsten eineinhalb Minuten von den Gierj geröstet werden, dann werde ich Euch die *Troessa* leihen. Sie ist schneller als die *Callinde* und jederzeit einsatzbereit.«

Das Krachen eines Katapults erklang aus dem Lagerhaus. Der Kielmark riß das Fernglas gerade schnell genug wieder an sein Auge, um zu sehen, wie eine Kette mit angefeilten Gliedern gegen den Fockmast der *Morra* prallte. Stahl peitschte in einem Bogen um das Holz, durchschlug die geteerte Oberfläche, der Mast begann zu brechen und kippte in scharfem Winkel nach vorn. Die Kette glitt über das Deck; und der Gesang der Gierj löste sich in schriller Dissonanz.

Tathagres schrak mit schrillem Schrei aus ihrer Trance auf. Funken stoben über ihre Finger und erloschen. Die Entladung schleuderte sie rückwärts gegen den Mast. Erschlafft blieb sie liegen, die Kehle gen Himmel gerichtet, die Hände reglos auf den Planken. Emien konnte nicht erkennen, ob sie tot oder nur bewußtlos war, und er wagte es nicht, das Ruder loszulassen, um nachzusehen.

Rauhe Schreie ertönten hinter dem Boot. Das Dach des Lagerhauses, in dem die Waffen untergebracht waren, brach in Flammen aus und bedeckte den Himmel mit dunklem Qualm. Doch die Katapulte arbeiteten noch immer, und nun erfaßten sie ihr Ziel mit todbringender Genauigkeit. Weitere Ketten säbelten durch die Takelage und hinterließen eine Spur der Zerstörung. Soldaten starben, als sie versuchten, die *Morra* von dem Stahl zu reinigen, während Armbrustpfeile ihren Anstrich mit Narben überzogen. Die Gierj waren gelähmt; ihr Gesang wandelte sich zu einem schrillen Wehklagen, ehe er schließlich ganz verstummte. Als die Soldaten das Lagerhaus gestürmt und die Armbrustschützen niedergerungen hatten, war der ganze vordere Bereich des Schiffes von Pfeilen durchbohrt. Den Stahl zu entfernen und so die Dämonen von ihrer Qual zu erlösen, würde eine vollständige Mannschaft, Werkzeug und einige Stunden Zeit erfordern.

Emien wandte den Blick vom Hafen ab, sein Gesicht spiegelte seinen Widerwillen. Die Matrosen fürchteten die Gierj; das Durcheinander, das die List des Kielmark hinterlassen hatte, bot ihnen genug Ausreden, ihre Disziplin zu vernachlässigen. Eine Sandburg in einer Sturmflut, dachte Emien, als ihm diese bittere Phrase aus Kindertagen in den Sinn kam. Kisburns Offiziere würden die *Morra* nie allein retten können. Ihm blieb keine andere Wahl, als auf eigene Faust Richtung Elrinfaer zu segeln.

Trotz ihrer plumpen Form, stemmte sich die *Callinde* den Wogen sicher entgegen. Schneller, als der Junge erwartet hatte, erreichten sie die Landzunge am Hafen von Riffhafen. Er betrachtete Tathagres. Sie lag ausgebreitet auf den Planken und zeigte keinerlei Regung. Emien leckte sich die salzigen Lippen. Solange sie hilflos war, konnte er sie leicht erstechen, und hatte er erst ihr Halsband in seinen Besitz gebracht, so würde er endlich Vergeltung an Anskiere üben können.

Überzeugt von seinem Plan, drehte Emien die *Callinde* in den Wind. Das Boot schwankte und schleuderte Tathagres kraftlosen Leib hin und her, doch Emien ignorierte sie, während er in einer Truhe nach einem Fernrohr suchte. Dieses Mal sollte ihm nicht die eigene Sorglosigkeit im Wege stehen. Einen Fuß auf die Ruderbank gestemmt, hob er das Glas ans Auge und ließ seinen Blick über die See wandern, um nachzuschauen, ob Kisburns Patrouillenschiff irgendwo zu sehen war.

Und der Horizont war keineswegs so leer, wie er es erwartet hatte. Aufgereiht wie Schachfiguren hob sich ein ebenmäßiges Band unzähliger Masten vor dem Himmel ab, ein jeder bestückt mit dem Seewolfbanner des Kielmark. Eine Woge hob den Bug der *Callinde* an. Wasser brach sich zischend unter ihrem Kiel, als Emien zu der gegenüberliegenden Ruderbank hinüberging und sein Glas gen Süden richtete. Auch von dort näherten sich Schiffe. Sie waren sogar noch näher, und der Wind stand günstig für sie. Unter vollen Segeln kehrte die Flotte des Kielmark zurück, ihre Insel zu verteidigen.

Ruckartig schob Emien das Fernrohr zusammen und kehrte ans Ruder zurück. Die *Morra* und ihr Schwesterschiff waren dem sicheren Untergang geweiht. Gefangen inmitten zweier näherrückender Flotten, war Emiens einzige Chance, nach Westen abzudrehen und auf die offene See zuzuhalten.

Mit seinem ganzen Gewicht stürzte sich der Junge auf das Ruder, und die *Callinde* reagierte. Wind füllte rasselnd ihre Segel, riß an ihr, bis sie sich um dreißig Grad krängte. Die Neigung des Decks beförderte Tathagres in den Kielraum. Emien blieb keine Zeit, sie wieder herauszuzerren. Backbord löste sich ein Zweimaster aus der Horde und steuerte gen Nordwesten, um ihn aufzuhalten.

Anders als ein Steuerrad konnte ein Handruder nicht einfach vertäut werden, um einen festen Kurs zu halten. Emien verwünschte diese Tatsache, während der Himmel vor dem Bug sich unter der Last zornigfinsterer Wolken dunkel färbte. Kein vernünftiger Seemann würde die Reise unter vollen Segeln fortsetzen. Doch beizudrehen, und sei es nur, um die Segel einzuholen, würde ihn zu sehr aufhalten. Wind pfiff durch die Takelung der *Callinde.* Spritzwasser rauschte in dichten Schwaden über den Bug, und das Steuerruder ruckte heftig unter Emiens Griff. Das Schiff war unter so vielen Segeln kaum noch zu kontrollieren. Er biß die Zähne zusammen und beobachtete aus zusammengekniffenen Augen, wie der Zweimaster Backbord achtern immer näher kam. Regentropfen peitschten sein Gesicht. Emien hoffte, der Sturm könnte ihn verbergen. Die Wolken öffneten endgültig ihre Schleusen, und die *Callinde* jagte schlingernd durch die finstere Flut des Wolkenbruchs.

Emien lachte und warf sich mit der Schulter gegen das Ruder. Von seinem Standort aus verloren sich schon die Fockmastsegel im Regen. So segelte er weiter, vor seinen Verfolgern durch einen grauen Vorhang aus Wasser geschützt. Taue brannten unter seinen Fingern, als er die Leinen löste und die *Callinde* in den Wind drehte, um sie mit dem Sturm treiben zu lassen. Die Flotte des Kielmark konnte bei dieser schlechten Sicht unmöglich eine so kleine Beute wieder aufspüren; hatte sich die Wetterlage erst beruhigt, so konnte er Kurs gen Elrinfaer setzen, wo die Macht, nach der es ihn gelüstete, darauf wartete, erobert zu werden.

Gegen Mitternacht hörte der Regen auf. Der Wind drehte nach Norden ab, und die Wolken jagten unter der leuchtenden Mondsichel dahin. Reflexionen glitzerten auf der Wasseroberfläche, als die *Callinde* sanft auf einem Teppich glucksender Gischt dahinschlingerte. Riffhafen war längst hinter dem Horizont verschwunden. Endlich sicher genug, sich eine Pause gönnen zu können, zerrte Emien mit eiskalten Fingern am Ruder. Die Focksegel erschlafften mit leisem Flüstern, und die *Callinde* trieb still und allein mit der Strömung.

In der Truhe im Heck fand Emien ein Messer. Leise ließ er es aus der Scheide gleiten und prüfte seine Klinge mit dem Finger. Der Stahl war gut geschärft. Mit der Waffe in der Hand kroch er voran. Tathagres lag ausgestreckt auf dem Rücken. Schmutz aus dem Kielraum befleckte ihre weiße Tunika. Mädchenhaft und unschuldig erschien ihr Antlitz im Mondschein. Wirres Haar glänzte wie Eis über Handgelenken, so zart, daß Emien sie ohne Schwierigkeiten mit Daumen und Zeigefinger einer Hand umfassen konnte. Das Kettenhemd über ihren Brüsten glitzerte schwach. Enttäuscht sie noch lebendig vorzufinden, kroch Emien noch weiter heran, in den Augen einen räuberischem Blick auf das sanfte Glimmen des goldenen Bandes an ihrem Hals gerichtet.

Er trat in den Schatten unter dem Segel. Plötzlich traf sein Fuß auf das Fernrohr, das er an der Stag zurückgelassen hatte. Messing prallte mit hellem Klang auf Holz, und Tathagres öffnete die Augen.

Emien erstarrte. Rasch verbarg er das Messer mit einem unterdrückten Fluch auf den Lippen in seinem Mantel und bückte sich mit gespielter Sorge nach ihr.

Tathagres betrachtete ihn, einen Ausdruck eisiger

Bewußtheit in den violetten Augen. Ihre Stimme jedoch klang lustlos und gleichgültig. »Ja, du bist schon schlau.« Bösartigkeit kennzeichnete ihr Lächeln. »Aber ich fürchte, nicht schlau genug. Wir werden verfolgt.«

Emien atmete frustriert durch. »Ich habe den Zweimaster im Sturm abgehängt.«

»Nein.« Tathagres setzte sich auf. Hochmütig blickte sie unter dem wirren Haar hervor. »Nicht der Kielmark«, sagte sie. »Deine eigene Schwester will dich aufhalten. Taen folgt uns in einem Boot, das dazu konstruiert ist, besonders schnell und wendig zu sein. Willst du hier herumsitzen und auf sie warten?«

Emien zuckte zusammen. Stahl erzitterte in seiner Faust.

Durch das Messer keineswegs überrascht, lachte Tathagres höhnisch. »Du Narr! Wir haben Riffhafen verloren, weil Taen die Meisterschaft der Traumweberei bei den Vaere erlangt hat.«

Emiens Miene verbarg sich im Schatten. Doch er hörte zu; die Hand, die das Messer hielt, beruhigte sich, bis das Mondlicht die Klinge ebenmäßig silbern aus der Dunkelheit löste. Wellen plätscherten gegen die Planken der *Callinde,* und der Wind spielte mit ihrem Tauwerk. Tathagres nutzte den rechten Augenblick und fuhr fort.

»Deine Schwester hat den Thienz geblendet und uns alle mit ihren Illusionen hinters Licht geführt, so daß der König in die Falle laufen mußte.« Berechnend wählte sie ihre abschließenden Worte. »Sie wollte, daß auch du mit seinen Männern stirbst, Emien.«

Zischend entwich die Atemluft zwischen seinen Zähnen. Der Junge hob den Kopf und blickte nach Norden. Gedämpft wie ein fernes Feuer, erkannte er Licht am Horizont, ein Licht, zu orangefarben, um mit einem Stern verwechselt zu werden.

»Der Name des Bootes lautet *Troessa*«, fügte Tathagres nun hinzu. »Sie wurde ihr vom Kielmark als Belohnung für den Sieg über Kisburns Männer gewährt. Nun leg dein Messer weg. Anderenfalls wird Taen Elrinfaer noch vor uns erreichen und vermutlich deinen Tod bewirken.«

Die Klinge blinkte auf und sank herab. Rasselnd schnappte Emien nach Luft. Von ungeheurer Wut erfaßt, wirbelte er auf dem Absatz herum. Zurück am Ruder, rammte er das Messer in den Achtersteven der *Callinde*. Dann ergriff er das Ruder mit solcher Brutalität, daß es in seiner Halterung knarrte, und setzte Kurs gen Südosten. Krachend spannten sich die Segel im Wind. Die Steuerbordreling hob sich, als die *Callinde* Fahrt aufnahm und ein weiteres Mal gen Elrinfaer segelte.

Ausgeleuchtet wie eine Statue im Mondschein, spiegelte Emiens Miene nur Haß wider, während er sich aufmachte, eben jener Schwester einen Strich durch die Rechnung zu machen, die zu retten er einst Imrill Kand verlassen hatte. Vollends in seinem Zorn gefangen, schenkte er der Frau, die ihn aus dem Schatten beobachtete, kaum Beachtung. Tathagres studierte ihren Knappen, und sie war sich völlig bewußt, welche Gefahr er darstellte. Dann aber lächelte sie zufrieden. Der Junge würde mit dem Mord bis zum Morgen warten, wenn er sie an dem Felsen abgeliefert hätte, auf dem sich der Turm von Elrinfaer aus dem Meer erhob.

Tathagres lehnte sich zurück und schloß die Augen, die Hände schützend über den schwarzen Steinkubus gelegt, in dessen Inneren der Schlüssel von Elrinfaer verborgen war. Nach der Dämmerung würden die Wünsche ihrer dämonischen Meister erfüllt werden; und doch, als sie langsam in den Schlaf sank, zuckten ihre Glieder, als würde ein füchterlicher Alptraum sie plagen.

Die Nacht schleppte sich dahin. Nicht einmal die Verdammten Kors ahnten, daß Taens Gabe noch einen anderen Mann vor ihnen verbarg. Ivainson Jaric beugte sich mit verbissener Courage über das Ruder der *Troessa*. Salz verkrustete sein blondes Haar. Doch so schnell die Ketsch des Kielmark auch sein mochte, Emien war der bessere Seemann. Solchermaßen ebenbürtig, pflügten beide Boote gen Elrinfaer durch die Wogen.

Der Wind legte sich zu einem kaum wahrnehmbaren Flüstern aus nördlicher Richtung, und bei Anbruch der Dämmerung senkte sich Nebel über die Küste. Eine Hand am Ruder der *Troessa*, streckte Jaric den Arm aus und erstickte die Flamme in der Laterne, die während der Nacht den Kompaß beleuchtet hatte. Völlig erschöpft schlief Taen im Bug. Schmale Hände schützten ihre Wange vor den harten Planken des sanft schlingernden Schiffes.

In dem Dämmerlicht hätte Jaric beinahe vergessen, wie schmal sie war; der Nebel verbarg die Anzeichen der Erschöpfung, die ihre Augen umgaben, milderte die steilen Winkel, wo sich ihre Knochen allzu deutlich unter der Haut abzeichneten. Die Verteidigung von Riffhafen hatte sie körperlich und geistig mitgenommen. Drei Tage lang hatte sie ständig ineinander verwobene Schleier der Illusion über der Insel gewirkt und so die Absichten des Kielmark vor dem Thienz verborgen, während die Männer damit beschäftigt gewesen waren, halbverrotteten Fischerbooten den Anschein seetauglicher Zweimaster zu verleihen. In direkter Nähe der Dämonen hatte sie ihre Gabe genutzt und forsch Nachrichten des Kielmark an seine Hauptmänner und wieder zurück geschickt. Alles, was sie auf sich genommen hatte, hatte sie aus Loyalität gegenüber Anskiere getan. Bei diesem Gedanken kam sich Jaric minderwertig vor. An den Docks, bei der Abfahrt der *Troessa,* hatte der König der Renegaten seine Schuld ihr gegenüber durch einen Eid bekräftigt, und auf seinen harschen Zügen hatten Tränen geglitzert.

Schlafend, die Traumweberrobe mit Schmutz und Salz verkrustet, schien sie so zart wie ein Kind zu sein. Nichts an ihrer Erscheinung ließ vermuten, daß sie eine von den Vaere ausgebildete Zauberin war; unschuldige Züge spiegelten keine Spur jener Courage wider, die sie befähigte, einen geliebten Bruder als Feind zu verfolgen.

Im dichten Nebel betrachtete Jaric das Mädchen, das einst die lahme Tochter eines Fischers aus Imrill Kand gewesen war. In ihren unbedeutenden Anfängen fand er den Beweis, daß Kraft aus Schwäche erblühen konnte. Die Erkenntnis verlieh ihm Hoffnung, eines Tages das Selbstvertrauen zu entwickeln, das notwendig war, um sein Schicksal als der Erbe des Feuergebieters zu meistern.

Eine Stunde verging, dann zwei. Nebel hing dicht über der See. Geisterhaft schob sich die *Troessa* voran, nur geleitet von ihrem Kompaß, und während die Aufbauten leise knarrten, hörte Jaric von Ferne das Donnern sich brechender Wogen. Wenn die Strömung sie nicht von ihrem Kurs abgetrieben hatte, lag die Küste von Elrinfaer vor ihnen.

Taen erwachte mit einem erschreckten Aufschrei aus dem Schlaf und stürzte zum Bug. »Nein, Emien, nein!«

Jaric rannte zu ihr und packte ihr zartes Handgelenk. Seine Hände verwickelten sich in ihrem langen dunklen Haar, als er sie in seinen Armen weinend und zitternd zurückzog. »Taen, was ist geschehen?«

Segel rauschten über ihren Köpfen, als sich die *Troessa* führerlos in den Wind drehte. Jaric barg die Zauberin an seiner Schulter und sehnte sich nach Kraft, um sie zu beschützen. Näher, deutlicher vernahm er die Brandung an Elrinfaers noch unsichtbarer Küste. Taen sah schmerzerfüllt auf. Die Traumverbindung, die sie aus dem Alptraum gerissen hatte, entglitt ihrer Kontrolle und verschmolz mit Emiens Bewußtsein.

Voller Haß, klammerte sich Emien an die Ruderbank der *Callinde*. Die Segel nachlässig angeholt, lag sie auf dem cremefarbenen Sand einer kleinen Bucht. Doch war nicht der Mißbrauch seines Bootes Anlaß für den Zorn, denn die Emotionen, die er erfuhr, waren die eines anderen; in Jarics Stiefeln sprang er aus dem Boot und folgte seiner Herrin, die Finger um das Heft eines Messers geklammert.

Er spannte seinen Körper und sprang. Stahl blitzte im Nebel auf. Von seinem eigenen Triumphgefühl aufgezehrt, hob er den Arm und stieß das Messer bis zum Heft in den schutzlosen Rücken der Frau.

Tathagres stolperte und fiel. Fahlweißes Haar breitete sich über unberührtem Sand aus. Ihre wunderschönen Züge verzerrten sich in einem Ausdruck des Schmerzes, als Emien ihren Kragen aufriß und mit blutverschmierten Fingern nach dem darunterliegenden Goldband griff. Er packte das Halsband und zerrte grimmig daran. Das Metall erwies sich als hohl; es zerbarst und verteilte eine dunkle Flüssigkeit über Emiens Finger.

Verätzte Haut bildete Blasen und fing an zu bluten. Emien schrie auf. Er zuckte zurück, gerade in dem Augenblick, da *etwas anderes* sich wie erhitzter Draht durch seinen Geist bohrte.

Der Kontakt brach ab. Zurück in dem sanften Schaukeln der *Troessa,* starrte Jaric die Traumweberin, die an seiner Schulter lag, voller Entsetzen an.

Laut und gefährlich nahe erklang das Donnern der Brandung. Taen hörte es und befreite sich aus seiner Umarmung. »Wir müssen weiter«, sagte sie aufgeregt. »Tathagres stirbt, und Emien hat die Schlüssel.«

Jaric stolperte hinüber zum Heck und stemmte sich mit ganzem Gewicht gegen das Ruder. Die Ketsch beschrieb heftig schlingernd einen Bogen. Ihre Segel plusterten sich auf, flatterten kurz und lagen dann voll aufgebläht im Wind. Plötzlich erschütterte ein Donnern die Luft. Der Wind frischte auf. Schrill pfiff eine steife Brise durch die Takelage, und die *Troessa* legte sich auf die Seite.

Taen lag wie gelähmt im Bug. Mit ihren zierlichen Händen löste sie mühsam den Klüver. Segeltuch schlug durch die Luft und wurde von dem Sturm in Stücke gerissen. Unentwegt spritzte Wasser über den Bug. Halb blind von dem Salz, kämpfte Jaric mit dem Ruder. Vor ihnen löste sich der Nebel. Hart an Lee lag die Küstenlinie eines terassenförmigen Felsens, auf dem sich die fensterlose Spitze des Turmes von Elrinfaer dem Himmel entgegenstreckte.

Die *Troessa* bäumte sich auf, ritt auf der Krone eines Brechers. Jaric beugte sich vor, versuchte mühsam, sie auf Kurs zu halten. Dann brach die Woge und schleuderte das Boot auf die Küste zu. Aus dem Augenwinkel erkannte Jaric die *Callinde,* die sich flach auf der Seite liegend von dem weiß schimmernden Halbmond der Bucht abhob; dann löste Taen auch das Großsegel. Die Segelstange schwang herum und nahm ihm die Sicht, doch Jaric mußte nicht hinschauen, um zu wissen, was die reglose Gestalt zu bedeuten hatte, die am Rand der Felsen ausgestreckt im Sand lag.

Knirschend lief die *Troessa* auf Grund. Taen stürzte zum Bugspriet und sprang in die kalten, knietiefen Fluten der See. Jaric folgte ihr. Seiner Last beraubt, drehte sich das leichte Boot, als die nächste Welle sein Ruder erfaßte. Jaric stemmte sich gegen das Seil, erleichtert, nicht das weit schwerere Gewicht der *Callinde* meistern zu müssen. Aber als er schließlich die Flutmarke erreicht hatte, war Taen bereits weit voraus.

Blitze durchzuckten den Himmel, gefolgt von Donnergrollen. Jaric faßte mit beiden Händen in die Truhe im Bug der *Troessa* und zog Dolch und Schwert aus ihr hervor. Nasses Leder schlug um seine Füße, die bald von einer dicken Schicht Sand bedeckt waren, als er die Bucht hinauflief. Vor ihm, von dem wilden Aufflammen eines Blitzes erleuchtet, kauerte die Traumweberin über dem erschlafften Leib Tathagres'.

»Halte Emien auf!« übertönte sie brüllend den zunehmenden Zorn der Elemente. »Ich werde bei ihr bleiben.«

Jaric zögerte. Eingeschüchtert von den bedrohlich wirkenden Felsen, berührte er das Heft seines Schwertes mit unsicheren Fingern und fragte sich, was Telemark gefühlt haben mochte, wenn er als Söldner bei den Streitkräften des Herzogs von Korlin getötet hatte. Dieser Gedanke erweckte all die Selbstzweifel zu neuem Leben, die seine Kindheit in Morbrith vergiftet hatten.

»Geh!« Taens Flehen erklang wie ein Donnerschlag innerer Qualen. »Emien versucht, die Banne über dem Turm aufzubrechen.«

Donner erschütterte die Luft. Jaric erschauderte. Mit kurzen, knappen Bewegungen zog er Schwert und Dolch aus ihren Scheiden. Dann ließ er Schwertgurt samt Scheiden in den Sand gleiten und lief zu den Felsen. Einst, im Seitwald, hatte er seine eigenen Grenzen überwunden, als Telemarks Leben in Gefahr gewesen war; nun, da er Taen den Schrecken einer Konfrontation mit ihrem Bruder ersparen wollte, würde er sich Emien mit kaltem Stahl entgegenstellen und ihn aufhalten, wenn er nur konnte.

Durch einen Tränenschleier beobachtete Taen, wie Jaric den Hang hinaufhetzte, innerlich zerrissen durch den unerträglichen Umstand, daß sein Erfolg den Verlust ihres einzigen Bruders voraussetzte. Doch nun war nicht der Zeitpunkt, sich sinnlosen Gefühlen hinzugeben. Tapfer verdrängte sie ihre Emotionen. Sodann rief sie ihre Gabe herbei und versenkte ihre Gedanken in das Wesen der Frau unter ihren Händen.

Tathagres lag auf der Seite, die Hände ausgestreckt und vollkommen reglos. Ihre Armreifen hatten halbmondförmige Muster im Sand unter ihren Unterarmen hinterlassen, Sand klebte an Rücken und Schultern, dunkel gefärbt von dem sich ausbreitenden Blut. Emien hatte das Messer wieder aus der Wunde herausgezogen, und unter Tunika und Kettenhemd war ein häßlicher roter Riß zu erkennen. Taen strich das seidige Haar fort und legte die Züge bloß, deren fahle Schönheit auch im Angesicht des Todes nicht verblaßt war. Obgleich von den Vaere ausgebildet, konnte Taen doch nichts zu ihrer Rettung tun, aber um ihres Bruders willen, sandte sie ihren Traumruf tief in den entschwindenden Geist unter ihren Händen.

»Merya?«

Zitternd öffneten sich Tathagres Lider, violette Augen starrten gen Himmel. Wächserne Lippen bebten, lächelten beinahe, denn der Name, den Taen benutzt hatte, war der, den ihre Mutter ihr gegeben hatte. Tiefschwarze Finsternis strömte durch ihren Geist. Mit einem Seufzer schmerzhafter Erschöpfung, gab sich Tathagres der Strömung hin; die Erinnerung schwand.

Ein Traumruf zerrte sie zurück. »Merya! Was hat Emien dir genommen?« In der verzweifelten Not, mehr zu erfahren, sah Taen das verblassende Bild eines Waldes, in dem ein Vater einst einem kleinen Mädchen zu spielen verboten hatte. Doch das Kind gehorchte nicht. Lachend und außer Atem hüpfte Merya an einem Sommernachmittag unter den Zweigen hindurch, angelockt von den Klängen einer Flöte. Doch der Musiker lief fröhlich immer weiter, drängte sich durch Dickicht und Geäst und blieb immer außerhalb ihrer Reichweite. Plötzlich umfing Dunkelheit das Kind. Die Verdammten Kors legten das goldene Band um ihren Hals, und von diesem Augenblick an war sie die Dienerin Tathagres und ihre menschliche Abstammung, ihre Familie waren vergessen.

Taen umklammerte das schwindende Leben mit ihrem Willen und brachte eine verzweifelte Frage hervor. »Das Halsband. Enthält es Kristalle der Sathid?«

Merya/Tathagres zitterte. Gedanken huschten wie Funken in den Schatten, als sie sich mühte, den Ruf der Traumweberin zu beantworten. *Emien, warne Emien.* Das Vermächtnis des Halsbandes war jammervolle Not; wehe dem Sterblichen, der es berührte, denn sein Wille würde den Mächten der Verdammten Kors ohne jede Hoffnung bis zu seinem Lebensende unterworfen sein. *Warne Emien,* wiederholte Merya, doch sie hörte auf zu atmen, ehe ihre Botschaft vollständig war.

Ohne eine Antwort, allein in der unendlichen Leere, erschauderte die Traumweberin, ehe sie voller Kummer über die schaurige Erkenntnis erwachte. Durch ihren Tod befreit, vermittelte die friedvolle Miene der Frau einen Eindruck jener Menschlichkeit, die sie hätte entwickeln können, wäre sie selbst Herrin über ihr Leben gewesen. Taen erkannte, daß sie und das Kind Merya einander durchaus ähnelten. Jede von ihnen war von Geburt an mit einem Einfühlungsvermögen beschenkt, das weit tiefer reichte, als die Wahrnehmungsfähigkeit der meisten Menschen. Durch Anskieres Schutz war Taen sicher zu den Vaere gesandt worden. Doch Merya, und nun auch Emien, hatten nicht so viel Glück gehabt.

Blitze zogen sich über die Felsen, doch der Regen blieb aus. Taen rannte über die scharfkantigen Schieferplatten. Wind rüttelte an den Ästen der Büsche und Dornensträucher, und Donnerhall ließ den Boden unter ihren Füßen erbeben. Taen war überzeugt, daß die Wetterstörung auf Emiens Eingriff in die Banne zurückzuführen waren und kletterte mit verzweifelter Hast weiter.

Schließlich hielt sie inne und starrte auf die kahle Anhöhe hinauf, konnte jedoch keine Spur von Jaric oder ihrem Bruder entdecken. Sie rief ihre Gabe, ihr bei der Suche zu helfen, doch ihr Traumsinn wurde von Energiefeldern überlagert. Die Banne über

Elrinfaer waren stärker als jede andere Magie in Keithland, hatte Tamlin ihr erzählt. Die Mharg-Dämonen, die hier gefangen waren, waren gefährlich genug, sämtliches Leben auszulöschen, und nun versuchte Emien, sie zu befreien.Taen stürzte eine Anhöhe hinauf. Der Atem brannte in ihren Lungen. Bedrohlich vor dem Hintergrund wolkenverhangenen Himmels, beherrschte der Turm von Elrinfaer die Kammlinie vor einer mit Felsgestein übersäten Schlucht. Blauviolettes Licht flammte über die Anhöhe. Blitze bohrten sich in den Boden, ausgelöst durch die energetischen Entladungen, als die Schlüssel jene Mächte, die über Jahrhunderte ruhiggeblieben waren, in Bewegung setzten.

Taen rannte, kämpfte sich gegen eine Druckwelle heißer Luft voran. Im Grollen des Donnerhalls hörte sie das kaum noch vernehmbare Klirren von Stahl. Sie bewegte sich auf die Geräusche zu, ohne sich um die Dornenranken zu kümmern, die ihr die Haut an den Schienbeinen aufrissen. Von ihrem Wissen über Meryas Besessenheit angetrieben, hastete sie den Hang hinauf. Sollte Emien sich den Mächten ergeben haben, die von Tathagres Besitz ergriffen hatten, so würde Jarics Edelmut ihn zu einem leichten Opfer für den endlosen Haß der Verdammten Kors machen.

Taen raste an einem Felsen vorbei und stürzte in das Gestrüpp auf der anderen Seite. Stahl blitzte jenseits der Zweige im Licht eines weiteren Blitzes auf.

Donner begrub das Klirren, als der Dolch von der Schwertklinge abprallte. Jaric geriet aus der Balance und mußte den Nachstoß mit dem Heft abwehren. Emien drang auf ihn ein. Nun in der Realität mit der arglistigen Bösartigkeit des Bruders konfrontiert, den sie in Imrill Kand geliebt hatte, blieb Taen stehen, unfähig zu reagieren.

Doch Jaric erholte sich. Schmaler und schneller als sein Gegner, gelang ihm eine Finte, die ihn aus der Bedrängnis brachte. Kies knirschte unter Emiens Stiefeln. Er parierte Jarics Dolchstoß und setzte nach. Stahl kreischte, als die Klingen der beiden Gegner sich kreuzten. Emien stemmte sich gegen die Schwerter, versuchte, durch brutale Gewalt die Klinge seines Gegners abzudrängen. Jaric schüttelte ihn ab. Während des wilden Kampfes, der nun folgte, erkannte Taen, daß das Kräfteverhältnis keineswegs ausgeglichen war. Keiner der Burschen war ein erfahrener Kämpfer. Aber Emien war acht Monate lang von König Kisburns Schwertmeister ausgebildet worden; währenddessen hatte Jaric den größten Teil des Winters damit zugebracht, sich um die Fallen in der schneebedeckten Wildnis des Seitwaldes zu kümmern. Emien stieß zu. Jarics Abwehr schlug fehl. Er stolperte und stürzte mit der Schulter voran in einen Dornenstrauch.

Blitze flackerten hinter ihm auf. Geblendet schlug Emien in zornigem Impuls mit dem Schwert zu. Zweige brachen unter seiner Klinge. Jaric stolperte erneut und sank auf ein Knie. Er war nahe genug, daß Taen hören konnte, wie er keuchend um Atem rang. Ein Lächeln unmenschlichen Triumphs lag auf Emiens Lippen, als er das Schwert zum tödlichen Stoß erhob. Zu spät sammelte Taen ihre Macht, um ihn davon abzuhalten; Gefühle störten ihre Konzentration. Ihre Gabe ließ sie im Stich.

Emiens Schwert stieß herab. Jaric zuckte verzweifelt zurück. Zweige prasselten gegen scharfen Stahl, als er den Dolch schützend vor sich hielt. Metall klirrte, als die Klingen sich trafen. Emiens Klinge flog durch die Luft, abgefälscht durch Jarics Schulter. Den rechten Arm weit ausgestreckt, versuchte Jaric vergebens, sein Schwert aus dem Strauchwerk zu befreien. Als Emien sah, daß sein Gegner hilflos war, ergriff er mit beiden Händen seinen Dolch, kreuzte ihn mit der Klinge seines Gegners und drückte ihn gewaltsam herab.

Jaric hielt stand. Weiß zeichneten sich die Sehnen seiner Linken unter der Haut ab. Seine Muskeln zitterten vor Überanstrengung. Bald würde er dem Gewicht seines Gegners nichts mehr entgegensetzen können. Die gekreuzten Klingen sanken immer tiefer herab, näherten sich unausweichlich seiner Kehle.

Blitze flammten auf, beleuchteten den Augenblick des Sieges, als schwarzverbrannte Hände sich an Jarics Wange vorbeischoben. Taen sah die Male; voller Entsetzen blickte sie in ihres Bruders Gesicht und erkannte die wilde, irrsinnige Grausamkeit in seinen Zügen. Die Dämonen hatten unwiderruflich von ihm Besitz ergriffen.

Von Kummer zerrissen, schrie Taen auf. Der Bruder, den sie zu Imrill Kand geliebt hatte, wäre lieber gestorben, bevor er die seinen verraten hätte. Angetrieben von einem Gefühl schaurigen Erbarmens, sammelte sie ihre Macht und schlug zu.

Schreiend stolperte Emien rückwärts. Stahl kreischte, jaulte, und die Klingen lösten sich voneinander. Jaric sprang auf. Endlich konnte er sein Schwert befreien. Auf Widerstand gefaßt, stürzte er voran. Doch Emien sank auf die Knie. Die Waffen entglitten seinen kraftlosen Fingern und fielen scheppernd auf den steinernen Untergrund.

Jaric hielt sein Schwert an die Kehle des Feindes. Taen kam herbei und ergriff den schwarzen Steinkubus, der die Schlüssel von Elrinfaer schützte. Nun, da seine Pflicht gegenüber Anskiere erfüllt war, zögerte Jaric.

Taen aber schluchzte gepeinigt: »Um Keithlands willen, mach ein Ende, rasch.«

Doch Jaric konnte in dem verängstigten Jungen vor seinem Schwert keine Gefahr erkennen. Trostlos in seiner Verzweiflung, weinte Emien haltlos. In seiner Niederlage schien er gebrochen und mitleiderregend. Jaric empfand Mitgefühl, und für den Bruchteil einer Sekunde ließ seine Aufmerksamkeit nach. Emien duckte sich unter der Klinge hindurch und flüchtete. Er stürzte in das Gestrüpp und verschwand in der Finsternis.

Taen machte sich auf, ihm zu folgen.

Doch Jaric warf sein Schwert von sich und fing sie in seinen Armen auf. »Laß ihn. Was kann er denn schon anrichten?«

Und über alle Maßen erschöpft, gab sich Taen dem Wohlbehagen in seinen Armen hin. Sollten die Vaere über das Schicksal ihres Bruders urteilen. Sie konnte es nicht mehr ertragen, ihn noch länger zu verfolgen.

EPILOG

Sand knirschte unter den Stiefeln des Kielmark, als er am Rand der Flutmarke an der Nordküste Riffhafens auf und ab ging. Am späten Nachmittag, während seine Offiziere in der Festung feierten, war er an die Küste hinausgegangen, die nun wieder frei von Feinden war. Sein riesiger Bogen hing über seiner Schulter. Einsame Winde trieben ihm das Haar über die Stirn, als er innehielt, die frische Meeresluft einzuatmen. Sorge dämpfte seinen ungezügelten Stolz. Der Sieg war bitter erkämpft worden. Viele gute Männer waren gestorben, nur weil es die Dämonen gelüstet hatte, Zwietracht unter den Menschen zu säen.

Das schräg einfallende Sonnenlicht zauberte feurige Reflexionen auf die Oberfläche der Eisklippen, die sich über die See erhoben. Ob es um die Abwehr der Frostwargs ging oder um die Zuflucht für einen Freund, Anskieres Magie blieb ein Magnet für Schwierigkeiten aller Art. Erschüttert über den eigenen Wankelmut, blickte der Kielmark blinzelnd auf und erkannte eine schmale Gestalt mit einer grauen Kapuze, die auf dem Gipfel des Eises kauerte. Ein Llondel-Dämon thronte auf dem Bollwerk des Sturmwächters und sah ihm aus seinen orangefarbenen Augen herausfordernd entgegen.

Fluchend nahm der Kielmark den Bogen von der Schulter. Ohne sich um die Gefahr zu kümmern, legte er einen Pfeil an und spannte die Sehne.

Der Llondel stieß ein warnendes Zischen aus.

Doch in seiner tiefen Abneigung gegen Eindringlinge zielte und schoß der Kielmark.

Der Pfeil flog in weitem Bogen durch die Luft, ein Splitter reinen Goldes im Sonnenschein. Während er seinen Flug verfolgte, explodierten seine Gedanken unter einer Flut von Bildern; doch die Rache des Llondel schlug fehl, unterlag gleichsam einer unbändigen Freude. Die Vision menschenleerer Schiffe und eines von Feinden überrannten Hafens verschwamm, überlagert von einer anderen, stärkeren Kunde, bestimmt für den Sturmwächter von Elrinfaer.

Unbehaglich im Sand zusammengekauert, sah der Kielmark die endlos weite See, und dort erkannte er die *Callinde,* die die leichtere, schmalere *Troessa* im Schlepptau mit sich führte. Am Ruder, Taen an seine Schulter geschmiegt, steuerte Jaric gen Riffhafen, die Schlüssel von Elrinfaer sicher in seiner Hand.

Als der Llondel ihn schließlich wieder entließ, richtete der Kielmark sich auf. Der Dämon war fort. Doch der Wind sang ein fröhlicheres Lied, als er über die eisige Fläche strich, und die See funkelte wie Juwelen unter dem Felsen.

ENDE